〔宋〕洪邁撰
何卓點校

夷堅志

第三册

中華書局

夷堅支景卷第十 十五事

姚尚書

姚尚書祐，字伯受，湖州安吉寒儒也，偕其兄依富室館第。富翁擇葬地，延一客名術者於家，使寓宿書館，因與姚善。翁嘗與之行視某處山，以爲不堪用。既改卜矣，他日再往，則秀氣呈露，儼然佳城，念前語之失，弗敢言，密以告於姚曰：「君從主人求之，俟得之，當指穴以告。」所謂某處者，翁家山也。姚方居父喪，乃從容請於翁，翁曰：「吾初心亦欲爲先生求一佳地，今幸可用，吾復何辭！」客又語姚曰：「此翁儻悔之，將必争，必須立券乃可。」約既定，客引姚縱觀而謂之曰：「此地兩處皆有穴。就上穴，則二君服闋後卽登科，駸駸要津，特患壽數不能長。若就下穴，則奮發稍遲，至三十年後乃盛，可出執政。」二者唯所擇。」姚曰：「吾方貧困，朝夕無以糊口，蚤得禄食足矣，何暇遠意三十年外乎？願處其上。」客曰：「然則姑營之，異時纔小振，如吾言却徙而下亦可，但不復有執政耳。」遂如之。已而兄弟聯策呂本作「第」。名，伯受爲符寶郎，伯兄卒於州通判，思客曩説而懼，且數夢亡父來，衣裳爲水所漬，於是謁告遷葬。洎啟壙，水盈其中，其熱如湯。伯受至禮部尚書，丁母憂。後出鎮太原，以鄉縣小吏造冢逼其先墓，疑爲厭己，請解官持服，詔提舉上清寶籙宮。凡先後三議除丞轄輒不成而止。尋卒。王順伯説。

侍其如岡

豫章寓士侍其如岡，就館於臨安監打套局門朱德初家。慶元元年，當赴秋試，中元後，左手大指甲上忽見一道人側面立，身潔白而眉目悉具，如繪畫狀，驚而示於人，皆謂耳目聞見所未有，或以爲祥，或以爲怪。越二日，又變作正面，而形貌益明，於是以爲祥者亦怪焉。如岡始懼，以書刀刮去之，心切自念：「吾赴試期而有此異，豈非佳兆乎？」正熒惑不自定，而其叔父訃音來，限期親百日制，不獲入試。一時之應乃若此。

趙積智

趙再可侍郎有子八人，皆好學，多預薦送。第六子積智，尤孜孜讀書，獨屢試弗効，居常抑鬱不樂。紹熙三年，從其父在桂林時，年三十八矣，當就鄰路湖南轉運使試。家素事張王神，默禱求助，夢夜月如銀，輪内大書一「中」字。既覺，志之於策，朝夕思念，其意忽若有省，告其兄弟曰：「月中有『中』字，唯『用』字實應之。」卽白於父，改名用。是歲遂貢名，春闈雖不利，而中太學補選。以覃霈免乙卯舉，時未可量云。

婆惜轡卜

括蒼何湛叔存，清源王曾孫也。淳熙丁未赴省試，館於三橋旅邸。揭榜之夕，遣僕探候，久而不至，有憂色，因率同輩登橋聽響卜。駐足未定，聞河畔婦人叫呼曰：「婆惜你得葉本多「婆惜」二字。你得！」蓋吳人慍怒欲行打罵之詞，俗謂之受記，非吉兆也。湛獨喜，亟還曰：「可賀我矣。」同輩曰：「叔存作意聽響卜，而連四『得』字，夫復何疑。」湛曰：「不特此也，吾小名正爲婆惜。」衆皆喜，方買酒欲飲而僕至，葉本作「歸報」。果中前列。

李氏二童

李元佐宰南城，嘗挈家遊麻姑山，諸子尚少，挾隨行二童。登齊雲亭，睹山間花蝶翻飛可愛，令撲之。童入林越深處，久不返，呼之莫應。走白於父，遣吏卒入山遍索。移晷方出，但云迷路，而不言所以。後月餘，諸子見童著新衣，又常常置酒肉相對飲啖，心疑之，恐其爲盜，縛詰之，始曰：「向者撲蝶時遇一道士，手提頭巾，喚我至所居，見屋宇華麗，風物清絶，不似人境。命童煎茶，將飲我，未至而聞呼聲急，乃奔歸。道士擲一物與我，拾取視之，乃銀也。原本無上三字，從呂本補。回顧問人屋俱失，竊喜而不敢説。將銀賣與市鋪，其重十兩，得錢二十二千，就寄鋪中，時取以供衣食費。」諸子未之信，詢諸鋪實然。元佐謂其銀仙家物，蓋必異於常品，欲以元直取之，鋪人云：「爲過客買去矣。」後訪之仙都黄冠，皆云手提巾者，紫陽鄧真人也，始知二童有所遇。是歲紹興癸酉。及丙子年，李解縣印，相繼佚去，莫究所之。其一福童者姓戴，其一壽童者姓傅，皆南康人也。

公安木手

江陵公安縣一寺甚雄偉，所事神俗稱二聖，曰青葉髻如來，曰樓至得如來，靈效彰著。紹興初，蜀僧懶牛者主此寺，以殿柱朽壞，欲易之。聞遠村巨室有豫章大木，遣其徒往問，主人索高價，不可攜。吕本作「不可售」。懶牛將自往，未及行，知客僧乃引其人至云：「向者承需木，方擬布施，而來介遽還。次日木上忽生一枿，大類如來手。今豈敢復斬！願於二佛前焚香敬白，以明初心。」如其言。既伐木而奉其枝，龕於藏殿桌上，指甲筋節視像手無小異云。

鄭二殺子

武陵民張二嫁女，招鄰里會飲，鄭二夫婦預焉。鄭妻素與王和尚者通，人多知之。酒酣後，偶墮箸於地，張妻戲曰：「定有好事。」鄭妻笑問故，曰：「别無好事，只是个光頭子。」一坐譁然，鄭已不堪。俄有外人喚之出，附耳語而去。衆問爲誰，曰：「王闍黎典袈裟在我處，將鹽來贖。」衆又大笑。鄭夫妻大怒捨去。鄭、張皆義勇民兵。鄭歸，取所佩刀，再至張門叫呶，張不勝憤憤曰：「你家做如此事，我請你酒食，却提刀上門駡我。」亦拔刀逐之。鄭愈怒，其子八九歲，卧於凳上，□吕本作「自」字。捽其首，斷臂折裂吕本無「裂」字。脅以死，而大呼投里正，言張二殺我兒。里正捕繫張，仍飛報縣，主簿李大東攝令事，檄巡檢驗實。張言了不知鄭子致死之因，而鄭妻守尸，拊膺哭云：「只有一子，爲夫所殺，將以圖賴張二。」於是兩家悉對獄，鄭坐殺子誣人黜流遠郡，張夫婦受杖，鄭妻、王僧伏姦罪杖脊。以酒席言謔之故，致禍如此。

陳長三

武陵細民張道僧，少失父母，獨與祖母霍氏居，年才十三四，而頗孝謹。紹熙辛亥之冬，久雨雪。方霽，張出溪邊，見魚遊，歸取鈎垂釣，得一魚，喜甚，串以竹杪，將還。溪西鐵爐下人陳長三望見，度水求之，張辭以欲歸遺婆，陳曰：「隨我到爐下，以百錢償汝。」又不可，陳徑攜魚去，張亦度溪追躡。至岸，挽陳衣，紛競不解，兩人俱墜水。陳長身豐偉，跨張腹壓之，且捽其頭，捶其項。岸上人聞叫呼聲，急趨救。張正負痛欲脱，從下舉足，適中陳隱處，陳立死。里正執張詣縣，獄成赴府，府守永嘉劉立義閲其牘曰：「此無罪人也。」即援王荆公斷鬬鶉事書判曰：「公取竊取皆爲盜。道僧得魚而長三彊取之，盜也。誘之過溪而取之，壓之水而猶不置，時窮冬凝寒，道僧疲弱，少緩且死，道僧以足踢之，偶中其隱死，是盜與失主鬬，爲失主所殺耳，道僧無罪。」召保知在具申提點刑獄司及省寺，竟從所斷。陳氏之人亦無詞。人謂長三之勇何止勝道僧十倍，而恃力以逞，天實誅之云。

商德正羊

淳熙十三年冬，隆興進賢縣舒致政以生羊饋府事呂本作「士」。商德正，留家旬日，送往塔園豢。呂本多一「養」字。明年夏，貨之於屠者孔生，木呂本「木」作「叔」，疑是「收」字。於東湖傍。至初冬，將殺之，忽失所在。是日正午，德正在家，見一羊自外奔入，至堂而跪，爲赴訴哀鳴之狀，已而喘卧廚中。認其爲元物，呼詢孔屠，得其事，嘆曰：「羊向者來此，少日即去。今相隔一年，吾所居升平坊距塔園五里，中間岐路不易識，而能逃死就生如是，豈冥冥有神使之然以警世耶？」即還元直而存之。郡人盧國英爲作《跪羊記》。又三年，羊死，瘞之塔園，因與寓客田顥叔語如此。其夕，夢抵西山朱橋莊，遇婦人襁乳兒來拜曰：「兒被公恩，今得爲丁家子，敢不敬謝。」翌旦，往審之，耕僕丁氏，果以羊死之日生男子。顥叔又爲之記。

簡坊大蕈

進賢縣簡坊市，皆諸簡所居。田僕趙三，每日入山采薪。慶元元年七月，久雨乍晴，持斧至山顛，見巨松下一大蕈，其徑一尺八寸，摘歸誇語鄰里，以爲平生所未見。酒肆王翁尤異之，謂曰：「我與爾錢，爾以與我，將挂於店外以誘飲客。」趙許之，原本無「之」字，從呂本補。而嫌所酬之薄，與妻言：「蕈如許大，而王翁只肯還五十錢，不如我一家自飽。」傍人亦以是贊之。呂本作「傍人亦是之」。即分擘洗滌，和米加味作臛，唤妻子婦孫均食訖，乃就寢。未及交睫，皆覺腹痛雷鳴，競奏廁，到明盡死，獨一孫數歲，以嘔吐得免，簡氏爲收育之。蕈之有毒固多，此禍一何慘也。王翁家與酒客亦危矣哉！右九事亦李仲詩説。

復州銅磬

復州乾明寺，四隅皆湖。紹熙辛亥，漁人舉網得古銅磬，泥土污蝕，方就水揩滌寸許，其光赫然，透照腸胃，而旋轉不止。置之篷頂亦然。波濤旋覺洶湧，謂爲怪，擲之岸上，以棹扣擊，聲徹雲漢，而旋轉愈甚。因投腐魚實之，猶不止，乃棄諸水中。明年春，主僧清顯方聞之，募衆漁舫索得於別浦，但經魚污處不復光，唯唇間尚可燭鬚眉。聲雖清揚，終不如向來也。

向仲堪

樂平向仲堪，字元仲，紹興十一年通判洪州。府帥梁揚祖侍郎峻於治盜，嘗有殺人盜委向審問，吏以成牘來，問盜所在，對曰："彼已伏罪，例不親引，恐開其反覆之端，但占位書名足矣。"向曰："人命至重，安得不見而詢之？"幹官趙不係譖於梁，梁召向責其生事，向曰："如帥司即日徑誅之，何必審實？既付之獄，則當準式引問，若無罪而就死地，想仁人不忍爲也。"梁感悟，遂竟其問，果平人耳，遂得釋。後自池州赴調，宿留旅邸，一疾瀕於危殆，夢至殿宇間，聞王者云："向仲堪有治獄陰德，特延半紀。"既覺，浸以安愈，詣天慶觀啓醮筵以謝再生，其青詞自述云："頃既罹於重患，忽得夢於良宵。覘玉嶺之無涯，恍身歷真都之邃。續龜年而有永，覺親聞帝語之祥。"旋復貳處州，終於官，距夢時正六年數也。

公安藥方

向友正，元仲之子也。淳熙八年爲江陵長使，攝公安令，癰發於胸臆間，拯療半歲弗愈。嘗浴罷，痛甚，委頓而卧，似夢非夢，見一偉丈夫，長鬚巨目，執拂塵，披衫微揖而坐，傳藥方與之曰：「用末呂本作「没」。藥、瓜蔞、乳香三味，以酒煎服之。」且言桃源許軫知縣亦録此方，但不用瓜蔞，若欲速效，宜服此。友正敬謝，即如其言，不終劑而痊。後詣玉泉禱雨，瞻壽亭關王像，蓋所感夢者，因繪祀於家。

向友正

向友正紹熙四年爲復州推官。五年正月十五夜，月不甚明，其子彦章見舍後一黑物，長丈餘，以爲木影也。俄而少動，因叱之，逡巡而隱。明日，白其父。父曰：「翁翁在贛時，我夜讀書窗下，月明呂本作「色」。皎然，睹一影甚巨，自隙窺之，乃極長黑人，腰與簷齊，怖而就寢。既而翁捐館。今無乃類此乎？」後九日，友正無疾而卒。先是，孔目官任遜死已十餘歲，是日遜妻見故夫幘履袍笏，疾趨過門，全如生時形質。呂本多「妻固」二字。邀之還舍，辭曰：「吾今爲西祠判官，適孚惠神王以推官嚴明，使召之。汝姑少待。」至二更後，復來叩門，語曰：「向公非人間可留，必別除命，我行亦不容緩矣。」遂去。俄而向亡。

劉之翰

田世輔爲金州都統制。荆南人劉之翰者，待峽州遠安主簿闕，作《水調歌頭》詞獻之曰：「涼露洗金井，一葉下梧桐。謫仙浪遊何事，華髮作詩翁。烏帽蕭蕭一副，坐對清泉白石，翹首撫長松。

獨鶴歸來晚，聲在碧霄中。神仙宅，留玉節，駐金狨。黔南一道，十萬貔虎控雕弓。笑折碧荷倒影，自唱采芝呂本作「蓮」。新曲，詞句滿秋風。劍佩八千歲，長入大明宮。」田覽之大喜，致書約來金城，欲厚加資給，之翰遽亡。明年，田出閱武，見之翰立道左，泣曰：「人鬼殊塗，公能恤吾家，亦足表踐言之義。」忽不見。田大驚異，亟送千緡與其孤。

夷堅支丁序

稗官小説家言不必信，固也。信以傳信，疑以傳疑，自《春秋》三傳，則有之矣，又況乎列禦寇、惠施、莊周、庚桑楚諸子汪洋寓言者哉！《夷堅》諸志，皆得之傳聞，苟以其説至，斯受之而已矣，聱牙畔奐，予蓋自知之。支丁既成，姑摭其數端以證異，如合〔原作「何」，據支丁卷二《吳庚登科》條改。〕州吳庚擢紹興丁丑科，襄陽劉過擢淳熙乙未科；考之登科記，則非也。永嘉張愿得海山一巨竹，而蕃商與錢五千緡；上饒朱氏得一水精石，而苑匠與錢九千緡，明州王生證果寺所遇，乃與嵊縣山庵事相類。蜀僧智則代趙安化之死，世安有死而可代者，蘄州四祖塔石碣爲郭景純所誌，而景純亡於東晉之初，距是時二百餘歲矣。凡此諸事，實爲可議。予既悉書之，而約略表其説於下，愛奇之過，一至於斯。讀者曲而暢之，勿以辭害意可也。慶元二年三月十九日序。

夷堅支丁卷第一 十二事

南康神惠廟碑

大觀三年秋，長樂陸端信藴，自太常少卿坐議原廟不合，謫爲虔州瑞金令。其弟端禮藻在京局，亦丐去，得武夷沖佑觀，隨之官。是歲九月戊子夜，夢艤舟江皐，登北岸，見堂殿崇深，一丈夫衣冠甚偉，前揖曰：「吾順濟王也，子何爲至此？然吾祠宇方興，子當爲吾記，仍書之。」藻逡巡謝曰：「欲作記須刻石，此無碑材；欲書則字畫不工，且名字湮微，不足爲重。」乃以中朝達官某人吕本多一「爲」字。言曰：「王其諉之。」王色莊聲厲曰：「誰謂南康而乏碑材？誰謂達官吾不知也？但記而書之勿辭。」藻拱曰：「敢不敬奉命。」王色定，延之以入。脩廊曲檻，花木掩映若圖畫然。久之，語曰：「吾今修行，子行歸矣，當以順風奉送。」又曰：「風之順逆，亦非可私，特世人弗知之耳。」俄有武夫磬折庭下，王顧曰：「今日風色何如？」對曰：「順風也。」王笑視藻曰：「可去矣。」相與行至林麓間而别。王登車，車制絶異。藻請其名，王曰：「禹乘四載以治洪水，此其一也。」即與徒御去如雲煙，藻矍然而覺。十一月罷祠入京，調南安軍南康丞，復歸瑞金。政和元年八月至官。二年二月甲辰夜，夢中恍惚若見王者。後數日，邑民來告，蜿蜒之物見於橋者三日矣，請各獻地，創爲神惠廟，以奉王靈。三月甲子相地，越十日甲戌，神見於祠所，于是廟成。藻念昔歲之夢，王云南康，蓋今涖官之處，其所建立，乃江之北岸也，遂爲作記。以八月丙午立石於廟中，石刓敝不耐久，淳熙十三年，知縣李秩重刻之，今見存。事見陸碑。

王百娘

明州王氏女百娘，少孤寡無依。其舅陳安行舍人每携以之官，連歲苦疾疢。紹熙三年夏，忽患瘖聾，不能與人接。僅識字，每有所欲，但於紙上書之。陳批諭使投誠觀音大士，冀或慈憐。因且勸以作禮西方阿彌陀佛，乃吕本作「仍」。晨夕禮拜不怠。每假寐如入定狀，必見端嚴瑞相，訓誨拳拳，親授四句偈曰：「淨土周沙界，云何獨禮西。但能回一念，觸處是菩提。」又云：「可普勸持誦。」曾未踰月，二患頓愈，元不假醫藥之力。陳謂其一念純至，應答如響，鏤板以廣其傳。

徐熙載禱子

樂平徐熙載，只有一子，以淳熙甲午歲八月二十四日亡。明年，徐寓舒州，宿松令鍾炤之館舍。值子初朞偕「偕」字疑誤。南臺寺供佛，長老宗悟陞座，爲舉唐顧況之子非熊再生爲顧氏之子事，且云：「吾有觀音聖相，極靈異，今以相授。能刊板印施，必獲報格。」徐敬而受之，携歸書齋。鍾令爲喚匠者於郡城，踰月方至。啓像匣視之，已有黄蜂作三土窠如龍眼大，其子同時飛出，二巨者甚偉，一細者甚弱，幾不能相追隨。鍾令喜曰：「螟蛉之子殪而逢蜾蠃，祝之曰：『類我，類我。』久則肖之。舜俞它日當有三丈夫子矣。」明年，果以八月二十四日生男，名曰伯仁。考諸五行命書，實爲還魂格。繼又得兩男，季子秀而不實，符弱蜂之應云。鍾令嘗爲之序。

建康太和古墓

建康屯駐中軍教場在城外，其一隅有堆埠，坡陀突兀，相傳古墓也。統制官成彦信以其妨礙毬馬奔馳，且妄意冢中之藏，鋭欲去之。夜夢一女子，衣裳冠珥，不似時世結束，年可三十許，顔貌美麗，泣云：「妾處此八百餘年矣，遺骨棲棲，幸而得存。今聞欲見發掘，倘於人不至深害，願止此役，無使泉下起暴露之歎。」成覺，以告同輩，咸勸其罷議。堅不從，竟命徒削平，果得冢穴。其磚甓上有晉太和年月鐫記，蓋海西公在位時妃嬪葬處。雖骸骴不存全，而粧奩鏡臺盆盂之屬，皆精金所製，凡數百兩，悉掩有之。自以爲得策。未幾，一皁隸從臨安來謁，言：「見執趨走之役於甘太尉門下。今此軍郭都統本太尉所引薦，而近者頗忘恩背德，故使我來語君，託密廉其過，欲行罷斥。若能哀具其實上之，當擢君爲代。」成大喜，信以爲然，厚犒之。即醸織十數事示所親，且其性不能謹，又漏言於人。郭聞之憤怒，摘其罪，舉劾之。坐削職秩，使白衣自效。是時淳熙十一年，景裴弟倅貳建康，亦識之。經十餘年，後帥皆謂家賊難防，莫肯收置戎列，無由可復故物。知之者以爲陰譴致然。所謂甘氏之隸，蓋亦常常至諸軍傳達主公之旨意，後以過遭逐，猶冒循舊態，故成生不以爲欺。成生，故開府儀同三司閔之子，記其名不甚的。

三趙失舟

江東總管趙士岈說：淳熙十二年，宗室中有叔姪三人，自臨安調選歸，其所居同邑，當四五月之交，共買小舟。經吴興，過溪中一灘，日午，風大作，天色晦冥。若有物執其柁，卽時淪覆。幸水淺得不溺死。既達岸，茫不知爲計。俄一籠漂至前，視之，則叔勅誥袍鞾之屬，雖遭洴浸，略不污濕。叔甚喜。二姪泣曰：「叔已無所憂惱，奈我等何？」繼又一籠至，二姪文書在焉。日已暮，投宿村舍。凌晨，徒步而出，見田父荷鉏治地。望其倉皇愁窘，問之，告以故。父曰：「盍往問趙法師？可知底蘊也。」且語其居處。遂行訪之，亦宗室素相善者。趙歷扣曲折，云：「彼處乃小小川瀆，何能壞舟船？必有異。吾行制神鬼術，當相爲考召，立可見矣。」作法才畢，鬼物已盈家，其爲首者，蓋向所遇田父也。趙責數之，仍索舟中物，一一皆悉爲此鬼家屬服用。若都城所買吕本作「謂」。冠珥首飾，則婦女掩爲裝具。趙怒罵曰：「汝既溺人舟，又竊取所齎，安得逃罪？」欲行纒治。次對曰：「某忝爲當界土地，前此數日，被城隍司公牒指名覆此舟，諸物皆據牒交領。惟三人誥命及制書非籍中所載，旋送還之矣。牒見存，可以驗視。」趙取而閲之，竟無以罪，於是釋使去。

德興潭魚

德興縣鄉落間有大潭。四十年前，一巨鱖出没其中，身如葦席，兩頜長闊。每出游泳，輒有小者數十從之，亦各長三四尺。居民見之熟，不以爲異。某道人自江西至，與居者言：「此物不可不去。若停留更久，將爲里社興大災。諸人儻見信，肯出錢稍與我，當爲去之。」於是村疃遠近共約，許以三十千。道人曰：「吾必俟見效，然後告行。」使采刈水蓼，無問新舊乾濕，悉貯於敝竹籠中。凡數日，所得盈岸，乃舉置於潭。翌日，曀霧坌起，障塞潭面，零雨霏霏，一聲震響如雷，徐即開霽。則自潭上削成溝，深徑各數尺，巨鱖由之而出，赴江中。羣魚尾隨者十餘頭，曝於泥沙不能去，村民争取以食。一鄉喜賀，謝錢如約付之。道人受已，卽辭去，然無有詢其鄉里姓氏者。邑氏張增師川親見之，爲景裴説。右三事景裴説。

楊戩毁寺

崇寧以來，既隆道教，故京城佛寺多廢毁。先以崇夏寺地爲殿中省；政和中，又以乾明寺爲五寺三監；楊戩又議取太平興國寺改爲邸店及民舍，以收僦直。初拆正殿，瘞佛象于殿基之下，至於支體破裂。已而戩病，亦胸腹潰析而死。時中貴復有欲毁啟聖院者，坐是乃止。李方叔侍郎説。

禁中涼殿

政和間，詔於禁中之西南營一凉殿，爲雄屋四重數十楹。既成，將涓日游幸，扃鑰甚嚴。每夕命小黄門兩人守直其處，時已炎暑，但對寢于撲水下。夜未半，聞内外喑嗚叱咄，聲殊猛厲，竹夫人相逐躍舞，不容交睫，顫悸徹曉。以告知省盧太尉，盧别易兩輩往，説其怪亦然。猶未深信，親往驗之。才至殿外，正門軋然自啓；盧遽入，卽有人鎖其扉。以至第二、第三重皆然。望其中燈燭輝赫，寒風肅然。哲宗南面坐，嬪御列侍，巨璫郝隨、劉友端輩十數人拱立。見盧至，喝曰：「盧某何不起居？」盧流汗再拜。繼呼使前，宣問曰：「汝來何爲也？」對曰：「被旨洒掃新宫，不知聖靈在此，觸突天威，死有餘罪。」帝意怒不釋，曰：「汝歸去説與官家，這些個屋也讓不得與我。」盧曰：「恭領聖旨。」又拜而退。每出一門，隨卽施鎖。明日白奏，不敢盡言，唯云：「車駕乞未須往。」遂虚而不居。盧之孫居於豫章東湖上，爲客話此。張才南説。

韓莊敏食驢

韓莊敏丞相嗜食驢腸，每宴客必用之，或至於再三，欲其脆美，而腸入鼎過熟則靡爛，稍失節則堅韌。庖人畏刑責，但生縳驢於柱，才報酌酒，輒旋刺其腹，抽腸出洗治，略置湯中，便取之，調劑五味以進。而持紙錢伺於門隙，俟食畢放箸無語，乃向空焚獻焉。在秦州日，一客中席起更衣，自公廚傍過。正見數驢咆頓柱下，皆已刳腸而未卽死，爲之悚然。客生於關中，常食此肉，自此遂不復挂口。韓平生嚴毅，令行禁止。罷相之後，出鎮長安。時藩鎮庭參之儀久廢，唯初到日聊一講，韓令五日一爲之，僚吏厭苦。一旦得小詩於屏上，其詞曰：「五日一庭趨，全如大起居。相公南面坐，只是欠山呼。」韓讀竟，略不動色，徐言：「却是我錯了。」於是改令每遇坐廳日〔原作「日遇坐廳」，據周本改。〕則爲之，謗者亦息。人服其臨事不懼，堅彊有決云。徐端立說。

郭大夫

郭大任掃除和州妖祟，見於庚志中。其子雲，居平江，調知杭呂本多一「州」字。之於潛縣。未赴上，夢入書室，有人授以錢數百、米數升，曰：「是君平生祿料也。」寤而不樂，以爲所享若是之薄，前程事可知矣。自此不復詣彼處。久之，恍如有所遇，寫仳離書與妻楊氏。楊氏，和王女也，伉儷十餘歲，生男女三四人矣。捧書悲泣，莫知所爲。雲出居外舍纍月，親朋爭勸挽使歸。楊氏之兄子靜樞密鎮江陵，過其家，取離書焚之。然遂與妻異寢，不復受俸料。官期至，不肯往。自宣教郎積年勞數進秩，當轉大夫。文書到吏部，趙子直爲尚書，持之不爲上鈔，曰：「安有臥家十五年不仕宦之理！」符平江審其存亡，陳公亮以提刑攝府，勉使到闕，始獲拜命。閤門以無近歲俸曆，又以爲疑。宛轉料理，乃得放見注嚴州建德宰，時紹熙四年也。雖居閑而意緒常忽忽，四月十八日中夜，忽呼其子曰：「吾神志大不佳，懼有禍至。」子驚怖，問所以然。語聲浸低，殆不可辨，越六日不起。蓋二十五日當支料錢，故先一夕而沒，才年五十三。其婿翁瀚爲饒州推官，說此。

王大卿

王季德尚之以故九卿起守平江，到官僅一月而卒。府僚合力爲治喪，臨入殮，尸忽猛張不可容。其子泣告衆曰：「先人頃呂本作「向」。自作壽具，頗爲華壯。在家之日，每小有不適，輒偃臥其中，或至三兩夕。尋常見之則喜笑，必引手摩拊。今寄於震澤一甲僕家。料神靈欲是物送終，故顯此異。若急遣人取之，載以小舟，不兩日當可到。」於是用盃珓審其可否，一擲卽聽，香烟才息，尸已如初。翌旦，元棺至，遂克殮。時郭大夫雲方下世，其家以五十萬就買新製者而用之。翁濟子蓬說。

營道孝婦

道州營道縣村婦，養姑孝謹。姑寡居二十年，因食婦所進肉而死。鄰人有小憾，訴其腊葉本作「置」。毒。縣牒尉薛大圭往驗，婦不能措葉本有「一」字。詞，情志悲痛，願卽死。薛疑其非是，此句葉本作「薛疑之」。反覆扣質，婦曰：「尋常得魚肉，必置廚内柱穴間，貴其高燥且近。如此葉本多一「者」字。歷年歲已多，今不測何以致斯變？」薛趨詣其所，見柱有蠹朽處，命劈取而視，乃蜈蚣無數，結育於中。愀然曰：「害人者此也。」以實告縣，婦得釋。予記小說中似亦有一事相類者。薛字禹圭，河中人，予嘗誌其墓。

夷堅支丁卷第二十四事

小陳留旅舍女

黄寅，字清之，建安人。政和二年試京師，未到六十里，抵小陳留旅舍寓宿。夜將二鼓，觀書且讀，聞人扣户聲，其音嬌婉，出視之，乃雙髻女子，衣服華麗，微笑而言曰：「我只在西邊隔兩三家住，少好文筆，頗知書。所恨墮於女流，父母只令習針縷之工，不遂志願。今夕二親皆出姻知家赴禮會，因乘間竊步至此。聞君讀書聲，歡喜無限，能許我從容乎？」寅留與坐，即撿書册翫誦，又索飲。具酒款接，微言挑謔，略不羞避，遂就寢。鷄鳴而去，復約再會，往來幾半月。店媪訝其無故而久留。其所親柳仲恭者，過而相遇，拉以同入都。女子已知之，倏來告别，携手而泣。寅發篋出銀五兩以贈。旦而上二字吕本作「别去」。行，可二十里，地名柳林子。見一廟神坐傍侍女，宛然是所遇者。詳觀之，其色赧赧然若負愧之狀，紙裹墮側，銀在手中，初未嘗啓視也。

燕太尉樓

燕達太尉，元祐初以殿前都指揮使終於京師，家有樓，甚宏麗。其孫詁，年十三歲，頗剛果。一夕，見吏士數十輩，擁一男子，著淺黄衫，裹青荷巾，執白羽扇，徑登樓，歌童舞女繼至。男子正中坐，衆姬以次奏伎。酒行正洽，詀自隙窺之，喚僕妾執器仗欲上。才至梯半，聞空中人厲聲曰：「漢王子在此，不可無禮。」逮到樓，闃無所睹，而酒炙果實在焉。所用樽罍七箸，悉燕氏物也。高明鬼瞰，其語誠然。自後不復至。

吴庚登科

吴五承事者，合州赤水縣人，其家頗饒於貲。傳四世皆一子，專務陰德，凡可以濟衆振貧者，無所不盡。至五承事遂生兩男。其壻張溥司户勸其次子庚讀書，招邑士張垣呂本作「坦」，下同。於館舍。及赴鄉舉，垣黜而庚預薦，將就類試，乃捐錢百千，結同舉勾龍涣以爲助。迨入類場，類場「類場」二字重見，疑衍。中則兩人分坐東西廂。是歲紹興丙子，場屋嚴肅，不得相往來。庚才短思澁，窘迫無計。髣髴見垣在側，取其試卷，一揮而成文。凡三日皆然，遂中高等。張溥扣其所著，略不能言。溥曰：「正使全出勾龍手，獨不稍記梗概以答交游問問訊者乎？」庚曰：「與勾龍對廊坐遠，甚失望。非賴張先生力，殆成曳白矣！」溥感垣之德，亟往見道謝。垣駭曰：「垣既不發解，何由入得類場？君無戲我。」俄庚亦來謝，垣怪歎其異，曰：「是亡它，乃君家累世陰隲，彰聞天地，神祇故以善祥相報。」庚登科，調果州相如主簿。按登科記，丁丑牓無此人姓名，疑未必然，或年歲有誤也。

顧百一

温州村落一山，去城市遠，無人買佃，但名爲官山。乾道中，農民陳、李兩叟，各劚地種粟。聞深處有哭聲甚哀，輟鉏聽之。俄又聞其傍一人慰解之曰：「不須憂，明日有車頭大洋擔火麻人顧百一當替汝矣。」明日，陳、李復往，正見擔麻者來。問其姓，曰：「顧。」問所居，曰：「車頭大洋。」於是爲説昨事，力挽之回，言若不相信，必死於鬼手。顧喜謝，與之俱還。將至家，未及門，立化於道。

黄衣婦人

安自強，字行老。紹興二十七年，爲荆南安撫參議官。其子勵，令幹僕魏璋以十月一日買黄牸牛并其犢。既殺犢爲脯矣，才數日，又欲屠其母。先一夕，勵夢一婦人，著黄衣，泣拜無數，懇言曰：「女子已遭官人剮了，乞恕妾命。」勵未及對，其人相隨申訴不已，遂寤。爲表弟盛采話其異，且扣魏璋，乃知已縛牸牛，方擬屠剥。勵大悔悟，棄死犢餘肉於江，而牽牸付興化寺，終身不食牛。

安妾柔奴

蜀人安自牧，喪妻之後，買妾曰柔奴，付以閫政。恃主人寵嬖，恣横頗甚。一婢安兒，産子方滿月，用計殺之，而逐其母。乾道七年，自牧以置制司幹官卒於成都。其家歸常州，寓居新興寺。

柔奴感水蠱疾，歲餘而死。所親盛子東及諸安族來弔，以俟大殮。命僧修設薦嚴，方呪亡位食，尸忽自起而坐。衆駭懼奔走。唯一老僧獨留不去，曰：「此尸蹶爾，何足畏！」伸脚蹬之倒，亟舁入棺。咸以爲積惡之報。

盛八總幹

盛八總幹者，名挺，字特夫，開封尹章之族孫也。寓居潤之金壇縣小曲觀。生三子，長曰木，登進士第；次曰栗；季曰果。紹興十九年十一月十九日晡後，有異怪起，甲士鐵馬可百輩，各長三寸，分兩陣，馳驟戰鬬於庭除。凡歷半月，日增數十騎；稍聞金鼓之聲，喧鬧特甚。挺不勝駭憤，拋大塼亂擲，則散走門堂庖廁，隨處四集。或遺下弓矢刀矛，皆絶小而形製悉具。是日暮乃不見，一家不知所爲。歲未盡，挺卧病而卒。木待次楊州教官，繼死。栗忽失所在，罄力搜索，杳不得其蹤跡。妻徐氏懼禍之延，亟挈孤幼往常州，依表叔安自強同居，始得息。厲鬼爲妖若是，未之聞也。

大善寺白衣人

恩平郡王娶司農丞王楫女，其家因是寓居於越府大善寺之羅漢堂。次子元卿，出入王府，董督脩繕之役。率意營築，凡所謂方隅禁忌，一切不問。淳熙十三年四月，得病危困，遷泊外書室中。二十六日晡時，似夢非夢，見偉人長可九尺，裹唐巾，白衫黑帶，謂之曰：「汝犯九良呂本作

「梁」。星，當死，故來報汝。有一法可以禳治：今夜三鼓，當有二神人來，必不利於汝。宜取木一截，覆以衾，置於床上，却用物藉地而卧，可脱此厄。」元卿頓首奉戒。纔夜半，二神果來，奇形猛狀，獰惡可怖，瞢瞢忽忽，若尋覓之狀。俄劃然有聲，唐巾者出曰：「可賀，可賀，彼已爲齏粉矣。」舉手拽之，二物遂去。元卿謝曰：「不知尊神爲是何靈祇，而蒙委曲救護如此？」曰：「汝前生事我極謹，是以救汝，無用問其詳。」疾步而出。至旦，視衾内之木碎如柹屑矣。病從此愈。思報其恩而不可得。憶昨見時，衣衫頗故敝，乃以絹兩疋作大衫，具疏并楮鏹焚獻之。其兄正卿嘗作記。

圓潭墜鐘

福州長溪縣境有圓潭者，水深叵測。左右有徑路，通商賈往來，而變異靡常。曾有荷擔而過者，見一徑頗廣，塼甃整潔，且多金銀器物，棄擲于地。人争趍之，則没於潭中，不可得。紹興三年，近居村民姚叟，當秋夜，聞鍾聲鏗訇，響振山谷。偕二子乘月往觀之，正見一鍾墜于潭，潭之側三寺環遶。僧知其異，明旦，各持誦經呪，投牒請禱，冀得鍾。左右二寺皆邈然弗應，惟中寺纔擲牒，水即湧高丈餘，鍾隨而浮上。僧具威儀梵唄，迎以歸。其重三千斤，雙龍蟠結，精巧特甚。安奉於寺樓上。繼此一潭帖然，不復有異。數歲，寺遭火一空，獨鍾樓屹然不動。

張次山妻

洛陽張濤次山，宣和甲辰爲宿州户曹，喪其妻。是歲冬，入京參選。因南至休假日游相國寺，於稠人中與亡妾迎兒遇。驚問之曰：「爾死已久，何因得來此？」對曰：「見伏事媽媽，在城西門外五里間一空宅居。官人可以明日飯後來彼相尋，迎兒當迎候於路。」張如其言，果見妻。妻泣訴曰：「我坐平生妬忌，使酒任情，在此受罪。君幸少駐，可見也。」至晡後，聞騶哄傳呼，旌旆劍戟，儀衛甚盛，紫衣貴人下馬入正廳。一行從卒，悉變爲獰鬼阿旁形狀。呂本多「叱令」二字。運長叉，揕妻至前斬首，且析其四體爲數十段。已而復生，鞭訊痛楚。移時，紫衣去，一切如初來時。妻曰：「每日受苦如此，須請泗州大聖塔下持戒僧看誦《金剛經》，方免茲業。」明日更至此觀之，及期，所睹如昨。但只加執縛，不復斬臠。紫衣問曰：「汝必曾發願，故惡業漸消，可實告我。」妻具對。卽合掌曰：「善哉，善哉！勉之。」既去。妻與夫訣。張調官東下，至泗州，設齋賽經回向畢，再詣京城西，茫無所見。其夕夢迎兒云：「媽媽傳語官人，謝經文資薦，爲士人家男子矣。」紹興中，濤知常州，其甥安勸説。

范之綱妻

會稽士人范之綱，居於城中，壯歲下世。有兩子，能謹畏治生，日以給足。其母早夜焚香，敬禱天地百神，且誦經五十過。凡十餘年，未嘗少輟。淳熙元年下元日，設三官位，供事甚勤。燭下一神人出現，語之曰：「婆婆年來家道長進，兩個兒子留意産業；孫男女五人，仍有奴僕；又老身安強無疾病。居於塵世，真不易得。此外更何求，而朝朝暮暮，香火臻至如此？願聞所欲。」母謝曰：「老妾感謝天地護祐，一家百無所望，只願安然得飽飯吃。」神曰：「衣食定不缺，若欲安然得之，恐難也。」語畢而没。予謂世之人無功無德，坐享富貴，使聞范媪之事，宜知所警。

張承事女

湖州張承事女，容色美麗，以乾道癸巳歲生，至紹熙庚戌，十有八年矣。事父母孝謹，不妄出户庭。是春，忽得呂本無「得」字。感疾，常切切如與人昵語。醫巫不能治。時有道流，善攝制鬼魅，行業孤高，呼爲煞先生。郡人延礜於張，邀至家。方仗劍噀水，此女出侮困之，殊不少懾。生深自愧悶，起行外間，假寐橋側。魂氣縈繞而上，若出神然。逢九天采訪使者巡游，儀衛甚肅。因詣車下，再拜，告以張氏女爲妖所纏，不容遣逐，願賜指示。使者曰：「可用金橋訣治之。」旋即夢覺。再登張門行法，女抑首屈服。問其姓名，曰：「某乃其鄰廟神。張承事昔貧時來禱於某，願以此女爲妻，緣是加意擁護。今幾成富翁，而頓負盟約，所以作祟。蓋其父母素心相許如此，非敢擅殃之。法師賜鑒可也。」生曰：「欲命工塑女像於神位之左，儘可從容。而令捨其精魂，復還故幹，如何？」神謝曰：「敬諾。」後遂帖然。今已納壻。

龍溪巨蟹

福州長溪之東二百里，有湫淵曰龍溪，與温州平陽接境，上爲龍井山，其下有大井，相傳神龍居之。淳熙初年七八月之交，不雨五十日，民間焦熬不聊生。磬「磬」字疑誤。祈禱請皆莫應。士人劉盈之者，一鄉稱善良，急義好施予。倡率道士僧巫，具旗鼓幡鐃，農俗三百輩，用雞鳴初時詣井投牒請水。到彼處，天已曉。僧道四方環誦經呪，將掬水於潭。見一巨蟹，游泳水面，一鉗絶大，背上七星，狀如斗，大如丸彈，光彩殊煥爛。遽滌淨器迎挹之，蟹隨之以疑有脱誤。舁者，才動足，雲霧滃然亂興，未達龍溪，雨已傾注。明日，遍迎往鄉閭，觀者擁塞，忽失蟹所在。甘澤霑足，衆議送之歸，彷徨訪尋，乃在劉後園池内。又明日，始備禮供謝，復致井中。自後有所祈必應。

朱巨川

餘干團湖民朱巨川，一意治生，以不仁爲富。嘗白晝有人抛塼入室，意姦盜所爲，審視之，無所睹，亦未以爲異。旬日後，又自空墜大磨石于庭中，繼而衣笥箱篋，火從内起。於是呼村巫治之，怪愈益肆，男女皆遭扼喉、批頰、弔縛、箠楚，舉室晝夜不皇寧。乃命道士設醮筵禳請。衆悉見火毬巡繞壇下，科儀未竟，抛石及於坐旁，不復可施法。其居旋爲火焚。遂徙寓别墅，相去十數里。百怪交作，生計蕩析幾半。有喻真官者過其家，爲言：「此非邪鬼敢然，以君家用秤斗出入不均，好利太過，造物所不容。天降其罰，非人力所能救。宜改過悛心，禍將自悉。」按：「悉」字似當作「息」。朱懼悔引咎，一切改爲，逮今無恙。此卷皆吕德卿説。

夷堅支丁卷第三十七事

如皎鹿母

台州臨安縣古城富室李氏庵僧如皎，母葉大嫂，與長兄居於北村，皎時時往省。淳熙十三年春母亡。明年小祥，皎脩設齋祭畢，還庵居喪，夢母至，垂泣曰：「我以平生不作善事，遂墮身爲鹿，只在近山中。來朝當爲鷹犬所趕逐，汝可出觀之，如見時以錢贖取，切勿忘也。」皎覺而悲傷。天甫明，率行僕數人俟於外。辰巳間，果有獵徒逐一鹿，鹿徑奔庵中。皎持錢五千與獵人，而留鹿飼養。凡三年後，復夢母曰：「我償業已足，免以獸軀飫人口腹，皆汝孝感所致也。」旦起，鹿死柵間。皎埋之於墓側，里巷呼爲鹿母冢。

石城廟神

贛州石城縣城隍祠，在邑治之側，水旱祈禱多應，土人敬事之。紹熙辛亥五月十七日，大雨傾注，溪流溢涌，浸通衢丈餘。祠門頹敗，士民合力一新之。門之左右元塑兩馬，是時忘設置。踰月後，知縣吕大年夢紫袍吏立庭下聲喏云：「大王令傳語長官，出入乏馬吕本作「騎」。乘，欲暫假駿騮兩匹。」吕許之。覺而思之，山邑元未嘗養馬，安能遺借？悟其事，乃自捐俸錢，即東西塑飾，用錦衣四健卒控馭。至七月，兼旬不雨，致禱祠下。香火才收，陰雲正晝四合，隨得膏澤，歲以大稔。縣人或夢神導從甚偉，正乘所塑東邊馬云。

陳恭公祖墓

石城永福寺，縣主簿據爲呂本多一「官」字。舍。藏院相對有丘隴，高且十丈，相傳是陳恭公祖墓，未嘗有人掃祭，其是否莫能知之。紹熙四年，衢人鄭瑄爲主簿，以其處顯敞可遠覽，欲平治隴首，建小亭。工料已具，僧徒慮或招譴，交勸止之。瑄方居官，自謂有威力，殊不信。廳吏葉愿，夜直宿書齋，夢騶導録續傳呼：「太師且至。」一金紫人坐肩輿而來，呼愿云：「我宅於兩岡將二百載，爾輩何得輒萌侵犯之心！」愿怖汗而寤。亟以白瑄，遂寢其役。

廖氏魚塘

紹熙四年六月，呂德卿以石城宰詣府，道經雩都縣曲陽鋪東，暫泊於居民廖少大旅舍。盛暑偃息，少大者，頗可與語，因言：有親弟少四，好使酒尚氣，向時每每相淩，置不與校。所居有兩塘，各廣袤二十畝，田疇素薄，只仰魚利以資生。弟忽起分析之議，勉從之。至取魚之時，弟倩村巫書符於瓦上，沉於吾呂本多一「所」字。得東塘，泊舉網，不獲一鱗。徐知其然，亦召此巫，如前法，於是西塘亦然。其後巫來相告曰：「汝兩人親兄弟，自不相容，而使我以邪術干正。慮貽譴罰，各宜悔初心，復同居共業。吾當爲爾解救之，切勿再起狂念。」兄弟皆奉其戒，巫乃别畫二符投之，魚遂如故。今每歲獲直不下數百緡。巫能不爲利誘，警人使和協，爲可嘉尚。惜不問其姓名。

李氏紅蛇

福州長溪人潘甲，妻李氏，顏色秀美，年二十三歲方嫁。後二年，偕娣姒衆婦出游園，見紅蛇蟠結於道上，凝然不動。注目諦觀之，還家卽得疾。初時語笑無節，雜出怪異不稽之語，然猶與人相應答。已而益甚，盡改變形態。或靚裝華服，新潔冠履，簪花滿頭；或被髮裸體，一絲不掛，跣行通衢中，泥塗荆棘皆弗避，路人聚觀疊跡，殊不動容。潘生懼其蹈死地，閉諸空室，曉夕謹視之。招村巫馬氏子施法考驗。巫著緋衣，集鄰里僕僮數十輩，如驅儺隊結束。繞李向所游處山下，鳴金擊鼓，立大旗，書四字曰「青陽大展」，齊聲叫譟，稱燒山捉鬼。遇蟲蛇之屬，則捕取以歸，沃以酒醋而享其神。夜引李氏出唱邪詩，與之對。巫拾碎瓦一器，赤足踐蹈。李初亦效焉，足破流血。巫又煅方塼通紅，而立其上，煎湯百沸，置大鑊，用手拈掇，頓于頭，旋走三帀。李皆不能，遂斂臂屈伏。巫傾沸湯，令李濯足。坐之小椅，勒其供通姓名。具狀言不敢再作孽。乃遣一介押出門，行百步許，仆于地。潘生掖起，擁歸房，了不省人事，昏昏如醉。經一晝夜，精神稍復而極慙恥，凡兩旬始安。扣向來所遇，不能言，蓋亦羞之也。

海山異竹

温州巨商張愿，世爲海賈，往來數十年，未嘗失時。紹興七年，涉大洋，遭風漂其船，不知所屆。經五六日，得一山，修竹戛雲，彌望極目。乃登岸，伐十竿，擬爲篙棹之用。方畢事，見白衣翁云：「此是何世界，非汝所當留，宜急回，不可緩也。」船人拱首白曰：「某輩已迷失路，將葬魚腹。仙翁幸教如何可達鄉閭？」翁指東南方，果得善還。十竹已雜用其九。臨抵岸，有倭客及崑崙奴，望桅檣拊膺大叫「可惜」者不絕口。既泊纜，衆凝睇船内，見一竹存，争欲輟呂本作「求」。買，曰：「吾不論價。」愿度其意必欲得，試需二千緡，衆齊聲答曰：「好。」卽就近取錢以償。愿曰：「此至寶也，我適相戲耳。非五千緡勿復議。」崑崙尤喜，如其數，輂錢授之，而後立約。約定，愿問之曰：「此竹既成交易，不可翻悔。然我實不識爲是何寶物，而汝曹競欲售如此。盍爲我言之？」對曰：「此乃寶伽山聚寶竹，每立竹於巨浸中，則諸寶不采而聚。吾輩世舶游，視鯨波拍天如平地。然但知竹名，未嘗獲睹也。雖累千萬價，亦所不惜。」愿始嗟嘆而付之。予謂温州未必有倭船到岸，而蕃客安得見仙，當以詢彼人也。「見仙」，呂本作「見錢」。

寶華鐘

王德全少卿珏，紹興十四年，待行在糧料院闕，寓居平江横金市。市之西南曰魯都灣，有田數百畝。欲卜築於彼，未果也。相去又半里寶華山，有禪刹曰慈巖智顯。殿宇宏敞，近村寺舍皆莫及，土人呼爲小靈隱。主僧來謁王，言：「昨夜夢神人告云：『横金王判院，乃舊檀越，與兹一方有善緣，盍勉之使居此地？』其意殊不可曉。」於是王決策謀徙，而未能遽辦集。會其妹婿李耔通判以所居求售，卽買之，而拆毁其材植以供用。甫兩歲，第宅雄成。他日，同姻朋詣彼刹，登鐘樓，讀其鐫誌曰：「重和元年，將仕郎前崑山縣主簿王珏施淨財一力鑄造。」正與己姓名同。主僧相顧歎異，始悟神人有緣之語。

阮公明

臨安於潛縣士人阮公明，幼聰敏，爲太學生，不事拘檢。將往臨平鎮娶婦，因醉持篙擊水手墜水死。廂吏本多「吏録」二字。付仁和獄，法爲誤傷，罪不至大辟，而以久繫隕命。後十年，同舍生王質自外州教授受代到中都，晚坐旅邸，一僕捧刺來云：「阮上舍拜謁。」視其名，則公明也。相見悲喜，敍舊款曲，復邀飲於肆。酒數行，歎曰：「吾久墮鬼籍，緣天年未盡，陰司不收，但拘縻於城隍。晝日聽出，入夜則閉吴山枯井中。如我等輩，都城甚多，每到黄昏之際，繫黄裹肚低頭匍匐而走者，皆是也。」回首指其僕曰：「此人亦是。各隨貴賤留下，更相服役。與世間不殊，不足爲異。」酒罷，辭去，握手囑曰：「某尚有十年留滯，未能受生。幸爲作書白家君，修水陸道場，可減六七年之限。願無忘。」長揖而逝。明日，質遣報其父，不之信。質自捐橐金辦佛事資薦之。數日後，出外歸店，人言阮留謝刺而去。其所用紙，蓋人間者。自是不復見。

人魚劍脊烏［「烏」，目録作「鳥」。］

乾道六年，湖州市中弄蛇客，養一魚於瓦盆。狀似鮎而色黑，腹下出兩手若人狀者，十指皆具，蓋所謂人魚也。又武康山間産一種蛇，名曰「劍脊烏」，大而善走。逢人則昂首而立，其尾著地不及寸。須急趨避之，乃免其害。

卞山佑聖宫

紹興初，湖州卞山之西，有沈崇真道人者，得真武靈應聖像，因結庵於彼奉事之，仍持符水治祟療病，效驗殊異，而民俗皆呼爲真人。後增建一堂，買度牒爲道士，其徒從之者數十輩。忽有紅光四道，起於堂後，近視則無所睹。沈旬日，試於光處掘地，獲有青石。長三丈，闊尺許，上刻天關地軸相交糾，兩日光彩浮動。遂砌一龕。自是士女敬信，益倍昔時，共爲移遠鄉廢元峰觀額以標其字。沈守約丞相當國，奏賜額曰「佑聖宫」。崇真既没，今厥孫住持云。

圓真僧粥

吕彦能授〔「授」，案支景三《瓦上冰花》條當作「援」。〕自天台城中入山，過村落一小寺。其主僧圓真適出外，守舍童熟寐室間，呼之不醒。吕行久頗倦，暫卧榻上。聞飲饌芬香，徹於鼻觀，起諸庖下視之，炊煙微温，更無一物。唯見釜旁以線繫崇寧四大錢置四角，固所不曉，乃捨之而出。僧正從外來，迎且笑曰：「手脚以按：「以」字疑誤。露，不復自文。幸小留共享。」於是飲酒數杯。設粥一器，糝如雪色，味絶甘，不知爲何品。僧曰：「恰見釜旁繫錢，蓋爲此耳。其法用鱖魚大者四枚，破除淨盡，去首尾及皮，以綫繫骨端垂于釜中。然後下水與米。凡鹽、酒、薑、椒之屬，悉有常數。度其糜爛，則聚四錢爲一，併掣之，魚骨盡脱，肉皆潰於粥矣。所以美者如是。山僧酸寒，不足爲貴公子道也。」吕醉飽而去。

虞一殺螺

奉化海上漁人虞一，以取砑螺爲生。每得時，率用生絲線作圈套其上，候吐肉出，則盡力繫縛之，急一拔，了無餘蘊。數年後，右手背生惡瘡，五指及皮俱脱落，痛苦之甚，略不能運動。追悔前業，誓不復更爲。久之乃愈。遂棄妻子，捨身爲寺家奴。

鄭行婆

合州城内一媪曰鄭行婆，自幼不飲酒茹葷，默誦《金剛經》，未嘗少輟。紹興辛未之春，因往報恩光孝寺聽悟長老説法，中路過屠者門，正見臠割牛肉，戲語同行曰：「以此肉切生，用鹽醋澆潑，想見甘美。」追到寺，悟公問：「汝安得喫牛生？」媪曰：「出母腹以來，不知肉味。和尚如何有此説？」悟曰：「汝真不食邪？」命取藥刀圭，注湯調爲一杯，使之服。少頃，吐出生牛肉碗餘，媪始悔恨。妄想故示顯化，益痛加脩飭。今已九十餘歲。

嘉興道人

紹興五年冬，秀州市上有貧道者，衣裘極藍縷，而顏采腴澤。人問之，則以右手撮地若取物狀者數四，元未嘗正錢。按：上二字疑誤。往來但指以爲笑。忽揖呂德卿兄弟曰：「無事時來我道堂中吃茶。」呂不暇卽往，然意非凡流，明日訪其居，已去矣。

折玉龍釵

揚州平山堂，左右皆隋煬帝故宮苑，其地多已耕墾爲田園。淳熙九年，村民因取土得白玉釵半股，質理温潤，上碾龍鱗甲寸餘，黄栗色，光采欲動。統制官朱振出錢三千買之，以示客。呂德卿嘗見之。

班固入夢

乾道六年冬，呂德卿偕其友王季夷嶙、魏子正羔如、上官公祿仁往臨安，觀南郊，舍於黄氏客邸。王、魏俱夢一人，著漢衣冠，通名曰班固。既相見，質問西漢史疑難。臨去云：「明日暫過家間少款可乎？」覺而莫能曉。各道夢中事，大抵略同。適是日案閲五輅，四人同出嘉會門外茶肆中坐，見幅紙用緋帖，尾云：「今晚講説漢書。」相與笑曰：「班孟堅豈非在此邪！」旋還到省門，皆覺微餒。入一食店，視其牌，則班家四色包子也。且笑且歎，因信一憩息一飲饌之微，亦顯於夢寐，萬事豈不前定乎！

張四海蛳

臨安薦橋門外太平橋北細民張四者，世以鬻海蛳爲業。每浙東舟到，必買而置於家，計逐日所售，入鹽烹炒。杭人嗜食之。積戕物命百千萬億矣。淳熙十六年二月之夜，蝍在盎者，盡緣壁登屋，上床繞衣。掃去復集，至於粘着肌膚不可脱。張慨然有悟，遂發誓云：「從今日以往，不復造此惡業，自別尋一營生道路，願諸佛子監察。」言訖，葉本多一「蝍」字。悉墜於地。甫天明，空所蓄投諸江，而改貨煎豆腐以贍給。此卷亦吕德卿所説。

夷堅支丁卷第四 十五事

林子元

福州閩清士人林子元，屢應鄉試，未登名。淳熙十三年夢人謂己：「君欲薦送，當俟賢兄來帥七閩可也。」覺而記於牘。其兄自誠者，雖嘗業儒，久已捐棄筆硯，爲商賈之事矣。朋友或知之，每相面會，輒戲之曰：「令兄已開藩否？」林亦絕意榮望。至慶元元年秋試畢，適報宣城守林蘊之鎮閩。喜謂其友曰：「吾兄字待問，正與新帥名同。鬼神不吾欺，吾刻日以覬吉報耳。」洎九月二十四日揭榜，林果以詞賦居首選，乃驗。士子得失，固不偶爾。郡守隨時差擇，時呂本作「亦」。已豫定於九年之前。則凡朝至暮徙，倏去忽來，世以紛更數易，迎送煩費，歸咎於造物。殊不知冥冥主張，信而有證，特假手於人。盡心力而營之，祇可笑也。大兒時通判州事，得其說甚的。

楊九巡

術士行山者，或畏墓穴妨其身，則必迂枉避就，如予前志所書劉少保家保安軍地者是已。鄱陽人楊九巡，習此技，而絕貧困，至無衣可出。梁企道侍郎亡，訪地未得。楊往見寓客張承事，謂之曰：「我有一個好經紀，恨衣裳破碎，難謁達官。非君不能成吾事。」張曰：「此易辦耳。吾質庫役，台中多有之。」即擇衫袠之屬數種衣之。導往梁氏，先以地圖入。梁之子宏夫視之喜，便與偕詣彼處。既至，指一穴曰：「此是也。」宏夫回環四顧曰：「地勢趨下，恐有水患。」令移上三丈許。楊愀然曰：「鴉鴉！」原注：俗間歎聲。蓋知其於己不利也。及葬畢，得犒錢二百千。次日，忽病風攣，數月小愈，扶杖詣張謝曰：「賴君之賜，使我一家温飽，愧無以報。有土湖上一地，可作花園，切不可失。」張本邢州人，北俗以豫凶事爲諱，不肯先卜壽藏。楊之意，欲使他日作葬地，故婉其辭。張曰：「年原作「無」，後改「年」，吕本作「吾」。衰矣，無用旋營一圃也。」然竟如其言。及卒，其子玘葬之。十年後，玘從白屋登第。玘説。

書吏江佐

洪應賢自婺源縣攜書吏江佐歸鄉里，服役累歲，應賢捐館之次年秋，請假還家收禾，踰月不至。應賢次子仲堪，夢其來，參拜如平生。問：「所收幾何？」對云：「佐才歸即得病，以爲疫，不肯相拯救，飢困至死。今所以來者，蓋有一事啟告：佐親弟侁在龍泉寺爲行者，它日若作僧，則先父遂無後。望收拾使令之。」仲堪又問：「汝既以疫死，想不復有人爲殯殮，後事竟如何？」曰：「賴鄰里親族率錢營辦，僅得涼衫裹尸，白松木棺周身，而葬於縣東門外。」言訖而泣。且去，問其所欲，曰：「囊無一錢，願賜盤費。」仲堪夢中買紙錢二十結，呼巫在外引宣白而焚與之。又問之曰：「汝來時道路無阻礙否？」曰：「正苦爲關津闌遏。」於是又使巫給一引，佐捧受愧謝。旋登榻取被覆體，少頃揭被，已不見。後旬日，縣故吏王伋來，試訪其事，盡如夢所說。因遣喚江侁至，留之書室，供灑掃，經數年而去。今在光州通判廳爲筆吏云。

張妖巫

婺源懷金鄉巫者張生，善爲妖術，能與人致禍。此句葉本作「能造禍福」。每於富室須索錢米，小不如意，則距躍勃跳，名曰「打筋斗」。此家隨卽病瘡痘，或有死亡。以是莫不畏憚。士人汪廷瑞，慕其能得不義之財，此句葉本作「慕其得財之易」。從而佐佑之。大書一牓曰「朝天門」，揭於其居。巫頂高冠，著寬袖緋衫，繫大黃帶，每日升高座，縱談禍福，隨從祗承可三十輩。縣手力汪早，嘗過門。怒其不燒香，遣人押回取問。汪云：「容洗手致敬。」既焚香畢，復命左右搵縛之。汪云：「如此卻不可。若有符法，當使陰兵執我於虛空而加箠擊。不然，便去白知縣。」遂得釋。汪徑具狀詣縣告。縣宰洪應賢追逮至庭，詰其妖惑。對曰：「所行乃天心正法，最善療人疾病。初非造葉本無「造」字。妖也。」詞色傲倨。宰曰：「汝會『打筋斗』，如能跳過鼓樓，卽放汝。」始惶怖，亟拜祈哀。命囚於獄。明日，躬往鞫訊，且持正一籙中降魔印在手而語之曰：「汝常言能神通知未來事，且道我手內是何物？」錯愕無以對。立杖之二十，逐出境。初，巫以創造法院，斂民錢幾千緡，悉拘籍入官帑充月椿。邑人爲之相賀。廷瑞懼罪，亦徙而之他。

治湯火呪

里巫多能持呪語而葉本多一「救」字。蹈湯火者，元仲弟得其訣，爲人拯治，無不立差。其呪但云：「龍樹王如來，授吾行持北方壬癸禁火大法；龍樹王如來，吾是北方壬癸水，收斬天下火星辰，千里火星辰必降。急急如律令。」呪畢，手握真武印吹之，即用少許冷水洗。雖火燒手足成瘡，亦可療。右三事，洪元仲說。

袁娼馮妍

袁州娼女馮妍，年十四，姿貌出於輩流，且善於葉本無「於」字。歌舞。本謝氏女也。其母詣郡陳狀云：「賣此女時才五歲，立券以七年爲限。今踰約二年矣，乞取歸養老，庶免使以良家子終身風塵中。」上二句葉本作「免使良家終身墮於風塵」。郡守張定葉本多一「叟」字。呼問妍曰：「汝離家時尚小，能認母乎？」曰：「能認。」於是引謝媪至前示之，摇首曰：「非也。」張判所訴云：「既非真母，難以强取。免勘虚妄，逐。」上三字葉本作「逐出」。謝便葉本無「便」字。銜恨泣涕而出。妍還馮居，才入門，忽迷不識路。娼母詢其所以，曰：「眼前冥冥漠漠，如人把葉本無「把」字。手遮我葉本多一「眼」字。更不能曉解。」上二字葉本作「見」。暨至房，便覺内障。告于郡，以疾求假。張不之信。因會客，命如常日呈伎，蒙然如礙。明鈔本作「癡」。與之酒，亦不知盞所在。猶以爲詐，曰：「汝且歸，只從當中去。」妍迂枉信足，遂墮砌下。始驗其被葉本作「真」。疾，聽除籍。遂竟失明。孫鼎臣爲判官日常見之，眸子宛然而其盲自若也。

許成悖母

金溪民許成爲農，自田所歸舍，從母索飯。母告之曰：「飯在釜中，可自去取吃。」及至竈下，視釜則空無所有，怒而罵曰：「爾不害瞎，妄語如此。」即出外折薪，一枝忽躍而上，徑入眼，貫一睛而出。登時昏絶，累日乃能起。今爲孫鼎臣擔僕，自狀其過而悔無及矣。

吴廿九

紹熙二年春，金溪民吴廿九將種稻，從其母假所著皁綈袍，曰：「明日插秧，要典錢，與雇夫工食費。」母曰：「我怕春寒，且明日未必成。上三字葉本作「未即雇人」。汝妻自有襖，何不就取！」吴恚而退。其家有桑十餘株，婦姑中分之矣。姑誤采婦葉，婦告吴。吴即入母房，牽之出曰：「不借我襖，又采我葉，莫要在此住，自去別處討飯吃。」便持斧斫其床，并薦席亦碎毁。時已逼暮，母詣鄰家求寄一宿。鄰人曰：「婆兒子性氣惡，我留汝必遭吵葉本作「兇」。鬧。」拒不納。母出，立簷下，彷徨往來，且坐且立。至五更，遥告虚空，願早天曉。俄聞鷄唱。時方陰翳，忽開晴。吴甚喜，即與三農夫同之田間。上十二字葉本作「吴與三農夫同下田」。母還所居，見床榻已壞，發聲泣。其婦言：「昨以桑葉之故，被丈夫一夜打罵，婆且去。」日正午，片雲起於山，須臾，煙霧四塞。四人上二字葉本作「吴與三農」。皆避於山下。驚雷掣電，有頃復晴。三農聚首如初，獨吴生不在。走訪之，上二句葉本作「獨失吴生，尋之」。乃倒埋稻中，葉本作「田」。入地二尺，牢不可拔。葉本多「走報其」三字。妻急邀僧誦經懺悔，葉本作「謝」，吕本同。至晚始得出，舉體黑如炭煤然。

丘岑食蕈

金溪士人丘岑，就館於鄉豪家園。僕居在傍，使朝暮供送飲饌。僕嘗得大蕈，煮作羹，一家五口飽食之，以一杯獻岑。岑曰：「此珍味也，不可徒食。」命學生歸，求酒一升許，滿飲，然後啜蕈。既而聞僕夫妻皆嘔血困仆，往視之，則兩子復然，不移時，四人盡死。主人料岑必及禍，畏其或隕於門内，且爲累，亟置酒三觴延之，償其束脩之直，遣轎舁之歸，又餉以一尊。主家去岑舍三十里，行半塗，與友生相遇，因語其事，遂留連共飲，空其尊，醉卧邸榻。迨醒，略無所苦。識者謂酒能解蕈毒云。右四事皆孫鼎臣説。

繆夫人

羅春伯爲刑部尚書。紹熙五年四月，母繆夫人在臨川，夢春伯乘轎還鄉，而著衰服。方大駭，而從者持一合而來，啟之，得樞密告身一軸。春伯易公服，繫方圓毬文帶，出見賀客。母乃大喜，問人曰：「尚書今轉何官？」曰：「樞密相公也。」覺以告，家衆皆喜懼居半，深以爲疑。至六月，壽皇遺誥至，始驗衰服之兆。越兩月，春伯入樞府少日，蓋夢中所稱止此耳。臨川饒祖堯説。

王監之

太學生王監之，婺州人也。紹熙壬子秋薦，告假還鄉里。常時好招邀大仙，遂焚香泚筆，拜祈來歲得失。即大書十五字云：「羅春伯急欲相見，已爲公討冥州差遣。」是時羅以刑書兼吏部尚書，王甚喜，謂春闈必知貢舉。當於其衡鑑下登科，欲詣學參假。方解舟，疝氣大作。急還家，俄頃而卒。旋營周身之具，乃羅木柏木各兩片，而前後用椿板足之。始驗前説「羅春伯」三字，冥州之兆，安得云吉乎！

朱四客

婺民朱四客，有女爲吳居甫侍妾。每歲必往視，常以一僕自隨。因往襄陽，過九江境，山嶺下逢一盜，軀幹甚偉，持長鎗，叱朱使住，而發其篋。朱亦健勇有智，因乘間自後引足蹴之，墜于岸下，且取其鎗以行。暮投旅邸，主媪見鎗扣之，遂話其事。媪愕然，如有所失。將就枕，所謂盜者，跛曳從外來，發聲長歎曰：「我今日出去，却輸了便宜，反遭一客困辱。」欲細述所以，媪摇手指之曰：「莫要説，他正在此宿。」乃具飯餉厥夫，且將甘心焉。朱大懼，割壁而竄，與僕屏伏草間。盜秉火求索，至二更弗得，夫婦追躡于前途十數里。朱度其去已遠，遽出，焚所居之屋。未幾盜歸，倉皇運水救火，不暇復訪。朱遂爾得脱。

武昌客舍虎

承宣使孫瑺之子禹功，紹熙四年冬，自臨安挈家赴襄陽都統司幹官。過鄂州，捨舟趨陸。夜宿驛舍，覺有賊往來門外。從吏呵罵之曰：「是都統官員，不得作過。」久之，稍定，乃啟户出視，見兩虎相與盤拏也。既至襄，遣僕蔡德歸親庭，宿武昌客舍。見舍中人紛紛擾擾，有驚畏之心，問其故，云：「昨夜吾家父子四人俱未寢，團聚圍爐。俄一虎撞入，踞爐而坐。吾父子危懼喪膽，以爲必有一人遭啖食，不敢略轉。但添薪益火，與之相守。虎亦偃然自若。至曉，乃奮迅而出。鄰媪適來請火，正及門，遇之，即駭仆而死。吾家雖幸免，而驚魂到今未定。且憂其今夕復來，決無由可脱也。」蔡德亦爲之變色，殆寢不安席，明日辰巳間始敢去。右三事姪孫侃説。

黄狀元

鄱陽士人黄瀛，字季蓬，善屬文。宣和間在太學，負俊聲，屢夢人稱爲黄狀元。瀛固自待不淺，每爲交友言之。然才入舉場，輒不偶。紹興八年，以免舉赴省試於臨安，而黄公度魁多士。是歲無廷對，遂唱名第一。瀛始悟，歎曰：「二十年夢黄狀元，今乃爲它人所奪。」鞅鞅而歸。久之，僅得特奏攝官而卒。所作《飛來峯》、《含笑花》二賦，殊可觀。《飛來》一篇，嘗經高宗御覽。瀛之居去州百里，每入城，則館於安國寺。嫌廁不潔，遇欲登溷，輒往妙果僧堂後。其爲人耿介類此。

汪莊敏宅

汪莊敏公築宅於浮梁邑中，高明閎廣，子弟列房居之不能徧。其姪杲習銓課，招鄉人朱龜蒙主書館。治一閤於東廂，別有外間兩士就學，凡四人同處。杲嘗與朱夜謁從兄茂良於後堂角舍，因留飲。杲先出讀書，獨攜紙炬以行。將至所留，按：上二字疑誤。見兩士窗外一男子，衣冠頗整潔，穴窗窺覰。以爲兩人自相戲耳。曁入室，則皆假寐桌上，方瞿然疑非人。出視之，無所睹。窗紙元未嘗破，蓋鬼也。杲字茂明說。

夷堅支丁卷第五十四事

潘見鬼理冥

慶喜貓報，已載支景中。既死二十二年，當紹熙壬子夏，其主母得水蠱疾，日就危困。幹僕王富云：「嘗聞天井巷開茶店錢君用二郎説：『艮山門外潘先生，善理幽冥間事，俗呼爲潘見鬼。』試往禱之。」王遂拉錢造其居。潘焚爇楮鏹，施手帕於所事神像前，燈上正見一婦人、一貓對立。潘云：「俱有寃枉，吾亦不解其由。」二人持帕歸，爲主母道所以。母大驚曰：「往歲實怒責此婢。然其死也，自因損傷，非我隕厥命，何緣作祟如此？」復使往見潘。乃命童子附體考召，卽作婦人聲曰：「我名慶喜，以死於非命，到今未得託生。固非主母殺我，但却自渠而發。向者其福未衰，故等守多年耳。」潘許以齋醮經卷，皆不應。而作貓叫數聲，童卽昏睡。及覺，不能略省。潘牒城隍，令收置酆都宫，且呪棗治水與病者服，似覺小愈。才數日，復沉篤，竟不起。錢往弔喪，是夕夢婦人來曰：「我自報寃，何預爾事，顧令潘法師囚我於獄？非屈君來地下作證不可。」旋抱熱疾，少日亦亡。噫！冥途業報茫茫，理難致詰。慶喜之死，自緣貓故，乃貽禍主母及錢生，則爲太濫矣！豈非呂本作「命」。數相值，偶然若是乎？呂德卿説。

潘見鬼卜

潘見鬼者，又啓卜肆，其術尤高。淳熙戊申歲，禹之姪以前武陵通判詣闕，當再得倅貳。或云：「華亭胡朝散待建康次而得疾，消息殊不佳。若求代之，只二年半便可上。」禹未能信，將謀諸卜筮，遂往訪潘。隨其所需，買香紙，仍留白紙一幅於神堂，禱請供事，約明日復來。既至，潘取香爐灰反覆擦紙上，良久拂拭。視之，則成一「方」字。禹蓋以其爲胡君問，謂事不諧矣。時周益公在相位，往謁之，伸建康之請。周曰：「彼兩倅闕皆是三四年，何不求贛州？」禹曰：「禹非不詢究，緣有饒金酉、黄巖卿、方盛三政，官期甚遠。」周曰：「饒已下世，黄當卽赴而爲私計所牽，見擬丐祠，今但替方盛耳。求者甚衆，出此日便落他人手，後悔無及。」禹喜謝，卽納劄子請之，而心猶疑慮。次日，饒致仕命下，黄遂祠請。其到堂資歷同者争求之，殆三十輩，而禹劄在前，遂得之。於是證方字之驗。

夏巨源

夏巨源者，亦精於卜筮，居臨安中瓦。每來卜者，一卦率五百錢。紹熙三年冬，禹之自贛倅受代造朝，其子价侍行。既至，點檢勅誥文書，遺其一。葉本多一「劄」字。雖遣僕還家訪尋，終不能自釋。乃同詣夏肆。葉本多「卜之」二字。夏書紙上曰：「事在千里外。」繼書一「食」字，一「堯」字，合而讀之，則「饒」字也。問曰：「是乎？」答之曰：「然。」曰：「文書見在，係一多口人收得，而鴛鴦爲葉本多一「之」字。看守。無足憂也。」其説茫洋無準的，固以爲妄。既而僕從饒州來，持所遺至。蓋向者打併行李時忘在外，上二字葉本作「失在房」。小妾福安見之，价房中十篋，用上八字葉本作「拾得藏在鴦字篋中，蓋价房有十篋以。」「泥融飛燕子，沙暖睡鴛鴦」爲標貼，上二字葉本作「記號」，亦無下句。遂以置鴦篋內。既悟上二字葉本作「方悟卜者」。鴛鴦看守之語，而福字有口，田字又四口，所謂多口人者如是，亦神矣哉。右二事禹之説。

李朝散

紹興三十一年，朝散郎李浚監通州支鹽倉。並海多産鯉，居官者必以爲鮓醢，餉遺親故。浚所買頗多。一夜，夢若游他處官府，見神人冕服正坐，呼謂之曰：「汝近日何得廣殺生？合減一算，吾念汝吉坐也，已從恕，自今後當力戒之。吾姓俞氏，而名從立人，仕至宣教郎。年勞當升朝，已下磨勘，及通直命下，曾不克拜而終。見掌百禽獸水族，行且受代。生前與汝爲姻戚，故特告汝。」遂辭去。又聞有語云：看經與道士着。「着」字疑誤。浚覺而思之，俞乃其妻族，名從立人者，妻之諸祖也。但不曉去後之説。明日問主人，始知鯉有兩種：小曰孩兒；呂本多一「鯉」字。大曰道士鯉。昨日所製，蓋擇取其大者。亟喚僧誦經資薦之。迨秩滿還家，言於諸俞云：所夢者名佚，以宣教郎知德清縣，臨欲遷官而捐館。未幾，夢告其妻曰：「我今爲神，實掌鱗羽諸獸，當爲我造冕服。」妻如其請，倣似呂本作「祠」。廟中規矩，呂本無「矩」字。範繪飾當齋七祭供，焚而獻之。

至辛巳歲，垂四十年矣，而靈著如此。俞之姪孫淪，刻石記其事。

蛇蟆瘟

淳熙十四年春，江淮浙癘氣肆行，但不甚爲害。唯中者覺頭痛身熱，不過三日即愈，名爲蛇蟆瘟，言自淮北來。趙師縉明叔云：「其祖彥澤鎮揚州，正坐決事，一吏以疾作告去。俄紛紛繼之，過半不止。明日，趨庭之吏，三分僅有其一。當晝宴客，一倡方行酒，亦以出去。迨終席，無一人存。」翁瀿云：時爲溧水主簿，身遭其沴，既而舉邑盡然。予在翰林，大兒自鄉里携婦孫來省，至衢買舟。方離岸，即有病者。浸浸舟中之人，無有得免。然不藥而愈。所在相傳云：頃年未嘗如是也。

蜀梁二虎

蜀峽山谷深夐，鷙獸成羣，行人不敢獨來往。萬州尤爲荒寂，略無市肆。教授官舍，自處一偏。嘗召會同官，至夜，於廳上設燈燭勸酒。一虎忽躍升階，蓋見火光熒煌，突然而至。坐者悉竄。一客在外，不暇入，急伏於胡牀後。虎漸進逼之，客無計可禦，舉牀冒其頭，按頓再三。虎作勢撐拒，頭入愈深，如施枷械者，大窘駭，負之奔出。諸客不敢再飲，各散去。明日，村民入城者言，三十里間，有一交椅碎裂在地。教授遣取視之，乃昨夕客所失者，蓋虎沿途擺撼，方得脱也。客雖免於搏噬，亦喪膽成疾，彌月方愈。興元府近郊，有農民持長刀將伐薪，行畬田狹徑，其下皆沮洳。相去丈許，一虎在彼，望農至，欲奮迅登岸。農遽跳坐其背，以刀亂斫之。虎亦勃躑與相抗。里人環睨，不敢救，相率投戎帥乞援。帥命獵騎百輩，鳴金鼓馳往，至則人虎俱困。騎刺虎殺之，扶農歸，遍體斷裂成紋。蓋盡力用刀，且驚怖故也。次日亦死。帥厚給其家錢粟，使葬之。

建康空宅

建康都統制會客至勸酧，而所親趙路分自遠方來，先遣信假館。其人素亢傲，尤侮鬼神，子弟欲窘困之。軍中有將官空廨絶凶，無人敢居，乃導往彼處。趙入據中堂宿，半夜後，望大門内兩火炬，以爲從僕未寢，猶呼問之。俄而開門，一物長纔二尺，闊亦然，持巨扇直入。趙擬下牀毆之，時當冬夕，既解衣，畏寒，未能起。物竟逼牀，舉扇一揮，覺陰風如割，精采消隕，惴怖戰慄。憂其復爾，不暇出聲唤僕。會帥宴已散，知其故，乃責厥子曰：「奈何將人性命爲戲？」急令邀迎還。公廨中人聲四喧，此鬼始捨去。明日，趙氣象索然，無復向來豪態。後一年竟死。知文州李言時在彼見之，爲姪孫俌子翼說。

饒風鋪兵

金洋之間，驛路蕭條，但每十里一置。饒風驛鋪卒送文書，已逼暮，值葉本有「一」字。虎從旁來，有攫噬意。卒窘甚，駐立語之曰：「我聞汝亦是靈物。我今所傳文字，係朝廷機密下制置司者。汝吃我無可辭，此一筒制敕符命，如何分付？」虎弭耳低頭，爲聳聽之狀，徑捨去。卒到他鋪交遞畢，因留宿，與彼中人言，自喜再生。明日，回至昨虎處，復相遇虎，竟爲所食。乃知命分當死於虎，曏昔之免，端爲文書故云。右三事傭說。

義烏孫道

淳熙元年冬，榼姪自鄱陽往四明，過婺州義烏縣南舍。晚泊逆旅，倏有野服者坐於傍。扣其何人，曰：「邑醫孫道也，工療眼疾。」榼與之語，孫曰：「君當是貴家子弟，必藏好書，願畀我一二，或可爲人起疾。」榼素祕翻胃一方，即口授之。其法：用一大附子，去其蓋，剜中使淨，納丁香四十九粒，復以蓋覆之，線縛于箸，置銀石器中，浸以生薑自然汁，及蓋而止。慢火煮，朝乾抄一錢匕摻舌上，漱津下之。若煩渴，則徐食粥糜。忌油膩生冷。孫喜，書之於策。未幾，州鈐轄苦此病，危甚。孫爲之拯治，正用前方，數服而愈。謝以錢五萬。孫家貧，所得過望，平生未之有也。略不述所來，但自言其功，欲偵榼歸塗，更有請。俄一夕告殂，時方年五十。精采伉健，而奄忽若此，乃知財物不可妄得云。榼姪說。

海口鎮鱖魚

汪茂通檝監福州福清海口鎮稅。一夕，津吏報有海船一隻，經過岸下，所載惟鱖魚一尾。客人貪行市不可滯留，乞便爲檢放。汪知其爲大魚，語之曰：「俟收稅畢，爲我買其頭。」吏曰：「恐太多，無發泄處。」乃令只買雙頰顋肉，亦以多爲言，於是但市其半。少焉，四兵牽負而至，其重七八十斤。汪舉室恣食之，又以其餘作脯餉縣僚。略計此鱖，無慮數千斤。

黟縣道上婦人

浮梁民程發，爲人庸力，屢往江浙間。淳熙十四年九月，自臨安歸，過黟縣境。清旦，遇婦人於途，顔狀愁悴，告程曰：「我不幸，丈夫很惡，常遭鞭箠。而阿婆性尤嚴暴，不曾得一日定疊。昨夜趕我出，無處著身。汝能帶取我以行，便當嫁汝。」程曰：「我自有妻，會伏事吾母，如何無故捨之而别娶？且與汝同行，路人必唤做姦盜，於事不穩便。」婦曰：「如此時，汝自先去。我今此路甚熟，候晚下宿泊處，當往相尋討。」程無詞以拒，漫應曰：「好。」遂獨行。暮抵旅店，則婦已在房内矣，力邀共寢。程初不肯從，愠曰：「我便走投都保，説汝掠我來，强姦我。」程頗懼，又睹其容色勝厥妻，乃遂其請。將曉，復云：「我後須到汝家，若怕妻不容，自向近處别討一屋住，但時時過來相就亦得。」臨别，於手帕内取一衲襖與程。程既還家，不以語母妻。所居五里外有虚市曰廣平，距邑十五里。程一日往，忽被疾，始與母道所見。曰母按「母」字疑誤。婦恰入房相存問，坐牀上，移時，方出門去。母駭愕，蓋略無影形也。迨曉而死，母殮以衲襖而葬之。妻從後更人，按：此句疑有脱誤。惟生一女，及嫁，程母往依之，遂空一室。

淮西牛商

慶元元年夏，浮梁北鄉桃樹村，衆户買牛賽神。得一頭於淮西商人，極肥腯。享獻既畢，分胙而食之。凡七八十人，肉才下咽，悉苦身熱腹脹，如中毒狀，經三日始愈。徐究其故，乃姦商殺青竹蛇入藥，麋碎拌和於藁秸而以飼牛，牛咀嚼甘美，十餘日，膚革倍於昔時。商獲息過半，乃引餘牛往浙東。買者方議追執而訴其惡，聞已溺死於前渡，遂置不問。此鬼得而誅也。右三事汪茂明說。

李晉仁喏樣

李祐，字晉仁，河東人。政和、宣和中，歷數路轉運使。在京西時，以唐、鄧、房州不奏旱災及禁民陳訴，皆舉劾之。其人公直剛明，然性最滑稽，上官有庸繆不見稱於士論者，必行侮辱。嘗爲磁州滏陽令。磁守老昏，而好校僚屬禮數。祐初上謁，鞠躬，厲聲作揖。守驚顧，爲之退卻。既去，遣客將責之。明日再至，但俯首拱敬，而不啓齒。守大怒，出府帖取問，令分析。祐具狀答言：「祐昨早詣府，自謂蕞爾小官，事上當以禮，故行高揖。旋蒙使君責誚，所以今日不敢出聲，不意復蒙譴問。委是高來不可，低來不可，伏乞降到喏樣一個，以憑稟守施行。」守覽狀益怒，而竟無以爲罪也。汪汝紹少卿嘗在其幕中，實聞之，予得汪卿說已五十年，所謂李作令處，亦不能的記也。

醉石舞袖

許先之尚書幾，信州貴溪人，住居鄱陽。知東平府時，得一奇石，高闊三尺，宛如酒家壁所畫仙人醉後奮袖坐舞之狀，蹺其右足。輦歸置於堂。宿直者常遇一偉丈夫，舞躍不已，而形體絶壯。始猶懼之，久而習玩其態，相與扶持襲逐，擊之即仆。燭火閲視，乃此石也。許命椎斷其腦，自是不能神。紹興初，宅爲汪丞相所有，知其物爲怪，委諸牆角。予求得之，以入草堂供翫，甚可觀也。

夷堅支丁卷第六十一事

上饒徐氏女

上饒徐氏二女，長嫁王秀才，性頗淫冶，因夫出外，輒與少僕私。後得疾，日進不瘳。平時用一鏡，其妹嫁楊氏者屢求之，不肯與。至是謂家人曰：「我病無活理，安能戀鏡？姨姨要此物，可持以送之，表我意念。」久之，果死。妹居在三十里外，來奔喪。相與經畫後事，且營佛供，因留駐數日。臨去，姊家述亡者之言，付以鏡。妹悲哭捧咽，遂攜歸。及還舍，取以照面。時日色已晚，忽施脂粉塗澤，開箱易新衣，氣貌怡悦。人問其故，曰：「姐姐見在鏡子裏喚我，須著隨他去。」皆驚而來視，初無所睹。遂對之笑語，惘然如狂癡。裝才畢，覺頭眩，頃刻而亡，時慶元元年四月也。姊既葬，淫僕詣墓下，若有呼之者。繞墓往反數十匝，咄咄云：「娘子喚我。」趨伏墓前，再拜不能興。它僕掖起之，死矣。郡士鄭著必彰說。

證果寺習業

明州醫者俞正臣說：其鄉里士人王某，當科舉之歲，欲往山間習業。得證果寺，絶幽邃，無車馬喧。遂謁僧，假一室寓止。寺僅有僧行三四輩，嘗盡往十里外民家誦經殮死。王獨處，迨夜半，滅燈將就寢，聞人叩户，卽延入，蓋舊友也。王見其來，甚喜曰：「正爾孤寢，而逢故人，可謂幸會。恨寺衆皆出，無由炷燈煮茶，殊失主禮。」客謝曰：「不必爾。吾自不合冒夜行，無處託宿。能見容足矣。」王留之同榻。劇談良久，微笑而言曰：「有一事不免以實告，幸勿怖。」問：「何爲？」曰：「我死已歷年。今夕之來，願有所託。」王駭曰：「如是，則我乃與鬼語，那得爲便！」曰：「無傷也。吾非爲怪惑，但有禱於君。吾亡後，妻卽改嫁。稚子懦弱，殆無以食。吾生時積館舍所贏白金二百兩，埋於屋下某處，願爲語吾兒，發取以治生。切勿令故妻知。冥漠之中，當思所報。」遂長揖而别。王方幸其去，而暗中隱隱見其人固在床，展轉不敢寐。俄天明，亟趨出，值寺僧及喪家人至，云：「夜來十念畢，舉尸欲殮，只空衾在地，遍處尋索弗得。」王引入室，視床上人，乃新死者也。王惴恐未已，急徙歸。而訪友家，呼其子，果如言得銀。予頃聞張定叟説嵊縣山庵事略相類，豈非傳者誤其郡邑乎？然其末絶不同，姑復書之，以廣異述。

陳六官人

嘉興魏塘鎮東陳六官人名師則，娶同里朱監酒女，隨婦翁之官温州。既還鄉，與兄不協，買孫氏屋别居。彼宅素多凶怪，故孫氏虛而不處。陳才入其室，百妖并興，符禁不可治。但呼巫祝，具牲酒禱謝，則稍定。陳嬖一少妾曰安安，年甫十六，因是常與妻反目。慶元乙卯季夏，妻以疾亡。後兩日，比鄰鐵工沈廿一亦死。陳不能奠居，暫避之於近村徐莊，相去三十里。安安之母錢二嫂，未聞朱氏訃，見沈生至，云：「陳六孺人喚汝來取安安，若不然，便責付牙家。我今下州城幹事，汝宜一面速往。」錢嫂持飯與沈食，自賃小艇，到陳故居，始知已徙去，孺人及沈皆已死，大恐而返。陳又再徙張涇匯，孫屋復空，而安安猶無恙。今方一歲，未保其往也。

阿徐入冥

嘉興奉賢鄉民王三妻阿徐，乾道元年初夏死，經夕復生。言：「方病困時，見兩個公人，把文符追我，云：『喚汝對事。』我云：『尋常家務，自係丈夫與兒子管幹，我無所預，何故來追？』公人曰：『須要你去。』不覺隨出門，行一徑，陰慘不見天。約十數里，到官府，往來憧憧喧鬧。兩人止我於外，先入寫押到狀，然後驅至庭下。四面垂簾，別一吏在前立，問云：『汝何故強占卑幼財產？』我答言：『平日不曾干預家裏事，喫素念佛已三十來年。只記得阿伯王大與丈夫王三均分祖業，伯後去大聖寺出家做行者。其一分田園，是伯兒子王八典與魏塘鎮孫家，將錢賭博，非理用過。只剩得屋基，却是阿徐請佃。累年後，伯身死，王八出外未歸，夫王三爲焚化拋骨，再將屋基還王八造屋，除外即無強占。』聽得簾裏傳聲：『押王八出對。』便有一帶枷罪人陼下立，乃伯也。伯向我說：『我久在陰府，不知陽間事子細，所以兩次會理。今既分曉，更不願争。』我問：『伯何事受苦如此？』曰：『我做行者時，緣化施主錢修造鐘樓，隱瞞入己，又將打回齋飯歸家，所以受罪未脱。』對訖，我乞放回。簾内云：『到這裏如何空回得？』遂捺坐打背，至第三下，一似夢覺，乃頓甦。」家人視其背，杖痕儼然，極痛楚，數日方愈。縣人新廣德宰孫淇傳其兩按：「兩」字疑誤。事。右四事余魏思說。

成都趙郡王

青唐羌唃氏之孫隴枍，崇寧中歸京師，賜姓名曰趙懷德，拜節度使，封安化郡王。其孫襲爵，後入蜀，常爲成都路兵馬鈐轄。天資桀横，占大慈寺四講院屋宇，併居之。歷年既多，殊爲一邦患苦。寺内保福禪院西堂僧智則，嘗住持合州釣魚山，道行清高，獨與之厚，蓋無日不往來，人莫知其所以契合也。有游士妙於命術，談人死生禍福若神，謂趙君九月生日後必死。時方仲春，趙恐甚，邀智則語其故，禱之曰：「師方外尊宿，視寂滅如夢覺，能代我一死乎？」則笑曰：「何足爲難，但我却有所請，能相聽則可耳。」趙問：「欲何言？」曰：「郡王久據四院，殿堂像設，日就隳頹，講席由兹殆廢，吾實弗忍。儻能卜徙外第，而還以畀羣僧，吾雖死不惜。」趙許諾。即日，於城外山東郭建宅，而捨其故居。後七日，四院僧輩集闔府緇流，嚴備香火迎則公齋於水陸院。食訖，陞座舉揚般若，具道所以代死之意，奄然而化。趙爲主喪事，素服舉龕，焚于大智寺塔下。是歲趙無恙。明年，曹庭堅待制帥蜀，趙貴倨自若，肩輿騶呵，徑造廳上。吕本作「事」。曹怒曰：「鈐轄於制置使有階級，安得犯軍禮？」立命武卒擒赴直司，旋荷繫于獄。揭牓求其宿愆，不數日，士民交訟紛紛。得其自直兵前後死亡者四百輩，悉不落名籍而冒請粮帛。遂併捕其二子鞫實，計贓不貲，父子皆斃於獄中。距智則之死才一年。饒州安國長老了詳者，蓋嘉州人也，談此異。予謂死而可代，則臣之於君，子之於父，行之久矣。趙君與智則之事，豈其然乎！

劉改之教授

劉過，字改之，襄陽人。雖爲書生，而貲産贍足。得一妾，愛之甚。淳熙甲午預秋薦，將赴省試。臨岐眷戀不忍行，在道賦《水仙子》一詞，每夜飲旅舍，輒使隨直小僕歌之。其語曰："宿酒醺醺猶自醉，回顧頭來三十里，馬兒只管去如飛。騎一會，行一會，斷送殺人山共水。是則青衫深可喜，不道恩情拚得未。雪迷前路小橋横，住底是，去底是，思量我了思量你。"其詞鄙淺不工，姑以寫意而已。到建昌，游麻姑山，薄暮獨酌，屢歌此詞，思想之極，至於墮淚。二更後，一美女忽來前，執拍板曰："願唱一曲勸酒。"卽歌曰："别酒未斟心先醉，忽聽陽關辭故里。揚鞭勒馬到皇都，三題盡，當際會。穩跳龍門三級水，天意令吾先送喜。不審君侯知得未？蔡邕博識爨桐聲，君背負，只此是。酒滿金杯來勸你。"蓋賡和元韻。劉以龍門之句喜甚，卽令再誦，書之於紙，與之歡接。但不曉蔡邕背負之意。因留伴寢，始問爲何人？曰："我本麻姑上仙之妹，緣度王方平蔡經不切，謫居此山，久不得回玉京。恰聞君新製雅麗，勉趁韻自媒，從此願陪後乘。"劉猶以辭卻之。然素深於情，長塗遠客，不能自制，遂與之偕東，而令乘小轎，相望於百步之間。迨入都城，僦委巷密室同處。果擢第，調金門教授以歸。過臨江，因游阜閤山，道士熊若水修謁，謂之曰：「欲有所言，得乎？」劉曰：「何不可者。」熊曰：「吾善符籙，竊疑隨車娘子，恐非人也，不審於何地得之？」劉具以告。曰：「是矣，是矣。俟茲夕與並枕時，吾於門外作法行持，呼教授緊抱同衾人，切勿令竄佚。」劉如所戒。喚僕秉燭排闥入，見擁一琴，頓悟昔日蔡邕之語。堅縛置于傍。及行，親自挈持，眠食不捨。及經麻姑，訪諸道流，乃云：「頃有趙知軍攜古琴過此，寶惜甚至。因搏拊之際，誤觸墮砌下石上，損破不可治。乃埋之官廳西邊，斯其物也。」遽發瘞視之，匣空矣。劉舉琴置匣，命道衆焚香誦經，呪泣而焚之，且作小詩述懷。予案：劉當在詹騤榜中，而登科記不載。

烏江魏宰

烏江縣後有狐狸洞，時時出有小妖。淳熙四年，魏昌賢作宰，因坐廳事，家人於看吕本作「簾」。幕內，遥望見美女在其側，以告魏妻。時官妓王道奴以色稱，頗蒙邑僚顧眄。妻不復審其實，呼之入宅，痛加杖笞。明日，自往幕內，所睹如初，但不能辨其容狀。又呼道奴，則正病創困臥，始知其非。疑洞狐爲厲，以語魏。魏往後圃，於竹林中得土穴，穴口才徑尺許，而陰沉暗塞，深不可計。於是集道流設醮祛逐，甓瓦石謹築之，凡用十力，經日乃填平。自後妥貼，不復見。

南陵仙隱客

濠梁士人林森，字秀實，攻苦讀書，汲汲以功名爲念。惡城市喧雜，卽村野營一室，每夕修業至三鼓。忽窗下有人聲，其音則女子也，呼曰：「功名富貴真難致，讀書中夜何曾睡？」時月色明潔，無僮奴，知其爲異，叱之曰：「汝人耶鬼耶？故以半夜來相戲侮。」笑曰：「我乃南陵仙隱客，吾父令我爲君婦，侍巾。疑有脱字。」森望其容儀甚美，啓户納之，而出語詈責。女曰：「無用生疑，我只是南鄰呂本作「陸」，疑是「陵」字之誤。王知縣女。先人已没，有遺文在此。嘉君力呂本作「苦」。學思奮，故命我嫁君。吾家更無他人。至于室女之身，自媒自獻，用是不欲白晝來。」因出一紙書以示森，果其父手澤也。森年少介處，喜於得配，遂乃留與共寢，至旦而去。自是不問朝暮，或經月不窺外庭。森如醉夢迷罔，了不復究其所居。往來逾年，生一子。森因抱拊嬰孩，謂女曰：「我既爲汝家壻，而不一到汝居宅，於心常不安，盍偕行乎？」女不可，森始疑焉。自念昔聞盧充幽婚，得無近似，卽訪於近鄰，問王知縣宅安在。皆曰不在此，只有女葬於南岡山，今二十年矣。森拉其人同詣墓次，見一竅如鼠穴，穿徹於中。懼而歸舍，女正臥床上，撼之，覺。具以所見扣之，默然無一語，若有愧容，挾兒徑出。森買酒奠其墓，且以石窒穴，泣别去。明日還城中，自爾絶跡。右三事皆永豐士人徐有光說。

永康太守

永康軍崇德廟，乃灌口神祠，爵封至八字王，置監廟官視五岳，蜀人事之甚謹。每時節獻享，及因事有祈者，無論貧富，必宰羊，一歲至烹四萬口。一羊過城，則納稅錢五百，率歲終可得二三萬緡，爲公家無窮利。當神之生日，郡人醵迎盡敬，官僚有位，下逮吏民，無不瞻謁。慶元元年，漢嘉楊光爲軍守，獨不肯出。其人素剛介，不信異端。幕府勸其一行，拒不聽，而置酒宴客。是夜火作於堂，延燒不可救，軍治爲之一空。數日後，其家遣僕來言，所居亦有焚如之厄，正與同時。楊始悔懼，知爲觸神怒譴，然無及矣。

成都鬼哭

紹熙三年四月，成都府午門外，夜有鬼哭之聲。久之，悲哀鬱蓄，若數十人聲，遠近皆聞之，深以爲怪。六月，有瀘卒之變，捕作亂者戮之於所哭之處。蓋禍福吉凶之兆，神明既先知之，雖欲幸脫，不可也。右二事子翼説。

施德遠夢

施德遠，湖州人，參知政事大任鉅姪孫也。乾道五年赴省試，正月一日，夢參政公來，語之曰：「汝今年與我同歲。」覺而恍然。參政生於元祐壬申，是時七十八矣，殊不曉其意。試罷，入太學，見同舍生問一士曰：「尊丈年今幾？」曰：「七十七。」德遠憶所夢，漫言之，同舍喜曰：「君必登科。七十八者，過省也。」未幾，果奏名鄭僑牓第三甲及第。順伯説。

夷堅支丁卷第七十三事

張元善水厄

處州並海，雖旁流支港皆深闊，往來船舟，常有驚濤駭浪之害。村岸有老叟，夢一士人在水中，抱青龍長丈餘，且甚巨。臨門呼曰：「活我當厚報。」叟曰：「此不難也。」引手撥龍，龍去，士得登岸。覺而異焉，以語其子。明日正午，颶風大作，暴潮如山而至。一小舟碎於波間，有人溺水，持大青竹竿，連呼救人。叟出觀之，宛如夢所見者，急棹漁船往拯之，已昏昏不能言。叟喚童兒策掖以歸，置於室，爲燃火燎衣，具飲食。良久乃蘇，云：「吾爲張體仁，建州浦城人也。因適永嘉經由，不虞遭此變。非叟仁心，則已葬魚腹矣。」留旬日，乃能復常，拜〔原作「摧」，據周本改。〕謝而去。叟亦不以所夢告。張後登第，仕宦通顯，遣人訪叟家，致錢帛爲貺。旋復本姓曰詹，仍字元善，位九卿，帥閩部，前程固未艾也。

四祖塔

蘄州四祖山塔，遭兵火爇盡。寺僧卽其處僅成矮屋三間以安佛像。士大夫至黄梅者，必迂塗往觀，然多爲陰翳四合，或蔽像不得見。鄱陽張疇壽明通判郡事，因適野視旱，就宿寺側。明旦，偕長老宗紹登塔基。至猶濃雲密霧，已乃開霽，稍瞻睇髣髴。宗紹言：「嘗掘基下，得石碣，蓋郭璞《地記》。云：『候塔壞日，當有姓張人來而塔復成。』今日符此讖矣。」張大嗟異曰：「若爾，當試爲圖之。」迨還城，以事告人，無有不樂施者。不浹旬，集錢數百萬。纔半歲，訖功。初肇役時，役者持鉏發地，且數尺，見一僧瞑目趺坐，指甲繞出于背，且纏其軀。監寺僧以告紹，紹叱之曰：「何故師多鬼亂，無得復語。」遂輦土掩之。既而塔成，釋徒服紹之識量，以爲不可及。壽明子振之親見其事。予謂郭景純在江南時，禪法未入中國，無由已爲四祖立記。疑亦知數者托其名云。

郭節士

浮梁縣舍宅堂柱廊作橋三間，頗明潔，常爲燕息之地。紹興丁丑歲，永嘉薛季益良朋爲令，以夏日觀吏牘於橋上，據胡牀倦臥，若夢寐間，恍惚見朱衣人立其前，驚問曰：「汝服飾詭異，爲人爲鬼，爲我言之。」對曰：「某生則爲人，今鬼也。」又問：「然則何爲而出，姓名爲何？有何事欲來訴？」曰：「某姓郭氏，二十年前承乏邑宰，不幸草寇犯境，固守弗去，悉力拒敵，盡室皆死焉。既没之後，冥官録其忠義殉國，俾之爲神。而朽骨猶埋後圃。願尚書哀我，收拾掩之，爲惠實大。」薛曰：「吾爲邑長於斯，安得以尚書見稱？」曰：「此在冥間，聞公當居此職，非敢爲佞也。」許之，遂不見，日已曛暮。翌日，命數卒訪其尸，果得於花檻之側。乃具棺殮而葬諸原處。其後，趙善著宰邑亦感夢，不肯與人言。但求其當官政跡，書碑録板，而塑厥像於崇聖寺。以其抱忠節隕命，故目曰郭節士。薛令果至權吏部尚書。

金郎中

金君卿，丙志載其娶妻事。金未登科時，讀書於浮梁山間。中夜未寢，聞户外人行雜沓，語聲嘈嘈。出視之，月色滿庭，略無所睹。良久，又聞復有一人低語曰：「郎中未睡，莫要高聲。」已而寂然。明日詢之，乃鄰近民家設水陸供也。時方承平，崇尚官爵，仕至正郎爲五品。金甚喜曰：「鬼神告我矣，仕官未艾，一第不足得也。」未幾，策高科，歷郡守部使者，積代至度支郎中。當路多知己，自謂已攀侍從，然竟不復進步而終。度支郎中，今之朝散大夫也。四十年前已有定分，其可妄意干進乎！

三將軍

浮梁西鄉崗岃原有新安寺。僧惠照者，辭其師海印，往江湘間行脚。至隨州大洪山，留數歲，乾道六年還鄉，持石刻數本，遺院主允機，其一紙乃三將軍畫像。機志於求利，於是呼木工雕三神形模，一切與碑相類。旋闢一堂供事，且將施丹青藻繪，爲化緣之資，未能辦其費。近村民劉九之妻，病足攣已久，幾不能移步。夜夢一偉人來，自頂至踵純白，謂之曰：「知汝有患苦，若能致力於我，當相爲治之。」妻寐，按：「寐」字疑「寤」之誤。以告厥夫，疑爲妖異，卽同詣寺，欲邀僧誦經以伸禳。卻因過新堂，見三像，指其一曰：「此正入夢者，通身皆白，得非有莊嚴之意乎！」立取錢十千付寺，以助設色，而不言所見。不旬日，妻忽捨杖起行；又旬餘，妥貼如無疾者。復造神前，焚香瞻拜。僧問其故，始以語之。其事喧傳，聞者競有所施。允機精于醫，能切三年脈，知人死生。此事修營，皆機得酬謝衣鉢所致，今亡矣。名連惠者，其孫也，亦頗有祖風云。

信州鹿鳴燕

紹熙三年秋，信州解試揭牓畢，當作鹿鳴燕，以享隨計之士。郡守王道夫擇用九月二十九日開筵。諸邑士子，先期皆至。貴溪余秀才，以二十六夜夢人告曰：「聞若來赴鹿鳴宴，此事已不成，諸人皆去了，君宜早歸。」余寤而不樂。以爲功名之會，必無濟理，或恐有家門禍，故深憂之。明日，市中大火，延燒民舍數百間，自午至中夜乃止。煨燼之餘，公私愁窘，平治煤炧，經日未能竟，遂罷此燕，但致醆酒以贐行。時大兒通判州事，張振之監贍軍酒庫。

張方兩家酒

浮梁人張世寧，淳熙癸卯暮冬之月，釀白酒五斗，欲趁新春沽買。除夕酒成，既篘取之矣，復汲水拌糟于甕，規以飼猪。後二日，入其室，聞芬香撲鼻。試視甕内，則又成美醞，清辣反勝於前。亦取之，仍實以水。至三日，復得酒如初。鄰里〔「里」字原無，據周本補。〕傳誑，或以爲挾幻術。與之争辯，終不信。乃邀至釀處，始驗其不誣。出語相賀，謂張氏爲神所祐，從此將興。及日旰，再往視，悉爲水矣。又西鄉冷水村細民方九家，造斗酒，置甕於床側隱處，俄而挹之不竭。如是十餘歲，日日獲錢，了無勞費，賴以贍給數口，殊不知其所以然。後爲長子娶婦，經旬時，偶客來，令婦取酒。婦以甕在暗處，挈之出，見一小蛇繞結於傍。蛇望人至，即逸去，自是甕一空。今方九已亡，獨子孫在，而窮困不復可濟矣。右七事皆張振之子理説。

餘干譚家蠶

餘干潤陂民譚曾二家，每歲育蠶百箔。紹熙元年四月，其妻夜起餵葉，忽見箔内一蠶，長大與他異，幾至數倍。而逐節爲一色，青紅黑白，皎然不雜。當中如黄金，透徹腹背。妻知爲佳祥，取香合捧承，别剉細葉鋪藉，置諸佛堂。旦起揭視，則已生兩耳，明日，又生尾，俄而衆足皆隱，徐生四足，能立，全如馬形，時時勃跳作戲。凡七晝夜，馬不見。忽得小佛相，似入定觀音，蒙頭趺坐。外間傳説求吕本作「來」。瞻睹者，駢肩疊迹。譚氏畏有他變，乃并合瘞之於桑下。是歲所得絲絮，倍於常年；至於小蠶寒蠶，亦皆遂意。二年三年皆然。及四年癸丑，春夏所育猶昔，了無一繭成就。甲寅乙卯歲亦如之。其村隣有以女爲張思順婢，説此事，蓋親見之。

靈山水精

水精出於信州靈山之下，唯以大爲貴，及其中現花竹象者。朱彦才家在彼，舊頗贍足，十餘年來，浸浸衰落。嘗因寒食拜掃先墓，小民百十爲羣，入山尋采水精，且鬥百草爲戲。朱獨行院徑間，忽見一石塊，光輝射人。就視之，真寶石也，高闊如大甕，喜甚。懼爲衆所見，取亂葉蔽之。既還舍，呼集田僕二十輩，乘夜舁歸。已而市儈皆傳聞，相率來觀，共酬價六千貫，朱猶未以上三十字原闕，據吕本補。許。吕本作「允」。臨安内苑匠聞之。請於院璫，求假至信，視已立價復增三千貫。朱付之，賴以小康。麗水人盛庶字復之，名士也，曾仕於信。得二片，高四寸許，闊稱之。中有青葉成行，全如萱芽初抽之狀。盛君寶藏之，遇好事君子，乃始出示。右二事皆張思順説。

郭教授

成都人郭某，原注：不知名。吕本作「不欲名」。監興州大軍倉，與戎帥吴挺少保厚善。嘗有軍中駛卒，因請月粮，以語言忤郭。郭訴於吴，吴殺之。郭後鎖廳，登紹熙癸丑第，調興元府教授，未及赴。同郡王翊主簿，同年生也，夢爲數吏追逮，趣其行甚遽。翊知其爲冥司，不肯前進，禱之曰：「有母年老，不審何罪，願使者明以告，然後承命。」其人云：「照興州承局事。」翊曰：「翊以寒士得一官，生平不曾到關外，所謂承局者，無由相識。今所對果何事耶？」諸人更相驚顧曰：「且仔細，且仔細！」一人云：「幾乎錯了。」即捨去。翊覺，惘然莫測。又數日，聞郭君殂，訪得興州本末，乃與人言。

馮資州壻

蜀人馮子春，爲資州守，其壻從之官。嘗須公使銀盆，老兵持以入，壻匿之，而稱失去，且語馮云未嘗用。馮以爲兵所竊，置諸獄。兵衰老，不能堪訊鞫，遂自誣伏。索其物，則云久已轉鬻了。既論罪決杖，且責償元直。兵不勝冤憤，具狀訴於東岳行宫，泣拜而焚之。仍録一紙繫腰間，乃自經於廟門之外。馮受代，復知果州。忽見此兵正晝在側，愕然曰：「汝死已一年，如何得以到此？」對曰：「銀盆事，某陳訴於嶽帝，令來追知府女壻對理。」馮驚懾之次，俄失所在。其壻即苦中惡，當日死。馮後七日亦卒。鳳州通判郭公遂以慶元乙卯部潼川絹綱過鄂州，與姪孫伋相遇，説此。

蕪湖龍祠

紹熙五年春，江西安撫司將官林應趾葉本作「祉」，下同。部豫章米綱往金陵。抵蕪湖，内一舟最大，所載千斛，中夜忽漏作，水入如涌，舟中之人惶窘無計。林具衣冠向葉本作「謁」。龍祠拜禱曰：「應趾以貧爲此役，今若是，將大有損失，何力以償？勢須盡徙出，又非倉卒可辦；舟有七倉，輒用甲乙次敍，葉本作「第」。書七鬮以卜所向，願大神威靈，曲垂昭告。」遂得第二鬮。未及搬運，而漏自止，于是安寢至旦。葉本無上六字。後三日晚，至采石，舟復漏。乃集綱衆，如神告之證空上四字，葉本作「卜起」。第二倉，見底板正脱一節，一小魚當漏處，帖帖如遮護，然已腐矣。蓋前者漏止，正以魚故。神之賜祐大矣哉。右三事伋子中説。

丁湜科名

丁晉公本吴人，其孫徙居建安，貲産豪盛。子弟中名湜者，少年俊爽，負才氣，特酷嗜賭博。雖常獲勝，然隨手蕩析於狎游。厥父屢訓責之，殊無悛心。父怒，囚縛空室，絶其飲饌，饑困瀕死。家老嫗憐之，破壁使之竄。父喜其去，亦不問，但謂其必擠隕上二字葉本作「隕填」。溝壑。湜假貸族黨，得旅費，徑入京師，補試太學，預貢籍。熙寧九年，南省奏名。相國寺一相士，以技顯，其肆如市，大抵多舉子詢扣得失。湜往訪之，士曰：「君氣色極佳，吾閱人多矣，無如君相，便當巍峩擢第。」即大書紙粘於壁云：「今歲狀元是丁湜。」湜益自負，而所好固如昔時。同牓有兩蜀士，皆多貲，亦好博。湜宛轉鈎致，延之酒樓上，仍令僕携博具立於側，上三字葉本作「於前」。蜀士見之而笑，遂戲於小閣。始約以萬錢爲率，戲葉本作「戰」。酣志猛，各不能中止，累而上之。湜於此藝得奇法，是日所贏六百萬，如數算取以歸邸。又兩日，復至相士肆，士驚曰：「君今日氣色，大非前比，魁選豈復敢望？誤我術矣。」湜請其説，士曰：「相人先觀天庭，須黄明澤潤則吉，今枯燥且黑，得非設心不善，爲牟利之舉，以負神明哉！」湜竦然具以實告，曰：「然則悉以反之，可乎？」士曰：「既已發心，冥冥知之矣。果能悔過，尚可占甲科，居五人之下也。」湜亟求蜀士，還其所得。迨庭策唱名，徐鐸首魁，湜爲第六云。其姪孫德興尉先民説。

夷堅支丁卷第八十四事

趙三翁

趙三翁者，名進，字從先，中牟縣白沙鎮人。本黃河掃兵，避役亡命，遇孫思邈於棗林，授以道要。久之，孫捨去，令只居縣境淳澤村，曰：「切勿離此，非天子詔不可往。俟我再來，與汝同歸。」宣和壬寅歲，年一百八矣，果被召見，館於葆眞宮。頃之告呂本作「丐」。歸，詔問所欲，對曰：「臣本隸兵籍，未有放停公憑。願得給賜，它無所欲也。」即日有旨，開封尹盛章給與之。遂放浪自如。於技術無所不通。能役使鬼神，知未來事。爲人噓呵按摩，疾痛立愈。保義郎頓公孺苦冷疾二年，至于骨立。一日正灼艾，而翁來，乃詢其病源。頓以實告，翁悉令撤去。時方盛暑，俾就屋開三天窗，放日光下射，使頓仰卧，揉艾遍鋪腹上，約十數斤，乘日光炙之。移時，熱透臍腹，不可忍；俄腹中如雷鳴，下泄，口鼻閒皆濃艾氣，乃止。明日復爲之。如是一月，疾良已。仍令滿百二十日。自是宿痾如洗，壯健似少年時。翁曰：「此孫眞人秘訣也。世人但知灼艾，而不知點穴，又不審虛實，楚痛耗損氣力。日者太陽眞火，艾既遍腹，且又徐徐照射，入腹之功極大。但五六七月爲上，若秋冬閒，當以厚艾鋪腹，蒙以綿衣，熨斗盛炭火，慢熨之，以聞濃艾氣爲度，亦其次也。」其術出奇而中理，皆類此。密縣隳門山道友席洞雲，因往獨紇嶺瀑水潭側登覘，慕其清峭高爽，卽築室以居。卽而百怪畢見，未及一年，禍變相踵。席謁翁，告以故。翁曰：「得無居五箭之地乎？」席曰：「地理之説多矣，獨不聞五箭者，敢問何謂也？」翁曰：「峯巔嶺脊，陵首隴背，土囊之口，直風當門，急如激矢者，名曰風箭。峻灘急流，懸泉瀉瀑，衝石走沙，聲如雷動，晝夜不息者，名曰水箭。堅剛礫燥，斥岸砂磧，不生草木，不澤水泉，硬鐵腥錫，蟲呂本作「蠱」。毒蟻聚，散若壞壤者，名曰土箭。層崖疊巘，峻壁巉巖，鋭峰峭岫，拔刀攢鍔，聳齒露骨，狀如浮圖者，名曰石箭。長林古木，茂越叢薄，翳天蔽日，垂蘿蔓藤，陰森肅冽，如墟墓間者，名曰木箭。五箭之地，射傷居人，皆不呂本多一「可」字。用。要在回環紆抱，氣象明邃，形勢寬閑，壤肥土沃，泉甘石清，乃爲上地。固不必一一泥天星地卦也。子歸，依我言，去凶就吉，當自無恙。」席敬受其教，居止遂寧。翁亦不知所終。嵩山張壽昌朋父爲作記，郭象伯象得其文，載於《睽車志》末。予欲廣其傳，復志於此。

建昌士人

建昌士人，原注：失其姓名。往臨安赴省試，夢入一神祠，值判官捧大簿欲登殿。案上有瓶貯水，誤觸之落地，其聲鏗然。卽驚覺，謂爲非佳兆，意絶不懌。既而春牓預選，登高科，注樂平主簿，乃悟捧簿及瓶落之旨。順伯説。

潭州都監

潭州兵馬都監某，出於天武禁衛，離兵籍得官。既滿秩，府帥使押米萬石至鄂渚，因挈家行。道過青草洞庭湖，泊舟龍王廟下，當具牲牢禮謁。其人素强倔，且憚費，薦供菲薄。祝史白曰：「神靈意頗不懌，宜每事加謹。」某殊不謂然。夏夜月明，坐於船艎上，望大金沙堆，光如撒案：「撒」當作「撒」。星，煜煜聚散，稍成五色，炫轉滿川。問於舟人，曰：「此諸神皆出嬉遊也。」其人笑曰：「是乃鬼火耳，何神之爲！」取彈弓射之，蓋夙精此技，百發百中。才一彈落，光采霍然而滅。舟人竊以爲憂。明旦詣廟審視，則風神土偶，捨故處偏側而立，體有拆裂紋。昨夕彈圓，正在袋中。以告都監，使謝過，亦但再拜而退。至暮，風敗其一舟，失米數百斛。罄二年俸餘，僅能償值。慢神獲咎如此。全家雖震怖，幸不葬魚腹。大抵鬼神多驚，故尤畏彈也。景裴聞其說於錢不孤，而忘都監姓名。

范斗南妾

范斗南，字一卿，甌寧人。淳熙二年登第，待次某州教授。買一妾，寵之，而内子游氏不容，乃詐語之曰：「明年我將赴官，道塗行李之費，貧無以給。今浦城趙氏遣僕持書來，欲月以錢三十千邀我作館客，不可失也。」於是挈妾行。既抵彼邑境，得村居山寺一僧房，稍葺以爲寓舍。臨遷居，妾至户外，彷徨不肯進。扣其何所見，曰：「房中有人，我不敢入。」范曰：「此空房爾，何曾有人？汝得非眼花妄發耶！」强之入，未幾，妾既呂本作「竟」。抱疾亡。迨撤去床帳，其後壁畫已古暗，隱隱見青帳中一婦人，覆錦纈衾而卧者，正與妾寢同。乃審向來所睹，蓋此也。范鬱鞅不樂，遂爲痰嘔所苦，勢且危急。友人賈正同來問疾，言曰：「去此三里，前村有漁翁，蓄藥，能起死。但慮未必可得，須禱之於神天可也。」於是爲焚香祈祝曰：「若范斗南前程未艾，願獲漁翁之藥。如其不然，則天數有限，非人力所能延，敢不委命。」遂往訪之，適遇此翁。告以故，翁曰：「藥甚難合，不常有。今早笥中尚存一粒，爲人取其半。」卽以所餘者授之，使亟服。賈携歸，煎湯餌范，痰去如掃，次日愈。賈生能文，慷慨佳士也，故爲朋友篤於義如此。鄱陽張玘、董南一，與范爲同年進士也，乃云親見范告急，言挾妾在旅，而妻從鄉里來。其事不同。

陳堯咨夢

建寧城東梨岳廟所事神，唐刺史李頻也，靈異昭格。每當科舉歲，士人禱祈，赴之如織。至留宿於廟中以求夢，無不驗者。浦城縣去府三百里，邑士陳堯咨，苦貧憚費，不能應詔，乃言曰：「惟至誠可以動天地，感鬼神，此中自有護學祠，吾今但齋香紙謁之，當獲丕應。」是夕，宿於齋，夢一獨脚鬼，跳躍數四，且行且歌曰：「有官便有妻，有妻便有錢，有錢便有田。」堯咨既覺，遍告朋友，決意入城。其事喧播於鄉里，或傳以爲戲笑。秋闈揭榜，果預選，一舉登科。

龍溪縣祟

翁德廣，字仲實，建安人。乾道二年進士甲科，後知漳州龍溪縣。官舍素多祟。翁至之明年，次女方攬鏡間，見黄衣婦人立於側。恍惚如夢，認爲父侍妾。呼之至三，弗應。俄而又有一婦入，久而不出。女未知爲異也。翁從外歸，唤家妾，了不見，但聞喧呶聲在室内。遽往視之，女已嘔血而仆，耳鼻皆爲泥所窒。力挽之使起，竟不救。

宋提舉侍姬

宋少卿，提舉福建茶事，治所在建寧。一侍姬卧房中，見一女子，衣乾紅衫，捧一杯羹與之。細視之，乃其所産之血，唾去不受。如此連日來，陳詞懇切。姬度不可，勉接而食之，不數日而卒。

右事，盈之姪爲闕茶幹官日所聞，姪孫伷録以相示。

劉監丞

劉大臨以紹熙五年自將作丞出補外，得添差通判建康府。以贅員無官舍，假楊和王宅以居。未幾，爲祟孽所撓，雖無鬼物現形，而室内八籠，一日正晝出行於堂，如人所挾持者。劉知其怪，白於府，徙寓它處。既而妻亡。次年，又坐秋闈監試，爲同僚王萬樞二子所累，罷官歸。

王甑工虱異

處州松陽民王六八，及箍縛盤甑爲業。因至縉雲，爲周氏葺甑。方施工，而腰間甚癢，捫得一虱。戲鑽甑成竅，納虱於中，剡木塞之而去。經一歲，又如縉雲，周氏復使理故甑。忽憶前所戲，開竅視之，虱不死，蠕蠕而動。王匠怪之，拈置掌內，祝之曰：「爾忍餓多時，如今與爾一飽。」遽嚙掌心，血微出，癢不可奈，抓之成瘡。久而攻透手背，無藥能療，遂至於死。

王七六僧伽

麗水商人王七六，每以布帛販貨於衢婺間。紹熙四年至衢州，詣市駔趙十三家，所齎直三百千，趙盡侵用之。王久留索償不可得，時時忿罵。趙但巽詞遷延。一夕，醉以酒，與妻扼其喉殺之，納尸於大篰內。王常日奉事僧伽大聖甚謹，雖出行，亦以畫像自隨，旦暮香火瞻敬。趙恐遺物招累，捲像軸并淨瓶香爐，併置篰內。俟半夜人定，欲投諸深淵。將出户，有僧數人繼踵來。懼其見也，爲之少止。良久再出，則遇僧如初。凡五六返，天且明。不暇顧，徑舁至江濱。鄰居屠者姜六一，訝其荒擾，執趙手欲就視。不吕本多一「能」字。隱，乃告以實，賂以五楮券。姜不聽，曰：「我當訴爾於官。」趙夫婦哀祈，復增十券。姜喜，乃捨去。是日不買猪，卽歸而持券易錢。其妻疑之曰：「汝無事早歸，不做經紀，何緣得有錢？定是做賊！」姜語之故，妻曰：「事干人命，萬一敗露，打一場官司不小。汝若入獄，我一家如何存活？合經官告首。」姜遲回未應，妻厲聲叫呼，於是往報津邏，摝王尸於水中。其像卷傍題字曰「處州麗水縣奉佛弟子王某捨錢畫」。西安縣遣牒質會得實，趙伏辜。始驗諸僧示現，皆僧伽靈變所格，然不若救其死也。

西湖判官

侍衛步司右軍第三將狄訓練，以紹熙三年二月六日部諸寨兵五更入受俸。至前湖門外，坐胡床以俟啓關。覺有堅物觸其足，取燭照視，則一巨蟹，長三尺，形模怪醜。命從卒執縛送於家，復坐假寐。夢一人，長鬚，顔貌古惡，著淡緑袍，軟幘黑韡，繫烏犀帶，持手板揖曰：「某乃西湖判官，因出戲於緑野，蒙君虐執，慮必遭鼎烹之害。願急馳一使往告，俾全餘生，當謀厚報。脱或不免，在微命固不足惜，正恐爲門下之禍，非細事也。」狄寤而門已啓，衆以次入城，未暇問及。事畢，奔馬歸舍，諸子已烹蟹分食，詫其甘鮮。獨妻未下箸。狄話所夢，使勿食。未幾，五子相繼病死，唯狄與妻存。

周氏買花〔「氏」目録作「女」〕

臨安豐樂橋側，開機坊周五家，有女頗美姿容。嘗聞市外賣花聲，出户視之，花鮮妍豔麗，非常時所見者比。乃多與直，悉買之，遍插於房櫳間，往來諦翫，目不暫釋。自是若有所迷，晝眠則終日不寤，夜坐則達旦忘寢。每到晚，必洗粧再飾，更衣一新。中夜昵昵，如與人語。父母以爲怪，密邀行法者至，女略不動色，殊無懼意。有鬻麪人羽老者，居候潮門外。周邂逅相遇，羽問之曰：「或言君家有祟不可治，信乎？」周曰：「然。吾甚苦之，無以禦也。」因具告其故。羽曰：「此猫魈也，明日當奉爲行誅。」至期，周備酒殽香楮延致，羽布氣步罡。少時女已振恐，羽運法，劍斬其首，女不覺而入房，熟睡數刻起，神宇豁然。問其向者所見，女曰：「纔黄昏後，一少年，狀貌奇偉，著袞乘馬而來。兩絳蠟導前，笙簫隨後，凡飲食所須，應聲卽辦。謳吟笑語，與人不殊。今絶矣。」經數旬，女感疾若妊娠者。復召羽，書符使吞之。自是一切復常。

陶太尉廟

南康陶太尉廟，蓋晉大將軍侃也，夙著靈威，土人事之甚謹。自紹興以來，頗不及前，香火浸以衰落，棟宇頹仆。行客過者，未嘗展敬，牲酒幾於絶跡。淳熙初，村民童八八者，素豪虣横肆，遂毁廟以廣其居，而於屋之隅立小堂，聊復寓祀。俄而妻病，詣巫者卜之，巫曰：「犯陶太尉之子小將軍，所以致禍。」童生曰：「陶太尉之神歇矣，況其子乎！」巫曰：「陶公罹三紀空亡，故寂寂如此。今猶有半紀之年，過是當復興。汝無以家致禍。」童乃止。其後靈應果侔昔時。

仇邦俊家

紹熙五年六月二十二日，鄱陽城隍王誕辰，士女多集廟下奠獻。命道士設醮，推客將仇邦俊主其事。仇妻在家，因如廁遇婦人，麗容盛飾，從後户踰藩而入。駭爲怪，奔歸房。婦人躡踵亦來，紉袂對坐。妻已昏迷，猶能遣厥子促夫歸。仇以祀事未訖，抵暮乃至，指空訴逐，遂寂無所見。明日，仇詣府，婦復出，又有僕妾三人從於後，叫譟跳躍，取堂中什器，抛擲碎毁。妻自此感疾，恍惚譫語，如鬼物附著之狀，越三日而死。既葬，怪異如初，仇病暴作，與妻無異，數日亦死。右六事朱從龍説。

夷堅支丁卷第九十一事

戚彥廣女

戚彥廣者，本羈州寨兵家子，至彥廣，粗讀書，尤邃法律。捨父祖故步，務農植穀，吕本作「殖貨」。居於文安之東野。嘗省所親於濱州蒲臺丁河上，留頗久。其長女蘇娘，小疾在家。廣忽見數人，捧掖一姝入户，拜於前，乃蘇娘也。問其何以來，曰：「得爺書，説抱病困重，母憂惱不可言，諸兄弟都不肯來，使我省視。」廣曰：「我原不病，何曾發書歸？」女探懷取示，果手筆也。廣絶以爲異，置女房内，别設榻。迨旦，榻空無人。廣益驚愕，即日兼程還舍，女正懨懨卧未起。扣以曩事，則了未知。自是門中多怪，女若爲妖物所憑，或盛服艷裝，或高談闊論，或狂吟嘯歌。廣呼里巫范道欽備酒饌禳謝。女欣然而出，與范對席，笑語自如。范度非己所能治，請設筵以禱。道士至，方執爐行道，青詞簡籙，皆遭竊去。衆慙懼而散，荏苒歲餘。廣爲人頗剛直，置不問。女復塗澤易衣，坐堂上，召廣告之曰：「君識我乎？我本海神侍妾，獲罪玉吕本作「王」。妃，屢遭鞭撻，所以隱身於君家。比聞妃怒已息，命我來歸。溷君家許時，從此話别，他日當致微報矣！」言訖，一揖如房。女恍如夢覺，故疾亦愈。後數年，廣因事到海濱，遇婦人稱神之妾，以銀百兩爲贈。

陳靖寶

紹興甲子歲，河南邳徐間多有妖民，以左道惑衆，而陳靖寶者爲之魁傑。虜立賞格捕之甚峻。下邳樵夫蔡五采薪於野，勞悴飢困，衣食不能自給，嘗歎喟於道曰：「使我捉得陳靖寶，有官有錢，便做一箇快活漢。如今存濟不得，奈何？」念念弗已。逢一白衣人，荷擔，上繫葦席，從後呼曰：「蔡五，汝識彼人否？」答曰：「不識。」白衣曰：「汝不識，如何捉得他？我却識之，又知在一處，恨獨力不能勝耳。」蔡大喜，釋擔以問。白衣取葦席鋪於破垣之側，促坐共議所以躡捕之策。斯須起，便旋路東，回顧蔡，厲聲一喝。蔡爲席載起，騰入雲霄，遡空而飛，直去八百里，墮於益都府庭下。府帥震駭，謂爲巨妖，命武士執縛，荷械獄犴。窮訊所由，蔡不知置辭，但言正在下邳村下，欲砍柴，不覺身已忽然飛來，實是枉苦。府移文下邳，即其居訪逮鄰左，驗爲平民，始獲免。而靖寶竟亡命，疑白衣者是其人云。

鹽城周氏女

鹽城民周六，居射陽湖之陰，地名朦朧。左右前後皆沮洳藪澤，無田可耕。且爲人闒茸，不自振拔，唯芟刈蘆葦，織席以呂本作「爲」。生。一女年十七八，略不識針鈕之事，但能助父編葦而已。以神堰漁者劉五爲其子娶之，不能縫裳，逐之歸。父母俱亡，無以餬口，遂行丐於市。朱從龍寓居堰側，時時呼入其家，供薪水之役，久而欲爲擇配。楚士吳公佐，本富家子，放肆落魄，棄父而出游，至寄跡僧寺爲行者。後還鄉里，親族皆加厭疾。郡庠諸生容之齋舍，因相與戲謀，使迎周女爲婦。假衣襦，具酒炙，共僦茅舍一間，擇日聘取，儕輩悉集，姑以成一笑。意吴生知爲丐者，必將棄之。已而相得甚驩。偶按：「偶」字疑誤。鈐轄葛玥之子，富於貲財，拉吴博。吴僅有千錢，連擲獲勝，通宵贏過百緡，葛不能堪。明日復戰，浹辰之間，所得又十倍。吴由是啓質肆，稱貸軍卒，不數年，利入萬計。其父呼還家，讀書益勤，兩預貢籍。周女開敏慧解，婦功不學而能，肌理豐麗，頓然美好。初，里中有嚴老翁，吻士也。善講解《孝經》，又能説相。見周於丐中，語人曰：「此女骨頭裹貴。」果如其言。向使在劉漁家時已如是，則饑寒畢世矣。

單志遠

單志遠，河州人，居會通關之南，世守農業，家稍優贍。志遠淳古恬漠，吕本作「淡」。獨好長生之術。每道流至，無問善否，一切延納。虜亮正隆中，有丘德彰者，自云春秋過七十，本江南人，而容儀伉爽，幾如三四十歲許。善談玄理，行吐納之法。單得之，大喜過望，遂以師禮敬事之，有言必信。一夕，從容語曰：「人孰無道心，大抵爲嗜欲所敗。今將求延生久視之理，苟不先絶此段，鮮有克終者。」單焚香再拜，力請其要，連宵靳固。乃授以篋中丹藥，使齋沐澄慮，擇吉日服之。僅月餘，單精采摧憊，陰囊蓄縮，全若閹宦，慾想未斷，已無所能爲。單以爲適我願，崇信愈確。丘又戒使静處一室，無與外間相聞，終日危坐，非便溺不窺户。丘出入自如，浸浸用房中戰勝之技，悦其妻妾，皆與淫通。鄰里悉知之，單殊弗悟。既而挑妻妾奔遁。鄰人以告單，單久不歷家舍，猶未信。然告者至三，於是始行追躡，得於別村，執詣郡，杖殺之。妻妾亦受刑。單棄之而爲山林之游，莫知所屆。

清風橋婦人

王耕，字樂道，宿預桃園人。讀書不成，流而爲駔儈，諳練世故，且長於謀畫。鄉人或有所款，則就而取法，頗著信閭里間。紹興之季，去虜從化，僑居於山陽。甲申秋，虜再犯邊，避地丹陽北固山之後。時淮民渡江者，官司賑贍之，耕裒里中人姓名，具陳於府。暮冬既望，雪月交輝，耕聞雞鳴，以爲天將曉，急起，著衣冠而出。一僕徐徐未至，耕先行。由利涉門東，循河而出，欲從清風橋去。甫及百步，遇婦人携青衣問曰：「天將曉乎？」曰：「然。」婦人曰：「我與妯娌分析事，持狀詣府，不知自甚路入城。」耕曰：「吾恰欲入城，偕行可也。」同塗未幾，復遇數人，中一人服飾華楚，餘秉火炬，盡其僕也。見耕與婦俱來，罵曰：「汝是何等人，半夜三更，扇誘他家女子。」耕自辨訴，其人益怒，叱諸僕執縛而鞭之百數。哀鳴乞命，不肯捨。正喧拏争競，耕僕始至，連聲呼秀才。耕應之。羣怪皆不見，繩索自解。不復能趨府，還舍惘然，尚懷怖懼。遭擊之處，痛毒叵忍，踰月乃復常。

淮陰張生妻

楚民張生，居於淮陰磨盤之彎，家啓酒肆，頗爲贍足。紹興辛巳冬，虜騎南下，淮人率奔京口。張素病足，不能行，漂葉本作泊。駐揚州。已而顏亮至，張妻卓氏爲夷酋所掠，卽與之配。明鈔本作「昵」。卓告之曰：「我之夫在城中，蓄銀五鋌，必落他人手，不若同往取之。」酋喜，偕詣張處，逼奪之。張戟手恨罵。酋益喜，以爲卓氏慕己，凡是行鹵獲金珠，盡委之，相與如真夫婦。俄亮死軍回。卓痛飲酋酒，醉卧之次，拔刀刺其喉，悉囊其物，葉本作「席卷財物」。鞭馬復訪張。張詰前事，責數，欲行決絶。卓出所攜付之曰：「當時不設此計，渠必不肯信付我。今日之獲，乃張本於逼銀耳。」於是聞者交稱焉。磨盤明鈔本多一「灣」字。在縣北，據淮泗之衝，形如磨之圓轉，因是得名。漢韓信故墟也，代生英豪，雖婦人女子，亦多剛清葉本作「勁」。立節。《徐中車集》載淮陰一婦之夫，隕命盜手，而婦弗知。其後盜憑媒納幣，聘爲室，居三年，生二子矣。因乘舟過夫死處，盜以爲相從久，又有子，必不恨我，乃笑而告明鈔本多一「之」字。故。婦勃然走投保正，此句葉本作「遂投牒保伍告其事」。擒盜赴官。大慟語人曰：「妾少年嫁良人，爲盜死，幸早聞之，定不與俱生。呂本作「妾少年嫁良人，爲盜所殺，又不幸失身爲此盜之妻，其何以謝我良人」。兩雛皆賊種，不可留於人世。」俱擲諸洪波。俟盜伏辜，亦自沉而死。此二女志義相望於百年間云。葉本無「云」字，多「可嘉也已」四字。

王直夫

兗州萊蕪人王直夫，雖出於田家，而賦性剛介，不媚鬼神。每妻子疾病，但盡力醫療，凡招神禬襪之事，皆所不爲也。黨友或勉之，則曰：「死生有命，富貴在天。吾平生立志，不可易也。」虜正隆元年之春杪，變怪驟興，正晝鬼見形於中庭，窺户嘯梁，移床徙釜，葉本作「几」。歌笑馳走，百端千態，舉室怖駭，寢食不安。直夫毅然不動，呼長幼戒之曰：「無以異物置疑而畏之。吾曹人也，肖天地真形，稟陰陽正氣。彼陰鬼耳，烏能干陽？汝輩宜安之，勿過憂怯。」家人意少定。一日，端坐堂上，見巨魅身長七尺，高冠大帶，深衣朱履，拱立於前。直夫了不動色。魅斂袂言：「王翁真今日上二字葉本作「金石」。正人，某等固已敬服，猶謂色厲内荏，故示怪以相撼。而翁若不見不聞。自是無敢循舊態矣。」明鈔本多「王領而遣之」五字。竦揖而没。

竇致遠

竇致遠者，蔡州伏羌縣人。所居曰甘谷堡，以聚生童自給。爲人放曠，不拘小節。嘗從村墅還家，行過古寺基下，聞其上有人笑談。升高以望，見十餘輩，衣冠形貌，若古之王侯，傳觴縱食。竇失聲大呼，俱亡所在。遺杯盤數器，皆白角所作，因取以歸。併得古文書一册，沿途展視，蓋左道之術。竇究心學之，食息不置，久之盡驗。能呼雲召雨，意之所欲，立致於前。又素善卜筮。虜正隆四年六月亢旱，里人扣雨期，應曰：「翌日當滂沛矣。」至日，火雲鑠空，淨無陰翳。父老交徧詰之，竇曰：「諸君速歸，須臾雨必至。」衆既去，竇詣後圃井傍，取桶繩浸於中，叩齒抛擲，俄化爲龍，雷聲震轟，甘霖傾瀉，周匝二十里，田苗勃興。有惡子窺見其擲繩之幻，告於官，縛入郡治。郡守使釋縛，以好語問之。對曰：「致遠，窮書生也，何能爲？所學者則劇術耳。」守命面呈一技。乃解腰間勒帛置地上，一喝卽卓立，奮登其顛，歌舞而下。又解皂絛布地，叱之，砑然成烏蟒。廷下人怖畏奔走，竇曰：「無傷也。」蟒盤旋之際，已生鱗甲鬐鬣，霹靂暴起，化爲飛龍，遽乘之而去。自是無復可制。但未嘗挾以害人，故安居自若。

楚州癡僧後紀

楚州癡僧行欽者，支甲載其事，云不知所終。浮梁人計晉道說：數年前，武鋒軍陳訓練結黨謀叛，日與衆聚首於閱武亭下，楚人皆莫知其疑有脫字。忽癡僧一見之，忿怒切齒，伺其獨在彼，拔其腰間劍殺之，而持劍出市，呼曰：「我今日殺了大賊。」街吏執之，繫訊司理院。不答一詞，唯鼻息如雷而已。獄吏無如之何，緊閉之空室，不與食。經累日，引出，揚揚自如。郡守命一府胥兵，各買一蒸餬與食，盡三百枚不飽。市人聞者，争持麵飼之，悉捧食不遺餘。自稍寬其械。因拘且一月，軍中告變，推究元惡，乃陳訓練也。陳既死，故事不成。郡守呼僧慰謝，釋遣之，亦無一言。行過市，觀者如織。忽就卧於地，視之，死矣。

張二姐

下邳朱邦禮，家於宿預，買少婢曰張二姐。雖無要疾，而形體枯悴，肌膚皴散，絶可憎惡。姑使執庖爨舂汲之役，凡六七年。有游士劉逸民扣謁。喜其高談雄辨，留以教諸子。在館下歷歲，未嘗輒出外户，朱極賢重之。每會親友，稱贊其静操。乃命二姐爲供給洗靧，蓋以其醜陋無所致疑。久之，顧限已滿，告辭而去。朱亦不問所往。俄而劉亦謝退。後十餘歲，朱赴省試回，因詣市肆，聞有人呼聲，回頭顧之，元不識面。其人乃邀至所居，具公服再拜。敍致囊契，乃逸民也，既登科第，得京秩矣。方歎羡，又一婦人者，著幘髻拜于廷，如家人初見尊長之禮。朱側身斂避。劉挽之坐曰：「故主翁也，何辭焉！」細詢其由，則二姐也。且言曰：「自違離之始，無人負笈。偶值此婦，遂與之偕行。念其道塗勤謹，存于家間，而温良惠解，實同甘苦，故就以爲妻。恩出高門，不敢忘也。」延朱置酒，罷，而以五百千贈之。時政和末也。

潘謙叔

南康士人潘謙叔，世居西湖釣魚臺下，爲人剛介。利按「利」字似「初」字之誤。頗涉獵書傳，亦常入官府，與人料理公事。淳熙中，因酒醉，逢羣不遑于道，争較是非，爲衆毆擊，碎其腦，還家未幾而死。妻懦子弱，不能訴。紹熙元年中夏之末，日晡時，漁舟十數集臺下。舟「舟」下似有脱字。登岸飲酒，見數百鬼附火坐，取小魚炙於火上，争奪食之。鬼或無頭足，在傍者以熟魚納頸内，一鬼以手掩而食魚。呼舟人之名，審聽之，則謙叔也。皆懼而走，羣鬼亦呼譟散去。此卷皆朱從龍説。

夷堅支丁卷第十 十二事

鍾離翁詩

淳熙十一年，溧陽倉斗子坐盜官米，黥配而籍其家。得草書二軸，題云「庚申歲書」，其名權花押，正如一劍之狀，蓋鍾離翁也。其詩云：「露滴紅蘭玉滿畦，閑抛象履到峰西。但令心似蓮花潔，何必身將槁木齊。古塹細香紅樹老，半峰殘雪白猿啼。雖然不是桃源洞，春至桃花亦滿溪。」李粹伯跋之曰：「字畫放逸，有翔龍舞鳳之勢，脱去尋常畦逕。非得於心而應乎手者不能爾。飄然神仙風度，固有所本云。」真本藏于建康府治府資庫，絹素褾飾處皆斷裂，獨字畫不動，景裴嘗見之。庚申歲者，豈非藝祖創業建隆元年乎！

潘元寧鼈夢

潘元寧者，青田木溪鄉人，好賓客，嗜食鼈。凡溪潭之側，搦捕有得，必售之。紹熙三年春，漁者持一巨鼈來，其重六斤。潘見而喜，即欲烹食。妻曰：「今日上七，不應食此。姑留之以俟明旦可也。」諸子以繩絆其足，牽曳爲戲。抵暮，墮溝中，失所在。經月餘，妻夢一偉丈夫泣告曰：「向者將膏鼎鑊，賴娘子一言勸止，但得苟延。而不幸落溝渠内，爲蟲蛆咂嚙一足，幾乎呂本作「斷」。

泥中。取之出，使僕放諸河中，夫婦皆夢來謝。

與死爲鄰。願賜終惠。」覺以語潘，潘笑曰：「恍惚之夢何足信！」凌晨起，思之，正見前鼈跛曳於

櫻桃園法師

臨安殿前司前軍有亡卒，將官侯彥出捕之。經櫻桃園，見一道士，古貌長鬚，戴七星黑冠，披紫雲霞服，立於道左。彥過其傍，道士怒目切齒作色而罵曰：「可呂本無「可」字。噁叵耐，一個健兒行動，直得如此大四體！」彥曰：「我自行過，干汝何事？」其人又曰：「幾乎推倒我。我是上清大洞法師，知北極驅邪院事，解擒捉天下鬼神。如今朝廷官員都敬重我，汝何得厮欺負！」兩人喧争不已。道士批彥頰，彥不知端由，未敢報，但以手搦其腕。道士不能敵，顧而言曰：「且捨汝去，今夜三更後，當使汝知我神通耳。」彥歸舍，情思弗安，半夜，忽如中風者，狂顛叫哭，若爲鬼物所憑。家人往挽救，其力比常日十倍，莫可近。於是迎師巫考治，皆不効，奄奄百許日，得五雷陳法師，怪乃謝去。所謂道士者，蓋鬼也。右二事朱從龍說。

李夢旦兄弟

饒州學生李夢旦家，慶元元年五月日，盡室病疫，唯其弟夢説得免。一門内外，米鹽百役，弟悉任之。先是旦卧病雖劇，然五日即愈。夢中見神人相與言：「夢説亦合有五日病，但見他若不安，此家事無人掌管，如何？」即見呂本作「是」，從周本改。傍一人云：「何不呂本無「何」字，從周本補。教渠

兄替！」神曰：「可。」便覺遍體大熱，其病如初。經四日，夢中具狀告神祇，乞免餘日。恍若到中堂，中堂者，蠙州門向廟也。望上垂簾，但聞其聲。指揮從吏取狀，俄聞怒駡曰：「藥都不喫，却要免病。」且以無藥告，神云：「芍藥瀉心湯是已。」且又言無之，竟不爲判所陳狀。才覺，見弟在前煎藥，問其名，曰：「鄒醫送來者，芍藥瀉心湯也。」喜其與夢合，即服之。少頃復睡，又夢作狀致前懇，俄再到神所。扣云：「服藥了未？」答云：「服了。」神命一吏取罐子來，教他吐。及吐，五臟皆出。復令納之。然後取狀判其後曰：「李夢旦合代弟夢説病五日，今有狀乞免。緣當職新交職事，不知上件因依。今差張旺、李德、某某等四人，須管照顧李夢旦病，限來日午間出汗。」仍將狀申前政。須臾，别有黄牋追四人者去。且曰：「且留看我。」曰：「不可。」已而復來云：「教兩人主出涼汗，兩人主出藥，然明日午間，未得五吕本作「午」，從周本改。日，直是初更方可。」良久，有著黄色羅背子者至，云：「汝家被瘟惱害，我爲汝押赴酆都了。」遂悟。如期汗流，匝身登時輕安，正九月中也。蓋首尾歷百日云。任鑄説。此條原本全闕，據吕本補。

江友掃廟

鄱陽市人江友，以庸力自給，一生不娶妻。老而强健，負擔不衰。淳熙十六年，正年八十，始捨去故業，捐身爲中堂奴，供掃灑事。日飯於廟祝孫彦亨家，夜則宿廡下。孫氏苦貧，江之食或經日不繼。紹熙四年十二月十三日，將晚，遍掃地，門户未開，遇一秀才，與之相問訊，扣之曰：「翁今幾歲？」曰：「八十四歲矣。」其人云：「吾知汝無飯吃，無錢使，當少濟汝。」即呼其僕耳語。俄頃米一斛、錢三貫在側。江拜而起，了不見人。遽收錢米入室，而復詣三神坐前，髣髴見一神起立繫腰條，旋即仍舊。江每於深夜聞神王駕車出，其導卒么喝之聲，全如帶鈴鵓鴿然。廟外居者亦時或聞之，但未嘗有所睹。

平陽杜鵑花

王順伯爲温州平陽尉，嘗以九月詣村墅視旱田。道間見杜鵑花一本，甚高，花正開，幾數千朵，色如渥丹，照映人面皆頳。訝其非時，以詢土氓。皆云：「此種只出山谷，一歲四番開，於春秋爲盛。」順欲訪求小者，竟不可得，疑亦但有其一云。予記《神仙傳》所載，潤州鶴林寺有此花，高丈餘，每春末，花爛熳。或窺見三女子，紅裳豔麗，共游樹下，俗傳花神也。是以人共保惜，繁盛異於常花。節度使周寶謂道人殷七七曰：「鶴〔原作「寶」，據周本改。〕林之花，天下奇絶。嘗聞能開非時花，此花可開否？」七七曰：「可也。」寶曰：「今重九將近，能副此日乎？」而七七乃前二日往鶴林。中夜，女子來曰：「妾爲上玄所命，下司此花，與道者共開之。」來日晨起，花漸拆蘂，及九日，爛熳如春，一城驚異。然則杜鵑之秋華，在於平陽，固不假女仙及道人之力也。

蜀獮猴皮

彭仲訥送其兄和往臨安，置錢於鄱江之南天王寺。見村民數十，列坐廊下，探籌相向，若有所嘗。就視之，皆江岸漁人也。問其所議何事？曰：「有川客持一獮猴皮來售，其價十三貫足。我曹恰二十六人，各出錢五百分買，今將割裂以去。」彭曰：「一猴之直至微，安得買皮而有此價？」漁人曰：「是川中猴皮，以置鉤上，用釣白魚，百無一失。一番入水，則愈更緊潔，久而不壞。如吾鄉土産者，皮著水即爛，只堪兩三次用耳。故不惜高價，惟恐失之。」予仲子前歲自夷陵得一猴，高二尺，形狀獰醜可憎。携歸馬廐，逾年而死。馬卒剥其肉烹食。漁者適過而見之，謂峽蜀相連，遽以五百錢買其皮去，喜不可言。蓋正濟所須，且難值也。

王左丞進用

王履道，政和初爲相州司録，秩滿入京，相守韓純彦深知之。會其弟粹彦乃按：「乃」字疑誤。蔡絛婦翁。時絛父京當國，純彦以王囑弟曰：「兄差遣不須遽，且以王司録爲先。」王正以文聲動河朔，滿意平步三館，有善相者語之曰：「君侯真貴人，然自此只得冷官。二年外始意按：「意」字疑誤。涉歷清華，直上兩地，當建節鉞，典兵權，但晚節落莫爾。」王未以其言爲信。既到京師，除宗子博士，最爲閑慢，大不愜。所居在封丘門内一寺，寂寂不聊，欲丐外任。或曰：「寺外某秀才乃梁太傅客，梁令渠延納士大夫之賢者，勿惜一訪之。」王即與偕往。秀才邀入小齋，見列書畫數十卷軸，悉爲跋識其尾而退。王素習坡公翰墨，而梁自言爲公出子，秀才如獲至寶，捲置諸篋，立馳馬造梁第示之。次日有旨，除佐著作，蓋梁已因上直薦之矣，蔡不預知。一日在局，蔡使人招至府，不相見，而命一老兵引趨長廊後小書院，出黄袋文書付之，乃試外制三題也。凡合用筆墨紙硯，糊匣翦尺，壓刀硯滴，一一畢備。旋又具饌甚腆，舉所餘送其家。文既就而無由可達，覺窗外有窺者，謂爲老兵。呼之，急隱避，蓋蔡也。少焉老兵來取，然後導以出。明日，御筆除中書舍人。蔡持之不下，而奏言，自來未有小著遷侍從者，於是改秘書少監。才四旬，竟申前命，是是按下「是」字疑誤。多有卿監或修撰視待制者。王封還除書，徽宗嘉其敢言，擢御史中丞。宣和初年，蔡失眷，上諭王使抨擊。蔡内交于近昵，密知之。王方候班殿廬，蔡叩頭泣拜於榻前曰：「告陛下，莫令王安中言臣。」重復懇祈，更無他語。上笑曰：「不須慮。」王將升殿，宣旨除翰林學士，其事遂寢。居職三年，遷尚書左丞。燕山平，以慶遠軍節度使作牧。靖康初，坐失守貶，至謫象州而没。相者之語，無一不酧。紹興乙丑，邁侍先公在鄉里，汪汝紹少卿會次，歷言曲折。予立聽聞之，因循失於紀録。今五十餘年，故相者與秀才姓名及王公所居寺，皆不復可憶，僅能追書如此。

鄭道人

紹興二十年，鄱陽有鄭道人，不知從何來。不肯入道堂，日行丐於市，夜則出宿於城北縣社壇内，距郭門七里，四無人居。縣嘗以春社，先期命吏理葺祠宇，不克歸。是夕峭寒，見鄭拾枯枝亂葉，然火於屋角，若與人對語。夜且半，顧謂之曰：「向火已暖，可去矣。切莫造妖作怪，種增惡業，將萬劫沉淪，永無脱期。」又揖而起。俄獨卧於火傍，旦而復出。留連數月，無一人與爲交侶。或以爲有道之士，或以爲遭魅怪所迷，必墮鬼録。唯吕本多一「癱」字。友文頗識之，曰：「異人也。」其後不知所之。

王侍晨

王文卿侍晨，已再書於前志。紹興初入閩，不爲人所敬。嘗寓福州慶成寺，羣僧見其所爲，疑涉迂誕，使僕夜擲瓦礫於窗外，欲其怖也。王殊自如。已而擊瓦再至，王叱曰：「人耶，由[illegible]一例行遣。」僕應聲仆，起按：「起」字疑誤。竟不復生。是時張和尚圓覺正以道術擅名，閩人呼爲聖者。王與之往還，聞張爲人主醮事，語所善曰：「當作閧這秃一場。」未幾，張入城，四故按：「故」字疑誤。若有所訪，曰：「風子在東街茶店中坐。」遂往，揖之曰：「狂態復作耶？」王笑曰：「只頃刻耳。」及暮，張醮家汎潔壇席，燈燭如晝。俄風從西北來，撲滅無餘，才食久，焕然復明。道衆多與之不協。因府治設醮禱雨，命爲高切，按：「切」似「功」字之誤。王請於府前立棚，令道衆行繞其上，已獨仗劍禹步於下。方宣詞之次，星斗滿天，已而暴風駕雲，亦從西北隅至。燭盡滅，震霆一聲，甘雨傾注。其徒懼而下，王已去矣。自是道俗始加尊事。王之術，葢習五雷法，然用以爲戲及妄害平人，恐非神天所能容。福州劉存禮説。

張聖者

福州張聖者，本水西雙峯下居民。入山採薪，逢兩人對奕于磐石上。與之生筍使食，張不能盡，遂謝去。即日棄家買卜，未嘗呵錢布卦，而人禍福死生，隨口輒應，自稱曰張鋤柄。紹興中，張魏公鎮閩，母莫夫人多以度牒付東禪寺，使擇其徒披剃。長老夢黑龍蟠踞寺外，旦而視之，張也。問之曰：「欲爲僧乎？」曰：「固所願。」於是落髮而立名圓覺。嘗以雙拳納口中，每笑時，幾至於耳。素不識字，而時時賦詩。見交遊問過擧，必盡言諷勸。郡士林東，有才無行，嘗批張頭曰：「圓覺頭生角。」張應聲曰：「林東不過冬。」及期，東以罪編隸。後行遊建安，放達呂本作「言」。忤轉運副使馬子約純，馬擒赴獄。桎梏箠掠，而肌膚無所傷。竟用造妖惑衆，劾於朝，流梅州。久之，復歸鄉。己卯之冬，或問：「新歲狀元爲誰？」曰：「在梁十兄家。」皆莫能曉。既乃温陵梁丞相魁天下，十兄者，克字也。張所遇奕者，一巾一髽，髽者與之筍，蓋鍾離子云。福士王光烈説。

陳元紫姑詩

侯官陳元，居縣之甘洲，以進士第二人登科，未食禄而卒。癸志嘗載其三夢。既没二年，鄉士請紫姑仙，得兩字曰陳元，復書一詩曰：「月桂曾攀第二枝，緑袍得意拂丹墀。不霑雨露空歸去，折斷連環多少悲。」蓋陳巍捷之後，方娶妻，纔爲夫婦月餘而永訣，故卒章不能忘，亦可哀也。甘洲士人葉伯起説。

夷堅支戊序

《夷堅》諸志記夢，亡慮百餘事，其爲憰恑朕驗至矣，然未有若《呂覽》所載之可怪者，其言曰：齊莊公時，有士曰賓卑聚，夢有壯子，白縞之冠，丹績之袧，東布之衣，新素履，墨劍室。從而叱之，唾其面。惕然而寤，終夜坐不自快。明日，召其友而告之曰：「吾少好勇，年六十而無所挫辱。今爲是人夜辱，吾將索其形。期得之則可，不得則死之。」於是每期與其友俱立於衢，三日不可得，退而自殁。予謂古今人志趣雖若不同，其直情徑行者，蓋有之矣。若此一事，決非人情所宜有，疑呂氏假設以爲詞。不然，烏有夢爲人所淩，且而求諸衢，至於以身死焉而不悔。所謂其友，亦一痴物耳。略無片言以開其惑，可不謂至愚乎！予每讀其書，必爲失笑。支戊適成，漫戲表於首，以發好事君子捧腹。慶元二年七月初五日序。

夷堅支戊卷第一 十六事

石溪李仙

南劍州順昌縣石溪村民李甲，年四十不娶，但食宿於弟婦家。常伐木燒炭，鬻於市。得錢，則日糴二升米以自給；有餘，則貯留以爲雨雪不可出之用，此外未嘗妄費。紹興二年九月，入山稍深，倦憩一空屋外。聞下棋聲，知是人居。望其中有兩士對弈。李趨進揖之，呼爲「先生」。弈者笑而問曰：「汝以何爲業？」對曰：「賣炭爾。」又曰：「能服藥乎？」應曰：「諾。」即顧侍童，取瓢中者與之。童頗有吝色，曰：「此何爲者？而輕付之。」咄曰：「非汝所知。」藥正紅而味微酸。服竟，亟遣出，約曰：「三十年後，復會此山中。」出門反顧，茫無所睹。嗅腰間所齎飯，臭不容口，傾之於水而行。迨還家，既歷三日矣，遂連夕大瀉。自是不復飲食，惟啖山果，鄉人稱之曰李仙。張深甫說。

楊教授弟

福州水西里中有一山，壁立百丈，自來無人能登。楊宜中教授之弟，爲人輕浮，不護細行。忽夢黃衣道人告之曰：「明日清呂本作「侵」。早，可來山中相會。」至旦，以語所善者凡數輩，相約偕行。

緣塗謔浪。到其下，楊徑攝衣升峻壁，步武雍容，如履平地。衆竚立驚顧，已笑於山巔。訪黃衣者，不見。但白花滿谷，時正餒，悉擷而食之，略無遺餘。且揮手下招，其徒皆莫敢仰視。遂徐徐而下。是夜復夢前人恚曰：「何得多口！」乃嚥嗽津唾牙頰間，吐置大鉢，使之飲。楊一吸而盡，無憎穢心。方天寒多雨，只着單衫，坐山上累日乃還，衣不沾濡，云未嘗值雨也。從此飲啖比平日才十之二三，衣道士服，往來廛市。白□呂本作「皙」。如玉，風骨頓清，飄飄然有出塵之態，蓋已有所得矣。淳熙中猶存。林應求說。

萬壽寺門子

福州萬壽寺，紹興初，有一獠子自鬻，充守門之役凡累年。啓閉灑掃，晝夜不少怠，在僕厮中最爲勤飭。主僧議修堂殿，度須五百千。正擬精擇廉幹者出外求化，獠知之，呂本多一「人」字。白曰：「在山門已久，無所陳力，願爲常住辦此緣。」一寺皆指以爲狂。少頃錢至，方大驚異。或扣所從來，笑而不答。後主僧詣山莊蒞收禾稻，獠卒於門房。寺爲斂瘞畢，始報主僧。主僧曰：「兩日前，吾見其人策杖過此，不作揖而去，謂其有所不合，不知其亡也。」命發瘞視之，但衣服存耳。余輌說。

陳氈頭

紹興末，福州有丐者陳氈頭，不知何許人。衣裳垢涴，黃校：疑誤。呂本作「敝」。不與人接語，形容尤極穢濁。然未嘗梳髮而頭無蟣虱，未嘗澡浴而身不臭。每處於安泰橋之西偏，以破絮自蔽，僅能容膝。口中常吐一物於掌，瑩白正圓，玩弄不已。或爲人所窺，則笑而復吞之，蓋内丹也。若坐若卧，動經月餘不出乞食。驀然一出，則奔走不少駐。張圓覺頗識其異，遺之詩曰：「釋氏三千金世界，道士十二玉樓臺。不知雲鶴今吕本作歸。何處，空使氈頭夜卧階。」數年後，失其所在。

劉黄二道人

蜀薩先生者，寓於泉州，以道術著名，從之遊者數百輩。福唐有劉、黄二道人，亦其徒也，黄年長，劉呼爲兄。淳熙五年，將同往訪之，劉行至江南，忽稱疾，黄誚之曰：「汝扞格如此，何以入道？我今自爲計。」劉曰：「平生碌碌，無尺寸工夫。又不見先生而逝，恐淪下鬼。」黄曰：「凡學道者，未必一世可成。苟有可就舍，黄校：疑誤。且權寄託，俟來生修持，當符所願。」越二日劉死，黄焚其尸。後兩夕，宿於旅邸，劉不見形而詬駡于左右曰：「爲汝所誤，鬼録未肯受。今去留俱無所附，爲之奈何？」黄曰：「何不寄止於人耶？」曰：「吾已爲鬼，將安往？」遂追隨三晝夜。殊遭辱撓，乃曰：「有一家頗豐，吾送汝去。」於是還福州。初，郡富民鄭氏，待黄生甚異。妻有妊將孕，黄夜扣其扉曰：「適有急幹，故冒夜入城，願假一宿而去。」因扣鄭妻免身之日，曰：「未也。」黄密語劉曰：「可矣。」及明旦，妻誕男子。復六年，黄復至鄭館，冬寒擁爐，嬰兒亦坐其傍，忽笑曰：

「黄哥記得與我在秀州打化時事否？」黄爲之色變。鄭父聞而大呼曰：「吾兒何爲譫語？」乃不復言。慶元丙辰，十有九歲矣，動作語默，全類道流。而黄乃以嘔血下世。福士李大同説。

籌洋村鬼

福州羅源縣村墅名曰鸛坑，有樵夫，常以採薪至籌洋别村，往反屢矣。一日，歸差晚，行及小灣，逢一人從山下來，呼之曰：「多時不相見。」樵覺爲已死，神色沮喪，徐乃能言曰：「爾死矣，如何在此？」其人曰：「我本未合死，今居此，無異昔時。」指茂林間曰：「我只住其中，可偕往説話。」樵拒之曰：「日勢且黄昏，恐家人候門不便。」乃曰：「爾若到我家，爲傳語娘：我住此與生時一般，不用憂憶。但有酒食時，安排在門外，自當歆享。」樵急揖之而去。明日，具言於鬼母。泣而焚紙錢，設置酒殽，閉門祝之。少選出視，特空器耳，無存也。有妻及三子，死後，妻攜子改嫁，屢爲繼父笞苦。上二字，吕本作「捶楚」。父常獨至香嶺，吕本作獨行「過嶺」。遇鬼遮道駡曰：「爾之惡何由可奈？既取我妻，又虐我兒，是何道理！」遂奮拳毆之。此人亦與争鬭，相追至洞口。值有行過者，訝而問之，鬼乃没。追還舍，青痕遍體。自是不敢復仍前過。陳定甫説。

鸛坑虎吕本作「鸛」，下同。

羅源鸛坑村有一嶺，不甚高，有平巔，居民稱爲籌上。田家有一婦，嘗歸寧父母，過其處。見一虎蹲踞草中，懼不得免，立而呼之曰：「班哥，我今省侍爺娘，與爾無寃仇，且速去。」虎弭耳竦聽，遽曳尾趨險而行，婦得脱。世謂虎爲靈物，不妄傷人。然此婦見鷙獸不怖悸，乃能諭之以理，亦難能也。張照遠説。

師姑山虎

紹熙四年春，古田縣師姑山有村婦采筍，爲虎搏去。初，夜見夢於家曰："我初下山，逢黑虎從對巖出，相去尚遠。急匍匐登山鞞避，爲兩個小兒强把我脚，不得前進。大叫天乞命，虎已在側，卽行啖食。苦哉，苦哉！"其家人盡起，秉火挾杖，迹婦所之，正落草坡上，身無全膚。舁以歸舍。半夜後，虎繞屋哮吼四出，若有所索，凡數夕乃止。蓋搏人而不得竟食，所以逞怒。兩兒乃倀鬼也。

陳氏女爲白起

慶元元年三月，福州江南民陳氏女，十七歲得病，臨絶告人曰："我，古白起也。"女素不知書，家人咸驚異焉，謂曰："白起乃秦國將軍，下世以來一千三四百年矣，何爲有此言？"女曰："是也，爲生時殺人七八十萬，在地獄受無量苦。近始得復人身，然只世世作女，壽不許過二十。今日之死，命也夫！"語畢而歿。趙箕夫説與陳姻家。

張漢英

張漢英者，本長安人，遭亂南徙，家于福州。貧困無所依，寓宿于萬歲寺僧堂之後，仰僧飯以自給。紹熙四年六月，夢爲黃衣卒所逮，付之一繩，便援以行。四顧皆昏黑，莫知所向。俄而繩斷，寸步不能進，佇立以泣。黃衣忽從小巷舉手招之，隨以行。到一官府，門楣極低，榜曰「日考纖毫過惡之司」。主者衣白，據案決事，左右侍者皆女子，亦衣白。主者大聲叱曰：「汝在陽間作何過惡？」對曰：「平生常念濟物，恨力不能逮心，初未嘗有害人之意。」主者曰：「汝功名休要覬幸。但欺心事，此間隨所爲必書，不可不知也。」張不敢答，驚悚而寤，亦不爲人談後來所睹。明年三月，抱疾死。人疑其或有隱慝云。

雪峯異僧

古田觀音寺長老法椿，嘗掛搭於雪峯。與一游僧聯單，浙西人也，趨進頗崖異，好爲誇大之言，每云：「福州人要罵僧作禿奴，此何理也？然其俗多脩淨土，却似可喜。」呂本作嘉。其後偕入城，如鼓山，凡十僧同行。未到五里，旋風倏起於步武間，衆錯愕失次，幾不可立。少頃風定，此僧已不知所在矣。皆疑爲散聖混凡者，或以爲怪人云。法椿說。

杉洋龍潭

淳熙甲辰歲，福州盛夏不雨。府帥趙子直命諸邑，凡境内有神祠湫淵靈異之處，悉加敬禱。古田縣杉洋山有三潭，在巖嶺陗拔間，居民每往祈雨，多獲甘霖。於是邑丞陳某詣其處，焚香致詞罷，向潭簪笏端立，願一睹龍形。丞爲人愿慤，移時不懈。俄黑雲從山腰起，徧覆大空，一物躍出第三潭，盤於巖石之上，蓋龍股也，色正黃，其大如椽。陳倉卒趨下，得民家少憩。卽時大雨，周浹一縣，三日乃止。郡上其事於朝，詔加封立廟。

浮曦妃祠

紹熙三年，福州人鄭立之，自番禺泛海還鄉。舟次莆田境浮曦灣，未及出港，或人來告："有賊船六隻在近洋，盍謀脱計？"於是舟師詣崇福夫人廟求救護，得三吉珓。雖喜其必無虞，然遲回不決，聚而議曰："我衆力單寡，不宜以白晝顯行迎禍？且安知告者非賊候邏之黨乎？勿墮其計中。不若侵曉打發，出其不意，庶或可免。況神妃許我耶！"皆曰："善！"迨出港，果有六船翔集洪波間，其二已逼近。舟人窘迫，但遥瞻神祠致禱，相與被甲發矢射之。矢且盡，賊舳艫已接，一魁持長叉將跳入。忽煙霧勃起，風雨歘至，驚波呂本作「濤」。駕山，對面不相睹識，全黄校：疑誤。如深夜。既而開霽帖然。賊船悉向東南去，望之絶小。立之所乘者，亦漂往數十里外，了無他恐。蓋神之賜也，其靈異如此，夫人今進爲妃云。立之説。

閩僧宗達

閩僧宗達，住持羅源山寺。連江林行者之叔某，以沙彌受業，其後游方江湘間，與達相遇於南昌村墟。達見之甚喜，達「達」字疑衍。導詣一刹，駐留三宿。至夜，失達所在，第聞呻吟之聲，若在數十步外，沙彌怪之。時達謝世五年矣，而沙彌頓忘之。且往訪尋，正見坐于竈下，伸足入火，叫苦不絶音。已則行立如初。始言曰：「我以在生時，曾伐寺後木兩株與人，今墮惡境，每遇鼎鑊煮水，必將我脚代薪。所幸平日無他過，只坐此罪，受竟，却超生矣。此寺僧衆稍多，侵晨赴齋堂喫粥三次，先是洋按：「洋」字似當作「烊」。銅汁，次鐵汁，末乃粥也，汝切記取。」俄而報繩床火發，羣僧聚立於法堂上。一僧脱衣登床受炙，痛楚不可忍，少選趨下，復著衣。續有陞者，如是不已。達曰：「是皆謗般若之人。大凡道眼未明，妄説東西，罪業至重，汝宜深戒！吾幸不罹此苦。可爲世人一一説之。」沙彌流汗匝體，瞿然而寤，蓋在榛莽之間。當時佛屋鐘樓，金碧晃耀，皆幻也。予所記沃焦山事，頗與後一段相符。

陳公任

陳公任者，福州長樂縣巨商也。淳熙元年正月一日，其妾夢三人入門，其二衣緑，抱〔原作「袍」，據周本改。〕文牘此句疑有脱誤。大書於壁間曰：「陳公任今年四月初七日主惡死。」妾識字能讀，明旦告其侶曰：「夜來夢極不祥。」相與視壁上字，一無所有，皆匿諱不敢説。久之，衆商張世顯、何仲立、仲濟十餘輩議云：「福清東牆莫少俞治船，欲以四月往浙江，可共買布同發。」如期而行。至州界梟鷹港，夜可二鼓，船師報船無故自拆。世顯遽擁衾出，是時碇泊處去岸猶丈許，覺如有人擁其背至岸。餘人相繼騰上，惟公任、仲立留戀貨財，未肯捨。頃之舟沉，而綷出水面。二人急抱綷，逐浪上下，哀呼求救，不可忍聞。腹爲綷所摇，幾至于裂，竟墮死波中。正按：「正」字下當有

「四」字。月初七夜也。世顯之壻林深之説。

福州民家豬

福州古田小民家育一豬。其居窄隘，常置之寢室中。民有子未脱襁褓，其母出隣舍啜茶，以卧籃貯兒於床上。豬銜籃拽下，而籃隨仆地，遂嚙兒雙足至股，又食其臂幾盡。經宿方死。

此卷十六事，皆福州士人池㫤所録示大兒者。

夷堅支戊卷第二凡十四事

海船猴

廣州海山樓下客商舶船，養一猴甚馴，育之既久，與人無間。商婦生嬰兒，已三四歲。猴每抱持之，習以爲常。家人亦視之不問。一日，商登岸，婦在寢。猴輒挾兒直升桅檣之顛，其高數丈。滿船人皆驚慴，而猝不可取，但鋪設帆席帷幕，四環於下，以防墜水。遣篙師扳援而上，將至矣，猴遽放手，兒遂墜板上，碎首死。商殺猴，沉諸海中，然痛恨無及矣。相州人張正叔，時避地在彼，親見之。予亦記小説中有猴效人浴兒而舉置湯鑊内者。既云異類，自不應狎之如人也。

胡仲徽兩薦

胡仲徽以紹興中兩請鄉解，毛山人之相，鰲頭先生之卜，皆已書於庚志，而猶有遺者。癸酉之秋，將入試，寓館於城隍廟巷人家。樓上有富家翁，送其子應舉，欲胡爲助，許以錢三百千。胡謝之曰：「吾固甚貧，然學業有限，所謂自照一身猶未光者，何暇推餘波及他人乎？」翁去，胡念厚餌可戀，貯懷抱問未決。夜夢黄衣卒登樓稱報榜，胡問己得失，曰：「正爲姓名在榜，所以來報。」

胡甚喜。卒既下，復還，白曰：「秀才解名雖定，更須莫要管閑事乃可。」胡矍然而寤。思晝日富翁之囑，力却之，果預薦。己卯之秋，以兼經就試郡學。士子或夢人云：「今年垂字賦作都魁。」覺以告親朋，莫曉所謂。是歲，賦題出《天子與日月並明》，以天子無私明並日月爲韻，滿場第一韻押明字者十人而九，胡獨押私字，前兩句曰：「聖德高拱，天光下垂。」考官擊節嘉嘆，遂置首選。乃知片言隻字，罔不素定，又豈可復容私意哉！

王彥謨妻

紹興癸亥，梁企道侍郎寓居鄱陽妙果寺。隨行王彥謨提轄者，攜妻子處僧堂後，以典質取息自給。生四子，曰晉卿、舜卿、楚卿、月卿。妻極狠悍，有兩婢，役使甚酷，晝夜不得少休。每見其困睡，必援皂角滓揩其目，至經日不能視。或勸之曰：「婢妾有過，當箠之；不可恕，則逐之。不應損其眸子，壞他終世。」殊不爲止。後彥謨死，浮財積踰萬緡，四子分往娼家，荒費無度。久之，晉、楚、月三卿相繼亡。悍妻因病目，遂雙瞽，宛轉床席間，呻吟怨悔，飲膳不能以時得。凡十年，乃絶命。其爲報應彰顯若此。右三事，張子温說。

孫知縣妻

丹陽縣外十里間，士人孫知縣，娶同邑某氏女。女兄弟三人，孫妻居少。其顔色絶豔，性好梅粧，不以寒暑按此句似有脱誤。著素衣衫，紅直繫，黄校：上三字疑誤。容儀意態，全如圖畫中人。但每澡浴時，必施重幃蔽障，不許婢妾輒至，雖揩背亦不假手。孫數扣其故，笑而不答。歷十年，年且三十矣，孫一日因微醉，伺其入浴，戲鑽隙窺之。正見大白蛇堆盤於盆内，轉盼可怖。急奔詣書室中，别設床睡。自是與之異處。妻蓋已知覺，才出浴，即往就之，謂曰：「我固不是，汝亦錯了。切勿生他疑。今夜歸房共寢，無傷也。」孫雖甚懼，而無詞可却，竟復與同衾，綢繆燕昵如初。然中心疑懼，若負芒刺，展轉不能安席。怏怏成疾，未踰歲而亡，時淳熙丁未歲也。張思順監鎮江江口鎮，府命攝邑事，實聞之。此婦至慶元三年，年恰四十，猶存。

章茂憲〔「憲」當作「獻」。下同。〕夢

章茂憲穎，臨江新喻人。淳熙乙未歲，赴省試畢歸鄉，因過近郊一僧寺，意中小不適，頭目昏困，遂託宿。初原本此下闕，據吕本補。更時，夢爲人迎入官府，堂上設几案，胥吏滿前，各抱文牘，白章書判。既而曰：「更須候有雨乃可。」遂引立廷中。少頃，雨大作，每一著點〔「著點」當乙轉〕身，變如血色，隨覺清凉，頭涔涔然如生角之狀，復導升堂。羣吏以次進：或持獄訟公案，使之決遣，凡數百項。有腦上戴樹枝及草葉者，各隨所掌咨稟，又以樹葉一二百片請花押。或列竹籌如算子，其多無數，亦一一押字，不勝倦苦。迨五更乃醒。明日報榜人至，奏名爲第一。邑子丁居易從章游學，後登科，爲贛縣主簿。張思順作丞，聞其說。

鄭主簿夢

莆田鄭景寔（臬），淳熙庚子年從鄉相陳魏公於建康。其子⿰火侖，始六歲，已嶄然見頭角。公招入府，觀其人果俊爽，解讀書，識非凡器，謂乃父曰：「他日當爲吾門壻。」鄭巽謝而已。至戊申年，鄭官襄帥幕府，子侍行，忽告人言：「我夜夢到陳相公府，供帳華赫。婦妾引一女出，簪珥盛服，儐者掖我使拜。須臾而寤。此乃何祥也？」女兄笑之曰：「莫要閑思量，汝但專精學業，若及第得官，便可做他家女壻矣。」又三年，鄭幹辦行在審計司，魏公少子語鄭云：「欲從先公治命，以一妹一姪庚甲來合婚。」訪諸卜者，而姪女吉。正媒妁擬議未竟。」癸丑，⿰火侖一舉登科，方十九歲，調建安主簿，遂諧所志。女原本此上闕，據呂本補。之父，工部郎中守也。

葉丞相祖宅

葉子昂丞相祖宅在興化仙遊縣。葉氏族派百餘家，皆居一村。此宅據其要會，羣山環峙，如屏如障。紹興中，術士羅正甫者，因行地至焉，謂宅人曰：「論此岡形勢，當出宰相。但常經發洪之害，須生氣積久復故，始合相法。以是遲了百年。」發洪者，俗指言洪水從山上逆呂本作「迸」。出衝破成竅也。是時子昂爲上虞宰，後十五歲，拜左僕射，蓋距發洪時恰百年。正甫以所言驗效，士大夫聞者爭延致之，然無復甚應也。

陳魏公父墓

陳魏公父墓在莆田境中南寺之側，本一富民葬處也。葬後二十年間，若子若孫，皆病目，甚者至於盲障。有術人語之曰：「此害由墓而起，當急徙之。」富子大懼，卽別卜改窆，而故穴爲魏公家所得。富民病者歲甚一歲，禍將益深，殆不可救矣。以其地售與他人則可，不然，日甚一日，愈，而魏公正位宰相，官至少師。然則宅兆之吉，蓋有所係，無德以承之，不惟不得福，乃受其殃，不容妄僥冀也。

鄭秀才夢

興化鄭秀才棠赴浙漕試，寓客邸。其弟景實在學中，每夕謁告從之宿。兄嘗呼之曰：「適夢數報榜人，憧憧走趨，云尋一個鄭大成不知去處。此何爲者？」明日，臨安解試揭榜，果有大成在焉。數夜後，又夢到一處，見揭巨牌，其上皆人姓名但記有李楠者以金填之。是夜漕榜出，楠爲第一人，鄭君乃不中選。此二夢於身了無所預，冥冥之中，何所係而先告若此。

方翥招紫姑

莆田方翥次雲，紹興丁巳秋，將赴鄉舉。常日能邀致紫姑神，於是以題目爲問。神不肯告，曰：「天機不可泄。」又炷香酌酒，禱請數四，乃書「中和」二字。翥時方十八歲，習詞賦，遂遍行搜索，如「天子建中和之極」、「致中和天地位」、「以禮樂教中和」、「中和在哲民情」，如此之類，凡可作題者，悉預爲之。是歲以舉子多，分爲兩場。其賦作前題曰《中興日月可冀》，後題曰《和戎國之福》，始悟所告。翥試前賦，中魁選。予少時猶傳誦之，其警聯曰：「八紘地闢，符一馬之渡江；六合天開，光五龍之夾日。佇觀僚屬，復光司隸之儀；忍死須臾，咸泣山東之淚。」翥次年登科，然蹭蹬三十年，才爲祕書省正字而止。

阮秀才酒錢

莆田士人王育卿，嘗預鄉薦。夢若入冥司，三人冠服坐於上，其一呼王臨階問之曰：「頗相憶否？向曾與君同筆硯。」王不能識也。又云：「君大期殊不遠，故欲奉告耳。」俄皆起入屏後。王望几案上有文書一册，就視之，皆細書人姓名，而詳具所爲善惡功過。其一曰：「阮某不合賴人酒錢，減壽半紀。」未暇它閱，三人出，謂王曰：「過三年當再相見。」出行廊下，見里巷張生，枷繫受訊，欲往問勞之，送吏不許。覺而不樂。試遣子詣張氏，則昨夕中風疾矣。經二年，自料不久於人世，乃扣謁阮秀才，從容言曰：「吾子常日曾與人有訟事否？」曰：「素不好訟。」固問之，乃言：「但昔常開酒肆，有負我錢十五千而游販他鄉不歸者，因誣爲其兄所欠，訴於縣，逮治之，遂如數相償。」王愀然曰：「如是則冥符有證，吾必不免。」徐告阮以所見，阮亦悔之。王至期果死。右六首皆鄭景實說。

孫大小娘子

吳興孫提舉，家居臨安，既没之後，其妻與二子五女，孤弱同處。女皆美色，長者先亡，第四女爲同宗養女，第五女流落於永陽郡王後院。乾道元年，浙西大疫，孫二子並婦及第二第三女死焉。妻慮禍未艾，以爲長女墓不吉所致，遣所親少年魏二官人往新市，舉焚其柩。魏既至，以告守庵老尼姑，尼勸止曰：「今年天行熾毒，誰人家不壞人口？大小娘子入王「王」當作「土」。數載，幸自寧帖，豈忍無故殘暴其朽骨，以起泉下之寃憤哉？」魏曰：「吾亦何心！但奉宜人命爲此，詎容空回！」尼閉拒再三，不能遏，乃曰：「待與它說，明旦來可也。」魏莫能曉所言，姑應曰：「諾。」遂去。此女蓋自葬之後，常夜出至尼房，問說酬答，聽其誦經，迨三四更始退。是夜亦至。尼告之曰：「有一因緣不斷當，頗知呂本多一「之」字。否？」女曰：「吾固知之。煩師說與魏二，吾門災咎無呂本作「于」。數當然，非我丘墓所作。望令歸白吾母，爲罷此役。如不動瘞穴，却自保護兩妹，教他安寧。」尼許之。明日，具以語魏。魏笑而不信，曰：「烏有此事，汝妄撰造嚇我耳。」立喚工僕，將致力，尼又請申一夕之期。才入夜，女已至，曰：「魏二不聽我語，但任渠所爲。」魏竟詣彼處掘塚，斧其棺，手揭蓋板。女奮身起坐，顔貌如生，注目視魏，發聲大笑。魏駭慄而仆，良久稍蘇，急焚香謝罪，復掩之。孫氏之病者亦愈。饒池州巡轄遞鋪官元善與，所居正與孫鄰，故得本末詳實如此。猶恨老尼與女周旋歷歲，略不扣其所以然及幽冥間見聞，自此後曾再出與否也。

黃惠州

朝請大夫黃民瞻，贛州信豐人也。登第之後，多從官嶺南，歷潮陽宰、循州通判、知高州，以母憂去，復知惠州。紹熙元年閏二月，正與妻在堂上，忽發怒叱庭下曰：「去！」妻驚問之，曰：「一個黃衣承局，徑敢入宅堂，手中持文字一紙欲呈我，故喝使去，猶恨不曾教人捉下。爾如何不見？」妻不敢言，然絶以爲憂。是月二十九日也，抵暮得疾。三月旦稍愈，能起行索食。後數日，呼老兵云：「廳下官錢好好排垜，我今自出監收。」聞者愕然，密相與語：「知府在假，原無人將錢物來。」又不敢辨，但云：「錢不多，庫官已自納了。」由是疾復作。至九日，忽又顧外大喝，起身怒立，若有所搏執之狀。人問之，則曰：「前次承局又來，依舊把文書，且催我早去，直是叵耐！」妻知其所見不祥，召醫巫療拯，證候益變。歷兩月竟死。初，黃自高州護母柩還鄉，過贛州，江舟觸石拆裂，柩没於水。黃只一子，奔投急流救之，亦遭溺。其尸與亡者柩皆尋索不得。禍酷駭人至于是，孤孫才六歲云。

淡水漁人

元善與嘗監惠州淡水鹽場。場在海濱，左近居民數百户，皆漁人也。見其捕取海物至艱苦，云鰒魚只有一邊殼以自蔽，漁者挐舟至其所産處，以麻繩繫腰，縛一頭于舵尾，然後没水。或至深入五六十丈，如出其不覺，皆可拾取。或知人且至，則黏著石上，牢不可拔；雖椎擊至碎亦然。按《後漢書·伏隆傳》：「張步獻鰒魚。」郭璞注《三蒼》曰：「鰒似蛤，偏著石。」《廣志》曰：「鰒有殼，一面附石，細孔雜雜，或七或九。」與此説同。若江瑶淡菜之屬，取之甚易，迨欲出水，則循繩扳緣，足躡以升。或久而不出，而有泡沫堆突起於水面者。妻子在舟中見其狀，皆拊胸慟哭，蓋已爲大魚銜去矣。遭此者常常有之。右三事皆元善與說。

夷堅支戊卷第三凡十三事

成俊治蛇

武功大夫成俊，建康屯駐中軍偏校也，善禁呪之術，尤工治蛇。紹興二十三年，本軍於南門外四望亭晚教，黃校：疑誤。呂本作「眺」。有蛇自竹叢出，其長三尺，而大如杵，生四足，遍身有毛，作聲如猪，行趨甚疾，爲逐人吞噬之勢。衆皆驚擾，不知所爲，適有馬槽在側，急取覆之。而白統制官，遣呼俊。俊至，已能言其狀，且名是猪豚蛇，齧人立死。即步罡布氣禁之。少頃，令啓槽，則已殭縮不能動。再覆之，仰吸日光，三吹槽上。及啓視，化爲凝血矣。又排彎出異蟒，色深青，長可二丈，積爲人害。居民共邀俊施術。俊曰：「在吾法，不宜率爾，盍具狀以來！」既得狀，書章奏天。詰旦，詣穴口爲壇，被髮跣足，衣道士服，向空叱神將曰：「速！」斯須蛇不出，繼遣兩將。如是者三四反。蛇猛從穴内奮迅奔壇，若將欲鬭者。俊大聲訶之曰：「業畜那得無禮！」取所著汗衫，中分裂其裾，蛇擘析爲兩，此患遂絶。民家小兒，因行草際，遭螫，痛徹心腑，幾於不救。俊往療之，問兒曰：「汝誤踏踐之以致嚙耶，將自行其傍而然耶？」曰：「初未嘗觸之，不覺咬我。」俊曰：「我亦久知之，此無故傷人，命不可恕。」乃除地丈許，插小竹片爲劍，作法呼蛇，至者如積。令之曰：「作過者留劍下，否則退。」羣蛇以次引去，各失所在。獨一小者，色如土，伏劍傍。俊召判官檢法，曰：「蛇無故傷人，當得何罪？」兒家聚觀者皆莫見。久之，又曰：「依法，」蛇自以首觸劍死焉。」俊之技如此，而無所求於人。醫士劉大用欲學其術，俊曰：「此非所斬，但慮持之不謹，或干犯法律，將至貽禍。」乃止。景陳弟云：「鄉里亦曾有猪豚蛇，以身腯而短，不能蜿蜒，故惟直前衝人。遭之者無活理。」蓋虺蝮類也。

池州白衣男子

李妙者，池州娼女也。淳熙六年，有白衣男子詣其家，飲酒託宿，相得甚歡。踰三月久，妙以母之旨，從之求物。男子曰：「諾，我今還家取之，明日持與汝。」妙使其僕雍吉隨以往，男子拒之，曰：「吾來此多日，家間弗知，弗欲道所向。若雍吉偕行，恐事泄，於我不便。」妙母子意其設辭，竟令尾其後。迤邐出郭西門，至木下三廊按：「廊」似「郎」字之誤。廟前，謂雍曰：「可回頭，有親家叫汝。」雍反顧，則無人焉。復前視之，但見大白蛇，望茅岡疾趨。呂本多「而去雍」三字。駭顫欲仆，歸以告妙。妙與雍皆大病，期年乃愈。而妙顏色萎悴，不復類曩時。郡爲落籍，許自便。後鬻呂本作「嫁」。於染肆爲妾。

陳氏鬼疰

韶州南七十里曰古田，有富家婦人陳氏抱異疾。常日無他苦，每遇微風吹拂，則股間一點奇癢，爬搔不停手。已而舉體皆然，逮於發厥，凡三日乃醒。及就坐，有聲如欬，其身乍前乍後，若摇兀之狀，率以百數，甫小定。又經日，始困卧，不知人。累夕而愈，至不敢出户。更十醫弗效。醫劉大用視之曰：「吾已得其證矣。」先與藥一服，命取數珠一串來。病家莫知爲何用也。當婦人正摇兀時，呂本多一「記」字。其疏數之節，已覺微減。然後云：「是名鬼疰。因入神廟觀玩，遂爲邪鬼所憑，以致精采蕩越。法當用死人枕煎湯飲之。」既飲，卽大瀉數行，宿痾脱然如失。大用云：「枕用畢便當送還元處。如輒遲留，則使人顛狂。」蓋但借其氣耳。予記《南史》中載：徐嗣伯精於醫術。有一嫗患滯冷，診之曰：「此尸疰也。」張景腹脹面黄，曰：「此石蚘耳。」沈僧翼眼痛，見鬼物，曰：「邪氣入肝。」皆令煮死人枕服之，竟，埋於故處。王晏問之曰：「三病不同，而療之俱差，何也？」具以答之。晏深嘆其神妙。蓋此類也。

衛承務子

寧國人衛承務者，家素富。惟一子年少，好狎游。忽得疾，羸瘦如削，衆醫以爲瘵。治療三年，愈甚無益。適劉大用過縣，邀使視之。切其脈，亦謂瘵證。凡下藥月餘，略不效。問其致疾之因，久乃肯言曰：「嘗以六月間飲娼家，與娼喧争，迨醉，不復登榻，獨困卧黑桌上。少醒而渴，求水不可得。其前有菖蒲盆，水極清潔，舉而飲之，自是疾作。」劉默喜，密遣僕掘田澗淤泥，以水沃濯，取清汁兩盞，置几上，令隨意而飲。衛子素厭苦其疾，不以穢爲嫌，一飲而盡。俄腸胃間攻轉攪入，呂本作「刺」。久之始定。續投以宣藥百粒，隨卽洞泄，下水蛭六十餘枚，便覺胸抱豁然。劉曰：「此蓋盆中所誤吞也。蛭入人腹，藉膏血滋養，蕃育種類。每粘著五藏，牢不可脱。然久去污渠，思所嗜，非以此物致之，不能集也。」衞子雖去其疾，然尫劣無力，别施藥補理，至八十日乃平復。予頃記張鋭治吴少師事，絶相似云。右四事皆劉大用説。

蔡主簿治寸白

蔡定夫戡之子康積，苦寸白蟲爲孽。醫者使之碾檳榔細末，取石榴根東引者煎湯調服之。先炙肥猪肉一大臠，置口内，噍咀其津膏而勿食，云：「此蟲惟月三日以前，其頭向上，可用藥攻打。餘日則頭向下，縱有藥皆無益。蟲聞肉香，起咂啖之意，故空羣争赴之。覺胸間有萬箭攻鑽，是其候也。然後飲前藥。」蔡悉如其戒。不兩刻，腹中鳴雷，〔原作「當」，據周本改。〕急奏厠，蟲下如傾。命僕以杖挑撥，皆連綿成串，幾長數丈，尚蠕蠕能動。舉而抛於溪流，宿患頓愈。此方亦載楊氏集驗中。蔡游臨安，爲錢仲本説，欲廣其傳，以濟後人云。

鐵掃箒

臨安術士，失其姓名，常著道服，標榜曰鐵掃箒。設肆于執政府牆下，從而卜筮者多市廛造力。呂本作「皂隷」。雖所言有驗，然不爲士大夫所稱。淳熙甲辰冬季，一細民來問命，告之曰：「君星數甚惡，最忌明年初春，恐蹈刑戮之禍。若能一月不出，勿與人接，庶或可免。」民雖不懌，而以所戒深切，於是如其言。至晦日，不能忍閑，徑往責之曰：「汝道我正月大災，今已到三十日，又不曾分毫越法，何由觸禍？」術士曰：「我一時間説了，亦自忘記，容再爲推測。」及布局纔成，復云：「今日尚是正月，猶可慮也。必須打殺人。」民忿恚，詆其誕妄，相與爭詈不已，不勝忿曰：「我只打殺汝，以驗汝術。」奮身起箠之，不覺踢其脅，立死。遂受擒，而得減死黥配。此等事傳記中或有之。

張子智毁廟

張子智貴謨知常州。慶元乙卯春夏間，疫氣大作，民病者十室而九。張多治善藥，分諸坊曲散給，而求者絶少，頗以爲疑。詢於郡士，皆云：「此邦東岳行宫後有一殿，士人奉祀瘟神，四巫執其柄。凡有疾者，必使來致禱，戒令不得服藥，故雖府中給施而不敢請。」張心殊不平。他日，至岳祠奠謁，户庭悄悄，香火寥落。問瘟廟所在，從吏謂必加瞻敬，命炷香設褥。張悉撤去。時老弱婦女，祈賽闐咽，見使君來，爭叢繞環視。張指其中像衮冕者，問爲何神，巫對曰：「太歲靈君也。」又指左右數軀：或擎足，或怒目，或戟手，曰：「此何佛？」吕本作「物」。曰：「瘟司神也。」張曰：「人神一也，貴賤高卑，當有禮度。今既以太歲爲尊，冠冕正坐，而侍其側者，顧失禮如此，於義安在？」即拘四巫還府，而選二十健卒，飲以酒，使往擊碎諸像，以供器分諸刹。時薦福寺被焚之後，未有佛殿，乃拆屋付僧，使營之。掃空其處，杖巫而出諸境。蚩蚩之民，意張且貽奇譴，然民病益瘳，習俗稍革。未終更，召入爲吏部郎中。

錢林宗

錢仰之林宗，寓居於華亭之北庵淨居院，爲人頗耿耿。一日，有蛇百數出室宇間，屏帳之內，亦蜿蜒糾結，甚至甑釜蒸炊中亦然。錢不以爲異，但命僕驅逐之。因步至僧堂，見有新置神像一軀，乃俗所事施菩薩者，其前正塑一蛇。時邑人敬奉此妖，至不敢斥其姓，逌左畔方字亦謹避焉。院僧欲乘勢立祠，誘民禱供，以牟利入錢。悟家怪所起，立取斧椎破，擲于水中。是夜僧挈囊而遁，錢氏自此寧居。北庵日以蕭條，幾無人跡，惟錢子孫猶處之。施之爲厲久矣，此歲稍息。庚志亦書一事。

金山廟巫

華亭金山廟瀕海，乃漢霍將軍祠。相傳云：當錢武肅霸吴越時，常以陰兵致助，故崇建靈宫。淳熙末，縣人因時節競集，一巫方焚香啓祝，唱説福沴，錢寺正家幹沈暉者，獨不生信心，語謔玩侮。所善交相勸止，恐其掇禍。巫宣言詈責甚苦。暉正與争辨，俄踉蹡仆地，涎流於外，若厥暈然。從僕奔告其家。妻子來視，拜巫乞命。巫曰：「悔謝不早，神已盛怒，既執録精魄付北酆，死在頃刻，不可救矣。」妻子彷徨無計，但拊尸泣守。暉忽奮身起。傍人驚散，謂爲强魂所驅。沈笑曰：「我故戲諸人耳，初無所睹也。」巫悚然潛出，闔廟之人亦捨去。

錢仲之瘖

紹興庚辰歲，錢大任堪自成都漕使下世。其子仲之，年三十餘，忽瘖不能言。而起居食飲，一切與平時無異。愁悶不聊，侵尋八年久。因一妾觸怒，持杖箠之。妾佚去，斥之爲「啞畜生」。仲之愈憤悒，大呼曰：「且看啞畜生打人！」咄咄不已。家人聞其出聲，驚喜來觀。自是言語如故。仲之以其疾因妾而愈，置其怒而賞之。後赴銓中選，調江陰尉，未及赴而卒。右六事皆錢仲之說。

李巷小宅

饒州城内北邊李郎中巷有小宅，素爲鬼物雄據，居者不能安。每召會親賓，肆筵設席，客未至，已見奇形異狀者，分坐飲啄。紹興中，歷梁氏、管氏兩家，最後董儀判官居之。董亡，厥子售於東鄰王季光使君。季光爲人膽呂本多「量雄」二字。勇，不畏妖厲。得屋之初，遣一僕守宿，遭其惱亂，終夕不得寢。明夜，易以兩兵，亦復然。王猶弗深信，親往驗之，大聲咄之曰：「吾聞此地多鬼，若果有之，宜卽露現。」少頃，颯颯如持箒壁呂本作「持掃壁」，亦不可通。按此句似當作「持帚掃壁」。上塵土，王不爲動。俄又爲驟馬馳逐之聲。王曰：「汝造妖只爾，何足怕，更須呈身向我。」便隱隱從柳陰下出，竚立不移步。王起，卽而語之曰：「汝若是横死伏尸者，今已歲久，難於尋覓，何不自營受生處？如要從我求酒饌呂本多一「祭」字。爵福願薦拔，亦無閑錢可辦。苟冥頑不去，當令師亟盡法解汝於東岳酆都，是時勿悔。」其物隨言而没，宅自是平寧。

獨脚蓮

鄱陽山間生一種草，始萌芽時，便似蓮房，俗呼爲獨脚蓮。移植於居宅隙地及園圃中，蛇虺不敢過其下。王季光宅後榛莽叢裏，有穴藏蛇，常出爲人害。乃種此草數本於穴外，自是其患不作。至暑月，聞穴内臭甚，使園丁掘土訪求，得死蛇十數，蓋爲草氣所薰漬也。又一小蛇從別處來，適到草傍，立化爲水。其效驗如是。右三事王季光說。

李興都監

禁衛人員大上二字黄校：疑誤。李興，以年勞解軍伍補官，調泉州都監。臨赴任，遣妻子出陸自臨安先行；興收拾併疊差晚，乘馬追路。至龍山下，爲小民十百壅遏，僅得穿過。乃是日誅一海刼，既臠咼梟首矣。興謂觀者曰：「此乃凶賊，爲良民害，斬決萬段，猶未足以償其惡。爾曹何爲注視之？」因舉足蹴踏遺骸，且加唾駡，血污履弗顧。衆亦稍散。興忽迷罔，茫然不知東西，殆若喪心而爲鬼所附著。上馬復還城内，投宿小邸。一僕慮家人望信，欲往報之，不聽。自此狂態日甚，逢人輒奮擊。人見其身軀壯偉，又膂力異常時，避不與校。至裸膊蓬首，扣内前沙子門云，欲謁官家叫屈。守者知其病，且念向來同輩，但扶曳出之。故交有居於觀巷者，强引與歸。閉諸一室，而穴壁傳致飯食，不論多少皆無餘。或經日忘設，亦自若。叫噪勃跳，殊爲所撓。凡十餘夕，竟自經而死。其家幾達閩，始得信，蒼黄奔歸。蓋刼鬼爲之孽也。子産曰：「匹夫匹婦彊死，其魂魄猶能憑依於人，以爲淫厲。」正謂此云。饒信都巡檢許經文夫說。

夷堅支戊卷第四 凡十四事

吴雲郎

吴江縣二十里外因黄校：疑誤。瀆村富人吴澤將仕，生一子，小字雲郎。自少即向學，嘗應進士，預待補籍。紹熙五年八月，以疾亡。父母追念痛割。明年冬，澤之弟助教滋，往洞庭東山婦家沈氏。未至數里，暴風打船，暫泊於福善王廟下。登岸縱行，望廟門半掩，見雲郎著皂綈背子，緩步而出。滋大駭，就語之曰：「汝父母曉夜思念汝，欲一會面不可得，何爲在此？」對曰：「兒爲一事拘繫，留連對證，説來極苦。告叔爲道此意於二親，若要相見，須親自來乃可。」嘆息而去。滋亟還舍，白兄嫂，皆相持悲哭。三人者共乘元舟，復抵廟步。雲郎已立津次，奔至父母前，下拜泣訴，具述幽冥辛苦之狀。語未竟，忽怒目奮捽父衣，大呼曰：「汝陷我性命，盜我金帛，使我銜寃茹痛五六十年，今日決不相舍。」遂互相擊搏，滚入水中。滋與僕從及舟人涉水救，澤始得脱登岸，困乏垂死。傍人初無所睹，但見澤舉首揮争，至暮乃定。滋不知澤有隱慝，試問之，嚬蹙而言：「昔虜騎破城，一少年子相投寄宿，所齎囊金頗厚。吾心利其貲，至按：「至」字疑誤。之數月，吕本多「乘醉」二字。殺而取之。自念寃債在身，從壯至老，未嘗不戚戚。此兒吕本多一「生」字。於壬午，今日之報，豈非此乎？」自是憂悶不食，涉旬而死。魏南夫丞相之子羔如表弟李生，吴氏婿也，爲魏説此。

德化鶖獸

慶元元年五月二十四日，九江大雨五晝夜，江流暴溢。鷄犬畜産，悉皆漂蕩。有賣果小民黄二，正在德化縣村田間，遇鶖獸緣道而來，遽升高木避之。别有婦人，攜兩小兒過其傍，游戲自若，獸亦不動。黄恐怖下視，甚異之。忽有官軍十餘人，鳴鉦鼓且至，乃持叉矛來欲驅逐者，獸始去，度水而西。黄乃敢下地。到城門外，婦人已先在彼，值鬻米粽者，取錢買十枚飼兩兒，挾之而走，其行甚疾，兩目眈眈然殊可憎惡，搴裾涉川，如履平地，後不知所往。人疑爲虎精，如前所書陽臺者是也。

善鑑爲僧

淳熙四年，張子正待制知泰州，以妻病，焚香禱佛，願剃度一僧。已而妻愈。乃榜示諸刹，凡在籍童行，令悉趁四月十五結夏日集於報恩光孝寺。秀州行者善鑑，頗欲巡禮叢林，自江陰濟江，過石莊投宿明禧禪院，兩脚忽重膇如石，不能前，彼蓋不知邦君有施也。寺僧與之言，時已初十日矣。心雖欲之，而足力不可强。夜夢伽藍趣其去，凌晨粥罷，僶勉由如皐縣而北。臨十四夜，始至郡城，投報恩，股痛益甚，卧於選僧寮。明日，張與妻至，羣僚畢預齋供，觀諸人探鬮，時會者五百餘輩，序立堂上。張問綱維：「猶有未到者否？」以善鑑對，且言其道路損脚，目今困卧。張必欲其來。鑑不獲已策杖往，隨衆拈一小紙卷，及開視，獨鑑得之。卽日落髮，張氏製三衣與之，同類皆起登仙之歎。方旬日，南禪缺住持，張又作疏邀開堂主法席，遂連處三大刹，爲淮地所重。

張氏煮蟹

平江細民張氏，以煮蟹出售自給，所殺不可億計。紹熙五年七月，買兩篰置室中，凡數百枚。夜聞鴨聲嘈嘈，父子秉炬尋索，無所睹。迨復寢，其聲又作。審聽之，正在篰内，乃起坐咄之。蟹作人言曰：「只是死了住。」夜半後，又覺有人著屐游行，以爲盗也，走報鄰里，欲拘執，寂無影響。其女五七娘，驚而病卧於床三日，聞外人喚云：「五七可同去。」應曰：「待我來。」至晚而死。後九日，張妻亦病，見女坐床下，呼之使上。已而張父子及妻相繼亡，但存一小女曰阿感，無人養育。所親周二爲取致其家，便見父母來就喚，亦死。張門遂絶。

黄池牛

黄池鎮隷太平州，其東卽爲宣城縣境，十里間有聚落，皆亡賴惡子及不逞宗室嘯集。屠牛殺狗，醲私酒，鑄毛錢，造楮幣，凡違禁害人之事，靡所不有。王元卿叔端與表兄盛杲子東，淳熙十三年六月同往寧國府，過其處，見野園内繫水牛五頭，杲指第二牛曰：「此明日當死。」王曰：「何以知之？」曰：「其四皆食草，惟是牛眼中淚下，且獨不食。」因詢茶肆人：「此誰家者？」曰：「乃趙三使所買，欲待旦屠宰。」已而果然。遂再往視之，其第四牛亦有昨日之態，望兩人來，拱雙蹄跪地，如拜訴狀。復詢肆人，曰：「一客今早至此，頓買三頭，惟餘其一。旦夕殺之矣。」杲勸王使買之，置于近莊，以賒其死。王卽訪主人，優償厥值，牽以歸。至今猶存。

蔡通判

淳熙元年，嘉興蔡擄承議赴蘄州黄梅知縣，泛舟大江，過蘄口宿。是夜大風拔木，舟碎於巨浪，惟底板存。蔡適在其上，抱持浮漾，意以爲家人盡溺死矣。迨旦，風小定，視之，則皆跧聚板上，不失一人。囊篋僕從悉没，一小篋貯出身敕告，獨得全。旋唤漁人，載來南岸。居人見其至，争來慰勞，云：「昨夜風雷黑暗中，聞神人言：『且救取蔡通判一家。』官人豈非蔡公乎？」蔡爲人質重廉恪，鄉里稱其賢，故遭罹大難，而蒙神力以免。其後秩滿，果調泰州通判。

閩僧如本

如皐縣石莊鎮明禧禪院僧如本者，福州人，遊方至彼，遂留不去。紹興辛巳，胡騎暴淮甸，本收瘞遺骸三百，得官給僧牒。紹興〔案：「紹興」疑是「隆興」或「紹熙」之誤。〕元年爲監寺，偕衆僧往黄華港石總首家脩設供佛，〔上二字吕本作「齋供」〕。惟留一老者守舍。亭午，火作于延壽堂，次及僧堂，悉爲灰燼。衆聞報，狼狽奔還。常時諸僧戒帖度牒，鎖置禪床上龕櫃内，皆焚滅無餘。獨如本者掛于梁間，既墮地，有一大瓦，正覆護之，略無所損。本戒行甚堅，質朴好義，日夕持誦經呪不息，是以獲善報。

太陽步王氏婦

紹興庚戌六月，鄱陽境内太陽步王氏婦病卒。以父往别村，且肉猶未冷，家人不忍殮。走僕喚其父，再宿始歸，半醉問拊尸大哭。未幾，逝者復蘇。是日，招蓮華院僧誦經，即扣所見。婦起坐言曰：「到冥司橋畔，見故母云：『汝何故在這裏？此是死路，不可久留。』遂買紙倩人寫狀。偕度橋，天氣昏昧，如深冬欲雪時。經大官府，吏兵甚盛，兩廊枷係罪囚無數。紫袍官人據案決事，乃持所書狀投之。紫袍批曰：『本人奉事翁姑孝謹，兼冥數未盡，宜放還。』卽再從橋上過。覺餒不可耐，遇鬻胡餅者，欲買之。母曰：『此豈可食！』少憩，逢過者紛然，全不見有回者。問母陰司事，母曰：『不孝最重，殺生罪次之。』倏睹一水閣，滿池紅白蓮花相間，縱觀之次，若有人自後見擠墮水，遂寤。」

辰州通判

辰州通判項某，信州貴溪人。自云其父未有子，常齋戒禱請於上帝。後夢黄衣吏持大盒來，啓之，見盤内貯一貴人，金章紫綬，母遂有娠。七月七日生己，至二十五歲登科，歷州縣五任。赴辰陽時，年未五十，每自負必貴。提點刑獄司檄往鄰路襄陽置獄，鞫通判被命和糴米隱瞞官錢數萬貫之罪，項受賂三百萬，爲人潤略。戡事未竟，得疾亟歸。夜中神物縱横，有彈指者，有嘆息者，云：「可惜，可惜。」家人往往見之，項聞而不悟，疾勢轉甚。馬院在州治後圃，相去隔兩門百餘步。鬼物夜運馬糞滿榻，除去復然。正以七夕日卒，官止承議郎，不霑遺澤。

房州保正

房州房陵人李政爲保正，頑猾健訟，侵人田園，奪人牛馬，官司莫能治。淳熙十四年暴亡。其家水牛當日産一犢，腹下白黑毛相間，成「保正李政」四字，字如崇寧當三錢，了了可識。每妻子到傍，輒淚下。甫半年，爲虎所食，血骨上二字葉本作「骨肉」。皆盡。惟四字連皮，宛然如初。監本州酒稅忠訓郎王嗣宗親見其事。人死爲牛多矣，諸志中屢書之，兹又獨異也。

辰州地主

王仲寅寅祖，紹興戊辰歲爲湖北提刑司指使，從其使馬居中巡歷屬城。至辰州，馬館於郡汝燕堂，王寢於設廳之東角。三更後，夢老翁白袍烏帽，通名上謁，徑趨賓階。王意其土地神，屢揖使東向，翁謝曰：「明公異日當來此，呂本多一「作」字。地主那敢居上？」固辭不可。王覺，取筆記之，又誌於三里外長田張氏書院之壁。後三十年，自淮東鈐轄造朝。趙魏公爲相，與之有舊，擢守辰陽。初未嘗敢萌五馬之念也，得之若驚，思前夢可證，以淳熙辛丑正月赴官。過長田，視張氏壁，所題字畫，宛如昔日。其家既籠以碧紗矣。王後知永州，提點廣西、福建兩路刑獄而終。

張拱之銀

江陵人張拱之，世以富雄州里。政和中，夢白衣人二十餘輩拜揖葉本無「揖」字。於床下。問其何人，上四字葉本作「問之」。皆不答，旋没於地。心雖怪之，亦不以爲絶異。已而每夕皆然。于是命僕掘所没處，才深三尺，得大銀二十枚，葉本作「錠」。各重五十兩，樣製甚古，料爲千歲前物，一一花書之而藏於篋笥，不爲子弟言，亦未嘗非時閲視也。他日，又夢來别云：「欲往長沙，助趙官人宅造屋。上三字葉本作「造宅」。恨不得久從君游，然終當復來。」張疑焉，旦而發笥，空無所見上二字葉本作「有」。矣，始大駭。欲窮其驗，專詣長沙訪之，果於善化縣傍有趙宅，方興工創大第，治廳事。張老納謁，此句葉本作「張乃謁之」。趙宿聞其名，亟出迎。坐少定，張起白曰：「君家治第，曾於土中獲何物？」趙不復隱，告以得白金千兩。張曰：「乃我家故所蓄，每錠有花書。」取視之，信然。張乃話前夢，願以他銀换易。趙欣然許之。張攜葉本多一「歸」字。唤銀葉本無「銀」字，吕本作「鍛」。匠鎔爲一巨毬，當中穿竅，用鐵索維縶，置於床脚，使不可復動。入夜常聞泣聲。後經兵盗，不知所在矣。俗云張循王在日，家多銀，每以千兩鎔葉本作「鑄」。一毬，目爲没奈何，正此類也。

豫章神廟「章」，目録作「卅」

魏道弼參政，紹興壬午年爲洪府帥守。宅堂後有小土地廟，其門與溷廁相連，以爲穢瀆，令徙於城隍廟廊下。工力既具，通判林君，夢神人自通爲府宅土地，曰：「吾血食此地，多歷年所。雖隣於溷舍，無害也。若一旦徙去，則盡室老稚，將無所依，又寄托大神之宇，出入動息，皆不遑安。願賜一言達帥主，且仍舊貫，幸也。」林曰：「神既能靈化，何不自告之？」曰：「魏公乃紫氣星君，今位崇輔弼，豈得容易輒近？」明日，林具以白魏，乃輟其役。但移門它向，併葺飾像設而祭之。是夜，林又夢來謝。

五臺文殊

宣和六年，江遐舉邈爲隆德府教授，求學司檄搜遺書，與家人及長子珪詣五臺山，宿於文殊院。明日齋罷，拜禱佛象前，乞現聖相。至明時，涼風微動，西邊淡黃雲起。少焉，閩羅漢天衆客〔「客」疑當作「各」〕，執幡幢香華，以次引導，戈甲旌旗，陸續不絕。傍與日光相映。最後菩薩乘獅子法座，四夷君長氈裘狼帽謹隨之，無量無邊，各隨其類。異香芬郁，鼻觀爲清，經數刻久乃没。天將歛昏，又見燈燭數百炬陳列，金紫貴人執手鑪行前，菩薩緩步，足跡所留，蓮花隨生，一黄犬摇尾在後。珪時年十三歲，披僧衣，亦現象側。仙女吹簫笙，隱隱可聞，江一家並僧僕，無不瞻睹。靖康之末，報胡馬飲湖，棄官赴京師，除大學博士，居竹栩巷。未幾，夢菩薩告以急請外，即挈家東下。出水門，值泗水上便舟艤汴岸，遂迤邐還嚴陵，闔門安堵。時京師已受敵矣。間關亂離，不受怖恐。珪生於政和癸巳，至慶元景辰，八十有四歲，猶强健不衰。

夷堅支戊卷第五九事

劉元八郎

明州人夏主簿，與富民林氏共買撲官酒坊，它店從而沽拍，各隨數多寡，償認其課。歷年久，林負夏錢二千緡，督明鈔本多一「索」字。不可得，訴於州。吏受賄，轉其辭，翻以爲夏主簿所欠。林先令幹者八人，換易簿籍，以爲道地。夏抑屈不獲伸，遭囚繫掠治，因得疾。郡有劉元八郎者，素倜儻尚氣，爲之不平，宣言於衆曰：「吾鄉有此等明鈔本無「等」字。寃抑事，夏主簿陳理酒錢，却困坐囹圄，何用州縣爲哉？恨不使之指我爲證，我自能暢述情由，必使彼人受杖。」八人者浸浸聞其語，懼彰泄爲害，推兩人饒口舌者隔手邀劉，與飲於旗亭，摘語茲獄曰：「八郎何葉本多一「以」字，明鈔本作「必」字。管他人閑事，且喫酒。」酒罷，袖出官券二百千畀之，曰：「知八郎家貧，漫以爲助。」劉大怒罵曰：「爾輩起不義之心，與明鈔本作「興」。不義之獄，今又以不義之財污我。我寧餓死，不受汝一錢餌也。此段曲直虛實，定非陽間可了。使陰間無官司則已，若有之，渠須有理雪處。」呼問酒家人：「上二字葉本作「保」。「今日所費若干？」曰：「爲錢千八百。」劉曰：「三人共飲，我當六百。」遽解衣質錢付之。已而夏病棘，葉本多一「昇」字。出獄而死。臨命葉本作「終」。戒其子曰：

「我抱冤以歿。凡向來撲坊公帖并諸人負課契約，盡可納棺中，將力訴於地獄。」葉本作「下」。纔一月，八人相繼暴亡。又一月，劉在家忽覺頭涔涔顫眩，謂其妻曰：「眼前境界不好，必是夏主簿公事發，葉本無上三字。要我供證，勢必死。然明鈔本多一「自」字。料平生無他惡業，恐得反生，幸勿亟殮，以三日爲期，過期則一切由汝。」是日晚果死。越兩宿，矍然起坐曰：「比爲兩箇公吏追去，行百里，乃抵官府。遇緑袍官人從廊下房中出，視之，則夏主簿也。再三相謝曰：『煩勞八郎來，此處文書都明鈔本多一「明」字。了，只要略證明，切莫憂惱。』續見八人者，共着葉本作「負」。一連枷，長丈五六尺，而鑽八竅以受首。俄報王葉本多一「至」字。坐殿，葉本多一「上」字。吏引造廷下。王曰：『夏家事不須説，但樓上喫酒上四字葉本作「旗亭飲酒」。一節分明白我。』我供曰：『是兩人見招，飲酒五盃，買羹三味，與官會二百道，不曾敢接。』王顧左右嘆曰：『世上却有如此好人，真是可重。須議所以酬奬，試檢他壽算。』一吏走出，須臾而至曰：『合七十九歲。』王曰：『窮人不受錢，豈可不賞？與增一紀之壽。』勑元追者且引看地獄了却來。既見，大抵類人間而被囚禁者，上五字葉本作「牢獄」。皆本郡城内及屬縣人。有荷枷絣縛者，有訊決刑杖者，望我來，各各悲泣。更相道姓氏居止，屬我還世日，爲報本家。或云欠誰家錢，或云欠誰家租，明鈔本無此句。或云借誰家物，或云安賴人田産。皆令妻兒骨肉，方便償還，以減冥罪。它或乞錢財，或求功課，我不忍注目而退，猶聞咨嗟嘆羡不已。再到殿前，王曰：『汝既見了，反生時一一説與世人，教知有陰司。』我拜謝辭去。既出門，送吏需錢，拒不與。詬曰：『兩三日服事你，如何略不陳謝，且與我十萬貫。』又拒之曰：『我自無飯喫，那得閑錢。』葉本多「與你」二字。吏遂捽脱頂髻，推葉本多一「我」字。仆地，於是獲甦。」摸其頭已禿，而一髻乃在枕畔。濟南王夷縣尉，時居四明，親見其説如此。淳熙中，劉年過八十而病。王往省問，甚憂之。劉曰：「縣尉不必慮，吾未死。」後果無恙，蓋屈指冥王所增之數也。至九十一歲乃卒。王今爲饒州理掾。王司理説。

妙緣寺

紹興十六年十月二十五夜，伯兄文惠公以台州通判出行縣，宿天台山。夢息擔山中，獨游旁近僧舍，至妙興呂本作「緣」。寺。欲回，忽雨作，僧指西邊言曰：「彼方霞彩如此，少頃必開霽。」田家常以此爲占也。東顧凝陰，雨下如注，高峯樵徑，衆水争流。公並山而南，復東折，有橋長二十餘丈，自深澗聳起，巨松參雲，每五七步必夾橋，蜿蜒枝幹，俯就橋上若龍然，謂之盤龍橋。直東至所憩處。時有一僧自妙興相從，求先去。口占絶句送之歸，曰：「西望霞光東望雲，劃然晴晦此區分。小橋過盡盤龍險，回首高人多謝君。」遂覺。俄復夢侍親攜家登陸，日色已高，而兒曹尚告未辨。忠宣公命趣之丘，呂本作「行」。嫂吴國夫人方梳裝，伯姊解篋取衣授公，遂偕文安公及予侍行。步尋近境，又至一橋畔。欲往西隅小寺，視所取道，頗類昨所經行，因話前夢。二弟曰：「此妙緣寺也。」將度橋，雨復作，意欲輟行，而忠宣強使往，疑若彼寺有先世藁葬其間者。忠宣杖策，命一兵張蓋。既登岸，文惠踵而前，此橋危甚，反顧二弟勿來，未至妙緣而寤。時忠宣在鄉里，文安在毗陵，予處侍下。此夢不可曉。

文惠公夢中詩

淳熙四年七月廿四夜，文惠公在鄉里，夢至一野寺，不見僧，而數羽人環坐。其一高吟曰：「六十方買妾，七十猶生兒。旁人掩口笑，老子知不知。」公生於丁酉，是歲本命年正六十有一矣，此客若有所諷也。而公清居累歲，未嘗蓄姬妾，即應聲答以五十六言云：「桑榆景迫鬢毛蒼，已過耆年去路忙。不把精神陪綺席，從他歌舞競新粧。掃除萬事身如夢，斷送一生性呂本作「心」。弗狂。賴有清風與明月，肯來相伴一爐香。」衆皆大笑，而高吟者有慙色。啜茗清談，良久乃散。既覺，命筆記之。所謂七十之語，公不登此數而終。

任道元

任道元者，福州人，故太常少卿文薦之長子也。少年慕道，從師歐陽文彬受練度，行天心法，甚著效驗。乾道之季，永福何氏子以病投壇，未至。任與其妻姪梁緄宿齋舍，緄亦好法，夜夢神將來告曰：「如有求報應者，可書香字與之，令其速還家。」緄覺，即以語任。任起，明燭書之，封押畢復寢。翌早何至，乃授之。何還家十八日而死，蓋香字爲十八日也。其後少卿下世，任受官出仕，於奉真香火之敬，浸以疎懈。每旦過神堂，但於外瞻禮，使小童入炷香。家人數勸之，不聽。淳熙十三年上元之夕，北城居民相率建黄籙大醮於張君者庵黄校：「者」字疑誤。吕本作「張道者菴」。內，請任爲高功。行道之際，觀者雲集，兩女子丫髻駢立，頗有容色。任顧之曰：「小娘子穩便，裏面看。」兩女拱謝。復諦觀之曰：「提起爾襴裙。」襴裙者，閩俗指言抹胸；提起者，謔媟語也。其一曰：「法師做醮，如何却説這般話？」踰時而去。任與語如初，又爲女所譙責。及醮罷，便覺左耳後癢且痛，命僕視之，一瘡如粟粒，而中痛不可忍。次日歸，情緒不樂。越數日，謂緄曰：「吾得夢極惡，已密書於紙，俟偕吕本作「請」。商日宣法師來考照。」商至曰：「是非我所能辨，須聖童至乃可決。」少頃，門外得一村童，纔至即跳升梁間，作神語曰：「任道元，諸神保護汝許久，而乃不謹香火，貪淫兼行，罪在不赦。」任深悼前非，磕頭謝罪。又曰：「汝十五夜所説大段好！」任百拜乞命，願改過自新。神曰：「如今復何所言，吾亦不欠汝一箇奉事，當以爲受法弟子之戒。且寬汝二十日期。」言訖，童墮地而醒，懵然了無所知。緄拆所書示商，乃「二十日」三字。是時正月二十六日也。次時，任夢神將持鐵鞭追逐，環繞所居九仙山下，幾一匝。腦後爲鞭所擊，悸而寤。自此瘡益大，頭脹如栲栳，每二鼓後，輒叫呼若被鞭之狀。左右泣拜，小止復作，遍體色皆青黑。二月十二夜，緄還厥居，母不許再往。夜夢神云：「汝到五更初，急詣任氏，看吾撲道元。」緄起坐，伺期而往，任見而泣曰：「相見只此耳。」披衣欲下床，忽仆於席。八僕扶之坐，如有物拽出，撲之地上，就視已死。歐陽師居城北，亦以是日殂。緄自是不敢行法。予大兒録示其事，因記《南部煙花録》，香娘爲十八日，與此香字同。任卿佳士，宜其嗣續熾昌。後生妄習不謹，自掇奇譴，予見亦多矣。

鬬王池

嘉興徐大忠，淳熙五年隨父官中都，僦居仁和縣倉畔。其南有鬬王池，龜鼈甚多，大者可以載人。水常清，經旱不涸。或連日陰晦，則見一鐵棺浮水面。徐因整治書齋，有叢竹當軒枯悴，令撤去之。其下得大圓頂一具，光澤可鑒。意爲敗瓢，取視之，乃髑髏也。謂醫書所載，天靈蓋可入藥，此其真是，漫藏之書櫃中。迨夜，家人咸見一小兒，紗衫青裙，由卓上越窗而出。疑鄰人爲盜，蹤跡弗獲。徐遂夢兒來索移尸錢，未知所答。又云：「且燒紙錢三千貫，轉《金光明經》三十部，我便捨此去。」徐不許，奮拳相毆。同榻者聞其驚魘，喚覺問故。知必此髑髏爲祟，明旦取碎之，棄諸池。至夜，夢來謝曰：「得蒙公恩，可以託生矣。」徐叱曰：「汝覓移尸錢，我元不曾許，何謝爲？」曰：「昨宵今夕，事不同耳。」徐曰：「何也？」曰：「我身首異處，不知幾年。因君出之，滿望度脱。不期欲入藥籠中，使我永無生望。且三魂七魄，久已分散，只一魂守此，又失頭顱。是以有所求。今拋出水中，隨即消化，遺骸不埋没，則經與錢亦無所用，故來致謝。」徐曰：「既云身首異處，今口體具足，何耶？」曰：「此所謂一魂也。」又問：「稱德者何？」曰：「生時姓名是小王德，隸錢大王護聖步軍爲旗頭。大王入朝，從行出門。忽報本營遺火，潛歸救撲。爲轄將覺舉，遂行軍令，示衆於此，無人敢收。鬼録沉冥，賴君永脱。」言訖辭去。後兩月餘，夜同兄讀書，月明間聞謳聲，注目無所睹，移時復然。穴窗密窺之，一女子少艾，戴魚枕冠，皂衫黄裙紅履，往來池上。謳罷，攀岸邊竹竿，直上竿表而止。徐方欲啓窗，女子若驚，併竿投於水，其聲紞然。自後怪不作。

繡川驛

乾道四年春，文惠公自會稽帥請祠歸，將至婺州之義烏。知縣事張宏，先期汛掃繡川驛。邑吏掌供辦者宿其中。夜未艾，月色朦朧，聞外人往來行步甚武，疑爲盜也，謹伺之。乃神人十餘輩，長者丈許。衆懼，不敢出户，復就寢，竟夕不遑寧。明日而文惠至。蓋故相所臨，必有神物爲之導衞耳。

胡通直

山南東道節度推官胡瑢，毗陵名家子也。少年過廣德，謁張王祠求夢。是夕夢入廟中，金鋪朱户，觀闕廣宇，儀衞官曹之盛，世所未有，絶與白晝不同。行至西廂，一吏來前，問勞殷勤，如舊曾相識者。胡度非人間世，漫以異時窮達扣之。曰：「可至通直。」覺而歷歷記憶，意殊不滿。是時已有官，蹭蹬選調甚久。紹熙癸丑，始赴襄幕，甫再書考，而薦章溢格。但每思昨夢，知宫禄有所底止，若改秩，便升朝，則餘日無多，又以爲慮。慶元乙卯十二月二十一日，赴同官宴集，語衆曰：「昨夕夢人持錢囊相遺者，受而數之，得五十三錢。今正年五十三歲，其兆殆不能佳也。」坐共寬釋之。酒才三行，忽覺腹痛，貫徹心髓，不可坐。索轎先退，翌日遂不起。階止儒林郎。其家爲伸致仕之請，果得通直，如陰吏言。

李林甫

柳子厚《龍城録》，蓋劉無言所作，皆寓言也。其一云：元和元年六月，惠州一娼女震死于市，脅下朱書云：「李林甫以毒虐弄正權，帝命列仙舉三上二字黄校疑誤。震之。」近者紹熙元年春，漢陽軍陽臺市蔡氏女，七歲遭雷震死，有文在其背，若符篆然。識者讀之曰：「唐相李林甫，七世爲娼，今生滅形。」凡十三字，甚類前事也。襄陽道士黎大方嘗見之。

鼈癥

景陳弟長子拱，年七歲時，脅間忽生腫毒。隱隱見皮裏一物，頗肖鼈形。微覺動轉，其掣痛不堪忍。德興古城村有外科醫曰洪豆腐，見之，使買鮮鰕爲羹以食，咸疑以爲瘡毒所忌之味，醫竟令食之。下腹未久，痛即止。喜曰：「此真鼈癥也。吾故求其所好以嘗試之耳。」乃合一藥，如療脾胃者，而碾附子末二錢投之，數服而消。明年，病復作，但如前補治，遂絶根本。其人砭攻癰疽如神，而不肯教人。雖其子請問，亦不爲言。然侍旁剽見已熟，故亦名良醫。

夷堅支戊卷第六 十三事

青田富室

處州青田縣嘗有水患，盡浸民廬。富室某氏，素蓄數船於江岸，一家畢登，避于高處。葉本作「阜」。既免，而生生之具，毫毛未能將。此句葉本作「一物未將」。方擬回船裝取，望水勢益葉本作横長，一邑之人皆騎屋叫呼，哭聲震野。富翁曰：「吾家貲正葉本無「正」字。失之，容可復有，豈宜視人入魚腹，置而不問上四字葉本作「而不救」。哉？」即分命子弟，各部一艘，自下及高，葉本作「上」。以次救載，并其所挈囊篋，聽以自隨。至則又往，凡往來十餘返。葉本多「所濟」二字。毋慮千人，悉脱沉溺之禍。明日水退，邑屋無一存，但莽莽成大沙磧。富翁所居，沙突如堆阜。遣僕併力輦棄，則一區之宅，儼然不動。上二字葉本作「如故」。什器箱筥，按堵如初，上二字葉本作「無恙」。惟書策衣衾稍沾溼而已。是時翁之子就學於永嘉，聞難亟歸，已而復至，言其事如此。惜不得翁姓名。有陰德者必獲天報，獨未知之云上二字葉本作「其後事」。耳。

天台士子

淳熙初，天台葉本作「台州」。城外兩江水，因雨大漲涌，幾冒郭門。民死於洪流者不可葉本多一「勝」

字。計。士子某，居城中，而田在黄巖。水未起之前，棹小舟往取穀，所載四十籮，每籮容穀一斛。才出溪口，波濤如山，葉本多一「人」字。乍浮乍沉，相望不絶。士子維舟高岸，遇漂至側者，欲葉本多一「盡」字。救之，而舟力不能勝。此句葉本作「櫂舟力不勝」。于是每載一人，則擲棄一籮穀，頃刻之間，登者五十輩，而穀盡矣，乃與之還城。時尤延之袤爲郡守，歎賞其仁，即治盛具延請，而餉以百千錢。葉本作「而餽以錢五千」。處和上二字黄校疑誤。觀之，又畀以門客恩澤，遂補登仕郎。同時有巨室一處女，其家既葉本作「漂。」没，獨坐於浴斛，泛泛垂死，逢魚艇過其傍，呼之曰：「我是某坊某家女，能活我，當以臂間兩金纏謝汝。」漁人載之至，則無歸矣。女悲哭幾絶，解纏付之。辭曰：「娘子家計蕩空，當留此物自贍，我不忍取也。」捨之而去。幸漁人之賢，此句葉本作「漁人之賢乃若此」。若使遇惡徒，必奪金而投諸江，葉本多一「矣」字。豈復有活理哉！延之葉本多一「言」字。恨不得其人姓名云。

陳使君

乾道五年，福州長溪大火。邑士陳使君者，居鄉與人和同，而賦性剛介。火將逼其居，鄰黨相率請避，陳曰：「吾平生未嘗有一毫之私，今天降災，必不肯及我。」堅坐不動，但焚香於庭，朝服而禱曰：「此屋皆清俸之餘所建，神天其鑒之。」須臾，四向皆爲煨燼，惟陳一區獨存。此事甚似支景所載李綬觀察祝火也。

黃師憲禱梨山

紹興戊午，黃師憲自莆田赴省試。初與里中陳應求約同行，以事未辦集，後數日乃登途，過建安，詣梨山李侯廟求夢。夢神告曰：「不必吾有言，只見陳俊卿，他所說者是已。」黃至臨安，方與陳會，即詢其得失。陳蓋未嘗至彼廟也，辭以不能辭。黃逼之不已，陳怒，大聲咄之曰：「師憲做第一人，俊卿居其次，足矣。」黃喜其與夢合，乃以告之。暨揭榜，如其說。

太歲堂

姑蘇張比部，家極富盛，名園甲第，冠於二浙。崇寧間，於後圃起華堂，前鑿大池，取其土以築堂阯。掘地數尺，得一蛇，細財如箸，然盤結穹窿，其長不可勝計。比部之子實主此役，略不以爲物怪介抱。命僕夫斷爲數百，截而輦去之，凡運致十八九擔而後盡。時人謂張子凶於妖祟，戲目其堂爲太歲堂，然亦亡恙。後遭罹兵禍，始蕩爲丘墟。王順伯祖母所黃校：疑誤。呂本作「南」。劍夫人，正張氏女云。

能仁長老

永福縣能仁長老用常住錢買祠部牒，度其弟子一人爲僧。紹興二年，長老死於寺。明年，所度僧往他剎，正見一犢生，腹背間隱出其師名，曉然可認。乃請於彼處主首買之歸，生瘞之。俄而別牛又生犢，腹字正同，復買瘞如前。未幾，近村田家牛得犢，亦有數字，僧試往視，宛然與已瘞兩者同。始驗其業報當爾，遂置不問。

香屯渡小童

德興香屯有野渡，舟人艤岸，一小童奴與錢五十求載。舟人訝其多，童曰：「我得怒於主公，逼逃而至，懼其亦過此相追捕，幸容我伏於板下以避之。」舟人容之。少頃，一村叟來，才登舟，童即銜板出，乃成巨蟒，其長可丈五尺，昂首逕齧叟喉。叟急舉兩手扼其頸，蟒不得搏噬，但以身呂本多一「緊」字。纏束之。舟中人股栗相視，或持長鈎，斷蟒爲四五，始解散，而人蟒俱斃矣。此叟蓋爲巫，姓程氏，里社呼爲程法師。尤善禁蛇，積所殺不可勝計。暮年頗敗其法，故值寃報云。張子理之弟南康税官，嘗從其傳法。

余氏婢夢報榜

余玠卿監臨安税院，慶元元年七月，婢慶奴夢兩人持黄旗扣門大呼曰：「來報省榜。」方以辭却之，其一又曰：「正是本宅。」既寤，以告介卿。介二子儼倬在鄱陽候秋試，乃寄書歸，言其事，戒使淬勵學業，以應夢兆。已而皆不預選。二年三月七日，餘干士人史本凌晨訪之，蓋去歲鄉舉者。云本在貢闈作《易》義，頗覺稱愜，恐或叨竊名第。嘗聞報榜者有剥脱人衣裘之患，倘遭此撓，旅舍遂無他衣可出，願隱避於此。介卿許之。次夕揭榜，人已知史所在，徑造余門。史藏於堂，不令見其面，但犒之以錢乃止。始驗曩昔婢夢，且有本宅之語。本中一等第七名，爲《易經》

魁，方二十許歲。介卿說。

三公神

鄂州城內三公廟，其塑像鼎足而居，不知爲何神，邦人事之甚謹。紹興中，從義郎左良爲本州金口巡檢，去郡三十里。一日將晚，似夢非夢，見黃衫走卒立庭下，稱三公喚。良拒之曰：「吾職掌巡警，三公乃尊神，何爲見喚？」俄又一卒至，其言如前。不得已隨之出。偕行到大官府，入門造堂，皇望數人道袍裹帽而坐。延良于末，不交一談。良起白之曰：「良承乏賤局，奉命見呼，敢問何事也？」中一人云：「無他事，以此間失去一黃羅幔，煩爲根索。」良踟躕未及對，又云：「其人見在岳家軍中。」良拜而退，恍若夢覺。明日，謁岳少保，具以神語告之，勅軍吏詢究。岳法制素嚴，吏不敢緩，果即時擒獲，既壞其半矣。岳驚異，命誅盜而另製新幔送廟中。良復夢來謝。丁志所載婺州都監，卽此人也。其子輔，慶元二年爲南康縣稅官，說此。

胡十承務

揚州人胡十者，其家頗贍，故有承務之稱。紹興之末，有五士人來見，不通姓名，不候主人出，徑坐廳上。胡卽束帶延揖，見談論稍異，心以爲疑。一客起曰：「君勿用他疑，我輩非世間人，蓋所謂五顯公者也。知君能好客，是以不由紹介而至。願假借一室，使得依棲，暫爲偃泊之地。然亦當常致薄助，以酬主禮。」胡甚喜，飲之酒數杯，指就閑館少留，晨夕加敬。金帛之贈，不求而獲。相從越五月，適胡君生朝，同入言曰：「溷君家已久，誕辰甫臨，願薦一卮爲壽。」是夜聞鋪設之聲丁丁然，旦而謁賀，幕帟華新，器皿煥赫，舉觴至於再三。胡視酒器下皆鐫揚州公用字，驚窘良劇，以爲竊公家物必累我。諸客已覺，笑云：「但放心飲酒，自當返諸元處。」酣適歌謔，過三更乃散。明日空無一物。俄自攜具就胡飲，從容曰：「我等盡力於君亦不少，願求此宅爲廟，庶幾人神不相淆雜。」君却於比近別築第，但用吾日前所餉，足以辦集，幸毋見拒。」胡曰：「此吾三世所居，詎可輕議。擬擇山岡好處，爲奉營一祠，且任香火之責如何？」皆奮言不可，出語益悖。自是遂造祟怪，胡不能堪。謀於姻舊，將呼道士施法，方歸及門，呂本作「方出門」。五人當道遮立曰：「聞欲招法師見治。吾乃正神，享國家血食，只欲宅屋建廟，未爲大過，法師何爲者哉？雖漢天師復出，吾亦不畏。」胡益以愁撓，而攪呂本作「憂」。惑日甚。他日入市，值道人行乞，謂曰：「君面有憂色，必遭鬼物所惱。可從此直進，倘逢一小僧，便祈之，定能相救。」胡驚謝，方擬扣其詳，忽不見。行至田間，果遇僧，即致懇禱。僧曰：「茲小事耳，君姑歸，我暇時自當往。」後數日，胡正與五人語，僧從外來。五人狼狽而竄曰：「胡承務害得我輩苦毒。」僧追叱之曰：「這五箇畜生，敢在此作過，可捉押去。」旋失所在。僧云：「是皆凶賊，向在淮河稔惡，各已正國法，極刑梟斬，而彊魂尚爾縱暴。今既囚執屏除，君家安矣。猶恨走却一鬼，徐復出，然不能害也。」胡呂本多一「喚」字。妻子列拜，且致厚謝。僧不受一錢，便告別。胡送之出門，回見一鬼，睢盱短氣，鞠躬言曰：

「某等實非神，以饑餓所驅，遠投賢主人。本自住得好，而兄弟不合妄有建廟之請，遂觸怒譴。適者和尚叫捉時，急竄匿於厠板，僅得免脱。某亦不敢久住，只丐一飯，以濟枵腹。先問和尚非凡僧，乃宅中所供養佛耳。」胡即設酒食與之。食畢，泣拜而去。胡氏蓋事泗洲僧伽小像者也。和州陳官人説。

婺州兩會首

婺州鄉俗，每以三月三日真武生辰，闔郭〔「郭」原作「廓」，今改。〕共建黄籙醮，禳災請福。紹熙元年，富户陳氏、徐氏主其事，陳作都首而徐副之。自是頻歲供具甚整肅。後三年，陳生偶以家故，頗侵用衆錢。及期未有以償，遂推徐代己。徐諾之，凡所應費，出私宅葉本無「宅」字。財濟助，無所惜。而受雇傭書人，憑舊奏章，其列都首姓名，或爲徐，或爲陳，兩人未嘗細視也。迨升堂葉本作「壇」。焚奏狀，兩人俱戰栗不自持，拱手相向，若被束縛者。人問之，不答，惟連聲稱叫苦告。上四字明鈔本作「叫稱苦苦」。在會男女數百，亟爲並拜祈哀，然莫知何以蒙譴。俄一人爲物所憑，大言曰：「吾是監齋使者。恰來見奏章内，或稱徐某，或稱陳某，顯有異同，誠爲不敬，三天門下不肯受接。冒犯清律，罪有所歸。」衆哀拜不已，良久乃云：「汝等用心志誠，待我爲白真君，做一道理。」少頃復言：「真君專爲朝上蒼方便奏葉本作「謝」。過，已得旨放罪。」不旋踵，兩人蘇醒如初，畢竟醮事。葉本多「婺士劉君玉説」六字。

王法師

臨安湧金門裏王法師者，平日奉行天心法，爲人主行章醮，戴星冠，披法衣，而非道士也。民俗以其比真黄冠，費謝已葉本作「幾」。減三之一，故多用之。每使隣人李生書寫章奏青詞。慶元二年正月十五日，一富家以上元令節，邀建保安醮。李生從其朋輩先夕出游觀燈，飲酒食肉。至是亦不言，乘醉操筆，字畫封緘，皆不精緻。醮方罷，王夢兩朱衣吏，追攝至天官庭下。天官盛服正坐，侍從整肅。吏引王立於前。俄而數武卒擒一囚至，則李也。天官赫怒，問曰：「比所奏青詞，如何敢喫酒肉後書寫？」叱使搦坐，出其足，訊刑杖百餘下。然後呼問王，責之如前。王對曰：「某但主持醮席，行高功，職事某某之過，元不曾知。」喝令且退。一卒舉所執撾擣其心，曰：「去！」悚然而醒，覺心痛不可耐。未及與人語，聞門外有呼聲甚切，遣童詢之，乃李妻也。曰：「丈夫忽得病危惙，請法師救之。」王忍痛詣其室，李遥叩頭曰：「恰來某受訊杖，無限苦楚，君正見之。必不能久居於世。今無復可言，望以久預筆墨之故，與三千買棺。」王慘蹙應曰：「可。」李卽死。王自是心愈掣痛，繼又歐血，至四月末而亡。葉本多「臨安陳德謙說」六字。

黄主簿畫眉

黟縣黄祝紹先爲鄱陽主簿，慶元二年四月，有偷兒入其室，收拾衣衾，分置兩囊。臨欲行，黄氏育畫眉一禽，頗馴黠，解人語。是夜一家熟睡，禽忽躑躅雕籠中，鳴呼不輟。聞者以爲遭猫搏嗌，遽起視之。盜望見驚懼，急走出，遺其一囊。黄亦覺，遣僕追躡，已失之矣。一禽之微，懷哺養之恩而知所報如此，人蓋亦有愧焉耳。葉本作「人蓋有愧焉」，下多「黄説」二字。

夷堅支戊卷第七十事

邵武秋試

慶元元年，邵武軍秋試進士。其春秋義第一篇出題曰《公會晉侯、宋公、衛侯、曹伯、莒子、邾子、滕子、薛伯、杞伯、小邾子、齊世子光會吴於柤，夏五月甲午，遂滅偪陽，公至自會》。考官懷安丞王遇得中選者兩卷，而解額有限，但可取其一。攜示同院，甲之破題云：「用其謀於事之所不當爲，霸主將以爲攘夷狄之計。盡其力於勢之所不容緩，霸主將以圖中國之安。」乙之辭云：「率諸侯而與非其所與，春秋既以始事爲恥。因諸侯而治非其當治，春秋尤以終事爲幸。」衆皆曰：「甲者詞意清快，勝於次卷，然不見『公至自會』之意。當以是定去留可也。」于是置乙於選中。王爲之累夕不懌，因再讀乙對策，其語有風流之所靡，習俗之所咻，喟然而作曰：「若用齊人傅楚大夫子之事，則自有正音，捨是則當作去聲讀，爲犯廟諱。」乃黜乙而取甲。洎拆封造榜，所謂乙者，李閎祖也，前舉嘗薦送。甲者，泰寧鄒應龍也。先是鄒本名某，以未試前乞夢于大乾廣祐王廟，夢屋内兩龍盤旋，已騰上一龍背，越前而出。既覺，遂更名。次年省闈，會稽莫子純首冠，鄒居第二。以無廷試之故，子純已有官，不可先多士，乃依故事，升鄒爲大魁。鄒之前程如是，科舉特假塗耳。

信州營卒鄭超

信州威果營節級鄭超，祇復郡府，爲人平直寡過。慶元元年八月二十一日夜半，若夢中見一人衣幘如卒長，自稱爲祝太保，持文引來追取著家保狀知管。覺而得疾，便病篤，餌藥弗效。越兩夕，又夢一人姓張者，同行到溪岸。張向裏邊至高峻處，奪超傘，擠之入溪。幸而墮平地，延頸仰望，見五騎相逐來，皆下馬，呼超曰：「如何攧在墈下？」其中姓毛者，使超舉手，爲吹之，水泉迸出。卽引上聚坐，皆云：「汝卻好箇人。」超謝曰：「對都使不敢坐。蒙救人殘命，何以報恩？」俄有人來言：「一壯漢落水已浸死，手内尚執傘。」超曰：「乃是欲見殺者，渠那知身受其禍。」未及款曲而寤。二十五夜五更後，忽手足軟，咽間急窄，不能出聲，但喘息僅屬。一黄衫吏至云：「東嶽第八司生死案唤汝。」超答言：「只願死，亦不顧妻，死不怨恨。」見已身卧牀上，指之曰：「早與他盡命，莫教受苦。」黄衫曰：「我陰司取人不如此，只是引將去，如便與過了性命，是違犯天條也。」駐留日頃，引手撮其喉，覺如火中取出新鍛鐵器淬於水盆之聲，且持索縛超，超曰：「不須你，我決不竄走，天涯海角也隨使者去。」其人曰：「於道理合如此。」遂行。俄抵嶽下第八司，入至殿廷上唱云：「押到信州威果指揮鄭超。」超初離家時，軀幹驟長，大如寺門金剛，自駭其異。至是縮小，才如茶托。主者問：「汝在陽間看誦是何經典？」對曰：「常念《金剛經》。」對甫罷，金光涌出，照耀上下，若日光明四畔，萬鬼衆擎拳稱好。主者呼功德司者呈白主案，而書判語於兩漆板，令持示超。大略類篆書，全不可曉。又唱云：「照鄭超應有作過愆罪，並皆赦除。」顧追吏引憩左方，自朝至午。主者再升殿，又判展一紀半之年壽，語超曰：「吾乃東平忠靖王，管人間生死案，正直無私。汝還世説與人不妨。」超曰：「超到陽間，必不敢説，怕泄漏天機。」主者曰：「但依直説，勿妄言可也。」命押赴監門疏放。既及門，兩官人分居左右，裹幞頭，衣緑袍，各書空作字，以口吹之「之」字疑誤。超身，又取小紅合内藥撒其腹，謂曰：「放汝自此歸，便吃得飲食。凡閑野神鬼，皆不敢輒侵犯。」元吏爲解索出門，履級道數層，一足踏虚而醒，舉體冷如冰。妻子熟睡，呼語之曰：「聖王已放我回。」使妻以麥門冬水來飲一杯，覺芬香透頂，旋索粥。明日即平安。超詳述所見，爲文撒謁諸門及邸店，凡二千言，摭其要於此。

鐵索寺古墓

時俊爲建康中軍統制，紹興二十四年，謀欲造宅。有術士言，南門外落馬澗本軍教場傍鐵索寺之後，山勢透迤盤屈，風水絶佳，正宜建大第。俊用其説，命工治地，就高坎上掘土且丈許，得一古墓，吕本作「丘」。蓋數千年前墓也。中無異物，但空闊數丈，石室猶存。得人脛骨一節，其長四尺。鐵劍長六尺，皆穿蝕成孔竅。銅盂之大，幾與盤等。巨甕滿貯油，既燃大半，一炬熒熒然爲風吹滅。室下粱栭，盡白石疊砌累成，一切如新。俊悉輦出，以爲壓階所用。銷劍爲他兵。

又得器皿甚多，皆石也。俊匣其骨，持示都帥王權，權每出以示客。識者謂此人蓋防風氏之支流也。後六七年，俊立采石之功，歷池州兵帥江西副都總管，官至四廂承宣使，又築宅於豫章。

蒼嶺二龍

台州仙居縣，在萬山中，其巍然聳峙於西南者曰蒼嶺。東際温，西抵婺，中分以南隸括蒼，其崖谷之絶異，林泉之幽茂者，咸萃於此。循北趾而登，當山之半，窪而爲二潭，相距三里，深不可測，有龍潛焉，以旱禱者必應。淳熙十四年秋，二浙苦旱，詔逐郡守令各祇謁名山川以請雨。邑宰蘇光庭率士民齋宿於潭次，高者險峭路絶，非緣石扳蘿不可到。乃持刺字，效世俗通謁者，投諸潭中。俄有物蜿蜒而出，一黑一黄，盤僻俯首，意若相就。方罄折絶黄校：疑誤。吕本作「投」。之，卽躍而入。遂迎止潭下之仰高亭，設香茗果饌，侑以呪唄之音。既訖禮，夜漏未盡十刻，星象燦然。黎明下嶺，雲氣倏合，雨亦隨至。少霽，復有雲自東南而止，滂沱三日，一境霑足，時七月二十六日也。先是，蘇夜夢神人，云姓曹氏，攜二小蛇，跨蹊而下，縱之平田，相次而升。其龍之色，雲氣所從之方，霽而復雨之狀，皆與夢符。獨不悟曹鬼吕本作「神」。之説。山居之老人言，此潭舊名槽潭，以其形似之也，斯其是乎！蘇念靈應之異，欲後人永永敬事，於是出捐公錢，立廟十間，與潭相向，以修香火焉。台州教授陸岐爲記刻石，蘇今通判無爲軍，以示予。

黄教授後身

黄唐佐，字堯臣，福州人，登紹聖四年進士科。紹興乙丑，終於奉議郎某州教授。其妻王氏，悲痛不能釋。明年二月，夢之如生時，與之語曰：「我已在閩清縣藥山陳五君家出世，無用憶我。」覺以告從子湘鄉尉楷，楷曰：「楷知彼處有藥山，但不知所謂陳五君者何等人，且居何地？即當往訪求。」既至，果得其家。先折簡致問，五君不答。楷具昨夢因依納謁，乃報云：「吾兒婦以二月懷孕，曾夢一官人來，言身是黄教授，今當爲爾子。兹覽來翰，彼此冥符，其必有嘉證。」楷又申懇備至，祈以誕子時切相報，欲爲他日問訊張本。許之，遂還。逮十二月二十一日平旦，陳婦生男，五君名之曰萬頃，字之曰夢應，以顯厥祥。且馳書語楷，楷亟往視之。兒猶未滿月，望楷入室，迎面而笑。及長，讀書有聲。淳熙甲午預鄉薦，然蹭蹬二十年，紹熙癸丑始擢第，調興化尉。其弟大猷書本末以示人。

鼷鼠蟻虎

鼷鼠爲郊牛孽，書於《春秋》，後來書傳，鮮或紀載，而千年以來，吾鄉忽有之。姪孫份家，一黄牯在欄，不食水草，但定立不動。往視之，皮肉多剜缺成竅。見兩鼠與常異，其形絶小，騰躍左右，踞牛背齧嚼，驅之不去，搏之不得，乃徙于他處。鼠復來。凡三徙避之，皆不免，竟死。兩角已穿空，肉亦垂盡，僅存軀幹耳。方牛遭害時，似不覺痛，惟極癢。蟻虎者，有人自淮南得種來，比白蟻之大三四倍。放入蠹柱中，少頃，蟻紛紛而墜，腦上率有小竅，才半日，空羣無餘。鄱陽人屋宇多用松，困於蟻暴，患無術可治，惜此虎之未多也。是二物可創見，而爲人祥祟則殊不侔。

桃源潭龍

德興蠼岷山，亘百餘里，有三潭，龍螭所藏。其在桃源塢者，時現光怪。頃歲，一村嫗過之，見異物如牛，卧潭側，鱗甲熠熠，每片如斗大，其長夭矯數丈許。嫗狼狽奔歸，尚能爲家人道所見，卽死。淳熙中，縣境苦旱。民有吴彦柔者，與妻素奉佛教，親詣潭所，焚香啟告曰：「天久不雨，田禾將槁。伏願一賜靈感，濟以甘澤。」於是旋繞四傍，虔誦經呪。少焉，一小青蛇出水面，俄化爲巨鯉，久之，又化爲鮎，而首則蛇也，悠揚自如。吴祝曰：「若神龍能下雨救禾苗，當以家財建立祠廟于此，使民俗永遠香火供事。」則又露雙角屹然。吴遽趨下，未幾，大雨傾注，彌日方已。合境賴以有秋。吴不甚富，才有田千畝，乃三分之：以二與兩子，而賣其一爲工匠土木費。廟成，夫婦棄家徙居於門，躬執洒掃之役。龍之靈日以詭異。人或汲潭水置盆中，小魚充溢不可計，及還之于水，蓋無一鱗。投紙錢者，或沉或浮，俚俗言沉者神所受者也，脱不當神意，雖縋之以石，亦裂碎浮出。吴妻至彼踰年，端坐而逝。吴獨處，盗乘虚竊其衣物，持下山間。兩壯夫從後追逐，叱曰：「此吴居士物，汝那得偷！急送元處還之，吾釋汝。」盗悔懼，如其戒。自是無復有穿窬者。紹熙癸丑大旱，飢民入山掘蕨根，苦於無晨餐。吴日煮米爲粥以食之，源源不絶，憂不能繼。然所儲甫罄，必有外人來助，若有導之者，畢竟其事。吴至今猶存，里社稱爲二十一翁。

河東道人

建炎中，錢公載蓋鎮長安，有道人從河東來謁。錢與之有舊，問其所以來之故，曰：「吾本寓某縣，比見風氣絶不佳，一邑人當有災殃甚劇，若不捨去必死。」是時虜患方熾，但意其爲是而轉徙也。後月餘，得鄰郡報，彼縣白日地陷，居人盡没。錢嗟異其前知，欲呼語之，且將有所遺，會日暮，至平旦乃招之。店人言：「道人房正在店牆下，昨夜過半，牆忽頹，遂遭壓死。尸猶埋於土中。俟申知官司，乃敢掘取耳。」錢大驚嘆，謂此人能知於前而不能審於後，豈冥數已定，非智慮算度所可脱耶？

錢氏鼠狼

錢仲本爲大理評事日，其僕以五百錢就市買一鼠狼，黠而馴。每於人手内取食，戲擾於傍，如素所蓄者。嘗爲猫所逼，欲加搏噬。吕本多一「狼」字。奮前迎擾之，猫避易而退，自此不敢復犯。其捕鼠，無論巨細遠近，必追襲，擣其穴擒之。官舍多以松板布地，有爲鼠所嚙破而往來者，輒亦深入而搜取之。數月之間，羣鼠多掃迹殆絶。鄰居朱評事家，僕育數雞。警視稍不謹，中夜常爲物登其背啄食，但勃擲作聲，則已死。他日，專視之，乃鼠狼也。僕乘間執殺之，剥其皮，釘於壁。錢氏失此鷙物，悼惜不已。久之，鼠暴如故。

許大郎

許大郎者，京師人。世以鬻麵爲業，然僅能自贍。至此老頗留意營理，增磨坊三處，買驢三四十頭，市麥於外邑，貪多務得，無時少緩。如是十數年，家道日以昌盛，駸駸致富矣。每夕分，命幹奴守直於磨傍。其一小二者，睡中聞呼聲，時明月穿窗，歷歷可認，起視兩畔，蓋寂無一人。呂本多「久之」二字。聲益高，諦聽之，乃一驢探首於磨臍中，作人語。而衆驢此際皆憩棧下，元無在磨室者，磨臍又窄，不能容畜首。極異之，不敢發問，怖悚至旦，走白主人，曰：「怪物入室，不可復往。」許扣其故，笑曰：「汝昏花妄言耳，安有是事？吾當自驗之！」迨夜，親往獨宿，即聞呼大郎者三。許起坐咄之曰：「業畜做何等妖怪？」驢應曰：「也好，休得休。」許又咄曰：「業畜住便住，何消嚇人！我不怕汝。」遂默默無影響。及明日，諸磨皆中裂如截不可用。自是生計浸衰，許亦死。其子以好身手應募爲禁衛，至孫經以班校换免得官，慶元初爲饒信州都巡檢使。

夷堅支戊卷第八十一事

許客還債

許元惠卿，樂平士人也。其父夢有烏衣客來語曰：「吾昨貸君錢三百，今以奉還。」未及問爲何人及何時所負而覺。明日思之，殊不能曉。平常蓄十餘鴨，是日歸，於數外見一黑色者。小童以爲他人家物，約出葉本作「去」。之。鴨盤旋憩於傍，墮一卵，乃去。自是歷一月，每日皆然，凡誕三十卵，遂不至。竟不知爲誰氏者。計其值，恰三百錢。

程迪功失目

樂平杭橋人程覺迪功，字樂道，平生勤苦讀書，屢舉進士，四試禮部不利。再以特恩得州助教，不拜。值紹熙甲寅登極大霈，入官。慶元乙卯，銓試中選，調監鄂州酒。既受命還家，未半道，宿旅舍中。夜正卧間，聞異響從右目內起，其聲如雷。驚而悟，黑睛已暴裂，清汁流注滿席，而不甚痛。到曉目遂枯。邸衆謂其夢寐中必有所見，程不爲人言。其異如此。

陸道姑

陸道姑者，金陵人。自幼好誦佛，出家百丈山爲尼童。後還俗，嫁夫有子。夫出作商，累歲無音耗。姑寄子於所親，布裳草履，獨往他邦訪覓。遇一僧於路，扣其所之，具以告，僧曰：「汝夫亡久矣，無用去。」姑且疑，念業已在道，前進如初。僧力強其還，仍求行費。姑所賫才三千，畏其暴也，與之太半。度前程無以自給，亦回。經一日，復見僧，僧曰：「昨日餘錢，宜悉贈我。」乃傾橐空之。僧以所持扇爲報曰：「吾扇非常，比遇病者，就以揮之，可不喫藥而愈。」遂辭去。過一家，適聞其疫癘，試入扇之，卧疾者皆起。甫出門，僧又在焉，怒曰：「我教汝療人病，不曾教汝療人命。諸人患疫皆天旨，豈得違！」叱令還彼家，反風扇之，凡起者復仆。遂取元扇而留語曰：「此後只以手風扇之，吐氣噓呵之，足矣。」既歸故里，聾盲跛躃，輻輳其居，賴以愈者什七八。慶元元年九月來新安，距城十餘里，得石耳山，旋闢十呂本作「石」。室以處。聞其風者踵至，日常數百。德興士人余持國，娶洪應賢女。持國領壬子鄉貢，賓客來賀，迨冬不絕。洪氏詣庖視饌，墜而傷足，筋攣不能伸，醫治三歲弗效，乃往訪姑。姑望其至，歡然與相接，語之曰：「娘子心地好，當無苦。」餌以茶果飯食，皆先取而呵之。俄頃間立起，如未嘗病者，不假藥石針灸。謝以錢帛，笑而不納。持錢米爲施者浸多。别一余氏子，出力幹緣，將創佛屋。自山下升其巔，扳援險峻，登陟極難，而工徒運致木石，若有神護。富民朱甲者，始萌惡念，欲往問難折挫之。未至坐處，視其側有二龍蟠繞光赫，儀狀可怖，即悔懼作禮，願捐錢百六十萬刻佛像。姑固却之，不從。姑曰：「果欲爾，宜勿用婺源湯匠。」朱素與湯善，竟以授其徒。踰月功畢，集丁匠百輩，舁登山。湯憒姑前言，因犒飲霑醉，出不遜語。須臾，疾風四起，飛沙走石，舁者僵仆相屬，彌日不克進。自是外人入謁，夙非善良者，望而知之。歷道其平日操持，不少隱諱。其年可五十許，常云：「吾已立誓願，滿十九年去矣。」未知其究如何。

呂九齡及第

平陽周秀才，元名石。臨應舉，夢人告曰：「君且及第。」袖出將來省榜示之，遍閱始末，無己姓名。其人指呂九齡以示之曰：「此是也。」既覺，大以爲不然，而思索其故，不能去心。忽幡然曰：「吾不應改姓，姑取呂齡二字爲名，或可應之。」聞者頗嗤笑。果於乾道八年黃定榜擢高科。

湘鄉祥兆

王南強容，潭州湘鄉人，元名午。淳熙壬寅歲，肄業於嶽麓書院。嘗與同舍小有競，既而悔之，謀欲更名，以示佩韋之義。其兄弟皆連之字，乃改曰容之，且取寬柔以教不報無道之說，仍字南強。癸卯春，在書院待秋試，其兄爲詣本縣投家保狀。及試前數日，將納卷，而視縣所解簿，則單爲王容。方以爲疑，而兄至，謂曰：「我今以適爲名，汝不必二名，徑已除去之字，茲即汝也。」遂用此入試，是舉預薦。甲辰省試畢，聞兄亡而歸。既到家，報榜人至，既奏名矣。舊師舒誼周仁來賀云：「二年前，呂本多一「有」字。術士來湘鄉，遊縣學，自言能相夫子像，而知士人登科之多寡。今聖像開口而笑，合主兩士登科。如此舉只一人，則後當有繼之者。去歲初春，學長王仲淹汾叟親書桃符曰：『競說素王顔有喜，定先黄甲捷先通。』吾嘗思之：王者，君之姓；顔者，容也，實君之名；素王者，期喪之戚也；黄甲捷先通者，今歲阻廷對，後舉還試必居黄甲，乃先通吉耗也。」其說頗傳於士林。乙巳春，縣學補試，王仁伯者，易名顔，遂中首選。丙午之春，舒周仁入府語南强曰：「王汾叟又書桃符，更可怪，曰：『素王顔色津津喜，黄甲科名鼎鼎來。』汾叟寫罷，驚悟曰：『前年爲王南强作先兆，今復爲王仁伯作先兆耶？』吾獨以爲不然，是亦南强先讖耳。鼎鼎者，三名前也。」是歲，王顔爲解魁，滿意巍級，已乃下第。南强果魁天下。所謂術者不復至，惜不記其鄉里姓名。長沙古語，嘗有「駱駝嘴斷狀元出」之謡。駝嘴者，山也，其形似之，在州北，正直水口，其下曰麻潭，皆巨石屹立。淳熙七年，辛幼安作守，創飛虎營，廣辟衢陌，許僧民得以石贖罪，皆鑿於潭中，所取不勝計。後帥林黄中又增益南街，取石愈多。迨丙午之夏，駝嘴中斷爲兩，不一歲而南强應之。桃符證應，已載於癸志。比得南强筆示本末，始知前說班班得其粗要爲未盡，故再記於此。而癸志既刊於麻沙書坊，不可芟去矣。

仰山行宫

王南强以淳熙十年暮冬，自長沙赴省試，過袁州，禱於仰山行宫。是夜，宿州東新市村邸，夢人歌《玉樓春》詞曰：「玉堂此去香風暖，正飛絮馬前撩亂。姮娥剪就緑雲衣，待來到蟾宫與换。」纔半闋即止。又一人白衣策馬自袁來，到王傍下馬揖王，立談曰：「今早承訪及。」遂復騎而去。王目送之，半里許，別有過者，指曰：「此乃仰山廟裏人也。」聳然驚寤。蓋神君之像，正著白道袍。明年王奏名，以兄訃急還，未獲廷對。亦驗一曲弗竟之意矣。十四年正月，赴殿試，至袁申禱，夢與友孫君同飲於盧溪市，孫曰：「爾飲酒與我同，做第二人却不與我同。」王曰：「吾固未嘗以第二自期也。」孫遽曰：「但願爾作狀元。」遂覺。廟廡下有一偶像，戴僧帽，謂之應夢道者。孫君生而禿，全類僧狀，故神假其人以告云。紹熙元年春，王赴鎮東簽幙，過謁廟，且具牲酒祭謝于獻亭。夢神君飲亭上，揖使居賓位，坐客數人，陰風肅然，昏暗如暮夜，仍不設燈燭。陡覺毛髮竦浙，黄校：疑誤。莫能辨同席者爲誰。聞殿上厲聲言：「來何遲？」未及答，而曰：「儘快，儘快！」恍惚而寤。蓋王當以去年四月之官，用家故稽留，愆期旬月乃得上。然蒞職纔二月，即召入館。此遲快兩句之證也。

黄戴二士

莆田士人黄裳，字伯華，與其友戴松，皆以紹興乙卯某月某日寅時生，並居郡中。少相善，既壯爲學，皆著稱。有客工論命，二士共邀之，使分別優劣。客歷閲家世平生，然後斷之曰：「二命大略相似，但黄君是呂本多一「正」字。寅時，戴君得寅氣淺，當是丑末，其發跡必在後。」退而告人曰：「品格皆絶低。黄雖勝之，亦不足道也。」既而戴但預薦，年不滿五十，不第而卒。黄入太學，登舍選。淳熙壬寅得免省，還閩守年，聞戴死懼甚。呂本多一「時」字。福唐黄司業定爲潮陽守，往訪之，飲酒無算，中夜感風淫之疾。而甲辰廷試期已迫，強舁病詣郡，鄉人爲賂邏卒及閽者，容其跛曳，三四人掖之造廷，及唱名，亦如之。雖幸列於四甲，竟不可參選，乃求岳祠以歸。歲滿無痊意，凡三任而終，年止五十八。是雖登科食禄，視戴布衣早殁爲不侔，然一紀殘廢，與死爲鄰，真不足道也。

雷震鷄

慶元二年六月八日，饒州大雷震霆。雙港巡檢營兵張發家，先育一雌鷄，本志將以償龍堂三牲願者，是日遭雷擊，初斷其足，自頭至尾中裂之。鷄之獲罪于神明，無自可問。然震雷輕用，其威亦淺矣。

許子交

許子交者，南康大庾游術寒士也。乾道八年，謁寶積寺僧，因留宿。時有醫士劉大用適在，寢於寺閑房。許居法堂上，半夜，連發聲驚魘。劉出呼之，僧亦來，許乃蘇。起語人曰：「爲一物甚重，登床壓吾腹，體冷如冰，暗中略不見有手足。吾困不能支，聞諸君踵至，始捨去。」僧云：「此乃寺後山下一巨石，每出現光怪，爲人害，無有宿客得安枕者。以其質幹頑重，未易除徙，故置之不問。」許坐而達明，急辭出，自是不敢復至。或曰：「石妖如此，非鑿破其稜角，他日將復爲孽。」僧以無力辭，而止。

解俊保義

保義郎解俊者，故荆南統制孫也。乾道七年爲南安軍指使。有過客且至，郡守將往寶積寺迎之，俊主其供張。日暮，客不至，因留宿。夜方初更，燭未滅，一女子忽來，進趨閑冶，貌甚華豔。俊半醉，出微詞挑之，欣然笑曰：「我所以來，正欲相就結綢繆之好爾。」遂升榻。問其姓氏居止，曰：「勿多言，只在寺後住。汝明夕尚能抵此否？」俊大喜，曰：「謹奉戒。」自是無日不來，仍從寺僧借一室，爲久寓計。經月餘，僧弗以爲疑，外人固無知者。時以金銀釵釧爲贈。俊既獲麗質，又得羨財，歡愜過望，謂之曰：「吾未曾授室，欲憑媒妁往汝家，以禮幣娶汝何如？」曰：「吾父官頗崇，安肯以汝爲婿，但如是相從足矣。」俊信爲誠然，而氣幹日尫瘠。初，貨藥人劉大用與之游居，亦訝之。俊不呂本多一「以」字。告。嘗兩人同出郭，遇遮道賣符水者，引劉耳語曰：「彼官人何得挾殤亡鬼自隨？不過三月死矣。」劉語俊。俊初尚抵諱，既而驚悟曰：「彼何由知？必有異。」便拉劉訪之旅邸。其人笑曰：「官員肯尋我耶？然幾壞性命。」留使同邸異室，而顧劉與之共處，撚紙符十餘道，使俊吞之。劉密窺之，見其作法魔呵之狀。二更後，聞門外女子哭聲，三更乃寂。明旦，俊辭去，戒令勿復再往寺中。諸僧後知其事，曰：「寺之左右素無妖魔之屬。惟昔年邵宏淵太尉謫官時，喪一笄女，葬於後牆之外，必此也。」自是遂嘗出爲僧患，僧甚苦之。遣僕詣武陵白邵，請改葬。邵許之，乃瘗於北門外五里田側。復出擾居者，又徙於深山，其鬼始絶。甲志所紀張太守女在南安嘉祐寺爲厲以惑解潛之孫，與此大相似。兩者相去三四十年，又皆解氏子，疑只一事，傳聞異詞。而劉醫云親見之，當更質諸彼間人也。

龍陽章令

鼎州龍陽縣，經寇攘之餘，井邑蕭條，居民稀少。令丞官舍，妖怪出没，至於白晝顯行。慶元元年，吴人章鵠來爲令，視事未幾，便若有所染著。每日退廳後，必命吏陳設堂西偏一室，施重簾複幕，望之絶暗，不許人輒窺。且具兩人匕箸飲饌，而不見客入，但聞語笑融怡。遇酒炙至，則自出取之，迨暮乃已。妻子問之，不對。神觀日以枯索，及冬而殂。既斂數日，廐卒夢其來，令備馬，告以鞭在宅堂，不可得。章曰：「我自取之。」是夕，一家人悉夢其入房，自攜鞭而去。明旦，所養馬無故而死，鞭失所在。章之子不忍剥馬，使埋於園内，俄亦出爲怪，繞縣舍四傍嘶鳴跳躍。一切之物，無原本以下闕五十字，今據吕本補。有不示變異。章氏既行，予姪孫儼作丞，素抱血疾，自是益甚，夜夜遭祟魅扣擊門户。予姪婦勸徙居，儼終不肯聽。次年二月，竟不起。

夷堅支戊卷第九〔八事〕

同州白蛇

同州自元符以後，常有妖怪出爲人害。皆言白蛇之精。官民多被禍，至于郡守，亦時隕於怪中。知之者無敢以作牧爲請。政和間，宰相之壻某必欲得之，蓋貪俸入優厚之故。相君諭之曰：「馮翊蛇妖甚惡，無以身試禍。」壻意不可抑，竟拜命往焉。交印之三日，大張樂，會官僚，忽顧諸娼曰：「我方視事置宴，汝曹當華飾展慶，顧乃著白衣，何也？」娼知其故，不敢答。宴罷卽病。明日，詢於客，對曰：「使君得非昨得眼眩，妄有所睹耶？實無此人。」其家走騎報於相君，相君白于徽宗，詔虚靖張天師往治，至則壻不知所之矣。到郡才十日，張召内外諸神，問蛇所在，皆莫到。繼呼城隍扣之，亦辭曰「不知」。張怒責甚峻，敕陰兵行箠鞭，楚毒備極，訴云：「彼物之靈，上與天通，言出於口，大禍立至。」張曰：「吾之法力，誅之有餘，今但欲得其窟穴。汝若不告，當先呂本多一「受」字。戮。」於是神俛首密白其處，張擇日詣之。去穴三里，結壇五層，其廣數十丈。壇成，悉集一城吏民，使居於其上，而領衆道士作法。初飛一白符，寂然無聞。次飛赤符，繼以黄符。良久，風雲勃興，雷雹四起，青氣黑煙，呂本作「青氛黑霧」。蔽滿山谷，見者危懼。少頃煙散，張持法如初。俄白氣滃于天際，或黄或紫，如是者四五變。壇上人盡顛仆怖哭，立待吞噬。張使人人口啣土一塊，以禦邪沴。遣取州印置前，語衆曰：「白蛇之神盡於是矣，必將自出。如越過五壇，雖吾亦不復有生理。苟不吾敵，則止於三層，邪不勝正，此邦當無憂也。」已而烈火從穴中發，漸及壇畔。大蛇呀然張口，勢欲吞壇，矯首素黄校：疑誤。空，高出望表，迤邐且近，引其身繞下層四五匝。張左手執州印，右手執玉印，端坐對之。蛇縮恧挫沮，進退不可，軀幹漸低摧，似若爲一山所壓，銜第三級而止。卽飛劍殺之。其後累累而出，小者猶如柱，幾數萬條。張曰：「首惡蓋牝者，種類實繁，此難悉誅，然亦不可恕，擇其爲孽者去之足矣。」顧父老壯勇者，解所賫刀劍，斬其如柱如楹者二十餘條。皆爲法力所束，帖帖受劍。其餘以符付神將驅出境外。又數日，率郡民視其穴，左右床，吕本作「有石床」。正中蓋其蟠憩之處。白骨山積，皆前後所啖食之人，臭聞百里，經月方息。虛靖爲漢天師三十代孫，平生不娶，京師將亂，潛出城還鄉。尸解，復隱於峩眉山，蜀人時或見之。天師嫡派遂絶，今以族人紹厥後云。

蔡京孫婦

宣和二年，太師蔡京府有奇祟染著。其孫婦每以黄昏時豔妝盛服，端坐户外，若有所待；已則入房昵昵與人語，歡笑徹旦；然吕本作「晡」。後昏困熟睡，視骨肉如胡越然，飲食盡廢。蔡甚憂患，吕本作「恚」。招寶籙宮道士治之，及京城名術道流，前後數十輩，皆痛遭折辱，狼狽乞命而退。時張虛靖在京師，密奏召之。才入堂上，鬼嘯於梁。張曰："此妖怪力絶大，蓋生於混沌初分之際，恐未易遽除。容以兩日密行法，若不能去，決非同輩所能施功，吾亦未如之何矣。"蔡問所欲何物，但令辦香花茶果，他一切弗用。三日後，詣蔡府，坐未定，有大飛石自梁而墜，幾敗張面。俄梁上一物如猿猱，笑謂張曰："都下法師無數，並出手不得。汝何等小鬼，敢來相抗？"張弗顧，但焚香作法。猱忽自左手第一指出火下燒灼之，張凝然不動，就火中加持良久而滅之。自第二指出火如初；五指既遍，復用右手暨兩眼；最後舉體發烈焰，滿堂熾然，不可嚮邇。張略無所傷，喜曰："祟技止此爾。"叱之使下，縮栗震慴，張納諸袖中。將起，蔡曰："可使見形大乎？"曰："大則首在空中，慮不無驚怖。"蔡固欲驗之，乃出而再叱，聲未絶口，已高數十丈。蔡懼，請救疑是「赦」字之誤，呂本作「急」。收之，遂復故形。蔡諭使誅之，不可，曰："此妖上通於天，殺之將有大禍。今竄之海外，如人間之沙門島，永無還期，譴罰如是足矣。"遂捨去。孫婦卽日平愈。時此老七十四歲。稔惡誤國家，呂本多「欺君罔上」四字。禍將及，以故變異如是。

海鹽巨鰍

紹興二十年四月，秀州海鹽縣並海之民，未曉將趨縣。忽聞海中歌謳之聲，歡沸盈耳。驚而東望，遥睹大舟從橫波間來，皆竚立凝俟。既近，見大鰕數十枚，各長丈許，策翼兩傍，隨之而進。少頃抵岸，則元非舟艫，羣鰕亦散。但一巨鰍困閣沙上，時時揚鬐撥刺，巍然而高，殆與縣鼓樓等，長百丈不啻，額上有竅徑尺，其中空空。傾邑傳聞，争來聚觀，接踵于道，以爲怪物，不敢輒犯。經日，始有架梯躡其背者。久而知無它異，兢臠其肉。又兩日，尚能掉尾轉動，遭壓死者十人。或疑爲謫龍，雖得肉，弗敢食。一無賴子先煮嘗之，云極珍美。於是厥價陡貴，至持入州城，每斤爲錢二百，涉旬乃盡。吾鄉祝次騫，時爲縣宰，命取其目，睛大如桃，光采可鑑，儼然雙明珠也。凡數日，水滴盡而枯。頷骨長二丈五尺，縣後溪闊二丈，祝遣人輿致，用以爲梁。每脊一節，堪作臼搗米；祝之宗人在彼，攜數臼以歸，至今猶存。識者謂鰍居鯨淵中，必嘗爲人害，故神明誅之云。祝長子東老，時年十一歲，親見之。甲志所書漳浦崇照場大魚，正此類也。

董漢州孫女

董漢葉本作「賓」，明鈔本作「濱」。卿字仲𦣝，葉本作「臣」。饒州德興人，娶於同縣祝氏。紹興初爲漢州守，卒於官。其家不能遽歸，暫居於蜀道。長子元廣，亦娶於祝，既除服，調房州竹山令，妻生二按下文，當作「三」，葉本、呂本均同。女而死。元廣再娶一武人之室，秩滿，挈家東下。與蜀客呂使君原注：不欲名。方舟偕行，日夕還往，相與如骨肉。繼室微有姿色，性頗蕩。元廣到臨安亦死。呂陽示高義，攜其孥復西，遂據以爲外婦，蓄之郫縣。而三女不知存亡矣。祝次騫以兩世宗姻之故，痛惻不去心，屬囑鄉人制帥王恭簡公訪求之，杳不聞問。葉本作「杳無消息」。乾道初，祝知嘉州，就除利路運使，正與呂爲代。惡其人，不俟合符，先期解印去，歲葉本多一「在」字。丙戌。其子震亨東老攝四川總呂本多一「幹」字。屬受檄來成都，塗經綿右。葉本作「州」。吳仲廣待制爲綿守，開宴延之，倡優畢集。一妓立於户椽傍，此句葉本作「中一妓傍楹而立」。姿態恬雅，不類流輩。東老注目，詢隊魁曰：「彼何人？」曰：「官人喜之邪？」曰：「不然，吾以其不似汝曹，故疑異而問耳。」曰：「是薛倩也。」未暇應，吳適舉杯相屬，辭以不能飲。吳責隊魁，必使勸酧。魁笑曰：「若欲總幹飲盡，非薛倩不可。」吳亦解顏曰：「素識其人乎？」曰：「前者未嘗到大府，何由與此曹款接？但見其標格如野鶴在鷄羣，非箇中人，所以扣諸其長，無他意也。」吳即令侍席。因密諗之曰：「汝定不是風塵中物，葉本作「人」。安得在此？」始猶羞澀不語，久乃言：「明鈔本多一「我」字。本好人家兒女，祖父皆作官。不幸失身辱境，只是前生業債，今世補償，夫復何說！」東老矍然有感曰：「汝祖汝父，非漢州知州竹山知縣乎？」倩驚泣曰：「吾官如何得知？」東老曰：「汝母是原本作「汝」，黄校改爲「是」字，葉本作「姓」。祝乎？乃我姑也。吾聞汝母子流落，尋覓累年，葉本多「未嘗少置懷抱」六字。不意邂逅于此。」又歷道所從來，此句葉本作「又歷詢所由」。乃知昨爲繼母鬻於薛媪，得錢七十千，今在籍歲餘矣。語竟，不覺墮淚。一座傾駭，争致問。東老曰：「其話甚長，兹未可以立談盡，他日當言之。」酒罷，歸館舍。翌日，倩偕其母來，吳守亦至。因備述本末，丐爲除籍。吳曰：「此易爾，事竟如何？」曰：「正有望於公。其人於震亨爲表妹，必嫁之。當以此行所得諸臺及諸郡餉贐爲資送費。今且托之於合人間。」上三字黄校疑誤，葉本、呂本均作「令人所」。吳笑曰：「天下義事，豈應一人獨擅。吾當以二十萬錢助之。」東老遂往成都，越一月復還，合所得爲五十萬，悉付倩。吴喜曰：「已爲擇一佳壻，卽嫁之矣。」壻姓史，失其名，次年預鄉薦。又物色其兄弟所在，運使皆賙以生理，漢州之後，賴以不絶。

嘉州江中鏡

嘉州漁人黄下文均作「王」，葉本亦作「王」。甲者，世世以捕魚爲業，家於江上。每日與其妻子棹小舟，往來數里間，網罟所得，僅足以給食。它日，見一物蕩漾水底，其形如日，光采赫然射人。漫布網下取，卽得之，乃古銅鏡一枚，徑圓八寸許，亦有琱鏤琢尅，上二字葉本作「瑑刻」。故葉本作「固」。不能識也。持歸家，因此生計浸豐，不假經營，而錢自至。越兩明鈔本作「四」。歲，如天雨鬼輸，盈塞敗屋，幾滿十萬緡。王無所用之，翻以多爲患，與妻謀曰：「我家從父祖以來，漁釣爲活，極不過日得百錢。自獲寶鏡以來，何啻千倍？念本何人，而暴富乃爾！無勞受福，天必殃之。我惡衣惡食，錢多何用？懼此鏡不應久留，不如攜詣峨眉山白水禪寺，獻於聖前，永爲佛供。」妻以爲然。於是沐浴齋戒，卜日入寺，爲長老説因依，盛具美饌，延堂僧，皆有襯施，而出鏡授之。長老言：「此天下之至寶也，神明靳之，吾何敢輒預！檀越謹置諸三寶前，作禮而去可也。」王既下山，長老密喚巧匠，寫倣形模，别鑄其一。迨成，與真者無小異，乘夜易取而藏之。王之貲貨呂本多「自是」二字。日削，初無横費，若遭巨盜輩葉本作「輩」。竊而去者。又兩歲，貧困如初。夫婦歸原本有「咎於」二字，葉本、吕本、明鈔本同，黄校删。棄鏡，復往白水，拜主僧，輸以故情，冀返元物。僧曰：「君知吾向時吾不輒預之意乎？今日之來，理之必然。吾爲出家子，視色身非已有，況於外物耶！常憂落奸偷手中，無以藉口，兹得全而歸，吾又何惜！」王遂以鏡還，不覺其贋也。鏡雖存而貧自若。僧之衣鉢充牣，買祠部牒度童奴，數溢三百。聞者盡證原鏡在僧所。提點刑獄使者建基葉本作「臺」。於漢嘉，貪人也，認爲奇貨，命健吏從僧逼索。不肯付。羅致之獄，用楚掠就死。使者籍其貲，空無儲。蓋入獄之初，爲親信行者席捲而隱。知僧已死，穿山谷徑路，擬向黎州。到溪頭，值神人，金甲持戟，長身甚武，叱曰：「還我寶鏡。」行者不顧，疾走投林。未百步，一猛虎張口奮迅來，若將搏噬。始顫懼，探懷擲鏡而竄。久乃還寺，爲其儔侣言之。後不知所在。意所隱没，亦足爲富矣。隆興元年，祝東老泛舟嘉陵，逢王生自説其事，時年六十餘。右五事俱祝東老説。

黄師憲嘉兆

林開三命，世俗日者多託其書以自附，然初未睹厥真也。宣和間，其人在京師，莆田黄（原誤作「王」，據標目改。）至一静以太學上舍登科，除祕書省正字。嘗邀之論命。長子方齠齔，立於旁，亦漫令談休咎。林曰：「此兒科名遠勝君，至究竟處，但只相似耳。」其後至一終於朝奉郎。長子者，師憲也，狀元及第，然亦僅至郎官而止。憲初發鄉舉時，以紹興五年試南宫，既出院，夢題院門曰：「依舊家山萬里，重新場屋三年。」是歲本中優選，以誤用韻榜罷。八年遂冠省闈，以無廷對，擢居正奏第一。先是其伯父夢神人告曰：「君家有此雙名玉，天下流傳第一人。」又鄰人王氏，夢其居挂金符，榜曰狀元坊。自謂子孫必應兆，每誇語於里閭。久而益貧，遂貨於黄氏。不數年，師憲捷書來。初命名時，蓋慕東漢隱君子鼻祖叔度之爲人，已而年壽纔止於四十八，與叔度同。

胡邦衡詩讖

黄師憲魁省闈時，胡邦衡以樞密院編修官點檢試卷，得其程文，黄袖啓謝之，有「欲治之主不世出，大名之下難久居」之語。胡雖賞其駢儷精切，而訝「難久居」之句爲不祥。後胡獲罪來福州，黄致子魚紅酒爲餉。胡報以詩曰：「盈尺子魚來丙穴，一瓶女酒敵新州。」自言以子對女、丙對新爲工。蓋新興酒絶佳，閩人重之，故形於詩句。未幾，胡再謫新州，黄亦不至達官。所謂難久之詞，皆先讖也。

雷斧

黄宋泳永，莆田人，師憲狀元之從兄也。幼時戲於廳，正晝雲雨晦冥，雷震轟轟，繞柱穿屋葉本無「屋」字。壁而過。家人意其驚怖，争出尋之，元在戲處端坐，無所覺也。得一斧，長三寸，非鐵非石，鑿小孔而無柄，蓋雷神所執而誤墮者。諸人傳玩未已，黄持入藏之。雷復至，似訪其物，不可取。俄頃開霽。宣和間，黄以童子入京，蒙召對，賜五經及第，仕止郢州通判。斧至今存。

夷堅支戊卷第十 十一事

宋都相翁

長安李履中復，以元豐元年十月將適淮楚，維舟於宋都城下。旁有他舟，舟中一客如世俗道人者。李熟視之，見其面目光徹，目中白輪如十歲小兒，五色微碧。是時天晦微雪，水風甚寒，但披破布綿裘，草履不襪，膚體不起粟，神全氣充。越兩日不見飲食。疑其收陽內養而有所得也。呼問其舟人，云十餘年間三次來附載，顏色不改。惟蓄藥一大瓢，更無他物。遇泊舟則攜瓢入市，晚即醉歸，不知所貨何藥。但聞能知人過去未來事，無一語失，因此稱爲相翁。李遂召之，凡三召方至。與坐，問其姓，笑曰：「君問甚姓？」乃扣其攝生之法，再三，始言曰：「無用求人，無以與人，多夜早上（二字黃校疑誤，呂本作「花早」）。落，天藏其明。」謂李請謹行之。旋飲以酒，稍款熟，又詢其人倫之學，即曰：「載真神靈，可見鬼神；紙上糟粕，翳目枯精。君來年得官，銓選八年改官，預錢穀軍旅者二十五年，因論事得對爲郎官，又爲主計官。當權者遷怒，枉退閑十餘載。晚悟性命之理。」方客談話之次，時時囁嚅於口吻間，不可辨。李默意其有異於人，因告曰：「使予於性命之理脫然有悟，子或可來訪。掃室共醉，以盡平生，豈不樂哉！」將行，請記其氣，「氣」字疑誤。李亦酒酣，漫録以贈之。後不知再見與否。李果以次年時彦榜登第，所說升沉禍福多驗，官至中大夫集英殿修撰。

金谷户部符

金堪，湖州安吉人，初名谷。淳熙庚子入州學義勝齋。當元夕，諸生盡告假出游，金獨坐讀書。夜半就寢，夢在家居燕凡，黄校：疑誤。吕本作「几」。有一皂衣若縣胥者揖廷下，持片紙前白曰：「有引追秀才上供折帛。」形容蹇倨，且含怒色。取視之，字絶草不可辨。愠其追呼無禮，率爾答之曰：「我自有尚書户部符在此，汝何爲者！」回顧坐右，書案間文帖成沓，果得符，即出以示。皂衣悚謝而退。明日以告同舍生，皆莫曉。江陰何洗吕本作「浣」。適在學，爲釋之曰：「科舉屬禮部，銓選屬吏部，今云户部，而轉運司實隷之。得非諷吾人嘗漕臺牒試乎！」金欣然經營半歲餘，既而謀不諧，只就鄉舉。榜未揭數日前，又夢到一都會，過大石橋前，有甲第一區，垂楊夾道，門觀華赫，頗似政府。正行橋上，遇報榜四輩，踉蹡而言曰：「金堪得。」夢中應之曰：「我自名谷。」既以堪名，漢有張堪，吾當改字爲張仲矣。」遂寤。及榜出，亦不利。念二夢俱不然，殆進取未如意，爲鬼神所戲罔。至于癸卯，復赴舉。沉思故夢，往來厥心，將更名，又未決。往禱祠山廟乞籤，籤曰：「因借吹噓送上天，縻官榮爵驗前緣。音書千里無邀阻，那更相逢八月邊。」遂以堪名納卷，旋預計籍。甲辰省試，以正月九日與諸人詣貢院，觀宣押考試，吕本多一「宣」字。而王宣子以户部尚書知貢舉，躍如有會於衷，料四年前部符之兆，其應不疑，果登第，再調爲復州推官。禹姪爲復州守日録。

余程守婚約

余元量初妻張氏，既没一年，淳熙甲午之春，再議同縣何衝程氏女。既問名結約，擇日納采，而爲讒口所間，罷不成。數月之後，兩家皆息意矣。余别有所議，未堅定也。夜夢舊先生董守約來，持白紙狀一通示之。問何書，曰：「此年命月日也。」遽展視，見當中大書一程字，其傍小字數千，如蠅頭。未暇閲讀，而董掣去之，曰：「所欲報汝只此，無用盡觀。」遂寤。明日，詣董言夢。董於是事初無所豫，又平生未嘗與人作媒妁，指爲荒忽杳茫之談，但相對一笑而已。既而程姻復尋盟，始悟守約者，若令守舊約也，神假其名以曉人云。小字者，疑紀其一生休咎，故不使得見耳。

程氏買冠

浮梁臧灣士人臧慶祖，娶妻程氏，恩義甚篤。程年不及三十而亡，臧念之不替。每日上食靈几，必自設匕箸於側，與相對飲饌，夜則寢其幃室，雖葬畢亦然。嘗往田舍收租，祝之曰：「我今出西莊，暫捨汝去，勢須留一月。已戒某妾謹潔供饍矣，無用戚戚。」遂行。有商客從臨川來，尋常以篦頭釵鑷就灣中販鬻者。客時到其家，程在簾下呼問：「有何物？」具以名色對。取而視之，擇買魚枕冠一頂，曰：「要錢幾何？」曰：「千五百。」程曰：「年年買爾物，物有所值，何必索價？償爾呂本作「七」百可乎？」客初未肯爲市，徐念往來此地歲久，人情習熟，誼不應校，即留冠受直。暮還旅店，就主人語歎幹運之難，曰：「今日趨走營營，只是細一官人宅買得一冠耳。交易費力，銷折本錢，去住無門，將若何而可？」主人言：「你且漫説本利，定見鬼，彼家孺人已歿，人口至少，那得更有婦女尚買冠子！」客意貌惶擾，拊腰間布囊，摸所貯錢，頓覺怯薄。出而觀之，錢形固在，而絶輕。投諸溝水無聲，且浮而不沉。極驚異，亟再詣臧宅，審正晝語言處，儼然如初。一妾出，扣所以至。客以事告，妾曰：「吾娘子下世，只我與兩箇小兒共處，誰買汝冠！豈誤耶？」客猶不深信。請入堂訪，只見原冠在靈席上。悚愕而退，汗下如雨，反視水中錢，成爛楮矣。

回香院鷄

景德鎮管下有小刹名回香院。紹興中，山主育一黄牝鷄，不蓄雄。僧老而饞，但冀日得一卵以供饌耳。天將曉，必躬持米一勺，水一器，飼諸栅中，始親出之。幾兩歲久，益以肥澤。當秋夕，僧夢婦人著黄衫呂本多一「泣」字。拜床下，斂袂請曰：「老新婦欠院家錢，逐日旋還了。餘欠只七金，按「金」字似當作「錢」。乞放此身去。慈悲寛捨之恩，不可勝言矣。」覺而忘之。至曉如常時以水米至栅，則鷄已僵死。僧咨惜不已。令童奴攜至後牆上，擬俟晨餐毻燖煮，以備不時之客；若無客不妨飽飫。俄二丐者來覓飯，僧曰：「恰淘米欲炊，恐難相待。」丐指鷄欲買，僧靳之，未遽從。

丐曰：「此鷄或是喫毒蟲得病，既已死，不宜留。幸有見錢七十，願付我，使暫一知肉味，亦師之賜也。」乃許之，而度其必無所酬。丐探篋中，惟存七錢，自相尤責曰：「早來方收拾得七十錢，穿得一串，藏護甚謹，此外又求化得此七錢，不在數内。今而失之，真不可曉。」僧猛省夕夢，命取鷄去，而用所償七錢付小僕，使爲撞鐘拔度。予謂鷄化爲媪婦，見夢乞命，或稱别去者，多矣，諸志亦屢有之。此段乃有丐者一節，映帶爲助，特覺新奇也。

蕪湖王氏癡女

臨川王氏支派，有散居蕪湖者，生計贍足。其一無嗣而亡，有女及嫁，而心識不惠，不可外適。訪得族姑嫁劉知縣者，漦寓鄱陽，子未娶，年時相侔，且故爲中表，其母遣媒幣往來平章之。既成婚，贅劉子於家，所挾奩具甚厚。姑率累繼往，王氏月給錢米以奉之。女雖不諳曉人事，而憑仗婢媵，晨昏定省，亦於禮無違。居之三年，劉之家貲在饒者爲惡壻所蕩，至售其妻爲人侍妾。劉母因求還整葺生涯，且營錢贖厥女。劉子留連浸久，不復有東下意。王女信信趣之，似嫌其癡，積歲託故，呂本多「不至」二字。王無以爲依，怏怏而死。劉遂别娶婦，而中心常若有負者。慶元二年，忽生疽於背。始猶飲酒食肉自若，瘡日劇。劉母年將九十，泣守其傍。劉略不顧接，亦不與他人語，但時時悲叫曰：「姐姐少緩我，容我相隨去。莫苦我。」醫巫在前，莫知爲何等祟孽。唯母憂之。病逾月，竟不起。王順伯視其母爲姑，爲區處其後事，且捐俸濟之，僅苟活而已。

梁執中

鄂州將官梁執中，不知何許人。紹熙元年六月，在公廨晝寢，夢故人崔子明者來相見。雖夢寐恍惚，而知其已死。凡語言應酬，間以諧笑，只如生時。久之，乃問曰：「君今應在冥間，不審作何職事？」曰：「吾之所掌，世人生死文簿也。」梁曰：「然則我之脩短，君必知之。」曰：「固然。」曰：「試爲吾檢看，庶可一觀，獲知前程所屆。」崔曰：「無傷也。」命吏卽檢索。俄持簿至，崔繙閱再三，且注目細誦，不以示梁，亟掩之。問其故，曰：「不須看得。」祈扣備至，始言曰：「君之壽纔得五十四歲零十三箇月半耳，以其不甚永遠，故不欲奉告。」遂揖而別。梁覺而省憶，密書於策。其生也，歲在己未二月三日。是歲庚子，五十二年矣。以來日苦無多，頗不樂。然亦不以爲異。後三年二月，得疾，殊不佳。告家人曰：「病勢如此，料必應昔夢。」是月十六日果卒。蓋已挂五十五歲，比冥數踰其一。又閱正月并二月之半，所謂十三箇月半者，此焉。价孫録來。

朱南功

朱南功，字元勳，湖州安吉人。自幼嗜書，博覽強記。目之所歷，意之所會，皆手自抄寫。諸子百家之書，摘奇會粹，名曰「筆耕」，曰「諸子粹言」。紹興丙子歲，始預州貢。既而退飛不偶，常客于諸公貴人之門。趙公碩彥膚與爲友壻，既持閩使節，招致於館舍，論心莫逆。淳熙甲辰，三就免舉試。先兩月，方從閩歸，而平生所作文，多不涉舉業畦徑。正月至臨安，寓脩文巷邸道陌邊，枉不與流輩往還，滿意焚舟一戰，以償夙志。省試罷，一夕，夢大神金甲煌煌，儀矩甚偉，持黑牌入室，其上唯書一福字，掛於壁。初時絶明白，須臾隱滅，與牌俱黑，遂悟。按「悟」字似當作「寤」。意以神告福字爲嘉祥，稍語所善者。或疑字滅於黑，其兆當不得大佳。已而下第，勉應特恩，又入第五等，乃授福州助教。其時已六十三歲，不可納敕，乃拜命。未幾而卒。

李汪二公卜相

李仲永赴政和戊戌廷對罷，卜者某人云：「君必居魁甲，全與黄裳狀元等。」既而曰：「恰所言小誤，黄公入乾元祖土格，君乃坤元祖土，差不及之。然故不失十名前也。」及唱第，名在第七。紹興乙卯，臨安有相士，曳一牌，長三尺，題云「尋今年狀元」。汪聖錫省試罷，與同輩十餘人在茶肆。吕本多一「士」字。熟睨户外，趨而入，注視汪不瞬目。起執其手曰：「吾求大魁久矣，乃在此耶。」訪館寓所在，隨以往，丐一紙書其事，曰：「吾言不妄，當與我五萬錢。」汪弗許。同舍勸勉，於是爲之書。士置其牌於汪館曰：「從今不復出，指日俟捷耳。」汪是歲省闈第九，繼冠多士，如其言。李智仲説。

胡畫工

浮梁畫工胡生，居於縣市，其技素平平。邑人葺城隍祠，付以錢，使繪門衛二神。胡生嫌所得之微，視其直斟酌，但作水墨而已，衣冠略不設。夜夢二巨人，長七尺，儀貌雄偉，而衣裝極敝惡，謂曰：「我二人蒙君力，獲所依憑，需受香火。獨恨被服不如法式，不爲人所禮。願君復加藻飾，必有以報，使技日進而名益彰。」夢中恍惚許之。已覺，而未暇研究。經旬日，因過彼處，遥望兩像，宛如故知，瞿然悚悟。即日買金箔五采，自施工藝，繪黄金甲，執金鉞，冠帶整嚴。見者悉加瞻敬，而不以夢告人。後夢其來，威容凛凛，服與貌稱，感謝至再三。自是胡日以稱遂，求者接踵。至於嫁女文繡，只以畫代之。里巷遭疫癘，無一家不病，胡氏獨免。或疑爲挾它術，始道所遇於此。紹興中事，胡今已死，神像尚存。

凌二賭博

浮梁西村民凌二，世世業農。翁子次子小二者，上「子」字疑衍。獨嗜賭博，雖日撻不悛。遇一客，言能卜筮，以一神像畫卷并一香爐自隨，每事必祝。凌子往扣某日勝負，客曰：「今夕勝五百錢，盈數即止，不可過也。」已而詣山寺，從其徒夜博，果得錢如數。默念此戲不可不求援於神，即再謁客致謝，而舉所贏買酒縱飲，伺客醉卧，負其兩物歸。客不敢訪尋，狼狽而去。凌敬其所奉，動輒如意。因設誓俟滿五百千，當整治生涯，不復仍舊習。凡數年，貯儲過半，而二親繼亡。殯葬之費，於此乎出，爲之蕩然。又積之至四百千，而一子與人鬭，人自戕。厥母以爲此子殺之，拘鞫囹圄，盡耗其貲，乃獲明白。遂至于三，及四十八萬矣，一夕遭火，悉爲煨燼。是時凌年過五十，無復可營，既死。其別子差能自立，嘗爲毒蛇嚙右手，自斷其臂，得不死，今猶在云。右二事亦張子理説。

夷堅支庚序

起良月庚午，至臘癸丑，越四十四日，而《夷堅》支庚之書成，凡百三十有五事。稚子捧玩，躍如以喜，雖予亦自駭其敏也。蓋每聞客語，登輒紀録，或在酒間不暇，則以翼旦追書之，仍亟示其人，必使始末無差戾乃止。既所聞不失亡，而信可傳。又從吕德卿得二十説，鄉士吴潦伯秦出其廼公時軒居士昔年所著筆記，剽取三之一爲三卷，以足此篇，故能捷疾如此。聊表篇首，以自詫云。

慶元二年十二月八日序。

夷堅支庚卷第一 十二事

鄂州南市女

鄂州南草市茶店僕彭先者，雖廛肆細民，而姿相白皙，若美男子。對門富人吳氏女，每於簾內窺覘而慕之，無由可通繾綣，積思成瘵疾。母憐而私扣之曰：「兒得非心中有所不愜乎？試言之。」對曰：「實然，怕爲爺娘羞，不敢說。」强之再三，乃以情告。母語其父。以門第太不等，將詒笑鄉曲，不肯聽。至於病篤，所親或知其事，勸吳翁使勉從之。吳呼彭僕諭意，謂必歡喜過望。彭時已議婚，鄙其女所爲，出辭峻卻，女遂死。即葬於百里外本家。山下樵夫少年，料其壙柩瘞藏之物豐備，遂謀發塚。既啓棺，扶女尸坐起剥衣。女忽開目相視，肌體溫軟，謂曰：「我賴爾力，幸得活，切勿害我。候黄昏抱歸爾家將息，若幸安好，便做你妻。」樵如其言，仍爲補治塋穴而去。及病愈，據以爲妻。布裳草履，無復昔日容態，然思彭生之念不暫忘。乾道五年春，紿樵云：「我去南市久，汝辦船載我一遊。假使我家見時，喜我死而復生，必不究問。」樵與俱行。纔入市，徑訪茶肆，登樓。適彭擕瓶上。女使樵下買酒，亟邀彭並膝，道再生緣由，欲與之合。彭既素鄙之，仍知其已死，批其頰曰：「死鬼爭敢白晝現行。」女泣而走。逐之，墜於樓下。視之，死矣。樵以酒至，執彭赴里保。吴氏聞而悉來，守尸悲哭。殊不曉所以生之故，并捕樵送府。遣縣尉詣墓審驗，空無一物。獄成，樵坐破棺見尸論死，彭得輕比。雲居寺僧了清，是時抄化到鄂，正睹其異。《清尊録》所書大桶張家女，微相類云。

丁陸兩姻家

德興民丁六翁，與同邑陸二翁爲姻家，其居隔一都，皆致力農桑，爲上户。陸一弟客游它鄉，二十餘年而歸（原作「婦」，據周本改。），從兄析貲産。兄靳之，訟于縣，乃盡斂金帛浮財，寄諸丁氏。凡田園之在契券者，一切中分，事始息。未幾，陸訪丁索所藏，丁曰：「君兄弟争訟方竟，遽取物歸，萬一彰露，是自啓禍端。我亦當受追逮證左之撓，且牽連獲罪矣。宜更少留吾家，徐取之未晚。」陸喜謝，以爲誠言。過兩歲，復扣之，則讕詞抵觸曰：「君蓋戲我。安得寄橐如是而無片文隻字可憑？盍理于有司？」陸雖知丁已萌掩有之志，念終不可泄漏以招弟訟，但隱忍茹苦，怏怏而殂。丁即往奠哭，唁其諸子。及還家，望陸翁坐其廳上，見丁至，叙謝款曲。丁曰：「親家已亡，何爲在此耶？」陸曰：「我以君乾没寓貨，飲恨而死，故來取之。宜悉以付吾兒，不然，斷不相捨。」丁曰：「身履冥路，須財何爲？今當廣集僧徒，多造佛果，爲資它生福助何如？」陸不可。往復辨詰，奮然而起曰：「我去矣，汝自商量。」遂隱不見。丁心知不義，然貪得弗改，終不肯償。後數月，陸白日來，怒駡曰：「我爲汝故隕命，固已弗問，但令返我元物，開諭周悉，而略無悔意。相與證于陰間耳。」丁氏子弟在傍，共聆其語。少頃，捽丁仆地死，家人扶救之，已無及。縣士鮑栖筠說。

詹村狗

德興詹村田舍民牝狗生子。民至貧，自無以食。狗之子母，終日無所飼養，皆瘦悴骨立。相去半里鹿坡王氏，求其子歸，飫於糟糠。每日竟，卽掉尾返故處，嘔出所餐以哺母，至暮復然，雖風雨不輟。彼鄉士人爲賦《孝狗歌》，屬和者盈卷軸。其一篇云：「慈烏反哺古所稱，不聞乳狗能效顰。鹿坡王氏世吉人，乞得乳狗於良鄰。良鄰家貧併日食，狗母長飢骨柴立。乳狗食竟掉尾歸，嘔食餵母使母肥。朝餐歸嘔暮復續，獸類之中潁考叔。紛紛養志多缺如，慚愧四足之韓盧。」言語雖未工，足以垂訓薄〔原無「薄」字，據周本補〕俗，故表出之。

夏氏燕

德興士坑夏氏，乃支己所書二瑞者。其族子某，不學無識，每飲酒後，好張弩挾彈，亂射飛禽。翔集往來者，無不被害。雙燕巢於梁間，戲射之，遂斃其雄。門外有陂水，雌者見雄死，啁啾悲鳴，徑投水中而没。客聞而作歌傷之曰：「燕燕于飛春欲暮，終日呢喃語如訴。但聞寄淚來瀟湘，不聞有意如烈婦。夏氏狂兒好游獵，彈射飛禽類幾絶。梁間雙燕啣泥至，飛鏃傷雄當兒戲。雌燕視之兀如癡，不能人言人不知。門前陂水清且泚，一飛徑溺澄瀾底。傷哉痛恨應未休，安得化作吕氏女，手刃其頭報夫仇。」注云：許升者，爲盜所害，後刺史得盜，升妻吕氏，手斷其頭，歸以祭夫。此事出《後漢·列女傳》。

清泉鄉民

淳熙十年，南康建昌縣旱。民告於軍司户張玘子温，受牒檢視。清泉鄉人李氏名田數百畝，皆成熟，不肯陳詞。閭社交徧責之，謂其立異。李曰：「投訴當以實，我家田不旱，豈應欺天欺人且自欺乎！必不可。」衆之桀惡者曰：「今一鄉稱旱，而君獨否，官司必以它人爲妄。是獨善其身而貽害百室也。」李猶持前説。於是倡率惡少，夜抛磚石擊其扉及屋瓦，呼譟徹旦。固未逞志，遂公肆言恐之曰：「先焚爾廬，次戕爾族。」事到有司，不過推一人償命耳。」李不獲已，亦隨衆自列，得以分數蠲租爲錢六萬。既而悔之曰：「禾穀不損而强我如此，何以俯仰於天地之間！」顧已無可奈。乃邀道士數輩，用所免之數建醮筵以謝過，示不以無名之利葉本作「財」。自潤也。明年秋，此鄉復旱，無毫釐之收，唯李田高下皆得善熟。子温説。

洪先輩鼓

鄱陽洪舜臣，習《毛氏詩》，獲鄉舉後，連試不利。考其學業在可上可下之間，此句葉本作「在上下間」。然夙精五行書，尤善推星數，自期不薄。里中多戲之曰：「君幸得恩科一官，著緑袍足矣。」掉頭笑應曰：「吾星限已定，必取正科。」鄉里士俗，大家好葉本作「多」。蓄鼓，遇昏姻盛禮，召會賓客，則椎擊集衆，且爲讙欣。或見一持鼓求售者，洪捐五千錢買之。其家無餘資，皆疑爲非所急。洪曰：「候來報省牓日當用之矣。」聞者益傳以爲笑。慶元二年，以免解入都，戒其妻曰：「到三月間，多釀酒，準擬犒報牓人及待賀葉本作「賓」。客。」至期，鼓在架上，不擊自鳴者三，其聲振徹於外。向之笑者異焉，果登第。浮梁李一鳴說。

黃解元田僕

蘄春縣大同鄉人黃元功，富室也。佃僕張甲，受田於七十里外查梨山下，紹熙初無疾而死，體未全冷。妻已治棺三日，不忍殮，但泣守其側。忽起坐言曰：「我承得文引一道，差追黃解元。可速具食，仍買草鞋一雙。」妻不敢問，即辦之。張元不下席，而飯自空，鞋失所在。復瞑目。明日又寤，謂妻曰：「到黃宅門撞著法師在彼，守候甚久，入去不得。今須索展限，汝更安排飯與鞋。」既而飯亦空，鞋亦不見，張冥冥弗語。明日復寤，曰：「黃宅設醮，道士持誦行法，更不可近前。」又要再展限，於是一切如前。及寤，有喜色，雙履皆破，云：「道士雖去而婦女滿室，守定病人，依還取他不得。若更空回，是出違第三限，必遭刑責。正憂撓無計，偶見渠廊上有鼓，我極力推下，三聲震響。婦女盡出看，遂乘虛入房，方始追得，見押在路。今次真與女相別，從此長往，不復甦。」黃解元者，即元功也。當張僕三度往追時，已幽明異塗，不憶爲主人矣。妻後詣主家訪其事，皆然。光贊叔說。

蘇相士

淳熙十二年冬，予以待制修史，假道山堂前日閣負暄。沈監虞卿遣相士蘇生來，王敬甫正字繼至，蘇語予曰："待制十日内，當有鞶帶之錫，却不濟事。纔到立春日，有遷陟之喜，名爲異恩，亦不甚緊要。然舉朝皆無之，是爲可慶。"吾自不能曉也。敬甫求相，蘇曰："早來飲酒耶？"曰："昨夕赴李侍郎晏集，方爲酒困。"蘇曰："神采已昏，當俟它日。"予出局，蘇來見曰："王正字前程殊不甚好，難以明言。幸其宿酲，姑詭辭以卻。酒之爲害，但能敗一二分氣色，其於骨法本不相妨也。"及二十八日裏見北使，予嘗借按"借"字似"偕"字之誤。學士出聘，故循例關左帑金帶趨朝。明年正月初五日，以光堯太上慶壽，肆赦文武臣，悉理三年磨勘，唯禪位已前曾任侍從兩省以上者，各轉一官。時侍從已盡，但兩省官三人〔原無"人"字，據周本補。〕存，史魏公自以八十拜太傅，王宣子居憂，予獨忝轉通奉，中外皆無與此者。敬甫旋補外。蘇生之言，奇驗如此，然他言皆不一中云。

林子安赴舉

鄱陽士人林子安，居於石門。紹興三十二年秋，入州赴舉。行半程，飯旅店，逢一客某州教授者來，相與講禮。客蓋謀爲饒試官，欲從坑冶使者魏彦成求薦牘，因從客問林曰："魏户部何如人？"林曰："子安與之姻戚，其人慷慨急義。"客有喜色，屏左右，延〔原無"延"字，據周本補。〕林入室，置酒輸寫胸臆，曰：「君於魏託契厚薄何如？某今實涖試於饒，君苟能致力，則當任一舉之責以爲報。」林悚然弗敢承。至於再三，始請其説。客詢所習經，以《尚書》對，客曰：「某正用《書》登第。嘗擇題目難控摶者，爲答義三道，不曾示人。兹以相授，幸藏之勿泄勿失，便當以此三題試舉子矣。」林捧接愧謝，且而告别。洎入舉場，教授者搜此卷不見，遍訪它房索之，亦無有，殊以負負。纔出院，林往謁之，白曰：「蒙先生成就之意甚厚。適試前一日，忽得疾，極危困。及明，朋友邀勉挽掖以進，而頭如受斧，寸步莫前，遂成空返。所以留連未還里者，須先生之出，達此謝意。雖云無成，直與受恩等耳。」竟爲力禱魏公，得一章與之。林生之高義如此，只終於布衣。其子憲，頗修飭，嘗預鄉書，晚歲方得官，爲道州永明尉。張子温説。

張主簿墓僕

鄱陽人張主簿嘉績，字成叔，有父墓在東關外十里。其守僕曰裴九，裴之姪壻曰胡三。淳熙十三年八月，采菱於上湖，夜歸，冥行小徑。遇男子十數人，暗中不能認面目，同聲語曰：「大家去魏八郎宅赴會。」胡不肯行，曰：「要將菱角歸家，事持洗滌，赴絶早上市。若連夜赴人會，定到曉。又不與魏八郎識知，元不曾見招，豈可上他門户。」衆皆怒，捽拽行六七里，至薦福後山松林，倒縛於樹，毆擊無數，乃去。裴氏一家終夕呼索，及明日巳午間始得之，已昏困不醒。救灌移時，方能話所見。魏氏者在城内，今夜設水陸云。張子理説。

潭州府治

黄繼道樞密，乾道初知潭州，其姪瓌并婦侍行。黄公無子，瓌每夕陪隨，率二更後始反室。一夕，歸差晚，婦已就寢。見一男子立帳外，異之，且疑爲外間卒史竊入，乃趺坐户側，潛伺所爲。其人已覺，踸踔而出。急逐之，過窗下不見。彼處有芭蕉數十叢，葉高出屋簷，遮蔭甚廣，晴晝蔽虧，不睹天日。瓌意其幽陰召怪，悉命芟除，獨餘根株。至暮，其長如初。凡三伐三生。於是爇火焚之，臭徹于外。發其下，得大穴一所，光潔如掃，頗爲深迴，蓋蛇蛋輩所居也。運土數百擔，築塞使平，怪不復作。子中孫説。

臨安税院

臨安府都税院中有神祠，名爲田相公廟，初不知何神也。每歲正月，必設醮一席以奉之。慶元二年，院吏以寬餘錢絶少，不能辦集，乃置弗講。俄有蛇，當未驚蟄之前，出於像下，屈蟠張口，殊不畏人。一院相顧悚栗。因言頃年亦曾如是，而又差大，於兆爲不吉。亟裒率公私，以暮春修故事。既非諸人本心，殊極菲略。至五月，二吏坐罪黥配。十月中，車駕詣景靈宫，税院官吏迎於道傍，而令婦女觀看於起居幕次内，遂爲邏卒所糾。越三日，有旨，監官佘玠、錢萃皆放罷。人以爲蛇禍之延，疑亦偶然耳。玠，吾甥也。

夷堅支庚卷第二 十事

妙因僧子深

池州貴池縣下有妙因寺，律刹也。僧子深主之。壯歲游方參請，涉歷弗倦，而飲饌之間，不擇葷素，皆以爲汎汎常流耳。乾道九年九月九日，所善柯伯詹過之，留飲數盃，將徹，忽語詹曰：「子今日爲我證明。」詹曰：「聞師説此事久矣，只恐未必了得。」深作色言：「吾今撒手便行，不比常時。子盍小駐？」卽入寮中，使童行鳴鼓集衆，已則端坐，索紙書曰：「衲僧日日是好日，要行便行無固必。虚空天子夜行舡，摩訶般若波羅蜜。」擲筆而逝。鄱陽渚田院主善祐，黟縣人，於此寺落髮，唤深爲叔，見其事。

天柱雉兒行

舒州皖公山天柱寺，廊下有巨碑，云唐時崇惠禪師卓菴山中，前有磐石，每日對之誦《法華經》。一野雉來傾聽，略不動足，如是三年，不以寒暑輒廢。一旦不至，試於草間求之，已立化矣。爲用僧法荼毗之。夜夢雉來告云：「以聽經之故，得免禽身，今託生山下農家作男子。師不相忘，後三日願訪我。」及期而往，吕本多一「果」字。見嬰兒相顧而笑，左脅下尚存翎痕。師謂其父曰：「善視之，到十歲後，教從我出家。」父如所戒。師名之曰「定體」，且呼爲「靈休侍者」。又九歲，坐亡於西原，瘞塔故在，今天柱寺，及〔「及」當作「即」〕。瘞基也。利書記者，不知何時人，作《雉兒行》一篇，宣揚其事。黟僧善祐傳之，故書於此，以廣釋證。其詞曰：「當年江上楊風舲，淮山望極排空青。今登天柱賞灊皖，元是吾家翡翠屏。禪叢一室因棲寄，選勝尋幽辨真僞。虚廊指蘚讀殘碑，三百年前刊異事。此山開闢至唐初，乾元中作金僊居。彭門大師曰崇惠〔原作「蕙」，據周本改。〕，裁基創始成茅廬〔原作「蘆」，據周本改。〕。牛頭道化將雄鎮，浮世勞生未知信。乘閑石上誦蓮文，非謂疎慵効精進。空山白晝接清宵，壞衲披肩度寂寥。玲瓏宛轉斷人慮，七軸圓音震海潮。奇哉有物名緣會，錦繡毛衣勝綵繪。常伴山鷄與鷓鴣，優游飲啄煙霞外。山梁疇昔歎時哉，此日祇園應世來。昂頭斂翼傍禪石，下風側聽忘驚猜。醍醐洒盡燒心火，暮去朝還無不可。宜成永向佛菩提，春燕秋鴻豈知我。俄閙荒草蜕其身，夢魂夜告生爲人。幽奇溪石驗端的，右脅遺翎跡尚新。妙齡自厭居民俗，祝髮依師隱林麓。他經雖授難遽通，唯有芬陀利精熟。師因嘆息省前緣，法種慈薰豈偶然。立名定體標殊特，靈休表示爲佳傳。閑行宴坐何超脱，古鑑無塵罷揮拂。登高臨遠快幽情，滿目風光舊時物。几席巾瓶侍服勤，閿閿孜孜十九春。西原危坐順圓寂，戒珠數粒輝香薪。真源始覺初無礙，月轉遼空水歸海。千聖徒中孰後生，一片靈臺長不昧。回觀輪裏漫啁啾，暖日和風戲未休。息寃追逐蕩不返，六道三途豈自由。君不見，潘安誇射賦，洞爾胸兮穿爾嗉；又不見，退之詠獵詩，馬前五色墮離披。雲間哮擊懼鷹隼，草中竄伏憂狐狸。魯恭去後無消息，更有仁恩霑動植。桑下馴游哺影時，未必兒童能隱惻。浮屠窣堵〔原作「覩」，今改。〕鎮盤岡，累聞繼夕騰輝光。聖賢田地亦如此，方寸凡情未可量。蜀川鸜鵒持經法，舍利精熒滿金匣。至今忌日慘巖巒，羣類悲鳴繞層塔。近歲濡須釋子家，松枝雀化皆稱嗟。纖毫不動幾寒暑，翻然只恐臨蒼霞。賢王國士稱奇絶，巨石豐碑争頌說。妙墨高文燦斗星，陵遷谷變相磨滅。也知靈識盡超冥，證出斯禽事顯明。寄言嗜欲沉迷者，請看天柱雉兒行。」右二事善祐說。

藍供奉

藍氏自國朝以來，世爲内侍。淳熙中，供奉官某者，自以失其吕本無「其」字。身閹門，思抗志清淨，常寢處於後圃。遇方外人至，必曲意延留。某年七月，有客入謁，標儀頗不凡。求得少駐，即館之一室。累日後，客忽具酒殽，招藍同席。藍曰：「先生孤單逆旅，囊無餘資，自給不贍，翻作主人，何也？」笑曰：「將有求於公，兹不足爲多費。」藍曰：「苟有所須，但言之，無不可者。」客唯唯。又旬日，始言：「願公八月十五日自朝至夜勿出，當有誠託。」藍曰：「敬奉戒。設使入直及内宿，亦須假矣。」至期，相與促膝室内，雖如廁便旋，亦追隨弗捨。才黄昏，共榻而息，使藍居外。夜漏過半，聞有擊户而呼者。客附耳低語，令勿應。于再于三，呼者怒曰：「彼人命數久盡，兩番犂了，今度詎容復然。」又叱藍姓名曰：「此於天地造化所不置，若汝強爲庇護，固不遣出，將執汝以復命。」藍亦不敢作聲。遂排闥而入，環旋走趨。客屏息下榻，吐涎沫自塗遍體，來者終不見其處。臨曉，寂無影響。客起謝曰：「賴君之恩，我不復死矣。」縷縷數十言，致殷勤乃去，遂絶迹不來。大抵學道者多預知命終之日，必著意逃隱，如甲志之車四、乙志之巢先生是已。藍君以慶元初卒。

新建信屠

隆慶府新建縣屠者信生，居城外。嘗有外間女子過門，呼與語，誘至後舍，刺殺之，刎其首，夜舉尸投江中。而以鋸屑糝頸血，納諸竹畚，旦持入城。蓋素與某家有仇，將置其門，爲誣汙計。既而不果，復攜歸，首已臭。乃伺隙處，抛於道側。適一小兒在傍，認爲人首，亦不敢明言。邏巡者見之，白于官府，命三排岸究緝。女家訝女出不反，聞其事，亟往視，哭訴哀切。三排岸者，二爲宗室，不釐務，獨潘忠翊任責，旬日不得賊踪跡。有栗七官人者，善邀紫姑神，試往扣啟，得詩曰：「木屑填頭事已深，三君何用苦索心。首身異處分江漢，三七之時得好音。」又數日，尉司兩弓兵過彼處，逢小兒説所睹，兵曰：「汝識之否？」曰：「不知爲誰，其人向西邊去，尚能記其面目。」於是與俱行，不百許步，望信屠在門切肉，指之曰：「此是也。」兩兵前謂曰：「衆買一猪賽福，倩汝提屠刀爲一往。」辭以不得暇。兵強之，乃從，而色已動，語聲低怯。遂叱問之曰：「殺女者是汝乎？」卽拱手呂本作「叩首」。承服，執縛送府。使攎尸於江，尚未全壞。計始行兇之日，正應三七之數，時慶元二年春也。

蓬瀛真人

潼川路都監蔣觀望，台州黃巖人。說其鄰居祝氏子，少年未娶，讀書於家塾。善邀紫姑，稍暇，則焚香致請，來者多女仙。或自稱蓬瀛真人。祝子因生妄想，學業蕪廢。久之，一仙下臨，容色妍麗，塵世鮮比，但肌體不甚白皙。祝惑之，留與共宿，欣然無難詞。自是每夕必至。經半歲，形軀日削，且厭厭短氣。父母意其適倡館，約束僕隸，勿使從游。然此子固未嘗出户庭，但夜枕切切與人私語。僕竊聽者，皆莫得聞。其家唯一子，母愛之特甚，密扣詰之，終不肯言。母曰：「汝父年過六十，日夜望汝成立，以光門閭。今惑於妖鬼，將爲性命之憂。爲我盡言，當早爲之所。」祝亦悟，始敍說相見之因，云：「此女來累月，無問寒暖，只著皂色衣。似言不欲豔裝衒服，以招窺看。其出入未嘗由户，莫知所往。」母灼知爲怪，曰：「曷不一詣其所居。」祝奉戒以告之，女略不拒。卽攜手自窗外穿踐荆棘，可半里許，到一宅，宏敞華麗。置宴席，而器用不具，飲饌惡薄。執事者惟小童八九人，男女相雜。祝會畢而歸，且以白母。母慮爲淫祠木魅，使僕於山谷間遍索，無形似者。里中老人謂祝翁曰：「郎君所苦，既不可究竟，吾聞之，物久亦能爲妖，君家牝豬，已過十年，其豚在者八九輩耳。今此女常著皂衣，必是物也。」祝族悉以爲然，議鬻諸屠肆，雖價直已定，而遲明方買縛。是夕女復至，與祝訣曰：「相從許時，緣分有訖。聞君家行且見逐。無由復奉慇懃之歡，子善自愛。」涕泣出。明日，羣豬皆不見，三字呂本作「就屠」。祝遂免禍。

慈湖夾怪

巢縣宰潘昌嗣，淳熙十年，解官歸金華。江行過蕪湖，至慈湖夾，天正晴，風忽起，撼擊所乘舟，雙艣中斷。船師使舟中人併力撑篙，將傍岸，一半又折。駭窘失措，僅得抵蘆葦叢，攀以繫纜。望十丈外，有異物突起波上，其大如五尺盤，巨目方顴，類皆朱赤，全類神祠獄户所畫獅子鬼面者。潘焚香拋楮，家人齊聲誦佛，拜而乞命，且許至金山寺設水陸供答謝。久之，物睢盱稍低，遂没不出。黄昏後乃定。惴惴宿泊，須曉始敢東下。姪孫子中，紹熙間，部臨川米，運到長風沙，爲驚浪所激，遥見一獸，彷彿若鱖魚，形闊如席，翹其尾，高出水面。每一鼓鬣，風輒隨而起。幸其徑去，亦爲之終夕悚然。乃知温太真牛渚燃犀，所見皆此類也。右四事子中說。

浮梁二士

士人應科舉，卜筮之外，多求諸夢寐，至有假託神奇以自欺者。若出于它人之口，則謂堪信。予得浮梁兩事，的的可録，輒併記之。其一曰馮一飛，以乾道戊子秋試罷，偕里社友交歸所居壽安鄉。道遇村民售豆腐者，捨擔敬揖而請曰：「諸郎君幸少住，我將以夢爲相得失。」歷視數人畢，遂指馮曰：「吾官定得第一名。我於前兩夜夢我祖告曰：『吾鄉秀才有生得眉毛直立者，必作魁。

明日當過此，可審細求之。』觀君面貌是已。」及牓出，馮果用辭賦爲首選。往求昨民，持錢帛致犒。其一曰朱文郁，在縣市居。以淳熙己酉試還家，三之日，其鄰家來言：「昨夜夢一神人語我云：『縣下文四十四郎已發解，可説與朱解元，教他知。』朱莫測其意，念邑内雖有文四十四，乃市井常流耳，不讀書，不曾應舉。所謂説與朱解元之言，有何交涉？既而朱獲薦，始悟文生名郁，故及其姓氏云。

余聽聲

三衢余山人，善相氣色，又工聽氣物聲。常至婺源邑士李熙仲家，試其術。使立户外，而自登廊上鼓梯，執兩椎敲擊數四，乃呼入問之。卽曰：「鼓有雙聲，當應兩子弟喜慶事。擊者亦非碌碌人也。」是歲淳熙十三年，及秋試，二子偕薦名，明年赴省。其叔智仲以左藏提轄充貢院點檢試卷官，牒往別院。皆遭黜。

賈屠宰麞

平江屠者賈循，以貨麞爲業。常豢飼數十頭，每夕宰其一。迨旦，持出鬻於市。吴地少此物，率一斤直錢一千，人皆争買，移時而盡。凡二十餘年，贏得頗多。一夕大醉，認十歲兒爲麞，束縛于椸。妻奔往争救，賈示以刀，不敢前，但拊膺寃哭。賈支解剖剥其兒，與麞不異。四鄰雖聞之，畏或相累，唯謹閉門。明旦，賈如常日唤兒整擔。妻曰：「夜來屠割死了，做一堆血肉，何呼爲？」驚而往視，始痛恨自擲，然已無及矣。蓋多殺招報，冥理章章，時淳熙元年也。

方大年星禽

乾道中，浮梁村落間有術士方大年，精於禽課，邑人稱爲方星禽。但極嗜酒，無日不醉。值其醒時，卜應如響。西鄉張氏富於財，遭凶盗肆刼，捕之不獲。府縣以責尉盛生，懼譴，然無所施力。弓級詹通，奮以訪逐爲己任。盛問有何所據，對曰：「恰行市中，逢方星禽醒然無醉態，因命之作卦，曰：『賊已去此五百里，急往追之，尚可得。然須在絲竹管絃之下。』其言必可信，願給引帖以行。」即挾一客能物色姦惡者，俗謂之眼，與之俱西。到江州，寓旅邸。日議所向，所呂本作「且」。云絲竹管絃之説，當是彼得不義之財，縱游妓館，或詣勾闌有婦女之處，宜各更衣易貌，隨所在偵索。越三日，了無所遇。共過一茶肆，肆之後皆作儆舍，商賈雜沓。見一人，布袍獨坐。爲眼者異之，近其側，詳扣鄉里蹤跡。其人應答窘怍，欲起不能。眼者叱使住，目詹執縛。其人束手就擒，承伏厥罪。詹偶舉首仰視，則笙簫鼓笛，列挂壁間，始驗方生之術。歸縣誦言之，從此增價。而方不能節飲，竟以酒病亡。有弟大昌猶在，然推算非兄比也。右四事子理説。

夷堅支庚卷第三十四事

劉殿丞夢僧

建安劉處約，以殿中丞通判南劍州。夢一僧相訪，自言宣城人，云：「某有一指之厄，暫來寓世五十七年。」是歲生子，名曰誂。因赴試都中，值苦寒，右手小指遂拳曲不復可伸。既擢第，官至大晟府典樂，壽止五十七，特贈龍圖閣學士。其孫謨說。

黄州甯氏兒

黄州黄岡縣陽邏鎮僧寺之側，有市民甯文，以灌園爲生。紹熙五年六月，妻産一子，名之曰婆兒。甫兩歲，慶元二年四月二十二日晡時，天地晦冥，雷電暴作。兒在門首，忽失所在，移時開霽，得之於果棚下，伏卧不動。有朱書七字在其背曰：「天下太平慶元年。」字闊二寸，分作兩行，唯太字頗暗。觀者拊摩，隱隱然隆起。凡半月餘，始没而不見，兒如常。監鎮務官具告郡，書坊圖其事，刻板鬻之。

孫監酒再生〔目録作「孫監再生」〕

監平江府外坊竹青庫孫某，以紹熙五年六月得疾，至九月而死。踰半日，忽起坐，欠伸顧瞻。妻子在傍，環立相賀。孫問曰：「我病幾何時？」曰：「百餘日矣。所苦何事，具以告。」曰：「我全不能記省，今已脱然。但經時不理公家事，此心懸懸。況收糴糯米，做造新麯，止合辦歲計，豈容卧家？」即靧櫛更衣，命駕適庫，點閲簿書，遍行局舍，酒人不謹者皆撻治之，然後歸。謂妻曰：「我久不食，覺甚飢。須具飯三分，羹三甌，肉三楪，爲一飽計。」妻微訝其異，如言辦之。以次啖食，俱盡無餘。復登元榻，悽慘而言曰：「本命已盡，逮到冥司，而主者不肯納，曰：『汝猶有一日職事，三頓飲食，合當了却來。』所以暫還。今兩者既畢，真死矣。」遂卒。孫兄仁爲建康榷貨務，爲王南卿言。南卿説。

王衎之

王衎之，荆公四世孫也，寓居湖州，調建康司理參軍，迎吏至，擇日赴官。忽語家人云：「交代相訪。」索公服出延接。家人謂代者不應此來，深以爲駭。既出廳事，秉笏進趨，爲與客對揖之狀；唤茶及湯，如常時待賓禮。小史但見官人獨坐獨語。俄起曰：「只用今日交割亦可，容便去拜見。」送客出門而還。妻子問其故，默不答，皆相視收淚。王行堂上，未及脱袍帶，仆地死。竟不知墮何等幽趣〔原作「趨」，今改。〕也。

天池廟主

河外麟府兩〔原作「西」，據周本改。〕州，爲西北屏蔽。國朝相承，用王氏世守麟，折氏世守府。麟州城外有天池廟，極雄偉，郡守率以月旦親往奠謁。宣和末，某團練攝郡事，一日，到廟禮畢，忽戒吏卒使暫去，須未時乃來。卽自闔大門。隨直使校客將輩，皆怪愕不敢盡去，但傾耳竊聽之。聞歌管喧噪，獻酬交錯，歡笑之聲，響徹于外。至未時出啓關，醉容溢面。上馬還家，告妻子曰：「我已受命作天池廟主，尚此少留，俟廟宇了，然後赴上。」甫一月，火起，廟中大屋百五十間，頃刻煨燼。王又言：「我今死矣，未須再建廟，且造殿三間，不要裝折，只當中設幄幕。仍舊以初一日來，凡吉凶影響，當一切報汝。一年之後，方可塑像，過三年始隨宜增添屋宇可也。」其夕果卒。家人謹奉其戒，每於屋内言語如平生，有所告説，無不立驗。忽一息，愴然謂子孫曰：「時世不佳，我亦從此逝矣。吾家不可眷戀，當謀遠避，爲逃命計。」問：「合向何處？」曰：「只有西川好。」遲遲未決，洎復往，則怒責曰：「何爲尚留？吕本多一「連」字。若不速發，大禍且至。吾今日卽行。」子孫方退，火自香爐中起，廟復焚。於是一家卽日俱登塗，西入蜀。其年麟陷於夏羌。王之孫，紹興十九年爲南劍州兵馬都監，王大夫榕作守，聞其説。

詹撫幹

會稽詹氏，爲郡巨室，且多名士。所謂撫幹者，又最富，藏鏹尤多。嘗夢甲士百數，從西廡趨葉本多一「出」字。庭下拱立，其爲首者前曰：「跧局公家久，今將他適，不敢不告。」辭，皆再拜而出。詹驚寤莫測。至五鼓，復夢諸人由外入，仍立於庭，言曰：「走遍一府城内外，福無出撫幹上者。不如依舊伏事，所以再來。」又拜而升廡。是時將曉，詹不能復寐。起行廡間。見地上及庫門往往沾濕，庫屋十餘室，元堆疊緡錢，發鑰視之，盡如從水中般出者。然後悟昨夕葉本無「昨夕」二字。所夢，蓋孔方兄欲捨而之他，既乃還其故處也。詹之子道子亢宗爲諫官，孫晉卿暌〔當作「騤」〕魁天下，至今猶稱盛門。右三事順伯說。

黄瓊州

黄揆彝甫，福州人，登乾道五年進士第。用莆田獲盜功改京官，知沙縣。淳熙末，入都求郡，留丞相將處以瓊管，黄辭焉。留公曰：「瓊無瘴氣，有賞典，君嘗仕嶺外矣，且又見闕，何憚焉？」黄偶憶昨過三衢日，問卜於劉樞幹，課中有瓊山字，悟爲前定，乃受之。在瓊二年，臨受代，徙出教授官舍，以需合符。俄得疾瞑眩，意氣慘悽，語妻曰：「本不合來此屋住，悔之無及。我做秀才時，夢人告當作教授而終，所以向來不敢注此職。今適居其處，真不偶然。」竟卒。有子三人，以過海賞及己酉捧表恩，并致仕，皆得官。黄之姪所説微不同，云黄昔夢棺上畫梅花一枝，又書官至員郎，終於南安教授。後在瓊泮得疾，問新教授，乃南安軍人。及死，梅通判爲之治後事。

興化官人

紹興末，興化有官人仕於潮陽，任滿浮海歸。中道抵一村步，舟衆登岸買酒，邀其子同游。子年十一、二歲，整衣而出，抱以往。久之，持酒一壺并肉羹餉官人，夫婦食之稱美。越兩時，子不返，使童呼之。篙工嘻笑答言：「官人如何理會不得，恰所吃羹，乃其肉也。」官人拊心悲痛，知不免，謂曰：「事已到此，我不惜就死，告容我自爲計。」其人曰：「爾計奈何？」曰：「幸見許，取公裳穿著，拜謝天地神明，然後赴水。」諾之。既死，又殺其家十餘口。唯留厥妻及女，裸其體膚，不掛片縷，意欲使之不能窺外。於是衆迭姦污。覺甚餒，則量與之食，稍啜泣，必行痛箠，回次泉南境。初，此官人攜鄉里一姻舊爲館舍客，當治裝時，俾先歸理家務。望之踰期，杳杳不至，乃僦小艇，循岸迎訪。到某港，見二婦探首，視客而哭。時凶徒盡散入村民家。二婦揮手使客去，客解其意。偶巡檢廨舍近在數里内，徑往赴愬。巡檢悉栅兵追捕，凡二十輩，無一漏網者。獄未具，會壬午覃恩赦至，除斃於獄户者，餘多得生。時人莫不寃惜。

祝評事

衢州江山人祝評事者，精錦囊地理之學，隨其子爲仙遊令。縣士傅秀才謀葬父，來謁之，祝曰：「就近有一山，房宿直穴，昴宿守水，上合天星，真佳城也，急買勿失。」傅如戒成約，偕往觀，指之曰：「壬午年當生貴子，位至侍從。後代子孫，冠冕不絶。」仍爲標記兆域乃去。果以是歲生子楫，建中靖國時至中書舍人龍圖閣待制。既卒，又有行山者告其家曰：「先墓合出宰相，可惜穴低了。」遂遷就高處五丈許。異時一孫適臨安，過江山，訪祝老之居。評事下世已久，有出延客，從容及先世事，曰：「君家後來不曾輒改動乎？」曰：「自待制之没，用一術者言，徙之矣。」祝曰：

「有犯徒刑者乎？」傅子駭曰：「實有之。」主人起入室，抱一書策出示之，蓋評事君平生所抄録與人卜地本末。其一曰：「仙遊傅秀才，營葬後，當於壬午年生貴子。或移而趣高，則出徒刑人。」因勸使速反其故，曰：「尚可綿綿仕宦，不然瓦解無餘矣。」傅子謝歸，復仍舊穸，自是連有擢科第者。元瞻淇元魯汶歷位通顯，皆其支胄云。

莆田人海船

莆田士人守官廣右，一僕嘗負罪遭治，而不勇於逐。僕心怨主人，因其滿罷泛海歸，爲顧賊船。到半途，全家遇害，拋尸水中。唯一老兵，既受刃而推墮板下。賊鑿破其船，棄于滸，別易船行。兵傷處不致要害，經宿復蘇，忍痛升岸。去鄉里只數程，扶杖乞食，歸報主家。族黨以爲一門盡死，安得獨存？是必與賊爲囊橐者，執而訴於縣。縣以大囚法桎梏絣訊，雖強引伏，終不得其情。邑宰白郡，移赴司理院。時正尉抱疾謁假，主簿黄揆攝職，躬領弓兵護送。才出縣門，逢三盜著商賈服，相隨游觀。老兵指而呼曰：「此三箇正是殺人賊，却教我苦中受苦。」揆卽遣卒拘之，同縛詣郡廷。蓋三人者，知老兵在獄，蹤跡已露，欲采聽鞫勘消息，故自投陷穽。天網不漏，交臂就擒。洎獄成，皆臠于市，怨僕在其中。餘衆悉遁。揆以獲兇惡強盜三人，當論功改秩。初猶不欲自言，謀於鄭景實，鄭曰：「君既攝行尉事，元非有心，何爲不可？」遂受賞。

林寶慈

海南四州生黎，雖不受征徭，而事守令甚謹。遇其生朝，則遣子弟部曲，持香幣來賀。主人亦薄爲之報，蓋有定式。林梅卿尚書之子寶慈，知吉陽軍。當此日，嘉黎人之勤，延待之禮，過倍常歲。酋殊以爲感。林與龔實之參政同鄉里，素厚善。廣西漕使唐君夙憾龔，而遷怒於林，著意求其過。會有商客以鹽事來訴，卽遣官率兵圍其城，聲勢甚惡。林有性命之憂，走僕往黎母山告急求救。酋立擇壯勇三百衆，兼程解圍，盡取林一家置于船上，浮海東遁，至於潮陽。唐列上于朝云：「吉陽守臣林寶慈貪虐，黎人攻陷其郡，俘其妻子入洞矣。」朝廷不知虛實，下經略司審究。是時黎衆久已退歸，略無所犯。但訪林所向，莫測存亡。後數月，林自潮顧兩丁荷轎趨福州，謁鄉帥陳丞相，具白其故。公爲開奏本末。林先以父廕授承務郎，累遷秩至奉議矣。詔貸其棄城逋逃之罪，復與初補官，仍只理監當資序。於是調監饒州永平監，未幾而卒。議者常謂蠻蜑無信義，觀此一事，報德排難之節，可侔古人，中州有所不如也。右五事鄭景實說。

陳秀才女

金華縣郭外三十里間陳秀才，有女，美容質。擇婿欲嫁，而爲妖祟所迷獲，按「獲」字似「惑」字之誤。不復知人。其家頗富贍，不惜金幣，招迎師巫，以十數道士齋醮符法。凡可以禳治者靡不至，經年弗痊。其鄰張生，亦士人也。夜聞女歌呼笑語，密往窺之，門外一石獅子，高而且大，乃躡其背陳，將以明日告陳，知必此物爲怪，張生愕然，何爲苦我。」女忽怒，言曰：「元不干張秀才事，而立。

而陳氏謂張有道術，清旦，邀至入視。張不言昨夕事，但誦乾元亨利貞。生曰：「吾用聖人之經，以臨邪孽，如將湯沃殘雪耳。」因語陳曰：「吾見君家石獸，形模獰惡，此妖所由興也，宜亟去之。」陳卽呼匠鑿碎，輂而投諸水，女遂平安。

朱氏乳媪

陳天與侍郎之女，嫁金華孝順鎮人朱熙緝，從陳公赴建寧。到府數月，其次女乳母鄭氏，晝日入廚，忽迷困如醉，呼喚不醒。命道士巫覡治之，歷數日始蘇，云：「正在廚下，見白衣人從外入，自稱：『我是婺州人，汝哥哥使我取汝還鄉。』不覺隨以出，漸次踰城，抵建陽崇安。其行極快，更追趨不得。每到山嶺下，不能進，則負我而登。過信、衢、婺三州，遂至鎮。認得本家在近，欲一往看娘。白衣者嗔憤，用拳棒亂打。兄鄭二見而怒曰：『是我妹子，自隨七官人在建寧府衙內。汝如何得帶他來，又更行打？』將執之，白衣遜謝而去。俄有大赤龍，煙霧纏繞，衝奮而入，含水噀我，其冷如冰。乃驚覺，元不知是夢也。」因此病足股掣痛，不能下床，凡半月而愈。赤龍者，蓋道流所呪符呂本多一「水」字。云。

張通判

舒州人張通判，家富冠一州。多蓄聲伎，喜賓客。調武昌倅貳，臨之官，郡寮相與置餞於南湖，富奴盡集。中席各暫起。張在驛堂，一婦人從後拊其背，面視則捨去。認其人，乃妓魁王蘭也。頗怒，出與理掾言，呼蘭責問。蓋同羣聚飯於外，初未嘗獨入。方知爲異物，心瞿然，飲酒不樂而罷。後兩日暴疾，卽亡。鄂卒已來迎，不及赴。右三事子言姪孫說。

夷堅支庚卷第四 十五事

霍和卿

霍篪，字和卿，鎮江人。五歲生惡瘡遍體，遇苛痒時，盡力爬搔，或流血見骨，若大風病癩者，俗名爲霸王瘡，百藥並用，才愈復作。其父絶以爲憂。遇道人於門，入覘之，出謂父曰：「吾能療此。」解囊取藥二十貼與之，曰：「須得無灰酒調服。如稍有灰，則藥力盡敗。市中官醞，不堪用也。」父留之坐，即糴糯三斗蒸炊，拌麯入甕。道人曰：「俟明日將遣一箇相識來治之，但其人頗怪，切勿生驚疑。若如是，當立愈矣。」明日，寂無它客，而酒室內有紅光一道，穿窗隙直射于甕中。逮酒熟，覆視之，糟滓皆突起盈溢，過倍其初，而香味郁烈。及搋取入醡，乃一大烏蛇蟠其下，已糜腐剖析。霍父曰：「所謂怪者此邪？向之紅光，定其物也。彼必不我欺。」但去蛇骨，以肉併投醡袋中，取其酒調藥，藥盡酒空，和卿不知其故。未幾，積年所苦如洗，肌理雪白。是歲獲鄉舉，登隆興癸未科，後監左藏西庫。吕德卿嘗與同僚，聞其所親説。

石城民眼瞀

紹熙中，吕德卿知贛州石城縣，冬月給散飢貧細民官米。望一民頰上有物，穹然而長，下垂過頸。呼前視之，蓋左眼生一贅，從圈内突起幾二尺。初用紗帛蔽束，揭而注觀，則眸子乃在其表，眨睫有光，閃爍可畏。吕惡而遣出，不復扣其何以致此。人肖形天地，稟五行之靈，而惡疾若是，豈其宿業歟？

石城尉官舍

石城縣尉廳，久以兵壞，寓治于僧寺。寺之屋分隔大溪，溪上有橋。尉舍在西，每出入必從橋。後橋遭漲水漂蕩，常乘小船往反，多窘風濤，乃徙于東邊，而故室爲宗子所占，仍治隙地爲菜圃，其處舊有南安巖主祠堂。紹熙中，福唐人曾悆爲主尉，夢巖主訴曰：「吾之居，苦於種菜用糞穢之惱，使不能安跡。君盍仍舊貫，向來不過慮風憂，自此不復有矣。」曾謝曰：「敢不敬聽命。」他日，又來曰：「宜以今日去，稍遲留，定貽幡竿入水之撓。雖不至深害，亦費詞説。」曾覺而沉思，不曉其所謂，取官曆檢視，又曰「不吉」，乃議以翌旦遷。邑人陳元功太尉之子孝家者，居寺門外，攜富民潘生置酒餞别。曾西遷未幾，市頑有不相樂者，訐其與部民趣膝歡飲，興訟于州，擾擾數月乃定。始悟幡竿入水爲潘字。使當時即日西遷，無此玷矣。

花月新聞

已志書姜秀才劍仙事，以爲舒人。葉本多「少孤，奉母寓河北，嘗與同輩謁龍女廟，睹侍女捧鏡奩者」二十二字。今得淄川姜子簡廉夫手抄《花月新聞》一編，紀此段甚的，故復書之。貴於志異審實，不嫌復重，然葉本無以上二十字。大槩本末略同也。廉夫之祖寺丞未第時，肄業鄉校，嘗偕同舍生出游。入神祠，睹捧印女子，塑〔原作「愬」，改從周本。〕容端麗，有惑志焉。戲解手帕繫其臂爲定，才歸即被疾。同舍生謂其獲罪於神，使備牲酒往謝，於是力疾以行。奠享禮畢，諸人馳馬葉本無「馳馬」二字。先還，姜在後失道。日且暮，恍惚見白氣亘空，常當馬首。天將曉，始到家。妻孥相視，問訊勞苦。方就枕，葉本多一「忽」字。聞外間有呵殿聲，一女子絶色，自轎出，上堂拜姜母，啟云：「妾與郎君有嘉約，願得一至卧内。」上四字葉本作「一見」。姜欣然而起。妻將引避，女請曰：「吾久棄人間事，不可以我故間汝夫婦之情。」妻亦相拊接，驩如姊妹。女事姑甚謹。值端午節，一夕製綵絲百副，盡餉族黨。其人物花草，字畫點綴，歷歷可數。自是皆以仙婦呼之。居無何，白其姑，言新婦且葉本作「當」。有大厄，乞暫許它適避災。再拜而別，出門遂不見。姜氏盡室驚憂。少頃，一道士來，問姜曰：「君面色不祥，奇禍立至，何爲而然？」具以曲折告。道士令於淨室設榻，明日復來，使姜徑就榻堅卧，戒家人須正午乃開關。久之，寒氣逼人，刀劍戛擊之聲不絶，忽若一物墜榻下。日午啟鑰，道士已至，姜出迎。笑曰：「無慮矣。」令視所墜物，一髑髏如五斗大。出篋中藥一刀圭糝之，悉化爲水。姜問其怪，道士曰：「吾與女子皆劍仙。女先與一人綢繆，遽捨而從汝，以懷忿欲殺汝二人。吾亦相與有宿契，特出力救汝。今事幸獲濟，吾亦去矣。」才去，女即來，遂同室如初。罹姜母之喪，哀哭嘔血。姜妻繼亡，撫育其子如己出。靖康之變，不知所終。

廉夫後寓鄱陽而卒。厥孫曰好古，至今爲饒人。此句葉本作「今在饒」。

王氏婢

司農王丞族弟，淳熙中買一妾，立券時，父母先約不可令近水火。久之，主母夜如廁，傍無他人，使攜燭以行。瀾未畢，妾忽叫云：「這回休也。」俄而火從身起，頃刻間悉成灰燼。

碧石骰盆

致知先生姜潛，兗之奉符人，居縣中。其讀書處相去百里，每欲歸省其父，隨意卽登塗，不問朝暮。一日夜半，乘馬行，佩弓矢於腰。一童前導，睹林薄間燈燭熒煌，悚怖不敢進。姜曰：「不過是鬼耳，何足畏哉！」驟馬迫視，乃十數人被髮席地賭錢。卽引弓一發，旋卽驚散，不測所之。見疊錢凡數百貫在地，知其紙鏹也，揮鞭劃之，碎爲灰地地。「地」字疑衍。〔按周本作「灺」。〕獨碧石大骰盆瑩潔可愛，遂取之。姜好學，有隱操，崇寧間，郡以其名聞于朝。降召命再三，竟不肯起，乃賜先生之稱。

金陵黥卒

金陵近年有黥卒，已脫軍籍，置卜肆於通衢間，占驗若神。一道人高冠侈袂，風儀甚整，來問卜。黥案式稍詳，起挽其衣曰：「我於卦中算得君是神仙，願垂救度。」道人頗窘，欲去不得，乃約同往旗亭買酒，黥挽衣如初。並坐片時，杯方行，道人含酒噀其面。黥驚而放手，遽失所在。將拭面，覺光澤異常。酒家明葉本無「明」字。視之，㸌文滅矣。

李萬隊將

紹興三十一年，劉武忠公都統鎮江諸軍，以十月五日發中軍前軍渡江，是夜宿揚州。員琦提舉一行事務。其素善一娼，爲隊將李萬所據，心不平。託它事杖之二十，又慮其泄，明旦白劉公云：「李萬宿於妓館，已薄施罰責。」劉震怒曰：「我一身抱病，不敢將婢妾供侍，萬何人，乃輒如此？」諭軍將擒入教場，且令安排劊子。繼到彼，問之曰：「汝安得亂我軍政？」未及對，卽斬之。又問萬屬何軍？琦對曰：「係中軍第十一隊將。」時本軍統制王明在側，呼謂曰：「這一刀是汝兩箇合喫，且寄在汝處。」明趨下拜謝。十二月，劉公解兵柄，卧病甚篤。見李來窗下，聲若歎息，左右悉見之。劉叱曰：「汝自干犯軍法，以國事行誅，實汝自取，尚何敢作祟？」殊不之顧，隨卽帖然。聞者壯劉之膽決。

吴山新宅

王仲衡希吕，淳熙二年爲起居舍人，臨吕本「臨」作「林」。安爲僦吴山一新宅，方徙居，次日，未曉，將赴朝。其婢詣厨欲煮湯，才啓厨門，見異物如人在竈下，若摇而扇之狀。呼問訶叱皆弗應，婢恐而出告於王。王未以爲然，復遣老兵張進攜燈往驗，物凝立不動，燈亦滅。進還報。王淮北人，有膽勇。暗中拔劍徑趨之，物猶自若。旋覺有人至，疾走赴後門，穿狗竇出。未半，王揮劍斷其身爲二。取火照視，乃白鹿也，洒血滿地。王退朝，剥其肉分餉侍從。鹿之白者，世所鮮有。初疑爲不祥，後一月，乃除淮西帥。

海門虎

淳熙二年八月，通州海門縣下沙忽有虎暴，民家牛羊猪狗，遭食者多。居人畏其來，至暮輒出避。陳老翁村舍窗户籬壁，皆爲觸倒。陳語妻子曰："虎吃人自係定數。我一家人八口，恐須有合受禍者，我今出外自當之。"妻子挽勸不聽。即開門，見虎肋間帶一箭，手爲之拔取。虎騰身哮吼，爲感悦之狀而去。次夜，擲一野彘以報，自此絶跡。

李成忠子

沅靖州巡轄遞鋪官成忠郎李侊，滿罷後赴調，留家於沅。一子年十歲，從郡士覃先生學，相去一里，朝出歸。每月飯食果殽，專遣僕蔡宣傳送。蔡好博，多倩市人汪二持往。凡數日久，按：此句疑有脱誤。覃視汪已稔熟，或來處按："處"字疑誤。此子還舍，則亦付之，浸以無間。嘗與子在半途遇一人，言蔡僕射不得功夫，使我請小郎君。汪不問爲誰，令抱去。是夜，侊妻望子不至，以扣蔡宣，蔡急詣學訪之，覃云："汪二取歸久矣。"蔡慌窘，繞城叫尋竟夕。遲明，出城外物色。到五里僻處，林木蓊蔚，烏鳶噪聚。試穿小徑入觀，見兒横尸地上，腹以按"以"字似"已"字之誤。遭剖，肺肝皆空，而實以米餌，蓋爲惡徒殺以祭鬼也。奔告侊妻，視之而信，慟哭隕絶。訴于州，州牧係覃先生、蔡、汪三人，而立賞捕賊，竟不可得。汪二遂死獄中，時淳熙七年春也。

吴江二井

淳熙七年夏秋之交，浙西不雨，苦旱。吴江塔院大古井，其水穢黑，不堪汲飲。僧命匠王大者浚之。日亭午，外間居人見烈焰從井中出，蓬勃丈許。匠被爇，皮膚皆灼破，急出即死。一賣果實小民過其傍，亦損面，又焚井亭。自是水清冷可鑑。同時有菜户孫氏亦浚井，匠入鑿土，聞其下人聲。良久，一衣緑者坐胡床，一黄衫卒捧文書，一童侍立。匠望其處如官府然，廳堂整峻。黄衣叱之出，急引索而登，僅獲免。識者疑爲龍神所據，無復敢窺，此井遂廢。

奔城湖女子

紹熙五年六月七日，常熟縣奔城湖有村民艤船水際，見一姝麗女子從二蒼頭來，言欲借船過湖，到東蒿塘看親，遂解纜。屆中流，民稍黠，念如此美女，乃徒行，又無父母隨之，殆非人類。大聲語之曰：「今年乾旱，小娘子莫是龍女邪？」女不答，亦不改容。蒼頭獨怒目四顧，轉盼間失女所在。蒼頭登彼岸，不知所向。俄有龍自北水水柵過，大風發屋。蒿塘民談大公有子三人，分室以居，皆力耕賣酒，頗豐贍。是日，臨安茶商沈八，偕伴侣三十輩，負擔到其門少憩。頃之，黑雲四合，數神人著錦衫，持斧鉞，長大獰惡，以次而至。其一云：「我在談家幹事，汝等速去。」已而風雨大作，沈八諸人并茶仗，悉移至塘北。洞庭絹客寓彼，亦被驅出。三談室宇、器物、米穀、金帛，席捲無孑遺。唯一常用秤插地上，力拔不起，一斗貯于糖甕。屋後竹園一空，一榆木極大，蔭蔽數畝，根反居上，枝葉在下。禽巢以十數，在石礎上，略不撼損。門外二客舟，飄落二十里田中。而三家男女，悉無傷害。

王氏白金器

淳熙十六年五月，平江城内蛾眉橋下王三秀才家居臨河，因隄岸摧坍，傭工緝整，盡發故磚石，將一新之。取土二尺餘，得大石板，覆一瓦缶，其中皆白金器皿，王認爲己有。鄰人不平其獨擅，白于府。府遣兵官護取之，視器底皆鐫字，曰：「某年月日太原記，并王之祖花押存。秀才持昔年分書文簿，校驗並同。府命盡還給付。家久寒窶，自是豐腴。

伏虎司徒廟

平江人江仲謀，於府内飲馬橋南啓熟藥鋪。紹熙五年，又執一肆於常熟梅里鎮，擇七月十二日開張。前一夕，夢黄衣人聲喏，持文字一軸云：「相公令投下文字。」江問：「何等文書？」曰：「是鎮中人户所居名次，望官人題上簿。」江許之，視黄衣一臂損爛出血。明日以語人，其鄰叟云：「相近錢知監宅東有一廟，鎮人争往焚香，豈其神乎？」江即攜香酒致謁，見土偶騶卒，臂泥脱落，宛然昨夢所覩，蓋伏虎司徒廟也。立唤匠補治。旋夢來謝，且祝江勿用僞品藥雜於劑中，誤人服食，因而可積陰功。江感其説，收市良材，不惜價直，而所貨日增。此卷皆吕德卿所傳。

夷堅支庚卷第五十六事

明僖寺鯉魚

泰州如皐縣明僖禪寺，鐘樓傾欹。主僧以傾覆爲慮，命工匠繕理。其傍有深塹，於中治泥。後因雨降，積水盈尺。秋冬水漸涸，見鯉魚長六七寸者數百，跧聚困蹙，莫測所從來。老僧寶初者云："記得十餘年前蓋造此樓時，一過客買巨鯉，令僕庖治。破其腹，棄子于中。不謂許久，乃得生活。」佛書十年不壞之説，於是可信。況又不止於此，到今益以蕃息，數倍前時。

真如院藏神

台州臨海縣上亭保，有小刹曰真如院。東廡置輪藏，其神一軀，素著靈驗。海商去來，祈禱供施無虚日。紹興中，童行金法静主香火之事甚敬，爲寺參頭，因令剃工繳鼻，爲僧智全從傍過，誤觸其首。刀中斷，牢不可取，出血至數升，悶仆不醒。恍惚間見藏神至，舉手拔之，便覺痛少止。刀墜于側，旬日瘡愈。自是遠近傳説，檀信益衆。宇文子英尚書表弟李生，亦繳耳被觸，刀刃在中。困卧之際，夢土地神爲出之。二事正同。況前輩有言，以方寸利刃旋舞于面目間，是使刺客白晝持匕首爲戲，其禍近於席間舞劍也，真可爲戒。

鏤甌蕈

臨海縣承恩鄉富室毛三五助教生三子：長曰惟脩，入太學。次惟彰，娶宗室女，得官。俱死於靖康圍城中。助教在鄉里憂悼，亦亡。幼曰惟謹，讀書不成，家貲日以衰削，遂買撲酒坊。紹興二十一年，其僕徐九樵薪於近山，得大菌於高木，俗謂之鏤甌蕈者，重數十斤，束縛持歸，獻其主。惟謹喜甚，令徐僕烹飪以薦朝餐，呼二子共食，才放箸，皆死。妻以前一日適母家，獨免。毛氏爲富累世，助教以寬厚稱長者，深得鄉譽。至是一門殄絶，無不嗟惜之。

陳瑀不殺

承節郎陳瑀，權監章安鎮，平日不殺生。有饋巨蝦三十枚者，不忍付鼎鑊，姑以實大桶内，貯水育之。夜夢三十人，皆著淺碧衣，目光閃鑠，列立于前。一最大者致詞曰：「某等無罪無呂本無上二字。辜，將罹性命之厄，非明公不能免其死，願少留意。」陳起，應之曰：「我以一賤官，又暫攝事，安能任活人之責？」皆曰：「恐公不肯爲此，談笑間可辦也。」再四申懇。覺而悟其故，亟取蝦縱之海。皋羣悉昂首反顧，如感戀之狀，久而乃没。

石城溪童

乾道三年，姜廷言侍郎之子處厚知贛州石城縣。當暑雨初過，乘轎行溪上新隄。見南岸有青衣三童，長二尺許，跣足跳躍，見人不驚。久之，乃乘雲去。

白朮苗

淳熙中，台州天台縣樵夫入山。見小木堅直，伐以爲擔，其芬香異常，樵不識也。負薪出市，買者識之，曰：「此白朮苗也，安得如許大？殆必神物，可更往取之。」樵夫復尋原處，茫不可得。信步失脚，墜一穴中。遥望竅隙，光如當三錢大。隨之以行，了無窒礙。約一日久，聞頭上有鳴櫓聲；又一日許，乃從黄巖縣委羽洞出焉。蓋冥行幾三晝夜，殊不覺飢渴，其爲神仙境界可知矣。

過椿年

浙西提舉茶鹽司孔目官過椿年，既補都吏，赴紹熙四年十月二十二日會慶節錫宴，坐中得疾歸，十二月死。明年初春，鄰人潘十六娘，夢其自挈衣笥，語曰：「煩報我妻兒，我已差去秀州。」後數日，其家火柩於盤門外。送者王媪，仆地不甦，而作椿年聲音云：「我於正月間倩潘娘寄信息，想已知之。自今以後，不須更作佛果。我託在秀州南塘上蔣六郎家爲男子，止注得六十年壽。」王媪即蘇，以告其子曄。曄徑往尋訪，果得之。蔣氏云：「旬日前育子時，先夢一皂衣人來，言是平江府人，來汝家寄住。已而生男。」曄求入房視之，垂涕而出。椿年爲吏頗公正，故死未久，即復爲人。

郁大爲神

吴江范上鄉石里村農民郁大，門前有高楊，垂陰蔽屋。乾道二年夏日，無故恍惚延緣升木杪横臥。家人望之駭汗。其子登長梯取之，不下。越三日，恍如有覺，徐徐歸舍。自是能知人生死。至六十七歲，謂妻曰：「我命數已盡，可具粄。」按「粄」字似「粧」字之誤。浴畢，置酒邀姻鄰敍訣，問云：「午時未？」妻言：「尚早。」郁曰：「俟我死後，有腰背上柱杖痕，是我與神鬭法所致也。」日正午，遂奄然。視其背，果有傷痕。既葬，鄉人常見其出入如生，而羣鬼從行。人或有疾，託巫者邀請，必至。命童子附體決休咎，或使服某藥，或使設齋醮，無不立應。得以平安者甚衆，至今猶然。

西館橋塑龍

紹熙三年六月，平江境内大旱，東西舟船不通。西館橋鬻生果主人，出力抄題衆鋪錢，得二十餘千。命工塑龍於橋上，創造洞穴，繪畫雲氣，作飛龍取水之狀。士庶來觀，焚香請禱，絡繹不斷。府守沈虞卿侍郎適餞送過客，回車見之，亦下而瞻敬。迨還府治，又遣致酒果香燭，連夕供事，極爲精專。沈夢龍告以明日有雨。如期果沛然作霖，高下霑足。乃展具禮容，僧道耆老，音樂梵唄，送龍于石湖。

李淑人

臨川王宣之文林，德全少卿之子也，居于吴門寶華山。乾道八年六月，其妻陳氏夢外間傳呼云：「李淑人來，肩輿就廳事而下。」陳出迎之，乃方務德侍郎之妻也。延入中堂坐定，起言曰：「我家與宅上累世親姻，適有薄幹至此，願假我東邊一小室暫泊。更數日當挈囊橐來，幸勿見阻。」陳謝曰：「淑人肯見臨，何不可之有？」遂辭去，復乘車而出。時陳已懷妊及月矣，未〔此下疑漏「幾」字〕生男。旋聞李下世。男幼而俊秀，長而好學，有才藝。兩家往還，到今甚密。李表弟俞正臣説此。右十事亦吕德卿傳。

浮梁縣宅

浮梁縣治皆古屋，頻有怪祟。慶元二年，知縣信安鄭伯膺長子婦，正晝抱嬰兒在房，有自後捫其乳者。回顧乃一偉男子，皂衫烏帽，長七尺餘。婦駭叫，逡巡而滅。長子心志素怯弱多畏，每夜未睡時，須五六人相伴，始不驚怖。嘗卧病于榻，其前一竹籠貯故絮，忽聞其中窸窣然，謂爲鼠也。少焉一人伸首出，面目絶大，俄高屬屋椽。適無人在側，鄭子拊床大呼，急翻身向内。其物亦没。鄱陽主簿何公極往縣督錢，見鄭説。

華嚴寺僧

平江華嚴寺後有民陳氏居，夢寺僧至其家請曰：「今來君宅託生，願見容。」乃脱袈裟，挂於堂梁之上，徑趨入磨牛房中。陳驚覺，知其必墮畜類。才天明，往作坊驗之，牛已産犢。視梁上凝塵盈滿，唯僧元所挂衣處如拭。王友文推官說。

武女異疾

鄂州富商武邦寧，啓大肆，貨縑帛，交易豪盛，爲一郡之甲。其次子康民，讀書爲士人。使長子幹蠱。長子有女，勤於組紝，常至深夜始寢。乾道七年，得奇疾。方與母同飯唲羹，忽投箸稱痛，宛轉不堪忍。俄又稱極痒。母問其處，不能指言。歷數月，求巫醫數十，極治悉不效。次年春，一客結束如道人狀，入肆飲茶，聞其聲，謂武生曰：「彼何人？」曰：「吾女也。」問：「尋常呻吟時更作何聲？」曰：「似云丁當者。」客曰：「吾談笑間可治，須一入視之。」武生疑其有所覬，姑謝之曰：「日已暮，明旦可矣。」客訝其緩，武別設詞以對。旦而復來，武曰：「女子夜來却定疊，俟其疾作，當煩先生。敢問所止。」曰：「我只在亭頭，可令一童相隨去。」亭頭者，南市邸店也。遂揖而起。才出門，女大叫，蓋因食燒豬而痛作。遽延客入，望見即言：「面色正青，我知之矣！」俯就地拾物一小塊，如土如石，使磨屑調與飲，又於腰間袋內取藥兩錢七，使挼擦左股痛處。藥未盡，一鐵針隔皮跳出，頭末皆禿銳。女神志頓清，乃道所苦之因，曰：「向來燈下縫裳失針，尋覓不見，便覺股內有物鑽攻，流轉四體。纔吃飲食滋味稍濃者，輒大痛，攪刺上下，到股即止。想是當時著針去處。今既取了，已恬然無事。」即日平安。武氏厚謝客，但肯受十之一二。康民者，與張壽朋善；其年秋，壽朋赴竟陵守，過鄂渚，聞其說。

新安尤和尚

浮梁西鄉新安寺僧允機，姓尤氏，其名已見支丁中。生於宣和己亥，年十八九卽爲僧。天資警慧，又絶葷酒，其師工醫，一意從事于此伎，聲喧縣邑。與同里張一大夫及其子復州使君壽朋善。大夫亡後，憑夢告之曰：「師既出家，又能齋素，願常堅此志。俟甲子一周，則我復來。」自是誠心愈確。凡所得賂謝襯施，悉以供脩繕公費，殿宇藏院，爲之一新。淳熙戊戌，年六十矣。正旦日，鄉人更相慶賀，土俗例具酒殽延客。機亦辦置於方丈中，客至卽留，遂飲酒食肉。弟子海瀛在傍，驚白曰：「和尚持戒四十年，何故一旦破禁？」笑曰：「汝不記我頃時所夢張一翁之語乎！今甲子周矣。」瀛不敢言。山下民凌生，妄與寺争訟隙地，不得直，愧且憤，懷斧於腰，欲戕機。機方焚香伽藍堂，逢其人，叫呼求救。凌蒼黃之際，拔斧不出。衆至，挾機歸。遂悒悒如病，聰明日衰。辛丑歲，壽朋下世，機夢之曰：「從此去四年，與我相會於某處。」至乙巳之春，壽朋之子子理入臨安，夢其來曰：「知府喚我。」子理猶訶之曰：「顛顛癡癡，莫要浪説。」旬日後，接家信云：「機死矣。」距前夢四年。右三事子理説。

金沙灘舟人

成忠郎王佐，自竟陵挈家赴官沅州，乘客船泛湖，在道午泊。佐妻呼舟師之婦，出所攜鍮石杯，酌酒與之，而誇語之曰：「汝尋常固有好酒喫，想不曾得在金杯中。」舟婦謝曰：「小家不過識瓦甌甆盞，何嘗見金器乎！」退以告夫，且言所用盆缾之屬無非金者。夫卽懷姦心，與妻謀曰：「我終年勞苦筋骨，受盡寒賤，何曾好得一飽！不如做此一場經紀。」妻以爲然，乃謀於篙工，工言不可，遂止。呂本多一「後」字。二日，到金沙灘。佐妻取器物，令僕就岸掬沙洗擦。光耀粲然，凡數十種，布列于地。舟師又語篙工曰：「至寶落我手，更何所待。」篙工亦心動。其夜，殲佐家人而沉其尸，徑趨武陵，持盃貨于市。鋪傭知其盜，窮所從來，密呼廂邏捕至府。及獄具，械三人赴金沙元犯處，臠而梟首，挂于水濱竿上。縉雲朱藻部潭綱往荆，過而見之，巡檢爲談其事。大抵行旅遠役而挾黃白銜逞者，多招意外之禍，而江湖尤甚。建炎中，荆部多難。一郴陽令浮湘江如郴，其弟以小金盂付篙人挹水，驚語其長曰：「金盂也。」長咨嗟有羡色。縣令警捷通練，知其不便。偶過一灘，再用之，陽失手墜水。篙人欲没而取之，令曰：「水迅急，若暫停駐，將留滯矣。此是鍮石，直三四百錢，汝村獠得無認作真金耶！」乃命駕舟而上。明日到郴，擒其羣送獄，皆囚盜累年爲惡者。以白都府，悉誅之。彼以真金而獲免，佐以僞夸而覆族，異哉。

辰州監押

辰州監押任滿，顧舟下五溪，將歸王沙沔陽鎮。有硃沙數百兩，過五陵，遣弟由陸路先攜行。兄約十餘日可到家，而踰月弗至。乃沿元道還訪之。追抵武陵，則兄所乘舟猶艤岸。疑其有故，潛身伺察，見舟人持縑出市。遥認之，蓋兄物也。徑告於官，發卒執縛，盡捕惡黨。既就鞫，始盡供吐本末，云：「曾以不謹，爲監押笞辱，固已銜怒。及涉白湖，又争言往復。湖瀰漫萬頃，四無他船，遂悖駡之曰：『常德府是官人世界，這裏是我世界。』卽揞以篙，隕於水。其妻驚出，亦隕之。并二女三婢皆死。一時失計，自觸刑誅，今已成擒，無所尤悔。」遂就戮。湘中多有此惡，其人汎汎洪波中，寄命舟楫，而與之爲怨，取死宜矣。右二事子中説。

夷堅支庚卷第六（十一事）

處州客店

處州民葉青，世與大家掌邸店。至青，以貧捨業，而應募括蒼尉司爲弓手。心膽勇壯，無所怖畏，凡深夐館舍，他人不敢至而必當往者，輒懇求相伴，所向帖然。城外有大店，方建造三年，極新潔，商客投宿甚衆。淳熙十六年，民周二十者主之。其子周九，愚不解事，歲十二月，因以片瓦貯火炙手，熱，頓於漆櫃上，忘復取。櫃頗燒破。父拈柴枝箠之，怒不已。子懼，其夜自經于廁。明日，父喚起洒掃，不應，又攜杖逐索，始睹其死。鄰人皆咎厥父。父追悔痛惻，葬之於十五里外。自是每夕爲厲，哀哭不絕聲。寓客不勝擾困，相戒勿來，至於掃跡。父亦辭去。後人繼之者亦然，店遂扃鎖。至紹熙三年，或言於主人，謂葉青可付。主邀致青，捐一歲僦直爲餌。青欣然而入。纔及暮夜，怪變不息。朋輩或問之，曰：「安有此事？」客以其處於交易趨市爲便，漸肯來宿。嘗有五六人同至，一時皆驚，天方曉，急徙去。青次夕獨飲酒三升，二更後籠燈如廁，燈乍明乍滅，聞有人呼曰：「葉都頭接了紙。」青取之，溷訖趨下。復曰：「接得旋盆。」青舉右手接盆，左手搦之曰：「汝真是癡魂，許多時不尋托生處。我做道場與汝，宜速離此店。」乘勢推仆之，其聲若陶器響。青手冷如冰，半月後乃愈。鬼不復來。

潘統制妾

興元統制潘璋，在臨安時買一妾，攜入漢中。爲人嫵媚柔和，舉家憐愛。兩歲後得疾，若懷孕者。始數日不食，漸至一月枵腹。經十旬，忽産一男子。越三月復然，又四月亦如之。是歲連舉三子，聞見者莫不以爲異。自是飲食疏數不齊，似有所憑附。預説其家禍福，往往多中。遂白主公主母，乞一淨室學道，勿以事相關，晝夜揜户。或穴隙窺之，但趺坐誦經。璋嘗排闥強造其處，則四壁環列皆佛書内典，至有天竺及外國所刊板籍。詰所從來，曰：「天女見與。」淳熙辛丑，兵帥彭果選璋部西軍赴殿岩，因剡薦其材。妾請從行。璋辭以法不許。舟次果州津溉，原注：音讀爲既，蜀人謂江干步曰溉。謁郡守還，馬上望一女子至沙上持誦，呂本多一「經」字。卽之，乃妾也。駭其何自而來，曰：「思君之極，不覺魂飛。」璋亦喜，載與俱東。至鄂渚，其表弟秦奎幹辦戎幙，來相訪。未至，妾已先知，曰：「秦都幹至矣。」秦向者固已識之，是日覺其精爽比舊微爲聳露，問璋曰：「兄本買妾，聞却遇仙。」璋備言其狀，令取一小尊酒與秦飲。所貯才三升，各舉十觴，而尚存其半。怪而叩之，曰：「近來學得一戲劇術，不足道也。」明日，秦邀到官舍，語次，及西州風物，曰：「兄留行都，正是春暮，必可飽食玉津櫻桃。」妾曰：「此亦不難致，願假一合往取。」合子至，布氣數口，以手帕緘封，授老兵，使持往舟中，且祝勿擅啓。少頃而回，櫻桃溢合。賓主飫嘗，徧及姨嬉，唯一乳媪及小鬟不得食。曰：「渠不應饗此。」瑋問秦：「建溪新茶已到未？」曰：「未有。」妾曰：「我亦能致之。」即於假山側拈塊土置掌内，揉碎嘘呵，付外碾細瀹之。即於假山畔嘗，真奇品也。妾每出，必以虎子自隨。俄暫起，曳窗屏蔽障。既退，媪鬟視其旋溺，香如麝臍，而色清潔，舉而共飲之。妾在坐笑曰：「兩人無良，竊飲吾溺。然亦何傷，不過費我幾日工夫耳。」後至都城，瑋登岸而返，失妾所在。方疑撓之際，一翁一嫗來省女，瑋無以對。執詣廂官，送於府，奏劾之。坐輒帶婦人從軍停官責本隊自效。彭果以舉官不當削秩。鄱陽吴溱，從婦翁胡德藻官於鄂，見秦生，目擊其事。已而遇瑋於廬州逆旅，訪得本末甚詳。又三年，溱往渝川，逢利路州鈐轄吴漢英于夔府，因及瑋踪，云：「妾生子皆俊慧，能讀書。妾今在父母家，無恙。」

譚法師〔目録作「海口譚法師」〕

德興海口近市處居民黄翁有二子，服田力穡以養其親，在村農中差爲贍給。又於三里外買一原，其地肥饒。二子種藝麻粟，朝往暮歸。久而以爲不便，乃創築茅舍，宿食於彼。翁念其勤苦，時時攜酒或烹茶往勞之。路隔高嶺，極險峻。子勸止勿來，翁曰：「汝竭力耕田，專爲我故，我那得漠然不顧哉！」自後其來愈密。正當天寒，二子共議：使老人跋涉如此，於心終不安。捨之而歸。翁問何以去彼，具以誠告。翁曰：「後生作農業是本分事，我元不曾到汝邊，常以念念，可惜有頭無尾。」二子疑驚，詢其妻，皆云：「□翁不曾出。」始大駭，復爲翁述所見。翁曰：「聞人說此地亦有狐狸作怪，化形爲人。汝如今再往原上，若再敢弄汝，但打殺了不妨。」子復去。迨晚翁至，持斧迎擊于路。卽死，埋諸山麓。明日歸，翁曰：「夜來有所見乎？」曰：「殺之矣。」翁大喜，二子亦喜。遂益治原隰，爲卒歲計。然翁所爲浸浸改常。家有兩犬，俊警雄猛，爲外人所畏，翁惡之，犬亦常懷搏噬之意。其一乘其〔原無「其」字，據周本補。〕迎吠，翁使婦餌以糟胾，運椎擊其腦。既又曰：「吠我者乃見存之犬，不可恕。」婦引留之，不聽，皆死焉。固已竊訝。且頻與婦媟譃，將呼使侍寢。里中譚法師者，俗人也，能行茅山法，雖非道士，而得此稱。董翁待之厚，來必留飲。是時訪翁，辭以疾作不出，凡三至皆然。已而又過門，徑登床引被自覆。譚曰：「此定有異。」就房外持呪捧杯水而入，覺被内戰灼，形軀漸低，噀水揭視，拳然一老狐也，執而鞭殺之。而尋父所在弗得。試發葬處，則父尸存焉，已敗矣。蓋二子再入原時，眞父往視，既戕之，狐遂據其室。予記唐小說所書黎丘人張簡等事，皆此類云。

鄱陽縣社壇

饒州自建炎後，就薦福寺試舉人。淳熙初，提點刑獄丁時發將别創貢院，委學正魯時以下，訪隙地可以營建者。或曰：「七里外縣社壇，處勢空曠，且旁無民居，用之最便。但爲縣徙社於它處足矣。」議未決。其首謀者夢一士人來，與談是事，曰：「取之無害，但非旱乾水溢，可變置社稷乎？」謀者懼，乃白于丁，寢其說，而置院於學官之東。士人以片言而能止大役，蓋神云。

蕉小娘子

潘昌簡，紹熙三年知鄂州蒲圻縣，攜婺士陳致明爲館客。邑小無民事，潘每出書院，與陳款飲。庭前芭蕉甚盛，常捧杯屬客曰：「只令蕉小娘子佐尊。」如是一歲，陳遂有所感。一女子緑衣媚容，入與之狎，寢則同衾。涉歷百許日，憔悴龍鍾，了無人色。潘初不悟其然，以爲抱病。招醫療拯，略不能成效。迨疾棘，問其所致，乃云蕉小娘子也。潘郎命芟除，已無及矣。

胡宏休東山

婺源縣清化鎮人胡宏休，少年時浪游京師，因得肄役於何太宰府。後補武階，又中武舉，與何門人謝受之投分甚密。胡還歙，謝從之館於胡氏，凡十年。胡喪母，謝曰：「荷君顧遇久，常念無以報德。吾嫺習地理，當相爲謀吉地，以尊奉夫人。」胡初未知謝有此術，起詢之，謝乃言：「只在相近東山之間，屬君鄰家，君亟買得之。」則爲指穴，并求對面案山，尤佳也。胡郎以五千買諸鄰，又以千錢請於族黨，二者俱立約。謝謂胡曰：「此山名飛天蜈蚣，則相對者名蝦蟆形，有識書紀載其略云：葬後五年，當三人出官。十五年後，有水命人爲國戚。四十年後，陽鼓未鳴，陰鼓先鳴。周一甲子，當生貴人。吾言固不誣，但有神靈護守，不可輒據，須作法圖之。當爲擇良日同登峻峯，孝子披髮行，吾則仗劍隨後乃可。」及期，履高原上，指一處曰：「此吉穴所在也。然更須憑鄉術爲斬草下棺之證。」時無應選者，獨里中小巫郎二師粗解識陰陽向背，呼使護役。方施工之際，持鉏鍤斧斤者百輩，半染狂罔異疾。至還舍，十六人死，郎師亦亡。衆誦言地之凶如是，安可興役？宜罷之。胡必欲用，厚捐錢粟與諸死者家，而躬立其所，朝暮自程督。嘗醉寐草舍，恍然如夢，見三婦人立於前，著白衣襟袖，飄飄若神仙者流，同詞曰：「我自婺女星君處來，家於此地，而君欲奪爲立墓，誠爲不可。」胡咄之曰：「吾用謝先生所教，以窆吾母。人子之心，不遑安處。汝家在何處，敢出妄言？我決意用之。若有災咎見及，自從汝力量，吾斷無斂手相避之理。」辯折再三，婦人如不獲已，言曰：「吾之居，只此數步内。既謝神翁有命，定不容輒按：此句疑有脱誤。幸爲改卜吾居，勿使暴露。異時當異按：「異」字疑誤。報矣。」胡寤。偏訪左右，得古祠於叢林中。棟朽柱折，上無片瓦，三女像鼎坐，埃塵充滿，狀貌與夢中所睹不少異。具以語謝，謝愀然曰：「吾慮初不及此，亦恐未能免禍。」於是就半里外創一新祠。及坎墓穴，謝生不能親臨。掘太深，過三丈，得三石魚，又一生者飛起丈許而墜。事竟，謝辭去，留之弗得。明年，死於休寧黄山道上。所謂蜈蚣飛天，其狀若此。宏休仕至諸司副使東南正將，三弟姪相繼食禄，一子娶濮王宫宗女補官，妻享封邑。終以石魚露現躍出，泄其旺氣，故不迨昌顯。甲子一周之語未能即驗。而一周按：「周」字疑衍。門多好學有成。立女象廣令頗盛，按：此句疑有脱誤。鄉人祭供禱祝，一歲四至，胡氏奉之不衰。予從兄景高之室於宏休爲兄弟，其長孫沆説也。

汪八解元

德興汪遠之，行第八，赴省試。其兄及之在家，夢一騶步至，立於廷曰：「十年勤苦無人問，一日成名天下知。八解元過省，喏喏。」後三日，報牓人來，大呼前三句，及連唱喏，與夢中不少差。夫以一走卒唱喏，亦先見於夢，豈得謂之不前定乎！

徐問真道人

徐問真道人者，濰州人。嘉祐治平間多遊京師。嗜酒狂肆，能啖生葱鮮魚。以指爲鍼，以土爲藥，治病絶有驗。歐陽公在政府時，嘗苦足疾，求其拯療。徐教公汲引氣血，自頂至踵。用其言而愈。忽一日，求去甚切，曰：「我友罪我與公卿遊，不可留矣。」公使人送之出，果有丈夫冠鐵冠，長八尺許，立道旁俟之。徐出城，顧村童持藥筩，行數里，童告之求去。徐探髻中，取小瓢如棗大，覆之掌中，至于三，得酒滿掬者二，以飲童，蓋美酒也。隨卽發狂，後皆不知存亡。黄岡令周孝孫暴得重腿疾，東坡公授以徐口訣，七日而愈。見坡《志林》。

歙廳吕明

淳熙十四年，歙縣宰虞奉議栟，遣廳吏吕明往嚴州。歸塗值一客，亦負擔，元不相識，卽顧揖如舊交。凡四五日間，其行或在前，或在後，一日數相逢。吕當食必招與共啜，但見其追逐不捨，頗疑焉。投宿村店，取腰篋中所藏楮券十餘道，置席下，以防其竊。明早啓户，遇此客，前問曰：

「爾平生作何善緣？」呂曰：「我小人耳，有何善可說！」客曰：「我相隨許時，本不是好意。望爾身畔料必有財物，欲爲不利。夜來鑽壁覷，乃睹一人，長七八尺，面似神道，瞪眼看我。我不覺驚倒，又不敢叫人相救，此何祥也？」呂曰：「每日天未曉時，誦《金剛經》，今十年矣。」客愧悚謝去。金剛靈驗，古今非止一端，甲志載之矣。予姪脩之，與虞爲代，呂明正在直，説此。

金神七煞

吴楚之地，俗尚巫師，事無吉凶，必慮禁忌。然亦有時而效驗者。如居舍脩營，或於比近改作，必盡室遷避，謂之出宫。最所畏者金神七煞之類，各視其名數以禳之。俟家人出竟，乃誦呪施法，用七鴨卵從外擲之堂中，視其在亡，以應占訣。樂平一富家，以築室方隅之禁徙出，徑日而歸，七卵在地，但餘破殼而已，呂本多一「七」字。大鼠死於傍。蓋室内無人，羣鼠謀食，遇卵焉，各啖其一，故犯禁而隕。考其上二字呂本作「老巫」。厭禱之理，疑若以物數呂本作「類」。相代然。予叔父中造牛欄於空園，術士董猷見之，曰：「欄之一角犯九梁煞，當急解之。」呼巫焚紙錢埋桃符以謝。既而言：「人可以免，恐牛當有災。」後一月間，相繼斃其五，而三牸有胎，一牸雙犢，正合九數云。

夷堅支庚卷第七十七事

向生驢

樂平人向生，有陸圃在懷義鄉，戒其佃僕曰：「此地正好種菉豆。」僕以爲不然，改植山禾。呂本作「菜」。一日，向乘驢至彼按視，怒之，悉加芟蕩。僕方冀其收成而弗獲，大失望，卽入室取利斧出，剸刃已及向。急跨驢而走，因傷墮地。驢舉兩足觝僕，又人立齧之，且逐行數十步。僕既逸，乃還護向。人或過其前，輒蹄觸之，無敢近者。復啣草覆向體。迨暮，芻秣者至，始嘶鳴往迎，引以視向。遂得脱。葉本多一「歸」字。

蓮湖土地

鄱陽蓮湖寺僧惠臻，出近村赴齋供，經日始還。而盜穴其室，囊鉢一空。臻顧戀嗟嘆，作小詩書土地堂外壁上。前兩句云：「禍來患至不由人，土地伽藍固弗靈。」其夕，夢一老翁卑詞而請曰：「吾職護山門，乃有不能覺盜竊之失，何所逃罪？然所書之句在壁，觀者見必讀之。吾之羞辱，不啻撻於市朝。願師爲去之。自此苟有穿窬之過，雖韲棄此軀，不敢愛也。」臻覺而感其異，且卽刮除之。

雙港富民子

鄱陽近郭數十里多陂湖，富家分主之。至冬日，命漁師竭澤而取。旋作苫廬于岸，使子弟守宿，以防盗竊。紹興辛酉，雙港一富子守舍。短日向暮，凍雨蕭騷，擁爐塊坐。俄有推户者，狀如倡女，服飾華麗，而遍體沾濕，攜一複來曰：「我乃路岐〔原作「妓」，今改。〕散樂子弟也，知市上李希聖宅親禮請客，要去打稟地。家衆既往，我獨避雨，趕趁不上。願容我寄宿。」富子曰：「舍中甚窄，只著得一小床。若留汝過夜，我爺娘性嚴，必定嗔責。李宅去此不遠，早去尚可及。」女懇祈再三，雜以笑謔，進步稍前，子毅然不聽。徐言：「既不肯教我宿，只暫就火烘衣，俟乾而行可乎？」許之。子登床，女坐其下，半卸紅裙，吕本作「袖」。露其腕，白如酥。復背身挽羅裙，不覺裙裏一尾出。子引手拈杖擊之，成一狐而走。衣裳如蜕，皆汙泥敗葉也。

史家塘

餘干之北官道傍有史家塘，其一穴緑水泓澄，過客多賞戀弗忍去。一官人攜妻孥來，留止甚久，有姬妾數輩。時當炎暑，其一妾爲人輕浮，即脱履襪，徑下濯足，爲物從水内挽以入。主公不知所爲，望之不見，旋就農家假水車，倩夫力捲涸，不得踪跡。爲駐宿一夕，愴然而去。

盛珪都院

饒州吏人盛珪，因盗用官庫錢事發，挈妻子避地餘干之金步，寄跡於市民萬廿四家，聚小童讀書以自給。建炎庚戌，妖賊王念經嘯聚旁邑，狂僭稱尊。步市之人皆竄伏山谷。萬生投賊中，受其官職。珪窮悴飢摧，值其擁衆游徼，自謂故舊可托，出而迎拜。萬叱而禽之，斷其首，揭于竿上，持示賊。詐云殺獲官軍諜者。及賊平，黨與多誅，萬獨漏網。紹興辛亥上元日，里中豪者王德璋倡率社甲爲佛會，禳除凶災，且薦拔遭兵而死者。萬預焉。事畢還家，中途大叫，言盛都院領人共打我。所親走報其母妻，且扶掖以歸。在室跳浪，若格鬭狀，呻吟甚苦，仍不絕聲。母妻視之，則無他人，意爲醉耳，扃其户而出。夜半其聲始息。明日入視，死矣。遍身青痕，蓋寃鬼報仇云。

應氏書院奴

德興吴良史，紹興十六年，就館第于店石應氏新宅書院。奴子戴先，因負水灌蔬，跌而傷足。久之乃能起，歎曰：「我幾夜做怪夢，元是有此厄。」吴及諸生詰之，逡巡始道其故，曰：「自四月以來，有人夜入所寢室，著揉藍花纈，妝澤明媚，丫鬟綽約，相視而笑。便爲自獻之態，共榻至曉而去。問其姓氏居止處，曰：『只是下頭人。』從此每夜必來，漸覺情密。但令脱衣服，則堅然不肯；欲捫其胸，亦固拒。或時拊弄其髻，則曰：『布髮也，所以多硬。』經十餘日，解頭編于吕本作「與」。我綰同心髻，許嫁焉，而云：『我有母在，元未知此一段因緣，明當邀他來，汝自告懇。』天將曉，把手出房，忽笑云：『與你上樹戲。』遂同登一枝而立。枝折而墜，身乃在床，恍惚直如夢裏。」

吴疑爲妖魅所作，投牒驅邪院。其弟明甫，習行正法，爲結壇於室，布灰滿之。夜聞兵馬喧沸，掆一物，其聲可駭。視壇上，得兩狐印跡，一小一大，所謂母子之驗云。時五月二十有八日也。

馬大夫

樂平夏陽馬之奇大夫，爲嶺南太守。解組還鄉，憩道間郵亭。縱步花榭，遇道人，挈酒一壺，又一籃貯燒猪肝一具，不知所從來。相見歡如故交，曰：「大夫能同飲此酒乎？」馬曰：「幸甚。」即就闌干曲對酌，且食肝，肝味極美。馬意甚適，方欲延入款接，忽騰空而去。馬自以爲遇仙。思肝之珍，命庖人臑治百端，莫能及。未及幾日，得疾而亡。則所遇非佳士也。

邵資深詩

鄉人邵資深，晚得官，調光澤尉。夢一人如鬼，謂之曰：「吾有絶句爲君獻。」卽高吟曰：「滄浪白髮老相催，故圃西風又到來。諸事生涯常束手，一年此處一啣盃。」覺而語子弟，以其詞意非佳，愴然不樂。甫到官，中風疾，丐歸。處于桑圃茅齋中，未幾不起。

周氏子

鄱城周氏子，未娶，獨寢處門下一室讀書，抗志勤苦。一夕，夜過半，有隱士著道服，杖策窺户，稱姓名修謁，其狀奇古，美鬚髯，對坐相褒賞，良久乃去。如是踰月，不以風雨輒來。忽挾一女子至，容色倩麗，衣履華好，立侍於側。隱士笑曰：「吾嘉君少年而力學若此，前程未可量，故攜小女來奉伴。」於是三人鼎足坐，隱士旋引去。女令周吹燈，解衣登榻。隱士絶迹，而女夜夜來。嘗持一物餽周曰：「是熊膽也，服之最能明目，可夜觀書。」周受而食之。出入期年，形體消瘦。父疑而詰之。始諱不肯言，加以怒罵，乃備述底蘊。父卽日挈之徙舍，招醫拯治。云：「元氣耗矣，更月十日，將不可爲。」遂進以丹補煖之藥，此句疑有脱誤。歷時乃安。是歲紹興辛酉也。

招慶寺水

紹興甲子歲，江浙大水。衢州常山門外招慶寺，於五月十八日早雨作，山林震搖。士大夫家居其中者，相率望空焚香拜禱，諸僧就佛殿課經厭禳。主僧自曉出赴齋，俄聞雲烟中語曰：「欠山主與徐保義及馬在。」時山漸摧壓塞路。有頃，山主歸，徐跨馬亦至。諸峰同時倒，廊殿陷没反居上。唯魏邦達侍郎一位獨脱。先一日，有老道者晨起，見數僧打包而出，若行脚者，顧曰：「此將有難，唯藏下可免。」是夜，魏之壻趙叔温覺有異，豫挈橐囊置山腰亭上，使兩婢守之。至明日，水從山頂推一大石著亭背，而分兩道流下。老道者在藏院，呼叔温曰：「官人可來此處。」甫到而山頹。經界法初行，於寺置局，以積雨皆徙去。先一夜，邑人俱聞傳命曰：「知縣約束應經界文字，侵曉盡要來寺中整頓。」於是悉壓死。其後邑衆斂錢，命工發土出尸，欲行埋葬。凡僧俗婦女，一切裸身。禍罰之酷如此。

華陰舉子

華山既摧之後二十年，華陰舉子赴省院。離家未幾，不覺迷路，盡失僕從行李所在。就近村保訪居人，其人曰：「知秀才上京，我有一書，煩爲寄與五岳觀某道士。仍煩與之言：『這箇畜生，往來壞山，損了生靈無數，後來又去西京作孽。今却敢復回在此，已行枷錮了。』吾引秀才一看。」乃偕行。才數步，所失僕從行李咸在，而居人境界寂然。舉子異焉。到京師，未弛擔，亟詣五岳觀，欲投書。問道士房在何處？觀主云：「見在園中鉏草。」舉子走視，授以書，道士植鉏而接。舉子正於「於」字疑誤。〔按：周本作「欲」。〕下拜，仰頭不見矣。

明州學堂小龜

明州大家子弟，聚一學舍。或買得小龜，才闊寸許，而背甲長出覆首，異於常龜。一士最好奇，取育于家。經宿，其妻頓荒忽失度。每夢追逐男子，項有裝飾，不同世人。夢中相接笑語，同室聞之。醒時則云：「是我丈夫也，攜之共飲。」士無如之何。邵〔「邵」，似當作「郡」。〕有宗室子，行天心法，與此士善，許爲攝治。方施法禁，龜從盆内霍霍奔走，徑趨壇上。宗室意其作祟者，譙問之。低首若服罪。乃赦之，送于海。士妻遂寧。

胡彦才女〔目録「女」作「子」〕

衢人胡彦才，有女及笄，容色姝吕本作「殊」。美，擇壻未諧。嘗戲堂上，忽見三錢墮梁間，漫拾之。歸將納于廚，方啓扉，乃得紅牋同心結數百。自是敞罔不常，或唧唧私與人語，或似與人笑。父母憂駭，坐守其側，不能戢也。郡士徐具瞻，習行大洞法，招使治之。爇一符於竈，置一符於口，而坐室内伺視。女望一美丈夫來，入房，爲青衣人斥去，云：「正要捉汝。」女迷惑眷戀，隨而觀之。見甲士數十人，捽拽以出，而餘人無所睹。女猶話其事，而豁然矣。

村民殺胡騎

建炎庚戌，胡騎犯江西。郡縣村落之民，望而畏之，多束手呂本多一「就」字。斃。間有奮不顧身者，則往往得志焉，雖婦女亦勇爲之。其過豐城劍池也，鐵騎行正道，通宵不絶，蓋使我衆聞其聲而不測多寡耳。一騎挾兩女子，獨穿林間。女指謂避者言「可擊」，於是衆舉挺椿之而墜，旋碎其腦。馬嘶鳴不已，似尋其主，衆逐而委之井，遂脱。又胡掠一婦，使汲井。婦素富家子，辭不能。胡呶呶怒駡，奪瓶器低頭取水。婦推其背，失足入于井中。餘干民艾公子全家遭刼虜，兩胡然火，將焚厥居。艾默念：「若蕩爲丘墟，萬一獲脱，將無所歸。」乃呼其子，齊奮梃縱擊，垂困，取胡腰刀截其首。一家遂全。

李源會

李源會，京師人。所居坊曲頗寂静，其外書室窗外有隙地以種花卉。兄自亳州教授罷歸，姻戚畢集，具酒。婦女所乘竹輿，皆置花陰之下。日將暮，聞一輿内有兒曹聲，李遽往視，無所見，已而復然。竊怪之，唾駡詬責，杳無應者。懼而入中堂，經廳側，逢一妙麗，笑抱李腰而語，其音如簧，曰：「不得道，不得道。」李惑而祕焉，乃握手入室，交歡而散。李意爲坐上客，歷驗皆非也。客去後，此女遂出相就，若夫妻然。時李猶未娶。母畏其染著，徙榻于中堂，每夜亦至。迨胡寇犯闕，李依所親趙師古南來。紹興中，官于饒州樂平，女始絶迹。李脅下生一氣塊，捼之不痛，藥之不損，三十餘年而卒。

薛和夫

汴京毗婆寺前一宅，常僦與人充官舍。薛和夫者，奉母與兄處之。每日昃，必見一婦，衣碧衫，仙袂飄然，相去不過二三尺。雖知其異，不敢略采顧，而心絶怖恐。白母兄，亟徙居。兄後爲河北通判，凡兩任，解官還都，復訪僦宇。和夫行巷陌，過舊處，扃閉寂然，因躡足而入。偶念昔日所見，不知在否，漫以津唾點窗紙破窺之，碧衣者正背身而坐。和夫毛髮森竦，急趨出。時相去七八年矣。

金步岳翁

金步市民岳翁，年八十二歲時，臀後忽生一尾，長五六寸。甚惡之，自以剃刀割去，置於火中焚之。烈焰沸油，一爆而失。爾後每歲一生，只長寸餘而脫。其姪師禹問之，亦不諱，曰：「休說休說，前身定是畜生。」至八十五乃死。

夷堅支庚卷第八十二事

王上舍

建康王樞密德言綸云：「鄉人王上舍，以政和六年元夕，與呂本多一「三」字。友同出府治觀燈。三友登山棚玩優戲，王獨在棚下，不肯前。邀之弗聽，蓋意有所屬。見一姬緩步，一女僕隨之，衣不華，妝不豔，而淡靚可喜。顧王微羞，整飾冠，若欲偷避。王逼而窺之，始撤幕首巾，回面而笑。王將與之語，爲友所牽，莫能遂。於是偕入委巷，行人絶希，姬復在焉，而友無所睹。王託如廁，抽身相躡，情思飛揚，因就與姬語。姬曰：『我知君雅意，但以寡居一第，無男無女，只小妾同居。蕭索之情，不言可知。君果有心，異日願垂顧。』王曰：『吾方寸已亂，何暇遷延！』攜手將與綢繆，四顧巷陌，燈燭車馬，略無可駐之地。念市橋下甃石處差可偷期，乃野合而别。道其所居某坊。明日往詣，姬出迎，獎其有信，留至呂本作「止」。通宵，買酒款適。王暫還學宫，無日不往。倘有故失期，則飲膳具廢。浸以臞劣。向之三友固詰其曩游，具以告。友曰：『此爲妖異，不言而知。勿復沉迷，以全性命可矣。』王如醉而醒，强自抑遏。姬忽夜造其所責之：『我不幸失身于子，奈何中道相棄？』王第詞謝，姬留歡如初。王覺氣體不支，思與之絶，乃從友寄寢，又夢其來。竟病風淫而卒。」

餘干民妻

餘干鄉民周生之妻，性淫蕩。紹興十八年三月，往母家，中道遇巨蛇當路。意其死者，遂跨之而過。行不數步，蛇起逐之，熟視，蓋三男子也，若兄弟然。長者以言挑之，欲强與合，妻未從。二弟者勸解之，兄不聽。方撑拄之間，鄉人龔犁匠偶至，見巨蛇繞婦人數匝，共臥于地，龔欲前營救，而手無所攜，不敢近。素能持大悲呪，乃高聲誦念，奮而叱蛇，卽解去。及轉山腰回望，依然三男子，衣白紵紗，緋勒帛，背人而逝。邑士張時濟說。

煉銀道人

逢時澤汝霖，居于安仁縣。其姻張翁，酷嗜丹竈。家有甘井，不許他人汲，專用以煉丹，貴其潔也。性又恬静，非道侶不接納，雖貴客至亦拒之。嘗遇道人於路，麻衣穿結，求登門，揖而飲之。酒既三行，問其有何術？曰：「能煉銀。」張大喜曰：「先生須何物？」曰：「只須井泉一盃，請翁自汲。」洎水至，道人循坐布氣，水卽沸。少頃沸定，已成汞。持付張曰：「可置爐内，用某藥若干，某藥若干。」皆易得常品之物。如其法，候之，果凝爲白金。復問更有何術，曰：「能使枯木再榮。」使試之，笑曰：「宜多飲我酒。」張縱其飲無算。徐取小奴所執㰃箒，插于地，噀水一再，良久，蔚然回緑色。張驚喜，對之設拜，起則失之矣。悵然嘆曰：「真人過我而不遇，命也夫！」其子魯卿爲逢公壻，亦有父風。

李山甫妻

汴梁李山甫妻亡踰月，所居樓梯忽軋軋有聲。少焉妻至。李初疑怖，至則忘之矣，語笑就枕，如平生歡，曉去夕來。母聞知，密布灰於梯道以驗之，見鷄跡四五。已而妻謂李曰："我托此而來，非是異類。夫婦情深，自戀戀不能捨，無意相害也。"久之，李謀復娶同邑包氏。一夕，妻泣言："君已謀繼室乎？"李諱焉。妻曰："我斷君此事不得。既有此議，我當絶矣。"苦留不可，曰："幽明有間，但善與新人養護稚兒。否則君婦生子，我必致禍。"李許諾，遂訣去。包氏成禮未幾，晝寢未熟，若有搴帳者，冷風凄然而入，一婦人嚴整呂本作「裝」。麗服，登榻曰："我卽李前室，與夫人如姊妹，幸善視吾子。不然，夫人生子，我必祟之。"下榻徑出，風吹其帳自合。包驚覺，帳猶搖搖不已也。

蕪湖儲尉

建炎間，太平州寇陸德叛，燒刼居民，殺害官吏。蕪湖尉儲生竄避不及，爲賊黨縛去。德自臨斬之。已脱衣搦坐，德見其頂有毫光三道出現，乃釋之，且令主邑事，付以倉庫。後盜平，用此策勳改京官。宣城僧祖勝云："儲尉每日誦《圓覺經》一〔「一」字原無，據周本補。〕部，觀世音菩薩千聲，率以爲常。以故獲果報，得免横死。"

茅山道人

紹興二十年，茅山大修醮事，江東運使鄭清卿、王亦顔同往縱觀。至午，憩於茅舍。遇道人，服葉本無「服」字。白紵衫，青布巾，修眉美須，葉本作「髯」。風骨清峻。鄭、王相謂曰：「豈非呂仙乎？」召與語，命之坐。酌酒數行，兩主人皆已醉，漫問客曰：「能更進否？」曰：「能。」「尚能幾何？」曰：「無算。」乃令侍史注酒兩壺於銀盆中，恣其痛飲，一杯復一杯。葉本多「不已」二字。鄭曰：「先生如有藥，求幾粒。」曰：「有。」卽引手擦左腋下垢汙，撚成青粒與之，曰：「只得嗅，不得喫。」王亦求之，復擦右腋下污，成紅粒與之，所言亦然。酒盡，客去。先是，一老兵守邸閣，二漕出，兵臥簷間，日晏未醒。漕因戲以兩藥納其鼻中，氣卽吸之，葉本作「入」。猶未覺。使人喚起之，上二字葉本作「之起」。問曰：「汝覺四體如何？」曰：「覺得極輕，殆欲凌雲霄耳。」明日，騰空而去。二漕相視而歎，自恨無緣，蓋假手以度老兵也。

金壇翁甥

金壇富翁，有甥居丹陽，主其田莊出納。嘗以日暮到舅家，舅正坐門上，見甥背有佳人相隨，意其挾倡也，未暇問。俟館定伺之，甥既寢，切切昵語甚密，云上一字呂本作「且聞」。微笑聲。擬須明且責之。及啓門，但甥在耳，方以爲異。戒甥使自謹飭，甥云：「相與繾綣久矣，不謂輒至此。」其里人教之曰：「其來必經由橋梁。他日汝過，試抛三五泉於水中，而祝水官河伯，乞勿令此婦渡得，當可免。」乃如之，而宿於一橋畔民舍，以驗影響。是夜婦至，將度橋，有物訶止之，垂泣而退。自是稍與之絕。其舅言：「初見時，其人簪髻帶珠翠，霞帔綉領，醉臉蛾眉。」逢人必使詢訪何處有此。一客云：「近地人家及廟宇悉無似之者，獨丹陽米侍（原作「待」，據周本改。）郎寮院內一美人真如是，疑此鬼也。然相去百里，又恐不然。」舅親物色，驗之不差。

江渭逢二仙

紹興七年上元夜，建康士人江渭元亮偕一友出觀，游歷巷陌。迨于更闌，車馬稍閴，上四字葉本作「燈火漸稀車馬已寂」。見兩美人各跨小駟，侍妾五六輩肩隨，夾道提綵明鈔本作「絳」。紗籠，全如內「內」字明鈔本作「宮掖」。間呂本作「家」。裝束，頻目江。江追躡到閑坊，一妾來言：「仙子知君雅志，果欲相親，便過杜家園中。臨溪有樓閣，足可款晤。」江喜而往，不旋踵至彼，兩鬟持燈毬出迎。二士皆入，四人偶坐，展敍寒温。仙顧笑曰：「曩葉本作「躡」。我至此，勿問有緣無緣，且飲酒可也。」於是命葉本多「侍女」二字。設席，盃觴殽膳，一一整潔。仙滿酌勸客，葉本多一「客」字。酬之，皆引滿，至於三行，賓主意愜。一侍女曰：「天上月圓，人間月半，教人似月，正在今宵。不應留連飲葉本作「歌」。酒。歌曲止能動情，未暢真情；酌醴止能助興，未洽真興。與其徒然笑語，何似羅帳交歡？」兩仙大悅曰：「小姬解人意。」即起，葉本多「各攜手」三字。同詣一閣，對設兩榻，香煙葉本作「靄」。如雲，各就寢。使妾揜帳，妾曰：「滅燭乎？」一曰：「好。」一曰：「留。」久之，聞鷄聲，妾報曰：「東方且明，宜亟起。倉皇著衣，就榻盥頮，相對傳觴，授以丹兩丸，曰：「服之可辟穀延年，別卜再會。」江與友遽趨出，一鬟曰：「未曉裏，且緩步徐行。」仙送至門，慘愴而別。二士自此不茹煙火，唯飡水果，殊喜爲得際上仙。三月，往茅山，與道士劉法師語，自詫奇遇。劉曰：「以吾觀之，二君精神索漠，有妖氣。若遇真仙，當不如此。我能奉〔葉本無「奉」字。〕爲去之。」始猶不可，劉開諭以死生之異，〔葉本作「説」，明鈔本作「意」。〕豁然而寤曰：「唯先生之命是聽。」劉命具香案，擇童子三四人立於傍，結印嘘呵，令童視案面，曰：「一圓光影如日月。」曰：「是已。」令細窺光内，曰：「有吏兵。」劉勅吏追土地至，遣擒元夕杜家園祟物。才食頃，童云：「兩婦人脱去冠帔，伏地待罪。又有數婢側立。」劉勅通姓名，一云「張麗華」，一曰「孔貴嬪」，盡述向者本末。劉曰：「本合科罪，念其嘗列妃媛，生時遭刑，而於二君不致深害，秖責狀而釋之足矣。」〔葉本無「足矣」二字。〕二士謝去，復能飲饌如初。

景靈宮道士〔目録「士」作「人」〕

紹興中，臨安有老道人，年八十餘歲，言舊爲京城景靈宮道士。〔按此句上下似有錯誤。〕嘗以冬日在三省門外空地聚衆，用濕紙裹黃泥，向日少時卽乾，已成堅瓦。因白衆曰：〔呂本多一「有」字。〕「小術呈獻諸君子爲戲，却覓幾文錢沽酒。」乃隨地方所畫金木水火土五字，各撚一丸泥，包以濕紙，置其上，就日色曬之，告觀者請勿遮陽光。少頃去紙，東方者色青如靛；南者則赤如丹；西則白如珠；北則黑如墨；中央如黃蠟然。往來人以千百計，相顧嘆異，各與之錢，而无取其泥者。天正寒，其人髮黃面黧，只著單衣，必有道者也。

黎道人

黎道人者，溧陽人，少落托葉本作「魄」。去家，足跡遍秦魏。政和間，走陝西沿道，上二字葉本作「緣邊」。中塗值夜，爲虎所窘，竄入三官廟，跧伏紙錢中。半夜後，燈燭光明，見三道士飲酒，數人葉本作「僮」。侍立。一道士云：「此中安得有生人氣？」侍者以告，命呼出。問鄉里姓名畢，又問：「能飲乎？」曰：「能。」使酌酒飲之，上二十五字葉本作「僮以告黎趨出拜詢其姓名鄉里以銀盌酌酒飲之」。并與一棗梨。拜謝，復入紙錢中，道士侍人上二字葉本作「童子」。皆不見。自是不飢，唯飲明鈔本多「冷」字。水。宣和間，到邢磁村落，聞四畔哭聲相續，扣店媪，媪曰：「此中有野狗爲暴，葉本作「祟」。夜至人家，搏食孩稚。」黎曰：「然則我爲殺之。」他夕，宿一處，正聞哭聲。其家叫云：「狗來也。」黎持梃追逐。狗行甚疾，走渡水，黎亦渡水；狗穿岡，黎亦穿岡。約百餘里，然只旋轉此一村。東方漸明，狗窘甚，奔古窯喘息。黎大呼傍近居人，壞窯取之，乃一老嫗，煤面裸身。衆有識之者曰：「是某村某婆也，有子、有婦、有孫。」衆擊之百數，不作聲，唯口吐涎沫。執以赴郡，郡逮其子婦。婦至，詬之曰：「累向阿家道，莫作這般相態，今果了不得。」郡使婦具言之，上六字葉本作「郡扣其故」。下句首有「婦」字。曰：「不知其他，但見每夜黃昏，必至竈前以火煤上二字葉本作「炭」。塗面，脫下衣裳而出，天曉復還。」郡積其宿惡，斬之，葉本作「斬諸市」。狗禍遂絕。建炎多難，黎歸故鄉，結廬官道側，買藥乞食。若有兵寇火疫，上二字葉本作「疫癘」。率預知之，輒告別邑人而去。蹤跡稍露，人視其去留以卜安居。宗室子共爲營庵，事之甚謹。一夕，縣市災，居民鼎沸。黎助之救火，同時四門各有一黎。自是人愈崇禮。黎心不能安，忽奄然而逝，宗子買棺葬焉。後乃在建康，有遇之者，猶寄聲謝溧陽人。宗子與好事者開棺，存草履。後隱不出。上九字葉本作「啓棺視之，但存雙草履，後遂隱，不復見」。

開福院主

饒州東湖内浮洲開福院主，善講經。郡民熊氏，出入庫倉，爲人輸送苗帛，家稍温而好善，常延致齋供。熊未有子，僧因赴齋罷，熟視其妻曰：「我來與爾作兒。」熊夫婦大笑。是夜，妻夢訪其居，遂懷妊。越十月，又夢詣其室，腹疼而寤。忽見一禽若青蒿者飛入口，即生男。明旦，熊往開福視之，已坐亡矣。後娶婦得孫。利陽鎮人沈公假館於熊，熊子謂曰：「我欲托身翁家。」沈戲曰：「吾家那得飯與汝吃。」沈回舍，妻亦再夢熊來。其生也，亦感青蒿之異，而熊子亡，才七歲。都昌土塘黄氏母，以姻事至沈家，此子之語按上二字似當乙轉。如熊生，既而亦如之。蓋僧閲三生，不離鄱陽，皆先與母約，首尾不過三十年。

道人治消渴

臨川人苦消渴，累歲更十名醫不効。嘗坐茶坊，見道人行乞，漫呼與茶，又具飯。問其有何術，曰：「無所能，只收得幾道藥方耳。」主人喜，復問：「有治消渴方乎？」曰：「正有之。用苦練根新白皮一握，切焙，入麝香少許，以兩盞水煎一半，空心飲之。雖困頓一二日，然疾可愈。」乃延留之，而如方服藥。下蟲三四條，狀如蛔而真紅色。以語道人，道人曰：「尚有食蟲三條，不必再服，恐取盡則困不可支。」自此渴頓止。臥而將理，再宿脫然。

夷堅支庚卷第九十六事

景德鎮婦人

景德鎮一巫，夢白皙婦人二十七輩，皆素衣，前拜曰：「願伏事君家。」自此歲一夢，或再夢，已而至於三四。竊怪之，不知何祥也。後開山爲生穴，得一窖，中藏銀二十七鋌，皆漢裹蹄樣也。役人争取之，巫與之競訟于官，檢式受庸者弗得，乃悉付之。予按漢武帝以太山出黄金，故鑄爲趾裹蹄，初非白金也。

溧陽狂僧

溧陽有風癡狂僧，而語人禍福立應。一民家娶婦三日，僧往賀曰：「我來賀婚，當與我酒。」主人沃之巨盃。又欲見新婦，其家難之。婦亦不肯出。請不已，乃令一見。僧熟視良久，近前擁持，齧其咽。婦叫呼，衆奪以歸。僧歎曰：「得我齊咬斷却也好。」再稱「難難」而去。無何，婦因與夫争言，以雙股繩自經於房梁，其一股斷。方悟僧先所云「難難」者，不可免也。

鮑同及第

金陵府鮑府史，生三子，少時皆俊秀，讀書有聲。父夢道人，青巾白袍皂絛，抱墨桶置其庭階，如世所謂呂先生，顧其三子曰：「兄弟三人同及第。」故悉使更名，伯曰同，仲曰回，季曰冏。其後獨同登科，而回、冏不第。乃驗其語。

淵明瘞酒

世傳環九江境内有淵明瘞酒處，人或掘得之。鄉人鄒廣成云：「南康廬下多美田，山腰有巨石，可容二百人坐，耕農多登之會食。一農忽言：『石根太半危出山外，盍共鑿其下？若墜落山側，我輩免得上去喫飯，大段省力。』衆以爲然，鑿之果墜，而於底得一石函，函中一銅器，有蓋，即匾壺也。揭視之，盛酒滿中，傍刻十六字曰：『語山花，切莫開，待予春酒熟，煩更抱琴來。』衆疑酒非人間物，不敢飲，悉傾棄之。酒香在地，經月不滅。其器爲縣尉取去。」予謂是必道術士所藏者。淵明得酒便醉，豈復留待後人哉！

郴圃鯽魚

郴州支邑村落中，有小民圃，蓋昔之達官故宅基。其畔有小池，水泓澄可愛。嘗見雙鯽出游，比翼按「翼」字疑誤。而嬉，略不暫捨離。雖經二年三歲，亦無他鱗，而其大小只如此。民懷貪意，投網欲取之，訖不可得。後因灌溉竭澤，於泥内獲一銅盆，中鑄兩魚，形狀與向者不異。滌淨持歸，把水注滿，魚撥刺「剌」當作「刺」。去來如前。事聞於縣，縣令將奪之。閱租籍，視其逋賦，擬加囚責。乃出以獻，酬之錢五千。復爲郡守闕吏部所有。

余吏部

德興石月老人余先生，有母弟，弱冠力學能文。里中王氏，約聘以女，資裝甚厚，然須登科乃親迎。余預鄉貢而黜於春闈，王女歸他人。余怏怏失志，因棲泊京師死焉。石月妻在鄉里，夢叔歸，乘白馬，張青蓋，以爲拜官也，喜而出迎。叔下馬，投入嫂懷，遂覺。是月有娠，及期將就蓐，遲遲痛楚，瀕於危殆。適有兩雀鬭庭中，傷而死。石月懼，呼巫占之。卦成，巫起賀曰：「兩雀鬭偕隕者，主生貴子。」已而誕一男，名曰應求，字國器。少而穎異，七歲中童子科，未二十歲魁鄉舉，位至郎官御史。

石逢時

信州干二大山吴氏，盛族也。有子某，娶婦，伉儷甚篤。吴名宦不成而亡，妻悼慕不已，常夢見之。一夕，又夢在佛殿上堂，奔往就之，不得近。遥語曰：「我將託生，汝休眷戀，今往樂平石村石大秀才家爲男子矣。」旦而告於兄伯，伯爲訪之。時石大之妻方懷孕朞月。後又見夢曰：「某日我將生。」伯如期往，登石門，道其故。大秀才抱嬰兒出示，兒見伯一笑。伯懇于石，欲求爲吴氏嗣，石不許。其兒後名逢時，長游太學，及進士第，然位則至一邑丞。吴妻猶守志，將俟其解官往見之，會卒而止。

揚州茅舍女子

揚州士人，失其姓名。建炎二年春，因天氣融和，縱步出城西隅，遥望百步間有虹暈燁然，如赤環自地吐出。其中圓影，瑩若水晶，老木槎枒，斜生暈裏，下有茅舍機杼之音。試徐行入觀，瀟洒佳勝，了非塵境。有機數張，皆經以素絲。白皙女子四五輩，綰烏雲丫髻，玉肌雪質，各衣輕綃，朱呂本作「銖」。衣揎腕，交梭組織白錦。轉眸一顧士人，正色端容，抽箴不息。逼而視之，錦紋重花交葉之内，有成字數行：第一行之首曰李易，稍空，次又一人姓名，復稍空，又一人焉，如此以十數。乃拱手問之曰：「織此何爲？」一人呂本作「女」。毅然而對曰：「登科記也，到中秋時候當知之。」餘無一語。士人遍觀舍中，窗壁玲瓏，風露凄切。自念此身，真如腐鼠，而得造瑶林瓊圃，瞻近羣玉。既情致澹泊，不相荅禮，揖而辭退。諸女皆目送之。迨出虹暈，回頭注目，蕩無所睹。乃躡故道歸。時過二更，郭門已閉，遂宿於旅邸。恍疑午境爲夢，而歷歷分明可記。是歲之春，高宗車駕南巡，駐蹕揚都，四方貢士雲集。至八月，始唱名放榜，第一人曰李易，其下甲乙之〔「乙之」原作「之一」，據周本改。〕次無一差，易正揚人也。於是悟首春所屆，蓋蟾宫云。

巡察都監

餘干人李孟家賽三界燈願命，奉國院僧師文、師仁行持，頗極精恪。明日二僧往謝，及門，李出迎。忽見一官人如州都監者，徒御稍盛，亦入門，踞坐胡牀。師文前揖，官人遽問：「燈疏是誰寫？」師仁拱曰：「山僧寫。」官人曰：「天有天主，人有人主，如何輒書燈主？臣李孟，只是庶民，安得稱主？自今不得復然。」又言：「既云三界燈，却不點天梯燈。」文懼曰：「村野僧徒，不知儀式。」即索紙，以朱筆畫樣付之，狀似椸架而狹長，分三層，每層三燈，曰：「此燈上按九天，下按十八地獄。須如此方合式。」文受而揖謝。李延坐奉茶，兩從者同曰：「不入不入。」升輿而去。最後一隸青衣，李問：「此何官？」疾對曰：「巡察都監。」遂霍然而没。

陳道遥

陳道遥者，或稱陳黑子，不知何許人。紹興末來鄱陽，好遊樂平德興之間。身衣布絡，雖盛寒亦然，露卧霜雪。或就富家乞錢，須若干緡，人亦樂與，不違其數，而不見其所用處也。東尉弓手之妻寡居，以私酤爲生。陳數從之賒飲，婦人奉之不倦。嘗遺溺盌中，持與之。婦即舉飲不嫌，自是陽狂不食。唐立夫舍人守饒，陳醉入公宇，指而罵曰：「汝將病温生角矣。」唐弗怒。後乃移知温州，加直祕閣。人來問禍福，必毁罵，至遭笞擊。未幾，病死於鍾端明道堂，葬於漏澤園。唐公自永嘉遣一武官來訪之，聞已亡，爲火其柩，煨燼中得勾連鎖骨一具。明年，一道人來德興，謁天門山下余秀才，攜一苧衫授之曰：「陳道遥託將還，云乃是君室人手製者。」視之信然。又有細民魯九者從之游。引至妙源觀丹井，酌水與飲，且與一棗使食。當冬月，涉水不慄，人沃以水，亦不怖，今尚存。

朱少卿家奴

朱少卿，寓居德興妙源觀。有僕朴直無過。知觀黄道士衣裘垢敝，僕哂之曰：「如此衣服，豈可朝真？何不换新潔者？」黄以貧未能辦爲辭，曰：「計所用錢若干見告，我當任此責。」黄以爲戲言，姑應曰：「謝汝。」又曰：「我但積每月顧直，便可就，非妄語也。」數月，持鶴氅道服襦袴各一道與之。未幾，易新巾、白衫、椶履。顧少卿之子子壽曰：「小官人看一個則劇術子。」即下庭跳擲。稍起，乘虚一二尺至五六尺，漸高，上衝雲霄而没。張忠定公，邑人也，素識之。及鎮建康，忽來拜於庭下。公憶其貌，問之曰：「何爲到此？」曰：「來赴三茅千道齋會。」公命於宅取杯酒與之。飲訖，辭出，徑從立處上昇，莫知所屆。公愕然，府僚吏卒皆賀，以爲遇真仙云。

無錫木匠

無錫張木匠，造盆器出貿於街。一日差晚，在茶肆前交易。一客來買數種，酬價已定，客曰：「偶不曾將錢來，願同往家中取直。」遂引行。穿一曲巷，夾路皆竹籬，到水濱巨宅，門外有櫃坐。張欲入，客曰：「不須入去，待我自取。」久之不出，張睡於櫃上。行人過者識之，正在枯草水傍大木下，呼之不醒。爲報其家，厥子奔往扶叫，始得歸。視向之宅乃大木，竹籬乃枯草。白晝鬼迷人於邑市，異哉！

程老枕屏

鄉人程景陽夜臥，燈未滅，見二美女，綰烏雲髻，薄粧朱粉坐于傍，戲調備至，加以狎媟。程老年已高，略不答。二女各批一頰，拏撼之，乃去。明日視之，傷痕存焉，皃曹不知何怪。久之，因碎所臥枕屏，方於故畫絹中得二女，蓋爲妖者，亟焚之。又彭聖錫取所藏名畫示人，有宣城包呂本多一「鼎」字。虎帳未收，暫置榻內。其夕，夢大小四虎噬其支體，至血流。寤而疑其異，展帳驗視，與夢無差。舉而售於他人。

金山婦人

祝堯卿云：有士大夫自浙西赴官湖外，妻絶美。舟過揚子江，大風作於金山寺，葉本多一「下」字。所乘舟覆，妻孥盡溺。唯大夫賴小艇得脱，就寺哀慟累日然後去。三年秩滿東還，復屆故處，就寺設水陸供薦，禱於佛，乞使妻早受生，罷時已四更，少焉僮奴掃地，逢一婦人，滿身流液如瀺涎，裸跣抱柱，如醉如癡，喚之不應。黎明，僧衆聚觀，大夫亦至。細認之，乃其妻也，駭怖無以喻。命加薰燎，具湯藥守之，至食時，稍稍知人，自明鈔本作「事」。引手接湯。俄而復活，夫婦相持而泣。遂言其故曰：「我於葉本作「初」。没時，如被人拖脚引下，喫數口水，入水底，爲緑衣一官人攜入穴。穴高且深，置我土室中，葉本多「以我爲妻」四字。每夜袖糕餅之屬飼我，未嘗茹葷。問其所從來，上三字葉本作「安得此物」。初猶笑不言；及既昵熟，方云是水陸會中得來。因告之曰：『我因悶已久，試帶我出瞻仰佛事，少快心意如何？』彼堅拒不肯。求之屢矣，一夕，導我攀險梯危，上寺中，望燈燭熒煌。

葉本多「花幡間列」四字。及詣香案邊，聽讀疏，乃是君官位姓名追薦我者。我料君在此，盤旋繞寺，不肯返。緑衣苦見促，我故逗留。會罷，葉本多「燭滅」二字。强拽我行。我聞君咳聲，葉本多「願見不得」四字。緊抱廊柱不放，遭葉本多一「他」字。歐打極困。佗怕天曉，遂捨去。此身墮九泉下不知歲月，賴君再生，皆佛力廣大所致。」喜甚而哭，夫亦哭，遂爲夫婦如初。滿寺之人，莫不驚異。緑衣官人者，蓋水府判官也。

新安道人

洪中孚尚書，新安人也。有道人常游其門，以茶酒待之不倦。忽告別它適，言曰：「願呈一術，以爲公歡。」時當歲晚，洪指園中枯李曰：「可使開花結子乎？」曰：「能。」即請青幙幕其上，白洪延客置酒以賞之。乃於腰間探藥一粒，納李根，封以土。少選揭視，李已著花。又覆其幕如初，及再揭，李已結實。於是三幕之，令遍行酒，遂去幙，則一樹全熟，青黄交枝，滿座摘食，香味勝於常種。但歎訝而不能識爲異人者，「者」字疑衍。既去之後，方悟其神仙，欲見不可矣。

舒道人

餘干萬氏，嫁舒氏，平生好善緣，故有道人之目，中年而亡。其子傳朋夢母歸，不之本房而入女室。女之夫曰李松，縣尉，亦夢道人來，言：「欲爲兒。」答曰：「母來女處托生爲不順矣。」明日，各話所夢。已而女復夢黄衣人告曰：「舒道人將爲汝子。」又紫衣僧之言亦同。女固辭，僧舉袖示之，現一圓光，道人在焉。曰：「業已如此，奈何？」時女懷妊且數月，及期，夢母至，只坐堂上。女邀入房，曰：「李郎在，故不入。」寤而子生。是日國忌，促夫出行香，少焉生男，容貌與道人相似。

以上三卷皆德興吳良吏之子秦傳其父書。

夷堅支庚卷第十十三事

嘉魚龍珠

建炎元年，鄂州嘉魚縣農夫乘春雨耕田，於陰雲蔽野中，見一火毬在空，欲上復下，竟墮地，光焰赫然，須臾漸息。牧童以篛笠覆之，一爇而盡。老人或稍有識者曰：「我聞驪龍有珠，是必因鬬而墜，須持厭服掩取乃可。」農釋耒，解犢鼻裩罩于上，火焰如沃，果一大寶珠。包以歸，獻于主人田二翁。翁與千錢，置諸佛室。至夜，祥光四發，高出屋外。遠處望之，謂田氏遭火，及赴救，則不然。喧傳達於邑令。令欲得之，而慮其閉拒，乃摭他事囚翁于獄，使吏諷之。翁曰：「此亦何用？願以獻。」令大喜，遽命取之。而前一夕濃霧罩翁居，對面不相認，迨開霽，已失珠所在。其家來報，令不以爲然，謂其靳誕，横施械梏。翁不能自脱，竟死獄中。施師兪説。

徐千一

樂平民徐廿一，居邑下秋洲灣。其長子千一，治生有方，家業頗振。父忽如覺如夢，見其子在禾場上，而空中刀劍紛紛自下，皆將擊之。父百方遮救，僅得脱。寤而懼甚。自是子獨處，則受此撓。於是每夕命數僕陪之寢宿，而夢中復多悸。乃議徙避之，旋於二十里間築室。千一之弟千二，方詣塘運水和泥，兄在新屋内，忽大叫稱痛，聲徹于外。弟奔視之，已死。其身遍體皆遭刃斧痕，至闊三寸許。此子庸常一民，不聞顯惡，殆宿寃業所致也。

葉妾廿八

葉正則庖婢事，載於支乙。陸子静知其詳，云："葉之父朝奉君買侍妾，仍其在家排行，只稱爲廿八。來累月矣。一夕，聞窗外有呼廿八者，認其聲不審，未應。忽曰：『汝不應，我自入來。』俄一美丈夫至。妾惑之，遂共寢。自是乘間必至，已而有孕。十月免身，乃生泥子二，真土偶也。又生車螯鯽魚各二枚，皆活。葉老不勝駭，亟投諸江中。此怪往來猶如初，迨正則罷官東歸，將及京口，始絶迹。"子静言之於王順伯、黄雍父，云："此乃正則作平江幕官時事。所生兒入地縫中，遣兵持鉏掘之，聞其下曰：『爾何人，要來尋我？』乃止。"雍父審其事於正則，曰："然。"

楊可人

湖妓楊韻可人者，紹興十年以後，用色藝敏黠著名。海陵仲彌性并通判州事，爲所惑，嘗約一鐫秩一受杖，無所辭。及仲以章罷，韻貨醫詐爲有孕。二年後，竟爲王亨道所撻。仲寓居常州，一夕夢之曰："我抱病甚亟，且死矣。平生誦《妙法蓮花經》，以故可免墮落，得作男子。只在湖州城外方二弓手家託生。君若不忘故情，幸急來視我。正恐已無及，尚可周旋後事。方家極貧，不能育我，望加意賙給。我生三日後，煩君來，當以一笑爲證。"仲寤，遽登舟，到即詣其室。韻困血疾暴作，連夕不知人。又訪得方二弓手家。詢死，方妻生男。仲既悉如前戒，經三日復往。方氏使抱兒出見，〔「見」原作「現」，改從周本。〕望見已驚笑。自此仲數存撫之。仲爲蘄春守，張壽朋爲倅，親聞其言。

胡氏異兒

徽州清化鎮人胡廷輝，長婦李氏，以淳熙戊申歲生男子。才出胎，上下齶已各有一牙，試以乳就之，而骨軟不能吮。父母駭其異，欲殺之。羣族共勸言：「爾無它子。此兒既不吮乳，且無別狀。不若留育之，俟其長成可也。」及三歲，諸牙皆出，與舊二者無以異。

江四女

婺源嚴田民江四，家世爲農，頗饒足。而行跡無賴，與鄰豪代名充里役。妻初產得女，怒，投之盆水中，逾時不死。江痛掐其兩耳，皆落，如刀割然，遂斃。次年，又生女，兩耳缺斷，全類向者掐痕。里巷以爲業報，謂苟再殺之，必有殃禍，勉其存育，乃留之。

白石大王

李智仲鄉居時，一姪在書室，忽癡瞪不能語。正遣奴持酒與飲，見而歸告。智仲出視，乃書桌上云：「有駛卒持文牒，稱泰山府君令與白石大王爲代。辭以母老，且未娶，無人侍養，乞免行。駛怒曰：『府君之命，烏可辭？』再三致禱，始許來早復報。適所賜酒，不敢飲，即以犒之。叔出時尚立門側，今去矣。」明日，又書曰：「駛足再來，已許辭免。」猶不語。智仲曰：「汝一旦如此，何時是了？」又書曰：「叔無過慮，但以炭火煅定椀二隻，俟通紅，款款取出，投于前溪。明午自能語話。」如其說，及期，一切復常。扣所見，冥然不知。李宅前臨大溪云。右四事子理說。

韓世旺弓矢

臨川王椿者，平甫之孫，待制游之子。紹興初爲臨安幕官，能弧矢。將官韓世旺，蘄王兄也，家本西州，固諳此技，而不以自名。爲王所輕，每對客侮之，韓不與較。呂丞相都督江淮，辟王爲僚。王收拾眥裝，貯一籠，逢韓於教場。適諸將置宴席，因留之。韓忽言：「今當與君別，能以弓矢角勝負賭籠中物乎？」王恃其技，卽應曰：「諾。」且指坐間數客爲證。各分箭一把，王引弓先發，其四中的，其八皆在垜內，無一不中。王意欣然自得，坐客無不歛衽稱贊。韓逡巡起應曰：「我軍旅中人，若以十二箭爭勝負則爲不武，願止以兩箭決之。」衆咸不曉其語。韓使虞候持筵上金錢立垜前，一發中錢孔心，再發破筈。滿坐呼譟。開籠取物，得金六百兩。王慚悔氣，不終席而歸。橐中枵空，莫知所出。次日，謁韓所厚善者，托往解謝，丐還元金。韓笑曰：「我本不須彼物。正以文官口强，常時受他侮薄不少，故聊窘挫之。他必能做啓事，但以一篇謝過，便悉返之。更須直說，不要逞文章，恐其見罵。」王如戒立作啓，大略云：「幸自識得三兩箇難字，何須射呂本作「挽」。他伍六斗軟弓？不識便宜，搦人賭賽。拋毬打論，雖是有輸有贏，破白傷財，其奈著腸著肚。」他皆類此。韓讀之大嘉，即日歸其所獲。王外孫劉模說。

姚時可

張邦昌既坐竊位死，其族弟嘗爲郡，居會稽。府捕其家良賤六十口置于獄，具奏待報。張自料身爲逆人親族，當死不疑，與其明正刑書，不若預爲之所。乃囑推吏姚時可曰：「吾自分必死，敢有請於君。」姚問其故，曰：「吾藏金百兩在某室篋中，君往取之。煩爲密營毒藥十數服。俟誅命下，即與子弟輩共引決，以後事累君。」姚曰：「事未可知，朝廷仁政尚寬，何必至是？當爲公出探消耗。果不可免，用此計未晚。」明鈔本多「無爲先就死地也」七字。張再三瀝懇，訖不可。及奏上，高宗諭輔臣曰：「邦昌之逆，出於迫脅，正已可哀。其弟相去三千里，本非同謀，豈宜加罪！」即命盡釋之，一家按堵如故。張詣姚舍，謝其全護之恩，以所說百金爲餉，拒不肯受。至損十之九，亦然。是時姚未有子，後連生八男。迨長立，皆好學馳譽。廷袞登紹興三十年進士第一，謙者淳熙十一年繼之，廷昂一夔及其他子悉爲名士。越人上二字葉本作「時」。以爲陰德之報云。順伯說。

吳淑姬嚴蕊

湖州吳秀才女，慧而能詩詞，貌美家貧，爲富民子所據。或投郡訴其姦淫。王龜齡爲太守，逮係司理獄。既伏罪，且受徒刑。郡僚相與詣理院觀之。仍具酒，引使至席，風格傾一坐。遂命脫枷侍飲，諭之曰：「知汝能長短句，宜以一章自咏，當宛轉白待制爲汝解脫。不然危矣。」女即請題。時冬末雪消，春日且至，命道此景作《長相思》令。捉筆立成，曰：「烟霏霏，雨霏霏。雪向梅花枝上堆，春從何處回？醉眼開，睡眼開。疎影横斜安在哉？從教塞管催。」諸客賞歎，爲之盡歡。明日，以告王公，言其寃。王淳直不疑人欺，亟使釋放。其後無人肯禮娶。周介卿石之子買以爲妾，名曰淑姬。王三恕時爲司户攝理，正治此獄，小詞藏其處。又台州官奴嚴蕊，尤有才思，而通書究達今古。唐與正爲守，頗屬目。朱元晦提舉浙東，按部發其事，捕蕊下獄。杖其背，猶以爲伍伯行杖輕，復押至會稽，再論决。蕊墮酷刑，而係樂籍如故。岳商卿霖提點刑獄，因疎决至台，蕊陳狀乞自便。岳令作詞，應聲口占云：「不是愛風塵，似被前身誤。花落花開自有時，總是東君主。去也終須去，住也如何住。若得山花插滿頭，莫問奴歸處。」岳卽判從良。景裴說。

天慶觀道人

饒州天慶觀道士陳元齡，素有爐火癖好，無日不從事於斯。僅能得點茅一二小技，至於治煉黄金，莫能測涯涘也。嘗在室内踞爐治藥，一道人揚揚而來，直入傲揖，跌宕已醉，延坐與語，酒氣觸人。卒然問曰：「師黄冠羽服，擺脱塵凡，頗有以助道否？」陳曰：「甚好丹竈，奈骨相窮薄，不能有所值遇。擬乾汞爲銀，十作十敗。先生曾留意乎？」道人笑而勿言。陳飲以酒，復扣之。曰：「此豈是一朝一夕、單詞半句可了？吾不惜少駐，爲君圖之。」陳以爲異人，不敢固請，但日與詣永平監沽肆劇飲。因循三月，不告而去。陳望望然若有失。經旬復來，曰：「向者所言，今姑小試。

此有水銀否？」陳曰：「有之。」卽以一斤至。曰：「那用許？」只留四兩，貯於黑盞中，置湯瓶上。解腰間所挂火瓢，取藥一刀圭，投而攪之。復以陶楪，袖手而俟。少焉，錚然有聲，曰：「就矣。」揭楪視之，既成白金。秤之，分銖不耗折。陳正衣冠設拜，願執弟子禮。是夜同宿，越三夕，因大醉，陳起貪志，竊其瓢。道人睡覺，愴然曰：「不謂君無義若此，然亦幾何？分量可謂淺窄。」遂拂衣去。陳夸語於衆曰：「從今一生快活，更復何求？」如其法治汞，無不立成，凡得銀數百兩。及天慶遭庚子之災，陳所有囊笥多不救，至今尚存。張思順言。

夢監補試題〔目錄「試」作「賦」〕

王景伊赴國子監補試，夢宣押考試官三員乘馬而來。其前一人姓黄，中一人姓孫，後一人忘其姓。繼卽若入監闈，出《詩止乎禮義賦》。操筆成文，頗得意。既覺，猶歷記數聯。已而又夢云，則不憶一語矣。明日，三考官入院，蓋黄堂雍父、孫逢吉從之、毛崇甫辯也。洎就試，題未出，已喧傳所夢賦題。俄聞簾内嘈嘈如争辯之狀。良久，乃《以古爲鑑賦》。是歲，景伊不利。後見施德遠之子聞毛崇甫言：「孫初欲出《詩止乎禮義賦》，黄欲更以爲《六德教胄子》。孫曰：『試者皆朝士子弟，卽不挾書，恐難尋索六德體字。』議未決。崇甫曰：『自來國子賦題，只是四字。』遂定用後題。」景伊一夢明白如此，而不獲預選者，豈以不符其所見故邪！景伊説。

劉職醫藥誤

私鑄銅器，法制葉本作「禁」。甚嚴。信州永豐縣民犯禁，爲人詣縣告，逮赴獄。罪狀已白，典吏毛遂、周永受賕釋之。告者經坑冶司訴理，械二吏送饒州州院，俄而上四字葉本作「至州兩吏」。皆病寒疾。直獄劉、舒二醫同診視，云：「周永當汗。」隨證下藥而愈。劉欲以大茈胡湯與毛生，舒曰：「渠是陽葉本作「陰」。證傷寒，葉本無「傷寒」二字。此藥入口，死矣。」劉堅執前說，舒力爭不勝，竟與服。卽時痛徹心腑，旋復洞下，糞結如脂膏。又强使服，至於再，須臾，髓竭而亡。吏呼二醫視之，已無可言，共議作節次申郡，而令出錢買棺，候檢畢就殮。正舁尸束置牆角，上十二字葉本作「相檢舁至牆下尸」。忽張目舒氣，獄級走二人還，上二句葉本作「獄卒走報二醫往視」。已宛然再活。問曰：「晝時上二字葉本作昨日。兩服藥，是那箇郎中主張？」劉方喜，以爲己功，應曰：「是我所下。」上二字葉本作「之藥」。正揶揄舒生，葉本無此句。毛曰：「今後且須仔細。我一家長幼十餘口，仰我以生，所坐上二字葉本作「我疾」。本不至死。而汝以一服藥見投，使我五臟如刀割，膏液盡爲臭穢。我既知之，而獄級又勒使再進。腸胃已腐，安得復生？今只在鬼門關相候。」復顧舒曰：「且得知治葉本作「下」。藥人姓名分曉。」語終而亡。上二字葉本作「復斃」。劉未幾卽死。舒懼，葉本多「陳詞」二字。謝去醫職，而學三壇法，以符水治祟，亦能自給。

夷堅支癸序

劉向父子彙羣書《七略》，班孟堅采以爲《藝文志》，其小説類，定著十五家，自《黄帝》、《天乙》、《伊尹》、《鬻子説》、《青史》、《務成子》咸在。蓋以迂誕淺薄，假託聖賢，故卑其書。最後虞《周説》九百四十五篇，出於稗官街談巷語道聽途説者之所造。當武帝世，以方士侍郎稱黄車使者，張子平實書之《西京賦》中。噫！今亡矣。《唐史》所標百餘家，六百三十五卷，班班其傳，整齊可翫者，若牛奇章、李復言之《玄怪》，陳翰之《異聞》，胡璩之《談賓》，温庭筠之《乾𦠆》，段成式之《酉陽雜俎》，張讀之《宣室志》，盧子之《逸史》，薛漁思之《河東記》耳，餘多不足讀。然探賾幽隱，可資談暇，《太平廣記》率取之不棄也。惟柳祥《瀟湘録》，大謬極陋，污人耳目，與李隱《大唐奇事》只一書而妄名兩人作。《唐志》隨而兼列之，則失矣。予既畢《夷堅》十志，又支而廣之，通三百篇，凡四千事，不能滿者才十有一，遂半《唐志》所云。支癸成于三十日間，世之所謂拙速，度無過此矣。況乃不大拙者哉！繼有聞焉，將次爲三志，而復從甲始。慶元三年五月十四日序。

夷堅支癸卷第一 十事

回天寺鐘樓

乾道中，成都府法曹孫君，與其子次山游城下回天寺，見殿宇廊舍，無一不整，獨鐘樓蠹蝕欹傾，垂垂欲仆。問主僧：「何爲略不經意？」曰：「非不在念，但如此已八十年，似爲怪物所據，莫敢輒登，況於脩理？頃來長老初至，必責童行往打鐘，才下即死，前後數十人。屢呼都匠評議，餌以厚犒，皆云：『正使得錢千貫，難博性命。』唯數歲前一匠頗智巧，先於旁絞縛雲梯，而偕同輩腰巨斧以上。方久陰乍霽，望一肉塊垂下，長五尺，如蛇尾狀。乃運斧夾斫之，斷于地。頑然混沌，軟厚無骨，竟不敢施工而退。今豈宜妄動以招凶災？」孫亦嘆息。後兩月，次山復同暱友田二官往遨嬉，各持弩挾彈，弋射禽雀。俄見大雉雞翔立樓表，田生發矢中之，離披而墮，其尾秃如截，蓋前物所化也。欲攜詣邸肆，買酒煮食，而兩人皆起專享意。忿鬩移時，有老僧從延壽堂策杖而出，勸解之曰：「此爲精潔寶坊，豈應喧譟撓衆？況所争甚小事，已之若何？」孫出言詆駡，不肯聽。久之，皆捨去。雉在地，無復取者。經三日，寺奴之有膽者，漫升高覘視，得白蛇蜕，堆蟠盈屋，計須七八十丈。衆知曩怪止此，於是一新之。向非孫田紛紛，竟食雉肉，定不免禍。疑爲伽藍除一害，故神僧救之。次山後居鄱陽，作蘇高州道夫壻，與人説此。予檢趙清獻公《成都記》及王恭簡《續記》，無所謂回天寺者。得非里俗稱謂或不同邪？更當訪諸蜀士也。

薛湘潭

薛大圭禹玉，本河東簡肅公之裔。爲人倜儻俊快，不拘小節，而深負吏材，淳熙中爲湘潭令。新牧王宣子侍郎臨鎮，詣府參謁。時湘鄉縣有富家女子，夜爲人戕於室，迨曉，父母方覺之，但尸在地而失其首。告於都保，訴之郡縣，歷數月不獲凶身。府招諸邑宰晏集，坐問及此事，薛奮請效力。乃假吏卒數十輩，枉道過彼縣境。每一程減去五人或十人，唯留四卒荷轎，殊不曉其意。漸近女家，下而步行。遇三四道人聚野店，各有息氣竹拍，從而求之。且脱巾換其所戴緇布，解衫以易布道袍服，與錢兩千。薛多能鄙事，遂獨身前進，戒從者曰：「緩緩相隨，視我所向，俟抛息氣出外，則悉趨而集。」望路次小民舍，一老媼在焉。入坐，將買酒，媼曰：「此間村酒二十四錢一升耳，我家却無。」薛取百錢，倩買二升。媼利其所贏，挈瓶去。少頃，得酒來，與媼共飲。媼喜甚，獻熟牛肉一盤。酒酣，薛云：「邨居安静，想住得好。」媼曰：「正爲一件公事，連累無限平民，我兒子也遭囚禁。」問何事？曰：「某家小娘子，與東家第三箇兒郎姦通，後來却被殺了，砍去頭，埋於屋背樹下。此郎目前累次手殺人，凶惡無比。他有錢有勢，更不到官。鄉人怕他如虎，都不敢説。」薛徐徐詢其姓氏狀貌居止，徑造之，唱詞乞索。兩後生與之十錢，〔原作「金」，據周本改。〕

棄于地曰：「何得相待如此？」增至五十及百錢，〔原作「金」，據周本改。〕皆擲之曰：「我遠遠到來，須要一千足陌，若九百九十九錢，亦不去。」兩生蓋凶子之兄也，疑爲異人或有道之士，遜言慰謝。凶子在内窺見，忿怒不能忍，趍出，擬行拳。薛就門擲竹拍，從卒争赴，遂執之。凶子咆勃，薛批其頰曰：「汝殺了某家女子，却將頭埋樹底，罪惡分明，如何諱得？我是本縣捕盗官，那得拒抗？」子無語，即縛往。發地取頭，送於府，鞫治伏辜。宣子嘉賞無已，率諸臺交薦，因改京秩。《涑水記聞》所載向文簡雪僧寃事，亦以一媼言云。余甥玠説，其姻家也。

曹家蓮花

鄱陽義仁鄉車門，一大聚落也，曹氏環而居之，至數十百家。有曰曹廿一者，慶元元年中夏，住屋内平地上忽踊出白蓮一朵，闊七八寸，其高二寸餘，四畔焕如繪畫雲彩，花粲然居中，芬香豔好。傳聞來觀，充塞門巷，皆以爲其家且有吉祥。識者曰：「水花陸處，葉本作「産」。亦非佳兆。」明日，已化作菊花，半開半蔫，越三日不變，舉室疑怪。圍薪然火以焚之，其後按堵如初。

王五七造屋

淳熙元年，鄱陽新安鄉民王五七因農隙作屋，使村巫張五擇日。未施工之際，別有術者曰思葉本作「鬼」，下同。眼，來言：「所用日不佳，多犯凶煞，最於主人不利，當以某日可。」王素聽張説，不肯改移。甫立木，偶登高臨視，足跌而死。次日，張巫亦死。後數日，思眼從外歸家，逼暮路暗，村樵先設一網於往來之衢，以罥麛雉，忽蹶然而起，誤墮其中，卽死。若被人領赴冥司，主者坐高殿。王生已先在庭下，牽其衣裾前白曰：「上告府君，我命未合盡，緣他錯檢日子，干觸禁忌，遂至隕身。」主者問思眼，對曰：「當時曾與他説，不見信，竟用張山人之言，非我過也。」王生低首無語。須臾，一黃衣引思眼至大池邊，擠落水中，卽得復活。右二事薦佛西堂僧師粲説。

樂清鮑貴

温州樂清縣嘗有凶盜，殺一家八九口，莫知所由起。此家既殲，不復測失何等物。郡以責巡檢尉，至鎖〔原作「鎮」，今改。〕其廳宇，不許歸，尉唯取辦於弓兵。然主名渺茫，又無贓貨足驗，無計可展。一兵親能下紫姑神，著驗鄉社。乃持香酒乞靈，卽書曰：「陰府幽而甚明，天網疎而不漏。鹽場窖穴，先獲鮑貴。次及冢山，盡擒餘黨。」兵得之再拜喜謝。遂分詣海傍諸場，精意物色。見一男子倚冷窖而立，精采如癡。遥望外間人至，栗不自持。兵喝之曰：「汝是鮑貴，安得在此？」其人俯首不敢對，乃縛而引出。行數里，到冢山，惡徒九輩正聚坐飲博，見鮑貴已擒，皆束手。所掠金帛咸在，元未暇用也。於是悉行杻繫送於官，皆論死。尉以是受賞云。王居安資道説。

王播之魁解

乾道辛卯，饒州將秋試，是時以薦福寺爲舉場。鄱陽士人李似，於八月七日夜，夢行天慶觀街，逢報榜人絡繹，呼云：「解元是王播之秀才！」未及細問而寤。遍思朋游卓卓者，皆無此姓名。獨念《尚書·盤庚》篇，有「王播告之脩，不匿厥指。王用丕欽，罔有逸言，民用丕變」之句，是一好書義題目。因入州學，與吕本作「語」。其友方千里子材曰：「夢如是，恐必出此。正係子材本經，決非偶然，故密以相告，盍預爲之備！」子材曰：「固已曾商量，未必然也。」殊不介意。及引試，果爲第一篇題。子材悔不從李言，怊悵失色。暨揭榜，遭黜。吴雱遠澤遂以書居首。李似者，元名某。後三年甲午，夢人持一張紙如試卷者示之，標五字曰：「鄱陽李似詩。」李蓋習詩，覺而喜，即更名。又三年丁酉，乃被薦第四，而於《詩經》爲魁選。

鍾彦昭詩句

鍾炤之，字彦昭，樂平湖園人，吾邑佳士也，長於詞賦。紹興己卯之春，夜讀書窗下，過三鼓，聞有吟哦詩句於外者曰：「霖作商巖雨，薰來舜殿風。」驚聽之，復誦至再。啓户視之，無人焉。以爲神物所告，謹志於策，祕不語人。至秋試，以「膏澤多豐年」爲詩題。鍾押豐字韻，用此兩句入第五聯。考官讀之，擊節稱嘆。批其側曰：「形容得膏澤意好。」竟置之巍級。唐《雲溪友議》載錢起夜宿客舍，聞人吟於庭中曰：「曲終人不見，江上數峯青。」及就試日，作《湘靈鼓瑟》詩，用爲末聯。禮部侍郎李麟謂之絶唱，遂擢第。甚相類也。鍾以次年一舉登科，然僅得改秩而卒。右二事焦德一吉甫説。

趙承之游岱岳

東郡趙承之鼎臣，政和七年夏四月，自滑州韋城詣東岳，戊午至奉符縣。己未伏謁祠下，游玉女池。水盡竭，出敗楮如山。邂逅縣尉曹餘慶，曹語之曰：「歲至四月八日，四方之來者益希。因決水取池中所投物，籍而歸之觀中。縣吏察焉，僕爲是來也。」問所得，曰：「今歲得黄金二百銖，白金數倍，縑繒衣服數百計云。」趙欲與猶子奕登山，邑人姜居實爲具車。吕本多一「徒」字。同至岱岳觀，過大小水簾，遂登黄峴。自是山愈奇，路益險，深嵓邃壑，應答不暇。至龍口，泉水出石縫間，其寒凝冰，其甘天成，非世俗飴蜜可比。是夕，月望，登十八盤絶頂，自山俯視，見太陰如盤，亭亭於霄漢之表。姜童挈酒三榼至，席地而飲。俄聞窸窣有人行聲，趙心動曰：「山中暮夜安得此聲邪？」左右曰：「去此數百步，有庵居之道人，非怪也。」亟遣人連呼之，皆不應。則又諭之曰：「此間有酒，請與道人飲之。」語未絶，左右呼笑曰：「應矣。」有頃，即至。延坐問之，則密州張景巖也。年五十餘，居太山七八年，鬢髮黑漆，語言純直，無方士虚誕氣。飲數行，探懷中伏苓松華數種薦酒。伏苓出地未久，齧之如粉而甘。松華漬以鹽，芳辛可愛。歌道家曲數闋，飄飄有出世間意，傍若無人。酒盡，穿東嶺而登。道中月明，可數毛髮，既而歸卧。辛酉，夜未艾，三人夙興，攬衣寒甚，挾纊披毳而出。方行數十步，道人已候於中路矣。至日觀峯，曉色未分，有赤光發於極望之東。道人曰：「未也，是陽輝之先至者爾。」須臾，霞采四出，眩晃騰射，金規一縷，隱起於青冥杳靄之間。既而大明，赫然涌出雲端，恍如車輪，萬里直上，光耀所燭，東極滄海。時山下蔭翳，尚未辨色，道人以手加額曰：「貧道居此七八年，昨宵之月色，今旦之日光，洞徹太虛，殆未曾有。」因邀客至庵，環具内皆素所儲藥。趙偶謂曰：「松根伏苓與夫黄精紫參，皆君所厭飫者，頗嘗得異艸靈芝不死之藥乎？」道人色變，徐曰：「吾以昨日之朝，登明月嶂絶壁，獲紫芝一本，雖吾弟子不知也，子何自知之？」遂取以遺之曰：「以爲子壽。」且曰：「吾庵雖陋，方將改築而增大之，以待四方之賓客，願子爲我名。」趙命曰「采芝庵」。復自東嶺還，道人攜酒來别，厚相鄭重乃去。承之作《遊山記》，載於《竹隱畸士集》中。

餘杭何押録

餘杭縣吏何某，自壯歲爲小胥，馴至押録，持心近恕，略無過愆。前後縣宰，深所倚信。又兼領開拆之職，每遇受訟牒日，拂旦先坐于門，一一取閲之。有挾詐姦欺者，以忠言反覆勸曉之曰：「公門不可容易入，所陳既失實，空自貽悔，何益也？」聽其言而去者甚衆。民犯罪，麗於徒刑，合解府，而顧其情理非重害，必委曲白宰，就縣斷治。其當杖者，又往往諫使寬釋。置兩竹筒於堂，擇小銅錢數千，分精粗爲二等，時擲三兩錢或一錢於筒中。諸子問何故，曰：「吾蒙知縣委任，凡幹當一事了，則投一錢，所以分爲二者，隨事之大小也。」子竟不深曉。迨謝役壽終，始告之曰：「爾曹解吾意乎？吾免一人徒罪，則投一光錢於左筒；免一杖罪及諭解一訟，則投一糙錢於右筒，宜剖而觀之。」兩筒既破，皆充滿無餘地。笑而言曰：「我無復遺恨。如陰隲可憑，爲後人利多矣。」遂卒。後十年，其子伯壽登儒科。紹興中，位至執政，累贈其父太子師。景裴說。

董氏籠鞋

汪丞相之孫承事郎德輝，娶鄱陽董氏女，數年而亡。終喪後，復取其女兄。成婚數月，當初夏多雨，畏地濕，偶故妹有籠鞋在笥，取著之。即時右足一指痛，俄發腫。至於困卧三日，不能下床。夫知鞋爲祟，勸使焚之，且呼僧誦經悔謝。痛雖小減，猶未復常，時慶元三年也。姪孫伋子中，娶張會卿待制女，隨夫官荆門。病卒，載柩歸葬鄱陽，其姒朱氏送之。先夕，奉魂帛於五十里客邸，置所迎雙屨於箱中，朱氏戲著之。少頃，四體寒顫，如挾冰雪，又如物有鑽刺，便得病，繼變爲瘮痘，痛不可忍。夢婦人黃衫搭帔，立於前，覺而益懼。設供靈几前以謝過，凡二十餘日乃愈。

夷堅支癸卷第二十二事

黄州渠油

黄州市民渠生，貨油爲業，人呼曰渠油，一意嗜利。每作油時，乘熱益以便溺，幾三之一。謂其可相雜，不妨點照，因是獲息頗博。家惟一妻一數歲子，子忽告母曰："耶身畔常有獄子把枷棒隨後。"屢言之，而他人無所睹，父固莫信。又曰："我將死，母亦不免。緣人買油去，不惟食用，亦要供養天地神明。奈何混以穢物？罰譴深重，禍至無日矣。"未幾，子母相繼亡。渠悲泣不已，遂感奇疾，如受拷掠，痛苦萬狀。家貲索然，經歲而殂。

滑世昌

鄂州都統司醫官滑世昌，居於南草市，家貲鉅萬，而行醫以救人爲心，鄂州葉本作「人」。稱其盛德。淳熙十四年十一月，夢有客來訪，車騎甚都，通爲城隍神王。既入坐，談話之次，云："此邦明日有非常大災，民罹非命，君家亦當墮此厄中。以君平時用心慈仁，多所濟活，陰功昭著，上帝敕我救爾一家，但貨財不可得耳！"滑拜謝，且伸葉本無「伸」字。懇禱云："正獲幸免，若資蓄蕩然，則舉家狼狽，去明鈔本作「與」。死一也。"神曰："此却易辦，決不致餒凍。"恍然而覺，聞葉本多一

「譙」字。樓鼓已五更，呼告其妻。妻亦夢如是，深以爲憂。至旦，天大風斗寒，滑方朝食，漢陽武八官招之視疾。絶江往來，到家已昏暮。夜未葉本無「未」字。半，火作於市，滑居烈焰中，生生之具，分葉本作「悉」。爲灰燼。念闔門十口，無計自脱。忽有壯夫數十輩，着紫衣，突入，邀上轎。滑謂爲州兵至，葉本作「亟」。出望，但見轎十乘，排列火邊，驅家人登之。徑舁至將臺下，相去六七里。俄風雪大作，適路有空屋，趨避于中。相看如癡，莫知所以。黎明，人轎皆不見，顧南市舊居，悉爲瓦礫之場矣。此句葉本作「盡瓦礫矣」。掇剔埃煤中，得碎銀三十餘兩，始悟不致凍餒之説。夫婦兒女僕妾悉無恙。旋僦小宅於城中，醫道復振。初，滑爲醫藥飯食葉本無以上三字。官，會歲荒疫，凡傷寒有危證者，自捐錢藥拯療，賴以全安者不勝計，故蒙此報云。

武當真武祠

乾道六年，王炎公明以參知政事宣撫四川，道出襄陽，聞蜀中久旱，欲迂路過武當，親禱真武祠殿。此念一起，是夜夢真君至，言及旱災，曰：「知蒙異眷，當便爲料理。」且語且笑，詞色甚温，熟視而退。王才覺，索日記書其事，遂決此行。以七月九日到祠下，焚香敬謁。揭帳瞻聖容，宛與夢中者不少異。一金蛇出現，盤旋於几案匕箸間，忽爾屏跡。道士云：「常人願見此蛇而不可得，若出，必有夢感。」王辭去。前旌及金州上庸縣境，甘雨丕降。次于洋州少駐，四路繼申行府，云皆得雨。初，宣撫司相承在利州，王始至，又夢真君來謂之曰：「漢中正據秦蜀之衝，乃自古用武之地，胡不徙治於彼？」因言：「公寵姬懷妊，且得子，然不能久。」徐及恢復之事，眞君欲出口復輟。是日暮，姬果生男。纔及來春，爲一婢抱持，誤墜於地而隕。王年將六十，無餘子，悲怒之極，擬杖殺之。思不能久之言而止。竟奏請於朝，移司興元，然訖無所成而罷歸。益信欲出口復輟之意，蓋料其不克終也。王寅祖時在幕府，備説本末。

王德廣石龜

王德廣承奉，膠東人。晚游蜀，於山間得石龜，紋理隱起，全如眞。少事靈應眞君，甚勤香火，因置神座前。盧仲甫大夫，其表兄也，見而愛之，每至必瞻翫不釋。它日來，乘王出外，遂竊懷以歸，用爲几案之玩。過數日，王自別村還，時方雨歇，忽一物出没於馬首泥淖中，深異之。下馬注視，乃所奉龜也。意謂神物皆迎迓，敬取納袖間。才及門，未暇與家人語，徑詣神堂，炷香再拜。妻方言：「比者盧家伯伯潛挾龜去，正欲言之，何以得在野外？」歎息未已。盧亦來，王道其事，盧笑謝曰：「昨日方訝失之，不知靈化如此。」但舉手加額，引過而退。

徐希孟道士

婺州天慶觀道士徐澹然，字希孟，庸庸黄冠也。紹興六年，與同輩作醮事，既畢，就寢。困睡中若哽咽者。傍人呼撼再三，始寤，已不能言。索紙書云：「適夢兩青童喚起，隨之前行。至大殿下，童持一狀，讀判曰：『戒子徐澹然，屢吃葷酒，對聖陳詞，可令罰啞一紀。』旋以灰酒一杯使飲，覺來即瘖。」凡數月，同輩共議爲設醮祈謝。夢其母曰：「不可爲此，恐譴責愈重。」乃書告衆，止之。未幾，又夢一駛卒追縛到官府，遇有著緋袍繫魚皮帶者，立於西階，問曰：「汝是戒子徐希孟耶？」曰：「字希孟，非名也。」又曰：「是饒州人耶？」曰：「婺州也。」緋袍顧駛卒曰：「豈可錯誤追人？」便放回。將出門，見舊所識法司吏在門下，揖與款語。且云：「澹然坐茹葷罪，受罰瘂一紀。」今因赴逮，却能出聲。如本觀道流之愆過，固有甚於我者，何爲不治？」法吏言：「是日偶三官巡遊天下，親見汝罪，所以行罰。」徐固叩請。凡平生所爲不善事，尚恐有可知而改者，吕本作「尚恐有未知而未改者」。顧以見告。吏即令取一簿，檢至徐名字，第一項書云：「曾打母一拳，但年方五年下「年」字當作「歲」。未爲罪。」後一項云：「常孝思父母乞免染疫病。」閲讀未了，吏促之去。行次水邊，墜而寤。其瘖如初。又半歲，夢前者兩青童復來，引詣故處。唱云：「徐澹然改過奉道，用心精勤，可免先罰。」與清酒一盃使飲。飲罷，傍有三道士，率之同遊天台山，洗足墮溪，俄然覺，則己身乃卧三清殿後淺水中。呼童掖起。將入寮舍，猶未啓關，徐聲音一切復故。於是遍謁鄉老，自述其詳。

李五郎

衢人李五郎，雖爲閭巷編氓，而好賢樂善，事親孝謹。祖母病篤，刲股肉以療。家資稍腴，尤喜濟道塗之乏。上五字葉本作「賑恤貧乏」。閩士張師中赴省試過衢，經其門，盛寒欲雪。佇立少時，適李望見之，上十六字葉本作「時盛寒，欲雪，竚立其門，李適見之」。邀入附火。問其鄉里，張以告。且言：明鈔本「言」字下有「一」字。「僕負擔不能相追隨，故候之於此。」及僕至，日已西下。上二字葉本作「晡」。李因留宿，具酒饌。明旦，雪大作，又留一昔。仍遣壯奴上二字葉本作「健僕」。送至嚴陵，張感德無已。春闈下第，上二字葉本作「不利」。鄉人薦往葉本作「爲」。大理吴宜之少卿，招致學館。上四字葉本作「家館賓」。方兩月，衢州逮送凶盗二十輩來對獄，李生乃在焉。張密使詢其故。云：「爲盗有求不愜，誣爲窩停主人。訴于郡，不見察，故陷黨中。」至暮，吴卿詣書院，張卽白之曰：「頃客三衢日，聞邦人多談其賢。且家自豐足，何由作不義之事？願少卿有以分明之。」上二句葉本作「何由作賊，當有以詳讞之」。吴矍然，躬到獄户閲實，知其非惡徒，立釋遣。葉本多一「之」字。李未及理歸棹，得疾甚危，并隨行一子亦然。張爲召醫拯救，皆獲愈。李遂歸。妻夢人謂曰：「五郎有大難，緣有孝行，活祖母一節，上穹録其誠心，特令張吉甫原注：卽師中字。秀才來做一段果報。苟不如是，當死於大理獄矣。」人益證李生爲長者云。柴椿年教授説。

穆次裴鬭雞

穆度，字次裴，青州人。政和四年，爲潁州沈丘主簿，赴同官宴集。及雞膗至，不下筯。揖之再三，但拱手而已。問其故，曰：「度平生好鬭雞，一雞既勝矣，復使再與他雞鬭而敗，度甚怒，盡拔其腹背毛羽。雞哀鳴宛轉，一夕死。未幾，夢爲二皂衣追去。行無人之境，遇冠金冠七道人，皂衣黑帶，拱立於〔原作「杓」，改從周本。〕側，執禮絶恭。度意其神也，趨揖致禱。其一人曰：『汝生於酉，雞爲相屬，何得殘暴如是？今訴於陰司，決不可免。』度懼甚，乞放還人世，當設醮六十分位以謝過。仍資薦雞託生，道人赦二吏釋之，遂寤。因循憚費，經歲未償。復夢二童來攝，迫趣急行。到官府，七金冠者列位，責亦如前所言。度俯伏請命，乞至本家，增脩百二十分。蒙見許，且戒以宣科之際，勿燒降真香，蓋吾輩私營救汝耳。俄頃得回。度不寐待旦，亟延道流，誠慤還賽。自是之後，不復敢食雞，舉家亦因斷此味，今十餘年矣。」諸客爲之悚然。穆作《異夢記》，具述所睹。七道人者，實北斗七星靈化。穆氏素所嚴事，故委曲救護至此。

山寺嬰兒

洛州人辛思齊，少時攻苦學經。政和三年，寓山寺，淬勵舉業，於佛殿内讀書。一日，大雷電，正危坐殿角，忽有一物穿壁間小竅出，正落案前。倉卒駭異，未暇視其何物。俄化爲初生嬰兒，乘電光而去。外人悉聞霹靂從殿中轟震，獨思齊無所覺。

昌田鳴山廟

鄱陽昌田，舊有鳴山小廟，積以頹敝。慶元二年九月，鄉人議毀之。一巫爲物憑附，猖狂奔走，傳神命告里中曹秀才，使主盟一新。廟之始建也，曹之祖有力焉，故復致請。而曹生平日不好語怪，疑弗信。越夕，凡一鄉巫覡工匠百餘人，盡造曹居，不約而集，皆不知所以然。曹猶不聽，衆怒去。或不假舟楫，而直度大溪。四境林木，輒徑指定，不求於其主，即行采斫。合抱十圍者，數斧而斷。常時健丁百輩可舉者，不過三十人，其行如馳。曹往視，乃悔前非。自詣廟下，工役爭盡力，亦不取庸雇之直。它處富室各施財米。地去水四十里，而運致瓦石，當晝晷極短日，可數往反。首尾纔涉旬，殿宇已就。匠有倦懶捨去者，或病或死，皆怖畏不敢怠。傍郡聞之，遠來薦禱千計。間有惡少不逞，擾衆規利之徒，則無繩自縛，高繫於廟階之下。今遂成社廟矣。姜好古說。

楊教授母

資州人楊某，幹辦諸司審計，卒於官。其家不能歸，寓居臨安打繩巷。不數年，妻曹氏亦亡，皆寄攢野寺。一子光，苦志學問，獲漕臺薦送，淳熙戊戌，赴省闈。試罷。偶貢院西牆爲大風雨所攻，頹仆數丈。臨安教授高㮚爲點檢試卷官，夜在房門首考閱程文，忽於燭下見婦人，年五十許，拜而致懇，語言操蜀音，云：「老婦資州人，有子忝入舉場。此卷子正其所作，願收置下列。儻僥倖一命，則旅骸可西歸矣。」高曰：「觀汝子之文平平耳，未必可得。」復申扣甚力，乃許之。怳然而驚曰：「媪何以能到此？」曰：「數夜徘徊於外，望金甲神人周匝圍繞，無路可入。適聞風雨打了牆，諸神亦避，故從牆隙而至，不敢遲久。」遂不見。高始懾怖，終夕不寢。明日，攜此卷詣所隸參詳官鄭少卿，道媪之請，遂收置呂本多「於牓之」三字。末級。洎拆封，果楊光也。廷對注官，調涪州教授，因奉二親之柩歸。高改秩爲德興宰，談其事。予案登科記是年無楊光，疑姓名不然也。

仁簡闍黎

僧仁簡者，京師人，善梵語，於加持水陸最精，名出輩流遠甚。士大夫家有資薦法事，必得其來，乃爲盡孝。所蓄衣盂萬計，然素不守戒律，飲酒食肉之外，靡所不爲。後避地出都，寓淮陽軍慶和寺，抱疾甚異，自咬其指，始時喜笑稱甜美，已則叫呼楚痛，略不可忍，少定復然。數日間，十指秃盡見掌，然後死。

董待制

顯謨閣待制董正封彦國知滎州，使宅一樓極高，可以遠眺，而爲大桐樹所蔽，舉目殊有妨，命伐去。吏輩羅拜乞留，曰：「此木爲吾州鎮蓋踰二百年，有神物居之，頗著靈効，尋常事以香火不敢怠。若除之，定起大禍，兼亦未必可致力。」董賦性剛烈，叱衆退，自率工匠運斤斧，自朝至暮，木已倒仆芟削。忽暴風駕雲起根中，屋瓦飄揚，雷電晦冥，驟雨傾瀉。董與家人共聚一室，其上如奔馬騰踏，獸蹄、鳥爪穿透椽箔，如欲攫人之勢。老幼咸怖，泣叫相聞。董怡然不爲動。未三刻許，風雷皆息，内外晏如，略無所撓，郡人始嘆誦其明決。董壽過八十乃終。此卷皆吕德卿所傳。

夷堅支癸卷第三十四事

獨脚五通

吴十郎者，新安人。淳熙初，避荒，挈家渡江，居於舒州宿松縣。初以織草屨自給，漸至賣油。才數歲，資業頓起，殆且巨萬。里落葉本作「人」。莫不致疑，以爲本流寓窮民，無由可富。會豪室遭寇劫，共指爲盗，執送官。困於考掠，具以實告云：「頃者夢一脚神來言：『吾將發迹於此，汝能謹事我，凡錢物百須，皆可如意。』明日，訪屋側，得一毁廟，問鄰人，曰：『舊有獨脚五郎之廟，今亡矣。』默感昨夢之異，隨力稍加繕葺。越兩月，復夢神來曰：『荷爾至誠，即當有以奉報。』淩晨起，見緡錢充塞，逐日以多，遂營建華屋。方徙居之夕，堂中得錢龍兩條，滿腹皆金。葉本多一「銀」字。自後廣置田土，盡用此物，今將十年，未嘗敢爲大盗也。」此句葉本作「固未嘗爲盗也」。邑宰驗其不妄，即釋之。吴創神祠於家，值時節及月朔日，必盛具奠祭，殺雙羊、雙猪、雙犬，并毛血糞穢，上二字葉本作「腸胃」。悉陳列於前。以三更行禮，不設燈燭。率家人拜禱訖，不論男女長幼，皆裸身暗坐，錯陳吕本作「雜」。無别，踰時而退。常夕不閉門，恐神人往來妨礙。婦女率有葉本作「與」。感接，或産鬼胎。慶元元年，長子娶官族女，不肯隨羣爲邪，當祭時獨不預。旋抱病，與翁姑相繼亡。所積之錢，飛走四出，數里之內，咸有所獲。吴氏虔啓謝罪，其害乃止。至今奉事如初。

鬼國續記

支壬載鬼國母之異，復得一事，頗相類而實不同。福州福清海商楊氏，父子三人，同溺於大洋，共附一木，遂漂流葉本作「墜」。鬼國中。煙火聚落，悉如人世。但其人形軀枯悴，生理窮窶。每相報云「去某州某縣赴法會」，則各有喜色，往往盡室以行。大率醉歸，挾餘饌分餉三楊，賴以充飢。或數日不值，枵腹竟夕。居數年，不堪鬼氣薰蒸，父兄皆死，唯幼子存。一日，見飛符使者從天而下，訪問此子。衆鬼謀曰：「使去則不可，若不去又已有它姓名，將奈何？」或曰：「今隨隊而行亦可。」戒楊瞑目勿開。既登塗，耳畔聞風雨波濤之聲甚厲，良久，脚履平地，見僧振鈴呪食，衆合掌盡入，引楊生蔽身大木之上，時持食物出餽。忽聆葉本作「鈴」，《榕陰新檢》更多一「響」字。羣誦大悲呪，楊少年時能之，自墮異域已廢忘，一聽其聲，便能憶，亦隨口持諷，鬼不復相親。會散掃迹，楊彷徨到曉，往來見者指爲猿猱，乃下樹與人説本末。始認得夜來法席，正其家也。秀州天寧長老妙海時在彼縣，親見之。楊氏一門，且疑且畏，妻亦不敢深相求葉本作「認」。識。經日驗其無它，方悲泣存問。積久，漸復人色。越歲。一切如初。

寶叔塔影

忠訓郎王良佐，居臨安觀橋下。初爲細民，負擔販油，後家道小康，啓肆於門，稱王五郎。夫婦好奉釋氏，齋施無虛日。淳熙初年二月，清旦焚香，日中有塔影七層現於側，黄碧璀粲，宛若新飾。金書三字曰「寶叔塔」。私竊自念：「此塔草創脩治，全未成緒，我今自任其責。」乃捐力重建造，規範雄赫，勝於承平之時。寺僧塑其夫婦像於第一層上。後買給使減年恩補官。或云：「王生少年日，因在市鬭毆傷人，捕係仁和縣獄，適與一重因同牢，語話款洽。因密言：『我一生做經紀，今焉獲敗。念殺人負罪，決無生理，切有心腹之事，爲君陳之。我昔年曾掠富室之物，得金銀甚多，埋於寶叔塔之下左方，入地若干尺，可〔原無「可」字，據周本補。〕悉掘取。俟我伏法了，幸爲收拾骸骨，瘞之高原。仍廣作佛事，以資超脱。遇忌日時節，宜飯僧誦經，分明回向，則我瞑目不憾矣。』王出獄，悉如所戒，往塔下啓穴，果得物可直萬緡，因此致富。故假影之，上四字呂本作「故假塔影之説」。以蓋其事云。」

柯山蛇妖

黄州柯山在城中，其上皆巨竹。山下民婦就蓐，産一蛇，徑走入竹間，不知所向。後數年乃時出，色正白，脊有紅鬣。見之者必死，郡人極惡之。崇寧五年，青社李變黄校：疑誤。呂本作「辯」。老坐事謫居，嘗拉所善三士人潘仲達、何斯舉、欒正夫同游此山。將飲酒，或告以有蛇怪，行未久，果見蟠於竹下，高與人齊。李失聲，三子倉皇散走。李知不得免，拾一拳石，祝之曰：「我今日與彼勢不兩全。我勝蛇則蛇死，不勝則我死。」祝罷，石正中蛇腦，即疾穿草去，砉如風聲，草爲之偃。

四客相賀，竟縱賞，抵暮乃歸。後三日，竹外人家聞臊氣不可近，稍前視之，蛇已死腐，其長有丈五尺。衆掩鼻相率舁去，投諸江中。

張顯祖治獄

信州吏人張顯祖，爲獄院推級。鞫大辟罪，因家富，賂以千緡，使方便脱免。會理掾廉明不可罔。張貪厚賄，既不肯捨，且慮其復索取，陰諭獄卒斃之，而告其家曰：「案卷已盡翻换，無奈暴亡。」因家置不問。張用所獲，委甥姪經營販易，所向稱遂。於是謝吏役，益治生，浸成富室，惟恨無子。忽生男，少而俊慧，纔十歲，能作舉子三場文，稱爲神童。十八登科甲，父母視如掌上珠。意之所欲，悉聽之，無論所費。後二年，赴調注泉州教授，在都城留戀聲色，又飽酒無算，極其花柳博塞之娱。蕩析家資，十亡七八。臨之官，得羸疾，困卧半載，醫療禱祝，囊橐一空。迓兵及門而卒。父母痛割，祈死不能。既殮三日，揭帛拊其面，則形容一變，乃爲昔日所殺之囚。張感悟前過，不復追憶，但鬱結無生意。未及累月，與妻相繼下世，一門遂絶。

太山府君印

吕辯老爲德州平原縣酒官。因築務牆，役工取土，得一印，刻文曰「太山府君之印」。非鐵非銅，似玉石之類。製作極精，篆法尤古。郡守王仲孺聞之，遣候兵借視。見之，捧翫不釋手。折簡報云：「欲借留數日。」吕以屬吏之故，不敢取。後旬餘，州宅中堂地忽陷，見一石，廣如席，其上大書八字曰：「太山府君王公之墓。」王視之大笑。家人莫測，而子弟絶惡之。俄頃疾作，數日而卒。王政事精明，下不能欺，至是以爲必主張岱岳矣。玉印亦竟失所在。

楊真人

政和初，河北有楊真人者，莫知所從來，年四十許，美鬚髯。久游趙魏，耆老或見之，六七十年，顔貌不少變，故有真人之稱。人與之錢不謝，徑詣酒家獨飲，錢盡乃止，不發一談。呂辯老監平原酒税，霍子盤監藥家鎮，相距二十里。楊往訪之，泊於客舍，旦暮各一往來。常云：「二子可教。」呂霍皆少年，雖知其異，未嘗有所咨請。每至，則與酒。多至一石不醉。或作怒，則鬚髯森張，皮肉隱起若鐵石。留歲餘，霍官滿，憲檄攝澶州觀城巡檢，楊往謁，相見甚驩，云：「吾遠來，將傳道於子。明日五更，是其時也。」言竟卽出。霍自四鼓披衣起坐以待之，杳不至。天將曉，聞户外喧閙，似相毆擊者，遣視之，則楊毆殺一市民，既竄矣。霍驚恚，深恐累己。少頃，四門外保甲報，大木下有人縊死。縣尉檢尸。翌早，霍往覆驗，乃真人也。意其一時偶墮罪罟，慮必不免，故亟自取盡，嘆恨不已。命邏卒就木傍掘土窨數尺，舉而瘞之。役工告：「已有一死者，衣裳形模，與楊無異色。」呂本多「理如生」三字。霍自臨觀之，竟不能辨。但令重疊置坎中。後五月，蜀客至澶淵見霍，出楊書一緘，謝其慇懃，且問呂君安否？霍以書示人，歷説其事。

大聖院蝦蟆

呂辯老母李夫人，喜事佛。中年後，晨興盥櫛竟，必焚香誦《金剛經》一卷已，然後理家務。其子自涇州録曹受代歸青州，寓居皇化寺大聖院。庭中有古井，甃損不可汲。李每誦經，先擊磬。磬聲纔發，一蝦蟇即從井躍出，直至坐傍聽經。罷，亟還故處，未嘗少差。凡歲餘。一日，當去不去，李訝而觀之。蟇以前兩足相叉若擎拳狀，已坐亡矣。盡室瞻嘆，捧置庭前香臺上，鼠夜過而不傷。明日槁乾，舉之輕若無物，惟目光若生，因藏於香奩内。後半年，天大雷電，火光旋繞于奩，雷息發視之，失矣。

方士陰陽丹

宣和中，蔡魯公閑居京師，有方士持陰陽丹一兩許，如彈子大，色正紅，以獻之。置之水中，隨十二時上下，六陽時則浮上，六陰時則沉，仍各準其方位，不差晷刻。云：「用水摶爲丸，每餌一粒，可延百歲。」蔡受之而不敢輒服。旋失所在，方士亦不復來。

文登弈者

黄旦者，登州文登縣人。村民，未嘗學弈，自幼即能之。既長，挾藝行游，遂與國手爲敵。呂辯老在平原，且往依投，因留止外館。主簿閭丘天用好弈，品頗高，每以暇日詣酒局，與角勝負，未嘗相捨。會恩州舉場啟天用考試，從呂請，旦偕行，夜宿旋弈，幾忘寢寐。迨至恩，忽死於貢院。天用爲買棺殮葬，而以書告呂。呂失聲歎息。又數日，客從京師來，持旦書，考其日時，乃在既死之後。天用猶未開院，及出得報，絶驚異。遣人發其殯，則棺空矣。

符建中

紹興元年，奉議郎符建中知貴溪縣。次年四月，正與妻坐堂上，忽回首切切對人私語，妻怪而問之，徐徐應曰：「我去歲以非理殺士兵陳慶於獄，慶投訴陰司，適間遣駛卒追我，云先押吏人兩名去，再來。殊爲可慮，吾必死。」妻不知前事，謂其發狂見鬼，不以爲然。建中亦無他，飲食起居，不異前日。明旦，出治獄訟，兩吏家人持狀請，急言暴得疾，便至危殆。建中以契昨所見，意緒不懌。俄聞吏死，亟還卧内就寢，妻往奔視，已落枕而殁。

閩人氏事斗

閩人堯民伯封，嘉興人也。淳熙六年赴楚州録曹，母春秋高，不肯去鄉里，乃囑其弟舜民侍養，而獨之官。經三月，積俸錢百千，買楮券，遣僕持歸遺母。未及行，爲盜竊去，極以憂窘。常時敬事北斗，即炷香拜祝，言：「母氏年老，以貧逐禄，僅得此金，稍供甘旨之奉。不意落暴客手中，願靈君哀憐，指示其人，使速敗獲。」於是發巡卒躡捕。出城門，見一男子持傘在著鞭亭，狀若張皇失措，就擒之，果盜也。點閲元券，纔失其二。縛送州，太守翟畋無逸詰之，對曰：「方上路，便見一人隨後，長身披髮。稍前進，漸添成七人。别有兩神將當道遮闌，更不容行一步，以故坐而受執。」翟械諸獄，正厥罪，黥配合肥。

廣州蛇鬬

趙中甫待制思誠，紹興初知廣州。次年，後園有赤蛇，長數尺，掛於木杪。須臾，有蒼黑蛇自草間出，其長一倍，小蛇從之以百計。赤者望見，躍從高枝下，迎與鬬，風塵簸揚，衆木振動，人不敢正視，良久，蒼黑者敗走，赤蛇緣木上，復遂失所在。中甫惡之，占云：「不利主者。」或言：「鄭内蛇死，故鄭子失國。今乃客蛇去，似非所憂。」中甫竟用爲疑，設醮祈禳，仍避正寢。已而終於府治。

蔡七得銀器

湖州民蔡七，長大有力。受人傭故，呂本作「雇」。足跡遍閭巷，率至夜分始歸。常見一偉丈夫，丰神秀整，舉動雅静，衣銷金白袍，傍駱駝橋欄柱立。次夕，復見在故處。蔡已醉，因盡力抱持之。其人哀祈求去，許以銀酒器。即開橋上小佛堂，杯瓶匙箸，粲然陳列，鏗鏗有聲，隨其意所取。蔡喜不自勝，約有二百餘兩，旦而視之，皆真物也。時郡中公庫忽失器皿，散牓捕緝。數日後得於蔡民，郡守置之獄，辯析甚至。元無穿窬之實，但杖而釋之。偉丈夫者，俗所謂二郎是已。方倚欄遭辱時，何遽不能脱？蓋知蔡愚貪，聊戲之耳。此卷亦呂德卿所傳。

夷堅支癸卷第四 十二事

祖圓接待庵

二浙僧俗，多建接待庵，以供往來緇徒投宿，大抵若禪刹然。其託而爲姦利者，固不少也。淳熙初，越僧祖圓者，倒空鉢囊，作舍於天台境上。寢室既成，命工僕翦薙荆棘，拓廣基址，擬營它屋。值暮，風雨暴作，飄落木葉，充塞四邊溝渠，役者悉拾去。明旦將屏疊，而鉏钁遺於草壤中，圓自往取之。草遭雨淋漬，氣烝如焚，舉手撥尋，乃得一銀钁，卽默收藏之，仍誌其所。曰："是必此草能化鐵爲金也。"就掇拾盈掬而還。試洗滌小釜，煎煮以驗，凡湯所及處，爛然成銀。圓驚喜，亟築牆圍護草地，託云防寇竊。自後相繼煮鐵，一切爲上色白金。積貯益富，遂別作大院。仍買蓄田疇，養僧行六七十輩。遊僧始至之日，具齋食三品，且襯以錢六十文。是時錢參政、曹太尉皆居台州，各有庵舍，適相附近。禪客更相謂："不若向曹庵落脚。"蓋圓經理之初，乞地於曹宅，故因得名。尋常諸庵，容客不過再宿，惟此處則雖累月亦不厭，以是人樂遊趨。庚子歲，蜀僧了祥到彼，閱其齋供簿，已滿八大帙，計無慮二萬員。揆校資費，固不勝算。圓自爲祥說端本，按："本"字似"末"字之誤。但不言草名狀，祥亦不問也。自至今又十七八年，圓未嘗妄用分毫，專以濟衆，故天相之不已。使貪者得之，必招禍咎，前者屢有之矣。了祥今住持鄱陽安國寺。了祥說。

醴陵店主人

吉水縣人張誠，以乾道元年八月往潭州省親故，次醴陵界，投宿村墟，客店主人一見如素交，延接加禮，夜具酒殽對席。張謂無由而得此，疑有它意，辭以不能飲。且長塗倦困，遂就寢。良久，堂上燈燭照耀，起而窺。竊見主人具衣冠設茶酒，拜禱於畫像前。聽其詞，屢言張生，知其必以己祭鬼，不敢復睡。主人既退，望神像，一神眼睛如盞大。張料已墮惡境，而無由可脫。嘗聞大悲呪能辟邪，平時誦習，於是發心持念。及數過，睹大眼者自軸而下，盤旋几上。須臾，有聲剥剥，迸作小眼無數，其狀可畏。乃閉目坐於床，誦呪愈力。時聞敲户擊搏，欲入不能，已而鴉噪，天且明。張亟走出，不暇取囊篋。但聆店家聚哭，無追逐者。行二里少歇，聞塗中來人則云：「彼店主翁，中夜暴卒。」徐扣其實，蓋因三世事妖鬼，歲以一人祭之。往過遭害，不可勝舉。其法若無外人，則禍及家長，斯其驗也。湘中風俗，大抵皆然。管榮之表叔莫主簿者，寓居吉水，與張爲鄰，親見說兹事。張從此不復出。榮之說。

羅漢污池木

饒州城内永寧寺東廊，羅漢泗洲兩院相鄰。其外有污池，方闊三四丈，深不能三尺。枯木一截，僅丈許，浮於中，歷歲甚久，人不記其所來。院僧朝夕見之，略不動轉，意必朽爛，且不潔，故未嘗漉取。乾道初，因雷雨震暴，下罩池面。木忽勝躍爲龍，爪角儼然，拏雲而去，行人在外者猶見其尾。所謂應龍潛於潢污，失所處矣。其不遭焚折者，幸也。院僧說。

鄭百三妻

饒州市民張霖，居德化橋下，販易陶器，積以成家。生三女，次者嫁小鹽商鄭大郎第三子，奩具亦二千緡，居稅務巷。慶元二年冬，父子同往通州取鹽。鄭大未有嗣息時，求一外姓兒養之。其後，妻生仲與季。仲娶屠者劉翁女，别僦舍於北街。三年二月，鄭嫗欲挈以歸，先就本屋内治房室，其所善巫師言：「今年九梁煞在門，切不可移門換户。大忌百二十日，小忌六十日，未易過得。若衝犯，必有年命衰謝之人當之。幸勿忽。」嫗笑曰：「果有一切方隅禁忌，我自抵當。」於是縱意修營，略不顧避，擇以二十一日乙丑天明，延仲子并劉氏婦入。纔及日暮，張氏忽引手拊心胸叫稱極痛，遺童報父母，亟招醫，已而益甚。母朝夕守視，更三四醫，服藥輒嘔。將兩月，脈證遂殆。外姻沈三來省問，女起坐曰：「姑夫知否？我只怕第九個。」沈歷道諸親排行，皆無第九者。再扣之，不肯言，但云：「說時便害我性命。」明旦，醫黄裳視之，呀然曰：「他少間到此，是煞也。」旋踵而殂。是日乃四月二十一日乙丑，正滿一甲子云。鄭仲子一房還母居，而少婦遭禍，豈其命歟？楚俗趨邪，使淫巫得以藉口，皆此類也。黄裳說。

琴高先生

林錞學士，福州人。紹興十八年登科，調授某縣尉。夢到一宮室，見道人衣冠高古，風采呂本作「丰儀」。遒潔，如神仙中人。延與客禮相對，從容告之曰：「君異日任官處，宜好生存心。呂本作「宜以好生惡殺存心」。苟能於談笑間全活數萬性命，陰功不淺也。」林曰：「敢不承教。」寤而莫知所以然，但想憶其貌，常若在左右。至乾道末，爲寧國府涇縣宰，因檢按水潦，遍行鄉疃。入小廟，望居中神像，與昔年所夢道人略無少異，仰視牌額，則爲琴高先生廟。前有清溪，高臺臨其上。臺下小魚千萬計，所謂琴高魚者。漁人網取，漬以鹽，邑官須索無藝，用爲苞苴土宜。林追念二十年所戒，白府牧魏王罷此品。及林之去，復如初。順伯說。

畫眉山土地

侯官縣市井小民楊文昌，以造扇爲業，爲人朴直安分。每售扇皆有定價，雖村人及過往收市，未嘗妄有增加。稍積餘錢，則專用養母，自奉甚薄，閭井頗推重之。一日出街，欻悶仆于地，若氣厥者。少頃復蘇，語路人曰：「適間逢黃衣人，持文牒在手。外題云：『拜呈交代。』接而啟視之，云：『楊文昌可作畫眉山土地，替鄭大良。』呂本作「郎」。我應之曰：『諾。』遂豁然而寤，此必不佳，吾甚以爲憂。」有與之善者，掖以還家。明日，別母與妻子，沐浴而逝。時慶元元年春也。歲晚，呂本多一「蜀」。客至閩，楊之子因其來買扇，從容話及前事。客言：「畫眉山者，正在西川嘉州。郡人盡談今年二月内，多夢新土地上任。今比之昔時，頓覺靈顯，一邦奉事甚謹。」楊子乃知父爲神云。福州醫李翼説親睹其事。

楊大方

楊大方者，岳州人。性耿介，有操持，好使氣，此句明鈔本作「好學負氣」。見稱鄉里。紹熙三年，赴漕臺試，於江陵道中過一廟，望其相上二字吕本作「見像」。貌頗雄，整衣冠入謁。焚香致禱，因擲案間盃珓，咨決得失。凡三擲，皆得陰珓，以爲神不賜許，時已被酒，遂發怒，取珓毁之。神之側塑兩判官，所謂善惡二部者。楊控惡者鬚，仍葉本無「仍」字。批其頰，大聲叱之曰：「教汝作判官，略無靈驗，虚受香火享奠，可謂失職，何不請我做？我一生留意文章，十分準擬科第，何爲不報我耶？」語罷，引足蹴仆之，乃去。纔出門，行十數步，酒微醒，覺渴悶，令擔僕汲水，未及而蹷，撼呼弗應。僕掖往近處村邸，就榻少憩。移時矍起，謂僕曰：「酒之累人如此。吾適入彼廟，實爲無禮，干觸威怒，遭二卒追詣廷下，神王葉本無「王」字。訴責甚峻，將痛加因治，賴善判官力爲分解，曰：『此子是岳州一箇好秀才，志行不凡，前程儘未可量。只爲一醉所誤，别無罪愆。若置之重罰，却爲太猛，不如就令充惡部，使晨夜在此祇承，庶使知過，上二句明鈔本作「使晨夜祇役於王前，庶得謝過」。不爲已甚可也。』王首肯再三，顧二卒曰：『暫押回。』度自「此子是岳州」至此凡七十六字，原本闕，從葉本、吕本參補。事勢，我定不免。」急索紙作書與妻，詞意悲哽，封題授僕，投筆而逝。

千福藏寶珠

福州閩清縣白雲寺，西廊有大輪藏，名曰千福，王氏據閩日所建也。淳熙中，寺僧以殿柱朱漆暗淡，命工莊嚴，選行者監視。其故所用漆，略與木不同，粘綴隱隱有紋，遂引手剥之。見寶珠一顆在柱上，中現入定觀音聖像，相貌端嚴，極爲明了。至今觀瞻者無不稽首敬禮。蓋吕本作「益」。信大士之靈通與人依怙也。

洞口先生

淳熙間，信州漁人楊六者，以網釣爲業，孤孑一身，生涯惟葉舟而已。日所得錢，悉爲酒肉之資，不買布帛，盛冬霜雪，亦單衣自如。酒酣，輒往來煙波間，鳴棹「棹」周本作「榔」。高歌，類有道者。一日，有道人獨棹小艇，從之賒魚，楊隨所須付之，初不語直。自是數數來，楊亦與魚，無倦色。道人愧謝曰：「我視汝，誠輕財重義一君子人也。可喜可喜。」一夕，風月清潔，波平如席。楊正低頭舉網，睹一舟從天際冉冉造前，細視之，蓋向者道人也。微笑相呼，於坐處盡取所負魚直，約兩三千，併償之。楊固却不受，曰：「我飄然簑笠，底能用得幾許錢？先生直留助雲水費，只乞著我同處船中。」道人曰：「我相試已久，恰來將錢還償，仍更試汝，汝之志堅固如是，真可教也。」即挽之共載，但一小童操檝，其行如飛。迤邐窮河源，登石岸，到山巖中，奇花珍果，芬香錯落，全不似塵世。楊心意洒豁，雖蠢爾下愚，頓覺超然悟解，便欲依止。道人曰：「此非汝可久居之地，宜暫還，後五年復吕本多一「相」字。會。」出一卷書與之。臨別，扣其姓字，曰：「我洞口先生也。」就命童送歸元所釣處，回顧已失童。楊不識字，以其書示人，乃金丹祕訣，因悉具告曩事，且從習學。性識開明，隨口能誦，而取魚如初。五年之期至，躡空而升，邑里俱見之。識者驗洞口之字爲吕翁無疑云。

鄭四妻子

福州懷安縣津浦坊民鄭四，以鬻羊爲生。年六十餘，唯一妻，而年方及半。嘗告其夫曰：「汝老而無子，脱有病，若做經紀不得時，何所賴？今東家兒十七八歲，上無父母，我欲求之爲義男，汝意何如？」鄭頗知妻與此子相染著，初未然其請。他日再告，度終不可輟，且虞其狠悍肆虐，勉從之。既同居，公爲姦通，視夫如路人。鄭不能堪，又畏鄰里恥笑，自縊以死。衆爲之不平，共告于縣。逮繫兩姦置獄中，久而弗決。妻見夫至罵曰：「汝不義背我，使就死地，合還我命。」妻恍惚驚怖，不知所答，但連叫救人。獄卒趨走而來，無所睹，時慶元二年，偶值皇子誕生德音，皆從宥放。妻還家，稔惡尤甚。每夜見夫索命，至扼其咽而毆〔原作「嘔」，今改。〕其背。壓按「壓」字似「魘」字之誤。而寤，以語厥子。覺問原校：疑誤。按：似當作「悶」。極不佳，旋嘔血而死。

張知縣婢祟

侯官張德隆知縣家，有婢五人。其一爲祟所憑擾，雖不爲大害，然觸事可憎，舉室厭苦。招里巫文法師視之。文生開酒壚，既至，婢掩面而笑曰：「一身帶糟醉氣，如何奈得我。」文慚而退。又招林特起，林乃張之婦兄，蓋嘗爲祛逐一怪矣，事載支壬中。林背微傴，婢復言：「一片芭蕉葉耳，我不怕它。」呂本多「林亦去」三字。於是祟愈横肆。張邀商日宣法師同梁絪治之。梁先行，詰問曰：「汝曾在誰人家作過？」謝曰：「固有之，只是過公宅門不得，有穢跡神兵一千萬數，羅列遮護，豈敢正眼覷著？」蓋梁氏素事此神甚嚴敬也。梁叱之曰：「汝是什麽精魅？分明告我。若不直説，當拘縶北酆無間獄中。」良久始云：「是南門外石獅子，願慈悲恕罪，自當屏迹。」梁亦與商共議，具狀其故，移牒東嶽收管，婢卽時頓醒。石獅者，不記何年所立，形模獰惡，兩目睁睁然，近臨官路。是夜其處風雷欻起，明旦遂失之，不知所在。商日宣者，頃爲任道元考照，亦載支戊中。右六事皆僧説。

臨淄石佛

青州臨淄縣二十里外，有古佛一軀，高丈餘，在田野間。宣和五年春，忽自動揺，晝夜不少止。邑民遠邇競來祈拜，日不減萬人。又防其覆壓，不敢輒近。邑宰吴直奉議，健決吏也，惡其妖異惑衆，集里保丁壯擊碎之，亦無兆祥。明年，縣遂爲羣盜所破。識者謂石乃艮止之物，動則變生矣。《述異志》載邕州事，蓋此類也。德卿説。

夷堅支癸卷第五 十一事

陳泰寃夢

撫州民陳泰，以販布起家。每歲輒出捐本錢，貸崇仁、樂安、全溪諸儈户，達於吉之屬邑，各有駔主其事。至六月，自往斂索，率暮秋乃歸，如是久矣。淳熙五年，獨遲遲而來，盡十月不反。妻頗以爲念，夜夢其披髮流血告曰：「我此行不幸，到樂安曾家，爲所戕殺，盍亟爲我雪此寃！」且與人言，皆曰：「心疑生妄，勿信也。」次夕，夢如初，遂訴於郡太守王曉浚明。謂事干刑名，怪其憑夢申理，扶之出。還家啜泣，夜聞户外剥剥彈指聲。祝之曰：「吾夫有靈，此聲當入室。」俄頃，撼床枕不已，妻悲怖。翌日，再詣公庭哀祈，吕本作「訴」。且拜且泣，守惻然，爲下其事縣宰張公吕本作「松」。茂老，悉集諸駔驗究。有曾小六者在數中，白宰言：「舉室受陳氏恩，未可報，吕本作「未知所報」。那敢作此大惡？既以某日離某家去矣。」張無以詰。後五日，里正報：「嚴陁村道側有卧尸。」牒尉檢視，曾以甲首往會，曰：「非也。」又五日，或與曾素仇，告其實殺陳泰，埋於舍後竹林中。於是捕送獄，纔鞫問，即承伏云：「初用渠錢五百千，爲作屋停貨，今積布至數千匹。因其獨來，妄起不義之心，醉以酒，隨行只一僕，詐主人之命，使先歸語妻云：『揞索未就，尚須小淹。』僕去少時，遂斃之於山下。前所驗道側之尸是已。」繢乃縊陳而埋之。不敢復隱。」獄成，坐誅死。

連少連書生

饒州安仁書生連少連，其父仲舉下世，獨與母居，年甫冠，就館於近村富家。館相距半里，諸生暮歸，唯一童作伴。當春夜月明，燈下誦讀，忽聞簷間欬聲，舉目視之，見紫衣老媪，豐頤皤腹，已在側。出語通殷勤，問爲誰？曰：「媒人也。東里蕭家有小娘子，姿色絶豔，如神仙中人。慕秀才容儀，請於父母，願爲夫婦，使我來達意。其家快性，纔説便要成，幸勿遲緩。」生曰：「無乃太急乎？我談笑得一好妻，豈不大願？然要俟歸白母，雖正貧悴，須略備納采問名之禮，始爲允當。」媪曰：「秀才終歲辛苦，所獲幾何！今蕭女奩具萬計，及早成婚，卽日可化窮薄爲豪富。但一諾，立諸矣。」生沉吟良久，許之。才頃刻，去而復來，攜兩小鬟先至，便有數黄衫卒，施供張，敷茵几，金玉綺繡，雜然盈前。尚疑信未決，聆笙簫之音，鏘洋漸近，翠幢寶蓋，畫扇圍列，女子下花輿，席地步入，真國色也。生目眙心蕩，默自計曰：「姑與之結好，則奩中物皆吾有耳。」媒已知之，咄曰：「秀才何得遽起薄倖之念？」生諱謝曰：「無之。」就席，酒半，始合巹。覺女脣間有牛吻氣，乃託以地迥招盜，悉收斂器皿金帛置篋中，加扃鎖焉。一牛頭人自外持梃入，喝曰：「不得無禮。」俄冷風滅燭，衆一切奔散。月色依然，闃無所睹。隱約聞樂聲赴主人家祠堂内。小童熟睡，促之起，吹燈發籠，枵枵然并己之衣衾書策亦羽化。生惶惑，待早走告主翁，翁驚嘆不已，云：「是吾家所事蕭家木下三神也。」生亟辭館而去。

北塔院女子

鄱陽吳溱伯秦，淳熙庚子歲，偕二三友結舉課於樂平西禪寺北塔院。童行姓詹者處鄰室，夜聞其與人飲酒語笑，穴壁窺之，見一紅衣女子，殊秀艾。意其挾外倡入，又念邑市無此人。每夕皆然，或夢魘呼叫。嘗詰其故，不敢諱，乃言：「此女夜夜攜酒漿殽蔌來共享，醉則留宿。只著乾紅衫，未嘗換，亦儼然無垢污。捧一水精合在手，會罷必藏於袖，就求之不肯，曰：『有父母在，脫或見問，何辭以對？不可。』」歷數月，詹尫羸骨立。度不能支梧，捨之而遁，竟死。其前一僧亦然。續有吳五戒者至，不久亦見女，急徙居。人指以爲凶室，莫敢至，遂摧仆爲丘墟。後二年，有應寺丞之子到邑，頗聞其事。始言：「十餘歲前寓彼，一笄女暴亡，菆于廡下。吾隨牒入嶺表，玆方北還，正謀火化其遺骸耳。」啓棺之次，得水精合，紅衫尚存。乃證昔爲鬼而害平人也。

瑞應尊者

恭州報恩寺有羅漢洞，塑爲巖壑五百所，人物散處，其長大與生身等。唯瑞應尊者一像，乃天生石所成。其顏狀衣服，襞摺文縷悉具，了無斲削痕迹，莫知起於何代。紹興間，或失其首。寺僧告於州，申達制置司，徧下屬部尋訪弗獲。乾道中，一蜀商泊舟江陵沙頭，夜夢異僧來謁曰：「貧僧受業於渝川之報恩寺，今行脚西歸，擬附於舟尾。如辱賜許，當先奉候於白羊口。緣寄笣按：「笣」字似「包」字之誤。笠在彼，趁便道取之。」商曰：「諾。」寤而恍然。蜀客率能於亂石中識别璞玉碼碯，及至白羊，沙磧間得一圓石，高尺許，宛如人頭，眉目全備，而圓頂無髮。衆方聚觀，商認爲夢中所遇，浴而收之。將至恭州作供，行次洞前，見一石像，方袍無首，默與心會。白方丈，辦香花，迎於江濱，置之項上，脗合無齟齬，遂復成全軀。是時朱師古少卿赴召造朝，挈家游洞。子婦求嗣者竊其隻履而去，諸僧不覺也。十年後，朱還鄉過渝，夢僧稱在報恩寺掛搭久，乞施履焉。明日，爲人語，訝其異。婦始自陳曩事，敬以歸之。

酆都觀事

忠州酆都縣五里外有酆都觀，其山曰盤龍山，之趾即道家所稱北極地獄之所。舊傳王陰二真君自彼仙去，未嘗爲兵戈踐暴，故多古跡。晉唐五代乾竺殿猶在，吴道子畫壁，丹青如新。丹井上二柏，狀如龍角，人言東漢時物。老子丹竈後柏，亦數百年，枯槁摧裂，而直幹堅如石。皇甫先生赴召，過之曰：「吾能使此柏再榮。」即布氣呵手，拊摩盤根錯節處，自是數十枝復蒼翠如初生者。政和以來，有旨禁採捕，羣鹿至與人雜糅，養茸引子，卧廊廡，食厨蔬，居然相忘。淳熙十二年中元日，方作齋醮，鹿從丹井來，數百成羣。驤首霄漢間。五色氣自井出，散而成雲，中有笙笛鸞鶴之聲。至暮，知觀白道士無疾而逝，咸以爲尸解云。

趙邦材造宅

紹興中，餘干宗子趙邦材造第宅，飾臺榭，恃其屬籍，凡所需林木，不復誰何，肆意芟伐。自僧宇呂本作「社廟」。神祠，民間墓樹，無得免焉。屋畢工而怪出現，白晝昏暮，人不奠居。落成未幾，縣尉黃子強往致慶，傳觴行酒，皆臭不可近。趙知其所由來，叱罵罔兩而罷。次日，庖婢以昨夕籠餅供朝食，至前，滿盤化爲穢物。遣視甑釜亦然。遂臥病。平生治僕妾輒以髮繫柱，箠楚無算。怒猶不釋，則沃以糞溺。至是苦肺熱，命家人取圊中汁以解之。其妻不忍，紿用地漿進。嫌弗快，必須此汁飲，竟瞑目而殂。黃尉傳其事於善類，使廣之，以警爲惡者，俾知所懼云。

白雲寺行童

淳熙三年夏，吳伯秦如安仁，未至三十里，投宿道上白雲寺，泊一室中。喜竹榻涼潔，方匹馬登頓頗倦，不解衣曲肱而臥。朦朧間見小行童，垂茁髮，着短褐衣，拱手側立，情態恭甚。云：「主僧遣邀飲茗。」語之曰：「容我睡少時便去見。」童不答，亦不退。俄然而隱，吳殊未以爲疑。再合眼，復在側。又與之語，不答不退如初。乃急起訪僧。笑曰：「比有士大夫暫憩此榻，所睹亦然。蓋昔時行童某者，性好雅淨，自買此受用，而去年已亡。小兒〔原無「兒」字，據周本補。〕癡迷，故尚爾戀着，亦可念矣。」吳勸付諸火以絕之，其怪遂息。

神游西湖

樂平新進鄉農民陳五，爲翟氏田僕。每以暇時受他人庸雇，負擔遠適。紹興四年春，在家病疫死，胸臆尚暖，家未忍瘞。越三晝夜，奮而起，說：「初死時，覺魂魄從腦門出，見本身卧床上，妻兒叫哭。作聲相呼，更無應者。有一神人稱將軍，領去過別病家，歆享酒食。既醉，喚我前曰：『我聞得杭州西湖景致極好，常恨平生不曾到。今欲因巡歷，遊翫一遭，倩爾引導。候看了當放爾。』卽命監守者捉我置布袋中，攜以先行。沿路遇人家供獻，則掛袋於簷下，丁寧莫要喘氣。盡將食物收拾挈去，匆忙不少停，又詣一家。一日須十餘處。昏暮入廟宇，將酒肉分給人從，亦自就位飽食。如此五日，到臨安游吕本作「西」。湖。天竺靈隱，市肆園林，逐一行遍，只不敢入道觀。復從海岸抵福建，回建昌撫州，至白干查家歇。憩坐未穩，一急脚走報曰：『速去速去。』俄霹靂電閃，震動天地。一道士戴星冠，仗劍，捧水誦咒，念到火發燒屋處，衆扶擁將軍以下奔出，更相踏踐。我依前在布袋内，不覺擷落地。元來却只卧此間。」自是遂活。是日，洛陽康義「義」，《永樂大典》卷二二六三作「羲」。仲來翟氏莊，目擊其事。及秋末，康與翟同往疎山，經白干，專謁查家訪動静，云：「今春舉室染時疾，得道士行五雷法祛之而愈。」正合陳五所言。

石頭鎮民

慶元元年冬，石頭鎮胡大夫家修設水陸齋。會市民龔三者，日持蒸芋來鬻。至判斛之夜，歸差晚，行到燈火盡處，若爲人所排，仆地悶絶，妻子訝其不至，秉荻炬迎照得之，舁以還舍，舉體冰冷。燃薪温其手足，稍有蘇意。漸能言曰：「恰逢着鄭十五與孫山東幼兒，問其去何處，答云：『胡知府宅設水陸齋會，故往趁赴。我尋你多時不曾見，今且得值遇於此。』便搦倒我，恣意拳踢毆打。須要牽捽去，我盡力扞拒不肯行。他怕天曉，方始相捨。」是時鄭十五已死十三四年，孫氏兒亡未久，莫知何寃。龔言訖。涎涌於喉間，飲之以湯，亦不能納。奄然長往。

劉居晦醮設

樂平南原人劉居晦，慶元三年春就家設醮。既訖事，其小子明哥忽發狂言，如物憑附，云：「玉皇敕北方真武神君降我家諭旨，今日醮筵章奏，全不虔誠，更須擇日舉家齋潔，别建一百二十分，多獻金錢，謝過祈福。有如不然，定貽大禍。」劉氏懼，以爲黄冠褻慢所致，痛譙責之。衆相謂曰：「吾曹安敢不盡誠敬？但上天高明，豈肯用禍福嚇誘下民，需索供享？是必木石怪魅，假托爲之。」推其徒王師行正法考召。童子見光中攝到土地社令，詰之，對曰：「非祀典之神三人，詐僞爲此。」即逐之境外，仍刈伐近處林木，一大木根下竅穴通透，舉烈火薰灼之，三巨蟒迸出而死。劉以其木與與福寺僧。是日有崇仙觀道士謝時亨在醮壇，而出外買食犬肉。明哥又言：「帝知謝時亨輒啖厭物，來日午時必殛之。」語竟，狂子即安。及期，時亨殂。劉益懼，遂更置醮席。而纔至四月上旬，以微疾亡。蓋大數且盡，故鬼得而侮之耳。

新喻張屠

臨江軍新喻縣屠者張氏，居於僧寺之傍，每宰猪，必以曉鐘時起。紹興某年，寺主僧於半夜後，夢男子婦人凡五輩，皆著烏衣，羅拜於前，同聲懇言：「告和尚，乞慈旨，説與道者，免來撞早鐘。」覺而又夢，且云：「性命所係，危在須臾，只得一語便可活，願慈悲哀救。」僧寤而異，急呼直鐘道者諭之。道者已攝衣將往，聞僧所戒，猶云：「此所以警旦，寺院法律當然，豈宜廢不講？」僧曰：「一段因緣，續當説你，勉聽吾語。」乃止。天明，道者出，過屠門，張問不擊鐘之故，以僧語告。張曰：「賺我失曉，誤一日經紀。然當死之母猪，遂生五豚，亦爲吾利。」道者還白方丈。僧特造張店，開以因果之理，曰：「人生百技，何必造業如此？儻肯謀别生，吾以衣鉢所餘助爾。」張卽奉命。僧與之錢百千，使改市它貨。張素無子，已而得男，讀書擢高科，致位華顯，不欲書其名。

此卷皆吳溱伯秦所傳。

夷堅支癸卷第六十三事

尹大將仕

秀州廣平橋尹大郎將仕，其家本微，致力治生，雖無田莊，而浮財頗裕，唯每以無子爲不足。已而妻得男，憐育備至。迨長成，下劣不肖，破蕩錢帛。父母愛鍾於心，亦不復較。俄以病没，尹悲悼之切，不如無生。或教齋戒擇日禱於福山岳呂本多一「神」字。祠。遂具舟楫，與妻偕往。及抵岸，尹謂妻：「我先詣廟下排比牲醪，明日清呂本作「侵」。曉，共焚香供獻。」既去，移時不反。妻自步行咨訊，至憩亭，則見亡子用兩手執其父。駭而問之，答云：「不干娘事。我前生爲某處縣尉，雇船渡江，尹大作梢工，利我財物，擠我溺於中流，今當索報。」母泣曰：「爺娘養你二十年，竭盡心力。家計任汝費耗，豈不念此。」曰：「負財已了，只是欠命。」母度不可解，又泣曰：「既宿世冤債，所不容免，但乞放還舟中。」堅不從，斯須而斃。

野和尚

襄陽南關寺僧寶樞，姓野氏，本泰州人，來駐錫時方二十歲。能談誦《孔雀經》，聲音清亮，人家多邀請。富有衣鉢，俗呼爲野和尚。淳熙甲午，赴近村經課飲酒回，耳畔聞嬰兒啼聲，如是不一，甚異之。左右前後，並無人家，寺中又無寄寓者，不敢與人説。寺前臨江，其北有人煙市井。僧嘗渡北岸，憩于張氏客邸，從其妻談未了，一優伶攜女子入邸，僦室以居。僧見之心頗動。未幾，厥優病，僧每日必到彼爲治粥藥，因與女接杯酒之歡。既而優死，又捐錢殯瘞。女感其德，遂陪之款昵。僧猶未快意，育髮出外，取之爲妻，連歲產三男，生計益進。凡十餘年，妻病亡，復用故度牒披剃，三子以次繼爲僧。徙居南漳雙池寺，而彈按：「彈」字似「談」字之誤。《孔雀經》如初。紹熙甲寅，季祖忠訓作邑宰尉，猶識之。

譙氏柿木

青州譙氏，大家也。其所居堂後有大柿樹，圍三丈許，蓋百餘年之物。崇寧二年冬，雪寒太甚，木凍裂至根。中有奇石，長袤丈，紋理瑩然，碧色可愛。聞者爭來觀，郡僚亦至，莫能測其兆應，多以爲吉祥。然自此家道凌替，售宅於它人，居之復不寧。洎宣和末，不及三十年，屢易主矣。

張七省幹

張守中者，本會稽人。隸役高門，得右列一職。買田揚州江都，稱爲七省幹。淳熙二年，詣臨安，攝内諸司冗局。其母與議宗室女爲妻，言定矣。張過市，覘銀鋪秦氏女美色，遽憑媒禮娶，祕不告母。後兩歲，母方知之，自越來，見秦婦元不甚美，然已生產二子，不可逐還母家。厚餉卑詞，謝絶趙氏。趙女以結約既久，無故遭斥，羞愧悒怏而死。張之子繼夭折，生事亦退。酷嗜酒，田園蕩爲飲費。一日，登酒樓，遇道人，清眉秀目，先踞坐獨飲，引袖長揖而笑曰：「君不是張持正名守中者乎？」張曰：「是已，但與先生素無一面，何以知守中詳悉如此？」道人曰：「君合有三子二女，官職隨分粗得。近見姓氏，乃注在死籍，不知作何隱惡，以致於是？其事亦不久，吁！可惜哉。」張大駭，不能措辭，道人趨下樓，迹之不見。歸爲秦氏説，亟脩設醮席祈哀，踰歲而卒。

右四事德卿説。

鄂幹官舍女子

湖北轉運司在鄂州，其幹官廳事常有鬼物出没，道人多晝見之。宜黄劉巖叟滿罷，代者胡承議已入宅，以初到，遍謁諸使及郡守，率用五更三點出。一子未娶，每其父夙興，必起侍湯粥，送之升轎，乃復寢。嘗值美女子，相顧而笑。方注目，又不見，自是屢有所睹。自言：「只是鄰近鋪籍小民女，瞻慕丰采，乘間竊來。」胡子浸有惑志，但念官舍嚴密，豈外間婦女可得到？以扣小吏，吏曰：「此決非人，俟其再至，試執而視之，當驗其實。」明早，承議出謁。女徑造子室，子以言誘之曰：「汝既云慕我，當少圖從容，快滿平生志願。今倏來倏去，甚無謂也。」女躍喜，卽有相就意。胡子直前擁之，復奔迸求脱。把持愈急，覺懷抱間漸縮小，呼燈至，則木板一片在手，蓋舊屋翼剥風板也。取斧析而焚之，怪遂絶迹。是時淳熙中秉義郎賈伯洪駐鄂，呂本作「此」。按：似當作「鄂」。見其異。

淮陰民失子

楚州淮陰民爲保正，遣其子赴縣輸租，子不肖，盡以供飲博費。徒手不敢歸，信步野外，彷徨無所之。忽有兩人從山中出，爲憐撫之狀，招使隨行。至彼處，大屋深廣如富室，而寂無餘人。子告餒，持炙魚燒肉各一楪與之，曰：「飯適已盡，未暇別炊。」子啗魚肉訖，殊不飽。兩人率之，舂入農家，竊庖廚餘飯，并飲饌分食。當晝則捕禽鳥，漉生魚，炰煮飫餐，間盜酒共酌。此子冥迷，不復知朝暮日呂本多一「數」字。山下諸家，積以夜失物，知必鬼魅變怪，邀巫治之。巫罡步布網，戒居者伏伺竈側。夜半，三黑物髣髴人形，越窗隙而入，翻盆攪甑，睢盱尋索。於是突起呼譟，相與逐之。蒼忙奔遁，其捷如矢。衆秉炬追趕，僅執其一，束縛以歸，謂爲魈怪，聽其辭，乃此子也。走告厥父。父至，問：「同行者爲誰？」不能言。尚記窟穴所在，引衆偕往。空無屋廬，惟亂石嶄巖，墮薪殘葆，煤炲堆積，鱗羽毛血，狼藉滿地。共驗爲山鬼，不復窮覓。父挾子而去。右二事皆賈伯洪說。

大孤山船

鄱陽民黃一，受庸於鹽商，爲操舟往淮南，還至大孤山，乘順風張帆，健疾如飛。當白晝，與同輩十許人坐立舷外，中一人反顧，見空舟甚大，亦有十許人，主持銜舳而進。慮其或相撞觸，呼衆視之。同聲叫後使引避，唯黃一杳無所睹。方與衆爭辨，且詆其妄。轉盼間鹽舟平沉，旋即覆翻，所載悉淪洪濤，人盡溺死。舟忽躍起，黃隨而騰出，遂獨免。乃知向之值遇，蓋鬼神之作祟者云。慶元三年三月也。趙希誂說。

大浪灘神祠

嚴州大浪灘，在州北十五里，介於兩山之間，深不過八尺，而湍流峻駛，縈回曲折，稍遭風色，則激爲巨浪，由是得名。往來者多苦濡滯。紹熙四年，鄱陽周貴章赴省試，與鄉人羅正臣、李顯祖、康師尹相值於常山，買舟同下。逮至彼灘，見它郡貢士船三十餘艘，鱗次岸滸，皆阻東風，久者幾七八日。更相愁歎，不敢解纜。或強驅童奴，盡力挽繂。纔少進，復猛退。有忿鬱而束擔陸行者。且慮失試期，曉夕隕穫。餘干董經負膽略，出語衆曰：「聞坡上一廟，乃威惠王行祠，盍往致禱。脫蒙垂祐，便可去矣。」皆合詞曰：「然。」時已昏暮，卽籠炬造謁，焚香列拜，董拱而啟曰：「神王聰明正直，受國爵封，又享血食於此。今朝廷三年大比，網羅賢俊，公卿將相，悉由此塗。禮闈較藝，程限迫促。顧留泊此地，欲往不能。願一施威靈，訶禁山川，呂本作「風伯」。使灘上諸舟，前進无壅。豈惟寒士蒙賴，亦所以報國也。」禱罷，焚獻紙錢，稽首徑出。到夜狂風尚厲，漸以帖息。天將旦，波平如席，三十艘順流相銜，略無礙滯。始悔乞靈之不早云。周少陸說。

彭居士

鄱陽安國寺在城内，有田去城昌「昌」字疑誤。百里，名全保莊。始時主僧惟直，苦志戒行，爲道俗崇仰。嘗詣莊檢校，夢童子報言：「彭居士求見。」延之入坐。戴短簷帽，着青道服，後一虎自隨。既坐，視直曰：「吾久隱兹山，未嘗輕與世接，慕師名德之重，是以一來。顧室廬摧敝已甚，冀蒙師力一新之。」直許諾。覺而思之曰：「此地實名彭岡，客所稱姓與合契，得非山之神乎？」明日詢訪，則父老皆云：「不聞有彭居士者，獨古松下一小廟，相傳爲彭大郎，必其人也。」即訪之。茅茨蕭然，上漏下濕，香火亦缺不講。直爲之慨然，命工整葺，立成華宇。繪畫像貌，儀衞儼赫，由是彭岡神祠，遠近供事。它夕，夢來謝曰：「百年寥落，一旦頓獲新居，沾受血食，老稚安堵，皆禪師慈悲所致。恨無以報德，呂本多一「輒」字。有所獻。」乃邀至高坡上，指示其下曰：「此可以辟良田百畝，願置力焉。」是夜聞彼處履聲雜沓，如數萬兵經營鉏治。旦起視之，乃向荊榛沙礫，坦平如掌。自繫虎原西，盡爲膏腴。至今常住，實賴神力。廟中有黑漆連椅一座，初擬更塑神像，未暇致功。行者法堅以爲徒設弗用，且障蔽畫壁，取置長生庫中，掩爲己有。遽夢神詈責，亟負以還之。寺僧圖其形，并畫虎於坐右。每出化供，必奉之以行。將謁某家，未至，必先聞猛獸哮吼聲。相謂曰：「安國化主來矣。」已而果然，故無不樂施。若次旅店，則商賈增集，皆徯其來。距莊三十里，有小墟市，通江西路，多富居民，頗苦寇攘之患，惟全保晏然。蓋嘗有至者，皆值虎遮道，不敢進。其爲盜者皆黥卒，間有敗獲，自言如是。此寺曾感五神顯迹，已載之丙志。彭岡祠室正與之同，予舊傳其事，不詳審。周少陸得此於了祥長老，故備記之。

城隍廟探雀

饒州城隍廟，每歲春夏之交，多有雀巢於屋翼内孕育雛卵。隸卒錦先、楊成、魏贇皆從他郡配隸，已三十餘年，一爲憲臺司閽，一爲泉府庫典，一爲軍頭，所居與廟近。慶元三年四月，三家之子各十五六歲，相率入其中，欲探取乳雀，而高不可升。乃踏神像夫人之肩，攀緣而上，得十數枚。像泥遭踐踏剝落地。至晚，三子同感疾，昏熱如炙，〔原作「灸」，據周本改。〕不能出語。夜半劇，其母固莫知其事。有他兒戲時亦在彼見之者，爲言所致。明日，攜香楮詣廟禱謝，不獲命。既而三隸以次病卧，證狀全相似，醫療弗愈。才五日，皆不起。其子浸浸困篤，未必可生。觸犯大神，誠可譴，乃禍延厥父，豈其偶然邪？義方之訓，非所以責之也。

舒七不償酒

鄱陽每歲迎神之會，習俗已成，有加而無減，逐廟各一兵或一民主之。至於酒漿沃犒其徒，又自隨人致力，謂之心願。大抵心識不正，以是爲禍譴驚動者，間有之焉。紹熙三年春，縣前居民舒七者，開酒肆，其家與縣城隍祠相近，預欲以酒飲轎卒及一行諸人。既而負約，衆憤怨，往往出言詛之。至七月晦日暮，從外還舍，少頃就睡。逮三更，醒寤轉側，覺卧處甚冷，伸手摸索，一物大如臂，粗澀且滑。駭而呼妻，妻熟睡弗應。擬下床，爲物纏身，緊痛不能作聲。猛奮擲大呼，母在鄰壁云：「待我來。」持燈往照，乃一蛇，呀然張口，似欲吞噬。家人盡起，無敢造前。母忖知其故，急詣廟，招祝史買黃錢置箱內，扶請蛇去。舒遂病悸不食，以八月四日死。是夜見夢於母，言已入幽境。目今受罪，告速追償前願，庶得脱免。母如所囑。越數日，又夢云：「幸得從輕，母勿過悲。」拜訣而退。舒之過不至死地，受罰亦酷矣。

廣祐王生辰

饒民以八月十五日爲威惠廣祐王生辰，致供三晝夜。及罷散之際，每處各備酒果飲福，伺人靜則集會。慶元元年，第三日事畢將就坐，而排列果食多不見，是時無閑雜小兒，皆疑其何以失。明日，再往收拾，聞殿上酒香，且有遺下殽核之屬。方怪之，見泥塑獻花童子倒地如睡，酒氣自其口出。共扶起，立於元處。自後遇夜，巫祝或逢其游戲相驅逐，久而乃定。廟祝洪興祖説。

許僕家豕怪

樂平廣衢人許光仲之僕，畜一牝豕。凡歷歲，每生豚必以十數，滿三月則出鬻，累積二百不啻，獲利已多。慶元初，忽産數異：一爲馬頭，一爲人首，一羊首，一雞首四足，各有他狀。僕絶以爲懼。既而曰：「是必造業年深，還債了足，欲就屠宰以託化，故現此怪耳！」盡擊殺之，投於溪流，而貨其母於屠肆。自後不復豢養。

夷堅支癸卷第七十事

蘇文定夢游仙

熙寧十年，蘇文定公在南京幕府。四月一日，以卧病方愈，忽忽不樂，因起獨步於庭。天清日高，乃命僕暴書。閑取《山海經》，隱几而讀，不覺假寐。夢薄游一所，樓觀巍然，金朱晶熒，叢以奇花香草，雜以丹霞紫煙。入其門，登其堂，門之牓曰「神府」，堂之牓曰「朝真」。自堂趨殿，殿名篆體難識。旋臨一閣，閣名甚高，不可辨。左碧池，右雕欄，中有一亭，几案酒殽悉備。九人聚坐其間，所披鶴氅或紫或白，其冠或鐵葉本作「金」。或鹿皮，或熊經鳥伸，或彈琴對弈。懽笑談話，視蘇公自若。蘇頗嫌其簡傲，捨自此至「有以招之」，凡四百四十字，原本佚去，今從葉本補。而出。俄聞招呼之聲，回明鈔本多一「首」字。顧之，一青鬟也。謂曰：「君何人而到此？奉靈君之命有請。」引詣庭中，一人云：「邀至與坐。」蘇辭不獲，輒廁其傍。其一蒼髯白髮者問曰：「子塵中人耶？」曰：「然。」曰：「何以至此？」曰：「信步而來。」其人笑曰：「非信步也。豈非心有所祈，意有所感而然歟？」蘇曰：「此爲何所？」曰：「金泉洞天也。」蘇曰：「孔孟之道，心有所祈；顔冉之學，意有所感。若夫神仙之事，了未嘗攖慮。而至於此者，真信步耳！」其人與之劇論儒老之同異，遂及長生。曰：「金丹之術百數，其要在神水華池；玉女之術百數，其要在還精采氣。馴致之久，則自能脱百骸，遺六腑，如蜩甲焉，蟬蜕焉。形貌有移，而神炁無改。若夫迷於煉石化金，惑於金籙玉檢，以求長生者，非吾所謂道也。」蘇曰：「世傳白日飛昇者，何邪？」曰：「其變靡常，其化無方，此又非所以語子也。」言畢，命酒同酌。有抵掌而歌者曰：「紅塵紛明鈔本、吕本均作「深」。處兮人間世，白雲深處兮神仙地。仙家春色兮億萬年，蟠桃香煖兮雙明鈔本、吕本均作「珪」。鸞睡。北看瀛洲兮咫尺間，西顧方壺兮三百里。逍遥無爲兮古洞天，洞天不老兮無人至。」酒酣，蘇求退。其人曰：「盍不少留，以竟揮麈之樂乎？」蘇曰：「有生則不能無形；有形則不能無累。故物色之際，相仍明鈔本、吕本均作「刃」。而不停。憂患之來，有進明鈔本、吕本均作「迷」。而無已。」其人曰：「子知有形而不知所以有形，知有累而不知所以有累，如影之隨形，響之應聲者，皆有以招之以上四百四十字，從葉本補。故也。」蘇謝曰：「謹受教。」良久，爲家人所驚，遂寤。乃作《夢仙記》。葉本作《游仙記》。或謂蘇公借夢以成文章，未必有實。上三字葉本作「實有」。予竊愛其語而書之。

合龍山小道者

贛縣東北五十里有合龍山。以遠近數十山皆如龍形會聚，結蟠於此，用是得名。地荒寂，初無居人。有一僧，不知從何來，乞錢儲粟，作草庵於下。農民姜氏生一男，出胞即重眉，下者如常兒，上者各垂長三尺。既加襁褓，不食母乳。日自長大，七歲猶不能言。父母恠爲非凡，施之此庵，俾出家，呼曰小道者。已而在處傳説其異。仁宗朝，令郡縣津致赴京師，召入宮，忽能語。奏對允愜，至尊歡喜。時年十二，詔落髮爲僧，御筆賜名行本。錫賚珍物，并后妃所賜金銀，數其直數千萬貫。放還鄉，以所得貨易，創爲大寺。經營之始，其師買木於虔化深谷中，距水百里，度非數船載輦不可到，方以爲憂。一夜，大雷雨，溪江皆盈。明旦，視庵外，凡合用梁棟，枅栱榱桷了原校：疑誤。負一切浮至前，正足其數。萬衆嗟嘆，呼老僧爲活佛。謂能役使鬼神，争持助金帛。至於橋道階級，甃砌藻繪，以次成就。甫訖工，行本對佛合掌跏趺而逝，首尾纔五年。今寺中金龕羅漢及御書法名尚存。棟宇皆良材，雖廚溷亦櫂木。或有欲制作什器將換以它木者，必遭蛇虎之害。其一鄉敬事之不衰。

王司户屋

饒州上卷街東，有王司户空屋。相傳有鬼物據其下，歷廿年，無敢輒居。淳熙初元夏，德興士人姜廣，挈孥從外邑至，不深知其故，爲牙儈所誘，賤直僦之。方數日，燈前讀書，夜艾油盡，出就簷間，月色正中。忽聞波浪洶湧之聲，地去江湖遠，又天清無風，殊以爲異。回環四顧，見一蛇粗如椽，鱗甲雪白，紆徐伸縮，盤旋天井中。濺洒若雨，沾濕衣履。急閉户就寢，終夕波聲不息。翌旦視之，高下皆有水痕。天井雖深五尺許，元只乾燥，不悟水之所自來，蓋蛇所吐漦沫也。姜不能頃刻安，立徙它舍。後八年，張南仲待制之子曼修思永議買之，朋友勸止。張曰：「吾爲國家命臣，何畏於妖？」竟成約而定居。已又建高樓於後，外臨湖山。然每遇月夜，蛇仍爲怪。處者未嘗奠枕，呼醫召巫，略無虛日。十三年夏夜，張置酒樓上，招兩友生及子思順同席。星斗燦然，忽暴雨震霆，一柱自顛至末，爲雷斧析破。自是遂帖帖無虞，蓋爲厲者隕於斧矣。張以爲不祥，轉售於董氏。今已累歲，不復驚恐。

陳秀才游學

汀州陳秀才，紹熙中游學抵餘干，入縣庠。賦性愿朴，而舉業又高。邑中二富氏子弟，皆勤苦篤志，慕其才譽，與之交游，遂延致書館。踰三四年不言歸。名儒李彥聖知其有父母，語之曰：「離鄉力學，此意固可尚，然遠捨庭闈，屢喚不還，何以副倚閭之望？」陳但唯唯，終歲不暫出門。朋友邀之行樂，亦不肯從。或勉強陪隨，旋踵卽反。人益證其謹飭，初不它疑。慶元三年二月，忽訪彥聖，求屏却諸生，拜而請曰：「閩俗娶婦至難，況於寒士！某所以久於外者，非婚姻成遂，誓不南轅。聞吾主家有季女欲擇對，仗先生一言，立可得矣。」彥聖駭怪曰：「彼家元無將嫁女，呂本作「笄女」。君託身其舍館，不應萌此念。之「之」字疑衍豈病狂耶？」陳毅然作色曰：「我那敢妄？其女蓋常相窺覘，彼此屬意已久。」卽探袖取衣巾帕篋數種曰：「此其所與者也。」彥聖不得已，爲詣富氏，審訂虛實〔案：此下疑有脫文〕。陳掩面垂泣。富氏子弟度不復可留，命僕治疊行李，厚其資贐遣之。出，回視臥榻，若對婦人道離別語，哽塞不忍去。才行，狂疾大作。叱送僕退，擲裝槖於市橋石欄干邊，危坐七晝夜，不飲不食，縱值風雨亦不動搖。衆士慮其死亡，且惡傷同類，列狀白邑宰葉初，使傳鋪遞押歸汀州。葉不聽，置之於齋中。迄今神采如癡，富氏之人言：「數年前，曾有一寵妾終於彼。」陳所遇者，蓋其鬼云。

光州兵馬蟲

光州經建炎之亂，被禍最酷。民死於刀兵者，百無一二得免。雖數十年幸安，然不爲善國。淳熙初，上饒鄭人傑爲郡守，邀樂平士人李子慶偕行。既至，見西廊一庫，扃鑰甚嚴，而塵埃堆積。問之吏卒，云：「舊甲仗庫，怪物居之，累政不曾啓。」鄭素貪，意其中必有伏寶，破鎖入視，凡械器弦刃，皆斷裂損蝕，無一堪用。惟梁上掛數十百捲，或麻或絹所爲。彼人言：「方離亂時，民逃匿無地，悉自經於茲室，此卽縊索也。風雨晦冥之夕，鬼哭不堪聽。非特如是，州治之內，掘土過尺，則枯骸枕藉其間，獨設廳無之。又有一種名曰兵馬蟲，才高寸許，而上爲人下爲馬。縉束介冑，全如騎軍。各各有所執，好緣走牆壁，甚則登几案，隊伍行列殊可觀。率四五十騎，必有一部押者，比羣輩稍高。値其爲怪，則入人寢臥處或飲食間，千百環繞，彌日不去。能用矢刃傷人，極痛楚。苟怒而殺之，立致奇禍。」李處書館半歲，本無所見，漫撤臥榻，令數卒治築地面。發土未及尺，白骨縱橫，所謂兵馬蟲，稍稍出現。日復一日，其來益多。於是始懼，夜不得安寢。遂以妻疾爲解，辭鄭守而歸。

古田民得遺寶

福州古田村民，夏夜已寢，夢一異人來謂曰：「汝暴得遺寶，便可致富。今現在門外，宜急起收取，稍遲，怕落他人手，可惜也。」民素貧甚，既覺，卽趨出。果得一朱紅小合，正當行路，捧歸開視，有金數兩，銀二錠。未敢輒取，置於神堂桌上，自守宿其側。旦而驗之，皆真物也。不勝喜愜，率妻子拜而受賜。俄見巨蛇蟠於前十數匝，高與桌齊。民知爲畜蠱家移禍，然不可復卻。於是致禱，願盡心敬事，蛇遂隱。時時化爲他蟲，或吐涎沫。民固耳聞鄉井姻戚談説大概，乃貯藏之，施毒於人。積歲所殺不少，貲業日盛。後爲被毒者所告，官捕係勘鞫，家人皆當死，而值紹熙五年七月霈恩，一切末減。民身配海外，子配廣南。押過贛州，子病死於道店。贛丞張思順檢尸，防卒出示元犯由，具載本末，今不能憶其姓名也。右五事皆思順説。

趙彦珍妻

鄱陽宗子趙彦珍，居永寧寺。其妻某氏，乾道八年暮冬被疾，寖以困篤，時方二十許歲。明年正月十日，夢青衣童子兩人造其床前，語之曰：「汝到不得新春，才望見節氣，定死矣。」妻亦敏悟。既覺，告夫云：「命數前定，我病勢已惡，況於神言如是，其死何疑？今旦夕入鬼籙，何用邀喚巫醫，修治藥餌？家貧無力，空爲妄費耳！」遂屏去粥藥，略不向口。夫持杯泣請，亦不對。是月十四日未時立春，當日正午，又夢二童來問曰：「汝是趙氏女邪？趙氏婦邪？」曰：「趙彦珍妻也。」童相顧曰：「幾乎錯了。」徑出。妻忽聞鄰家哭聲，驚寤，使詢誰人，乃寺外高縣尉之妻趙氏也。即時汗出如漿，遂爾安愈，又十餘年始亡。彥珍後改名彥典。

趙彥典夢

趙彥典，淳熙十五年冬，夢貴人金章紫綬，直造所止脩謁。謂其誤至，方擬引避，已下馬徑前，入坐書室。典束帶敬揖，未及問其何官，客遽云：「偶攜牓來，君欲觀否？」典謝曰：「幸甚！」即探袖取文書揭壁間。視之，皆宗子名也，有彥珍者在行間。客指曰：「是君否？」答曰：「彥典本名實爲彥珍。後以宗司檢案他人相同之故，遂改今名。於此無所係。」吕本多一「也」字。客徐以筆圖圜之。徘徊少選，復捲置袖內而去。典覺而深念，將欲仍舊，則非申宗司不可，姑記於書策，頗用爲慮。次年，覃恩赦下，許赴量試，而期日已逼，願改不能，吕本多一「乃」字。但以典字。及揭牓遺黜，果有彥珍預焉。又數歲，典年過四十，例始補承信郎。右二事彥典說。

胡廿二男

樂平何衝民胡廿二，慶元元年二月，在田間耕鉏，人報其妻生子，急釋耒而歸家，到，見妻正悶絶於地，掖起，灌以湯，少甦。乃視生子，臀後出一牛尾，長幾尺許，繳繞掉動，左背牛毛皆滿。妻曰：「我恰來幾爲他驚殺，如此怪物，當即投之溪中。」胡又不忍，只斷其尾而留之。至今三歲，舊椿橛上復出小尾，然則前身爲牛可知也。

九座山杉蘭

興化軍仙遊縣九座山，僧寺據之，上有巨杉數百。淳熙中，一杉之杪忽生數花，全如幽蘭，芬馥絶甚。僧命工圖其狀，并折花獻於使君。呂本作「獻於佛座」。其山甚高，峻呂本作「循」。嶺三十五里。至其巔，得平坦之地，五里寺當其要。九峯横前，中一峯瑩碧照耀，儼如立笠。上二字黄校疑誤，呂本作「立筍」。初，五代王氏擅閩日，它境一野僧，布素梗朴，以一杖自隨，詣福州永福，營營若有求。或問何爲，曰：「吾欲擇高廣地可安千僧者。」時方尚武，其人應之曰：「我久要尋踏着千兵處，未能入手，如何容得閑和尚？」僧乃去。永福與仙遊隣境，九座介其間。僧登山徘徊覽眺久，堅卧不動。叱之，曰：「我豈不知此是道場邪？只恨溪水太逼，山勢不寬拓耳！」是夜，驚雷震激，遲明，溪移退二十丈，居民怪焉。已而知其故，因共挽勸，使立庵舍。遠近施財，不約而集，遂成禪林。當是時，囊山妙應師同出應世，雅相契合。此僧戲之云：「你所處臨通逵，只做得飯店。」妙應笑云：「豈不勝於乞兒乎？」閩人競傳其語，至今三百年，囊山常住極盛，歲收穀踰萬石。往來就食，不以多寡，雖官僚吏士，亦一粥一餐。而九座僅有田百畝。棄「棄」字原本作「弃」，疑是「去」之誤。行化於福、泉、莆、劍四州，至舁奉塑像，遍歷人門，呂本作「間」。藉以取給，皆符曩日之語。

鄭景實說。

夷堅支癸卷第八十二事

黄德昭事太宗

淳熙十三年，福州科舉進士黄德昭，經營就牒赴兩浙轉運司試。行次建寧，驟得疾，四體發熱，昏昏不知人。於醒夢間見一長人，介胄當前，叱起之曰：「汝當服事唐太宗，安得在此？宜速歸。」言之至再，遂不見。德昭私念：「今距唐朝五六百年，吾爲生人，如何能服事古帝？且業已至此，名爲避親，二字黄校疑誤。詎可却回，將何詞以告朋舊？」會薄晚小間，復登塗，宿於前店，疾益甚。又睹長人立於側，罵曰：「汝不信吾言，必死此地。」始大懼。明日，遽南轅，才行二三里，神思頓清。又明日，洒然如平常。既抵鄉里，旋投納試卷。向者以《毛氏詩》應舉，慮取人數窄，而素於詞賦留意，乃用賦求售。試日，出「太宗功被九歌」爲題，不勝踊躍，以爲神告者此也。他人多只敷敍功業，惟德昭以太宗比大禹爲説。主司讀之激賞，謂爲冠場之作，列於高等。然次年下第，竟終於布衣。

游伯虎

福州城西居民游氏，家素貧，僅能啟小茶肆，食常不足，夫婦每相與愁嘆。淳熙甲辰歲，一道人行乞到門，就坐啜茶，適聞其語，笑而謂之曰：「不須過憂，已有好兒子，尚何足慮！只一件事理會不得，既做秀才，發解過省，及第了，便着紫公服，繫金腰帶，却手中不把牙笏，此何理也哉？」俄見柱間倚一黑圓杖，指之曰：「此是其所執也。」游翁以所談無根蔕，不之答。只一子伯虎，能讀書作文，且習弓矢騎射。詞場薦不利，遂應武舉。慶元三年，中絶倫第三人。例賜塗金束帶，除沿海制置水軍計議官，正持杖以謁制帥，盡符前説，相去正一紀。初，伯虎入都待試，夢已化爲虎，與他虎鬭不勝，遭壓焉。及是牓唱名，永嘉周虎爲魁首，又與夢協。

雪峰宗一

雪峰長老宗一，以淳熙九年來住持。駐錫兩歲，於寺建毗盧閣，安貯藏經，規範雄偉，它所營立皆稱是。而機緣行解，爲衲子依投，席下屨滿，屢欲謝退，輒不諧。紹熙五年，忽命擊鼓集衆，升座演法。既而言曰：「四方名山大刹，如雪峰者能幾處？老僧作主五六院，多不過三兩載，今乃濫居此地，不覺十三年。無德無能，難以久占禪席，便當引去，以避賢路。」迨反室，其徒意爲打包潛竄，有欲束裝從行者。已乃奄然坐亡，時俗壽七十八矣。福府迎致長蘆元聰代之。至方丈數月，夢一公來謂曰：「茲我所處，汝那得擅據？」聰曰：「和尚何爲出此言也？世緣既竟，歸於大空，故吾得承乏。正是吾曹平生著意處，焉用問？」曰：「吾非常常戀著者，比知弟誘掖後輩，振揚宗風，故特來助喜。然弟於此山緣薄，行且之它。」遂告别。聰寤，攜香詣其塔祝謝。二年後，果膺敕命，徙徑山。右二事僩孫說。

徐謙山人

永寧寺羅漢院，萃衆童行本錢，啓質庫，儲其息以買度牒，謂之長生庫。鄱陽并諸邑，無問禪律悉爲之，院僧行政擇其徒智禧主掌出入。慶元三年四月二十九日，將結月簿，點檢架物，失去一金釵。遍索廚櫃，不可得。禧窘甚，聞寺外徐謙山人者，占術頗驗，往卜之。卦成，曰：「物已傳出外，而盜身不動。元非他人，乃常所使小奴耳。急向北方察訪，尚可得。苟或稽緩，將化爲烏有。」禧因用其說，散行采緝。然無策能致敗露，坐不安席。再扣之，徐再消詳，曰：「此去五日，定有信。」所謂小奴者，每至鄰家與民婦狎，指頭上銀釵曰：「何不買金來打造？」婦笑曰：「汝真是不曉事，我如何有錢辦此？」奴曰：「我拾有一隻，若用得時，減價售與汝。」傍有彭氏子竊聆其語，明日戲之曰：「如果欲貨金釵，我酬汝直。」奴諱曰：「已分付呂本作「與」。吾兄了。」既涉歷兩三處，事遂大彰。僧卽加執縛，且杖之十數，猶隱不言。鞭打益急，始服罪。立取釵至，于是痛撻而逐之。行政說。

楊道珍醫

饒州黥卒楊道珍，本係建康兵籍，以罪配隸，因徙家定居，且稱道人。素善醫，而尤工鍼灸。市民余百三，苦鼻衄沉篤，更十數醫弗效，最後招楊視之。知其家啟肆販繒帛，近年以來，資力頗贍，楊深有所邀需。余妻上官氏，許以三十千，方爲領略。令病者卧於門扇上，按兩肩井間，齊插兩鍼，才一呼吸罷，蚓立止，舉體頓輕。余氏不勝喜，如所約以酬，又别致謝。王温州季先，於丁巳之春亦感此疾，綿延歲月。親朋競致善方，莫能愈。或導楊往治，隨鍼即差。一官人寵妾，懷妊八閲月，朝夕慨慨，困卧乏力，飲食不下咽，自不能言其痛撓處。楊爲診脈，而曰："此非好孕，正恐是鬼胎耳。"其家皆譁怒不平，出語訶責。楊曰："何必爾，他日當知之。吾今不敢用藥，但且如常時服安胎藥，壯脾圓散可也。"自此稍能餐粥，後兩月就蓐。其腹自受孕即皤然與常異，及是乃産一物，小如拳，狀類水蛙。始信爲鬼胎不疑。少陸說。

趙十七總幹

唐宋令文有神力，以一手挾太學講堂柱，持同房生衣壓於下，須其重設，乃出之。又或夢吞水牯不盡四足者，此事今亦時有。東武趙恬季和之子十七總幹，壯歲夢吞一牛，自是膂力過人百倍。居福州城中，與一僧善。每從喚索酒饌，所啖肉非數斤、酒非斗許，不能醉飽。僧雖勉爲供設，久而頗厭。趙戲懷其袈裟，置於廊廡間大柱下，已而捨去。僧窘愧，經日無由可揭取，亟治具延謝。乃談笑舉柱，就還之。嘗暫寓泊西禪寺，出外夜歸，閽僕拒不納。呼叫稍久，怒擊其扉者再，且排撞門頰。少焉雙扉及櫰楔悉墮地，其聲如雷，寺人皆驚起。又赴調入都，自衢僦小舟，攜兩僕俱。舟人偶非良善，妄意篋中之藏，輒萌戕害計，到一村步，四無居人，謂趙曰："少住片時，當買酒來。」蓋欲飲之至醉。趙覺其詐，思所以待之。望其去稍遠，見一席倚倉板上，纏絆甚緊。解視之，正貯一尖刀，鋒芒銛利。其人有一子，趙戒僕曰：「聽我高聲叫，則投之水中。」俄而提酒至，趙升岸迎就之。乃示以刃曰：「汝欲用此殺我乎？」奮拳痛毆之數十。攀大竹一根，執縛於杪，而縱竹使起，去地已數尺。惡子既溺，趙乃令僕捨舟陸行。予與季和爲朋舊，識諸子於丱角時。未聞夢異，亦不記其姓名也。其弟謙說。

李大哥

饒州天慶觀後居民李小一，以製造通草花朵爲業。慶元三年三月十七日病亡，經夕即埋瘞。至二十三日，術士徐謙盤卜於市，過土井巷西閒十數步外，有人相呼，審聽，乃李也。既作揖，跣而奔趨。謙素與相善，雖瞽目冥行，認其已死，駭曰：「李大哥，汝下世多日了，何故在此？且又忽遽。」應曰：「我今雖非世人，偶有一事，急要幹當，不得已出來，鞋子也着不及。」輒問何事？曰：「第二箇女兒得疾甚困，須着多方救之，不容少遲。」且行且語，遂不見。又四日，謙專詣李氏，告其長女曰：「爾父壽終之後，我却曾撞着他，説道家有病者，果否？」女曰：「妹子實然，當二十二日正危之次，髣髴見父在床前拊之曰：『二姐你莫煩惱，我與你催促醫人下藥，管取安好。』妹久昏眩不醒，是夜頓蘇，今十成無事，但未敢出風耳。」其言與謙之説同，於是一家皆悲哭。幽明異路，猶拳拳於兒女閒如此。徐謙説。

魯四公

饒州市販細民魯四公，煮猪羊血爲羹售人，以養妻子。日所得不能過二百錢，然安貧守分，未嘗與鄰里有一語致争。慶元元年二月，正負擔於德化橋上，買者頗集。一村獠如師巫之狀，從其求金。魯曰：「方分羹冗坌，少須當與汝。」巫譆笑捨去。俄頃，釜中熱汁皆冷如堅冰，買者置箸不食而散。魯蓋素能作法，且又精至，深悟其所以然。對衆微嘆，卽滅火而歸。旋摶泥十塊，置於竈口，解衣就睡。巫它處丐索滿志，還旅邸。忽腹内若熾炭，跳擲忍痛，固知早來之非，以實告主人。主人曰：「魯公尊法，一城推重，安得輕犯之？」巫懼，倩小兒引往其門，設拜十數，自通姓第爲周三，魯不答。周痛益甚。觀者悉云：「且恕它得否？」魯頷首，反室，盡去竈下物，周立愈，沽酒謝罪。明日，復攜隻雞斗酒來，願爲弟子，傳其學，魯不許。至今本業如故。

閤山排軍

饒民朱三者，市井惡少輩也，能庖治素臟，亦僅自給。臂股胸背皆刺文繡，每歲郡人迎諸神，必攘袂於七聖祆隊中爲上首。淳熙己酉歲，將往閤山糴油麻，其妻曰：「我聞彼處不清潔，況汝所習此般伎倆，如何去得？」朱曰：「我以法護身，自有措置，無奈我何。」所善多勸止之。又詢於卜者，其兆亦然。皆不聽，持千錢以行。過一淫祠，叱其像曰：「俟我回來，與汝理會。」及事畢，欲還城，復至祠前，便覺黑氣繳繞，急施法解戰，略無驗白。他人聞暗中怒聲言：「與汝非寃，何故罵我？」交鬪近暮，仆於棒下而死。明日，父母方知之。慮爲同輩譏笑，就行火尸。其夕，託夢訴其死本末，且又告母曰：「可多買草鞋焚化，今已拘充排軍了，自此無復敢歸。」嗚咽而訣，時方二十六歲。

麗池魚箔

鄱陽麗池村，無田疇，諸聶累世居之。采木於山，捕魚於湖，以爲生業。邑境多有淫巫，每游歷人門，謁覓錢穀酒肉，須隨其所匄，斟酌應之，不可但已，否則能爲害祟。其當得陂池利（吕本多一「入」字。）者，乘秋冬之交，水淺源涸，必遍施棧箔，遮闌界内。俟歲杪則四環網罟，率竭澤取之。紹熙二年，聶氏子弟百三郎者主其柄，不甚待外巫。巫乃密至陂所，步訣呪禁。迨舉網，空無一魚。聶子訪知所以然，屢邀它巫解釋，殊勿効，惋嘆莫測。一夕，月下聞巨魚跳擲，急視之，乃一雙頭小鯉，隨波舞涌。絶以爲怪。方擬擊之，俄復躍入。或言此蓋彼所投木符幻變相戲弄，非真魚也。後數日，岸上人咸見異物，狀如蛟螭，銜棧箔盡破，徑望彭蠡而去。魚以萬計，接續從之出。雖漁者並肩而立，付之無可奈何而退。

李小五官人

李耆俊子壽，淳熙二年爲兩浙轉運使主管官。其弟耆碩子大，自嵊縣解官來，館於公宇。送還小吏劉廣立於司前橋上，遇一官人坐轎中，轎之制作極草草。兩卒負籠篋，先牌題云「李從事」，問廣曰：「那處是李主管廳？」廣指示之，且奔告子大。從事者，又其弟耆壽也。喜而出迎，乃略無所睹。尋常諸李族人入都，多泊舟於河下沈氏客邸及吴山上扁鵲堂。散遣訪審，皆不見。子大甚駭，率子壽諸郎，步往沙河塘，試加物色。俄一家僕從會稽連夜疾行喘汗而至，報言：「小五官人因醉飽而得病，昨日已殂。」所謂從事者也。廣蓋見其遺魂云。呂德卿說。

吴師顔

太史局令史吴師顔，在京師時，已世爲日官。及渡江，掌其職者猶二十年，居於臨安衆安橋下。紹興壬戌秋，以旬休不入局。或詣其家邀之出，就相近茶肆款話，若素所厚善者。從容久之，客先起，吴忽仆於地，衣裳有血污濕。主人視之，死矣。一匕首插于腹間。走報其子澤，奔趨而至。遭傷處洞貫腸胃，莫識刺客爲誰。但執主人，告官坐獄。數月，鞫不成。府尹以爲不應白晝於都市中敢行殺害，憐其無辜久繫，猶受杖乃得釋。澤繼代父任，令〔當爲「今」字〕爲春官大夫，判太史局。予嘗質以此事，云殆是宿生寃業耳。

夷堅支癸卷第九 十事

沈大夫磨勘

朝請沈大夫，用年勞詣銓曹求轉朝議，爲吏所扼。有弟官中都，呼其小吏，與之錢十千，使訪此吏端的姓名及居止處。吏喜甚，他日告曰：「已得之。」卽導往官巷，伺於客邸。頃其人自省歸，吏持刺迎白曰：「沈大夫拜謁。」逡巡不領略，曰：「吾身爲胥吏，豈得與官員亢禮？」謙揖往反，始延坐。須臾，沈啟言：「某當磨勘，而以憂制歲月小不同受沮。正當限轉一階，視它秩不同，利害甚切，願垂護念。」袖出銀一笏授之曰：「聊以奉筆札費。」愕然曰：「此爲何名？而非理賄我。」沈曰：「吾欲賑（吕本作「整」）。濟名宦。（此句疑有脱誤。）銀出我懷，而入君手，定無漏泄之慮。苟爲不納微誠，是君有心敗吾事耳。」吏沉吟若不得已，乃受之。揖使少待，自造左畔一室，良久，持一紙示沈曰：「依此書寫，訴諸尚書。」讀之，大抵指考功主事陳仲夷吹毛求疵，擬邀厚賂。且引某人某人例，乞送棘寺或臨安鞫治而置于理，庶爲姦胥舞文之戒。沈謝曰：「詞意詳盡，皆吾心所欲剖露而不能者。敢問陳主事安在？」笑曰：「卽我也。」沈曰：「既受教於君，何容相訴？」曰：「無傷也。」明日，尚書朝退入部，沈持狀自言。陳生在傍，切反目而視，尚書責問頗峻。陳詆沈以爲不可行，詞色頗悖。尚書叱使去曰：「今日不書鈔，當送獄。」陳羞憤咄咄而退。至晚，文書遂成。沈後屢語人，以爲省部事無巨細，盡出此曹手，若挾貴臨之，愈生節目。吾所費至微，然能撼之者，蓋尋常士大夫行賕，經涉非一，及真入主吏家，不能十二。茲乃悉得之，故其應如響，予親聞之於沈云。

吴六競渡

慶元三年四月，鄱陽小民循故例競渡於鄱江，率皆亡賴惡子。又無衣裝結束，唯袒裼布褌。終日鳴金，喧譟下上。又有持酒賞犒，或以六七撥棹者，往往酣醉，才東西值遇，各叫呼相高。稍近，則拋石互擊。甚者至射弩放彈，雖遭傷疾，亦不告官。五月二日，東湖一船與南岸一船鬬，薄暮不解。湖船遂沉，所載五十人盡溺。叫呼乞救，時已曛黑，莫能審其存亡。明旦檢勘，獨不見吴六。同舟之人遍處尋覓，得其尸於二十里之外雙港津頭，左股已碎於魚腹矣。州學士人言：「吴生本陽步村民，長過五尺，滿身雕青，狠愎不遜。淳熙間，棄其父母而來城下，寄食於學前菜園家，受庸作。雅善操舟，專捕魚取給。且復健走。嘗爲齋僕，凡科舉及堂補試揭牓，必爲報捷先鋒。徧飫酒炙，仍分錢居多，衆不敢校，所積漸滋，因取婦。初，永年監兵方五死，孀妻獨居，瞥私釀酒。每用中夜雇漁艇運致，傳入街市酒店，隔數日始取其直，常使吴六輔行。前三年，方妻挾八歲兒俱出，掠十數千，還置舟内。到新橋，暴風起，兒驚懼，立不能安，遂墮水，母遽引手援得之，吴利其貲，翻擠隕於中流。夜深人静，更無見者。吴但以兩千付方氏，云：「皆傾覆湖心，僅攬得此。」方只一子，既併命，鄰里共爲撈尸殮之，子母尚相持不捨。它園丁見吴乍有錢，稍知其故，以利害不關，亦弗問。今年春，吴與等輩張網，鬨水中呼曰：「吴六，爾卻元來這裏！」如是者三，餘人怪之。吴瞿然怖汗，强自激昂，磨刀向之曰：「落水鬼敢爾，才出來，便一刀兩段！」叱之至再，聲乃息。然自後眠食不自安。是日正揮梃勃跳，頓足高視，傲睨之氣，旁若無人。俄而及於禍。吴最能泅，急湍中有若平地，豈料竟死于拍浮。方氏寃厲之報彰灼也。周少隆説。

衡州司户妻

衡州某司户之妻，盛年有姿色。與同官家往來，和柔待下，皆得其歡心。但每睡時，常開口伸舌，而舌表兩歧。夫積以驚異，密言於曹掾，掾云：「吾聞蛇舌如是，今賢室亦然，何也？」因晝寢，乃使視之。妻似覺爲人所窺，至暮，泣語夫曰：「與君緣分止此，行當永訣。」明日而病，頃刻而吕本作即。沉篤。遺言：「我死後，殯殮了切莫開棺。方當暑天，恐形容易敗，空招憎惡耳！」再三申約，遂亡。翌旦就木，其家近在旁郡，走介報。越三日，父母來。云：「初不聞有疾，何爲遽爾？」必欲觀其尸。夫以所戒告，母疑非善終，固啓之。則一蛇蟠曲於中，衣裳冠履如蜕。悲駭慟絶，亟舁出野寺焚之。趙彦遷儒林時在衡，實所親見。

東塔寺莊風災

鄱陽城下東塔寺，與城北芝山禪院，皆有田在崇德鄉。疇壤相接，耕農散居。慶元三年五月一日，農人男女盡詣田插稻秧，惟數歲小兒乃陪老疾者守舍。當晝雨作，驚雷振天，東塔四僕家皆遭狂風之暴。先捲屋上茅，翔舞狼藉。已則椽棧梁楹，窗户牀榻，一切掀蕩。若有人拆拽抛擲，其聲洶洶，不可復辨。老弱呼叫奔走，半日方定。凡築室處，坦爲平地，人幸而得免，雞犬不一存。近處桑木，連根拔起，投於數丈之外。四家生生之具掃空，被禍之酷，蓋去死無幾。後兩日，芝山甲首備其事，告主僧，自慶其獨脱大厄。或謂此四僕者好屠牛，以故獲譴。

鄒氏小兒

東湖薦福長老了奭住持，且凶歲，按：此句似有誤。俄病背疽，才小愈，復結腎癰，終以破腹而亡。紹熙三年五月，郡士鄒侃夢其捧瓊珠一顆，圓瑩可鑑，以畀之。侃引手承接，誤墜地，碎矣。驚而覺，時奭亡已數年。明日，侃妻誕一男子，乃具所夢告於兄仁曰：「婦得雄固慰人意，但碎珠之兆，恐不能佳。」仁解之曰：「瓊珠碎却圓，以圓老名之可也。」兒在襁褓中，無病惱。及能食，啖以肉輒吐，與餅餌蔬筍則喜。稍能移步，望僧過則笑，呼捉其襟，追隨弗捨。母拊之曰：「送汝去寺院做行者，服事和尚。」即歡躍。問往妙果寺如何，摇頭不應。遍舉諸刹皆然。至言東湖，便請行。乃從奭乞名，俾出家。而製小直掇與著，每日使僕抱詣方丈。所居在槐花巷裏，纔還，又索去。慶元二年，甫五歲矣，忽苦淋疾，旋瘡發腎下。顧母曰：「奭兄喚我歸來，將酸餡糖糕與我。」母深憂之。既而亦以暴下而夭，略與奭同，蓋十一月下旬之二日也。晉之姪與之最善，方其病時，戲之曰：「和尚異世肯來吾家乎？」曰：「官門纏繞人，未必許我出家耳！」其後夢如平生，招之人，不顧而去。然竟託身鄒氏，得非宿緣乎。

鯉魚玉印

淳熙中，明州士人往臨安赴省試。舟過曹娥江，漁叟持巨鯉，重七八斤來售。買以錢五百，魚撥剌不止。士人愛其腴鮮，擬明日斫膾延客。適天色微暖，慮其餒腐，使僕作鮓。既剖腹，於中得小玉印，溫潤潔白，刻兩篆字，不能識。士人朴野，元不料爲奇物，漫收藏於笥。至都城旅舍，留頗久，資用不繼。值常買小商過門，出以誇示，然但須價五千。商酬五之三，士喜所獲數倍，卽付與。此商亦非博雅者，只掛於擔上。經德壽宮門，提舉張去爲下直，車中覘望，取而翫視，命隨詣其宅，問所得處，且扣其價，亦僅求五千。如數與之，而佩於腰間。它日，光堯太上見之曰：「汝何處得此？」具以奏。聖情憮然曰：「此我故物，京師玉册官鐫德基字甚工。建炎己酉，避狄於海上，誤墜水中，今四五十年矣，不謂復落吾目。」詔賜去爲錢二千貫。而別以千貫，令訪授士人云。李大東說。

焦母大錢

鄱陽焦德一吉甫之母鄒氏，平昔向善，寡言語，不談人是非，唯篤志奉佛。只生一子，使肄習儒業。師友往來，家雖單貧，而供億不倦。紹興二十三年春，正在堂上，一物從空中墜於坐隅，躑躅不已。俯拾而觀之，乃崇寧當三大錢也。自喜曰：「吾昔日聞張氏獲飛鳩所銜銅鈎，即佩之，其後爲福累世。安知今日無是事乎！」遽縛於衣帶，串絆甚緊，未嘗須臾去身。淳熙十年冬，忽透出，躍几下。捫摸腰間，全類爲人解結取去，殊以疑駭。休咎之應，皆莫能測知。越一日，太上皇后慶壽赦書到郡，命官未升朝而母年七十者得加封，士人曾鄉貢者亦然。鄒氏時年八十有二矣，德一以庚子歲預薦，遂沾此恩，受綸誥爲孺人。始驗錢之躍出，似相報也。後二年中冬，不覺失之。窮人力搜索弗獲，極爲之不樂。是夕情思頓不佳。遲明，命子婦速具湯沐，盥手濯足，合掌瞻敬四方。兒孫在傍，戒使勤學，趺坐湛然而逝。初，鄒氏壯歲常苦氣疾，遇發時頗劇。自佩錢至老，三十三年，故恙如洗。耳目聰明，步履强健，至於燈下穿針縫紉，或半夜乃就枕，後生所不能及。

蕪湖項氏子

蕪湖江公忠，以特恩入官，淳熙末爲鄱陽西尉。言其姻家項國華，以紹興丁巳年生，八九歲時，惡瘡生於臂肘，更外科醫十輩，療之弗效。父母憐愛備至，嘗挾之出門，嬉翫徙倚，遇一道人，闊口多鬚，身長七尺。父訝其異，迎揖之。道人駐立，凝目視病子曰：「何不教服四物湯？」前執兒手，噓呵按熨。父將邀入飲之酒，固辭，翻然而去。父用所戒，卽治此藥服之。踰三年，瘡如初，然藥不輟於口。方春日，户外楊柳枝方新成行，一鳥鳴於其上。兒望之甚喜，鋭欲取之，而高不可升。此念纔起，遽覺身輕乎羽，已在柳梢。自是益以蹻捷，意之所如，無遠近立到。常騰超太空，其高無際。鸞鶴之飛，亦在其下。恐太高則入杳冥，將不能反，又慮貽親憂，不敢放肆。而父母未知之也。會上元之夕，所親戲之曰：「我聞汝能飛空行游，今夜寧國府極好燈，何不去一看？」兒笑曰：「此固不難！」超然躡虛，疾如鳥翼。三鼓後還家！備説所見某事某事，它日驗之而信。瘡亦良愈。至十六歲娶妻，始不能飛。江尉之子，項堉也，故得其詳。今江爲江州司法，其母壽滿百，而步履若少年。嘗赴郡守王叔明宴集，坐終席不倦。石門鎮士人陳六奇，與江有雅契，慶元元年冬赴省試，枉道訪之。因見國華頎然而長，儀格近道，久當不凡也。右二事焦吉甫説，此段聞之於六奇者。

東流道人

池州東流縣村墟，嘗有少年數輩，相聚於酒店賭博，各齎錢二三千，被酒戰酣。一道人顔狀獷武，策鐵柱杖，傲睨其傍葉本多「既而」二字。曰：「添我一分同戲得乎？」衆相視，雜言不可。上四字葉本作「欲不許」。姑葉本作「漫」。應之曰：「鄉民小小作劇，不足煩先生。」其人必欲預席，衆不得已曰：「如此便請上五字葉本作「容之」。入社。」既槃跚圍坐，乃笑曰：「忘記帶錢來，且劇賭，俟了後結算。若我輸，却當一一奉還。」滿坐同詞葉本無「詞」字。言：「焉有是理！不將一錢隨身，如何賭得？」道人怒目曰：「汝曹任意喝五喝六，偏不著我！」勃然變色，揎腕索鬬。少年中兩人最不堪，且又恃衆，交口肆駡，至云：「定是箇配軍賊。」道人奮起，毆兩人背各一拳。登時氣絶，搖撼不醒。或走報隣甲，葉本作「里」。或只遥望，懼其佚去。則必牽連入獄，稍近前爲拘執之勢。道人提杖示之曰：「來則葉本作「者」。就死。」洋洋而行。葉本多「旁若無人」四字。店人以竹沓葉本作「箄」。遮兩尸，候里正及縣檢驗。至夜，尸忽作聲蹶起，守者大叫有鬼，奔而出。兩人曰：「我何曾死？且來聽説子細。」稍稍還就之，云：「日午正賭之次，被一道人邀我去喫酒，痛飲二十盞，不覺大醉，所以葉本無「所以」二字。困卧於此，今已豁然。」衆猶疑不信，共坐到天明，果不死。上三字葉本作「而歸」。道人莫知所之。

申先生

紹興初，江湖羣盜不靖。鄱陽城内雖不罹兵戹，人煙亦蕭疎。淮客申先生者，售藥於市。東平雍友文，陰察其有道術，往拜之，願爲弟子。見其每出齋一小釜，隨所至爲竈。滿貯水燒熱，而布青緑黄朱雜色於上，徐用牙篦撥開，便成長林絶島，烏鳥翔集。或作羣山夾江，漁艇煙雨；或士女春游；或詩人緩轡；日日不同，頗類所謂沙書者。友文乘間咨扣一二，笑云：「只爬剔頭垢，投一豆許，衆色自然凝結不散，乃信手指畫耳！無它奇也。」將退，則盡舉而棄之。留半年而去，友文竟不得其要領，於是學醫。右二事皆雍友文説。

夷堅支癸卷第十（十二事）

硬脚道人

慶元二年夏秋間，饒市一丐者，自稱硬脚道人，士大夫僧民頗談其異。予凡三遇之：其一，在判官廳門外街石臺上，置兩股酣睡，而上體虚無所著。其一，在慶善橋北石欄柱表，承日光端立，鋪一紙於地，曰緣化四十九錢。忽躍下，則已滿數，振衣而歸。其一，仍立石表上，而拳起一足，或至三時始下。今不知所終。

淳化殿榜

均州武當山道士鄧若拙，有道術，能出神游天庭，或閲十數刻乃反。淳化二年癸巳冬，嘗至一洞府，見兩仙官對坐共談。其一曰：「來春進士牓有三箇宰相，所限一人極低，將如之何？」其一曰：「高下已定，不可易也。獨科甲尚堪致力，不若以第二甲爲第一甲。」若拙既覺，與其徒言之，但不曉其何以致力。明年，大廷唱名時，宫禁適有誕彌之喜，天顔悦懌，顧侍臣曰：「第一甲可多放幾人，教止卽止。」遂以次臚傳，上意亦忽忽忘之。過三百名，方悟，遽曰：「止。」是歲孫何爲狀頭，凡放三百十三人，而居一甲者三百有二，餘皆爲第二甲。丁晉公謂爲第四人，王冀公欽若第十一，張鄧公士遜乃在二百六十，所謂極低者也。國朝以來，臨軒賜科第，未有鼎甲若是其多者。鄧公三入相，致仕後常一還其鄉光化，因游武當，若拙弟子備道其事焉。永卿爲淅川令，聞之鄖鄉士人劉可云。

蔡確執政夢

蔡忠懷公確少年日，夢當爲執政。仍有人告之曰：「候汝父作狀元時，斯其證也。」覺而失笑，謂人曰：「鬼物乃相戲乎？吾父老矣，方致仕自佚，豈復有作狀元之理？」確以元豐二年五月自御史中丞拜參知政事，時其父久已没。五年三月，確侍殿上，聽唱進士舉人名，南劍州黄裳居首選，確不覺大驚，蓋父名黄裳也。黄裳本泉州人，清正恬退，仕至鎮安軍節度推官而告老。得右贊善大夫，遂徙居於陳。

古塔主

南康建昌縣雲居山，大禪刹也。所祀五通甚靈異，名爲安樂神，居於塔上。嘗出與監寺僧語言，無見其形，其聲全如五六歲兒。紹聖元年，忽謂僧云：「古塔主得知江州，今日出都門了。」時佛印師了元爲長老。明日，僧具以告。元笑曰：「説與那鬼子，莫要亂道。」僧回以語神，神曰：「塔主昨已到泗州，遣急脚某人齎書來與堂頭矣！」僧復往白之，師不答。後半月，又云：「日午書當至。」如期，果有黄衣卒以新知江州彭待制書至。方悟彭器資尚書乃古塔主後身也。初，范文正公守鄱陽，以母忌，預請芝山寺僧誦《金剛經》。夜夢母云：「得古佛經半卷，已超升矣。」明日入山，有暫到僧曰古塔主，扣之，果如夢中語。戲云：「何不看畢？」曰：「好物不須多。」會薦福缺住持，即自草疏，請古往。於是始出世。每禪子問話，輒應曰：「莫。」至於再三。今牓法堂曰「莫莫」，此故也。時彭公猶未生。彭治九江數月而卒，壽纔五十四，其爲人清修淡薄，真有自來。

右三事見馬永卿《懶真子》録，古塔主頗未盡，予以所聞止此也。

項彥吹笛

饒兵項彥，好吹笛。遇休暇無事，常獨往芝山，登五老峰，賞傲風月。當其得意，至於忘歸。紹興四年十月，約儔侶數輩同游。彥方二十二歲，最先行。已而諸人不至。笛聲正喧，忽聞左呂本作「在」側語音，起望之，一婦人也。青衣黃裙，以絹帛包新嫩芽茶四五葉在手。彥頗懼，欲下山。婦云：「哥哥且穩便，我自尋吴九。」問：「爲誰？」曰：「我家地客，遣就近處修屋，慮其不謹，故來視之，更十餘日未得了。」與彥茶兩葉，食之甚美。臨去，又囑曰：「早晚得工夫時，更來吹笛。」彥曰：「諾。」遂歸。自是不問陰晴，持賂禱請於卒長，飯罷輒至。婦已先在彼，綢繆款接。其父深以爲疑，試隨於後。婦匿不肯出。彥回顧見父，愠曰：「知道壞我事，故障礙我。」遂如喪心，到家，擊破物件什器，不容訶止。若出城遨蕩，則意態歡愜。今隸役鑄錢使者衙，每歲十月皆然。唯過中冬則稍妥帖，一笛不暫離腰間。父累邀行法人攝治，未睹厥効也。

王資道及第

天台王居敬，字簡卿。淳熙十三年，以布衣經過衢州，謁劉樞幹問命。劉元不知其名，即書云：「此命當貴，但名下一字係舊廟所諱。今雖已祧遷，終不可達天聽。」王大駭。既退，亟改爲居安，而字資道。再詣劉肆，劉喜而迎曰：「今名甚利，幾於魁天下。而居官乃在水邊，須待闕十年以上。」王默嗤笑其妄曰：「烏有在魁甲而需久次之理？」來春省試第二人奏名，未廷對間，在太學舊齋宿泊。鑷工季松詣之，再拜曰：「來賀狀元。」王謂相戲侮，咄之。松曰：「那敢爾！夜得一夢，亟審上舍必做第三名狀元。」王方詢扣其說，曰：「夢如常時入學，逢一老翁立門左，語曰：『今年太學出狀元。』松請姓名，翁遲遲不出口。久而言：『作殿試第三人者，即省試第二人。』以是知爲君不疑也。」迨唱名，果符所說。季松求賞，乃以爲期集所上名親事官。在局月餘，得餐錢數十千。王調徽州推官，已而連遭家難，留滯恰十年，始幹辦江東刑獄公事，盡合劉占書。

林秀才雞

福州城内士人林生，居於府倉側。淳熙己酉八月，將入舉場，令家人殺所育鬬雞以充饌。方呼僕執縛，雞奮飛出外，徑投大中寺法堂，屏伏禪坐下。距林氏萬三百步而遠。長老偶在一室讀語録，聞其勃跳窘怖之聲，出視之，正見林秀才追逐而至，便擬搏取。曰：「是我家物也。」僧曰：「既已遁脱來此，豈非命未當盡！願施與兹寺，充長生報曉可乎？」林曰：「貴刹自有行者打鐘供此職矣，何假此禽？」僧曰：「非是之謂也。」因爲演揚緣法相報復之義勸警之，林卽順聽。乃付之庫下，日飼以穀一升。後七年，當景辰之冬，予大兒攜家寓居，以俟解印，雞尚存，其高二尺餘，雄俊之狀，殊非它比。

劉自虛斬鬼

福州紫極宮道士劉自虛，以正法爲人治邪祟。雖頗有效驗，然賦性誕妄，留意財賄，且好大言自衒鬻。每對客稱：「我前月中在西門某家考治，手斬三鬼，血滿劍鍔；數日前在東郭某家，亦斬其二，皆流血赫然。大率一月之內，無慮斬誅數十鬼也。」梁緄大仲夙能行法，深嫉其欺妄，欲摧沮之。因訪所親款曲，偶及劉驅制妖魅之妙，咨嘆不已。梁笑曰：「劉本無術，但架空嚇人耳！君可詐云家有祟，召使來，我當暴其姦，以獻一笑。」卽遣邀之，劉至，梁告之曰：「吾與是家雅故，目睹憂窘，合爲致力。然度非一人所可了。我請先，不克，則子繼之。」劉曰：「諾。」梁曰：「我本信步到此，不曾攜劍來，幸見借。」劉取付之。又曰：「吾法印却隨行，只在小僕處，今出外取入。」良久而還，執印誦呪訣，禹步數匝，置劍袖中。俄叱曰「神將速擲之地」。流血津津，顧劉而笑曰：「幸不辱命。」劉俯首羞怍，不敢答，密遁去。所親之家，捧腹大噱。自是聲光日削，浸革故態。梁告人云：「此是戲術，須摘一草蘗淬劍，却頓鞘內，纔見風則赤如血。復點滴霑灑，全如刃傷。渠所用以欺世者吾亦能之。聊發其宿愆，俾知省愧。予二孫偃傪嘗聞按：「聞」字似「問」字之誤。之云：

「不應輒誦呪訣，媟瀆心靈。」曰：「那敢爾？但默念修真秘要。不緊切處，姑以藉口副急。」偃後見道人林無無云：「此草名爲紫背天渠，與虎耳相類。其色上青下紫，更濟以他藥，可煅炒砒硫黄之屬。究其功用，非止血劍鋒而止也。」

雷州病道士

雷州天慶觀道士，病心恙累歲，遇發作時，冥冥無所覺，雖赴蹈湯火，亦不自知。童奴困於防護，或小間，則兀如癡兒，不語笑。淳熙間，一夜過三鼓，據几危坐，忽有客敲門。問何人？厲聲應曰：「我！」似有怒意。道士曰：「夜漏甚深，觀門又閉，如何旋入得來？汝定是鬼？」曰：「若不啓户，我自有道理。」俄雙扉軋然，已在前立。鬢髯拂腰，身絶長大，全如禁衞。行問，且駡且笑曰：「吾聞汝抱奇疾，特特相救。乃反行閉拒，仍以我爲異物邪？」道士懼其箠擊，拱手巽謝。客怒色少霽，顧童子，取水一盂。水至，起刮壁土置地上，擦身中垢膩，併以水摶和，捏爲一小丸，授道士，道士嫌其不潔，未遽領。又怒曰：「喫了便安樂無事。而不吾信，是只要速死耳！」道士勉接取，以餘水吞之。卽覺滿腹精液流轉，頓異常日。但痛處愈甚，不敢言。少頃，客揮手告去。明旦，同侶來問訊，訝其神采迥别，扣所以然。或回顧壁上，於刮土處畫一呂真人像，左手撚鬚，右手垂下，丰儀飄放，奕奕神仙之容，不可贊述。仍題七言絶句於傍，病者卽健彊若未嘗被疾。福州士人林士華傳其事，獨忘其詩及道士姓名。

相太學道人

紹興十二年，臨安始建太學於衆安橋北。基址已定，兩道人不知名，過門注視。其一與人言：「好一箇去處，將來士子雲集，必出大魁，卿佐貴人，比肩接踵。只恐不出宰相。」其一人笑曰：「汝眼力不見盡，若向東一處，却大勝此。狀元宰相皆有之。」語聞於朝。時營創且成，不容別改作，於是用所指者立貢院。興學以來，到今五十五年，自乙丑至丙辰，凡十八牓，英俊輩出。游庠序擢第者幾二千人，侍從執政，不可勝數，而未有真相。其膺此選者，悉由鄉舉策名，馴至極品。如福唐黄德潤洽，天台陳叔晉騤，莆田鄭惠叔僑，乃自學起家，皆位元樞。臨當大拜而並出典藩，頗符道人之言。料它日必有破天荒者。

安國寺觀音

饒州安國寺方丈中，有觀音塑像一龕。民俗祈請，多有神應。慶元二年七月，寓士許洄妻孫氏，懷姙臨産，乳醫守視，自夜半至平旦，乃泰然如常。又兩月，復擬就蓐，將産之際，危痛萬狀。孫默禱觀音，乞垂哀護。令其子持淨油一盞，點照像前。家素貧，不能廣施願力。所居邇丈室，長老了祥，日夕聞其呻吟之聲，深爲不忍。因其油至，命童行滅宿燈而然所施者。自爲焚香啓白曰：「許洄妻孫氏，感孕以來，閱十三箇月，未得免身。彼家四壁空空，二膳不足，燈油微矣，而出於誠心，望菩薩慈悲，賜其子母團圓平善，亦使鄰近老僧，得以安寢。」祝罷，許子還。孫正困臥榻蹬上，恍惚如夢間，見白髽婦人，往來其前，凡三返。矍然興念，是必觀音菩薩來救我也。最後抱一金色木龍，呼而與之。孫氏接受，驚寤。纔頃刻，生男，遂采夢兆名之曰「龍孫」。此兒蓋辰生屬龍云。洄說。

温愷遇異人

乾道八年冬，司馬季思侍郎鎮廣州。下班祇應温愷在帳下，本淮北人，謹畏純愨，盡領府治諸局，最蒙獎顧。淳熙元年，司馬召還，愷送之詣闕，緣道陪其諸子談論，多涉奇怪。自云嘗遇異人，而不肯言所以。他日，司馬到一郡，泊驛舍，呼唤語移時，大相契合，益以稱賞。後三年，將赴泉州，少駐會稽，愷來參謁。命館於書院，設榻延之。每就枕，撤去衾席，伸足指空而熟睡，鼻息鳴雷。迨告去，留頌爲別，自此間有聲問，雖外題爲狀申某官，及發視之，但書頌一首。或四句，或八句，皆意奥未易遽曉。然徐味其詞，往往如卦讖，觸事多驗。旋祇役江西，府帥張幾仲徙臨越，俾送還。時司馬奉祠里居，見之驩甚，復留憩累日，辭歸。汪然出涕曰：「今日與侍郎别，勢無由再瞻望。」出户回首者再三。又七年，司馬卒。愷亦不知安往。司馬之子遡說。

夷堅三志己序

一話一言，入耳輒録，當如捧漏甕以沃焦釜，則纘詞記事，無所遺忘，此手之志然也。而固有因循寬緩而失之者。滕彦智守吾州，從容間道其伯舅路當可得法，而幾爲方氏女所敗。一輔語曰：「更有兩事，它日當告君。」未及而云亡。黄雍父在之「之」字疑誤。館時，説東陽郭氏館客紫姑之異，不曾即下筆，後亦守吾州，又使治鑄，申摅舊聞，云已訪索，姓字歲月殊粲然，只有小不合處，兹遺詢之矣。日復一日，亦蹈前悔，至今往來襟抱不釋也。三志已編成，因遣書之，以渫餘恨，且念二君子之不可復作云。慶元四年四月一日序。

夷堅三志己卷第一 七事

石六山美女

寧越靈山縣外，六山相連，故名曰石六山。巖谷奇偉，山容秀絶。舊爲墟市，居民益廣。商旅交會，至於成邑。郡胥寧賞，主藏於驛中。嘗曉起盥櫛，俄一女子至，荷筠筒候門，徘徊羞怯，將汲井。賞凝睇久之，蓋美色也。所著布縗，淨白無垢污，訝爲異物，執而訊之。對曰：「我只山下村家，喪夫半歲矣。姑舅嚴急，每天明必使負水，少遲則遭撻不計其數，臀脊常流血，不如無生。」因汪汪泣下。賞已羡其色，又悦其語音儇利，欲加以非義，拒不肯。賞奮怒，令驛卒繫之柱間，殊不慴怖。至曉，始悲告求釋。賞再詰之，收淚而言曰：「碧嵓之前，綠水之濱，喬木之上，白雲之間，君幸勿相苛窘，他日當自知。」賞命解縛遣之，與俱出門，倏爾不見，惟筠筒在焉。賞料必靈山之精，邀朋輩好事者，挈壺酒往遊，冀有值遇，略無所睹。日將暮，雲陰四合，於林杪，一白獼猴引手垂足，且往且來，擲一木葉墮前，其大如扇，書二十字於上，墨猶未乾。其詞曰：「桃花洞口開，香蕊落莓苔。佳景雖堪翫，蕭郎尚未來。」衆傳觀驚嘆，卽隨失之。賞慮其爲妖孽，亟率衆奔歸，消息遂絶。後十年，縣市一少年，狂醉繼日，因過嵓畔，逢女子，秀色奪目，留盼不能進步。女亦注視，含笑而迎曰："慕君之能舊呂本作「心舊」，疑均誤。矣，能過我乎？"少年喜甚，便握手相從。入石室，但見瓊樓瑶砌，碧玉階梯，中鋪寶帳，名香芬馥，奇葩仙卉，不可殫述。遂留飲同寢，各各愜適。居數日，女於席上歌曰："洞府深沉春日長，山花無主自芬芳。憑欄寂寂看明月，欲種桃花待阮郎。"少年不思歸，女曰："與君邂逅合歡，恨不得偕老。君之家人失君久，曉夕叫呼，尋訪於絶巘孤寂之墟，行且抵此，恐爲不便，君宜遽歸。"猶眷戀弗忍，不獲已而行。及家，已三更，妻孥言失之兩月矣。後亦無恙。

孝感寺石魚

廣陵陳生，往孝感寺謁僧，逼暮，趨回山莊，遇樵人謂之曰："早上斫柴之樹，得石魚一枚，形狀可愛，我村野農夫，無用此物，以與君。"陳袖之而歸。是夕月白風清，階前元置石盆，因納其中，掬水沃之爲戲。因取酒同妻孥飲。盆水忽汎溢，涓聲漸高，久而不止，一家爲之驚異。秉燭臨視，水已空竭，而魚身略無涓〔原作「消」，據周本改。〕滴。生嘆曰："妖由人興，禍不自作，古賢之語，豈虚乎哉！設或留蓄，將必爲患。"遂持頑石就擊之，其鳴如雷，破成四片，腹内白蟻數百，飛走而出。莫能名爲何怪也。

秦忠印背

龍州人秦忠，好獵，所殺鹿豕，前後以千數。嘗因醉射一豚，中其足，逐之入一崀，行五十餘步失蹤。徘徊至暮，無復得路。聞巖內人言：「此人久射神豚，何不報王？」又聞言：「奉山王指揮，令付獄償死。」俄二吏引至一殿，仰窺緋衣神正中坐。良久，送下黄紙一幅，云：「秦生罪與赦。」綠衣吏前讀案，記其四語曰：「福不可作，禍安敢爲？赦汝之罪，須用印之。」忠得免甚喜，再拜而出，但不曉用印之義。徐送達於外，東方大明，冷汗浹背，回視昨嵓，已不見。是日到家，家人驚云：「汝去且一月，不知何往？」乃具道其事。自後惟覺背痛，令人視之，皮上有赤印四處，若世間篆文，經月始没。忠遂棲心道門，盡毁獵具。有一書名曰《說異》，自序云羅漢寺僧舍歸虚子述，凡兩卷，纔十事。以其不傳於世，擇取其三。

吴女盈盈

魏人王山，能爲詩，標韻清卓。因省試下第，薄遊東海，值吴女盈盈者來，年才十六，善歌舞，尤工彈箏。容貌甚冶，詞翰情思，翹翹出羣。少年子争登其門，不惜金帛。盈遴簡嘉耦，乃許一笑。府守田龍圖召使侍宴，山預賓列，相得於樽俎之間，從之驩處累月。山辭歸，盈垂泣悲啼，不能自止。明年，寄《傷春曲》示山，其詞云：「芳菲時節，花壓枝折。蜂蝶撩亂，闌檻光發。一旦碎花魂，葬花骨，蜂兮蝶兮何不來？空使雕闌對寒月。」山作長歌答之曰：「東風豔豔桃李鬆，花圍春入屠酥濃。龍腦透縷鮫綃紅，鴛鴦十二羅芙蓉。盈盈初見十五六，眉試青膏鬢垂綠。道字不正嬌滿懷，學得襄陽大隄曲。阿母偏憐掌上看，自此風流難管束。鶯啄含桃未嚥時，便會吟詩風動竹。日高一丈羅窗晚，啼鳥壓花新睡短。膩雲纖指攏還偏，半被可憐留翠暖。淡黄衫袖仙衣輕，紅玉闌干粧粉淺。酒痕落腮梅忍寒，春羞入眼横波豔。一縷未消山枕紅，斜睇整衣移步懶。才如韓壽潘安亞，擲果竊香心暗嫁。小花静院酒闌珊，别有私言銀燭下。簾聲浪皺金泥額，六尺牙床羅帳窄。釵横啼笑兩不分，歷盡風期腰一搦。若教飛上九天歌，一聲自可傾人國。嬌多必是春工與，有能動人情幾許。前年按舞使君筵，睡起忍羞頭不舉。鳳凰簫冷曲成遲，凝醉桃花過風雨。阿盈阿盈聽我語，勸君休向陽臺住。一生縱得楚王憐，宋玉才多誰解賦。洛陽無限青樓女，袖攏紅牙金鳳縷。春衫粉面誰家郎，只把黄金買歌舞。就中薄倖五陵兒，一日冷心呂本作「憐新」。玉如土。雲零雨落止堪悲，空入他人夢來去。浣花溪上海棠灣，薛濤朱户皆金鐶。韋臯筆逸玳瑁落，張祐盞滑琉璃乾。壓倒念奴價百倍，興來奇怪生毫端。醉眸覷紙聊一掃，落花飛雪聲漫漫。夢得見之爲改觀，樂天更敢尋常看。花間不肯下翠幕，竟日烜赫羅雕鞍。掃眉塗粉迨七十，老大始頂菖蒲冠。原注：濤七十始頂菖蒲冠，學謝自然上升之術。至今愁人錦江口，秋蛩露草孤墳寒。盈盈大雅真可惜，爾身此後不可得。滿天風月獨倚闌，醉岸濃雲呼佚罍。久之不見予心憶，高城去天無幾尺。斜陽衡按：「衡」字似「衕」字之誤。山雲半紅，遠水無風天一碧。望眼空遥沉翠翼，銀河易闊天南北。瘦盡休文帶眼移，忍向小樓清淚滴。」又明年，山適淄川，遇王通判於邸舍，出盈盈簡，欲偕遊東山。紙尾一詞云：「枝上差差緑，林間皺皺紅。已嘆芳菲盡，安能樽俎空？君不見，銅駝茂草長安東，金玉鑣勒雪花驄。二十年前是俠少，纍纍昨日成衰翁。幾時滿飲流霞鍾，共君倒載夕陽中。」時方初夏，山以病不克赴其約。秋中再如山東，盈已死。王通判謂山曰：「子去後，盈若平居醉寢，夢紅裳美人手執一紙書告曰：『玉女命汝掌奏牘。』及覺，泣以白母云：『兒不復久居人間矣，異日當訪我於東山。』遂嗚咽流涕，其夕竟卒。」王命山作詩弔之，山立賦三章。其一云：「燭花紅死睡初醒，一枕孤懷病客情。海上有山應大夢，人間無路可長生。乾坤意入憑欄闊，風月人歸似舊情。按：上三字疑誤。漢殿香銷春寂寂，夕陽無語下西城。」其二云：「絃絶秦筝鏡任按：「任」字疑誤。塵，細腰休舞鳳凰茵。一枝濃豔埋香土，萬顆珍珠溼袖巾。行雨不歸魂夢斷，落花難伴綺羅春。漢皇甲帳當年意，縱有芳魂不似真。」其三云：「小巷朱橘花又春，洞房何事不歸雲。二年前過曾攜手，今日重來忽見墳。香魄已飛天上去，鳳簫猶似月中聞，縱然却入襄王夢，會向陽臺憶使君。」後五年，山遊奉符，與同志登岱岳。至絶頂玉女池，追思疇〔原作「儔」，今改。〕昔盈盈之夢，徘徊池側，心憶神會，因題於石曰：「浮世繁華一夢休，登臨因憶昔年遊。人歸依舊野花笑，玉冷幾經墳樹秋。風月過情須感慨，江山多恨卽遲留。如今縱擬誇才思，事往情多特地愁。」又曰：「柳條黄盡杏梢新，山翠無非昔日春。花色笑風春似醉，寂寥惟少賞花人。憶昔閑粧淡紵衣，一枝紅拂牡丹徽。吕本作「微」。無端不入襄王夢，爲雨爲雲到處飛。」山歸就次，遂夢遊日觀峰北，見石上大字筆迹類盈書，一詩曰：「絳闕琳宫鎖亂霞，長生未曉棄繁華。斷無方朔人間信，遠阻麻姑洞裏家，歷刼易翻滄海水，濃春難謝碧桃花。紫臺樹穩瑶池闊，鳳懶龍嬌日又斜。」讀畢忽寤。是夕昏醉惘惘，有女奴來，召至一溪洞門，碧衣短鬟出，迎入宫殿。一女子玉冠黄帔，衣絳綃，長身晬容。山趨拜，女遽起止之，揖升階。少選，盈與一女偕至，微笑曰：「爲雨爲雲到處飛，何乃尤人如此也？」命進酒，各有賦詠。夜既深，二女曰：「盈盈雅故，使「使」當作「便」。可就寢。」聞雞聲起，復置酒，珍重語别。山辭訣，悦然出洞。但蒼崖古木，非向所歷，感愴而反。山有《筆奩録》詳記所遇。

長安李妹

李妹者，長安女倡也。家甚貧，年未笄，母以售於宗室四王宫，爲同州節度之妾，纔得錢十萬。王寵嬖專房。漸長，益美，善歌舞，能衹事王意。一日忤旨，命車載之戚里龍州刺史張侯别第。張嘗於宴席見其人，心動不能忍，乃私願得之，雖竭死無憚。既而獲焉，以爲籠中物，喜駭交抱，罄所蓄妓樂，張筵五六日不息。妹事之曲有禮節，大率如在王宫時。然每至調謔誘狎，輒莊色斂衽。餌以奇玩珍異，却而弗顧。張固狂淫者，必欲力制之。乘其理髮簷下，直前擁致之。妹大呼啜泣，走取其佩刀，將自刎，婢媵奪救得止。由是浸不合張意。張恥且怒，披酒挺刃，突入室逼之。妹猶自若，謂之曰：「婦人以容德事人，職主中饋。妹不幸幼出賤污，鬻身宫邸，委質妾御，不獲託久要於良家，罪實滋大。幸蒙同州憐愛，許侍巾履。同州性嚴忌，雖親子弟猶不得見妹之面。偶因微譴，暫託於君侯，則所以相待愈於愛子矣。不圖君侯乃欲持貨利見蠱，而又憑酒仗劍，威脅以死。欺天罔人，暴媟女子，此誠烈誼丈夫所不忍聞。妹寧以頸血汚侯刀，願速斬妹頭送同州，雖死不憾。」遂膝行而前，拱手就刃。張羞愧流汗，掖之使起，曰：「我安敢如是？而今而後，有何面目復見同州哉？」自是不復與戲言。妹竟縊死。它日，張晝寢，見妹披髮而立曰：「爲妹報同州，已辨於地下矣。」張大懼，悒悶不食，數日而卒。初時張嘗爲王山談其節，故山爲作傳。亦見《筆奩録》。

京師貧士相

王珩彦楚，自明州入京師赴省試。揭榜前一日，獨在邸舍，時年方二十，以貧甚，不出游。俄有貧士前揖，謂爲丐者，略不顧視。士忽發問曰：「秀才待榜乎？」王曰：「然。君豈善相人耶？珩今舉可得否？」士曰：「秀才能從吾飲，當言之。」王曰：「我正乏旅費，囊無酒資。」士傾袖中錢數百，曰：「用此足矣。」王頗異焉。卽相與詣旗亭，酌數杯罷，復叩之曰：「明日榜出，幸爲決得失。」士曰：「後日方榜出，明日未也。」王曰：「恰已見宣押臺官入貢院拆封，何由留連信宿？」士曰：「我但知如是耳。秀才猝未登第，直到五十八歲乃可。」王曰：「倘如所言，前程當不能遠大。」曰：「却有些好處，才了當便任京局，不三年超遷卿監，連典大郡作監司，壽登八十。」王意色不懌，捨之去。已而不第。尋頃之，遇太學齋僕過門，問以放榜事。僕曰：「奏卷錯誤，展作後日。」王始驚嘆。已而不第。尋訪貧士，更無識之者。後悉如其說。王以大觀己丑成名，建炎初爲京西轉運使。甲志嘗載其夢中詩云。

韓郡王薦士

紹興中，韓郡王既解樞柄，逍遥家居。常頂一字巾，跨駿騾，周游湖山之間，纔以私童吏五六人自隨。時李如晦叔自楚北幕官來改秩，而失一舉將，憂撓無計。當春日，同邸諸人相率往天竺，李辭以意緒無聊賴，皆曰：「正宜適野散悶可也。」强挽之行。各假僦鞍馬，過九里松，值暴雨，衆悉迸避。李奔至冷泉亭，衣袽沾濕，愁坐長歎。遇韓王亦來，相顧揖。矜其憔悴可憐之狀，作秦音發問曰：「官人有何事縈心，而悒怏若此？」李雖不識韓，但見姿貌魁異，頗起敬，乃告以實。韓曰：「所欠文字不是職司否？」答曰：「常員也。」「韓世忠卻有得一紙，明日當相贈。」命小吏詳問姓名階位，仍詢居止處，李遜謝感泣。明日，一吏持舉牘授之曰：「郡王送來，仍助以錢三百千。」李遂升京秩。修牋詣韓府，欲展門生之禮，不復見。右二事李子求說。

夷堅三志己卷第二十二事

徐五秀才

鄱陽槐花巷，以大槐得名。其本虬枝老榦，由來久矣。慶元四年正月，浮梁人徐五秀才入城輸租，值積雨妨悶，縱遊廛市，經過巷中，到樹下，拊摩而嘆曰：「此木根本皆朽蠹，但存枯皮，而柯葉尚能蔚茂，不知閱歲幾何，得非世俗所謂老樹精之類乎？不然，何以若是之異？」復再三拊嘆而去。獨行歸邸，掩關，明燭酌酒。至更闌，將就寢，聞剥啄叩户者，啓而視之，一青衣丫鬟，音韻楚楚。徐謂必倡家人，見我旅宿，故來相就。邀入坐，未欲遽媟狎，姑問之曰：「汝爲何人之女，乃中夜過我乎？」答曰：「妾乃槐花巷内大槐之精也。晝日間辱郎君惠顧，惻然興憐，感恩義殊常，是用致謝。家有尊屬，不敢久留，離合有時，更俟它日。君善自珍愛。」斂袂而起，忽忽不見。徐懷想迨旦，目不交睫。爲友人言，不復再詣彼處。三志甲所書方三遇女子，正此云。

東鄉僧園女

慶元三年，浮梁東鄉寺僧法淨，以暮冬草枯之際，令童行挈稻糠入茶園培壅根株。見林深處，一美女未及笄歲，長裙大髻，衣服光赫。兩丫鬟從於後，色貌妍麗，嘻怡含笑，斂袖前揖曰：「和尚萬福。」法淨應喏。既而思之曰：「此間四向無居人，山前谷畔縱有兩三家，其婦女皆農樵醜惡，豈得如是綽約華姿者？茲爲鬼魅何疑！不可領略，以招蠱媚。」遂袖手掐印，誦楞嚴呪，大聲咄叱以威之。女嗚嗚大笑，斥法淨名曰：「和尚，你也好笑，縱然念得楞嚴神呪數百千遍，又且如何？我不是鬼，怕甚神呪。」淨曰：「汝是何妖孽，入吾園中，以容色作妖怪？我身爲僧，披如來三事之衣，日持佛書，齋戒修潔，雖鬼神魔幻，安可害我？汝速去！」女曰：「兒實良人家，因隨衆出郭，迷蹤到此。願和尚慈悲，指示歸路，兒之幸也。何事以鬼物相待？」淨使從左方出。女子呂本作「又」。謝曰：「所謂誤入桃源，更容閑有時霎。」呂本作「更容閑看時霎」，周本同，但「時霎」作「霎時」。乃穿踐叢薄中，不避荆棘。良久，三人俱化爲狐，嘷聲可怖。淨駭懼，執童行手，大呼而奔。徑還舍喘卧，心不寧者累日。

姜七家猪

壽春民姜七，居於府市，邀接商旅作牙儈。慶元三年七月，常聞後園有悲泣之聲，開户審視，則無所睹。又兩月，五客負販南藥至，一姓陶，一姓祝，一姓何，一姓吴，一姓董，同宿房中。其夜，聞泣聲切切，於門隙窺之，乃圈中牝豬也。五客偕出，呼問之曰：「爾已墮畜類，故應受業，何得示此變怪？」豬應答如人言：「我是姜七之祖婆。緣在生之日，專養母豬，多育豚子，貿呂本作「貨」。易與人，一歲之間，動以百數。用此成立家計，遂受罰償填，追悔無及。」明日，衆以告姜，勸其如法飼養。姜怫然曰：「畜生之言，何足爲信，我已數月來知之矣。見怪不怪，其怪自壞。設若真個是祖母，又且如何？不可聽他，一任自在。」衆皆不復語。祝客者，建昌人，申戒尤力。姜發怒責之。纔兩日得疾，恨豬爲祟，喚王屠執縛去，宰殺取錢。閱三日，姜手足盡生黑毛，化爲四脚，呻叫痛苦，若就刃時。到晚而絶。妻正懷孕，滿十月生女，頭面兩手是人形，惟兩豬足，而徧體黑毛。母抱棄于水中。

姜店女鬼

姜七家對面有空屋一所，相傳鬼魅占處，無人敢居。姜賃爲客房，以停貯車乘器仗。常見一女子，曉夕循繞往來，客浸米在盆，則爲淘洗；炊火造飯，則爲置薪。飯畢，又爲滌器收拾。問其何人，不肯言，終日未嘗發聲。一客乘醉，悦其盛年白皙，欲擁抱之。微笑而不答。值夜，亦前後行遊，或推户入客舍，及出，則掩之。未嘗與人作禍。程三客者，古田人，平昔食素，持穢跡呪有功。目睹其事，謂他人曰：「安有鬼物公然出現而得寧貼者？我當去之。」乃潛結法印誦呪。女斂袂侍立，聽至百遍，拊掌大笑而退。父老云：「此女祟出没今二三十年，屢經術士法師攝治，只是大笑暫隱，不過百日，依然如初云。」

顔氏店鵝

慶元三年十月，姜七家五客起離榷場到淮岸，候北界放客過淮，以十一月往顔氏店泊。顔語妻云：「明日宰雄鵝一隻待衆客。」是夜，皆聞栅中羣鵝如人悲泣哭，或相弔語。及旦，顔往取之，羣鵝競前啄其衣，遮繞不退。顔攜杖擊散，竟殺一雄。衆舉翅拍地自擲，一雌二雛卽死。餘皆七日不飲水食穀。右三事祝客説。

程喜真非人

新淦人王生，雖爲閭閻庶人，而稍知書。最喜觀《靈怪集》、《青瑣高議》、《神異志》等書。紹熙二年三月，出郊游春，忽起妄念，謂：「往古以來，有多少奇怪靈異之事，我未之見也。今此處孤村迥野，豈得無之？誠願一睹。」正思慕間，一美女信步至前，斂容道萬福。王問其姓氏，答曰：「我是城中程虔婆家女，小名喜真，被媽媽嚴切，每日定要錢五千。如不及數，必遭箠打。喫受不過，不免將身逃竄，未有歸著。幸遇郎君，不知可能收留歸宅作婢妾使喚否？」王生方二十六歲，雅愜所望。但以父母在堂，不敢帶入。語之曰：「吾欲權寄汝在守墳僕家數日，却營辦道路盤費，相攜去外方穩便團聚，汝意如何？」女曰：「諾。」乃挾與偕行。置於所親張官人冢舍。竊取父錢百千，買小舟，載女東下，而駐於豫章。隨宜商販，濟度時日，久而消折殆盡。女素善針指，自繡領茵之屬出售。至三年八月，在市店閑坐，有雲遊馬道人過而顧之，謂王曰：「此女子非人，懼爲君不利。今君之身，妖氣充滿，禍至無日，不可不慮。吾能行五雷法，書符救人，當爲任此責。」卽研朱作符一道付之曰：「還邸時，爇與司命。」王奉其戒，納符於竈中。女色變股栗。

俄雷火熚熚從竈出，徑入房室，霹靂一聲起，女大叫，王走視之，寂無人矣。鑄錢司押綱人劉信說。

璩小十家怪

南劍州尤溪縣人璩小十，於縣外十里啓酒坊，沽道頗振。只駐宿於彼，惟留妻李氏及四男女兩婢在市居。每經旬日，則一還舍，然逼暮必反。紹熙四年八月，夜且二更，璩擊户而入，攜酒一罇。李問之：「爾既歸來，何必衝夜？豈不防路次蛇虎不測乎？」璩曰：「我既薄醉思汝，又念家間乏人看覷。坊內僕使自足用，故抽身且來宿卧，不曉便行矣。」洎就枕，歡洽異於常時。自是，輒用此際來，門不關扃以待之。至十二月，李懷妊。明年三月，璩歸，訝妻腹大，謂之曰：「我經歲不曾共汝同衾枕，何由有孕？汝實與誰淫姦？速言之！」李曰：「從去年八月，汝夜夜將酒來共飲，兒女共慶奴各得一盞。酒盡然後登牀，天未明卽去。有如不信，請逐一問之。」衆言並同。璩不能質究。呼坊僕王八，使李詢夫行止。王云：「十郎未嘗離本坊。」李曰：「然則酒餅是誰將到？」王云：「今夜若復來，但留下餅，却俟來日審實。」已而又至。璩別命僕韓二同王八再驗之。適見主公與主母對酌，認其衣裳形貌，言笑舉動，真無少異。二僕唱喏罷，急走詣酒坊。璩十正彷徨燈下，以須音耗。僕告之。璩曰：「一段精怪，我也理會不得。」卽磨淬利刃，秉炬而趨。語二僕曰：「隨我去，如誤殺了人，我自承當，不以累爾。」及家時，已三更後，令王八先剥啄。李氏飲席猶未竟，隔扉問何爲，曰：「十郎教我送牛肉來。」既得入，璩揮刃刺著男子，殺之。化作白猿，凡重七十斤。李免身，生一小猱，搦死之，棄於荒野。

許家女郎

尤溪民濮六，亡賴狂蕩，數盜父母器皿衣物典質。父濮五，遣詣市鋪，從財主爲役，亦復侵盜妄用。慶元三年二月，爲父所逐，又竊母一金釵，不敢歸，欲駐跡坊巷，慮遭執縛，乃遁於蓁野間。困睡過中夜，月色正明，見好女郎獨坐大樹下，問之曰：「地夐夜深，人家小娘子安得來此？」女曰：「我非人，是鬼耳。」濮曰：「姐姐若是鬼，如何月下有影，且作人説話，聲音清亮，故來相戲也。」女曰：「與你方相見，何由嚇汝？我是縣市許七郎室女，因月經正行，爲隣里炒閙隔住，遂成大病，以致身亡，葬於此地。緣生前未聘事，呂本無「事」字。兼是枉死，魂魄更無歸著，漫出閑遊。尋常但聞鬼詐爲人，迷惑生者，豈有肯自稱是鬼？兹可無疑。敢問哥哥姓第？」曰：「濮六。」女曰：「六哥速歸，這裏不是六哥來處。」濮曰：「爲不合使過父母錢物，趕逐在外，無可奈何。」女令少住，遽於十數步間，取尅絲花綾木錦各一匹，與之曰：「用此變轉，可以陪得。幸便回程。」濮捧接感謝。擬行挑狎，女忽不見。濮始懼，乘月還邑。明日，攜三縑出，適逢許七者評價欲買，而認爲女棺内所將，卽拉鄰里收執，謂其刼墓。濮述昨夕事，衆皆弗信。呼集都保，詣彼實驗，略無損動之跡。破柩視之，尸已不存，殮時十縑，其七仍在。許哀慟而反。右二事尤溪坑户吳太説。

佘觀音

泉州商客七人：曰陳、曰劉、曰吴、曰張、曰李、曰佘、曰蔡，紹熙元年六月，同乘一舟浮海。佘客者，常時持誦救苦觀音菩薩，飲食坐卧，聲不絶口，人稱爲佘觀音。然是行也，才離岸三日而得疾，旋卽困忌。按：「忌」字疑誤。海舶中最忌有病死者。衆就山岸縛茅舍一間，置米菜燈燭並藥餌，扶佘入處，相與訣别曰：「苟得平安，船回至此，不妨同載。」佘悲泣無奈，遥望普陀山，連聲念菩薩不已。衆盡聞菩薩於空中説法，漸覺在近。見一僧左手持錫杖，右手執淨瓶，徑到茅舍，以瓶内水付佘飲之。病豁然脱體，遂復還舟。

福僧法信

僧法信，福州人。方在胎時，父母皆夢西隱寺長老壽正來云：「欲託化。」已而法信生，孩抱卽不嗅葷味，十五歲出家落髮，每歲必一往明州阿育山寺禮塔。至紹熙五年十月，詣泉州海岸體觀世音，正瞻拜次，忽收足坐逝，時年四十七矣。三日荼毗，五色舍利飛布，四遠大至。頃間衆僧見白光從中起，穿入雲霞，儼成一僧，望西方而去。

周世亨寫經

鄱陽主吏周世亨，謝役之後，奉事觀世音甚謹。慶元初，發願手寫經二百卷，施于人持誦。因循過期，遂感疾，乃禱菩薩祈救護。既小安，卽以錢二千、米一石，付造紙江匠，使抄經紙。江用所得，別作紙入肆販鬻，周見而責之。江以貧告，復增畀其直。及售紙於肆，每幅皆斷爲六七。懼而急還家，悉力緝製，納於周，周請一僧摺成册，齋戒繕寫。方及三十卷，正畫握筆，羣鴉數千，鳴噪屋上，逐之不退。起禱于像前，追出視，蓋一鴉中箭流血，衆鴉爲拔之不能得，故至悲鬨。周連誦寶勝如來救苦觀世音二佛，以筆指之，箭脱然自拔，鴉飛入空中。周贊嘆之際，箭從天井内擲落於佛龕側，靈感如此。

天慶黄籙

慶元四年二月十六日，饒州天慶觀設黄籙大醮，募人薦亡，每一位爲錢千二百，預會者千人。將畢事，市儈傅三，見近所亡母，著生前衣服，上下皆濕，自遠而來，入供筵中。傅瞻視悲痛不堪處，垂泣遽還。母冉冉隨至家，語話問訊，一如常時。且云：「荷汝追修之力。」聲音全與生前不異。傅欲審叩其所以然，奄忽而没。眼醫魏生之女，嫁周四，以正月産乳而殂，亦預斯席。及法衆攝召之際，周睹其在茫昧中，通身白衣，跣行水内，聞岸水聲。追至前，兩足猶濕。周惕然起怖念，急捨歸。妻亦疾步相逐。周登厠，妻入厨。周視其顔貌如生，益懼。奔赴房，趣解衣寢。妻卧於其側，比曉始去。此卷皆徐謙説。

夷堅三志己卷第三十一事

睢佑卿妻

睢佑卿，海州鉅平人，父祖以農桑爲業。至佑卿獨親於學，作文賦詩，爲鄉里稱道。年甫二十，娶同里房秀才女，甚美而慧。紹興辛未，染時疫而卒，葬鬱州東山之阿。睢素所憐愛，殊不能堪，月夕花朝，未嘗不興念。是歲冬，與一僕往蒼山省親。逼暮疲困，到道傍莊舍，遣僕覘宿，卽解鞍而入。門扉半掩，寂無人聲。進抵中堂，不聞烟火氣，惟小童汲水於井。坐久餒甚，無由可辦食，從童求之。童入報。俄酒殽畢集，一少婦裝飾華美，斂容前拜，與對席。睢愕然，細視之，乃故妻也，然不敢發問。酒數行，婦曰：「與吾夫相別累月，痛念不曾忘。」睢方棲遑客間，喜於延納，恍如醉夢中，弗記其死，歡媟如平生。飲訖就寢，繾綣情通，當晝亦迷戀，遂一住十日不言去。婦忽然慘顏言：「我已別嫁良人了，君不宜處此。」睢始大悟。猶與之惓惓共被熟睡。既覺，則身與僕皆卧於嵌巖之中，檞樕之下。嗟惋還鄉，爲之修設水陸齋以資冥路，竟悒怏成疾以死。

大伊山神

葛萬者，淮陽宿預人，後徙楚州。紹興辛巳歲，胡塵不靖，倡率鄉人子弟，立忠義軍，自稱統領。時魏勝據海州，楚守遣萬往游説，語言不相投，遂爲怨偶，欲致之死地。萬窘而南竄，獨行於野，遇一大人騎馬來，皂韡青袍，從者且十輩。魏已移檄遠近，稱萬謀叛，揭賞求之。萬疑爲捕己，匍匐草莽不敢喘。青袍呼曰："葛萬可出。"萬雖甚恐，不得已出應，拜於道左。青袍曰："魏勝捕汝急乎？"曰："然。"曰："然則從吾行。"乃徒步隨數十里，賴馬行不騁，容其追逐，但飢渴交攻。其人指地，則飯茹陳列，食之至飽，乃告之曰："吾爲大伊山神，汝三年之後，當建功于國家矣。"使閉目勿開。萬如所教，覺若有人扶掖登舟，耳畔風水之聲洶洶。移時足履地，方敢開目，已達淮北岸久矣。呂本作「之」。復南歸。又三年，因獲反者蕭榮，補閤門祇候，充沿淮都巡檢，死於官。妻子今猶居山陽之高師。

倪彥忠馬

池州青陽賈人倪彥忠，性好飲。紹熙五年六月，與數客痛飲於所居三里間酒壚，遂大醉。客皆先去，倪以天時急熱，覺心膈煩躁，見水輒喜。其外有池甚清泚，走向池畔，欲取水漱口。因岸滑失脚，墜於深處，昏醉不能上。傍又無人，所畜一馬在廄中，奔馳而至，徑赴水濱，垂韁而下。倪挽之自救，馬盡力拽出之，倪得不溺死。歸告其妻曰："我今日乃得馬活性命。"妻未及問，馬亦還向前，吐一骨，作人語云："倪廿二郎是我前世之父，我頑狠不孝，多毁駡父母，作畜生，故受罰爲異類，且只在爾家。恰因垂韁救父，已償宿債。用此一善，當復居人間矣。」言終，立仆地而死。倪爲掩葬，而修齋供以報之。

劉師道醫

漣水軍醫者劉師道，家在金城，徙居邑市。再世業醫，至其身聲價始振，起爲軍助教，醇謹修飭。紹興十八年冬，呂本多一「大」字。非浦人王彦禮病，遣僕馬邀迎，回次中塗逢婦人騎驢，一僕從後。婦先舉鞭招揖，呼其字曰：「顯道，别來安樂。」劉思向來不曾與接識，駐馬問之。答曰：「我是魏師誠之妻，相與爲姻戚。緣丈夫久伏枕，遣我詣君，欲扳屈至敝廬診視。適爾值遇，真非偶然也。」劉意不願行，婦强之甚力，不得已而隨往。並馳三十里，膂力疲倦，而婦無怠色。渡獨木橋，經烟村院落，到一宅。請下馬升堂，啜茗會食。遂入宅，見魏元無半面之雅。伸手求脈，覺骨節硬如木石，全無暖氣，心怪之。投以湯劑，且施鍼。婦在傍，忽鼓掌笑曰：「劉郎中細審此病，不可醫也。」劉曰：「娘子拉我來，何得却如此？」婦曰：「郎中試看。」轉盻間，俄化爲狐狸，奔而出。劉與僕怖叫，室宇俱不見，正坐古塚上，所鍼者一朽骸耳。即疾驅而歸。及家，則婦已在門内，曰：「説道醫不得，郎中不信，奈何？」劉大怒取長矛將刺之，復化爲狐，躍出户，登屋鳴嘷。劉唤集弓矢，叢射之，遽失所向。劉由是得心疾，累歲始愈。

鍾離丞

東平府東阿關山鍾離修，仕僞齊，爲萊蕪丞，單車到官。歲餘，聞父在鄉里病篤，欲歸未遂。一夕，夢父告之曰：「我於某日亡。」及寤而痛切泣下。時家人報訃猶未至，因憂念成疾，昏不知人。伏枕冥冥，殆類已死者。其家卜日將菆厝父柩，修忽奔馳而來，哭踊哀極。妻問之曰：「爾作一邑宰，何得無僕馬，及一吏卒使令？」曰：「吾告假不得，又不許奔喪，不免託疾潛歸，縣人皆不知也。」及葬日，披麻徒跣至窆所。事畢，迎魂輿還舍。修行於前，步武輕駛，它人莫能追躡。迨到家，倏失所在。舉族罔測，急走健僕，兼程審訊，正困卧綿劣，久乃漸愈。蓋向者愁思之劇，離魂會喪，孝心精誠純至所格耳。後歸家持服，方敍前事，一一無所遺忘，與其身親至無異也。

宗立本小兒

宗立本，登州黃縣人，世世爲行商。年長，未有子。紹興戊寅盛夏，與妻販縑帛抵濰州，將往昌樂。遇夜，駕車於外，就宿一古廟，數僕擊柝持仗守衛。明旦，蓐食訖，登塗，值小兒，可六七歲，遮拜上呂本作「于」。前語言猥利可喜。問其誰家人，自那處來，對曰：「我昌邑縣公吏之子也。亡父姓名是王忠彥，與母氏俱化去。鞠養於它人，將帶到此，潛舍我而去，茲無所歸，必死於虎狼魑魅矣。」立本拊之曰：「肯從我乎？」又再拜感泣。遂收而育之。命名曰：「神授。」兒性質警敏，每覽讀文書，一過輒憶。又能把巨筆作一丈闊字，篆隸草不學而成。見名賢書帖墨蹟，稍加摹臨，必曲盡其妙。立本蓋市井之小民耳，遽棄舊業，而攜此兒行游，使習路歧賤態，藉以自給。後二年之春，至濟南章丘，逢一胡僧，神貌偉傑，指兒謂立本曰：「爾在何處拾得來？」立本乃曰：「吾妻實生之，奚乃輕妄發問？」僧笑曰：「是吾五臺山五百小龍之一也，失之三歲矣。方尋訪見之，爾久留他，定招大禍。吾已密施法禁，彼亦無所復肆其虐。」於是索水噴噀，立化爲小朱蛇，盤旋於地。僧執淨瓶呼神授名，蛇卽躍入其中，僧頂笠不告而去。立本夫婦思念久而不忘。淮東鈐轄王昜之親睹厥異。

支友璋鬼狂

漣水民支氏，啓客邸於沙家堰側，夫婦自主之。遇商賈持貨物來，則使其子友璋作牙儈。璋性慧口辯，詭譎百出，左彌右縫，人多墮其狡計。且好尚怪奇，乾道八年春，士人共議建立東嶽行宮，未有任責者，求索頗久。璋忽發語狂易，全如喪心，每逢人則直指姓名，道心腹秘隱，及其意問所營畫，無纖微不呈露。衆畏之如鬼。或賫錢帛密貽吕本作「路」。之，輒受不卻，而悉以付祠下。收市木石瓦甓，募倩工匠，一邑無不加敬，尊爲翁。人有疾病久弗愈者，詣之請聖藥，或掬灰一二盈撮，或傾瀉瓶水，俾服之，一切效驗。至於牛馬不食水草，羣立道上，人往禱祈，璋到其處一叱，隨卽復常。已而數十處同日同時皆見之者。郡縣知爲怪神，亦不能禁。經歲餘，欻然若有所失。搏膺大笑，隕仆於野，越夕乃蘇。向之恍惚冥冥，略不記省，殆如鬼孽附麗以然。

解忠報應

解忠者，沂州人，本名沂。上世耕農爲業，忠獨好武事。紹興辛巳，從山東開趙歸化得一官，馴致殿前司副將。天資貪狠，暴戾不仁。因登御舟盜物，事發當誅，朝廷念其效順，但編置湖湘。後竄身淮上，與不逞子陳二劫臨澤布商，捕送高郵獄，祈按：「祈」字疑誤。獄吏言：「我積金五百兩，埋於州西之土山，若能出我，當取而中分之。」吏不虞其誘，道之越獄。仍踰城至土山，掘地三尺爲坎，陽若訪金者，卽殺吏，投尸於中。成閏鎮京口，往謁。使隸麾下，始改今名，而居察邏之職，糾說兵籍八健卒，行劫八角樓居民害按：「害」字疑誤。貨，推他人爲首，分其物而密告官，八人皆受戮。又約結王展世、宋國寶、司澤、曲端，皆蜀將者之徒，起忠義軍。以書尺往復，裒集不根之語，告于都帥李川，川悉加鍛鍊，誣伏流諸嶺外。遂以功補右列，歷婺、蘇兩州指揮使。慶元元年，每日暮之時，輒見諸寃魂環繞左右，出没憧憧。二年之春，正晝在寢，爲鬼祟鞭撻，痛苦無量。正按：「正」字疑誤。年夏，有壯士十輩，類行伍中人，直詣其舍，詰之曰：「汝殘酷好利過豺狼，我曹並以無辜死於汝手。使我戹滯泉下，而汝服衣冠，享爵禄於心安乎？今已上訴九天，下訴九地，必要汝去，不得稽留。汝之子孫，後日將無噍類。」一家盡睢按：「睢」字疑誤。其言。遂同施箠楚，七竅流血，聲如牛吼，累日乃亡。及葬之中野，喪柩破裂，暴體不掩。豬狗齧食肉盡，銜骨棄之。雖三子尚存，當不得永遠承祭祀也。

海州虎豕

紹興十年春，有野豕入海州，居人共刺殺之。是時州陷虜地。其夏，鎮江軍帥魏勝攻取之。明年，南北講和，以地與虜，悉空其民渡江。三十年，一巨虎晝入城，伏於西市紀三家後稻囷之側。紀妻呼其女曰：「誰家黄牛在此？速將棒打去。」女曰：「恐是知州拽車者，不可打。」乃止。俄聞路人大叫曰：「爾舍内有虎！」妻急挈兒女走出。郡守王添章驃騎率兵圍捕，虎奔至市，登人屋，衆射之而斃。添章因與僚佐出郊蒐獵有捺合主簿者，女真人。先夕夢爲白兔齧足損心，疑有他事，獨託故不赴。日將暮，或言師姑寺前有虎。捺合素膽勇，頓忘昨夢，遽馳騎赴之，射中其額，虎怒，舉爪搦其鞍，攀搏左足，骨肉皆碎。明年，魏勝舉州歸國，竟亦徙民如曩時。乃知野獸輒入郛，非吉利也。

潁昌趙參政店

焦務本，陳州人〔原無「人」字，據周本補。〕名田足穀，而於閭里間，放博取利，積之滋多，漁奪人子女，或遭苦脅至死，皆怨之刻骨。乾道初，帥僕隸貨金帛於潁昌，道由萬壽。日將暮，欲訪佳邸店寓止，得一新旅舍，問其人曰：「我屢經過，未有此店，今是誰家産業？」曰：「潁昌趙參政府所建，方月餘爾。」焦喜而就宿，主人置饌，又置酒，爲禮勤篤。至秉燭，復出男女婢僕數十人，列於前。焦舉目顧盼，大抵相識。俄合詞譟罵曰：「汝尋常在鄉里賒貸，以米粟麻麥，重紐價錢。用勢淩逼，使我輩擠陷死地，寃痛莫伸，投訴泉下，聚集於斯以伺汝。緣汝壽限尚有一年，直俟命終，追赴陰府，今日聊紓憤懷。」於是羣行毆擊，手足傷折不能起。諸僕亦遭箠打，所載之物，蕩無孑遺。向之屋室俱不見，但丘墟莽莽而已。呻吟徹曉，路人爲雇牛車載以歸，明歲果卒。

張充家怪

張充者，宿豫角城人。徙居山陽北神堰，大啓酒肆，家亦贍足。而其爲人輕率，不知拘忌。或談鬼神之事，必詆爲無有而蔑視之。紹興辛巳之秋，淮海受兵，人情物態，所在俶擾。充只一子曰詢，得病危殆。白晝鬼游其室，器皿几案，悉憑虛而行，互相值遇，則鏗然作聲。猫犬雞豕，舉皆是怪。屢招天心術士據正法以治之，愈甚無益。充始知悔咎。方議訪邀山林高道，悉力毆禳，未睹其效。忽一偉人自外至，掀解簡倨，乃謂充曰：「令郎病不可，按：此下似有脱誤。蓋爲衆妖扇黨，將肆其虐。今沴氣蟠結，充塞不解。吾與君雖無雅素，但區區寸心，每欲代天行化，爲人致祥。足下其廣備科儀，無靳資費，當相爲止絶。」充喜不自勝，清肅庭除，鋪陳汎埽。及初，按：此句似有脱誤。其人按劍禹步，斥羣鬼之名，即有使者擁一鬼來，立命斬之，則鼠也。如是者源源不已。或雞、或鵝、或鳥、或梟，其類不一。充家竊以爲賀。其人遽擲劍奮怒，化爲白狼，突户而出，内外觀者駭散。稍定復桀，按：「桀」字似「集」字之誤。殊無所睹，變怪儼如前時。訖于詢死，乃息。此卷皆得之朱從龍。

夷堅三志己卷第四〔十三事〕

張馬姐

虜大定八年，蓋中國乾道戊子歲也。海州守曰牙哥，信用忠義人侍其旺，使出入門下。面前張馬姐，亦胡人，面前者客將也。言旺必叛，不可留，牙不信。未幾，旺果結楚州朱其謀南歸。中夜斬關入城，欲殺牙，牙走登高樓以避其鋭。張在傍呼曰：「不聽鄙言，致有今日。」比曉，旺以衆少引去。其麾下張雄飛，墜樓傷足，爲馬姐所擒。至於牙前，雄飛心怨焉，妄云：「張馬姐實招我。」牙已悔向者不采張言，畏或漏露，己必獲罪，陰謀欲害之。聞此語，正投機會，遂并斬兩人。事定，牙晝坐於郡齋，聞有擊窗户者，疑其鬼物，叱之曰：「是何鬼祟，而敢來此？」空中應曰：「我是故面前張馬姐，昔日屢獻忠言，不見納。後來事應，當受重賞，而反以爲戮。既訴諸陰府矣。」牙曰：「我命正旺，可若何？」自是張形見于屏後，二鬼隨之，曰：「使君雖禄位尚旺，我亦不離左右，姑少待也。」牙頗懼，屢醮謝之不退，至于死乃隱，相去三年。

暨彦潁女子

章丘暨彦潁，以乾道庚寅秋虜大定十年省親臨濟回。天色未晡，而陰昧冥晦。謂爲日暮，求託宿之所，得一邸店而居。方倦憩房内，一女子推户欲入。問爲誰，摇手不答，且揜其口。暨在羈旅，深悦慕其貌，又密問之，對曰：「我卽南鄰京氏處女也。知爾至此，故竊相就。」暨大喜，留與共宿。未曉，促啓程，因隨歸里，情好轉篤，目之曰京娘。經歲餘，同一家出游野外，見墓祭者擘裂紙錢，忽大慟曰：「未知我父母曾爲我添墳上土否？」衆駭而扣之，不肯言。晚歸舍亦默，中宵長嘆，執暨手曰：「我實非人，死去已久，但精識不泯，得以周旋世間。與君有夙契，得諧伉儷之歡，兹暫請别。明年今日，當再會面於郊矣。」遂趨出不見。及期，果遇之。泣敍暌闊，暨挽與歸，辭不可，曰：「會合有時，非由我也。我便去，只遣一僕相從，君不宜往。」乃如之。僕躡步可三里，抵茂林，女入其中，有數侶伴出迎，載以驢而逝。暨憶念成疾，竟致淪喪。臨終，猶眷眷稱京娘不已。

蕭縣陶匠

鄒氏，世爲兖人。至於師孟，徙居徐州蕭縣之北白土鎮，爲白器窑户總首。凡三十餘窑，陶匠數百。一匠曰阮十六，禀性靈巧，每制作規範，過絶於人。來買其器者價值加倍。又祗事廉且謹，師孟益愛之，遂妻以幼女。歷數歲，生男女三人。既皆長大，而阮之年貌儼不少衰，衆頗疑其異，謂非人類，雖師孟亦惑焉。唯妻溺于愛，無所覺。阮或出外，不持寸鐵，登山陟巘，渡水穿林，未嘗恐怖蛇虎。蕭沛土俗，多以上巳節羣集郊野，傾油於溪水不流之處，用占一歲休咎，目曰油花卜。阮嘗同家人此日出游，抵張不來山，上五字吕本作「沿水往來」。見鹿鳴呦呦，意氣踴躍。及暮還舍，語妻曰：「我欲歸鄉省父母，暫與汝別。如要見我時，只來州城下寶寧寺羅漢洞伏虎禪師邊求我。」妻固留之，翩然而去。後二年，師孟攜家詣寶寧，設水陸齋。幼女憶阮，同母入洞，瞻伏虎像傍一土偶，以手加虎額，容色體態，悉阮生也。始知其前時幻變云。

于允升寃鬼

于允升者，楚州山陽人，居郡南鶴河之側。乾道五年，從徐之寅奉使爲屯田總轄官，涖屯于二十里外畢溝東寨。有惡子傅乙，雖出官門，而自少不學，流落淮浙，專持人短長。屢訐允升之過，升恨之而未有以報也。乾道九年六月，傅詣屯莊修謁，升待之厚，而竊甘心焉。飲以未熟之酒，啖以半生之麪。洞泄連夕，求醫於升。升生納諸松棺，舁至西寨三叉口當道瘞之。朱從龍都轄力田知其事，未暇治舉。自是升常見傅子在前，相歡語如平日。志所欲成，必陰爲啓導。升私喜，以爲得鬼神之助。明年春從龍坐事去。升於恍惚之間，若有人告之嘉謀者，意功名可立致。升猶持遂糾集徒侣，度淮攻宿豫，掠臨沂王家金珠。楚守畏邊隙，遣劉光遠以閤門祗候誘之。升猶持疑，夢中聞人言云：「歸必大貴。」乃南還。提點刑獄以狀奏陳，詔斬於盱眙水濱。臨刑猶見傅守左右。右四事亦朱從龍傳。

齊宜哥救母

江陰齊三妻歐氏，產乳多艱，幾於死，乃得免。一子宜哥，年六歲，警悟解事，不忍母困苦，咨於老人，問何術可脫此厄。老人云：「唯道家九天生神章，釋教佛頂心陀羅尼爲上。」卽求二經，從一史道者學持誦，三日悉能暗憶。於是每以清旦，各誦十遍。仰天焚香，輸寫誠懇，凡越兩歲。紹興元年，歐有孕，更無疾惱，至十月，將就蓐，宜哥焚誦之次，見神人十輩，立侍于傍，異光照室。少焉生一男，其患遂絶。

俞一郎放生

俞一郎者，荆南人。雖爲市井小民，而專好放生及裝塑神佛像。紹熙三年五月，被病困危，爲二鬼卒拽出，行荒野間，遂至一河。見來者甚衆，皆涉水以渡，獨得從橋到彼岸。別有鬼使，引飛禽走獸萬計，盡來迎接。稍抵前路，又遇千餘僧。及一門樓，使者導入，望殿上十人列坐，著王者之服。問爲何所，曰：「地府十王也。」判官兩人持文簿侍側，俄押往殿下，檢生前所爲。王者問：「有何善業可以放還？」判官云：「此人夭年尚餘一紀，並有贖放物命，已受生人身者二十餘，呂本作「三千餘」。合增壽二紀。」王遂判：「俞一本壽只六十三歲，今來既增二紀，目下差童子押回。」俄兩青衣童子，引行青草路，至一缺牆，推其背使過，不覺復活。左手掌內有朱字數行，不可認，蓋批判語也。

沈六寄書

桐廬民沈六，家富，招接四方客旅，而嗜酒好博。淳熙末，因敗數百千，酒後狂躁，自刃死，其弟殮而葬之。至慶元元年三月，隔七歲矣。福州吴客者，往蔡州榷場，遇之於路，向時固與之相善，延詣酒肆，飲數盃，問以前事。沈曰："莫聽人妄説，我實曾自傷。當時值良醫封合瘡口，未及即安。若不逢他，也是費力。緣此羞見諸親，且將些錢遠出作商，粗可度日。此去我鄉里難得好便，今日逢故人，殆是天幸。上客如歸鄉，望爲帶一信與弟七哥，即約明日復會。"遂各分手。明日，吴再往，沈果來。却邀吴飲酒，出家書，寄番羅白綾各一疋，人參二斤，託以付妻。揖別而去。及八月，吴還，過桐廬，出書信授沈七。驚曰："家兄死于非命，故冬方焚化，嫂已别嫁人了，只在近處。"乃偕往訪之，所書真其兄字畫。又一小封與妻，寄以綾羅，而人參寄弟。凡敍説生前細瑣，一一皆然。妻改嫁後夫姓名並日月，無不知者。書云："我本欲一二年後歸，汝既不守志，不復南矣。"妻捧讀悲恨之極。無由再達音耗，但修佛果薦之。

傅九林小姐

傅七郎者，蘄春人。其第二子曰傅九，年二十九歲，好狎遊，常爲倡家營辦生業，遂與散樂林小姐綢繆，約竊負而逃。林母防其女嚴緊，志不能遂。淳熙十六年九月，因夜宿，用幔帶兩條接連，共縊於室内。明日，母告官，驗實收葬。紹興三年春，吉州蘇客逢兩人於泰州酒肆，爲主家李氏當壚供役。蘇頊嘗識傅，問其去鄉之因，笑而不答。蘇買酒飲散。明日，再往尋之，主人言：「傅九郎夫妻在此相伴兩載，甚是諧和。昨晚偶一客來，似說其宿過，羞愧不食，到夜同竄去。今不復可詢所在也。」

楊五郎鬼

鄱陽和風鄉民楊五郎家，自慶元二年十月以後，每到夜分，必有扣户不已者。及令僕妾出應，則無人焉。凡經數月許。三年二月，楊習慣其聲，不甚畏，窺之於門隙，乃一物著布衫，長五尺餘。即率僕衆，攜柴杖，啓關叫逐，物急走如飛。明夕復然。又明夕，楊先伏壯丁十輩於門外籬下，遮以葦席，又置人於中，伺之不懈。如期而來，衆人合力夾擊，遂執之。物騰躍作勢，身長一丈，黑毛徧體，兩臂之大如股。併投刃殺之，全無血汁。及剖其腹，亦無腸胃。視面上，鼎生三眼。守之至旦，沸油煎其肉，化爲黑水流去。

燕僕曹一

舒州民燕五，在市煎貨糍餌。淳熙十六年四月，一男子自通爲曹一，求備舂粉使令之役，衣飯外不請工錢，燕留之爲僕。小心祗恪，頤指如意。雖令幹置它事，悉皆盡力。凡四年，曉夕如一。郡人皆以爲未嘗見店鋪衆僕厮若是其謹者。一夜已寢，外有十數人敲門，稱來就曹一索命：「我輩根尋他四年于此矣。今日須將命還我。」曹當時顫懼，亟告主人云：「其實府差罪過，不敢有隱。昨經過連州，見有十二商客，所齎頗厚，因詐作提茶人，就山岡上傾茶與喫，而和藥於中，皆困倒不醒，卽殺之。而揀取金銀北還。今埋在本州宿松石橋下。若蒙相救，當盡以答謝。」燕五大駭曰：「十二人同行，尚被汝壞了，何況我家只六口，又多幼小！早知汝行止如此，那敢相留。既寃債臨門，豈能奉救。」俄聞門外言：「燕五哥此説極是。」已而門自開，衆鬼捽曹一去。

寧氏求子

湖口人詹林，以妻寧氏無子，夫婦常焚夜香禱北斗求嗣，經十餘年不驗。紹熙之初，忽起怨心，至啓告云：「詹林自省，平昔不曾作惡事，今年四十四歲，妻四十二歲，焚禱十年，並無感應，不知有天地上真否？」方咨白未了，見一老人咄之曰：「詹林專好食魚子，及淹藏雞鴨卵不令生抱，故造物磨折，永無後嗣。汝不思己過，反敢怨天，豈得爲便。」言訖而没。林悚然追悔，齋潔謝愆，乞自今以後，不復更食魚子及藏雞鴨卵。於是每遇春時，買魚苗及子放生；而奉斗益謹。慶元元年遂生男。右七事皆徐謙言。

周十翁墓

弋陽周尚書高祖十翁，居邑之杉山。因妻亡，招術士訪葬地未獲，夢妻告云：「地不須他求，但明日去茅岡上，亂揮竹杖驚趕，若遇野雞飛起處，便是穴。」覺而如其言，往反且十里，無所得，以爲不足憑信，令術士別卜。又夢其妻云：「我夜來所説非虚語，只在屋前後數里内。仍須絶早起，於日未出時著意尋討，如更遲兩日，雖不復在故處，則失之矣。其地非尋常比，興旺甚速。或得之治窆，切不可深。他日定出狀元宰相，富貴綿遠。倘下穴過深，其發必遲，種種不及矣。」翁念兩夢之異，遂率子弟宗黨，協力營求。才行數里，果一雉從茅中高翔而逸。急立標志之，土氣温煖，迥與岡上他土不同，乃治爲雙墓。術士自知無功，酬謝必薄，妄以禍福開曉，竟鑿過一丈。翁没後，子孫皆爲民。至百餘年，曾孫庭俊始生子表卿，登科第二人，位至吏部尚書。十翁葬處，左右前後唯産茅莰。獨對穴有古松一株，指爲案山。而松稍向東者極孤呂本作「偏」。側不正，故尚書頭稍偏。諸子諸孫，亦多如此。

葉通判録囚

淳熙初，衡州有公吏三人，坐枉法罪至死。憲司檄衡山丞貴溪葉璟録問，皆承伏，遂受誅。葉回縣，便得心疾，遂以尋醫解官歸鄉。自是朝夕呫囁，若與人辨對狀。遇飲食杯酒，必令家人辦具四分。迨宿卧，亦設四榻。否則被箠擊索命債。藥或稍醒，則責之曰：「汝輩既稱寃枉，當我録問時何不翻異？況自有勘官，何預我事？」雖不能答，然終不捨去。如是二年，一家不勝愁苦。一日頓蘇，呼妻子告之曰：「三囚已尋著原勘官，知道無預我事，要辭去。只覔盤纏三十貫，可使燒之。」妻子即如戒，仍備酒肉發遣。葉豁然無恙。後參選，改京秩，知清江縣，繼通判郢州。紹熙二年初故。右二事張思順説。

夷堅三志己卷第五十三事

泰寧獄囚

陳茂英，福州長樂人，爲泰寧知縣。前政在任日，有民鄧關五毆殺一桶匠，投尸於大江中。事覺，受捕而入獄，以尸不存之故，不肯承伏，遂經年未竟。陳視事三日，窮治此囚，并證佐株連者，分處鞫問。既得要領，方議具案牘。次日晡後，將退廳，聞獄中喊噪聲甚厲，卽往視之。鄧囚已脱鎖械，但帶枷在頸，連聲苦苦，獄卒莫能制。陳知必有物憑附者，叱曰："汝是何神道？我自有官法。"良久乃定，云："各請方便。"陳又曰："我自有官法，我先出去，汝是何神道，亦宜出去。"因遂熟睡。陳戒獄卒嚴守護，候其醒則問之。迨夜半始甦，一身自背及脛，皆青黑色。扣所見，云："初時一大人著紫衫者，隨從兵衛數十輩，用棒打我，我忍痛不得，叫噉跳出。又一紫衫官人來，喝云：『汝是何神道？我自有官法。』大人者回顧吏卒言：『也是也是，各請方便。』後來官人先出，於是盡退。"陳徐究所以，乃桶匠之家父母兄弟痛寃恨又不得伸，專詣光澤，致禱於廣祐王故也。鄧因是方伏辜。

泰寧牛夢

陳知縣在泰寧日，夢到一處，遇三牛當道，急側身避之。其牛作人立而言曰：「告你，教人莫殺我。」醒而告妻子曰：「今日詢狀，須有來判憑者。」以此縣故例，凡遇開剝病牛者，必投狀給公憑乃許之，蓋欲防私宰殺也。明日治事，第一狀曰：「家有一耕牛染瘴病死，乞行開剝。」陳怒叱之，曰：「汝有牛三頭，如何但說爲一？」其人駭愕不能對。即遣一吏隨往驗視，果見三牛。其一已就屠，舁致庭下，陳親引手按摸，尚有煖氣，方未死時元無疾，乃依法置于罪。次年，又夢與一客在野路交語，一牛齧草在傍。良久客去，牛亦作人言曰：「謝使者。」（「者」字原無，據周本補。）原註：使者，吏民呼邑官之稱。驚而覺。明日，衆手力具陳狀云：「歲例用牛賽神，適有黃牛病瘴，已合錢買得，願賜判許。」陳命牽至，則壯腯無所苦。立撻詞首，而捨牛付道士觀，令耕墾場圃，數月産一犢。陳以兩夢靈異，念牛有功於民，遂申嚴法禁，約束諭曉，自是此風爲戢。

王東卿鬼

陳茂英在太學，以乾道己丑登第，爲長興尉。淳熙乙未，方赴官，涖事未及月，夢同舍長溪王寅東卿來訪。陳曰：「三哥何由到此？」答曰：「寅流落已久，不能歸，可爲作一方便，使達故鄉。」陳曰：「於義固所當然，但弛擔才兩旬，猶未受俸，豈能少効助力！」曰：「非此之謂也。」揖起即去。陳寤而思之：「不相問七八年矣，豈非死於此乎？」明日，博詢邑吏，一小胥云：「頃歲有福州王上舍，曾來謁顏知縣、徐縣尉，送往大雄寺安泊，偶得病死。縣官爲旅殯寺後，仍報其家，其親戚來，火化尸柩，收骨歸矣。」陳謂東卿已歸骨，而魂魄尚留滯，殆是城社之神拘録之爾。於是具酒敬呂本作「殺」。詣元窆所祭酬，而用尉司公牒，牒城隍、社廟、關津河渡主者，令不得阻截王上舍神魂，俾得善還福州長溪祖先墳墓。焚牒後三夕，夢王告辭曰：「得君移文，乃遂歸計。」泣謝而没云。

右二事皆陳知縣説。

黄氏病僕

平江士人黄氏一僕得疾，莫能名其何恙，但瞑目昏臥，不語言，不飲食。凡四十餘日，忽蹶然而興，告其妻以所見，仍走白主人云：「自初病時，便被人引去，到大屋下，使參拜大王，次參按：此下似有脱誤。同伴約有三四十輩，卽隨逐以行。沿路徒衆，倀倀馳走，遍城内外，周匝往來，未嘗頃刻休息。或有報者曰：『某處某人家集會。』亟奔以往。及至，果見杯盤酒牲，羅列豐滿，相與餔啜畢，又奔赴他處。遇市曹刑殺罪人，則左右環坐於屋簷上觀看。才命斷，被刑者升屋，盡拜諸人，又倉忙狂走。城郭牆壁，並無隔礙，亦不曾有神道闌問。唯值知府出，則避伏橋下。黄昏鼓角發嚴，亦掩耳而避，畢，復如故。嘗在道堂巷，遇運使儀從經過其間，有欲避者，其一曰：『不須得。』交肩而趨。一日，抵城外陽山，遠望一秀才閑步，皆下路蹲閃。我問：『此爲何者？』合詞言：『是宰相也。』每過本宅門前，要入唱喏，輒不許。今日早辰，一鬼問我云：『汝來此幾日？』我答之曰：『不記仔細，料想已四五十日。』其人爲白主者，欲放歸，主者未聽。別有一人似判官形狀，力言：「恐不便」，乃得還。既醒之後，省憶羣鬼，皆向來伏法之人。」運使不終任責罷而卒。僕雖復生，然精神昧昧，常如癡醉，不半歲竟死。

北虜鎮國物

劉通判云：曩在江陵，見淮甸一客，因話世間異物。言紹興辛巳之冬，虜亮戕滅，隨行帑藏舟車多爲王師所掠。吾亦從而奮獲一生首，將揮之以劍，其人哀鳴乞命曰：「舟中有寶，當取獻以自贖。」乃釋其縛，遣二卒隨之以往。少頃，攜一匣來。啓視，又一匣，兩重皆金玉裝飾。第三匣內一石，三稜，上尖而下大。色微黃，石之腰有玉龍旋繞，仰首，左爪攫一玉珠，爪牙鱗鬣獰雄，熟視如生，不與世間繪畫者類。其人云：「虜主以此寶爲鎮國。尋常欲觀其變化，則用淨盆貯水，候夜半置於水中。須臾間，黑雲蒙覆其上，必急收之。稍緩，恐或昇去。」某如所言試之，果然爾，遂珍藏到今。劉曰：「物今在此否？」曰：「常以隨行。」因從借觀。明日出示，留之至夜，亦一試之，悉然。又明日，復歸之，不知其後存與亡也。右二事常德劉通判說。

衛靈公本

范元卿呂本多「在太學」三字。與同舍一士，因休假游孤山竹閣，有市民持冠珥爲市，范評買一冠，民需價三千。范以《論語》次第爲隱詞曰：「與顏淵如何？」同舍言：「未可，且只鄉黨。」民嘻笑不語，徑出。范追告之曰：「我猶未曾還直，何故遽行。」民曰：「聽得所說，無緣可成。自當衛靈公本了。」二士大慚，不復更酬答。退而謂人曰：「使竹閣有板縫可入，亦當掩面遮愧。」蓋此民乃市井薄徒，剽聞士子常談已熟，故反遭其哂也。

李持司法

德興李持司法，平昔好飲，每醉，必使酒，御僕妾甚酷，捶楚未嘗一日弛於家。淳熙初，赴官荆門，妻孥不願行，但攜鄉僕姜成、李勝以往。到任之後，更迭受撻，甚則縛之庭下而自就寢。廳吏畏遷怒，不敢爲解。率至明旦乃得釋，不勝怨憤。念受痛苦無已時，非隕厥命不可。一夕，乘其爛醉，共戹陰隱而斃之，而以醉死爲言，内外莫能察。軍守胡儔元壽，遣健卒報其子來護柩南歸，二僕隨去。才上道三日，復捨之而反，投寄居趙武翼不怯，爲料理身役。姜得掌經總制軍，李掌常平庫。會胡守招僉判許慈明寶臣宴於蒙泉，夜半席散，回抵鼓樓前，隱隱見一緑袍者悲揖曰：「告知府僉判，爲我正性命。」胡呼客將問：「汝見此官人否？其人爲誰？」皆云：「故李司法也。」意殊惻然。明旦，究其事，或以二僕告，立命擒捕送獄。録事參軍趙彦中大本推鞫，一訊即招伏。案成，當奏讞，寶臣白胡曰：「李君死已久，吾曹向來失於覺察，今若盡法斷治，須追取亡者尸柩至此發驗之，乃可結款。如是，恐致多事，不若斃之於囹圄。」羣僚以爲然，密諭獄吏，二僕遂死。已而胡、許於數月内相繼而亡，或謂不明正典刑之故。使二僕不復來彼處，未必遽敗獲，凶人不終，理難漏網也。

邢監酒刃妻

右從政郎求某，以恩科入官，爲真州六合令，踰歲而亡，時淳熙元年也。無妻無男子，生涯窮薄，惟有一笄女，無以爲歸。郡守趙善理爲屬新令汪文林，俾訪擇厥配，自捐家貲辦奩具，得本邑邢監酒者以嫁之。居數月，邢酒罷，忽語妻曰：「吾聞汝於父身後與小吏淫通。今我作酒官，出入縣門，使人羞見吏士。」妻怒，持刀自誓曰：「我無此事，是誰撰造謗言，盍明以告我，詎不與之俱存。」邢云：「不消爾殺人，我自斬爾。」妻愈怒，授以刀，瞑呂本作「瞋」。目叱云：「何不便下手？」邢已昏醉，即刃之，束手就斃。及上府，趙守欲脫其罪，摘問之曰：「邢監酒却何故病心風殺却妻室？」意欲啓導，使變情詞。邢對曰：「元不病心風，乞申明朝省。」郡差天長主簿程伯固蒞獄，邢竟論死。求氏菆殯於六合廣福寺，每出爲厲，以惑人。

朱妾眄眄

撫州司法朱搗，縉雲人也。有愛妾〔原作「妾愛」，據周本改。〕眄眄，妻趙氏嫉妬悍厲不能容，箠楚無度，竟致於死。搗時在官所，追憶悲恨，至廢寢食。未久，趙亦殂，奉喪殯於僧寺。人皆見一美女，披髮跣足，隨柩以行，知其爲眄眄之鬼也。洎搗終任還家，輿趙柩入門，亡妾躡其後。搗瀝酒祝之曰：「汝死誠爲寃痛，吾念汝不已。上二字呂本作「不忘」。但娘子既已下世，尚何所云。業債相償，自應託化。」乃呼道流建醮，爲趙荅謝懺釋，並以薦妾往生，自是不復出。

趙不刊妾

荆門僉判趙不刊，一妾曰憐憐，以産子死於官舍，而精魄罔罔，常若在家。每五更必出堂門屏外，呼唤吏卒云：「安排官人轎子。」皆以爲宅中他婢，但嫌其太早，悉起伺候。淹久困歇，則又復爾，訖於趙之去。代者許鼎臣至，鬼亦常出没。乃擇行法道士，書符焚於所斃之室以禁制之。然後稍息，竟不能絶也。許未終更而卒，故鬼得而撓之云。右四事皆許實臣之子泂説。

吴遠澤夢

鄉士吴雱遠澤，紹興己卯秋赴鄉舉。夢往譙樓下觀榜，至則萬衆雜沓，不可容步。但聞在前者共語云：「垂某作魁，而莫知己之得失。」於是排擗勇進，而榜揭愈高。隱隱望魁選者果姓垂，名字不可辨。歷視行間，方大書己姓名，粲然可觀，喜不自勝。連叫曰：「雱了雱了。」上二句吕本作「雱得了」。俄而覺，亟炷燈志於策，且以告朋儕，皆言世間元無垂姓者，恐未必爾也。後數日，貢闈拆封，吴恃有佳夢，自往候之。乃占第二十六。來賀者謂解元吕本多一「爲」字。胡飛英，與夢不同。已乃聞之，胡本習《禮記》，是年詩賦兼經以「天子與日月並明」爲賦題，其首句曰：「聖德高拱，天光下垂。」所謂垂某者此也，其語已見支戊第一卷胡仲徽兩薦中。所言士子之夢，蓋吴云。

鄱陽石門士人潘良顯，爲舉業，極俊敏。紹興庚午詣鄉舉，年才十九歲。赴春闈未歸，父夢數黄衣報省榜於其家。取看榜尾，有「潘三十四正過」六字，而書於後曰「知貢舉教授侯正道」。雖無良顯名，而三十四者乃其行第。侯君者已登科，與之姻連，用是深喜，謂厥子必高選。然是榜乃不利，自後凡五試有司，及三十四歲而卒。侯君亦亡。則知無名者，蓋示不第之兆，如劉若虚之義等也。

程采夢改名

樂平程覺，元名采，專習詞賦。紹興辛巳歲，夢入官府，見紫袍者據案書判，一吏宣讀云：「治《周易》程覺，明年當作解元。」遂改今名，且將以《易》經應舉，而未能深究旨趣。及試期漸逼，預詣郡城，訪求《易》師。扣謁老儒張師韓，便執弟子禮，仍盡述夢兆。張與之昧平生，適有他故，不赴場屋。矜其誠至，乃語之曰：「新天子方踐寳位，如同聲相應，同氣相求。水流濕，火就燥，雲從龍，風從虎，聖人作而萬物睹，正是趨時好題，自呂本作「目」。宜爲之備。」於是教以破題及主意大概，程欣然而退。才歸邸，即全用所戒，綴成一篇。迨首場引試，適出此題。第二篇又曾立藁，日亭午，所對已畢，殊爲愜快。三日竟，留邸俟原本此下闕十三字，據呂本補。榜，復夢神人告曰：「汝本當占都魁，緣與張大用漏泄之故，降下七名，然終不失一魁也。」洎揭榜，果居第八。實爲本經魁。右三事張師韓説。

夷堅三志己卷第六十一事

上請堯舜

《東齋記事》載：楊文公知舉日，於簾下大笑。既開院上殿，真宗怪問：「貢舉中何得多笑？」對曰：「舉人有上請堯舜是幾時事？臣對以有疑事不要使，以故同官俱笑。」此語久矣，近有士大夫投予啓謝論薦者云：「指諸事業，皆仲尼之皇皇。發爲文章，合唐虞之渾渾。」以唐虞與仲尼爲對，殆是欲與向時舉人分謗耳。聊記之以獻觀者一笑。

摩耶夫人

王仲言有女，爲父母憐愛，而所以惱其父者非一，因戲目之曰：「摩耶夫人。」淳熙中，爲滁州來安令。一少年悖慢其兄，兄毆致傷，訴于縣。仲言正訪詰其故，忽拊案大笑，吏卒在庭，皆莫能測。至久乃云：「吾三十年尋一對，今日始得之。」呼兄前語之曰：「汝可謂『豈弟君子』」且與『摩耶夫人』作對。兄打弟，於法收罪亦輕，自今不得復爾。」卽遣出。豈字音愷，北俗稱毆打爲愷云。

王元懋巨惡

泉州人王元懋，少時祇役僧寺，其師教以南番諸國書，盡能曉習。嘗隨海船詣占城，國王嘉其兼通番漢書，延爲館客，仍嫁以女，留十年而歸。所蓄奩具百萬緡，而貪利之心愈熾。遂主舶船貿易，其富不貲。留丞相諸葛侍郎皆與其呂本無「其」字。爲姻家。淳熙五年，使行錢吳大作綱首，凡火長之屬一圖帳者三十八人，同舟泛洋，一去十載。以十五年七月還，次惠州羅浮山南，獲息數十倍。其徒林五王兒者，遽興悖心，戕吳大以下二十一人，唯宋六者常誦《金剛經》，肩背中刀墜水，踊身把柁尾，哀鳴求生。王兒持刀斷其指，復墜水。如有物承其足，冥冥不知晝夜，如此七日，抵潮陽界上岸求乞。凶徒易以小船回泉州，至水澳泊岸。元懋夢吳大等訴寃。明日，人報所乘船遭水，人貨俱失其半。懋疑而往迎，置酒法石寺。酒半，謂二凶曰：「船若遭水，則毫髮無餘，何故得存一半？」凶實告其過。且曰：「今貨物沉香、真珠、腦麝，價直數十萬，倘或發露，盡當没官，却爲可惜。」懋沉吟良久，亦利其物，乃言：「提舉張遜新到任，未諳職事，但計囑都吏吳敏輩可也。」懋卽以家資厚賂之，白張君用分數抽解外，而中分其贏。九月初夜，宋六叩其家門，其父臻嘆唾罵之曰：「汝不幸死於非命，無可奈何，勿用惱我。」對曰：「兒不曾死。」於是啓扉，泣道變故。臻曰：「未可使人知。」迨旦，走詣王兒處，問：「我子何故溺水？」王兒怒曰：「各自争性命，我豈得知！」遂密報林五與同惡四人潛竄。臻父子投狀于張，下之南安縣，縣宰施宣教爲推吏所紿，以船漏損人，謂非篙梢之過。既已逃亡，在法亡者爲首，將寢不治，但申諸司。安撫使馬會叔判云：「王元懋知情殺人，包贓入己，改送晉江縣鞫勘。」當日移囚，一一推吏皆見吳大徒侶，十餘鬼，憤色上衝，擁之入水中，卽死。縣宰趙師碩躬閱案牘，悉力審聽，捕懋下獄。緣王兒諸凶佚去，未能竟。而諸凶到九座山，值寃魂，執縛於林中，仙遊弓手獲之，得以結正。奏請於朝，舶使南安宰皆罷，吳敏等黥配，王兒、林五剮於市，他皆極法。元懋時爲從義郎，隸重華宮祗應，坐停官羈管興化軍，居數月放還，欲兼程亟歸，至上田嶺，見吳大領衆寃遮路曰：「先告於汝，汝不主張，今冥司須要汝來。」懋叩首哀懇，吳引手觸其心。轎夫悉聆其言，至家一夕，嘔血而死。

趙氏馨奴

潭州益陽趙知縣女，嫁泉州滕迪功而寡。生男女五人，男已娶婦。而趙性慘酷，自專家政，門户遇夜扃鎖，皆身自臨之，非侵晨弗啟。待妾婢尤嚴，或有獲罪，輒留伴宿，然後囚縛，鞭撻以數百計，氣幾絶，始命曳出。淳熙十六年冬，妾陳馨奴者，掇怒頗甚，手殺之。斷其頭及手足爲五，貯於糠籠，而誑老僕曰：「吾藏金銀，不欲令他人知，爲我窖於廁傍，當厚犒汝。」僕喜而從之。紹熙元年正月十九日辰巳間，宅門未開，鄰里呼問之，其男曰：「鄰舍素諳我家事，須媽媽起來則可。」遂詣母房外，集衆共叫，移時不應。鄰以告廂官，排闥而入，諸人盡至，獨趙氏之室悄然。又破壁揭帳，但流血滂沱，支體横卧而失首級。具事狀申郡。郡守顔師魯尚書捕一家鞫治，踰旬不成。及三月晦日，石笱橋南有一婦人，左手持刀，右挈女子首，戴花滿髻，歌笑而來。邏卒執問爲誰，曰：「我乃殺滕迪功妻趙氏者。」卽係之入府。顔公極驚異，詰其故。對曰：「妾非人，蓋鬼也。本爲滕公妾，名曰馨奴，趙氏剄斬我埋於廁下，投訴岳帝，得以報讎。恐干連無辜，枉害人命，所以冒禁明之。」顔不之信，械項送司理獄。鬼初微笑不止，及獄吏用大辟法，加杻鎖綳訊，亦大笑。理掾以白顔，掘地得尸，雖經百許日，全不壞。爲辦醮席，付天慶道士鄭紹勳行持。方拜章之次，鬼於枷上笑曰：「我去矣。」奄爾不見。滕氏囚者盡得釋。

養皮袋

婺州有野叟如散浪道人之狀，自稱「養皮袋」，不知其姓名鄉里。居彼累歲，晝夜未嘗寢息。當塗張先生見之曰：「師行周天大呂本作「火」。運乎？」以首肯之。淳熙末，潘景珪叔玠家元種紫木樨一株，盛夏將槁，此叟謂曰：「俟六月六夜三更，爲爾移此花，花若再活，必遷侍從。」已而花鮮澤如初，潘遂由浙漕京尹擢工部侍郎。叟性憎惡它道人，惟與汀州管生善，招之共處。紹熙三年正旦日，天未曉，管生爲取溺器滌，叟大叫言：「汝劫我寨。」至齋時，傾飯於器中而攫食。梅花門邊一民家，啟飯店，素敬信之。一日正寒，詣其店乞火，其人付以一束薪。因燎衣之次，搓草爲索。索成滅火，以縛燎柴枝授之曰：「事已了，千萬莫動著。」數日間，巷内遺火，至店壁下而止。叟明日過而笑曰：「先燒了好麼。」郡牙兵司劉澤，亦待之盡禮。忽遺以布裩曰：「著取遮臀。」劉嫌其不潔，只以掛於浴堂前。是日晚，忤太守葉叔羽尚書，受杖十五。斷訖，出府門，叟笑曰：「教汝遮了臂，汝不聽，打得也好。」有劉韓二酒家，劉氏頗平直，韓氏狗利，酒更多酸。呂本作「酒中多酸灰」。叟攜竹竿倚於劉肆樓曰：「救汝救汝，動著時喫鐵棒。」次日，一惡少爲推吏所苦，挺刃致怒。吏走上樓，惡少隨至，吏緣竿墜地，皆獲免。又旬日，詣韓氏，取一杓小便出門首飲之，不留涓滴，觀者堵立，叟曰：「喫此尿，勝似喫渠家酒。」自是無人往沽。金華門外徐氏，開藥寮，叟抱沙糖空甕與之曰：「收取殺焨炭。」後五日，一火焚盡。建寧人葉森，漂泊到婺，叟遺之一大錢曰：「自此有矣。」仍戒使勿失。次年甲寅，際遇趙子和，厚有所入，積錢過千緡，踰歲後，不覺失之。值其妻死，橐中爲之一空。凡言人禍福，如指諸掌。民俗詣之致敬，或從求錢，得其答禮者，是日隨所營必遂意。否則持杖毆逐之，雖士大夫不問也。慶元元年春，坐於一甕中而逝。

張四殺倡

慶元二年春，崇安人張四，因遊一猥倡家，語言争忿，持刀殺之。縣結案上府，坐獄掠治承伏。以在法無證奏裁，報旨未下而抱病死。趙監押檢尸竟，獄吏慮其無人守調，爲鼠所侵，例用藁薦捲束，懸於梁上。明日，覆檢官鄭監税至，則已復生，便能動作，略無病態。鄭問所見，對曰：「被一承局喚出平政門，方到橋頭，又有承局奔來，語先至者言：『何故不教張四插花帶索。』遂將我推墮橋下，忽如夢覺，不知身已死也。」一府共異其事，疑或有冤。明日斷勅下，處絞刑。臨赴法時，吏爲戴花。既受戮，不解項下索而陳於市。蓋幽冥之中，欲正典憲耳。右四事葉森說。

李克己井夢

樂平梅林李克己，自少攻苦爲學，鋭心進取，然未嘗登名。慶元乙卯，當科詔之下，祈夢于五顯祠，連夕無所感。偶保頭以家狀錯誤，退回换易。遂夢至一處，朱門紫府，門外一方井，琢石爲闌，水清冷按：「冷」字似「泠」字之誤。可愛。徘徊俯視，見天在水中，星月粲燭。引手就滌，不覺失足而墜。既寤，流汗浹背。乃用井中清水之義，更名曰囦。其音與淵同。及八月赴試，乃中選。景辰省場不利，丁巳中春選，以微疾卒。士友謂墮井者，蓋示墜落泉塗之兆，固非吉云。

二姜夢更名

樂平南衝姜氏，家世儒冠。至景淳兄弟，尤爲秀爽。淳熙己酉當秋舉，以春月禱夢於神。夢到一好處，樓觀崢嶸，金璧光炫，門首揭大牌曰「大洞真人之殿」。朱衣吏引造廷下，其上三人皆王者之服，而金紫侍立者甚衆。小童傳旨，賜以文書，捧謝而出。及門外啟視，但有一「强」字徑尺。於是更名夢强以應詔，遂得中選籍。其弟景和，紹熙壬子歲，肄業邑中道觀，同舍陳仲禮，夢其爲金甲數人所執，束以藁薦，兩頭然火焚之。覺以告姜，乃采兩火之義，名曰夢炎。及秋闈，亦預薦，而皆未登第，或謂由夢得名者不大顯。予以爲不然，此神祇先以告人，使之知敬耳。

半山兩道人

樂平胡大本者，梅浦巨室也。少壯之時，嗜欲不關心，鋭意學道。紹熙初，嘗因幹到半山，其地數里間無民居，幽寂多鬼，村衆立佛王堂以鎮之。胡入堂駐足，日正午，見兩道人坐地上。一衣青衣，佩青銅鏡；一衣黄衣，項繫籐捲周本作「棬」，下同。數，呂本多一「十」字，周本同。胡即就揖，兩人招使同坐。胡問籐捲何用，曰：「此名因緣子，與道有緣者入焉。」又問鏡何用，曰：「此名業鏡，持以照人，可知終身貴賤壽夭。」胡遂求一照。青衣者噓氣呵之，半明半暗，語之曰：「汝生來篤孝，崇奉三寶，本只有二紀壽，今增其一。」胡時二十九歲，念來日無多，雖不形言，而心頗憂之。其人曰：「汝但信道不回，壽紀有增無減，且閉目，吾爲汝相。」旋開目，已非佛王堂，乃在林松石上。驗其異人，益加敬。從容甚久，遂約聯詩句，要疊字三個而續以七言一句。黄衣曰：「覺覺覺，三箇胡蘆一個藥。」青衣曰：「喜喜喜，一團秋水清無底。」胡曰：「悦悦悦，日月星辰無間别。」因更迭酬詠不止。兩人欲去而慮胡隨之，謂曰：「我茅山人，山中有梁邦俊，修行造妙，宜往師之。汝有三分骨，而未免俗氣，半月後復來此覓我。」俄化赤光一道，從空起。胡回首視之，兩人俱不見。時夜已五更，又失向來聚話處。亂山叢木，僅有小徑通行。遇樵夫，其家僕蔡二引之歸。是夜，風雨大作，胡衣服略不沾濡。家人驚問之，祕不告，亟解髮仰卧，經幾呂本作「七」。日不食。妻力扣所值，始肯言。因口占曰：「好個因緣，且恁高眠。若還得起，振動坤乾。」遂遣其妻還宗，將詣茅山。族人苦挽留，至今不出。右三事余模説。

司空見慣

蔡京爲左僕射日，官守司空，坐彗星竟天去位。太學諸生用坡公《滿庭芳》詞嘲之。今記其數語云：「光芒長萬丈，司空見慣，應謂尋常。」末句云：「仍傳僧崖父老，祇候蔡元長。」蔡命字正取元者善之長也。長音丁丈反，而其解《易》以爲長短之長，故因以爲戲。及再當國，密諭學官訪首唱者斥逐之。聞人茂德説。

黄裳梅花

慶元四年初春，鄱陽圃人折紅梅花兩枝，高尺許，以遺外醫黄裳。裳少嘗入道，用磁瓶盛貯於呂仙翁前。經旬花落，將棄之，見花蕚上各已結佳實。先一夕，裳妻汪氏夢人告云：「爾門内生梅花兩樹。」至是始訝其異，聞而來觀者盈室。裳持以相示，各有實二十餘，其大如豆，予亦異焉。因加以尊酒，裳酌獻仙翁訖，然後拜而飲之。梅子既成，皆如彈，纍纍滿枝，甚可觀也。

夷堅三志己卷第七十二事

善謔詩詞

滑稽取笑，加釀嘲辭，合於《詩》所謂「善戲謔不爲虐」之義。陳曄日華編集成帙，以示予。因采其可書并舊聞可傳者，併紀於此。王季明給事舉饞客席上粉詞云：「妙手庖人，搓得細如麻綫。面兒白，心下黑，身長行短。驀地下來後，嚇出一身冷汗。這一場歡會，早危如累卵。便做羊肉燥子，勃推飣椀，終不似引盤美滿。舞萬遍，無心看，愁聽絃管。收盤盞，寸腸暗斷。」以俗稱粉爲斷腸羹，故用爲尾句。水飯詞云：「水飯惡冤家，些小薑瓜，尊前正欲飲流霞。却被伊來剛打住，好悶人那。不免着匙爬，一似吞沙。主人若也要人誇，莫惜更攙三五盞，錦上添花。」張才甫太尉居烏戍，効遠公蓮社，與僧俗爲念佛會。御史論其白衣吃菜，遂賦《鵲橋仙》詞云：「遠公蓮社，流傳圖畫，千古聲名猶在。後人多少繼遺蹤，到我便失驚打怪。西方未到，官方先到，冤我白衣喫菜。龍華三會願相逢，怎敢學他家二會。」京師段油亦作嘲戲詩，嘗當冬日，大風猛雨，雪雹雷電交作，或請咏之。卽云：「劈面同雲布，雨共雪無數。雷又似打鼓，風又似拽鋸。雹子遍四郊，電光照四處。晚了定似吕本作「是」。晴。」駐筆久之，人問：「如何見得晚晴？」徐書云：「天也撰不去。」

有題筆而名軾者，或書絶句云：「馬相如慕藺相如，兩個才名總不殊。試問此間名軾者，不知曾識子瞻無？」吉州舉子赴省，書先牌曰：「廬陵魁選，歐陽伯樂。」或譏之曰：「有客呂本多一「南」字。來自吉州，姓名挑在擔竿頭。雖知汝是歐陽後，畢竟從初不識羞。」呂本作「畢竟從來不識修」。明椿都統立生祠於玉泉關王廟側，士人題云：「昔日呂本作「共説」。英雄關大王，明公右手立祠堂。大家飛上梧桐樹，自有傍人説短長。」都城富春坊，皆諸倡之居，一夕遭火，黎明燒盡。有詩云：「火星飛入富春坊，莫道天公不四行。只恐夜深花睡去，高燒銀燭照紅妝。」秦伯陽春室案上芝草一本，裝飾甚華，一客蒙其延遇，見而言曰：「鄉里此物極多，謂之鐵脚菰。記得往日曾有一詩云：『元是山中鐵脚菰，移來顔色已焦枯。如今毁譽元無主，草木因人也適呼。』」秦默然不樂，不復容其登門。小官在任，俸給鮮薄，答攖士詩云：「滿目生涯齒一筌，無端賓客自相磨。欲抽己俸憂家累，待掠民錢奈法何。一飯與君愁裏飽，三杯聽我苦中歌。更陪一具窮鎗劍，唾駡慊憎總任他。」董參政舉場不利，作《柳梢青》云：「滿腹文章，滿頭霜雪，滿面埃塵。直至如今，别無收拾，只有清貧。功名已是因循，最懊恨，張巡、李巡。幾個明年，幾番好運，只是瞞人。」政和改僧爲德士，以皂帛裹頭，項冠于上。無名子作兩詞，《夜遊宫》云：「因被吾皇手詔，把天下、寺來改了。大覺金仙也不小。德士道，却我甚頭腦。道袍須索要，冠兒戴、恁且休笑。最是一種祥瑞好。古來少，葫蘆上面生芝草。」《西江月》云：「早歲輕衫短帽，中間圓頂方袍。忽然天賜降宸毫，接引私心入道。可謂一身三教，如今且得逍遥。擎拳稽首拜雲霄，有分長生不老。」後章蓋初爲秀才，乃削髮卒爲德士也。詠舉子赴省，有《青玉案》云：「釘鞋踏破祥符路，似白鷺，紛紛去。試盠幞頭誰與度？八廂兒事，兩員直殿，懷挾無藏處。時辰報盡天將暮，把筆胡填備員句。試問閑愁知幾許？兩條脂燭，半盂餿飯，一陣黄昏雨。」皆可助尊俎間掀髯捧腹也。

范元卿題扇

魏南夫與范元卿充殿試官，同一幕。范好書大字，於是内諸司祗應者，皆以扇乞題詩。范各爲采杜公兩句，或行或草，隨其職分付之。仍爲解釋其旨，無不歡喜而退。儀鸞司云：「曉隨天仗入，暮惹御香歸。」翰林司云：「春酒杯濃琥珀薄，冰漿盌碧碼碯寒。」御龍直云：「竹批雙耳駿，風入四蹄輕。」衛士云：「雨抛金鎖甲，苔臥緑沉鎗。」鈞容部云：「銀甲彈箏用，金魚换酒來。」御厨云：「紫駝之峯出翠釜，水晶之盤行素鱗。」惟司圊者别日亦致，周本無「致」字，按：似「至」字之誤。仍致請，魏公曰：「正恐杜詩無此句。」范執筆沉吟久之云：「端臣思得之矣。」遂書「雨洗娟娟淨，風吹細細香。」相與一笑。内侍傳觀，亦皆啟齒。

瘍醫手法

人病疽瘍及傷折者，多畏醫施用鍼灸之屬。紹興初，江東提刑左股發癰，日以腫焮，其高至尺許。每醫傅藥，亦不容輒近。一醫言：「此非刺破不可。」容將聞之以告憲，憲令裸跣而入。但許以衷衣束於腰間，分其髮爲四小髻，不裹巾。此人傍立拱手曰：「腫已成熟，到晚必自潰，不暇鍼砭之力也。」憲喜，偶回顧侍妾，忽大聲掣叫，則癰已穿決，出濃血斗餘，痛卽止，能起立。蓋醫磨半破小錢，使極快，置之吞下，伺隙用之，故立見效。淳熙末，趙從善爲冶鑄使者，亦有此撓，醫黄裳預藏小刀長二寸者於其席下。是日晚，方從容笑談間，密取出，如前所云，遂去矣。兩者皆得厚謝。

朱先覺九梁

嚴陵朱大知先覺，以所居堂屋摧壞，將撤新之。陰陽家謂九梁星今年在堂，不宜動作，懼于主人不利。朱負氣決烈，不肯避忌，聚材施工，固自若也。俄兩匠因削木忿争，運斤自斷一指，流血痛呼，爲命醫治療。未甚全愈，而朱入室澡浴畢，以手捺桶欲起，足滑而跌，閃肋，傷右虎口，痕廣寸餘，痛楚不堪忍。少定假寐，夢一神人責怒曰：「吾之所居，故意觸犯如是，本不相捨，念汝平日爲善可嘉，姑赦汝。盍於西南方精潔致祭，仍設白粥七碗，果實七楪，副以茶酒香紙，庶可禳謝。不然，無他策也。」朱覺而悔之，亟如其戒，少日平復。其子仲河教授説。

節性俞齋長

紹熙四年，吕本多一「秋」字。太學節性齋長俞森德茂正據案綴文，心痛暴作，疾證危殆，昏迷不省人事。同舍守視環立。忽恍然而寤，所苦卽平，謂人曰：「適夢黄衣卒持牒來，負一凶器在後，以牒相示，其前書云：『風州牒俞齋長。』未及讀下語，黄衣倉卒復掣去。連稱：『差了也。』凶器即欹仄，若傾倒之狀。森幾有赴冥司之役，豈不危哉！」明日，前廊〔原作「廓」，據周本改。〕學諭俞梁字季梁，暴得疾，立殂。蓋季梁本爲節性齋長，既就職，而德茂實代之。且又同姓俞，故致此誤。朱仲河時在齋中，正睹其異。

潘夢旂母夢

平江士人潘夢旂，本名某。紹熙壬子秋，母夢神人立黄旗於門，旗上有「潘」字，下有「易」字偏而小，覺以語其子。子曰：「夢想何足據！」明夕，母夢如昔，猶不謂然。連夕至三，母明悟人也，曰：「得非示汝改名爲易之兆乎？」潘曰：「其字既偏且小，不可用，諒使之改經爾。」潘素習詩賦，因是旋買《易解》講義諸書，從師肄業，久而益勤。較藝郡庠，多中選，稍以自信。至慶元乙卯秋舉，尚慮經義難合有司程度，復以賦自列。已投試卷，竟又夢向者神人告曰：「曩歲立旗，蓋是汝名。《易》者，汝本經也。」寤而改名旗，仍用《易》應試。夜又夢神人曰：「當用『交龍爲旂』之旂字，從斤乃可。」潘始大驚異，從所言，而加夢字爲夢旂。是歲薦，一舉登科。右三事皆朱教授説。

邊換師

路歧散倡邊換師，游涉嘉興，就邸於闤闠中。一日黄昏時，有少年子登門，持錢置酒，雖風貌侏儒，然詼諧俊敏，深可人意。數童隨行使令，悉衣黑褐。因留寢宿，但其人滿面多瘡，貼以翠靨。

方款會之間，不容邊捫其首。天未曉，托故而去，自是往來如常。一家初未嘗見之，邊亦不覺爲異，遂謝絶他客。其母責誚之曰：「汝執性若此，何以供衣食之資？」邊曰：「每夕少年郎至，必有所攜，豈得云無獲？」母驚問其詳，始知之。舉家駭悸，乃邀行天心正法吴道士，使之驅治。吴戒邊曰：「須今夜來時，試以紅線逢其裙，庶可辨驗。」明夕客至，怒而駡曰：「相處許久，那得見疑？」邊用好語解釋，仍延同寢。伺其熟寐，竟施前説。及旦，於所居之側溝渠間，有紅線垂出，即而尋掘。得一蚵蚾甚大，線綴于背，其傍小者數枚，皆帖伏不動。杵殺之，乃絶。

華亭雨雹

紹熙五年十月八日晚，華亭縣西北隅，濃雲如潑墨。及四更後，暴風震響，從雲翳處來，雷電雨雹交作，横斜激射，疾於箭彈；穿窗透隙，大如荔枝。雖林木蔽陰之所，亦不免害。藩籬塌摧，無復限隔，舟船篷席，漂蕩殆盡。四遠呼叫之聲相聞，震動一邑。黎明少定，雲色開霽，其所傷壞，比屋皆然。惟去縣近境如此，十里之外，但猋風急雨而已。人疑爲龍物經過云。

周麩麵

平江城北民周氏，本以貨麩麵爲生業。因置買沮洳陂澤，圍裹成良田，遂致富贍。其子納貲售爵，得將仕郎。未嘗事佛，偶於家設醮，與其妻同拈香，謂妻曰：「外間誰唤汝？」妻纔出，則扃户自刎矣。父痛子不得其死，舉尸火化。送者見灰爐中光彩焯發如球琲，就而視之，皆舍利也。

父愈悲悽，爲治陽山祖塋之側，創一大刹，徙尊相寺故額，倣城中萬壽寺之制，規模宏偉，仍度數僧居之。凡費錢十餘萬緡，乃瘞亡骨於東廡，如僧式立塔，而繪其像，以冠裳爲飾。然神采顧盼，儼一凶人也。

吉州樟木

吉州軍資庫前樟木一株，徑闊丈餘。其四圍幾丈，蔽陰庭下，不見天日。其中空洞深窅，傍枝大者猶可充梁棟，邦人相傳謂三二百年物也。乾道二年六月，因暴雨雷震，擊碎一枝。皆意龍所藏匿，或妖蛇穴處。迨雨霽，，竅中煙氣蓬勃，至暮不止。沃之以水，則烟焰益熾，將延及庫屋。郡守葛立象見之，亟命徙錢於他處，而萃兵匠數十人，併力砍伐。擾擾終夕，木盡乃已。或云：「側生一枝者，於風水占候，利宜春之巨室，其家每歲必越境致祭其下。比三歲不來，袁人言家已淩替。」然則此木遭厄，固有定數，亦云異矣。

卜氏義僕

從事郎卜吉卿，居於湖州之樊澤。雇村僕顏勝，椎鈍無能，主人待之如常，初未嘗蒙私恩惠也。卜調監台州鹽倉，久病羸瘠，浸成勞瘵，自念無可生之理。紹熙辛亥之夏，勝忽發願欲救之，徹夜禮拜北斗，哀祈迫切。迨天明，揮刃剖胸間，肝卽突出，割取四兩許，煑熟，進於卜。卜母知所來歷，食之心致噦惡，令只嘗一片而止。勝不樂曰：「是我發心未淨，致主母如此。」又再剖割，覺力救療，踰兩月乃平。自是逐月給之三十千以報其德。可謂義僕矣。

至於復常。初，勝再施刀時，殊不知痛。稍定，困頓呻呼，其勢危甚。卜招良醫爲縫合瘡口，極

其心自然涌出，復取一持往卜兄縣尉家，庖飪以薦。卜啖之甚美，病若頓減六七分。日以安愈，

真如院塔

嘉興城南真如院塔，起於嘉祐七年壬寅。南法師者，募緣興建，燒造五色琉璃瓦，以爲莊嚴。宣和三年辛丑，遭方臘之亂，焚於烈焰，僅存故址。五年癸卯，寺僧整葺，掘鑿其下，於地窨中得銀塔一座。凡七層，高五尺，重千兩。相輪欄楯，無不周備。刻畫佛像，極爲精巧，而無所鐫記。至淳熙十年癸卯正月三日夜，主者智炬，夢一僧紫衣煖帽，宛若大聖之像，指示塔基曰：「此地久廢，可爲興復。」既寤，啓心募化，至慶元三年丁巳，歷十五歲而成。制範悉倣銀塔不少異。冬十月，相輪合尖，以佛牙銀佛藏於地中爲鎮。傍有一塚，乃宗室子恭之祖塋也。陰陽家言：「此塔成就，其後子孫必昌。」子恭果由揚州都監得除觀察使，襲封安定郡王。此朱教授所說，凡九事，皆錢仲本傳。

夷堅三志己卷第八〔十七事〕

漢張耳碑

越士焦惟和家，因治居室，買得一斷石。疑爲古碑，而字畫漫滅，全不可識，將以甃階戺。偶鄰人值祟物所憑，昏悴幾絶，俄而復甦，亟詣問曰：「碑石曾用否？」曰：「未用。」鄰人曰：「宜速埋之。向吾恍惚之際，見石上一丈夫，露其半身，狀極雄異。曰：『吾乃漢趙王張耳也，汝爲語焦氏，無壞吾碑，便當瘞於土中。不然，必有奇禍，悔之無及矣。』」焦懼，卽如其説。

道士竹冠

陳之柔，滑稽之士也。政和間，攝京西路一尉，逢馬使者與一道士同見。道士官金壇郎，恃聲勢方張，傲睨特甚，卽擬居上坐。陳不能平，訶之曰：「僧道不應壓俗人，況是邑佐，請就下。」雖勉強從之，意實不樂。使者降意牢籠，以言慰藉，指其所戴竹冠曰：「樣製甚工新，不知名爲何？」未及對，陳遽曰：「此有兩名，曰『笑冠』、曰『篤冠』。」使者問：「有何所證？」曰：「犬上加竹爲笑，故名笑冠。馬上加竹爲篤，故名篤冠。真犬馬所戴也。」使者大笑，道士慚沮而退。

呼延射虎

韓蘄王督兵淮楚，領背嵬軍獵於郊，道逢羣虎下山，下令打圍。甲士環合，各以神臂克敵弓射之，凡斃三十餘。其一最雄鷙，目光如鏡，毛茸皆紫色，鋭頭豐下，爪距異常，羽鏃不能入。跳勃咆哮，萬衆辟易。大將呼延通奮怒馳馬與相當，誓必取之。伺其張口，發大羽箭，正中舌上。虎雷吼山立，宛轉而死。命從騎四輩舁歸，剥皮爲鞍韉。一軍壯其勇。

楊立之喉癰

楊立之自廣府通判歸楚州，喉間生癰，既腫潰而膿血流注曉夕不止，寢食俱廢，醫者爲之束手。適楊吉老來赴郡守招，立之兩子走往邀之。至，熟視良久曰：「不須看脈，已得之矣。此疾甚異，須先啗生薑片一斤，乃可投藥。否則無法治也。」語畢即去。子有難色曰：「喉中潰膿痛楚，豈宜食薑？」立之曰：「吉老醫術通神，其言必不妄。試以一二片啗我，如不能進，則屏去無害。」遂食之。初時殊爲甘香，稍復加益。至半斤許，痛處已寬？滿一斤，始覺味辛辣。膿血頓盡，粥餌入口無滯礙。明日，招吉老謝而問之。對曰：「君官南方，必多食鷓鴣。此禽好啗半夏，久而毒發，故以薑制之。今病源已清，無用服他藥也。」予記唐小說載崔魏公暴亡，醫梁新診之曰：「中食毒。」僕曰：「常好食竹雞。」梁曰：「竹雞多食半夏苗，蓋其毒也。」命捩生薑汁折齒而灌之，遂復活。甚與此相類。

南京張通判子

南京張通判之次子，患瘵疾累年，危困已極，巫卜者多云有祟。會路當可與數客經過至京，張聞其行法有功，捧刺往謁，仍持狀投訴本末，乞垂拯救。時路君名未大振，同侶亦哂爲誕妄。至是，攝衣正坐而語衆曰："吾爲張氏治祟，欲共見之否？"衆歡躍。乃各於其手心書一符，令侍立於後。俄見一鬼吏若執符者，攜狀去。未食頃，一金紫偉人當前致禮，罄折廷下。路詰之曰："爾爲城隍神，知張氏有鬼祟，何不擒捉？"對曰："見擒在此。"衆不覺肅然。吏卒擁一少年，滿身被血，以手障面及心腹間，慟哭久之。問曰："汝爲誰？"曰："我吕本作「身」。是張家長子，生前因不肖，貽怒大人，遂與舍弟同謀見殺。利刃刺心腹，痛毒到今。若父怒其子，分所甘受。至於弟殺兄，且席捲所有，在理難堪。此某之所以作祟也。"路委曲開諭之云："汝若取弟，則乃翁無嗣。寃債愈深，何有終畢？又何益於事？吾令汝父建黄籙大醮薦拔汝升天，似爲上策，汝意如何？"語言往復，然後從命，倏忽俱不見。張族聞之，悉悲泣曰："信有之。"路戒使速償醮願，病者漸安，已而無恙。而張氏憚費，頓忘所約，此子因乘馬行河岸，墜地，折脅而死。

陳州雨龍

陳州以六月不雨，徧禱莫應。父老詣郡守，言旱既太甚，非路通判不能以致雨。守素謂路爲妄人，殊不信，勉從之。路欲就設廳作法，亦唯唯。乃命施青布帟幕圍障四傍，中吕本多一「置」字。一巨盆，汲水半之。焚香步印，叱咤良久，語守曰：「已請到龍矣。」守偕僚佐往視，盆中隱隱見一物，如羊豕而小，蟠伏不動。腥氣遠聞，懍然覺寒色，始加異焉。嚴奉至三日，又語守曰：「今日龍行雨，勢必小異而去，幸勿驚懼也。」日亭午，白氣如棼絲，自盆出於幕外。俄頃，陰翳晦昧，飛電震霆，穿揭屋脊。一府吏士僵卧相屬，大雨翻傾。迨暮，甘霔盈尺許，遠近沾足，遂成豐年。

東海紫金竹

宣和間，海州東海縣治内叢竹生筍，有紫金蛇一條，蟠繞一筍根，凝然不動，光彩射人，至於解籜乃不見。竹竿從本至末，如紫金線界道百許行，極可愛。縣宰劉逢作詩表出之，其一聯云：「已疑引鳳來何晚，却恐爲龍去莫尋。」後不復有此種也。

台嶺錢王廟

温州之境與福州相接道中地名台嶺，有小叢祠，揭曰錢王廟。不載祀典，亦不知起於何年及錢氏何王廟也。土俗往來，咸加敬事。細民貧窶不給旦暮者，過之有禱，乃以竹根棖撥地中，必得一二百錢，多或至五百。度其心中所冀，弗過與也。越人虞叔曹，性滑稽，經由祠下，焚香再拜，乞賜黄金十兩。搰搰終日，無所獲而去。

胡園荔枝殼

吴人胡百能，爲李平叔言，其族居姑蘇有名園，當春時，縱人游賞。至三月將暮，芍藥盛開，天氣清和，士女羣集。叔偶獨行散步，至園角小亭最居幽夐處，遥聞其上笑語懽洽。就視之，見供帳甚濟，數黄衣少年共飲。侍妾六七人，顔色媚豔。亟趨避之。既去百步，竊意黄衣非士庶所服，復回望之，已無所睹。但得茘枝殼十餘枚，其大如鵝卵，芳香觸鼻。袖之以歸。百能云曾見之，非世間物也。

鏡湖大鏡

會稽鏡湖，在唐日廣袤三百里。後來貧民盜占爲田，今之視昔，不及十分之一也。崇寧間，漁人夜引網罟，覺甚重，强加挽拽，竟不能舉。乃召集同輩合力，久而方升。一大古鏡，方五六尺，厚五寸，形模奇怪。或持以鑑形，於昏暗中腸胃肝鬲皆洞見之。置之舟内，欲明日齎詣越府貨于市。忽鏗然有聲，光彩眩晃，湖水如晝。俄頃，復躍於波心，風激浪湧，移時始定。湖濱父老，今尚有及見者。

五通祠醉人

會稽城内有五通祠，極寬大，雖不預春秋祭典，而民俗甚敬畏。紹興甲子歲，一男子醉入祠中，卧東廡下。時當盛暑，大雨暴作。男子睡夢酣熟間，叱起者三。膽氣方張，恬不介意。忽震霆擊柱，烟焰蓬勃，遂爲雷火所灼。半體焦赤，鬚眉俱盡。呻痛而出，人皆笑之。經月後乃漸平復。李子永親見之。

長垣婦人

宣和中，開封長垣縣兩弓手適村野巡逴，遇婦人攜一猪蹄獨行，爲三狼所逐，叫呼求救。卽杖矛爲逐去之，而留道之左午飯。婦人先行，復爲狼所窘，勢危甚，弓手亦至，又逐之。彼處距婦家百餘步，因偕至其居。婦謝曰：「兩節級不救我已死了。本以老母病，買猪蹄擬供饌，今輒呂本作「輟」。以爲報。」既煮熟，暫出沽酒，久而不歸。其子訝之，沿途尋訪，則仆於地下，狼咋其喉死矣。略不啖食，委之而去。是日三與狼遇，竟不免。豈其宿命有負乎？

浴肆角篦

京師浴肆給使之隸，夜後收拾器具，獲一客所遺黑角篦，僅如指大。啓之，其中有藥如面膏，意必治眼者所用。其母久苦目生青翳障，礙結已十年，全不能見物。漫以點注睛上，母呼叫徹曉，云極痛。楚子視之，兩翳若刀裂開，卽明潔如昔。謂爲神賜，祕藏其餘。數月後妻病赤目，仍以藥點之，其痛與母等，且不堪忍。迨曉，雙睛皆枯。又一年，浴客復至，云：「去歲遺下小藥篦，不知落何許？」給使者具陳本末，客駭曰：「此藥能滅去黥墨，爲性至毒，詎可施諸眼中耶？」盧仲禮時在都城，正聞此說。

唐革廉訪

京都之俗，士夫家殯葬經由之處，巡檢司例以十數卒持采旗導前，不待告約。到墓次，但量犒酒炙而已。宣和間，保義郎唐革爲城北壁巡檢，有貴璫葬其父，革率衆迎引，頗盛於常時，璫大喜，邀之相見，極口言謝。問：「目今是何官？」賓曰：「保義郎。」又問：「做得甚差遣？」曰：「不過兵馬監押耳。」曰：「可作廉訪乎？」革知其不曉外間官秩高下，乃曰：「此在朝廷擢用，革豈敢望耶？」留飲而去。至呂本作「不」。十日，中批唐革職事修舉，特與轉修武郎，繼除河北路廉訪使者。革駭不敢承，詣璫門求見，守候連日，始喚入，亦不接坐。方欲致詞敍謝，璫抗聲曰：「朝廷用人，何豫我事？」叱之使出。後宛轉再三懇辭，猶改知霸州。任滿，竟申前命。璫不招恩歸己，一時流輩中，爲可嘉也。

富池廟詩詞

大江富池口，隸興國軍，有甘寧將軍廟，殿宇雄嚴。呂本作「偉」。行舟過之者，必具牲醴祇謁。紹興初，劇賊李成數萬衆欲攻軍城，禱祠〔原作「祀」，據周本改。〕下求吉卜，神不與。成怒，大言嫚侮，擲杯珓於地。珓忽起，帖於柱上。陰雲陡合，雷電交至。成震怖，率醜類亟拜祈哀，方止。果爲官兵所敗。卽丁志中所書以爲馬進者也。李子永嘗自西下舟次散花洲，有神鴉飛立檣竿，久之東去。卽遇便風，晡時抵岸步，青蛇激箭而來，至舟尾不見。是夕艤泊。明日寐黄校：疑誤。呂本作「賽」。神，其前大樓七間，尤偉壯。郡守周少隱采東坡詞語，扁爲「卷雪」。每潮漲時，石柱半插入水。方三伏中登望，江面萬頃，羣山環合，清風不斷。子永作詩曰：「卷雪樓前萬里江，亂峰卓列森旗槍。上有甘公古祠宇，節制洪流掌風雨。甘公一去踰千年，至今忠義猶凜然。我來再拜攬塵跡，斜陽白鳥橫蒼烟。」初題梁間時，本云英威凜然。如有人掣其肘者，乃改爲忠義。又賦《望月・水調歌》云：「危樓雲雨上，其下水扶天。羣山四合飛動，寒翠落簷前。盡是秋清闌檻，一笑波翻濤怒，雪陣卷蒼煙。炎暑去無迹，清駛久翩翩。夜將闌，人欲靜，月初圓。素娥弄影，光射空際緑嬋娟。不用濯纓垂釣，唤取龍公仙駕，耕此萬瓊田。橫笛望中敓，吾意已超然。」及旦移舟，神鴉青蛇，俱送至長風沙〔原作「沙風」，今乙轉。〕，乃止。

任天用夢

紹興辛巳冬，江上用兵，任天用守官南康，攝星子縣事，治山寨于黃石嵓，作草舍五百間，日役五百人，設三隘口，甚險固。將奏功，夜夢人著黃道服攜杖來謁，語之曰：「重役良苦，然終亦無用，空擾民耳。」天用意〔原作「竟」，據周本改。〕殊不平。數日間，報虜亮自焚。果如神告。

浪花詩

曹道冲售詩于京都，隨所命題卽就。羣不逞欲苦之，乃求《浪花詩》絶句，仍以紅字爲韻。曹謝曰：「非吾所能爲，唯南薰門外菊坡王輔導學士能之耳，他人俱不可也。」不逞曰：「我固知其名久矣。但彼在館閣，吾儕小人耳，豈容輒詣？」曹曰：「試賫佳紙筆往拜而求之，必可得。」於是相率修謁下拜有請，王欣然捉筆，一揮而成。其語曰：「一江秋水浸寒空，漁笛無端弄晚風。萬里波心誰折得？夕陽影裏碎殘紅。」讀者無不嗟伏。

亡友李子永所作《蘭澤野語》，己未用之其前志矣。子永下世十年，予念之不釋，故復掇其可書者十七事，稍加潤飾，以爲此卷。

夷堅三志己卷第九十四事

會稽富翁

會稽富家翁，積以不仁豐屋。晚歲，忽令匠者造小耕犁一具。長廣才三尺，匠不曉其何所用，如戒爲之。翁捧視甚喜，卽據地作牛狀，以背挽負，徧耕屋下，至於摩膚流血，不能自己。家人勸止之，且收藏其具，則垂泣不食。居舍之内，地皆穿陷。凡十餘日，竟詣厠食不潔而死。

陳瑩中夢作頌

宣和壬寅，陳瑩中自南康謫所徙楚州，李景淵爲天台守，遣信致書，慰問安否。未至前一夕，夢作六言頌云：「靜坐一川微雨，未辨雷音起處。夜深風作輕寒，清曉月明歸去。」及答李書，因以寄之。是年寒食，陳下世。秋八月，李亦捐館。終於朝奉大夫直祕閣。

泗州普照像

林靈素既主張道教而廢釋氏。政和中，詔每州置神霄宫，就以道觀爲之。或改所在名刹，揭立扁牓。泗州用普照寺，正僧伽大聖道場也。黄冠環睨大像，雄麗嚴尊，雖已入據室宇，而未敢毁撤。乃出金帛，募人先登。有趙氏不肖子，本以宦族漂泊失圖，來爲宫衆服役，利於激犒，奮臂揮斧，首擊像身，餘輩譟而從之。百尺華裝，頃刻糜碎。觀者嗟愴掩泣。不旬日，趙子兩手潰爛，浸淫肩臂，迨於全體。膚肉解剥，若被剞劓者，呼叫不絶聲，閱百日乃死。

婺州王石穴

婺州金華民鑿山取石，望一穴中空空然，就之正黑。凝睇良久，微若有光，因燭火照之，則左右粲爛皆玉石也。或小或大，形範不一。如佛菩薩像，僧道士像，人物鬼神，禽畜魚果，雖不必全類，而至巧天成，非世上呂本作「工」。琱刻之所能及。攜出至外審視，鮮明潔白，愈於良玉，但差脆耳。郡人爭賣負售販，所獲甚厚。穴入坎愈深，莫測源極，其物益佳。有健夫數輩，秉炬窮探。轉行地底，仰空側眺，玉色如犬黄校：疑誤。牙，至積水垠。對岸多玉几，長丈餘，陳列器皿，琴笙鐘磬，男女拱坐，或作老人傴呂本作「傴」。伏，環繞上下。品數千百，製作之妙，又非前比。方欲褰裳涉水，水深難厲。一白龍突然而興，怒目炯射，爲搏噬之勢。衆驚奔而出，一無所將。是夕大風雨，穴復合無隙，其後莫敢發掘。今婺人猶有收藏器物者。

婆律山美女

政和中，南番舶來泉州，客與所善者言：「占城及真臘兩國交界，有大山名曰婆律。比歲，一夜風雨震雹，變怪百端，至天明乃止。石壁中裂，美女二人，姍姍而出，其貌傾城。占城人得之，以獻於王。真臘聞之，遣使求一，不遂所請，滋不平，至於興兵爭鬬，殺傷甚衆，經年未已。」

甘水巷蛤蜊

李士美丞相、劉行簡給事，因入京師，同僦甘水巷客邸。傍一富家相近，李與之姻舊，常相游從。某術士寓巷内，新有談命聲，稱其能者藉藉。富子邀二公詣之，各攜百錢。既至，環坐滿席，李欲親試之，乃交互其年月，先下二百錢，議富子命，不能中。劉忍笑胡盧，不復再扣而出。時天寒欲雪，富子約二公曰：「家有新釀，擬奉一醉。」遇市人撲蛤蜊者，都城所鮮見，劉以所餘百錢原本此下有「獲勝」二字，呂本同，黄校删去。命僕持奉，隨往富家。飲兩杯竟，而蛤殼來示，此句疑有脱誤。皆渠泥也。 右六事亦〔得〕之李子永。

興國大乘佛

贛州興國縣大乘寺，朱梁時所建，歲久頽折，惟有古殿存。其後僧徒稍隨力營立。邑宰曾君又取其西北隅屋數間爲義學。慶元三年十月十四日夜火作，盡焚師生所據之廬，烟焰蔽天。主簿官舍在傍，遠望者謂必爲煨燼之區，且及縣治矣。寺後豫章大木，枝幹拂簷，與藏殿相連，下接義學，皆無纖毫燎損，固以爲異。又石佛一軀，亦二百年前故跡，形相端嚴，精神溢出，巧於鏤木。塑畫者睹之敬嘆，皆自以爲不可及，亦在齋舍之側。附近既爲飛埃，佛坐之頂，僅留數椽，而左右前後，悉無煤污，觀者贊仰焉。主簿余鏞勸主僧正宗重修法堂，易其扁榜曰「無量壽石佛殿」，大書金字，表而出之。或謂佛示現神通，欲大其居而正其位，故出火以警之。縣自有學校，不應別又建學。蓋與潭衡南康書院之制，固可謂贅也。金仲庸說。

乾紅猫

臨安內北門外西邊小巷，民孫三者居之。一夫一妻，無男女。每旦攜熟肉出售，常戒其妻曰：「照管貓兒，都城並無此種，莫要教外間見。若放出，必被人偷去。我老無子，撫惜他便與親生孩兒一般，切須掛意。」日日申言不已。鄰里未嘗相往還，但數聞其語。或云：「想只是虎斑，舊時罕有，如今亦不足貴，此翁切切護守，爲可笑也。」一日，忽拽索出到門，妻急抱回，見者皆駭。貓乾紅深色，尾足毛須盡然，無不嘆羨。孫三歸，痛箠厥妻。已而浸浸達於內侍之耳，即遣人以厚直評買。而孫拒之曰：「我孤貧一世，有飯喫便了，無用錢處。愛此貓如性命，豈能割捨！」內侍求之甚力，竟以錢三百千取之。孫垂泣分付，復箠妻，仍終夕嗟悵。內侍得貓不勝喜，欲調馴安帖，乃以進入。已而色澤漸淡，才及半月，全成白貓。走訪孫氏，既徙居矣。蓋用染馬纓紼之法，積日爲僞。前之告戒箠怒，悉姦計也。馬相孟章說，蓋親見之。

傅夢泉

傅夢泉于淵，建昌人，從陸九淵子靜爲學，故持論處已或近於異。爲衡州教授，令士人勿作時文。至秋試皆不中選。晝坐值舍，其家遺僕報女病篤。或勸使歸視，答之曰：「病者自病，於我何預焉！」續報其死，亦漠然不顧。通判王恭之一子，年已長大，慕其名，命入學受業。陸「陸」當作「傳」。治一室處之，不許以書筆策硯自隨，曰：「學道當從靜默始。」王生本無見趣，矻矻半年，幾成癡疾，父乃呼之歸。衡陽有向氏花圃，海棠甚盛。方花時，陸「陸」當作「傳」。折簡邀諸生六十人往賞之。人自擕一杯一甌一椀并匕箸。既畢集，布席花間列坐，以大甕貯酒，大桶盛飯羹，齋僕舁至前，隨意酌取。賦古風一篇示之，其句有云：「吾非愛海棠，吾愛與吾惡，海棠自海棠。」諸人略無和者。慶元二年，改秩去。陳鼎説。

建德茅屋女

筠州城民蔡五，善刺繡五色及畫梅竹。早孤，與兄弟同居。久而不睦，獨身出他郡行遊。淳熙十六年，年三十有六矣，到池州建德市求趁，縣人李二郎喜其技藝精巧，使孫嫗爲媒，欲以女嫁之。是歲十月就舍，方禮席入帳，驚呼而出。稱李家詐裝男作女欺脅我。孫嫗解之曰：「李只有一女，色貌不凡，安得如汝所説？得非眼花心亂，致生此見？」嫗揭帳視女，乃知果具二形。強蔡使成婚，其女面闊幾一尺，而額才寸半，頦尖若錐。蔡謂嫗云：「我曾有小詞，正是詠一姐。」問其云何，曰：「吾意悶不愜，但記一句。」曰：「瘦得臉兒兩指大。」嫗知其不樂，勸之流連。紹熙元年二月，竟不告而去。甫出郊五里，遇茅屋内一女子，倚門斜立。前揖之，女斂手笑答。各詢姓氏，女曰：「我姓楊，第二，自建康府隨丈夫爲商，中道相失，抛我在此受苦。」蔡亦以棄妻告。兩意訢合，蔡潛歸李氏，取衣衾錢物至，邀女而西。駐于江州累月，李遣僕訪求得之，即遁往興國軍。二年四月，有僧頂笠過門，見女，指爲鬼怪。蔡怒，以爲僧必解妖術，欲誘化吾婦，叱罵而去。女曰："禿賊不可耐，我與爾作夫婦歲餘，今已懷妊，白地撰此惡語。"已而生一子，名曰興哥。又詣徙鄂渚，安居自適。四年九月，始北往荆南。將渡江，與女偕。有術士劉三郎者，能静識異物，俗稱爲活神道。偶同舟，密告蔡曰："知汝本妻在建德，斯人是建康楊家小倡女，死已八年，如何可相處？"虚静張真人尋他多時，不知却在此處。"蔡猶不信。五年四月，於荆南客店繡衣領女理葺在側。忽一道士，戴鐵冠，左手持水盂，右手杖劍，直入店，吸水噀女。女大叫一聲，卽不見。道士語蔡曰："幾壞汝性命，此婦人是建康女娼楊小姐，若不去之，將更爲人害。"蔡起拜謝，失之矣。

石牌古廟

浮梁縣外石牌村民胡三妻董氏，以紹興四年六月暴死。慶元元年二月黄昏時，胡三在房内坐，忽困怠如睡，見董來，驚問之曰："汝不幸下世，將及兩年，何故又到此？"董泣言："好教你知，舊日有何師者，得一獮猴，縛之高木上，餓數日了，乃煉製熟泥，塑于案上，送入山後古廟，祭以爲神。後來成精怪發靈，我遂被他取去。"言訖辭别，胡豁然醒。明日咨訪父老，果得廟，有神像，正所謂獮猴者。卽用刃揮擊之，血流滿地，遂毁其室宇。

曹三妻

饒州安仁縣崇德鄉民曹三妻黃氏，有二男一女。慶元三年二月死。既葬之後，至十月一日，其女一娘，從夫家歸設供。正哭泣間，聞靈座內嬰孩之聲，漸高漸近。忽一光頭小兒自靈幄走出，俄然長大，如黃氏生前，拽女衣而問曰：「我在生之日，辛苦看蠶緝麻苧，三年艱辛，織得紬絹三十疋，布十五疋，寄頓汝家，正要防身。汝是我親生之女，如何欺死瞞生，便不將出？宜盡數還我，教父兄貨鬻充修營費。」女悚懼曰：「告娘少待，容只今取來。」其夫家甚近，頃刻而至。黃與曹說往事，無一差誤，誦經卷了畢，稍復縮小，再入幄坐而沒。

葉七爲盜

景德鎮貧民朱四，其妻張七姐，慶元三年五月初夜如廁，聞有呼之者。張應曰：「誰人喚我？」曰：「葉七也。」張問：「是何處人？」曰：「只在近鄰舍，何故不相識？」張曰：「夜已向深，似不當到此。」葉曰：「見爾家窮乏，有見錢一貫，特用相助。」張喜，接錢還室，葉亦去。明夜又來扣門，復致錢五百。自後，夕夕如是，積所得幾十千。經半月，遂通衽席之好。及六月，又以衣服冠梳及銀釵與之。巷內程百二妻，因過朱氏，認得張頭上釵及所著冠衣皆其物也，謂爲盜，擬執搦告官，報集里舍皆至。張云：「係是葉七哥日前送來與我者，了不知其故。」程妻亦念張七姐不曾來我家，難以疑他作賊。且詢葉七來歷形狀，張悉從實備告之，衆皆愕然。有鄰老張二云：「其人已死二十餘年，葬在宋家東司黃校：「司」字疑誤。籬外。吾聞此鬼在外迷惑人，前後非一。今子孫久絕，試共發壙驗之。」衆曰：「喏。」既舉板已朽爛，而僵尸不損。凡諸家先所失物，多有在其側者。乃焚其棺而投諸水中。右四事徐謙說。

衛勳傷足

鄱陽王大辯助教之後妻姜氏，躭酒喜鬧。嘗因争怒發忿，獨往寄食於妹壻衛勳之舍。妹教之曰：「王老前室有子婦，當著意關防，不宜假借顏色，以招悔侮。」經兩月，勳送之歸。大辯聞前言，頗加責誚。勳深抵諱，曰：「吾妻無是語，苟如此，昭昭在上，吾當只以今日遭不吉之報。」大辯謝，留與飲而去。初，勳將出門時，若有自後呼之曰：「秀才莫出則好。」卽而視之，無人焉。以爲耳妄聞，不顧而行。及還抵所居巷口賣漿民黄二家，一白狗從足跟緊銜其鞋。叱之不退，急擺脱之，狗亦抛擲弗齧。路人怪其獰惡，共持棒擊逐。勳再著鞋了，回頭覷之，不覺跌仆于地，元非有物絆礙也。痛極不能起，見者報其妻子來，左股脛骨已斷。狗已竄佚，不知所在矣。自慶元二年秋，治療至四年之春，始覺愈。然須策拐，乃可移步。勳聚徒爲小學，謹飭安分。被傷時年六十有五，可謂奇禍云。大辯說。

夷堅三志己卷第十此卷原本全闕，今從呂本補十二條，尚闕三條。

石門珠巖

鄱陽石門鎮外二十里，一山阜高峻深杳，名曰珠巖。土人七八十歲者，能言承平時曾有波斯客經過，徘徊凝望，留連再宿，語逆旅主人云：「茲氣象奇秀，當孕珍寶，其兆已露見，特里俗不能別識耳。我須復來營之。」遂去。後二年復至，以所攜破山刀，剖嶺骨成蹊，得大珠數十顆。藉以毯蓐，置之筒中。其圓多徑寸，小者猶如櫻桃。野山無主，但略犒傍近居民而行。今取珠之穴尚存，當剖開處，兩下各有迹，至或四五十栲栳者。按：此句似有脫誤。天産至寶於是，果何爲哉？

應天山玉樹

貴溪應天山，當龍虎福地之右，雲氣鴻濛，上與天接，仰不見頂。穹窿嵂崒，拱挹于下，若培塿然。唐時爲馬祖道場，原有小寺，良田數百畝，皆在其顛。無旱乾水溢之虞，歲收甚富。淳熙中，臨川陸九淵子静到彼游觀，喜其山水佳勝，寺無一僧，遂據以爲書院，聚徒幾三百人。凡佛像仙翁，創新堂宇，專以伊洛道學垂訓。嘗與高弟彭世昌輩縱步登覽，至深谷，見小樹數株，方結花，扶疏光曜，色雪白可愛，微清香，根莖上下如玉，絶無塵垢。詢之鄉老，皆莫能識。陸曰：

「是所謂玉樹也。」悉徙種於書齋前。高者可六七尺，低者三四尺。經年後，遂稍憔悴，而葉全不落。陸移書所善，夸美其事。居山歷歲久，生員亦多所成就。張南仲侍郎故宅正在山下，族子從陸先生遊者甚衆。侍郎之孫思順，屢聞所云，欲求一本，助野處寶玩，未得也。今寺屋及田，盡爲彭氏之掩取有也。此句疑有脱誤。

蚵蚾蜕化

饒醫黄裳，以淳熙己亥歲九月訪推官黄焯。見一蚵蚾跳入瓦堆中，坐客臧主簿曰：「是變且化。」俄瓦堆爲物頂起，有鶺鴒飛出，直從屋檐翔空而去。三人同就其處觀之，但蚵蚾蜕皮存，其薄如紙。臧因言：「頃日嘗觀此異。」然則萬物化形，固常理也。

周沅州神藥

德興五顯廟，本其神發跡處。故赫靈示化，異於他方。淳熙三年，弋陽周闢須沅州郡守闕未赴，卧病困篤。適上饒人汪保，躬自負香案，將至其所居衫山抄題供施。庵寋僧役吴行成欲爲請藥於神而未果。其夜，夢黄衣人來謂曰：「知汝欲請藥，今大郎四郎在此，何不遂行。」吴郎隨往一所，登重樓之上，見衣冠者一人、雲巾鶴氅者一人並坐。二童傍立治藥，侍衛甚盛，肅整無譁。吴再拜致詞，衣冠者曰：「何不早來？」顧鶴氅者曰：「四哥可給藥與之。」吴謝而寤。於是，用翌日詣謁，且以夢禱。才擲一珓，卽得藥。如香灰中棗，歸告于周。于是八月朔日，遣介迎像至萬居，此句疑有脱誤。將建佛事爲報。神又賜以藥，是日便能加飡飯。凡里社賴以愈疾者數百人。周一妾絶食八十日，族人子病驚風，皆獲安。方氏女因痘疹壞目，失明數歲，復見物。俗言第四位神顯靈。昭濟廣順公素好道，齋戒專務施藥，以積陰功，故效驗章章如此。周自作記述其事。

林劉舉登科夢

福州長溪人林劉舉在國學，淳熙四年，將赴解省，禱于錢塘門外九西五聖行祠。夢成大殿，見五人正坐，著王者服，贊科如禮。聞殿上唱云：「五飛雲翔，坐吸湖光。子今變化，因遡吾鄉。」覺而不能曉。是秋獲薦，來春于姚穎榜登科黄甲，注德興尉。既交印，莫謁五顯廟，知爲祖祠，始驗夢中之語。

廟神出遊 原闕

神作上梁文 原闕

雲居聖父 原闕

吴呈俊

德興以五顯公事狀申江東運司，在法須遣他州官覈實，然後剡奏。上饒丞儒林郎吴呈俊奉檄而至，甫謁廟下，怳然有省。因憶少年時夢入大祠，見神王五位，皆冕服正坐，光焰烜赫。良久，一吏宣詞，若有所告。既寤，能紀髣髴，久而忘之矣。及是，儼如夢境所睹。乃詳其感異本末，復于漕臺。且留一詩，備紀其事。其詞有「檄來此日言明載，夢裏當年事已通」之句。於是五神得加封。吴君，縉雲人也。

余氏夢松竹

鄱陽任大亨，娶德興余氏女。慶元三年，余得疾，既夢與夫行到一處，四松植列於前，其傍皆茂竹，境趣静雅。駐立諦觀，而夫去不顧。覺以語其子之奇云：「我夢如是，恐非佳祥。」之奇對曰：「吾母久病，兹以獲愈。松竹青青，乃壽考無疆之兆，真可喜也。」余氏終疑不釋。次年病，竟以正月八日不起，享年五十五。其家葬之於城西二十里外曰青山，與舅姑塋相近，墓下松竹，宛如所云。乃知死生分定，非所能免也。

葉氏七狐

德興縣外五里，一邨落名朱家閧，葉氏聚居之。曰子長者已長，以恩科仕至縣令而終。其第四子七七秀才，當慶元三年正月正晝，方讀書次，有七狐爲羣，相御而入，穿繞堂户，急呼婢僕擊逐。而發於倉卒，旋索尋器仗，及得之，皆已奔佚。復過比隣朝奉宅，此家素畜數獵狗，甚獰惡，見狐至，迎搏其二殺之。餘者皆竄不知所入。七七秀才收貯雞卵二個，欲令孳抱。一小妾偷之，煮於釜，未暇食，爲主人所覺。逼使引手入湯内取之。即時肉爛，至暮而死。里正告於官，檢尸驗實，不曾加箠，無他痕傷，得免於罪。但已費蕩百餘千，蓋禍也。

李氏宅金龜

真州昔時有李氏宅，高門壯屋，相傳甚凶，草木擁蔽前後，氣象幽密無倫。處之稍久，必暴病至死，以故無人敢居。十五年，有鄭端者，素負膽勇，視鬼神蔑如，徑挈家衆，不擇日而入，即據正堂。所親或勸曰：「古語有云：『如何萬金子，而與惡物争。』一郡宅第多矣。何必此？」端然而不答。住止愈適，寂無所睹，自以爲己力足用取勝。忽廊下見一龜，徧體金色，不以爲異，遣童送於十里外野塘中。是夜就寢，聞牀下有聲，但稱八八，莫知何物。曉而視之，又前龜也，始怪焉。掇之以足，遽然不見。至晚，一瘡生左足上，漸似龜形。浸覺痛苦，招外科醫士輩砭治。凡藥方可用者悉歷試之，略不効驗。家人因議遷寓僧坊，沉固不蘇，越六十四日而卒。正合八八之數。

桐江二貓

桐江民豢二貓，愛之甚，坐卧自隨，但日覩其食飢飽，暮夜必藉而寢，或持置懷抱間，摩手拊惜，出則戒婢謹視之。一日，鼠竊瓮中粟，隨按：「隨」字似「墮」字之誤。不能出。婢走告主人，主人喜，擕一貓投於瓮。鼠跳擲上下，呼聲甚厲。貓熟視不動，意伺其便也。久之，乃躍而出，主人笑，又取其次。方投瓮，亦躍而出。庭有雛雞方戲，反遭搏而死。婢怒言：「吾待二貓甚力，今見鼠不捕，顧殘我雞，復何用？」主人慚不答，而使借鄰室貓。至，窺瓮，爪婢衣，不肯下，至破袖傷臂。鼠揚揚在中飽食粟，不避人。至于明日，婢不勝憤，將梃就擊。梃才入，鼠即緣之而上。婢驚棄梃，遂脱。以三貓一婢而不能取一鼠，俾之得志而去，亦可謂黠矣。

桐廬犢求母

桐廬人畜兩牛，一牸一犢，同日鬻之。農者取其犢而屠□□□其牸，並驅出門。屠引牸度溪，入于家。犢立溪外，引首長鳴。農鞭之不動，逼使行，每數步，必回顧。越複嶺，穿支徑，至田間，農置之閤中。屠夜具湯鑊，且將烹牸，聞户外牛鳴甚急，牸應之亦急。屠私自念："夜已三更天黑，四傍無人居，安得有牛到此？」促點火視，則彼農向所買犢也。排户而入，跳躑母傍，牸亦連舐其頸。屠雖悍忍，惕然動心，反湯滅火而寢。農失犢所在，求之數日，遇屠，具言其事，相與嘆息。並以元直贖其牸而去，遂爲母子如初。農家至屠舍十五里，道屈曲非尋常往來處，犢固未嘗至，乃能知之，異類天性如此，蓋必有神物爲之助。人之不孝于親者，殆非此犢比也。屠能臨利向善，亦可嘉矣。

界田義學

李仲永侍郎居浮梁之界田，晚年退閑，於所居之東三里間，自立義學，且建孔子廟，塑像嚴事，工製精華，至用沉香爲舌。以春秋致祀，招延師儒，召聚宗黨，凡預受業者踰三十人，捐良田二百畝以贍其用。每日暇時，躬往講説《周易》。族中子弟有荒于嬉者，乘其夜歸，故撐拄所過野橋板，使之顛墜。李不爲止。紹興庚辰下世，子孫益微，不能紹先志，學漸蓁蕪，師生掃軌。或拆其屋廬，或取其木石，或據其地爲居舍，沉香亦遭竊貨。曾孫有烈，遂築室於其基。慶元丁巳，暴得熱疾，醫療禳禱，逾月弗息，一切無效。有道士能考照祟禍，呼視之。命小童立卓上，遥望之次，見一戴冕旒人，容貌高古，又十輩供從于後，云：「吾乃文宣王，從我者十哲也。」道士問：「何以至此？」曰：「吾受李氏香火，極爲勤潔。自侍郎身没，諸孫不復關心，既毁我廟，又仆我像，今四十年間，蕩然無纖毫之迹。吾將稱顯威靈，以爲之戒。」顧一人，使召李侍郎，卻責其不能訓後。俄頃，還白云：「見爲鄂州城隍，今日有職冗，不及從命。」乃謂家衆曰：「便再復舊貫，吾當福汝。」衆曰：「敬諾。」童即醒，有烈之疾頓瘳。然不暇如約。予謂神祇廟室所在，固有神靈爲主，若此段者，其怪誕尤可見，一何侮瀆吾先聖也。輒志於三己之末，庸警惑者云。

夷堅三志辛序

予固嘗立説，謂古今神奇之事，莫有同者。豈無頗相類？要其歸趣則殊，今乃悟爲不廣。前志書蜀士孫斯文，因謁靈顯王廟，慕悦夫人塑像，夢人持鋸截其頭，别以一頭綴頸上，覺而大駭，呼妻燭視，妻驚怖即死。予嘗識其面於臨安。比讀《太平御覽》所編《幽明録》云：河東賈弼，小名醫兒，爲瑯琊府參軍。夜夢一人，面齄皰甚多，大鼻瞯目，請之曰：「愛君之貌，願易頭可乎？」夢中許易之。明朝起，自不覺，而人悉驚走。琅邪王呼視，遥見，起還内。弼取鏡自照，方知怪異，因還家，婦女走藏。弼坐，自陳説。良久，遣人至府檢問方信，後能半面啼半面笑，兩手各捉一筆俱書。然則此兩事豈不甚同！謂之古所無則不可也。《幽明録》今無傳於世，故用以序志辛云。

慶元四年六月八日序。

夷堅三志辛卷第一 十事

祁酥兒

祁酥兒者，亳州人。父爲秘書省校書郎。酥兒性警慧，孝愛異常，誦詩書，理音樂，皆不緣指教而自能。呂本作「曉」。母久病，步立呂本作「履」。艱難，方七八歲時，已代管家務，事無巨細，悉幹之合宜。年十五歲，其冬，母病忽加劇，酥憂急不知所爲，潛持一錢詣佛堂供像前，拜而祝曰：「吾母病甚，吾將割股肉以療，敢擲此錢以卜。即可，願錢文上嚮，否則反之。」擲已驗之，文果上嚮。心獨喜快，謂佛真許我，遂持刀以割左股。不暇遮傅，自燔之於火，屑而圓，類真藥粒之狀。與母言，醫別換藥來。戒曰：「盡服此可愈。」母接服之，經宿有瘳。酥謂符所願，益喜。家人見其坐稍偏，怪問其故，猶閉匿不肯説，迫之再三，乃具以實告。皆大驚，亟求善藥護其創。創已先中風，浸浸傍攻四體，萬方調治，竟不瘥。危困之際，語家人云：「吾取吾肉以救母，固已不愛吾身。母幸緣此以安，死亦何恨？但父母年俱高，不得終養，用此有遺恨耳。」泣數行下，遂絶。南城王補之爲作傳曰：「酥兒之心，尤可悲也。方其奮然舉刃之時，豈不知肌肉之裂有不可忍之痛？爲至難也。以謂吾不如是，不能盡其孝，故以始笄之年，最弱之身，怡然甘之而忘其所以難。其可悲至矣！」予讀之，惜其無傳於世，爲載之三辛第一章。

諸暨山道人

復州教授長樂陳方，在太學時，一齋生原注：忘鄉里及姓名。嗜酒，酣醉無度，不深上二字呂本作「未嘗」。留意燈窗事。適諸暨縣人招作門館，其家僕開酒坊，陳賀之曰：「此正是君從游處，適我願兮，宜勿辭也。」於是浮江而東。當淳熙十三年秋解試，望之不參假，疑其已死。或傳似有所遇，不飲不食，夜不就榻，唯在書室中講授如故，同舍生不以爲然。及春，忽參學，衆以所聞質之。答曰：「我坐平日酒多爲累，故止不向口，若臨飯食，輒自覺飽，入夜全不思睡，亦不自知其然。」同舍私相約，更迭陪之一宵，驗其是否，已而果如人言。扣之，不肯說。久之，始謂陳曰：「彼家酒坊，距其居只半里，吾早間點校生徒罷，則徑造之，連沃數觥，及晚，亦如之。一日，醉甚，望坊外三四里有一山，奇崛幽邃可愛，信步往遊，見一人臥松下，作而言曰：『汝無時無節不躭酒，豈不防損害性命？大可慮邪！』其人著青布寬袍，長六七尺，昂昂一道人也。不覺敬異，宿酒呂本作「酲」。頓醒。道人呼使前，授我隱訣數語，翩然而去。自是日不復近酒饌，雖偃息枕上，亦不交睫。」它無所云也。後收拾書策告別，不知所終。

范端智棋戰

范元卿以棋品著聲於士大夫間，且歷處庠序，踐館閣，故無不知名。其弟端智，亦優於此技，與兄相埒，而碌碌布衣，獨客於楊太傅府。楊每引至後堂，使諸小姬善弈者賭物，然所約不過數千錢之直，范常常得之。楊一日謂曰：「聞君家苦貧，小小有獲無濟於事，吾欲捐金幣三千緡，用明日爲某妾一局之資，君能取勝，立可小康。」范喜，謝歸邸，寢不能旦。同寓之士竊言：「范骨相甚薄，恐無由能致横財如是。」及對局，既有勝矣，思行太過，失應一著，遂變捷爲敗，索手而出。乃知非分財物，不容妄享。好利忘義之徒，可以内省也。范子由説。

吴琦事許真君

饒州吏人吴琦，習熟刀筆，年二十三歲，卽遷補職級。淳熙十四年五月八日，徙居於下西關，整頓神佛堂，鋪設位像，以所蓄壽星一軸挂左壁，右方闕焉，每用興念。旋命畫工劉生繪九州都仙太史高明大使像以補之，所謂許真君也。至七月十四日，琦正午假寐，夢神人頎而長，戴方巾，反搭其半覆面，手繙簿書，披閲竟，呼黄彦發姓名。黄者，都孔目官也。琦前跪曰：「都吏賤役，亦注籍耶？」神乃指示之曰：「既是都吏，烏得無名？」琦又白曰：「如琦微下，不審它日到得此地位否？」曰：「亦可，是恐等候不及。」復請曰：「琦終身不至遭刑譴否？」曰：「無之。」續問壽命妻孥，神檢簿使觀之，其簿式樣，全如四縫笠之摺角，排列金星，歷歷粲耀。乃爲言：「汝呂本多一「命」字。分只合一男一女，後來儘得，兼汝壽不長，不出四十，仍主暴夭。」琦所以咨扣凡數端，悟其爲神，欲加奉事，恨未得稱呼。乘其去，挽裾而問之。應曰：「汝不識我乎？我卽第一蔣真君也。」又以未曉所言爲請，傍一人若馭馬卒云：「便是汝家神堂右壁所事者。」遂上馬而去矣。琦夢覺，悉書於册。後九年，一旦嘔血死。妻子曲折，皆如言不差。少陸說。

林氏館客 全璧附

平江林氏兄弟，鄰居東西兩宅，各邀士人處書館。居東者建安陳希黯，賦性誠直，兄雖加敬禮，而待之與常時客無異。弟所招閩中黄生，巧逢迎，脅肩諂笑，能得主人歡心，故相得極厚。束修之外，遇有干求，亦應之不靳。陳君每歎羨，謂己不如。黄忽抱病，浸浸困劇，弟過意拯療，不能愈，髮如蓬葆，而不可運櫛。主人使僕爲梳理，數拒却之，遂至死。主悼惜無已，躬爲治喪。方洗沐之次，見髻中有短紙一小卷，漫取視，蓋其抄録主家事狀及言語疵瑕，巨細不遺，仍謹誌月日，以備或失歡時爲訐訴具也。主大怒，亟令舁其尸置於空室，但置松棺殮葬。湯居實談其事。

予因憶在婺州日，義烏縣下巡檢館客曰全璧，以學課不如期陳狀，并告其它過，時淳熙十三年四月，問其授館以何時，曰：「去歲五月二日入學，及冬，則不肯償月給。憤其無禮，故具所聞見，達于使君。」予視其條目二十餘項，本末歷歷。語之曰：「所言果實乎？」曰：「不敢一事相罔。」乃出一横册呈示，則是去歲五月四日，命寨兵伐木作胡床，及五日擅用音原本作「審」，原校改「音」，呂本作「番」。樂等事。予曰：「汝方以初二日就館舍，兩日之間，便密疏其不法，何也？」使詣曹供對，杖之二十，而荷項令衆於寨門。郡人皆傳笑，謂全璧遂成碎璧。全生之過受罰於生前，而黄生之慝乃暴於身後，皆非佳士，不滿賢者一笑云。

李彥勝夢賦

餘干李彥勝興宗，習舉子業，詞賦甚有可稱。淳熙甲午請鄉薦，至紹熙壬子當免舉。夢就試省闈，遇紫袍神人持金榜揭示之曰：「此題目也。」且謂「子細」，言之至再。李熟視之，乃《人主天下之儀表賦》并韻脚及出處，上下文歷歷明白。卽濡墨引筆，一揮八韻，略無停思，殊以驩躍。既寤，遂綴緝一篇，髣髴猶憶夢中隔聯佳處，朝夕潛自諷味，雖從學者在席下，亦不與之言。時邑貴趙子直爲吏部尚書，度必知貢舉。李嘗作館客，在法合回避。趙念別院取數少，預詒書止其行。李曰：「倘吾命分當得，何論大小難易！固已格夢兆，夫復奚疑？」遂決計負笈而西。癸丑正月到都城，趙果司文柄。李牒赴別試，所賦題乃《帝王以納諫爲聖》，而貢院出題并韻脚悉與夢合。始以事告人，知無復科級之望，且歎曰：「造物小兒相戲，可謂惡劇。」竟下第而歸。少陸說。

二屠鼎烹

德清民鄭八，酷於屠牛，每行刃時，先刺其頸，血從中傾注數斗，目尚開闔。睹者念痛苦之狀，或稱救苦天尊，或誦解脫真言，助之冥果。鄭恬然弗之恤。母在越，嘗渡江省之，到中途，日暮值雨，急進路傍古祠中。半夜後，聞堂上軒訇有聲，畫燈前導，一神據案坐，吏押老人至。首問曰：

「汝在生之日，何得於佛殿上殺牛？」命赴湯鑊獄。次擗鄭出，鄭知其不佳，拜而乞命。神怒曰：「汝所屠不可勝計，尚敢然！」亦命提趨湯。是時猶未墮鼎鑊。明日，倩人告其母，備述境象，因使報人知戒，語畢，蹶而死。母忽夢其求功德，莫測所以，少頃，訃音至。

張淵侍妾

觀察使張淵，紹興中爲江東副總管，居建康。每以高價往都城買佳妾，列屋二十人，而御之甚嚴，小過必撻。嘗盛具延客，皆環侍執樂，歌舞精妙，一坐盡傾。妾兢兢自持，不敢游目窺視，無論言談也。中席，淵起更衣，坐客葉晦叔之側一姝最麗，乘間語之曰：「恭人在太尉左右，想大有樂處。」姝慘容不答，但舉手指筵上燭云：「絳燭分明會得。」晦叔後與予言，猶憶其風流慧悟也。招北士馮伯起爲館賓，待之特異，仍治宅西一室，使挈妻子入處之。元宵三節爲張燈百盞，淵赴府宴，長姬領衆妾訪其妻，小鬟見床褥華雅，戲臥其上，馮竊至，遂與之合。既罷，長姬知之，歸以白淵，淵隱而弗問。經旬日，約馮共飯，飯畢，設茶於它軒。望砌下横一劍、一竹篦、一小缸置糞，馮掩鼻謂守兵不謹，將使屏之。淵笑曰：「此正爲先生設，元宵之事，豈忘之邪？」先呼長姬及小鬟，杖之三十，然後云：「先生須均受此辱，已乃伏劍。」馮趣下受杖，泣而乞命。淵曰：「然則只以不潔代之可也。」馮度不得免，拱手言：「願賜清汁少許，行破文書。」淵逼使滿杓而食，乃遂黄校疑「逐」。之。後十年，葉樞密督視軍馬，駐建康，投書陳禦戎方略，彼人云：「此正是喫屎秀才耳。」

傳以爲笑。淵暮歲徙家臨安，過八十而終。

山門寺僧

德興去縣十五里，有山門寺。其僧了詮者，年四十歲時，遇一善術士戒之曰：「大師命運衡犯凶煞，五月內當主災殃，須百事謹畏關防。不然，恐不能免。」詮聞言憂怖。是月自朔日屏跡不出，惟端坐誦經，度日如年，常若禍至。及晦日，闔寺僧相慰拊曰：「師兄可出矣。」詮曰：「猶有半日之期未竟，不知獲脱免否？」到昏暮，寂無它虞，詮亦自喜。少頃，提燈籠如廁，過山坎下，適巨蛇蟠居石上，見燈光躍而赴之，正齧詮足，大叫仆地。其徒奔救以還，所傷處血肉潰腐，遂連脛骨如截，歷歲乃愈，然不呂本多一「復」字。能行步。春秋幾八十，慶元三年秋始死。

朱安恬獄

浮梁安東鄉民朱安恬，與兄仲有者異居。仲以貧悴，立所居室契就恬售錢，而挈一女來寄食其男細四。仲所以求索於恬者非一，恬復以屋契畀其男，令自爲主，仍往婦家贅處。慶元二年，兄弟争小故，仲自拈磚搕腦，欲以撓恬，因去從女壻宿食。至五月，復訪恬處，又舉首頓地微損。恬扶勸使歸，旋得痢疾，越八日而死。細四覓棺於恬不得，隣保懷夙憾，諷之詣縣，訐父爲叔用杖毆殺。縣令鄭伯膺以箠楚成獄，上於州，下司理院，不移元勘。以殺時無證奏裁，得旨處死。星子趙主簿審問，恬稱寃。貴溪縣丞同祖再鞫，如初款。及勅下，弋陽嚴縣丞審問，恬更不復有詞，卽供責狀辨，擇日行刑，時四年二月也。臨引赴市，適風雨晦冥，法當停決，如是者凡四。申展輒當陰霖，郡守林宇長大夫桷疑焉，密采外議，果云不平。遂躬詣囚所閱實，徙禁鄱陽獄。同斷死兩囚徑赴法，天晴無片雲。及物色廉究，盡得本末。提點刑獄范子由祕監選委婺源丞葉南夫就鄱獄質勘，聞恬誦《金剛經》不舍晝夜，以問推吏，吏以爲歌唱。先是，鄱陽主簿江寧何公極夢游城外東岳廟，見棟宇宏壯如宫闕，視平時不類，心固異之。洎到廊廡間，遇亡父朝奉大夫偉，泣而進拜。問曰：「大夫（「夫」字疑「人」字誤）今在何地？何自來此？」父云：「身隸北岳下，奉差來作直推使者。」又問：「北岳安在？」曰：「在定州。」公極顧一室，門上揭牓，以金填四字曰「朱安恬獄」。父揮使去曰：「此非汝久留處。」驚而寤，汗出如洗。明日爲同官言之。是時恬之寃未白，而公極於獄事略無干涉也。范憲具奏詔，安恬特與釋放，其元勘覺舉官吏並免收坐，以五月八日。恬被命且死而得生，林使君之明也。既而御史呂本多「張巖」二字。肖翁察舉論奏，凡本縣及州獄與審勘官吏皆罷黜云。

夷堅三志辛卷第二十二事

洞天真人殿

鄞縣人連生，嗜酒不檢束，每飲酒，必插花滿頭，繞街狂歌，明人多惡之，因目爲蓮花子。嘗過近村人家，其側有古屋一區，敗壁欹危，相傳以爲藏怪，莫敢居。連生詣其中，見小道人踞地坐，與之揖，遂共談神仙飛昇事。道人笑之，呂本無「之」字。指壁間，欻然豁開，乃大殿一所，樓閣參差，殆非凡世可比。引之入視，碧瓦參差，玉階鱗甃，層樓對峙，清池澄澈。寶殿正中出金書牌，標曰「洞天真人之殿」。兩傍四殿，皆立小牌，曰北極真人、曰西天真人、曰東界神君、曰南洞神君。一人著王者服坐其上，金紫侍立，玉女對舞霓裳羽衣曲，仙袂飄飄，衆樂競奏，響透雲表。連欲攝級而登，道人不許。出至門外，回望來處，敗屋如初。道人謂曰：「汝明日可再來，當奏之真人。」言畢，跳入壁中不見。明日復往，則一切類前所睹。又有張高蓋乘大馬傳呼而至，前後旌幢簇列，細窺之，似史太師。道人云：「此紫府真官來見真人也。」與一小青瓜使食，瓜已朽爛，不得已接食，味甚甘香。道人旋導之出，約更五日相會，自是率以爲常，時紹興末年也。慶元戊午，連已六十餘歲，絶烟火，顏色如嬰兒，能言人禍福，其應如響。

古步仙童

餘干古步民陳青，爲里中王氏童奴。一日晨起至門，逢一女子當前立，容貌娟秀，風儀華楚。陳雖處身僕隸，覺其非常人，問爲誰，曰：「我乃汝前生妻室，夙緣未斷，故特來相問。」陳未及再發語，已隱不見。至夜繼來，扣其寢所，與通衽席之好，達旦始去，次夕復然。經月餘日，女謂陳曰：「汝可以用仙童術游行鄉閭，我當纖悉報汝。」陳遂捨主家，自稱仙童，凡遇人邀請致祝，香烟才起，輒降言於梁上，吉凶應驗，盡如親履其間。及就寢，女陪侍自若。旬日後，陳堅坐不出，而四遠傳聞，疊迹踵至，皆適其所禱而退。俄一旦招之不應，迨夜問之，曰：「今日遇入地府理對一事甚急，故不獲來，以是誤汝。」期年，女懷孕誕子，僅如瓜大，體冰若冷雪，至夏月亦爾，未晬而夭。凡往來適（呂本作「兩」。）歲，忽盛飾，攜一妾置酒饌，從容言：「我以生前曾誦佛母咒百萬遍，上帝命往生西方，茲來敍別。」詢吳（按：「吳」字似「其」字之誤。）託生何地，不肯說，曰：「天機祕密，輕泄之且受災譴。」乃盡醉竟夕，泣別而去。雖夜寢絕跡，而副仙童之約如初。陳緣此多受賂謝〔上三字周本作「賂謝致」〕富，到今尚存。紹熙初，赴同村李氏請，李素持天蓬咒，默誦於室中，陳焚香啟白，久而不降，李爲輒（呂本作「綴」。按：似「輟」字之誤。）誦，始唧唧形言曰：「我聞呼即至，而此家有甲兵無數，蔽空環繞，金剛大神長十餘丈，執斧而立，無路可進。伺其稍退，方得前耳。」它所嚮答甚多，仙童之爲術最名幻妄，獨是事彰灼如此。

張八道人犬

樂平八間橋農民張八公，壯年亡賴，不事生理。一日，忽自悔悟，積善存心，自稱道人，唯賒放米穀，取其贏息以贍家。每歲置一簿，遇貸則書之，已償則勾去。近村程七借大麥二斗五升，爲錢五百，秋成不曾償，至於累歲，張亦不復索。程死後，張育一犬甚俊，歷九年，老而不食。程七之子百三爲屠，過其門，張以鬻犬爲言，需值五百，程曰：「此犬老瘦，能有肉幾何？」只還其半，張令牽去。而將至橋，犬盤旋不肯行，遂作人語呼百三曰：「來，我是汝爺，以紹興二年二月某日賒了張小八公大麥，失於還錢，今責罰作犬，陪填宿債。雖在它家有吠守之勞，然日食糟糠之費積之不少，汝當盡還元錢，使我託化。」子且信且疑，繫之橋柱，反詢張公，乞假紹興故簿檢視，果如所言。遽奉上半直，以犬歸，餵飼加謹，未幾而斃。子殮以棺衾，埋諸野，仍爲設僧供資度之。

許寶文女

樂平湖口許與權寶文，宅前臨大溪，築樓創圃，家人以春日游宴，盡暮而歸。幼女忽得疾，全如癡迷，但時自歌笑。許知爲祟所惑，羣巫不能治，聞相近白石村僧董侁師持三壇法著驗，亟召之。侁曰：「此爲水怪，易治也。但俗人屋舍不清潔，須當宅畔一寺加持乃可。」於是就助國院齋戒，設壇誦呪，呼三童子考照，然後置供席迎神。童隨臥地，頃之乃起，趨入坐廳上曰：「還有器刃否？如有之，宜以借我。」許宅固有防盜之具，畏其傷物，誑曰：「無。」卽徑造一室，扃鐍自開，各執一刀出，躍投溪中。侁竭誠臨水，呪禁不息，經兩夕寂然。三童父母訴于許，侁曰：「此神將憑藉耳，固無害。」別闢三童遽趨溪，少焉其一出告曰：「邪魔已落吾手，可便煎麻油三十斤以矣。」語訖復入。油鍋既沸，六童共拽一黿，大如席，重百餘斤，童競施刃刳剖，納油煮熟，棄之深山。女疾立減，再旬而安。侁有徒弟效其術，不葷不娶，亦頗爲人驅邪，然修身不能久，悉破戒，少時而死。侁至淳熙末亦壽終。

佑聖觀夢

趙粹中爲吏部侍郎，夢出至廳上，大門豁開，吏報客通謁，其長七尺，著道士羽服，形容端嚴，視其刺字曰「北方鎭天真武靈真君」。趙奉神素謹，肅然起敬，趨下迎揖，不敢以主禮自居。神固請趙東向坐，曰：「侍郎是主人，今日之事公爲政，毋用謙辭。」遂就席，局脊而寤。是時孝宗於潛邸王宮創建佑聖觀，以答在藩禱祈感驗之貺，明日降旨，差趙爲奉安聖像使，乃悟夢語。

永寧寺街女子

慶元四年五月十日，夜已四鼓，鄱城卜士有未寢者，在所居小樓上爲人推演命歷。聞慶善橋畔一人獨行，且叫且喝，由永寧寺前街向西去。約過十許家，逢一女子立於門首，相呼問訊云：「阿姊深夜抵此，當是急幹？」女曰：「莫要問我。」遽望東而行，才數十步，又與別男子語。男扣其所往，女曰：「記得四月內，小市下王嫂出到市上看道場，王嫂抱三歲小兒極可憐愛，我隨逐頗遠，欲攝取之，被師人趕逐，我只在彼不退。兒覺如中惡，昨日遂遭法師兩次用符攝治，遣我出外，無緣再入，今須且歸。」男子曰：「適間向西去者似可惱害，三娘同一往可乎？」女曰：「我一處已受辱，豈宜至再！兼其人精神極旺，難親近他。」男子曰：「三娘直如此識人，試一行亦不妨。」女曰：「七哥必要撓它，莫是曾相犯否？」曰：「恰在慶善橋上爲它嘿唾喝我，故欲報之。」女曰：「既不曾相犯，何如且休。」遂寂寂而散。始知前人呼喝者此也。

鬼迎斛盤

鄱陽坊俗，每歲設禳災道場，不常厥處。慶元四年四月，復就永寧寺大殿，於第四夜命僧建水陸齋供，加持斛盤。寺前居人多聞外間若男女相呼喚，或稱兄弟姊妹姑姑嫂嫂，請同去迎接斛食，輕衣錢財。及齋施已竟，衆僧鳴鐃擊鼓，奉斛出三門，其語頓息。迨過慶善橋，則嘈嘈雜雜，初皆喜悦讙譟，隨至城外江邊拋散訖，乃寂然。

江絡匠

饒民江廿三，居永寧寺東街，爲結絡匠。慶元四年五月病死，十日後未黄昏時，其僕夏二在室中打屏，恍然見之，與語云：「我藏小兒手鐲一雙，婦人金耳環一對，金牌一枚，用小瓦罐子盛埋於門内東壁下，可説與我妻掘取，將做功德追修。」言訖即没。夏僕告其妻，發地，果得之。

彭師鬼孽

鄱陽之俗，師巫能事鬼者，謂之行頭梁。彭師者，以慶元元年病疫死，所居在中棚巷。後二年，其妻招民楊二共居，而盡以故夫常用螺鼓牛角，售與女覡郝娘。已而郝偶徙室爲鄰，當召集鬼神之際，彭聞鼓聲輒出，至公然現形，敺逐下梁者。郝懼，持所得器物僦之瓦市作場，彭妻亦捨去。獨楊二猶處之，每夫婦夜寢時，必爲彭扯拽下地，責駡言：「汝那得起離我老幼，占我房宇！」晝日亦出，抛擊盤盂桌凳，楊遂遷居。自遇夜則徧敲衆鄰門户，稱：「東鄰西舍，全不念故舊，既使郝娘奪我行頭，又接我門徒知識。」至今撓害未已。彭生爲人時，傳習妖詐，死而自墮業網中，真可笑也。

槐娘添藥

饒州使院吏陳忠顯居槐花巷，慶元四年五月晚從府歸，令妻於房内取百勞散煮温酒調服，適有外醫所貽滑肌散在桌上，妻誤用之。陳服竟，至夜吐泄不止，方悟毒發，五更後遣一僕往市肆買菉荳救療。未回，聞外間擊户，妻使婢問爲誰，曰：「來尋陳都院。」婢覺有異，應之曰：「已去州衙了。」其人言：「只教小娘一出來，有一段話要説。」婢又問：「爾是何人？」曰：「我卽鄰側槐娘也。」婢曰：「娘子一夜擾擾，恰方得睡，不可唤起，有話但與我説。」其人言：「知小一郎錯喫了藥被毒，我欲别爲添藥。」陳在房悉聆往復語話，密起，使婢窺於門隙，見一人身披白服，四體顫掉如戽水之聲。婢懼，以擔緊撑門，門外又有人云：「切不可開。」少頃僕至，白服者竄入槐樹中，遂不見。此槐精屢書於策矣。

劉和尚犬

鄱陽石陂村庵僧法希，養一黄犬，性極馴，晝不傷人，而夜吠甚警，不食葷穢。僧日以米一升作粥，盛以瓦盆，用竹篦子分畫爲二，戒之曰：「以供爾早晚兩頓喫。」犬奉約甚謹，更不敢過，累歲如一。慶元元年七月，忽因早餐誤侵一角，僧拈柴杖擊之，且罵責不置，犬舍之而走，到夜不歸。石陂池畔居者陳婆，夢婦人著黄衫來相見，問爲誰，曰：「我是庵内劉和尚之母，爲生前有罪，受罰入畜類。兒子將百五十錢買我，侍養十年，偶昨朝食粥過多，被兒打詈，思之悶絶，無處理訴，已自投溺於池。特來説過，煩老人明日報兒子使他知。」陳婆駭怖而覺，旦以告僧，即領僕詣池撈漉，果得犬尸而收殮，誦經備禮，埋於故母墓側。

宜城客

襄陽宜城劉三客，本富室，知書，以慶元三年八月往西蜀作商。所齎財貨數千緡，抵關下五里間，喜其山林秀粹，疑爲神仙洞府，雖身作賈客，而好尚清虚之意甚切，欲深入游眺，置橐裝于外，挾五僕皆往。約行十里，前望似有石牌，視之，但刻二十字曰：「十口尚無聲，莫下土非輕。反犬肩瓜走，那知米畔青。」其指意明白易曉，正惶惑間，逢樵夫執斧負薪，謳歌而至，異而揖之。樵曰：「彼中非善地，不可久駐。」劉曰：「何謂也？」樵曰：「曾讀碑記乎？緣向來鬼魅縱橫，慮傷人性命，遂立石示人，以暗包四字，合成『古墓狐精』，君當了然，何不速反！吾見之多矣，不暇謂談說君。」呂本作「不暇謂君說」。言畢不見。劉恍若迷蒙，猶不肯信。又進數里許，與十七八歲女子遇，服布素之衣，顏容嫺雅，誦一絕句，音聲悲切云：「昨宵虛過了，俄爾是今朝。空有青春貌，誰能伴阿嬌？」劉默念，此女必亡夫壻，在彼醮祭，怨詞可傷，從而問故。至於再三，皆不答。劉曰：「料必良人家女子，既能吟詠，想深通文墨。」隨和一詩挑之云：「夜夜棲寒枕，朝朝拂冷衾。眼前風景好，誰肯話同心？」女郎大笑，問曰：「上客高姓？」答以姓劉名輝字子昭。女曰：「是我個中人也。」遂邀轉山背，得大宅，梁棟宏偉，簾幙華潔，婢妾佳麗成行，置酒對飲。命引五僕於別舍，饌具亦腆盛。數酌之後，天色斂昏，女曰：「鴛衾久寂，鳳枕長虛，今宵得侍劉郎，真爲天幸，請締一夕夫婦之好可乎？」劉謝曰：「正所願。」於是攜手入室，驩合極意。酒醒遲明，乃臥一墓上草叢內，僕詮伏石畔小穴中，方知正墮狐祟，賴性命不遭傷害耳。右七事徐謙說。

夷堅三志辛卷第三十一事

許潁貴人

許潁間貴人原注：不欲顯其姓名。生時以嚴刻著，既没四十年，其孫女有嫁爲泉州趙氏婦者，病昏厥，經夕乃醒，言：「被引詣大宫室，見翁翁在殿上正坐，侍妾數十人，執樂環列。私自歎羡，念其在世窮富極貴，而身後尚爾，可謂大福。趨進道安止，且問：『翁翁何以在此，此是甚處？』翁未及答，一吏拱揖於前曰：『時節到。』翁慘然隨以行，入墨暗一室，鑊湯滚沸，便剥去衣服，又向其中，聞叫苦之聲，移時乃息。旋又出之，赫然一爛軀，肌肉糜潰。覆以錦被，良久揭示，已一切如初。復導去元坐處，席未暇暖，又報時節到，一日之間，若是者四五。追吏引我還家，我往哭别，但云：『我日日受此惡境界，汝歸家，旦夕營功果救我。』」女疾既平，告其夫，隨力爲薦冥塗，後亦不復夢。予頃得此説於趙季和不魯，即記録，今猶記其大略，類乙志内李孝壽也。

危病不藥愈

凡人病困，固仰醫藥，亦有出人意表，元非所料而獲愈者。鄱陽王大辯，痢疾七晝夜，聞粥餌向口則先嘔惡，年齡既高，瘦至骨立，因吕本作「困」。卧簾下。聽市童叫子薑牙，偶欲之，即買小楪。

見之則喜，并淡醋汁食之盡，俄思粥，痢自此止。張刻工子和哥，年十二歲，病禁口痢。初時猶以雪糕撚作細圓，使吞嚥，久又不能，僅吸少稀飲。經歲半，父母度無瘥理，欲其死，而奄奄獨活。一夜，風雨作，捫壁起，開門便溺，其門無樞臼，但用一擔撑柱，及還，推閉不謹，爲所壓，呼痛乞救，父不問。母出觀之，云：「被門扇倒來身上，遭一跌，驚殺我，且與些湯飲接氣。」家貧無宿粒，鄰人與之，遂求米糝充飢。明旦，積痾失去。今以卜術贍生。李皮匠妻，腹脹急如鼓，閱三年，招醫十數，皆指言蠱脹血凝，治之弗效，日以羸憊，扶杖始移步，夫甚嫌惡焉。所居新橋湖畔，就虛板上爲廁，嘗以昏黑登溷，忽覺墜下一物如塊囊，連聲喚夫掖起，取火來照，圈之以索，挂於水濱。明日，滴成水，每滴如散油然，腹遂消累。月後肌肉充肥，翻勝於未病時。王仙壇民夏伯恭，苦外痔，因在廁爲贖質者推落一蓬沓所驚，痔出而不收，宛轉床上十有餘日。醫〔原作「翳」，今改。〕黄裳置小杌於牀，方踞坐，故失脚蹴倒，夏駭而欲興，痔已縮入。黄裳說。

建昌道店

趙彦珍自鄱陽往江西，至建昌境，暮投民居，庭户極迫窄，埃塵不掃。主人乃屠者，爲不得已之狀，留使宿。引入一室，門扇皆抽替開闔，且無油點照。趙與同行余二秀才及一擔僕共處，余踏地下有穴，可六七寸闊，以杖探之，杳然深黑，而其底鏗訇有聲，疑非佳處。寢榻上鋪板閣露一圓竅，趙登榻仰窺之，連接三間外乃有燈光，尤用爲怪，不敢寐，取隨身榔栗杖置於側，捲藏紫羅衫於柱餺，思所以脱危機之策。盡啟兩籠，擊碎陶器十餘個，曳僕出痛箠。主人家聞叫呶，走問其故，曰：「我是個窮漢，親戚倩帶少信物與城中官員，此僕貪喫村酒，一路撞磕，大半壞了，不知教我將何物陪填。」主人顧妻子，頗慘恨，勸使釋僕。趙歸舍，舉牀拒户，展轉到曉告去。前人云：「彼屠尋常多殺害行旅，伺客熟睡，則從高以矛揕其腹，死則推陷穴中，吞略衣裝，續刳肉爲脯，售於墟落。知趙必有備，乃得全生。彦珍説。

鄂州于通判

湖北轉運主管官吴興周梓，彦廣侍郎之子也，生於紹興壬子，以紹熙癸丑卒於鄂州官舍。通判毘陵于倣與之同歲，竊以爲憂，親朋多勸釋之，謂人同年同月同日生而時不同，則五行休咎便别，況於泛泛同庚甲哉！倣終以不解。復州教授陳方，先生一年，因來考秋舉，倣監試，殊相契合。是歲四月，再到鄂，延致款語之次，忽顧其子曰：「我覺背上痒不可忍，可一觀之。」子揭衣，揖陳共視，當中腫起，初如桃，原本作「腫起初和挑」，黄校：「和」爲「如」，吕本作「腫起如胡桃」。急呼瘍醫，猶談話自若。醫至，已如扇，大驚曰：「疾勢之來，不啻風雨，此非砭藥所及，唯著艾乃可耳。」即命搗蒜艾徧鋪四傍，幾於滿背，迨火盡腫定。而醫者軍中武士，習技粗猛，所灸處太闊，火瘡遂大作，不可收斂，不三日竟亡。倣家富，好餌金丹，面色常赤，故瘡毒之發，其捷酷如此。

知命先生

晉陵胡儔友直，乾道七年二月，僦州人霍氏屋，居三板橋下。時已被命守荆門，代者梅世昌猶須次，見任者馮忠嘉到任方一考。胡徙舍之初，與館客對啜茶，聞道人唱言看命，其聲音極清，使童邀入。其人著黄道服，戴青結巾，項挂數珠，手提椶笠，書云「知命先生」，遇仙得術，遂評論五行，最愛胡命，云：「且長年，匪晚合動。」胡答以尚待三年遠闕，道人曰：「不是清明前五日，則是後七日必動。」胡不敢信，姑問之曰：「先生在那個道堂安歇？」曰：「尋常性不喜喧雜，只在東廟前何家店内。」須臾告退，再呼之，不復見。徧遣僕往兩邊修巷尋訪，并詣東廟求何氏，元無此人也。胡曰：「是必異人，知命與何店俱兩口，得非吕公乎？」既果以清明前五日，友人王推官正邦報世昌改提轄左藏庫，過節七日，進奏官報忠嘉召赴闕，二者不差一日，於是證爲吕公不疑。明年秋，在荆門，將圖公像奉事，雖衣冠皆可焉，而貌難得其全，思念累夕。有一卒持復州守書至，正以一卷軸來，蓋吕公寫真畫，如向時所睹。其上有蘇魏公題字，顧子端給事鎮南京日刻本也。淳熙六年間，胡守滁陽，因刊石于天慶觀，自疏其事於下方。

普照明顛

華亭縣普照寺僧惠明者，常若失志恍惚，語言無緒，而信口談人災福，一切多驗，因目曰明顛。未嘗睡眠，通夕立於廊廡間，倚柱囁嚅，審聽之，多誦經文，雖祁寒暑雨不變。每入市，唯曳裙跣足，行步張皇，或詣店鋪兀坐，則其肆是日交易必獲利倍常，故皆喜其至。若赴齋供得襯施，盡散諸小兒，非其意所欲往，雖加苛撓，亦不肯小駐。或遭值戲侮，報以瓦石，飛投略無少傷。好作偈頌，間有達理處，其末輒顛錯不可曉。嘗遇手影戲者，人請之占頌，即把筆書云：「三尺生綃作戲臺，全憑十指逞詼諧。有時明月燈窗下，一笑還從掌握來。」此篇蓋最佳者。紹熙三年，日本國番舶泛海，距縣境已近，值風波甚惡，見一僧就地拾土塊揚擲，風爲帖息，乃得艤泊。又告之曰：「更宜且矴礮停待，次日始可前進。」如其戒，果得便風，後見之於道，乃明顛也。亟下拜，相隨入寺，願奉謝禮，顧之茫然，無領略意。客不敢強，但持貨物回施常住，設水陸供而去。明至今尚存。

何同叔游羅浮

乾道初，何同叔以廣府節度推官督賦惠州，因游羅浮，逢一道人，與語良久，殊爲契合。臨去言：「從今日以後，且領取三十年安樂。」授以心腎交感之法，使水火既濟，則常得無病。仍令歲禮韓君丈人，可預知死日，又揣按骨法，謂晚歲當遇至人。何退抵冲虛觀，詢道士，適所見何人，房在何處，皆曰：「無此人。」已而周行至黃野人祠堂，驚曰：「此是也。」向〔「向」疑「何」字之誤〕氣幹瘠緊，本自寡欲，生於甲寅，時年甫三十，既遇黃君，不復有疾苦。慶元丁巳歲，入爲太常少卿，爲同僚言此，且云：「今已三十餘年，來日定無多矣。」同僚曰：「公仙風道骨，瞳子紺碧照人，世間不能侵，壽算未易量也。」大兒以大社令在寺，預聞之，親得其所書如此。

鄂渚元大郎

水族中，黿原注：魚龜。鼈遭罹網罟，而能託於夢寐以脱其死者，見於傳記甚衆，唯黿最多。鄂州釺工程一，於慶元四年三月，夢一丈夫，肥而黑，自通爲元大郎。程妻室元氏也，疑其爲姻戚，延見之，則瀝懇言：「我一命只在朝夕，君誠哀而救之，度所費亦不多，它日必將有以上報。」及覺，天已明，方入市，逢壯夫四輩，扛巨黿赴屠肆，凡重三百二十斤。商其價爲十三千，常時才約定，即辦臠割，大率三日始竟。程遽念昨夢，語其人云：「我願依此價買，幸勿遽殺。」旋歸家收拾，質物贖得之，釋縛放諸江。趙德勤在總領衙，遣人取視，已無所及。市民有仁心者，相率裒錢以助，乃獲一倍之贏，所謂黿之圖報，未知何日。荆江別派亦有此物爲害，嘗覆大軍米綱船，統制官擇卒伍勇而善射者候伺其處，一黿方廣丈許，乘日光升沙渚暴甲，爲強弩所中，眇其一目，竄入水中。因白大帥及荆府，以派爲禁江，不許東西舟客去來，使避衝突之禍。前志郢江一事，亦然也。

王樞密招魂

王淵以建炎三年僉書樞密院，死於苗劉之難，骸骨不存。及事寧，詔令招魂以葬，官給其費，而子弟懦弱，久未得集。王倫以僉書樞密留守東京，死於虜。在其後十二年，尸柩不歸，亦俾招魂葬。其子居宜興，至紹興三十年，始克作墓。將以詰旦掩壙，姻戚畢會，天未明，乃已有置棺於中者。驚問之，則爲淵家所據矣。兩下争鬭，幾於兵刃相格。事聞於州縣，皆知曲在淵家，而其言曰：「彼此俱是勑葬，資於國力，用之何妨？」官司莫能決。淵故部將多顯貴，爲之道地，遂云：「淵既就窆，豈宜復徙？」但命倫子別卜地，而轉運司爲主辦，乃已。兩人皆王氏，皆爲樞密，皆不得其死，皆奉勑招魂，其家皆在宜興。去淵之没凡三十餘年，家訟方起，殆前未之聞也。是歲予爲禮部郎官，韓子温爲屯田郎官，正睹其事。

興教寺僧

臨安西湖上興教寺，一僧年方四十餘歲，得頭軟之疾，扶之則仰，按之則俯，擁之左則左，移之右則右，若非它人運轉，輒終日不動。股足亦無力，不能行，凡困頓踰月，易二十醫，皆以爲中風天柱軟，而投藥並不効。中官王押班與之厚，招京師人劉中往視之。劉探所用醫，其半技出己上，其半不如，雖議論不相同，而大較不過求之風證，乃扣之曰：「師須記得，緣何得此疾？」僧云：「去歲夏間，以傷暑吐瀉，餌來復丹兩服而愈。思藥力之効，遂每日服百粒，防疾再來，三百日不輟，因此疾姑已之。」劉曰：「來復丹於刼病誠有功，在法只宜兩服，蓋其品劑有焰硝，若積之五臟，硝毒發作，能令人骨軟。師正坐此耳。」於是先爲除去硝之留積，別處調氣丸、嘉禾散、建中湯諸藥，緩而解之。不及一月，復故。劉之姪祀說，而不肯言去硝名品。

毘陵僧母

常州某寺長老，年過五十，事母孝謹。家既無兼侍，取置丈室，一日，稱暴亡。時當暑月，卽治棺收殮，舁致圃僕之舍，終夕修營哭泣，將以翌早出殯。寓客張推官，自新安罷歸，攜一娼女趙壽兒來。趙有色藝，張氏待之不能滿欲，是夜忽失之。以爲逃去，經廂官立賞捕緝。其子弟云：「主僧日言徽州人，與壽兒接談，壽兒每以見僧母爲詞往省之。意其竊去，而詐云母亡耳。」後三日，果有人告僧母元不死，乃僧趁黄昏時候，裝著壽兒就木，然後呼仵匠分付焉。扣之，如所言。僧娼至郡庭，太守莫伯虛囚諸獄，苛加掠訊，僧受杖，毁度牒爲民。壽兒乞免罪而執事樂籍中，理掾〔原作「椽」，今改。〕以其勝諸妓，亦爲控請。太守不聽，竟撻之，仵僕輩連坐者十餘人。娼録赴牙儈，旋入一幕僚家，後生男女三人。終其身攝承中饋之職，予在徽日熟識之。趙藐之說。

夷堅三志辛卷第四十五事

伊憲文命術

宣和中，熙州永洛城寨卒吴祈，因數與夏羌戰，立功至指揮使，坐所部兵不戰，爲寨主撻治。祈天性寬仁，御衆不尚威罰，或有過失，多全護之。既反遭杖責，頗羞憤。值術士經由到門，漫訪以年命，亦姑欲陶寫抑鬱，初無榮望也。卦成，術士曰：「君此去當發，然所謂白骨封侯，身後方貴。」祈笑而不信。士問〔原作「問士」，據周本改。〕曰：「有子乎？」曰：「有兩個兒子，頗習武藝。」遂出長子庚甲示之，驚曰：「貴不可言，成治國功名，異日當享王爵。」至看次子，又曰：「此尤勝前者，生當封王。」祈愈不信，送之去。回首言：「我姓伊，名憲文，河中府人，隱居首陽山下。今海内將亂，吾不可久此，善記吾言，無忘忠孝。」祈竟以戰殁。二子延恩得官，長即玠，官至使相，死贈益王。次即璘，至太傅新安郡王，死追封信王。祈累贈至太師極品。

巴陵血光

建炎四年五月，武陵陳莘叔尹自巴陵舟過洞庭，夜泊青草湖金沙堆岸。是時兵戈震擾，羣盜如蝟。一更後鄰船聚話間，遥望東北方火光亘天，照耀湖心，上下一色，皆謂岳州又遭賊爇。既而此光迤邐轉東南去。明日，商客從城内來，言天上昨夜血光見，方金虜犯湘沔北還，而鍾相、孔彦舟、曹火星、劉超、彭筠各擁衆數萬，偏行寇毒，一道生靈，糜滅殆盡。鍾相者，邵陽人，善咒水治病，好作神語，人呼爲鍾顛，又稱鍾老爺。呂本作「老佛」。時已昏耄，特爲其徒愚弄，遂據士大夫家伊氏女爲妻，未幾，爲彦舟所敗，執其父母妻子。彦舟詭言效順，檻送長沙，以明己功，揭榜文曰：「天大聖楚王鍾相，僞皇后伊氏，僞太子昂，並凌遲處斬於攸縣。」餘黨楊太，於兄弟最幼，湖口人目爲么子，据龍陽瀕湖作過，至紹興六年，岳武愍「愍」當作「穆」公討平之。妖沴之氣，上干星象，涉七年乃息。

孫致思

江陵孫致思得之，龍圖閣學士義叟之子也。宣和中爲鴻臚丞，在京得風疾，兩足俱廢，既歸鄉里。當建炎擾亂，潰兵李忠孝聚羣盜刼掠城市，孫氏所蓄金帛已爲先至者盡取，繼至者無以給其求，舉刃欲斫之。其一盜忽從中出救護曰：「此我舊主人也，不可殺。」遂皆舍去。致思顧救己者謝之，且言：「恨抱病拜不得，不知將軍爲誰？何處相識？而一旦施仁恩如此！」其人敍陳本初，乃龍圖通判衢州日虞候也。又扶之下牀曰：「後隊至將放火，定燒此屋，須急避之。」引從後門出。致思危怖，不覺起行，數年沉痾，不藥而失。旋赴吏部參選施果二州通判而終。

李昌言貪

隨州大洪山崇寧保壽禪院，以奉玉泉祠之故，受四遠供獻，寺帑之富，過於一州。紹興二十年，郡守李昌言貲貪，凡百須所仰，盡取辦焉，僧不堪命。有靈濟菩薩道場者，開山祖師也，士民莫不施敬，李獨慢侮之，竟以罪罷歸荆山之松滋。會江水暴漲，家人奔徙以避，李輜重頗多，戀惜不能去。縣官見水勢泛溢，具舟往救。李伏于屋梁上自言曰：「吾平昔所儲蓄者在是，勅誥亦在是，寧隨流而没，决不可捨。」俄有一籠，浮出波面，李顧舟人曰：「此吾勅誥也，天實畀我。」急取之。既登舟，猶癡冀他篋盡出。水忽從後衝斷恰所據屋，悉遭漂蕩。李雖全家免葬魚腹，而橐中空空然，數年間仕亦不遂而卒。

武陵布龍帳

西北士大夫遭靖康之難，多挈家南寓武陵。建炎三年，郡豪相率連籙大醮以祈福，就天慶觀道堂設位。父老鄭圓持水龍布帳展掛於堂，此帳本富人方十四郎家所藏，有百餘年矣，其後生理凌替，田業財貨，悉已蕩然，於是典帳，莫肯酬其直。有蔣三郎者，夜夢龍繞庭柱，驚起不寐，且而方生至門，歎爲神異，以錢五百千質之。鄭圓借以供事，香火未施，堂上陰風震動，燈燭俱滅，坐立者毛髮寒聳，舉體森顫，亟命捲還之。帳不知爲何人所畫，其神如此。倘用之請雨，當可立致。今不知在否也。

鼎州寺藏心木

鼎州民葉氏，祖墳在城東，其傍崇寧寺謀建大華嚴藏，工費鉅萬。既已辦集，唯患乏堅良之木以爲藏心，而葉氏莊院之前大桐樹，其高七八丈，堪應其須。葉壻陳秀才，因過沙頭市，寺長老來訪，燒香點茶，起白之曰：「老僧之來，他無所求，願得此木以濟用。」陳許之，但云：「方栽插秧苗之時，斫伐挽曳，必將大損，俟〔原作「矣」，從周本。〕收獲畢功，敢不聽命！」長老曰：「既蒙尊諾，自無所慮。」卽展搭坐具，向空作禮，祝曰：「大風吹一樹，萬木不同枝。」遂揖別而退。至夜半，顛風忽起，桐連根拔出，仆於閒地，苗禾曾不少傷。於是斲中幹爲藏心，餘枝柯爲神像。木色正赤，有汗如血，其後亦罹煨燼。今報恩光孝禪寺，卽此刹也，樹拔之後，穉桐徧滿山谷，老莊僕陳四翁言，皆向來削木杮所生者。

宜都鐵冠

峽州宜都縣弓手向宥，少年時爲清江渡子，遇一道人，戴鐵冠，容貌奇偉，宥敬而揖之。卽問曰：「汝欲何如〔呂本作「如何」〕。變身名？」宥愚下無所識知，但日見其伍長爲可慕，答之曰：「願做一個頭目公人耳。」鐵冠咨嗟嘆息，久乃曰：「汝作公人到頭。」并與縱言未來事，其後歷歷皆驗。既而能信口成小詩，言談夐與昔別，作尉及令者更數十員，無一人能稍加異顧。老而罷役，題詩於荆山鄉明月洞曰：「誤了先生三十春，却來明月洞中尋。如今却見先生面，改了當初一片心。」是時蓋已悟矣。好事者題其事於縣驛廳壁上。

觀音寺道人

衡州栢坊渡觀音寺，紹興末年有黃行者，用五更時登樓聲鐘，見兩道人於板上對弈，暗中無所睹，而争戰甚酣，意其異人，叩頭求藥。其一視之而笑，授以一棋子，使吞之，驀然不見。黃素不習此技，自此高手無敵。部使者兩臺臨治於衡，聞而迎置公廨，從而學焉，竟歲不能得其妙，然比諸朋儕，固已超絶。及遣歸，送以詩曰：「自有棋來不計年，古今唯是説争先。個中一著如教會，殺盡三千與大千。」既還寺，遂徉狂嗜酒，年過八十乃終，亦無他異。

邛州僧

成都醫者劉翁來夷陵，推官陳莘與之從容，因言邛州一僧事，云爲亡賴士人脅持，誣以不軌，僧下獄受鞫，隨問即招承。獄官測其非本情，開以翻變之指，訖無異詞。聞者譁訟其寃，獨郡守不察，及赴刑入市，殊無懼色，謂監刑兵官曰：「我聞僧人死必有偈頌，少寬頃刻之期可乎？」監者曰：「云何？」僧曰：「我舉揚，按：「揚」字似「偈」字之誤。倩官人寫。」乃口占云：「宿業因緣人不知，如今啐啄與同時。今生歡喜償他了，來世分明不欠伊。夢幻色身從敗壞，閑田虚樹已生枝。休休休也歸家去，石女懷胎産一兒。」云是宣和間事也。

岳陽稗松

岳州城南有呂仙翁詩，所謂「獨自行兮獨自坐，無限世人不識我。惟有城南老樹精，分明知道神仙過」。至建炎中，松猶存。紹興二十三年，大風拔樹無數，此松遂枯。有道人過之，折巳仆一枝插于傍，咒曰：「彼處難安身，移來這裏活。」自是日以暢茂，卽今稱松也。道人者，蓋呂仙翁云。

白馬洞天

鼎州緣羅市漁者張翁，因往故里買船篷，還至白馬渡，烟浪晦翳，孤舟滅跡，兩岸人多識之，驚呼云：「張翁落水死了！」且報其家。妻子奔視，以爲溺死。明日，發哀招魂，經四十九日，命僧修設斷七道場。翁忽自外歸，顏色如平時，喜笑自得。妻問之，答云：「初舉棹抵渡口，恍然迷津，茫不知爲何處，唯隱約見二釣舟前行，隨之以進。其一人謂我曰：『汝得無飢否耶？』取小紙裹内若粟一撮者置釜中，挹水滿注，拾燒殘斷薪，一吹卽燃，頃刻湯沸，香氣異常，招我使食。又曰：『豈不欲歸乎？』曰：『正所願。』因指諭曰：『從此去，到前面白浪處，才聞水聲，緊閉眼，切不可回顧，便可抵家矣。』如其言得歸，始知誤入白馬洞天也。」知桃源觀道士朱洞真說。

李主簿及第

澧州士人李蒙，紹興十七年，與辰沅靖州舉子會試於武陵，未引保間，夢省榜到，省元曰李用之。又有人從傍言曰：「只候奉使回。」明日急取家保狀，改名用之。先是，蒙已兩請文解，其友謂之曰：「彥發已是得解舉人，若更今名，則遽捨前來舉數，似爲可惜。」蒙斷然不疑，及秋闈揭榜，用之預薦，來春省試，邊知白侍郎方奉使金國歸，遂知貢舉，盡如其夢。有种道人者善相，留詩四句與之云：「道成元未是，再至却須成。但看西行日，歸來一餉榮。」是歲於王佐榜登乙科，調潭州善化主簿，之官三月而卒。一餉榮之兆，其亦淺矣。

管先生祠

魏管輅，本平原人，今鼎州永壽鄉周家市細草岡雙堰下，有大古松柏，呂本無「柏」字。相傳爲輅之墓。其側坡嶺上有祠堂，榜曰管先生祠。神位下一碑，石文斷缺，正敍譚縣尉夢事，云譚長沙人，在布衣時，夢一大丈夫來訪，曰：「吾姓管名輅，所居在武陵，爲婦女當道，妨礙出入，君異日策名，當仕於彼，願爲去之。」覺而異焉，謹書於册。已而登第，果注武陵尉。既到邑，未暇詢其所在，因村民訴堰水不平，縣請往定驗，中道憩一祠宇，見神像悚然，蓋昔所見，乃以其事審於里胥。胥曰：「城下寄居朱推官，葬女在此廟前，相去極近。」於是爲朱言之，朱亦念其女魂靈必不安處，遂徙於別地，今不知幾何年也。

屈老娘

武陵城東宋氏婦女產蓐所用乳醫曰屈老娘，年已八十餘，嘗以滿月洗兒，宋氏姻眷咸在，屈抱兒就榻盤足坐，凝然不動，面色漸變，視之已殂矣。兒周晬後，遍發風疹，終夜常啼哭。市有骷髏卜者，以二十錢往問之，向香烟上默禱來意，即取幅紙，書一詩曰：「課見時中有禍殃，小兒紅點不成瘡。欲知爲祟何名字，便是當年屈老娘。」亦可笑也。

孟廣威獮猴

政和八年，詔諸路各置武提刑一員，孟廣威者使湖北，官舍在武陵芙蓉館。孟生陝人，好養馬，常蓄獮猴於外廄，俗云與馬性相宜。其一最大，類十歲壯兒。陳莘推官祖宅切相鄰近，家人嘗暑月納涼堂後庭下，此猴項曳鐵索，隔屏牆勃跳，望陳氏婦女，昂其陰，嘈囋作聲，有攫搏之意。欲擊之，慮或有傷，必詒譴怒，不敢禦捍，但一家皆驚走。自是無問晝夜，嚙斷索，徧歷居人屋上往來，瓦多破碎，極用爲苦。孟未有子，忽生男，求乳媪甚急，責訊牙儈，且須姿質堪采盼者，諸儈併力募，方吕本作「訪」。得一人。至之兩月，嬰兒熟臥，衆婢出宅後洗熨衣裳，乳媪聞之亦捨去，獨置兒於榻。少選歸，至房則兒項下流血死矣。走告主母，孟以爲媪方盛年，志在爲姬侍，不屑哺乳，故殺兒，即縛送司理獄。荷鞫慘楚，不容自明，竟引伏。臨赴市，顧推吏鄧生言：「當向陰府與爾索命。」遂受斬刑。有老儒楊先生者，時親見其事，云兒項下有爪甲痕，故指爲乳母掐殺。憲廳老兵是時見一巨貓自房跳出，而畏相勾牽，不敢言，思之，乃是此猴耳。未幾，孟亦死，武陵秋積陰久雨，禾稻生芽朽爛，首尾三年，人謂冤魂所致。案此媪捨襁褓嬰兒而出，至於夭喪，不爲無罪，杖之足矣。處以殊死，實爲淫刑。右十三事皆武陵陳莘叔尹《松溪居士徑行録》所載，陳以恩科〔原作「科恩」，今乙轉。〕入仕至峽州推官，與上官不合，拂衣歸。

夷堅三志辛卷第五十三事

吴長者

樂平故老吴曾，字孝先，潔處重義，里社稱爲長者。嘗有異鄉客泊旅邸，置傘於房外，遂失之，來見吴曰：「微物不足惜，但貯五通神像，奉事多年，一旦屬他人，道塗無所依倚。知公長者，能爲我訪索乎？」吴即爲尋覓，得其人，贖以錢三百。頃之反命，或疑傘頗重，吴曰：「是乃神物所以顯靈耳。」衆既退，持還客，捧謝曰：「柄中實有金，不意幾落他手，願與公中分之。」吴曰：「是豈吾心哉！君切勿言，將使貪夫起不義之思。」乃辭去。數年後復來，仍致厚餽，吴曰：「使吾愛財，則曩歲已取金矣，幸無污我。」客不能強，命匠圖其象以歸，誓謹香火爲報。吴壽終於家。子大明，官至將作丞。二孫爲監司郡守。曾孫周輔作士人。

觀音救溺

徐熙載之母程氏，酷信釋書，雖年過七十，雞鳴而起，炷香持誦，不以寒暑易節，而瞻奉觀音，尤極誠敬。紹熙四年，熙載來城中，就館彭大任家。五月三日，與二子謁歸，僦石鎮航船。當江漲瀰漫，望直而進，三更後，暴風雨作，折木發屋，波濤沸騰，篙工無所施其技，勢已危迫。熙載念父子三人，寄命一葉駭浪中，脱有不虞，何以供老母菽水之奉，卽呼率同載齊聲恭持菩薩名。良久，遇一巨桑，衆共挽之，急以大縴繫於木下。到曉觀之，則在高沙圍中，無所謂巨桑也。午後抵家，母出迎，笑曰：「夜來夢一婦人抱汝歸來，不妄。」始驗佛力救助云。

朱陳二縣丞

朱耘深道，樂平石潭人，招邑士陳定國訓其二子才英、蜚英。同學七八人，以休假出游，迨日暮，一人先反，倦臥齋榻。如夢寐中見兩黄衣卒從外至，一扼其喉，一引其足，聲不能出，氣不能運。正危殆之際，定國與才英歸，扼吭者驚曰：「兩縣丞至矣，奈何奈何！」引足者應曰：「當捨此而亟避之耳。」才英見兩狗躍走如飛，被祟者方醒。二十年之後，定國仕爲大庾丞，才英攝上猶丞。

解脱真言

吴周輔灌圃呂本作「園」。之僕曰操全，勤幹悉力，夙夜不怠。慶元三年，忽不疾而死，而魂魄精爽，不離故處。人往游者，聞其謦欬之聲，與平常不異。念其存日忠謹，不忍使巫卻逐。館客徐聖俞舊傳西天三藏法師金總持釋迦往生三真言，其一曰「唵牟尼牟尼摩賀牟那牟曳莎賀」。其二曰「唵逸啼律呢娑縛阿」。其三曰「唵似呢律呢娑縛訶」。凡世人死而未解脱者，或爲誦之，或爲書之，無不獲應，因勸周輔板印貼於操全止息之所，自此影響寂然。

席天祐病目

樂平席天祐，父袞，精於醫。嘗從劉武忠軍中，天祐象呂本作「采」。用兵之勢，一寓於棋，遂成絶藝。淳熙六年冬，醉卧僧床，賦一詩云：「霜侵古屋月侵窗，撥盡寒灰夜未央。仗劍起看吴楚分，將星今見幾分光。」俄得目疾，經歲後不復見物，凡十年。自省元無大惡，何以至於此極。一夕，夢一秃翁爲其徒乞命，席曰：「我病廢待盡，不握死生之柄，胡爲而出此言？」謝之使去。翁曰：「若能置念，目眚可瘳。」翌早，見漁人負擔過門，問其何物，皆蝦蛤螺蚌之屬也，頓悟夢告，悉買之，使童縱於江中。雙目已有明意。歎曰：「夢豈欺我！」爲善愈力，才數月，眸子瞭然。天祐醫術不減其父。慶元三年，邑西呂本作「胥」。周恂病風，人皆以死證，此句以下疑有脱誤（周本「以」字下有「爲」字）共邀視之。祐曰：「左已癱，右已緩，何計之可爲！幸猶早一月，大藥尚可及也。」遂探囊出三藥，指其一曰：「服此一旬，口當能言。」指其二曰：「服此，手且能運掉。」指其三曰：「服此一旬，足且能移步。俟三者既効，當别告汝。」恂妻奉所戒，盡如其言。復迎之，求所謂常餌者，笑曰：「吾技止此耳。病勢既退，但調和氣血以平之。」恂意其有靳，扣請不已。天祐曰：「果欲知常餌乎？汝出入公門，當用方便一味，切忌鬻獄舞文，貪顧財物，此真神仙上方，能常服之，則疾永不作矣。」恂頓首受教，旋執役如初。一日，相遇于市，恂曰：「感君再生之恩，恨無以報，如縣道有使令，願效犬馬。」天祐責之曰：「汝忘我語，故態復作耶！」恂愧謝而退。

梅溪子

樂平湖口人汪經，少時夢所居後池中有龍將升空，懼其爲孽，覓物捍之，遂跨其背，截其首，將之以歸，驚而寤，悸汗被體。其父詢之，具以告，私切喜焉。經自七歲知專志讀書，性亦開敏，意將來必成偉器。未幾，有一道人至，疎眉秀目，頎然而長，衣冠褒博，自稱曰梅溪子，姓宇文氏，梓潼人，精於太乙數，且善圓夢。父因以龍說語之。矍鑠曰：「乘之吉也，屠之次已，但攜首而歸，立身于卜筮耳。昔吾之師授吾術，不許妄傳，惟云東行逢三巳則付之，當登一世之龍門，吾不得其旨。今君之子，殆符三巳之讖乎！」父呼之前，道人一見，即摩其頂曰：「真吾弟子也。」出書一編與之。「他日藉此翺遊公卿間，不可謂之無所遇也。」坐頃之，一笑告去，不復再來。汪父雖甚嗟異，然期厥子以學問榮家，不令留意。累年後，經爲俗故所攖，浸廢學，方閱其書，了然貫通，不假指教，遂用此技成家。所謂三巳之兆，不曉其故也。

月老治痢方

汪經既以術顯，與邑士徐聖俞厚善，慶元乙卯重九日相遇于村店，臨別曰：「後二年當復會于縣中，正恐不能從款爾。」徐怪而詰之，汪云：「尊夫人星數到，彼時必有臟腑之疾，當逢異人而安。」及丁巳歲，就館縣市士人家，汪果來訪。閱兩日，得僕報，母患痢。母年七十六矣。正憂惱間，崇聖長老慧月聞之，急抄一方來，其方用罌粟殼七顆，烏梅七個，陳橘皮七斤，皆如常法，而甘草七寸炙其半，生姜七片煨其半，黑豆四十九粒炒其半，同水一大盌，入小罐內，文武火熟烹而飲之。徐即買藥奔歸，家及「家及」二字當乙轉。已三鼓，立治藥，一服痛止，再服脱然。

葉武仲母

葉武仲母，死經年，適樂平鍾德茂家啟九幽醮，許外人附度，葉買紙衣一通詣壇下，主醮者程國器爲祝而焚之。俄夢其母來曰："感汝化衣，但我衰老無力，爲強悍者奪去。"容色甚慘。葉寤而悲泣，復扣國器，令别具狀，判監醮之神及當境地主分明取還，立俟報應。其夕再夢云："荷程法官理還衣著，極濟所欲，幸爲我謝之。"程自此道術頗振。

汪季英不義

大庾丞陳定國女，嫁樂平人汪季英。汪顧其資送不腆，心殊弗愜。已又誕女，愈嫌之，出遊郡庠。陳氏病，遣僕屢促其歸，暨抵家，既棺殮矣。踰月後，汪行菜圃，爲異蜂所螫，痛不堪忍，因臥病。婢子察視證狀，謂全與陳無異，亦常見陳在側。汪知爲所祟，發怒，舉柩焚之。時定國爲應城主簿，或言婦翁尚存，焚之不爲便，汪悔悟，然已無及，竟以蜂毒死。定國滿秩歸，妻曹氏夢女來别曰："不義者即投之憲網，我已别議婚，相去近，幸勿悲惱。"次日，其鄰蔡氏婦雙生男女各一人。

歷陽麗人

歷陽芮不疑，乾道間，從父縣尉官所歸掃墓，因留飲鄰家。出已逼夜，乘馬行，遇青衣小鬟持簡邀之，仍爲控馭，頃刻到一宅，金碧璀璨，赫然華屋也。俄有麗人延客，分庭抗禮，若平生歡。芮坐定諦觀，其容貌之美，服飾之盛，真神仙中人，爲之心動。少焉張宴奏樂，麗人捧觥致詞曰：「累刼同修，冥數未合，今夕獲奉從容。」爲壽罷，卽登榻，繡帷甲帳，目所未識，遂講袵席之好。拂旦求還，麗人慘詰曰：「郎何來之晚，何去之速！陋巷草舍，固不容車馬，願以十日爲期。」芮曰：「大人性剛嚴，計已顒望。」堅不許，復駐一宵。及辭去，揮涕送之曰：「來日當有書閣修謁。」按：此句疑有脱誤，吕本作「當予修閣書謁」，周本作「當于書閣修謁」。至時未二鼓，先遣僕妾施牀帳，具酒殽，俄擁一香車，麗人下與芮接，從此每夕輒至，商搉古今，詠嘲風月，雖文人才士所不逮。但戒芮曰：「我非凡流，得侍巾櫛，皆夙昔福分致然。或輕泄天機，必爲大累，予亦將不得免。」凡歲餘，父母訝其尫瘠，扣之不言。家人或有睹者，母密告之云：「頗知汝有奇遇，吾正慮飲膳自幻化中來，未必真物，食之當成疾，試輟一器示我。」芮不敢隱，與之言。麗人曰：「此無害。」卽令持蒸羊一楪往，母嘗之，非僞也。父絶以爲憂，值道人屈先生來，自謂精於天心法，備白其故，屈曰：「魑魅罔兩，何足驅除！縱島洞列仙，而誘人爲淫佚之行，吾亦能治之。」遂索線數十丈，以針串小符於杪，藏諸合中，祝芮曰：「君甘心妖惑，死期將至，未忍汝問。按：此句疑有脱誤，吕本作「如未忍問」。俟彼女去時，綴紙貼於衣裾，任其帶線而逝，聊資一笑之適。」芮如所戒。明日，屈先生使訪測野外，有巨蟒死焉，尸橫百丈，呂本作「尺」。其符宛在鱗甲間。芮如醉方醒。徐聖俞婦弟自淮上至，談其詳。

螺治閉結

饒醫熊彥誠，年五十五歲，病前後便溲不通，伍日，腹脹如鼓，同輩環坐候視，皆不能措力。與西湖妙果僧慧月相善，遣信邀至訣別。月驚馳而往，過釣橋，逢一異客，風姿瀟洒出塵，揖之曰：「方外高士，何孑孑趨走如此？」月曰：「一善友久患閉結，勢不可料，急欲往問之。」客曰：「此易事耳，待奉施一藥。」即脫靴入水，探一大螺而出曰：「事濟矣。持抵其家，以鹽半匕和殼生搗碎，置病者臍下三寸呂本作「一寸」。三分，用寬帛緊繫之，仍辦觸器呂本無「觸」字，疑是「濁」字之誤。以須其通。」月未深以爲然，姑異謝之而前。及見熊，昏不知人，妻子聚泣，諸醫知無他策，漫使試之。曾未安席，砉然暴下，醫媿歎而散。月歸，訪異人，無所見矣。熊後十六年乃終。白石董守約以脚氣攻注爲苦，或教之搥數螺傅兩股上，便覺冷氣追下至足，既而亦安。

攬事游師姨

樂平大東關外一尼姑，俗呼爲攬事游師姨，不詳其所以來。日攜一竹篋入市，爲鄰左右家買物，自一錢兩錢至於十百，粉餌、針縷、果料、蔬菜，其項目纖微，無不一一記憶，反而付之，不少差。元未嘗責報，雖風雨寒暑不輟。賦性和易，人甚譽之無喜色，詆之無慍色，凡往來累年。一旦，徧詣諸家告別，不疾而終，瘞於歸仙橋下。明年，一道人至，輒啟其穴，視其骸，乃金鎖子骨也。以杖挑之，凌空而去，見者皆悔悼其生存時不能識也。橋因是得名。

程山人女

樂平螺坑市織紗盧匠，娶程山人女。屋後有林麓，薄晚出遊，逢一士人，風流醞藉，輒相戲狎，隨至其室，逼與同寢。家人有覘見者，就視之，乃爲長蛇繳繞數匝，時吐舌於女脣吻中。盧大驚，拊几呼諭之，女笑曰：「爾何言之謬，此是好士大夫，愛怜我，故相擁持，豈汝賤愚工匠之比，奈何反謗以爲妖類！」盧出外思其策。里中江巫言能治，即被髮跣足，跳梁而前，鳴鼓吹角，以張其勢。蛇睢睢自若。江命煎油大鍋，通夕作訣愈力，女怒告曰：「無聒我恩人。」舉衾覆之，蛇亦縮首衾下。江度其無能爲，用繩串竹筒套其頸，使侶伴緋衣高冠十輩，分東西立，雜擊銅鐵器，五人拽女向東，五人拽蛇向西，如此者五，方得解女身之纏縛，遂與衆斫蛇碎之，投之油鍋內。程氏救之無及，洒淚移時，欲與俱死。於是使吞符以正其心神，餌藥以滌其腸胃，踰月始平。此卷皆徐熙載聖俞所傳。

夷堅三志辛卷第六十五事

玉山陳和尚

信州玉山縣務林鄉下巖寺童行陳生，年十三四時，因出縣市，還至中途小橋少憩。先有道人坐其上，雖風骨軒昂，而身負瘡垢。陳雖庸下無所知，然一見心異之，即加禮。道人若素相識者，笑謂曰：「汝行路多少？」曰：「三四十里矣。」曰：「如是當饑餒，已儲一物相待。」探懷取油糍兩枚與之，陳接食其一，頗喜，至其次，粘二炙曆甚腥，陳不以爲嫌，略加洗滌，亦食之。俄便別去，便覺步趨輕捷，心神頓清，自是遂能言未來事。遠近有請，無不敬信，共買牒爲削髮，稱爲陳和尚。凡境内水旱疾疫，命之禱，輒應。鄉人當三伏問雨期，曰某日某時，不差晷刻，至有陳佛之稱。乾道九年七月間，縣大旱，士民投詞於丁邑宰，乞招之祈雨，丁迫於民情，勉從之，而終不信也。齋場既辦，請之曰：「師能知何日有雨？」曰：「明日申時，但須至誠齋潔，方獲感應。」已而不然。丁咄其惑衆，將置於理，陳笑曰：「闔縣之人盡知齋戒，仰望膏澤以蘇苗稼，長官獨茹葷自若，爲民父母如此，顧歸咎於我哉！」丁曰：「何以知我葷饌？」曰：「今已食鹹鴨卵，尚餘其半，庖僕亦不敢喫，見在廚内罩子裏。吾言「言」字疑衍。。不妄言。」丁悵然自悔：「願容洗心懺謝，重建三日道場，不知可致雨否？」陳曰：「試看三日外如何。」及會散僧退，暑氣正炎，忽片雲起西北，雷震一聲，登時傾注，周一晝夜方晴。

王一妻

建康豐民王一，以慶元三年四月往近郊種禾，其妻持午飯饁之。去田所不遠，忽爲大雷雨迫逐，不可逃避，飲食器用一時漂散。少焉開霽，王望見，就視之，妻自腰以下陷於土窖中，牢不可起，急呼在田者並力鉏掘，而四傍浮土隨卽擁合，無計可施。或教使用蘆席草縛一合蔽其上，又爲旋風捲去。妻面黑如漆，扣之不能言，與之饍飯不能進，但嗷嗷呼痛而已。後一月，樂平商人過彼，正見之。後不知所終。辛志載地陷不孝子，王一妻之惡，從可知云。

五色雞卵

信州五通樓前王氏，專售荷包爊肉，調芼勝於它鋪。乾道六年正旦日，報曉鷄忽誕青卵五枚如彈，舉家驚異，以五色線爲袋盛貯，置所事神像前，益嚴香火之奉，自此家業小康。

胡婆現夢

樂平市民胡百一，夢亡祖母在堂上如生時，呼與言曰：「我前面有幾人在生積善，到地府不受苦辛，自有持香花接引，送好處安歇者。逐日根問，並無分毫公案。若積惡者，到便打縛送獄，與縣道不異，那裏大段怕人。你爺煞有說話，如何了得，我次第恰有去著，只是要錢使，可分明說向爺道。」語畢騰空而去。百一之父仲仁，以接攬輸納爲生，無善譽，百一不敢談所夢，時慶元三年十月初十日夜也。後五日，仲仁無疾而死。

蔣山長老師

建康犀皮塘杜屠妻，以淳熙五年懷孕數月，於左脇下生一瘤，積日漸大，不痒不痛。杜生屠沽小輩，亦不求醫，凡十月而潰，生一男，皮肉卽合，腹孕卽消。兒晝夕啼叫不止。蔣山長老夢其本師來云：「我已在犀皮塘杜殺猪家出世，汝何不來看我？」長老次日率衆往，乃聞脇生之異，知非常兒也，令抱出觀之。一見便笑，不復作啼聲。長老云：「如果是吾師，當受我拜，不然，便拜殺你。」遂展坐具，對之稽首作禮而退。兒笑晲而已。後半歲，其母與夫訣，攜此兒入山家乳養。今二十歲，復爲僧，形相全類布袋和尚，不暇問其法名也。右五事樂平游士孫千里說。

胡廿四父子

樂平永豐鄉民胡廿四，開旅店於大梅嶺。乾道元年冬，弋陽某客子獨攜包複來宿，至夜，買酒邀胡同飲，詢問麻價，胡亦添酒報之。客既醉，出白金兩小瓜授之云：「明日煩主人分付糴麻打油，歸鄉轉售。」胡甚喜曰：「此甚易，一朝可辦，且飲酒。」起語其長子曾一曰：「好個經紀，汝便殺一隻雞，討好酒來，更吃兩三盃，我佯醉先退，汝且陪伴他，直候他爛醉了卻做計較。」客雖怪其數起，又父子呢呢耳語無期度，極用爲疑，慮有見謀之意，然無由可竄免。未幾，客酣醉不能支持。

胡先於後圃傍樹根掘深窖，縳入房，以巾縛客口，倒曳置窖中，生埋之，築土平其上，略無知者。自是來宿者多驚魘不安。至七年春，胡全家染疫，里巫拯救不效。胡父子疾勢轉篤，夜與鬼語。巫覺其有冤對，俟曾一小間，請扣之曰：「汝父子必是曾做昧心事，既到此，如何諱得！但隨實說向我，當爲汝作一道理消禳。」胡始備列曩愆，且言：「惡事實不可做。方未病前，夢鄉人迎神過門，此客哀哭出訴，仍引土地爲證，神大怒，命收下我父子魂魄，候申奏施行，今萬無可脫之理。願法師勸世人以我爲戒，縱使人不知，虛空豈無神道！」遂不復語，才三日，相繼亡。鄒元明說。

張時鴨洪勝雞

婺源張村民張時，所居臨溪，育鵁鴨數十頭，日放溪中，自棹小舟看守，歲收卵四五千顆。慶元三年春，忽得哽噎之疾，不可復出，命其子代之。數日間，一鴨羽毛聲音旋改，俄變爲雄，家衆以爲不祥，擊殺之。刳其腹，所儲卵猶有細者，纍纍不絕。張時亦亡。同村人洪勝，是年春，牝鷄誕十一雛，內一黑者稍大，仍生三足，旬日間能鳴，自啄不隨羣隊。外人來求者紛紛，其家不與，月餘，碩大過母，一日，翔空而去。

程法師

張村程法師，行茅山正法，治病驅邪。附近民俗，多詣壇叩請，無不致効。旁村新定人詹聰，暴感疾，招使拯之，隨卽平復。時已昏暮，程欲歸，聰父子力挽留待旦，不從而行。一更盡，到孫家嶺，月色微明，値黑物如鐘，從林間直出正前，圓轉有聲，若與爲敵，急誦呪步罡。略無所憚，漸漸逼身，程知爲石精，遂持那吒火毬咒結印叱喝云：「神將輒容罔兩敢當吾前，可速疾打退。」俄而見火毬自身後出，與黑塊相擊，久之，鏗然響迸而滅。火毬繞身數匝，亦不見。時山下住人項通，舉家聞山上金鼓喧轟，如千百人戰聲，與其子姪遥望，唯見程兀立持誦，寂無燈燭。就呼之，乃覺，卽拉之歸宿，心志方定，自是不敢夜行。

王發猪

石黄坑吴漆匠義子王發家，猪生十二子，身皆虎斑文，或三足，或兩足，或一足，或無足，略無全體。其家惡之，縛而沉諸深淵而貨其母。猶憂災禍忽作，後亦無他事。

牛頭王

婺源畢村皆一姓所居，有畢應者，專意屠牛，每與人夸説，所殺至千頭矣，死後須得做牛頭王。漸老，不能操刃，而聞他處宰剥，必往觀之，喜見顔色，蓋其天性嗜殺致然。一日，歸自盧嶺，爲羣牛所逐，登木轉避，牛争奮角抵觸，木幾斷折，哀呼乞救。衆牧童奔趨鞭退，方得解厄。到家卽臥病，覺寒不可支，命其子生火起炙。繼又發渴，索酒，子自提瓶出沽，傍無陪侍，疲困已甚，倒身火際，誤伸左手置焰中，元不自知。子從外來，連聲撼叫始醒，初不言痛，至夜乃云：「有金甲神人來與我説曰：『欠一斤，還一斤；欠一兩，還一兩。殺物命，成業障。當初擬做牛頭王，而今果報自身上。』」自是不復語，但時時拈瘡上肉虚空與人，肉盡見骨，又月餘方死。

宋毅見亡父

婺源宋毅之父，没已數年。一日，往曹溪視田，還抵從安橋，有親戚邀飲酒，出時夜半，行次梨木嶺，忽睹父從嶺下至，與之言云：「項十在前面帶一鬼來同打汝，可自著便宜，急將所拄杖去做準備，我卻尋討棒手項超共救汝。」父隨語而隱。洎嶺後見兩鬼持棒來，心甚畏之，遂輪柱杖，彼此相擊。未覺勝負間，父領項超到，併力痛打，良久奔去。父與超送毅歸，及門乃不見。毅病六七日方愈。右五事皆張行父説。

張士僩

延平張維左司前妻羅氏，生二子，曰士佺、士僩。繼室宗氏亦二子，曰士儼、士信，更迭幹蠱。宗氏有憎愛之心，歲終鈎校，必於佺、僩推索毫毛。淳熙三年冬，僩補官，宗愈不平，會得其虧折數十緡事，大怒杖之，并及婦曹氏。二人恚憤，左司被召命，挈家行，僩一房獨留，遂與曹詣岳祠禱訴。後赴婺州此較務，八年春，招宴同僚，會散，坐書院中，命僕熾炭，累至五十斤，猶不愜意。家人疑其異常。俄若有所睹，發狂大呼父姓名云：「士僩本心孝義。」連聲弗已，又泣拜其僕求救，將自投于火。妻子驚駭控持，走出報，同官畢集，解釋弗省。憑高則擬自墜，逢器刃則擬自刎，百計守護，窮日之力，不敢暫捨。同官扣其妻，乃知禱詛二親之事，使白于左司，貽書婺守蕭侍郎，俾尋醫去。未達家數里，聞左司病卒，曹氏同一男一女相繼而亡。倜一切如常人，服除，調常州庫官，到任而卒。

操執中

建康城外二十里，鄉豪民操執中，貲業本不豐，而善諸結府縣胥徒，以爲嚚訟地，里人望而畏之。所居近處有田百畝，皆已爲己有，唯甲氏一丘介其間，頗爲妨礙，屢欲得之而未獲。一日，告家人曰：「我有計矣。」俟栽禾之際，先命數僕掘開田塍，盡插挾按「挾」字似誤。稻，合而爲一。甲氏必來責問，但加打逐，須它經官理訴可也。」既成訟，縣委官驗視，吏納賂，甲受其曲。甲曰：「我亦不復爭，只願天開眼。」經數日後，操往瞻顧，有德色。俄烈日中黑雲四集，震霆大作，僕一切驚仆，移時方甦。操既死於田坎，遍體焦灼，急報其子來。見所掘塍盡用物標誌，皆操所執涼傘骨也。或試拔搖，極力不能動。子卽時運土增築，以還甲氏，然後仰空哭請，乞賜父尸歸葬。此徐允恭所說。樂平梅浦胡氏，侵兄田遭震，亦以傘骨分界。見於三乙。

朱聾三八

嚴前嶺上民朱聾三八者，本姓名曰洪亨時，專宰牛。慶元四年春，病頭痛死。半月後，僕張廿三自田間困歸，夢與鄰民吳廿一到洪季韶門，見鬼卒用麻索縛朱過，渾身生毛成牛，止留面目可認，口鼻流涎，據地汗喘，猶顧張吴相揖曰：「亨時緣生前造業，今日果報，當受屠割，已有去募人買肉矣。」此句疑有脱誤。方交語，見一長人從嶺頭來，朱指示二人曰：「此便是分肉者。」雖當時不見其臠斫之狀，然擕肉去者紛紛。一媪言是白石人，亦買一斤許，三嗅之，擲於案，高聲叫云：「既是人肉，又且臭穢，如何喫得！」張遂驚寤。季韶云：「吾今所居，乃亨時舊屋，元有大桑木一株，亨父四十翁存日，殺牛千頭，皆繫之木上，久已枯倒矣。」

金客隔織

樂平人白承節，淳熙初監蘄州蘄口鎮。市客金生抱販束帛，每出入鎮宅甚熟。一日，酬量既畢，束縛物貨頓几上，閑談市井中事，問答頗久，出酒炙飲食之。所坐處静僻，白竊取其邵陽隔織兩匹，藏篋中。胡妹壻自外至，適見之，謂與爲戲耳。客饌罷，徑肩所賫行，次日點閱，不見，亦但疑它人故相惱，不深介意。至暮，乃以爲請，乞爲詢究。白怒曰：「我固早貧，正是本鎮官，如何擅誣做賊？我只有一子，寶惜如命，若果取汝匹帛，須是與他裝死。」客翻遜謝，收淚去，還家。數年後，其子夭逝，母石氏痛之極，空篋中以爲殮，兩隔在焉。胡妹婿來弔，見而歎息。未幾，白亦卒。此卷皆彛之傳。

夷堅三志辛卷第七十二事

舒榷貨妾

淳熙十二年，孫紹遠稽仲自鄱陽守除提舉福建常平，將歸吳中。過建康，已與諸司別，而監榷貨務舒從義以故舊留飲。時當七夕，妻亦同坐，舒新買美妾，甚嬖之，妻頗嫌忌，思所以去之未能也。孫於席間極稱獎歌舞之善，妻因言：「郎中幸顧眄此妾，能滿飲一巨觥，當輟以爲贈。」舒錯愕失措，而家居建陽，念孫方爲鄉部使者，勢難沮卻。既飲竟，命妾再拜侍側，席罷，送赴津亭，臨去，告之曰：「汝服事新主公，所有衣衫冠珥之屬，明日續以往。」孫登舟，夜向闌，明旦風順，舟師遽解纜掛帆。舒僕至無所及，遂追路抵丹陽。妾見僕泣曰：「我到此家，相待只如庖婢等，豈堪久駐！」僕還白，舒愴然，即告假于總卿，乘小舟而東，到平江相值，泊於孫舫之左。孫適出謁，妾望故主來，徑登其舟，悲敘所以。俄孫至，怒其不待我而擅去，遥加叱駡。妾躍入水，急拯之，冠履皆脱，衫袴沾濡如狗。孫令兩兵捽詣府，通謁太守丘宗卿，以爲請，丘慰解之曰：「妾無禮如此，俟君退，當痛撻之。」孫雖登車，只潛伏客次，丘唤杖將箠妾，妾顔情不怯撓，曰：「乞給一幅紙，使得供吐。」丘與之。妾自能書云：「本臨安人，父亦有小可名目，爲舒省幹以厚價買來，尚未一月，遣去孫郎中處，忽見故主，喜而出迎，正欲跨過船，不覺爲風吹開，以致墜水，念元無罪犯何肯輕投死地？若以爲過，受杖不辭。」丘讀之，壯其言辯，但以付女儈家，而呼其父擇婿嫁之。此妾蹈死如歸，視官刑如談笑，固非籠中物也。舒初時求假三日，既留連不已，反遭劾罷歸云。耿曼老說。

明湖朱家怪

餘干富室朱唐卿，居于縣之明湖，中堂窗外有大石，高廣數尺許，紹熙壬子春，忽躍入室，震響駭人。時已暮夜，無敢出視。明日觀之，窗櫳鑰元不動，而度石之重，非人力所勝，朱無計可奈。自此妖怪百出，始初若穿窬之盜，必用錐穴地，而呂本多一「至」字。足跡長尺餘，然未嘗戕竊一物。久則白晝縱横，語笑於梁，飛擲器皿，童婢或見之，狀頗類人，但軀幹闊短，試置膠漆於户限以驗之，所沾皆獸毛。長幼適值，必遭箠擊，往往怖泣憂驚。唯朱能與之角敵，或不見其形，而空中挺刃翔舞，似有魈幻憑附。朱嘗以二更出，有毛臂從後掣其足，賴手操馬箠，揮呂本作「撻」。之乃解。經數日，庖婢夢有告之者曰：「我家婆婆被馬鞭打損了。」怪暫屏跡，歷四十二日復然，朱祈逐備極，悉不効。聞玉隆宫道士魏真人者，負道行，精治邪孽，走僕具馬幣邀至行法，書章奏訴上帝，拜伏三日夜方起。怪出没自若，唯不近魏左右。魏既寤，無他言，但云：「火星入命，須周三歲可已。」鄉士姜圭玉，習雷部法，爲置壇案。呂本作「爲置壇考究」。當午震雷起，庭中屋外古木大數圍，火光迸發，立成焦枯，蛇虺蜈蚣無限皆死，而異竟終不息。訖滿千日，涣然平寧。朱氏數子業儒，雖罹此撓，卒無恙。今益富厚云。

熊氏石獸

餘干萬春鄉熊氏家有鎮宅石獸，置於佛堂桌下，多歷年所。淳熙癸卯，每昏夜之際，内外人或見一大物出入，迹之，還至佛堂而滅。熊疑獸爲怪，度難輕與爲敵，移往里中資福院暫住以避害，變態如初。一童行膽勇多力，持鐵槌謹伺於閒處，迨夜出，尾擊之，卽碎于地。明日，報寺衆共觀之，腹内有五色紋及如肝肺胃腸之狀，自此無所睹。

城子塘水獸

萬春鄉農民朱七，乾道辛卯旱歲同妻往近村城子塘引水灌田。塘之延袤可二十里，漑田千頃，中有泓澄之所，極可愛，名曰何婆瓏。視他處爲最深，而與朱田甚近。秋日晚，一物起其中，如巨梁木横出水上，細視之，鱗甲照日光輝，而色如黑漆。俄陰雲四合，將起奮迅，妻方懷姙，驚怖，急走還家，呼老幼聚觀，蓋龍也。良久乃没。壬辰春，朱氏一門病疫，不遺噍類。又二年，物夭矯升空，傍近不覺。而數十里外人見之，殆長數十百丈也。右三事李儒秀説。

三衙墜馬

乾道四年正月一日，侍衛馬軍帥李舜舉朝退侍立，賜北使茶酒，仍從駕詣德壽宫。既歸，乘馬過八盤嶺，因而失轡，遂墜地傷腰。明日，閤門官以謁告狀進呈，孝宗顧而笑曰：「汝曹欲曉此耶！三衙墜馬，便與知閤官失儀一般。」蓋謂理不當爾也。先是紹興末，知閤門事張掄赴後殿起居，由隔門東沚道街趨下，霜滑失足，頓坐於地。在一司專治閤門，職主朝覲彈奏臣僚，若本司官，則自舉劾。掄既放罪，高宗詔以階道高峻，令換作級道，于是前後殿諸階所，一切更新。孝宗聖意，正憶此事也。

張三公作牛

徐俅之僕程華，典張三公田，爲錢二十五千，約不立契，冀可省庸書人數百之直，且謂華曰：「我與爾素厚，斷不負汝，雖無文約何害？」經三歲，張自占爲己業，一切租入，了無所償。華往訪之，未抵其居，遥見一新冢，詢之，則張近死，此其所葬也。歎曰：「翁言不負我，今死矣，何所復望！」遂輟行歸臥，夢張著皂衣白領巾，扣門曰：「來共布田。」及覺，水牛正生一犢，毛黑頭白而長，售於人，恰得二十五千。□說。

葉道行法

葉道名法廣，建寧人，不飲酒茹葷，專行三壇五部法驅邪治病。常往來樂平，慶元初，何衡程氏留使住墳庵。四年三月，萬全鄉民朱廿一家疫病，爲行持七日不退，殊以爲歉，益齋戒禳除，夢鳴山神來云：「朱某家時疾，係吾奉天勅所行，固非妄生災咎。」探懷出黄紙文書一幅示之曰：「此可爲證，若救了他家，必於君不利。」明日，以告弟子鄭純一，令寫狀奏天庭，鄭以紙札不精，懼瀆上蒼，不奉命而去。葉年八十矣，不勝憤，對所事神發誓言：「朱某平時奉香火甚謹，今其家十口困棘，法廣安忍棄而不救！當盡力加持，願上聖同賜臨護，如朱氏痊安，法廣以身代死，其甘如薺，實所不悔也。」不數日，朱室平復如初，法廣遂死。

萬道士

何衡程巡檢招龍虎山副知宫道士萬景川洒掃韓村墳庵，自淳熙至慶元二年，凡十餘歲矣。冬之夜，夢對案設羊鵝肉各一盤，欲舉箸間，而思得酒飲，蓋平日所貪者，才起念，一瓶已在前，甚用爲喜。未暇濡吻，一青童在傍拱曰：「知宫食料俱盡，此不當喫。」怒而叱之。童曰：「有如不信，但問誌公和尚。」景川云：「和尚何在？」曰：「只在後面。」試回首望，一僧坐龕中，以扣之，曰：「誠如其説，食料真個盡了。」語竟，酒肉都失。覺而惡之，未幾抱病，捨庵歸宫。景川，浮梁人也。兄亦爲道士，過見之，託以千錢寄其母，仍云：「明年再到程庵，方得展省。」及還宫，疾益甚，自知無生理，命道童具紙筆，寫書別程氏，字至「右謹具呈」，筆頭忽脱落，童拾取裝鬭未了，川已殂。後三日，其姪女年十二歲，在家，景川魂憑之，徧揖家人，告其母曰：「某於某日死於本宫，嘗託哥哥附千錢，曾到否？」母曰：「既是死，如何歸得？」答曰：「景川乃方外人，與尋常死者不同，欲往即到。昨夜抵家時，見母做土地福，討椀分肉，景川心下大不樂，打破數椀。又無紙錢可燒，土地殊失望，景川今便去。如他日做影堂享祀，願別設一分于門外爲善。」母對之哭，女蹶然而甦。右二事僧顯章說。

閻大翁

閻大翁者，居鄱陽，以販鹽致富，家貲鉅億。夫婦皆好布施，諸寺觀無不沾其惠，而獨於安國寺出力尤多。大雄佛殿之成，長老道淳謂不可忘所自來，命工塑兩像置于龕前，仍戒直殿童行，每供佛羅漢香燈時，奉之如一。及其没也，頗亦著靈驗。淳熙之末，江東第五副將趙士，以寓家寺中，老乳媪挾其五歲兒入殿瞻看，兒癡不解事，奮右手批閻像，頗且加唾罵，媪莫可誰何。是夕初更未盡，兒忽得驚風病，右五指拳縮不能舒，呻叫不已，若甚痛楚不堪忍之狀。父母呼呂本多一「摅」字。之，瞪不應。醫至，未敢遽投藥。兒俄出聲云：「告閻翁閻婆，休打我。」方兒之戲也，元不知像之姓氏，媪始悟，亟率直童啟扃，造龕前焚香獻紙錢以謝過。纔歸室，兒頓蘇，乃具道晝日之故。家人次日製黃呂本作「綵」。幡一合於彼龕，兒就呂本無「就」字。脱然平貼。自是守者于香火甚留意焉。小陸說。

毛家巷鬼

鄱陽城内昔多葦園曲徑，常常苦於怪孽，而城隍廟下毛家巷尤爲寂寥。忽有女子，貌絶美，值夜輒至惑人，或不疑其爲異物也。小民陳五年少偉姿，遂爲所惑。每夜負擔過此，必盤旋久之，若對他人語論，譃笑乃去，不曾與人言，而體幹日以尫悴。所親詢之，初亦抵諱焉，但自覺怯弱不能支，頗畏斯害，連五日呂本作「夕」。不經從。少日按：此句疑有脱誤。因到彼，女隨後呼曰：「五哥，汝多日不見，莫是被人厮調戲乎？」陳不應而行，女意殊憒憒，抛手中所攜衣裳一襆與之，陳試回視，女出示兩手，皆生黑毛。陳歸舍未幾而没。土人有毛家巷裏毛手鬼之語，由是雖當白晝，苟寒陰慘晦，莫敢獨行巷中。爲鳩立一塔，以資鎮護，後又摧塌拆去。淳熙中，染坊余四與吴廿二者，鋪肆相望，而余之力薄，遣一子投募染工役作，中夜始息。常見兩蓬頭小鬼呂本作「兒」。戲舞於巷南，及逐去，則至元塔基上而滅。疑爲古物之精，伺之弗能致。外客王承信，買得屋兩間於其地，僦者言，距有水處大遠，于是鑿一井。經數日，方引缶下汲，泉澌澌如冰，清瑩泠潔，空坊里之人，悉來輦取，其汲愈多，而泉出無窮。迨今爲一方利，毛手之説止矣。

孫福異禽

紹興丁丑秋，鄱陽有異禽棲于毛家巷人家屋上，其文則似梟而喙長，其色多黑而間白，其足方而高，其目圓以赤，尾似鷄而敷散，莫知其所從來。凝然不動，至於四五日，見者無不唾怪。擲之以瓦，不能及；注之以彈，不能中。至挽弓發箭射之，禽略無退意。方瞋目摇首，引吭張喙，若將有所搏擊然，但翼欲奮而若不可舉，足欲移而若有所縶。郡人排門入視，咨嗟而已。里中細民孫福，一足跛，而最好大言。及是不勝其憤，語于衆曰：「必殺之。」乃腰斧升梯，徑〔原作「經」，從周本。〕

造屋脊，梯靰兀不穩，而蹲其上，如與人格鬭。百衆健賞之，還未及簷頭，作勢過當，失脚下墜，展轉于地。妻子扶以歸。禽大叫數聲，瞥然而逝。孫竟不起。

觀音救目疾

淳熙五年，饒信二州都巡檢羅生，須次於城下，其一子曰森，時時入城，從王秀才爲學。是歲初夏間，大水汎漫邑市，羅所居悉墮洪流中。畏爲淫潦扇災，候王氏西邊書院，暫挈其家寓處。一婢曰來喜，目障交蔽，久益不見物。甫到王氏，當夜夢一僧唤曰：「賀汝有緣，苟不至此，終身定成廢疾，我故擕藥救汝。」即授以甌。婢喜接而飲之。僧曰：「可無慮也。」婢便覺目瞳瞭然，初無所礙，遂問僧曰：「大師是何處僧？」僧曰：「不須問我，我住汝家久矣。我聞汝聲音之苦，誓心相救。」語罷，失其所之。天欲明，婢雙眸烱然，全復其舊。衆驚顧，争來咨扣，具以所夢言於人。羅後以告王秀才，備道於母夫人，母曰：「是吾家觀音也。吾家敬奉之，有疑則卜，厥應如響。」羅呼妾詣佛堂齋戒拜謝，至今猶存。

夷堅三志辛卷第八十六事

星月之異

紹興壬申夏夜，饒士王賁之、朱仲宣因出市過坑冶司前，忽見近屋數尺有物如火星，又如琉璃胡蘆，若小若大，累累不絶，更相連絡，其色淡青而稍昏，緩飛入豐泰門上，高而復低，墮于省倉之背，不能窮其源。有識者曰：「此應在千里之外，當兆兵沴之禍。」一至七月而贛兵不軌。乾道丁亥八月十五夜，天陰月昏，郡人劉、程二生，適主威惠廟燈燭之役，來就賁之同觀，還次雙牌羣小家，方醵會，一客留，二客俟於橋上。仰頭而視，一輪如半月闊，散而爲細星，百千萬顆，霄漢間翠碧霞采，光燦逼人，不可形容。留者呆頤失聲，不得一語。頃之，雲復環合，晦昧如初。

王氏四足蛇

王賁之家因役羣僕負薪過後園柴柵，見積薪下一蛇已死，四足宛然。蛇足之説多矣，或云燒地令極熱，而置活蛇其上，則足自出，皆悠悠呂本作「悠繆」。之談，人固未嘗試也。賁之往視，則蛇足翹然突出腹底，大異之，揮杖挑起細觀，乃吞蟇未化，其腹方脹，蟇氣猶未絶，故盡力以踏蛇腹，蟇或得出耳。可傷也。

社壇犬

乾道三年八月，饒學釋奠，諸生家在城内者，多以當夜日四更往赴禮。王賁之至朝天門，早，雙闔尚扃。閽卒言：「已請鑰匙于府中，便當到，小駐頃刻可也。」遂留坐。俄一白衣男子行相近，王慮暗中不别識，預咳嗽警之，欲使聞有人在彼。白衣乃變成一犬，轉社壇巷而不見。將去，以詢閽卒，卒曰：「渠無夕不出，每來逼人，及遭逐，則奔竄，其怪久矣。」王嗟異而行。

韓德高犬

朔漢疑是「朔漠」之誤。人下班祗應韓德高來鄱陽，養一黄牡犬，高三尺餘，目之爲黄兒。每食則置飼于前，睡則使卧于床下。主人從外歸，犬迎門，以手挽其頭，且嗅其喙，無穢氣則已，稍或犯之，則罰不與食。凡坐起飲食，與人無間。一日忽失之，至晚，但聞床上如人作聲，夫婦趣往視，犬從床躍下，似將言，長鳴數聲，拱雙足，抱頸而死。

馬保義文談

饒州北工馬保義，善治弓箭，因出入軍中。王秬叔堅寓居，與之論兵相厚。馬生未嘗讀書，僅耳剽《論語》句以爲談助。嘗詣王宅，趦趄門外，望王出廳，倉黄趨入。馬望見即謝曰：「孰不知禮！」意謂他人情稔熟而失禮云。又問之曰：「近日曾做得好弓否？」對曰：「述而不作。」言不曾用工也。王云：「此後結果了，欲回一兩張。」對曰：「做得中使，便當納來，何敢望回！」王笑而遣之去。右五事王賁之說。

書廿七

閩中士人王克己居華亭，以教學爲生。淳熙初，有宗室趙通判在烏程，約之爲館客，久未得往。因閑步一岳廟，遇一婦人緩行，綽約明媚。一女僕持小青籃，仍挈徧詣列位，再拜焚香，畢事而出。是日適無他人遊玩，王生隨以行，可數十步，婦人回視曰：「先輩高姓？」王驚喜答曰：「克己姓王。」徐問：「娘子爲誰氏？」笑而不應。俾視所持扇，上有書廿七三字，王疑非良家，且人無姓書者，未及詳語。婦人又取香合付之曰：「欲此物否？」曰：「幸甚！」既得之。婦徑前進，度一里所，入小寺，人跡稠雜，遂失所在。婦容色端重，雖與客反覆酬報，略無蕩心。而王迷念頗切，殊往來於方寸不置。後數日，趙方遣僕馬持書來迎，牘背批「廿七日」，始大嗟異。旋至書館，每捧愛香合，常置几間。家婢送食呂本作「茶」。至生童處，訝其物全似主母殮時柩中者，歸言之。趙取驗視，信然，亟詣王扣所從得。初猶諱匿，逮于再四，乃盡述曩日所睹。問其服飾狀貌，乃其亡妻。小寺者，葢塗處也。悲惋啜泣，趣議舉葬，啓殯之次，棺側一小竅，僅容指云。陳子檠說，《睽車志》亦載之。

傅子淵虎夢

建昌傅夢泉，字子淵，陸象山子静高弟也。登科爲衡教授，將終任，夢與象山同張欽夫參坐講學，忽有自外呼曰：「傅子淵，汝見大蟲也無？」傅不答。其人又曰：「汝見一個大蟲，嚇殺你，死了一個女。」言之至于四。傅以其語不根，怒不自禁，奮起欲搏之，乃覺。明日，以告諸生，有諂黠者進曰：「此殆吉夢。風從虎，非先生將際遇明主，道其興乎？女子者陰類，凡四言其死，陰沴其消亡乎！」傅曰：「夢泉之意，亦謂是也。」未幾，有閩客弄虎者至，傅使呈戲于學中。俄虎病，不能竟其技，十日而斃。又半月，傅盡室苦痢疾，四女相繼死，悉如所云。衡山士人周模，時在石鼓書院中，親見之。予前亦書其賞海棠一事矣。

馬訓練

建康武官馬訓練，離軍就居，遇正旦日，鷄鳴而起，先謁影位，退坐堂上，以須家人展慶。忽一客突如自外來，意其輩流，再拜致賀，不識何人也。馬命取酒爲之壽，客曰：「吾家新遷此巷，相去甚不遠，恰得少佳酒，可以奉屈臨顧，同享一巵可乎？公之家釀留之以相候，未晚也。」馬喜其開心見誠，卽隨之出門。俄復一客至，馬欲還，其人不可，挽手與俱，莫知所適。馬氏訝主人不見，訪諸西鄰叟，叟云：「絶早見與駱撥發、崔訓練同行，徑由東街去矣。」馬子尋逐出東城，值亂葬岡，方怪非好處，且聞駱與崔死已久，卽抵駱窆傍，則馬卧土堆上，昏然沉醉，酒氣逼人。掖之以歸，明日問之，但云：「駱撥發邀我劇飲，更不肯住，今不能記其所。兩鬼皆舊在軍門聯職，故不忘平生之分，不忍置我死地也。」馬以歲首入鬼穴，憂之不釋，乃安然無他。祁陽許明仲縣尉說。

杜默謁項王

和州士人杜默，累舉不成名，性英儻不羈。因過烏江，入謁項王廟。時正被酒𩄲醉，才炷香拜訖，徑升偶坐，據神頸拊其首而慟，大聲語曰：「大王，有相虧者！英雄如大王，而不能得天下；文章如杜默，而進取不得官，好虧我。」語畢，又大慟，淚如迸泉。廟祝畏其必獲罪，强扶以下，掖之而出，猶回首長歎，不能自釋。祝秉燭檢視，神像垂淚亦未已。和州人周盛之說。

申師孟銀

棗陽申師孟，以善商販著幹聲于江湖間。富室裴氏訪求得之，相與驩甚，付以本錢十萬緡，聽其所爲。居三年，獲息一倍，往輸之主家，又益三十萬緡。凡數歲，老裴死，歸臨安弔哭，仍還其貲。裴子以十分之三與之，得銀二萬兩，買舟西上。其姊嫁衡州常寧宰文廷世，將依之。正汎洞庭，風濤掀空，舟檝摧敗，值漁艇在傍，乘載者僅脱死厄。風小定，募善泅者二人入水探索，獲一銀篋，重不可舉，乃賫數笏出。後取之，驚怖而起，言異物憑據其所，若三數白牛，目光射人，不容輒近。申意爲欺我，豈非待我去，擬自掩之邪！更二人以往，所見如前。於是諸人不以多寡，能致者中分之。羣漁聞而争赴，不啻數百輩，卽之空空，牛亦無見矣。申歎曰：「吾命分如是，夫復奚云！」但攜見存者至衡，留數年，耗費略盡，漂轉桂林，老病交攻，至于行乞。蓋方行商時，必有獲譴于幽明之中者。

横州婆婆廟

横州城外有叢祠，目爲婆婆廟，不知何神也，土人頗嚴奉之。淳熙初，鄰郡雷州太守舟過城下，羣妓迎謁，小憩廟中，以須其至，縱步廊廡間。一妓輕浮者，指一土偶謂同列曰：「爾可嫁他。」此妓復指一卒云：「爾卻嫁彼。」妓拍手嬉笑曰：「有何不可？正恐無媒人耳。」樂營將在傍曰：「我爲作媒。」衆大笑而出。不兩月，七妓相繼病瘴死，營將亦然，横之花籍，于是一空。王仲隨參議說。

臨安雷聲

淳熙辛丑春，平江黄景祥來臨安赴特恩試，寓於天井街，與其子子由同處一樓上。子由既預貢闈正奏名矣。二月既望，雷聲軋然起，震動樓居，景祥呼僕起，使移置籠篋於隱處，防雨且至。僕曰：「未雨先雷，不須起也。」祥不謂然，仰視簷前，星斗明焕，而雷怒不已。祥語子由曰：「雷威氣燄，可畏如此，豈非欲擊樓中之人乎？吾自揣父子平生無他過惡，天必洞鑒。」遂掩户而坐。天且曉，下樓揖主人，邸衆皆駭怖，問曰：「樓頭昨夕無事乎？」曰：「無之。」衆曰：「然則雷聲何爲環樓而不去也？」是夕復爾，邸客多有徙避他舍，凡五夜乃息。未幾，子由廷對爲第一人。始悟其魁兆先見者。景祥得官，調永州祁陽主簿。

湘潭雷祖

慶元二年，湖湘粒米翔貴，郊郭間無不艱食。湘潭境内有昌山，周回四十里，中多篠簜，環而居者千室，尋常於竹取給焉。或搗爲紙，或售其骨，或作簟，或造鞋，其品不一，而不留意耕稼。先是乙卯歲，連山之竹皆開花，花謝而結實，如麥粒而長，人以長篙擊竹杪，取米治之，如稻穀，每石可得米五斗或四斗。其炊法，和以粳米十之一，沃以湯，其香全與粳等。民賴以濟，至販糶於縣市，遠近百里，皆競取之，穀價爲平。有負米而歸者云：「昌山元有廟曰雷祖，欲得米者先謁神，盡敬則可不勞而厚獲，徒加慢戲者正得亦不多。」父老言：「家藏建隆二年上世祖關分析田産，其中云：某處莊竹米八十石，每分當四十石，則知昔日固有之矣。」進士黄中具其事上臺府，求賜雷祖廟額，不報。右七事皆得之衡山周漢卿説。

易官人及第

淳熙五年，道州得解免舉士人偕赴省試，同寓臨安一邸。試罷，以路遠不可卽歸，悉留舊舍，以待得失。逆旅主人夜夢報榜人至云：「此店有易官人及第。」明日以告羣士，長沙及旁郡故多易姓者，而是時獨無。舂陵義太初，歷數諸人，用《易》經應詔者惟己一人耳，私切自喜，果登科。義字冲遠，仕歷衡山宰，今通判循州，善爲文詞，有聲於湘桂間。此姓他處未之見，豈義帝後乎！張榮之說。

詹氏雷硯

鄱城詹氏食肆，淳熙末年遭雷火取秤之異，壬志書之矣。是時已再經此惱，茲又得第三事。自折秤之後三日，震響復集其家。詹媪見一神，著朱衣，騎鯉魚，進自窗隙，厲聲呼詹婆數四。媪震恐，縮顫幾不能立，僅應之曰："在此。"神人云："我向來遺下雷硯一隻，可將還我。"媪略不曉所戒，漫曰："好。"仍再三丁寧言："候尋得，千萬見還，不要忘却。"媪聽之甚審，其語音只如平常，而家人十輩，皆莫之聞。于是復跨鯉從元處出。〔原作「出處」，改從周本。〕媪未敢啟言。明旦，詹叟啟門，見户限内有紫石一小塊，光瑩可愛，拈以示媪，媪方説昨夕事，而秘索硯一節，曰："然則非世間物，當謹藏之，不宜褻污。"密懷石并買紙錢之屬，欲往訪有雷部神像處，茫不知其方。或導之至永寧寺戒壇院，正睹厥像，有朱衣跨鯉魚者，儼然是焉。遂置石於案，拜而爇楮，香烟未收，石已失所在，乃知所謂硯者此也。鯉爲龍類，疑其所乘蓋龍云。神明去人不遠，其信矣哉！雍大明説。

岳州河泊吕本作「湖泊」。

岳州西南枕洞庭巨浸，而並城十里間，别派河泊吕本作「湖泊」。甚衆。宗室子某，撲買大半，而擅其利，魚鮪之入不貲。慶元二年冬，一子因臨督之次，墜水中死。與趙善者勸之曰："君家倖入不薄，且自有田疇，而歲歲暴殄天物，與漁人争利，兹豈非神祇示警，欲君止其業乎？」趙雖悲痛苦切，然殊不悛改。三年冬，正施網罟，忽得一尸，尚未全腐敗，眉目可識，乃認爲亡子，于是撫膺大慟，收拾殮葬。遂懺罷其役，不欲傳名字云。畢姪説。

夷堅三志辛卷第九 十事

桃源凶盜

紹熙五年五月，秉義郎靖州東路巡檢宋正國任滿，顧桃源縣船户客舟東歸，次漢陽白湖，一家十二口，皆爲盜所害。慘毒寃痛之狀，聞者傷惋弗平，往來者多知之，莫敢言。主上登極覃赦下，事未舉覺而迹已彰露，罪人以爲罪應除放，不復經意。吴興俞子清少卿澂來爲府倅，才到即云：「盜所居在吾境，奈何容其漏網不問！」密諭巡邏官屬，峻行緝逐。居亡何，得虢和、宋文彦、彭世亮三輩，因于司理院。禁訊經年，贓證明白，惟渠魁程亮不就捕，雖執其妻子，及元有心激發造意者曰龔政，并知分財蔽匿者周彦程、張彦清、虢誠，而亮竟不出。俞卿先具奏未報，范子由持刑杖獄使者節，以慶元元年七月交印。舟過白湖，躬加物色，尤爲憤恨，亟捐錢五百千，堆垜臺門上，誘募告者。理院吏鞠亮妻子頗知所在，陰慮勘正之後，賞金未必入手，或凶人脱去，翻爲怨仇，不肯誦説。及是始遣親黨往澧州管下李子山搜探窟穴，亮果成擒。事未報前一夕，范公夢人來告曰：「已捉到程亮正身了。」不覺喜躍，奮手觸倒護首屏風。家人未睡，方燭治女工，驚栗未定，堂門俄自開闔作聲。范起叱之曰：「如是鬼神，盍更爲之！」已又如故。盡室憂有奇變，急就寢。是日獄吏目見紅裳女子立于羣盜之側，乃朱女，正及嫁而受禍者。明旦，范夙興，坐堂上，一老兵喘汗而至，白云得賊。正如夢睹。又明日，縛亮到廷下，不待荷掠，立自吐伏。即盡給五百千與獄吏，益以銀綵之費復百千，使知激勸，且原其不告之罪。感嘆情狀，貫通幽明，僚宷仍持常說，謂恐省部致疑，責言赦前事。范引太祖受禪後，周顯德中，百姓范義超殺一家十二口，事發，有司以爲前朝所犯，既多歷歲年，特旨弗宥，其數正同。因舉揚俞卿政績，紹按：「紹」字似「韶」字之誤。亮以下四兇皆從大戮，餘亦等第科斷。俞先減年勞，續擢湖南提刑。文華閣初建，范首寓直，旋召入爲太常少卿，時二年九月也。子由録示本末。

趙喜奴

旅醫盧生，以術行售，慶元二年，抵邵武泰寧境，其地名白塔村。時已黃昏，不逢舍館，竚瞻之次，值小茅屋，亟就之。雖略有燈火，而無人出應。盧呼問：「此爲誰家？」一麗女方出曰：「我乃趙喜奴也。」即求寄宿，答曰：「此不是道店，又無男子，尋常不曾著人歇。今既不可前進，理須相容。」盧欣然而留，且悦其色態，頓生慕想。既濯足，偕僕往西房下榻。妄念之深，三更不交睫。忽有擊門者，驚問之，則云：「喜奴至。」振衣延接。女曰：「恰來一見，便知所懷，緣傍人注目，不敢輒邀喚。今已夜半，能過我啜茶乎？」盧大喜滿望，使僕守舍，隨入坐于堂。女言：「我自上床後，更睡不著，願共一席之歡，少償夙契，真非偶然。」盧遜謝不已，從容頗久。別有丫鬟從後出，笑云：「何用閑談，將虛度可憐宵，誠爲可惜！」喜奴起白曰：「合備酒殽爲禮，值夜不能，姑相與綢繆，徐當卜晝。」語訖，攜手同歸，極風流嫻雅之適。洎困迨曉，僕開眼不見主人，出尋之，回視已所寢，正在五道小廟側草路之上。盧昏坐廟裏，如酩酊狀。僕探藥笥，餌以蘇合香丸，始覺蘇醒，乃登塗。

蕭氏九姐

弋陽税户易生，以門族有仕者，故冒稱承務，好觀星象。慶元四年六月，因事到饒城，詣卜士徐謙，咨論曆法。謙固精于此技，謂之曰：「自既望以來，日月皆失度。」易扣其説，曰：「大暑之後，未至立秋，日長五十七刻有餘，夜纔四十三刻，今乃短于秋分，此兩曜皆行遲，以是短促。」易曰：「容吾暮夜細審，明當再至。」及旦，復來云：「日出卯乙間，漸向南道，其失度分明。」遂辭歸邑。遇夜，遠適百步外，露立郊墟，仰觀不怠。約半月許，忽值一美女，披碧緑之衣，前稱萬福。易逡巡疑怖，莫知所爲。女自言爲蕭氏九姐，素亦有此好，敬乞指迷。易謝以不能。且三鼓，始揖而退。由是，連旬日必至，見易矯首霄漢，拊掌大笑。易曰：「何爲見哂？」女曰：「汝比到鄱陽見誰？」易不肯言，窮詰再三，皆然。女曰：「汝與徐謙山人所説，何爲昧我？」易曰：「爾安從知之？」曰：「特以意揣之耳。」易曰：「然則娘子於斯道不淺矣。」女引妲己能指九州災異以對，仍言不欲説盡，恐或泄與徐謙其人得知，定寫呈洪内翰，編入《夷堅》之書，非吾志也。易曰：「言及於此，娘子豈非精靈邪？」女却顧失笑，化成绿毛龜，躍入前池水而没。

趙珪責妻

鄱醫趙珪者，人稱爲趙三郎中，本上官彦成之隸，粗得緒餘，後居城中，雖操術不高，亦頗自足。慶元元年四月病死。二年正月，妻成氏謀改適人，夢其來責，使候釋服乃可。至三年春，就納坑冶司魏客將。又明年六月，復夢之云：「我存日有財産及居屋兩間，儘可贍給，而必欲歸他人。既已如此，何得下交胥吏？我平時交游士大夫間，視此輩爲奴僕，汝今自鄙薄以相玷辱。且彼既取汝爲正室，却又竊姦我婢，情理不可容。我下訴於陰君，用四十九日爲期，定戕其命！」成氏驚覺，不敢與魏言，但密告鄰媪所善者。魏果以一月後染疾，七月中身亡。其居室内常聞趙魏二鬼中夜相擊逐，成氏懼，呼婢燭火照索，寂無音響，至今尚然耳。

費氏父子

蘄州民費翁，家業頗裕，生二子，長曰小二，季曰小三。長者事親極孝，逐日辛苦經營，纖微收拾，悉以供父母之養。季殊不然，方七歲，見父如讐，未嘗見面語話。至慶元元年，十有九歲矣。其年三月，盗錢用數十千賭博，仍詣市壚買刀，宣言起悖逆之意。或報其父，父遂避於投子山寺。相去五里有趙氏庵，老僧宗顯住彼坐禪，先不知其至，忽遣侍史邀相見。逆子蹤跡踵至，使入别室擱住，然後謂翁曰：「是皆宿世因緣，非解釋不可。汝前生是亳州鍾五，曾救接貧人韓二，及其亡也，復賑贍其妻子，今汝長男是也。故孜孜甘旨，以報舊恩。季於前生爲小刹行童，姦犯汝妾，既執赴獄治罪，又囑吏級隕殺之，故亦懷恨不置。當爲汝解之。」翁拜謝。宗顯旋呼季，諭使來座下，卽驩然作禮，願充弟子之列。顯命費翁還家，傾售所蓄，得錢四百千，顯爲辨「辨」當作「辦」。餘直買祠部牒，至九月，度季爲僧，立名法净。才踰月，顯坐化去。

高氏影堂

鄱陽柴步龍安寺，元有高氏婦影堂，不記何時所立，寺輪撥童行分職香火。紹熙三年，當安淨者主之，慕悅畫像，因起淫佚之想，每夕禱之曰：「娘子有靈，不惜垂訪。」如是累旬。一日黄昏後，遇婦人身披素衣，立于佛殿角，顧之曰：「亦識我乎？」安淨曰：「不識也，敢問爲誰？」婦曰：「無用見詰，我今宵錯到此，尚無投跡之地。」淨曰：「兹不難辦，正恐不如意耳。」婦曰：「但得粗容一身，又何所擇？」淨卽邀詣其室，請暫寓止。婦曰：「既占汝床，汝卻宿何處？」曰：「不敢言。」是時房内無燈，遂相與同寢。聞五更鐘聲遽起，約今晚再會，往反半月。淨頗疑其所從來，且未嘗分明睹厥狀。一夕至差晚，適明燈在傍，婦問：「何故有燈？」曰：「方書寫看經文疏了。」婦使去之。淨始將熟視，全與高氏像同。燈既滅，乃扣鄉里姓氏，不肯答。淨曰：「豈非高孺人乎？」婦曰：「何必苦苦相問！我平生本端潔之人，緣汝祈祝不已，故爾犯戒。今既相認得，誼難復來，料因緣只合如此，郎亦情分太淺薄矣。」隨語不見，自是遂絶。

焦氏見胡一姊

饒民妻焦氏，慶元三年正月，在本家中庭值婦人遮道而立，驚叱之。婦進揖，焦曰：「汝是何者，夜入我門？」不答而退。逐之，入柴房而絶跡。自是數見之。經月餘，焦固問根源，曰：「汝如不肯說出，便請天心法師驅囚赴岳下治罪矣！」始顰蹙言：「故爲張大夫妾，只在鄰屋居，爲其妻淩逼，不容存活，遂自縊于此室中。至今未得託化，所以累次現形。覬望娘子慈悲，與少善緣，使之脱去。」焦曰：「然則要知姓氏，方可致力。」乃云：「胡一姊也。」焦曰：「候至中元節永寧寺塔院建水陸大齋，當爲設位薦拔，切不可再出頭露面，怖嚇老弱。」即頷首而没。及期，焦償前約。至十八夜，夢婦人斂衽而前，再拜曰：「妾蒙大恩，已獲超升，特來辭謝。」從此寂然。

郭二還魂

慶元二年九月，池州人郭二在中庭困坐假寐，夢曠野中兩人引行，深入荒草，漸抵大官局，金鋪朱户，赫然高明，至殿階下拱立。一王者戴魚尾冠，盛服正坐，命押過別所，即從元路出。到一處，見貧悴著白布衫小輩可萬人，爭前索命。郭云：「我平生與你不相識，且非屠兒，何由負命如此之衆？」旁有牛頭王曰：「汝知之乎？此皆蛤蜊化身也。緣平昔好喫他，今在陰府等候。」郭無以答。牛王領次油鍋側，鍋徑闊丈餘，煎油滚沸，牛王舉杈攪撥，仍擊鍋脣，其聲如磬。郭隨念阿彌陀佛一千聲，白衫者悉化黄雀飛去。牛王問郭：「亦認得我乎？」對以不識。曰：「吾本是汝家貓兒，在生之時，見汝逐日敲磬，稱誦佛名，所以擊鍋者，將啟發汝素心。今脱此厄，甚善甚善。」遂還至先殿下。王與相對揖，招之升階，辭不敢。再招始上，命坐啜茶。王曰：「汝應不復記我，我只是西門王十六郎。冥司録我忠孝正直，理平無諂曲，不好他人財物，不尊富人，不忽貧人，不害生物，前三年身後，得作初江王一紀。汝茲者之來，專以蛤蜊故，由一念之善，可得反生。」喚二童子導出。中途見小屋宇，欲暫窺看，童不從。守門兩人曰：「放入不妨。」遂入其中。鐵鈕械絣係者數百計，各叫痛苦。暨出門外，見鐵枷一具，無穿孔，一小榜貼云：「候采石胡丞務到，自行磨開。」郭吕本多一「步」字。至缺牆邊，童子推過之，遂覺。就殮七日矣。因大省悟，棄妻室，作道人雲遊。他日屆采石，詢胡生者，正發背疽，涉旬而死。

香屯女子

德興香屯人陳百四、百五，同時雙生，二親俱亡，兄弟同居未娶。紹熙四年六月，弟納涼門首，女子不告而入。追之，答言：「恰與丈夫忿争，索要分離，故竄身到此。」弟尋常著意聲色，見之甚善，即拉令就宿。女亦喜，是夕共寢，而兄不知。五更後告去，曰：「吾夫一夜必相尋覓，當往探其所爲，明晚卻再至。」弟丁寧使勿背約，如期果來，復託故曉去。綢繆一月，尫悴之極，迫於伏枕。兄以爲感疾，招張法師治療。張蓋能醫，又工於法籙，視其脈曰：「渠本非有病，祟惑在心，馴以至此。可今夜過予法院，當與符水服之。君卻執一符在手而宿弟榻，待異物至，痛批其頰，精魅之形狀徑可立驗。」陳盡如所戒。甫二鼓，一女著黄色衫，繫黄裙，直造室内，脱解於椅上，裸而前，近枕畔欲卧。兄引手摑之，叫呼而出，聲如嬰孩，卽時不見。視椅上衣，皆虎皮耳。右八事徐謙説。

熊邦俊病狀

郡醫熊邦俊年三十八歲時，以淳熙十六年五月三日得熱疾。其父彦誠老矣，招一同事視之。切脈微細，投以桂附之藥，疾勢頓增，發狂煩躁，至於十手爪皆剥脱。别易一醫，以爲熱毒纏貫心絡，用涼劑蕩滌，方以稍甦。纔半日許，因啜粥，熱復作。索紙筆作詩數篇，亦諧合音韻可讀。俄擲筆面壁，若睹異境，覺有甲馬兵卒無數，戰慄不自持，云：「擬見捉往舟中行打，欲走歸閃避，又不得動。」父倩兩健夫按住其身，甫小定，俄唱誦經呪，歌詠樂章，凡詩篇歌唄，俱非昔所解曉，始驗祟憑附。延龍法師攝治，授以法印，使執掌中，而縛其手已，方豁然，幾半月乃愈。邦俊説。

夷堅三志辛卷第十 十四事

曾三失子

慶元四年六月二十八日，鄱陽懷仁鄉農民曾三來城下，問卜於術者胡九齡。卦成，胡曰：「兆象不佳，必有人口災殃并妖異不祥之應。」曾曰：「吾有男子名五哥，年十五歲矣，每日牧牛於野，就外吃飯。前十日之晚，只見牛歸，吾兒不至。窮人力訪尋，杳不可得，又無深林湖池，或致迷溺，問同牧諸童，皆言見其獨入一小廟，以謂如厠，不知何爲不反，因徧索廟內，茫無人跡。他日，同牧者多睹其在廟游行。昨日正午，鄉人擔大糞亦見之，然到今未能得其所在，爲之奈何？」胡曰：「已落空亡，恐無由可見。」曾哭而歸。今經兩月，不能料終竟如何也。

鬼殺高二

饒州城內德化橋民高屠，世以售風藥爲業，手執叉鉤，牽一黑漆木猪以自標記，故得屠之名。至高二者，好往雙港，彼處酒價賤，率以醉歸。紹熙五年歲除日，回塗差晚，〔原作「曉」，改從周本。〕及抵蠙洲門，夜近二更，扃鑰已竟，敲扉莫應，因就相對居人覓火。或聞外間有叫救人者，相率出視，見高仆地上，取湯扶灌，則氣絶矣。頭面股腹，一切青黑，蓋死於鬼手也。至三更，蠙門守卒聽坎下往來頗多，云：「只取高二人。」守卒遽燭視，了無影迹，於是驗爲鬼物不疑。高妻用元正舁尸以葬。

汪十四黿

鄱陽漁人汪十四，以慶元四年二月三日得一黿，甚巨，用大釣竿秤掛於户柱。至深夜，汪與妻子王氏皆聞人聲哀叫云：「念我腹有子，放此一命得乎？」汪殊未之信，點火出照，知爲黿語。小人貪數千之利，堅不肯聽，遂再就睡。王氏亦夢人來告云：「教丈夫放我，自别有報謝。苟爲不然，七日之内必取汝。」王寤，以告汪，又不許。王時懷孕臨月。明日竟解黿，其腹細卵百計，纏結充塞，即擔負出市，售錢以歸。後三日，王誕一男，宛如黿狀。財滿七日，母子俱死。

李天祐

術士李天祐，饒州石門人。常時游行他郡，不遠千里。淳熙十五年十月，到吉州，館於寮下劉公店樓上。每日一出，所得不能給旅費，夜起歎息。忽若耳畔叫李先生者，云：「此間不可住。前回九月内盧陵縣市心一客亦姓李，係辛酉生，只一宿于斯，便遭魘死。」天祐聞之懼然，夜已深，不遑移動，但應曰：「感君子呂本無「子」字。愛我，明當作謝。」爲之燭燈終夕，坐而待旦，才盥洗畢，扣鄰房訪其人，乃下鎖不曾啟，初無人宿。徑下店面，招劉公喫茶，説所見，曰：「必定是鬼。」劉赧然有愧色曰：「不敢上昧，去年八月，福州卜者章彬在彼房病亡，適遇鄉人林三客作證，免得申官。」天祐卽負篋辭出，詢市心人，所謂辛酉李生者，果如其言。徙舍之後，占術盛行，一住三歲乃還家。

寧客陸青

淳熙十六年，贛州寧客商販往荊南，回經漢川，路到鄂渚，地名楊太萊店。前過葦林畔，一人從內持棒走出，痛毆之死，曳入葦叢，而掠其資貨。既去十數步，復反步，遂爲寃魄所著。行凶之事已隔六年，其賊曰陸青，鄂州後軍寨兵也，主漢陽門下般運木値。忽變贛人語音，發狂亂與人鬭。久之乃曰：「我是小客寧三十，于漢川路上被陸青打殺，却取隨身物去。一時受苦，認他不得。緣不合回頭，因得隨逐，今須先還我命，却詣陰府照對。」部轄將校怪之，招郡下張道士用正法行持。又作陸青言詞，乞法師勸和寧客，候青無常到時，一徑索命。鬼聽許曰：「且將我歸爾家，早晚香火時節薦供，却如汝所言。」是日青之妻子偕將校悉見之，青驀然仆地，熟睡良久，既寤，自狀其過，諸人戒使勿背鬼約，青謹從之。明年子病，翻賴鬼力來報，仍爲宛轉禳却，病遂以安。至今尚然，不得其終也。右五事皆胡九齡說。

池口鎭牛

池州池口鎭皆諸軍分屯列營，前軍寨據黃龍岡，作窰燒製磚瓦，豢牛兩頭，以供踏坏之用。淳熙十六年三月，一牛拽斷索狂走，守兵覺而逐之，其行甚疾，不容措手，遂穿中敎場，出郭西門，經過擔負者盡遭撞倒，直至信德府後軍西寨，愈掔怒肆力。小將范武翼妻趙安人，偶出逢之，急奔道左樹下，閃避不徹，牛低頭奮角抵其腹，腸胃迸流，即時死。牛齧草于戶側，凝立不動。守兵率數輩來，始能追躡。牽歸元處，將行痛捶，牛呂本多一「大」字。吼一聲，奄仆地死。見者以爲宿業相值，無可奈何，軍帥但杖守兵而給錢付范將殮葬。

李三夫妻猪

臨安赤山居民李三，屠家也。紹熙元年，養一猪甚肥腯，與妻議，欲趁冬至前宰殺，克應人家時節使用，比之常日，可贏得千百錢。妻以爲然。迨夜，各就睡，夢猪來作人言泣告曰：「謝主人餵飼一年，豈不知恩！身是畜獸，於刀几屠割，正是本分，萬中無一可逃。知有殺之期，擬乞展向冬後三日，使了此生業債，便可託生。千萬垂意！」丁寧再三，乃拜而出。李驚覺，告其妻，妻曰：「春夢秋屁，何足爲憑！不及時做一場經紀，更何所待！」語畢復寢，竟以其日烹鬻。人争買肉，頃刻而盡。過節第一日，妻忽傷風頭痛，遽困卧於床，膳飲不能入口。其夜夢前猪執狀來云：「我告汝夫妻，只要延三日命，了得我業報，堅不相從。已經閻羅王處押狀，直要取汝兩人入冥照對，如今便請行。」蹶然而寤，僅能説與夫，而沉綿愈甚。明日，李三亦病，同時而死。右二事劉濱説。

周子瑶池仙

安仁崇義鄉老儒周德材，以文學著聲里社，多爲人師。嘗首冠鄉書，晚年就恩仕亦不遂。始有一子，甫十歲，頴脱强記，甚過絶人。一日，求觀《三國志》，父嗤其躐等，不肯與。翊日再請，乃取以付之。旬日即以歸。父問：「小子頗能記省否？」子曰：「盡在兒腹中矣。」漫摘數語試之，琅然成誦，凡十餘通，不差一字。父始嗟異之。將使應童子科，授以諸經，不俟訓迪，過目〔原作「日」，改從周本。〕輒覆本如流。經三歲，忽暴亡。其母慟哭拊床，於葦席下見其手書《樂府》半闋，僅憶末句云：「瑶池仙伴，應訝我歸來晚。」識者疑爲謫仙。

蓬萊紫霞真人

餘干冕山士人陳氏子文叔，少習儒業，從里人許子推受迎致箕神之術，詼奇譎怪，殊駭聽聞。凡來求文詞者，落紙輒千言，筆不停綴，所談皆出人意表。淳熙戊戌，有曹延者乞詩，延賦性淳樸。立書二十八字云：「混然天性本天成，何必拘拘守意城。識破鳶飛魚躍事，自知萬物不離誠。」語脈暗合其旨，他所作盡然。神自稱蓬萊紫霞真人，是後靈驗日著，好事者爲之大啟醮筵以奉之。且能驅邪治病，每書牒必須黄紙，章奏已焚者復能致其真，墨色視初略不少變。一夕，憑人言曰：「吾本漢謀臣曲逆侯陳平，緣常用兵家奇計，謫墮世塵千年，今期限已滿，當還仙界，吾從此逝，明日不復來矣。諸君珍重。」愴恨而别。自是聲滅迹絶。陳子仍爲儒云。

程慧新

樂平梅浦胡逢原，以淳熙十年於家廳建水陸大齋三日。臨罷之夕，有執事者果緣院行童程慧新，盜佛前供物，仍就用薦土地疏包裹，將以遺母。其家去胡氏一里許，是夜程母夢二鬼卒持鐵叉刬厥子入大鑊烹之，又二鼠銜其耳，遂驚覺。程正扣門，以齋饌至。母欲與說所夢，猶未忍。忽大叫仆地，兩齒墜落，竟爾不起。先是寫疏者已檢校神位，各置一通於座，初無漏缺。及收拾焚化之際，獨無土地疏，卽焚香禱曰謝過。人謂速報警衆，一何昭昭如此。右三事今模說（前後各卷均作「余模」）。

王節妻裴

龍游王節，自少學卜筮，長而盤游他方。淳熙十六年，到潭州益陽，適同邸彭生亦挾術至，妻裴氏偕行。六月，彭死，店主人張二哀裴之無歸，爲平章嫁節。節時二十九歲，裴二十五歲，年時相當，甚爲愜意，復漂轉售技。紹熙二年，抵袁州。四年，次郢州。兩處各生一子。還過洞庭湖，有巴陵人劉一郎者，能知人未來事，俗稱爲活神道，見之云：「汝妻非人，乃三世之鬼。先在永州東關惑殺蔡氏兒，繼在桂府化爲散樂，惑殺楊十二郎，其三則彭六也。既奪三人精氣，養尸成人，他日汝定喪命。」節不之信。裴已聞之，反責節無義，遂依然共處。明年，至蘄之已河，呂本作「明年之蘄邑河」。值雲水道人，見裴曰：「此三世鬼精，何得在是！」節怒其言，搊拽欲行打。道人曰：「不須爾，吾今召天將使汝知之。」裴立於側，拊掌大笑，騰空而滅。

湖口廟土地

鄱陽荚岡民黄廿七，作小商賈。紹熙元年，到景德鎮販陶器，過湖口，往岳廟燒香。遇老人白襴角帶，從中而出，黄驚顧揖之，認其狀貌，全類故父。時父亡已七年。前白曰：「翁翁得非吾父乎？」老人曰：「汝爲誰？」對曰：「姓黄名興，行第廿七。」老人曰：「真我子也。」黄泣而跽請曰：「爹下世七載，何由在斯？」曰：「爲我平日善緣頗多，遂乘功力，得做此間土地。汝宜速回，但行方便。」黄曰：「願捨棄浮財，休離骨肉，日夕陪侍爹所。」語未了，一黄衣力士出，叱之曰：「爾庸凡之流，詎可輒厠神列！」黄悚而下拜，拜訖仰視，土地力士，俱不見矣。

陳小八子債

湖州人陳小八，以商販縑帛致温裕。只一子，不肖，常盗用錢，且悖害父母，父母亦惡之。乾道九年，年二十八歲，病傷寒困卧，二親不惟不悉力醫救，翻飼以合忌食物，竟死焉。五日後見形于室，責父曰：「我一命又被你算了，今兩次壞我矣，報怨會有日。」父雖怪之，不能曉所謂。葬訖，至其墓前，一老僧不知從何來，與之言：「汝子前生是一富人，被汝竊他財本至盡，故來爲子以取之，未足而死，尚欠二千餘貫。今已在邵州徐家復作男子。」陳訝其語荒唐，固不之信。迨慶元三年正月，陳賫金銀往邵陽，買隔卜織，館於柯氏店。店内一僕曰徐四，見之喜甚，服事之勤，過於主人。陳亦與相親，問其年，曰：「二十五歲矣。」自是稔熟無間，令守宿房中。二月九日，陳夢向所亡子展拜，若辭訣狀，悸而寤。旦起，不見僕，而床南一壁倒，試檢視行篋，失銀一笥，幾千兩，遂投柯生。柯曰：「夜來遭此僕毒手，未能捕緝。」陳默思其姓氏年紀，脗合老僧所云，始悟宿負，置不復言。因是空貧，不克北歸，至行乞於邵城。今尚存。

蕭大師

饒州南岸漁人周八，有一妻一子，漁釣於鄱江。紹熙二年二月八日，黃昏後泊舟，登岸同歸。到荻林，遇兩人叫云：「周八且住，大師請汝。」周曰：「何處大師？」曰：「蕭大師。」八曰：「我從來不識他。」其人曰：「莫問識與不識，但隨我去，當有所獲。」勉從之。進步到一衙庭，入其門，見一尼姑自內出，相揖云：「我兄弟待汝夫妻久，且澡浴換衣，別來相見。」須臾，兩青童各引入浴堂，香湯撲鼻。既畢，使周著皂袍，妻著紅大袖衫帔，小兒黃背子，導詣一室。廳上鋪設華筵，有勇士長七八尺，青巾黃衣，揖就坐，不交一言。三更後數女妓執樂持勸杯至，歌唱侑酒。周飲未竟，念平生未嘗得此，戰恐不自支，杯墜手即破。勇士曰：「好勸汝酒，那敢如是！」連叱之，其聲如雷。仍推擁仆階下。少焉如睡醒，身元在荻林下，喚尋妻子，寂無所之。明日，徧告羣漁，共爲訪覓，上下十數里間，竟不可見。七日後周患傷寒而死。右四事徐謙說。